Felix M. Münter

The Rising 3
Neue Fronten

MANTIKORE
VERLAG

Deutsche Erstauflage

1. Auflage
Veröffentlicht durch den
MANTIKORE-VERLAG NICOLAI BONCZYK
Frankfurt am Main 2015
www.mantikore-verlag.de

Lektorat: Nora-Marie Borrusch
Titelbild: Ignacio Bazán Lazcano
Satz: Karl-Heinz Zapf
VP: 113-95-01-06-0416

Printed in the EU

ISBN 978-3-945493-38-0

Felix A. Münter

The Rising 3
Neue Fronten

Roman

Für Katharina
Danke, dass du mich und meine nächtlichen Schreiborgien erträgst.
Ich liebe dich.

Ein besonderer Dank gebührt Oliver: Ohne dich wäre diese Welt niemals zu dem geworden, was sie ist.

Prolog

Sieben Jahre waren seit der Schlacht um Yard vergangen. Anders als die zahlreichen Skeptiker angenommen hatten, zerfiel die brüchige Allianz zwischen den Bewohnern der Stadt nicht mit dem Sieg über General Banner und seiner Armee. Die Einheit, die damals im Zeichen der Bedrohung geschmiedet worden war, hielt.

Aus dem Bündnis entstand die Union, eine Art Stadtstaat mit Yard im Zentrum. Das Gefecht zwischen Banners Truppen und den Menschen in Yard war die Initialzündung für ein allzu menschliches Bedürfnis gewesen. Die Überlebenden aus der Welt DANACH strebten nach etwas, das sie nur aus Erzählungen kannten: die Sicherheit der Zivilisation. Der Gedanke, das Leid und die Unsicherheit, die Bedrohungen und Sorgen der Welt DANACH hinter sich zu lassen und einzutauschen gegen etwas Besseres, beflügelte die Menschen. Sie ließen sich vom Gedanken der Union antreiben.

Architekt des neuen Bundes war Marcus. Vom Anführer einer der Fraktionen in Yard hatte er sich zum Präsidenten des jungen Staats aufgeschwungen. Ihm war es zu verdanken, dass das einmalige Bündnis zwischen den Bewohnern von Yard nicht auseinanderbrach. Eisern hatte er an seinem Traum festgehalten und für ihn gekämpft. Der Triumph über General Banner war für ihn der Beweis, dass er den rechten Pfad eingeschlagen hatte, und gleichzeitig Legitimation, damit weiterzumachen.

Kaum war der Schlachtenlärm verklungen, tat er alles, was notwendig war, um das fragile Bündnis zu stärken und zu erhalten. Er verhandelte mit Geschick, er überzeugte, er drohte. Und manchmal setzte er Gewalt ein, um den Fortbestand der Union zu sichern.

Denn Widerstände gefährdeten das Überleben – und das konnte er nicht zulassen.

Die Union entsprang seinem Geist. Wie bei einem Kind konnte er Jahr für Jahr beobachten, wie der einfache Gedanke wuchs und immer ausgeprägtere Formen annahm. Wie die Menschen Teil der Union wurden, wie die Union wuchs und mächtiger wurde. Gleich einem Vater begutachtete er das, was er erschaffen hatte, und war stolz auf sein Werk. Doch bekanntlich kommt im Leben eines jeden Kindes irgendwann der Zeitpunkt, da es groß genug geworden ist, um auf eigenen Beinen zu stehen.

Sie hatten ihn zum ersten Präsidenten der Union gemacht. Und nach dem Willen des Rats, den Marcus selbst ins Leben gerufen hatte, sollte es kein Posten auf Lebenszeit sein. Ein Staat brauchte Bewegung, frisches Blut, um wachsen zu können, und so wurde die Amtszeit eines Präsidenten der Union schon früh begrenzt. Bei Marcus gab es keine Ausnahme. Auch wenn er der Geburtshelfer des jungen Stadtstaats war und sein Verdienst gar nicht groß genug herausgestellt werden konnte, warteten im achten Jahr nach seiner Amtseinführung die Wahlen auf ihn. Die ersten Wahlen in der Geschichte der Union.

Es war 2063. Noch gut ein Jahr bis zur Präsidentschaftswahl.

Kapitel 1

Faustpfand

„Kann Arleen mit uns kommen?"

Der kleine Junge blickte fragend zu dem Mann auf. Seine Kleidung war unordentlich und ein Büschel des blonden Haarschopfs stand ungebändigt an seinem Hinterkopf ab. Die roten Wangen des Jungen waren der letzte Hinweis darauf, dass er bis vor wenigen Minuten wild im Garten gespielt hatte.

Der Angesprochene blickte an dem Sechsjährigen vorbei in den Garten. Halb im Türrahmen versteckt stand das Mädchen. Als sich ihre Blicke trafen, zog sie sich schüchtern zurück. Er lächelte.

„Darf sie denn?"

Der Junge nickte eifrig. „Jaja! Sie ist doch heute zum Spielen hier hergekommen. Den ganzen Tag!"

Der Mann verzog kurz nachdenklich das Gesicht. „Joshua, glaubst du nicht, dass wir ihrer Mutter Bescheid sagen müssen? Die wird doch sicher wissen wollen, wo Arleen ist."

Joshua verknotete verschüchtert die Arme hinter dem Rücken und blickte zu Boden, während er nervös mit den Füßen scharrte.

„Aber die holt Arleen doch erst heute Abend ab! Bis dahin sind wir doch längst wieder zurück! Sie merkt das bestimmt nicht …"

Der Erwachsene lachte laut und herzhaft über die kindliche Logik. Er legte seine Hand auf den Kopf des Jungen und versuchte damit, die abstehende Haarsträhne zu bändigen.

„Macht euch erst einmal fertig. Ich kümmere mich um alles andere."

Joshua kicherte und gluckste zufrieden auf. „Danke, Will!"

Und damit drehte er sich auf dem Absatz herum und stürmte in den Garten hinaus, noch bevor Will etwas sagen konnte. Für einen Moment blieb der Mann in seinem Korbsessel sitzen und beobachtete die beiden Kinder, lächelte zufrieden.

Doch so sehr er der einfachen Logik Joshuas auch folgen wollte, war ihm doch klar, dass er das nicht tun konnte. Er schüttelte den Kopf, um seine Gedanken zu ordnen, griff nach seiner Tasse und stürzte den lauwarmen Kaffee herunter. Er stand auf, streckte sich einmal und machte sich auf die Suche nach Clara.

Er fand sie in der Küche, wo sie damit beschäftigt war, das Mittagessen zuzubereiten. Will lehnte sich an den Türrahmen und lächelte keck. Sie hätte selbst keinen Finger rühren müssen. Als Frau von Marcus, dem mächtigsten Mann in Yard und der gesamten Union, wäre es ein Leichtes gewesen, fähiges Haushaltspersonal zu bekommen. Doch Clara hatte abgelehnt, ja, sich mit Händen und Füßen dagegen gewehrt. Der Gedanke, nicht mehr selbst anpacken zu können und sich von anderen Menschen bedienen zu lassen, mochte für einige vielleicht verlockend sein, doch widersprach ihrem Charakter.

„Suchst du etwas?“, fragte sie, ohne aufzublicken.

„Ich hab’ es schon gefunden.“

„Ach?“ Sie blickte auf, streifte sich ihre Hände an der Schürze ab und strich eine Haarsträhne zurück hinters Ohr. „Und was kann ich für dich tun, William?“

„Es geht um Joshua.“

Für einen ganz kurzen Moment konnte er erkennen, wie allein der Name ausreichte, um sie die Küchenarbeit vergessen zu lassen und sofort bei der Sache zu sein. Clara richtete sich auf und warf einen Blick in den Garten, wo sie ihr Kind beim Spielen entdeckte.

Sie schmunzelte schief.

„Was hat er angestellt?“

„Du nimmst immer gleich das Schlimmste an, was? Nein, gar nichts hat er gemacht. Aber er hat mich was gefragt.“

Spöttisch zuckte ihre Augenbraue nach oben, während sie schmunzelte. „Jetzt bin ich aber gespannt, wenn du es ihm nicht beantworten konntest."

Will winkte ab. „Nein, nein, anders. Er hat gefragt, ob das Mädchen gleich mitkommen kann."

Clara verschränkte die Arme vor der Brust und blickte nachdenklich nach draußen.

„Arleen? Fiona ist den ganzen Tag unterwegs und hat sie deshalb bei uns gelassen. Ich weiß nicht, ob ihr das gefallen würde."

Will schüttelte den Kopf. „Weißt du, was er gesagt hat? Dass wir doch wieder zurück sind, bevor Arleen abgeholt wird. Dass ihre Mutter das gar nicht bemerken wird. Ich kann mir nicht helfen, ich finde, das kleine Schlitzohr hat Recht."

Ihre Blicke trafen sich für einen langen Moment, dann nickte sie. „Das könnte sogar stimmen. Meinetwegen. Aber pass gut auf sie auf."

„Keine Sorge, dein Mann bezahlt mich ganz gut dafür, weißt du? Und was soll schon passieren? Dein Mann ist Präsident der Union. Das hier ist sein real gewordener Traum. Die Menschen lieben ihn", lächelte er.

„Will, ich habe dich in all den Jahren niemals als leichtsinnigen Narren kennengelernt. Du weißt genau, dass es hinter dieser Fassade anders aussieht. Er hat sich mit einigen Entscheidungen Feinde gemacht. Und letztlich hat er dich doch genau aus diesem Grund eingestellt: Du sollst uns schützen, während er im Unionsrat sitzt. Wozu bräuchten wir einen Leibwächter, wenn es keine Gefahr gäbe?"

„Weil Marcus ein vorsichtiger Mann ist. War er schon immer. Diese Vorsicht hat ihn lange vor der Union an die Spitze gebracht. Aber wenn du schon so fragst … Wie viele Angriffe auf euch hat es denn in den vergangenen Jahren gegeben?"

„Keine", gab sie knirschend zu.

„Da hast du es. Müssen wir wirklich noch länger darüber reden?"

Clara sog hörbar die Luft ein. „Nein. Aber pass trotzdem auf."

„Dafür bin ich hier."

Seine Worte schafften es nicht, ihre Zweifel zu beseitigen. Sie verzog das Gesicht nachdenklich und blickte zu den spielenden Kindern. Ein Seufzen verließ ihre Lippen.

„Mach dir nicht so viele Gedanken", meinte Will aufmunternd und berührte sie sanft und liebevoll an der Wange. Ihre Blicke trafen sich und für einen Moment huschte ein Lächeln über ihr Gesicht. Dann zog er die Hand schnell wieder zurück, aus Angst, dass sie irgendjemand sehen konnte.

„Er ist bei dir gut aufgehoben, ja", sagte sie und legte ihre Hand in seine.

„Das ist er", nickte der Leibwächter und drückte ihre Hand noch einmal, bevor er ging.

Selbst auf den belebten Straßen von Yard fiel das sonderbare Trio auf. Der blonde Junge saß strahlend auf den Schultern des breitschultrigen Mannes und ließ sich durch die Stadt tragen. William hielt mit der linken Hand den Oberschenkel von Joshua, während er mit seiner rechten Hand Arleen führte. Das Mädchen war kaum ein Jahr älter als Joshua und hatte nicht die beste Laune. Die beiden Kinder hatten sich darum gestritten, wem von ihnen das Privileg zuteilwerden sollte, auf Williams Schultern zu sitzen. Will hatte einschreiten müssen und den Kindern nach einigen Minuten einen Kompromiss schmackhaft machen können: Auf dem Hinweg würde er das eine Kind auf den Schultern tragen, auf dem Rückweg das andere. Er hatte sie Hölzer ziehen lassen, und Arleen hatte Pech gehabt. Jetzt reagierte sie bockig, zog und zerrte immer wieder an seiner Hand, teils aus Trotz, teils, weil sie in eine andere Richtung wollte.

William ertrug das alles mit einer stoischen Ruhe. Wäre es sein eigenes Kind gewesen, hätte er anders reagiert – so aber war Gelassenheit wahrscheinlich der beste Weg.

Es war einer der prächtigen, letzten Sommertage. Kaum eine Wolke bedeckte den Himmel, überall war strahlendes Blau. Die Sonne schickte ihre wärmenden Strahlen zu Boden, eine sanfte Brise sorgte für erträgliche Temperaturen. Von der grünen Ebene her trieb der kräftige Duft des Sommers in die Stadt und vermischte sich mit den vielfältigen Gerüchen von Yard zu einem einzigartigen Potpourri. Entgegen der Vorschriften, die Marcus ihm eingeschärft hatte, trug der Leibwächter seine Schutzweste nicht.

Der Präsident pochte immer wieder darauf, doch William war Pragmatiker. Seit er für Marcus arbeitete, hatte es nicht den kleinsten Zwischenfall gegeben, bei dem er die klobige Weste wirklich gebraucht hätte. Gerade im Sommer war die Panzerung aus der Zeit DAVOR unangenehm und wirkte wie eine Hitzefalle. Er kannte genug Geschichten über Soldaten und Söldner, die die Sonne unterschätzt und mitten im Dienst wegen Überhitzung kollabiert waren. Will hatte daher für sich entschieden, dass er seiner Arbeit viel besser nachkommen konnte, wenn er die Weste nicht trug. Stattdessen trug er ein bequemes T-Shirt und eine ausgewaschene Hose, nichts an seiner Kleidung deutete auf seinen Arbeitgeber hin – und das hielt er immer noch für den besten Schutz. Daneben war seine Versicherung gegen Ärger eine großkalibrige Pistole, die lässig aus dem Schulterholster unter seiner Achsel hervorstach. Selbst mit den beiden Kindern fiel er so auf den Straßen von Yard nicht sonderlich auf. Marcus hatte in den letzten Jahren tunlichst darauf geachtet, sich nicht zu oft mit seinem Sohn zu zeigen, so dass der Wiedererkennungseffekt auf offener Straße bestenfalls gering war.

Vielleicht bildete William es sich nur ein, doch vom ersten Moment an kam es ihm so vor, als würden sie beobachtet. Tatsächlich hatte er dieses Gefühl immer, wenn er mit dem Jungen unterwegs war. Er selbst nannte es gesunde Vorsicht und schrieb es seiner Aufgabe zu. Meistens waren es nur kurze Blicke, die sie streiften, und im nächsten Moment gingen die Beobachter wieder ihrem normalen Tagwerk nach.

Die drei erreichten das Tor ins Zentrum der Stadt. In den wenigen Jahren, die seit dem Sieg über Banners Truppen vergangen waren, hatte sich das Antlitz der Stadt grundlegend verändert. In riesigen Kraftanstrengungen waren vor den Toren Wohnquartiere entstanden, zuerst westlich der Mauer, danach im Osten und zuletzt im Süden. Die Bewohner von Yard, die oftmals Jahrzehnte auf den Gleisen des alten Rangierbahnhofs gelebt hatten, siedelten um. Die hohen Mauern aus Schrott wurden abgetragen, als man Baumaterial brauchte, der alte Zaun, der das Gelände in der Zeit DAVOR umgab, wieder instandgesetzt. Im geräumten Zentrum von Yard entstand das Regierungsviertel, Nervenzentrum der Union. Einige der Gleise wurden samt den Werkstätten instandgesetzt und bildeten nun den Bahnhof.

An den Bahnhof grenzte das Depot. Riesige Lagerhallen, viele davon aus der Zeit DAVOR, reihten sich dicht an dicht. In ihrem Inneren stapelten sich schier endlose Mengen allerlei Güter. Angrenzend an den Bahnhof und das Depot befand sich der Markt. Es war ein riesiges Gelände voller Verkaufsstände und Geschäfte. Dazwischen Ausschänke, Kneipen und Garküchen. Der Markt nahm fast die Hälfte des alten Güterbahnhofs ein. Yard lebte vor allem vom Handel, und dieser Platz, auf dem man angeblich alles bekommen konnte, was man wollte, war das eindrückliche Zeichen dafür. Der Handel kam dort niemals zum Erliegen.

„Hey, Ashton! Haben sie dich zum Kindermädchen gemacht?“, lachte eine uniformierte Frau am Tor.

Will lächelte schief und ging zu ihr hinüber.

„Mara! Du weißt doch, ich hab’ die Armee verlassen, weil ich was anderes machen wollte, als Tag für Tag an irgendeinem Tor zu stehen.“

„Sieh mal an. Und jetzt bist du Mädchen für alles, was? Wo hast du denn deinen Rock gelassen?“

„Zuhause. Ich habe so viel Marmelade eingekocht, dass ich keine Zeit mehr hatte, mir die Beine zu rasieren, und das hätte zu den Stöckelschuhen albern ausgesehen.“

Beide brachen in lautes Gelächter aus und begrüßten sich herzlich. Die Uniformierte lächelte die beiden Kinder freundlich an. „Hey, Josh! Wer ist denn deine Freundin?"

Der Junge lachte die Frau an. „Das ist Arleen, sie kommt heute mit uns!"

Mara nickte und sah Will skeptisch an. „Warte mal. Arleen?" Sie musterte das Mädchen und nickte bestätigend. Die wilden roten Locken waren unverkennbar. „Die Tochter des Generals?"

Lapidar zuckte Will mit den Schultern. „Ja, Moodys Kind. Der alte Haudegen ist gerade zur Truppeninspektion unterwegs und seine Frau wohl schwer beschäftigt. Keine Ahnung, geht mich auch nichts an. Sie ist heute zu Besuch bei Joshua und wollte mitkommen. Na ja, und jetzt sind wir hier."

Mara kicherte verhalten und grinste breit. „Wenn ich mir ansehe, was für ein Gesicht die Kleine gerade macht, besteht überhaupt kein Zweifel mehr, wer der Vater ist."

Das Mädchen mochte nicht ganz begriffen haben, was sich die Erwachsenen dort erzählten, quittierte den Ausspruch der Soldatin aber mit einer Grimasse und einer herausgestreckten Zunge.

„Siehst du, was habe ich gesagt?"

„Ganz wie der Vater, stimmt schon", pflichtete Will ihr bei. „Muss ich mich auf irgendwelche Besonderheiten auf dem Markt einstellen?"

„Nein. Alles ruhig bisher." Sie machte eine wegwerfende Geste. „Das gleiche Chaos wie an jedem anderen Tag."

„Gut. Dann wollen wir mal."

„Soll ich euch eine Eskorte mitgeben?"

„Ach, lass gut sein. Mit Arleen hier werde ich schon fertig."

„Na dann. Gute Jagd euch dreien!"

Kurz bevor sie den Markt erreichten, hielt William in einer kleinen Gasse. Von hier aus hatte man einen guten Blick auf das Gedränge. Es herrschte ein reges Treiben, eine unüberschaubare

Menschenmenge drängte sich zwischen den Verkaufsständen hin und her. Es wurde gelacht, geflucht, gefeilscht. Lautstark brüllten Händler gegen die Unterhaltungen an und boten ihre Waren feil, versuchten, so viele Kunden wie nur möglich in ihren Bann zu ziehen. Von den Garküchen stiegen dichte Dampfschwaden auf und die Gerüche der unterschiedlichsten Speisen hingen schwer in der Luft. Über die Köpfe der Menschenmenge hinweg dröhnte aus der einen Richtung schwer zu identifizierende Musik, während aus der entgegengesetzten Richtung schrille Klänge kamen. Ein Tag wie jeder andere auf dem Markt von Yard.

Es war ein Leichtes, sich in diesem Wirrwarr zu verlieren.

Kurzerhand nahm Will Joshua und setzte ihn auf seine linke Schulter, hob Arleen zu seiner rechten Schulter empor. Will stöhnte hörbar auf und verteilte das Gewicht der Kinder bestmöglich auf seinen Schultern.

„Also gut, ihr beiden! Ich will, dass ihr euch richtig festhaltet, ja?"

Die Kinder gehorchten und er legte ihnen die Hände auf die Oberschenkel, machte ein paar vorsichtige Schritte. Zufrieden nickte er. So würde es gehen. Zwar hatte er es nun schwer, nach links oder rechts zu schauen, konnte auch nicht mehr alles hören, aber das war eine bessere Lösung, als Arleen im Gewirr der Menge zu verlieren.

Mit großen Schritten stapfte er nun auf die ersten Marktstände zu, während die beiden Kinder vergnügt glucksten und kicherten. Arleens schlechte Laune war schlagartig verflogen und zusammen mit Joshua bewunderte sie das rege Treiben.

Er tauchte in die hin und her wogende Menschenmasse ein, schwamm wie ein Fisch mit dem Strom. Während er lediglich auf eine Wand aus vielen Gesichtern und Hinterköpfen blickte, überragten die Kinder auf seinen Schultern die Menge und schienen den besonderen Ausblick zu genießen. William war in diesem Moment froh, dass er schon hunderte Male hier gewesen war und wusste, wohin er musste. Zielsicher steuerte er durch die

Massen. Es war kurz nach Mittag und an den Ständen herrschte gerade Hochbetrieb. An einigen Stellen drängten sich die Marktgänger so eng, dass es kein Durchkommen gab.

Fast jeden Tag nahm Will die gleiche Route. Es gab einige Händler, bei denen er Stammkunde war und den Großteil der täglichen Bestellungen aufgab. Sicher – das hätte er einfacher haben können. Bei einem Kunden wie dem Präsidenten wäre wahrscheinlich jeder Händler bereit gewesen, bis zur Haustür zu liefern. Für William aber waren die täglichen Einkäufe eine willkommene Ablenkung von der ermüdenden Routine. So hatte er die Chance, sich aus den immer gleichen Abläufen zu lösen, und wurde das Gefühl los, dass die Monotonie ihn erstickte. Ohne Frage, er war dankbar, dass Marcus ihm diese Anstellung verschafft hatte. Es war ein Privileg und der Dank für Wills jahrelange Treue. Auch wenn es der Union im Allgemeinen gut ging, konnte man es wirklich schlechter treffen, als Leibwächter der Präsidentenfamilie zu sein. Vier Jahre war es her, seit Marcus ihm die Stelle angeboten hatte. William war damals gerade zum Offizier in der neuen Unionsarmee aufgestiegen, hatte sein erstes Kommando. Eine vielversprechende Laufbahn stand ihm bevor und dennoch hatte er sich dagegen entschieden und das Angebot angenommen. Yard war seine Heimat. Hier war er geboren, hier war er groß geworden. In seinem ganzen Leben war er nie mehr als nur ein paar Kilometer von der Stadt entfernt gewesen. Er hatte die Höhen und die Tiefen der Stadt erlebt, hatte in der Schlacht um Yard gegen Banners Armee gekämpft und sah nun, wie sein Geburtsort sich veränderte. Das alles aber hinter sich lassen wollte und konnte er nicht. Auf eine seltsame Art und Weise fühlte er sich mit diesem Ort verbunden und allein der Gedanke, die Stadt zu verlassen, bereitete ihm Magenschmerzen. Genau das aber war es, was ihn als Offizier erwartet hätte. Dienst in irgendeiner kleinen Siedlung irgendwo in der Union. William war froh, dass Marcus ihm mit seinem Angebot die schwere Entscheidung abgenommen hatte.

Es dauerte etwa eine Stunde, bis sie ihre Bestellungen zusammen hatten. An den Ständen waren er und die Kinder herzlich begrüßt worden. Ein paar freundliche Sätze ohne Tiefgang. William lachte und scherzte mit den Händlern, gab seine Bestellungen auf. Bei den Gängen auf den Markt wurden im Großen und Ganzen die täglichen Bedürfnisse gedeckt: Er bestellte Rindfleisch bei einem der Händler, Mehl und Mais beim nächsten. An einem der Stände konnte er eine Ladung frischer Kürbisse ergattern, an anderer Stelle ein paar Äpfel. Und bei einem Händler fand er sogar die wahrscheinlich letzten Melonen dieses Sommers. Obwohl wenn sie recht klein waren und neben den anderen Waren auf dem Tresen kümmerlich wirkten, schlug er zu, denn er wusste, wie sehr Clara dieses Obst mochte.

Wie bei jedem Besuch auf dem Markt hielt er bei Crowley's. Eine Garküche am Rande des Markts, untergebracht in einem großen Container aus der Zeit DAVOR. Die grüne Lackierung war an vielen Stellen abgeplatzt und Rost sprenkelte die Wände. Eine der Seitenwände des Containers war auf halber Höhe entfernt worden, wobei ein großer Tresen entstanden war. Der Laden gehörte Marv, einem Veteranen aus der Schlacht um Yard, der damals bei der Belagerung drei Finger der linken Hand verloren hatte, trotzdem aber ein ausgezeichneter Koch war. Seine Gäste nannten ihn zumeist Crowley, was nicht etwa ein obskurer Spitzname war, denn in verblichenen Lettern stand genau das auf dem Container. Marv hatte einfach die Not zur Tugend gemacht und den Namen beibehalten. Die Gerichte, die er Tag für Tag anbot, waren einfach, aber wohlschmeckend. Der Veteran hatte den Bereich vor seinem Tresen mit gestapelten Autoreifen vom Trubel der Marktstände abgegrenzt. Das schaffte Intimität. Das Crowley's war eine kleine Oase inmitten des hektischen Treibens und gerade deshalb so beliebt. Vor dem Container lagen ein paar verwitterte Kabeltrommeln, die den Gästen als Tische dienten und an denen sie wiederum auf alten Reifen Platz nehmen konnten.

William bahnte sich seinen Weg zu einem der Tische, während er das stumme, aber freundliche Winken des Veteranen hinter dem Tresen erwiderte. Behutsam setzte er die beiden Kinder ab und streckte sich einmal, lockerte die Schultern. Eine kleine Pause war jetzt genau das, was er brauchte.

„Wartet hier einen Moment, ich bin gleich wieder da!", meinte er mit erhobenem Zeigefinger in Richtung der Kinder und schlenderte, sich seine Schultern massierend, hinüber zum Tresen.

„Haben sie dir heute gleich zwei Bälger aufs Auge gedrückt, Ashton?", grinste der untersetze Mann hinter dem Tresen. Seine Zähne waren gelb und schief.

„Warum spricht mich heute eigentlich jeder darauf an, Marv?" William schüttelte den Kopf und stützte sich auf den Tresen.

„William Ashton! Schau dich doch einfach an! Du bist groß und kräftig, in deinen besten Jahren. Du siehst so aus, als würdest du mit den Leuten, die dich schief ansehen, den Boden wischen. Da passen Kinder einfach nicht ins Bild, weißt du?"

„Womit habe ich denn diese Komplimente verdient?"

„Ich habe 'nen guten Tag. Freu dich einfach drüber. Was kann ich dir bringen?"

Gekünstelt rümpfte William die Nase und lächelte spöttisch. Mit einem Kopfnicken deutete er auf den großen Topf über der Feuerstelle.

„Was auch immer da drin ist und so stinkt, alter Freund. Was ist es heute? Warte! Lass mich raten: Bohnen und Mais mit ein bisschen Fleisch dazwischen?"

„Ganz falsch, Will! Heute biete ich die Spezialität des Hauses an: Mais mit Speck und Bohnen!"

Die Männer lachten auf.

„Siehst du, Marv, deshalb komme ich so gerne hierher. Die Abwechslung, die du bietest, kann ich ansonsten nirgendwo in dieser Stadt finden."

Marv schnitt eine Grimasse und murmelte tonlos eine derbe Verwünschung, dann war er schon dabei, drei Portionen zu bereiten. Er meinte es gut mit seinem Stammgast, jeder der Näpfe war bis zum Rand gefüllt, ohne die kleinen Mägen der Kinder zu beachten.

„Danke“, meinte Will und schob dem Veteranen drei Patronen über den Tresen.

„Stimmt so, William“, sagte Marv, nahm zwei Patronen und schob eine zurück. „Macht es euch bequem und lasst es euch schmecken.“ Marv warf einen Blick nach links und rechts, nickte zufrieden und wischte sich seine Hände an der speckigen Schürze ab.

„Getränke gehen auf mich. Setz dich schon mal, ich bin gleich bei euch.“

Will stellte die dampfenden Schüsseln vor die Kinder, die zuerst etwas argwöhnisch darin stocherten, dann aber mit kleinen Bissen zu essen begannen. Er selbst hatte gerade einige Löffel gegessen, als Marv mit einer alten Kanne und ein paar Plastikbechern zu ihrem Tisch herüberkam.

„Und, wie läuft das Geschäft, Marv?“

Der Veteran kratzte sich mit den verbliebenen Fingern der linken Hand die Bartstoppeln und wiegte den Kopf hin und her: „Wie immer. Eine alte Weisheit hat heute noch Bestand. Es gibt zwei Dinge, die die Menschheit immer tun wird, egal was kommen mag: essen und sterben. Insofern habe ich ein gutes Auskommen. Und vor allem kein schlechtes Gewissen, weil ich den Leuten Holzkisten verkaufe.“

„An dir ist ein Poet verloren gegangen“, stelle William fest und nahm einen Schluck aus dem Plastikbecher.

„Und an dir offensichtlich ein Kindermädchen.“

„Du wirst nicht müde, diesen Witz zu wiederholen, was?“

„Nein. Sag mal, irre ich mich oder ist das …“, begann der Veteran und deutete ungeniert auf Arleen, die dem Koch einen fragenden Blick zuwarf.

„Ja. Das ist die Tochter des Generals. Wenn ich vorstellen darf: Arleen!“

Marv legte ein freundliches Lächeln auf und tätschelte dem Mädchen den Kopf: „Ich bin erfreut über diesen hohen Besuch." Er schnitt eine Grimasse in Joshuas Richtung, die der Junge mit einem fröhlichen Glucksen quittierte. „Und über den Sohn des Präsidenten freue ich mich natürlich auch."

Während Will sich bemühte, seine Schüssel zu leeren, unterhielt der Koch die beiden Kinder mit einigen Grimassen und Witzen. Arleen und Joshua hatten es irgendwann aufgegeben, die viel zu großen Portionen essen zu wollen, und genossen das Schauspiel des gutmütigen Veteranen.

Mit einem deutlich hörbaren Rülpsen beendete William seine Mahlzeit, klopfte sich mit der Faust gegen die Brust, wischte sich den Mund ab und schob die Schüssel von sich weg. Die Kinder kicherten über die Zurschaustellung seiner schlechten Manieren.

„Offenbar hat es geschmeckt", bemerkte Marv.

„Immer. Ansonsten wäre ich nicht so oft hier."

„Sag mal, siehst du unseren Präsidenten heute noch?", fragte Marv, während er das Geschirr zusammenschob.

„Ich habe gewusst, dass du dich nicht aus reiner Nettigkeit einfach zu uns setzen wirst, du alter Gauner!" William verdrehte gespielt die Augen. „Schon möglich. Was liegt dir denn auf dem Herzen, womit ich ihn belästigen soll?"

„Nein, nein!", der Veteran hob abwehrend seine Arme. „Es liegt ja nicht direkt mir auf dem Herzen. Es gibt da nur was, das er vielleicht wissen sollte."

„Mach es nicht so spannend, alter Mann …"

„Also, es gibt doch die Planungen, den Tauschhandel im nächsten Jahr abzuschaffen."

„Ja. Das ist sein letztes Glanzstück vor der Wahl, wenn du so willst. Was ist damit?"

„Es gibt ein paar Händler, die damit nicht zufrieden sind."

„Das ist nichts Neues. Die Händler sind allesamt nur auf ihren Profit aus und sehen, wie der geschmälert wird, wenn es eine

Währung gibt. Vor allem die, die von außerhalb der Union kommen, oder die, die seltenes Zeug verkaufen, haben wohl Angst, nicht mehr so schnell wie früher reich zu werden. Seitdem sein Vorschlag im Unionsrat debattiert wird, gibt es diese Bedenken." William zuckte mit den Schultern.

„Und was glaubst du?"

„Ich?", fragte Will ehrlich erstaunt. „Ich bin weder Politiker noch Händler und kann das nur schwer bewerten. So wie ich es bisher verstanden habe, ist eine gemeinsame Währung für die Bürger der Union ein Vorteil. Für einige Händler wahrscheinlich auch – vor allem für die, die sich nur in der Union bewegen. Ich meine, Geld mich sich herumzutragen ist viel einfacher als Tonnen von Tauschwaren. Es macht Geschäfte verlässlicher. Du weißt doch, wie es jetzt ist. Ein Händler hat was im Angebot, das du gerne kaufen willst. Du bietest ihm etwas zum Tausch an. Wenn der Kerl das, was du tauschen willst, aber schon im Überfluss hat und weiß, dass er dafür keine Kunden bekommen wird, gehst du leer aus. Geld ist da viel einfacher einzusetzen."

„Hm", murmelte Marv nachdenklich. „Aber hier in Yard tauschen wir doch eigentlich schon immer nur gegen Medikamente und Munition. Ist das nicht genau das Gleiche?"

„Ich glaube, Geld kannst du weder verschießen noch gegen Krankheiten schlucken. Verstehst du? Die Dinger funktionieren bisher ja gut, aber es sind Verbrauchsgüter. Was ist denn, wenn alle Medikamente aus der Zeit DAVOR aufgebraucht sind?"

Der Koch schien nicht überzeugt, verkniff sich aber weitere Kommentare. Mit unverständlichem Gemurmel räumte er das Geschirr ab und stellte es auf den Tresen. Er stützte sich mit beiden Armen auf den Tisch, als er zurückkam, und sprach leise weiter: „Ich wollte es doch nur anmerken, Ashton. Es gibt genügend Leute in der Union, denen der Vorschlag nicht schmecken könnte."

William zog die Augenbraue hoch. „Was soll das sein? Eine Warnung?"

„Pass einfach auf dich auf", sagte Marv und klopfte seinem Freund zum Abschied auf die Schulter. Er drehte sich um und ließ den Leibwächter mit einem mulmigen Gefühl im Magen sitzen.

In den nächsten zwei Stunden ging es um die Bestellungen, die nicht alltäglich waren. William marschierte mit den Kindern zu den unterschiedlichsten Händlern, um zu finden, was ihm aufgetragen worden war. Da ging es um eine Uhr, die Clara ihrem Mann zum Geschenk machen wollte, um neues Spielzeug für Joshua und um neues Essbesteck. Bei diesen Dingen lohnte es sich, die Händler immer wieder abzugehen. Bestellungen, wie bei den Lebensmitteln, waren in solchen Fällen schwer möglich, man musste einfach im richtigen Moment an der Auslage stehen. Nachdem sie zumindest beim Essbesteck fündig geworden waren, beschloss Will, die anderen Bestellungen bei den nächsten Besuchen abzuhandeln, und schlug den Heimweg ein.

Ein Poltern in der Menschenmasse vor ihnen riss William aus seinen Gedanken und ließ ihn zusammenzucken. Angestrengt versuchte er zu erkennen, was geschehen war, konnte aber kaum mehr als die Hinterköpfe seiner Vordermänner entdecken. Der langsam voranschreitende Menschenstrom war zum Erliegen gekommen und über die bunte Geräuschkulisse des Marktes legte sich ein vielstimmiges Gemurmel, das laute Flüche begleiteten. Erfolglos versuchte der Leibwächter, sich auf die Zehenspitzen zu stellen und ein besseres Bild zu bekommen.

„Kinder, was ist da los?", fragte er Joshua und Arleen, die auf seinen Schultern hockten.

Die beiden reckten ihre Hälse und blickten angestrengt über die Köpfe hinweg.

„Da ist ein Karren umgestürzt!", stelle Joshua fest.

„Ja! Und die Leute streiten miteinander!", präzisierte Arleen.

William stöhne missmutig. „Sieht es so aus, als kämen wir durch?"

Die Kinder schienen sich einen Moment uneinig, dann schüttelten sie den Kopf. „Nein, der ganze Weg ist blockiert."

„Toll!", murrte Will und wandte sich in eine andere Richtung.

Der Menschenstrom war jetzt wieder in Bewegung gekommen und suchte sich seinen Weg an dem verunfallten Gespann vorbei. Der Leibwächter hatte kaum eine andere Wahl, als sich mit den Kindern auf seinen Schultern mit dem Strom treiben zu lassen, selbst wenn es einen Umweg bedeutete. Eingezwängt zwischen keifenden Marktbesuchern tat er sein Bestes, einen Weg vom Gelände zu finden.

Unvermittelt spürte William etwas Hartes in seinem Rücken, dann knallte es laut. Schmerz explodierte und mit einem abgerissenen Schrei ging der stämmige Leibwächter in die Knie. Noch bevor er den Boden berührt hatte, spürte er einen Fuß im Rücken, der ihm endgültig das Gleichgewicht nahm und der Länge nach hinschlagen ließ. Über die nervösen Aufschreie der Marktgänger hörte er die gellenden, ängstlichen Stimmen der Kinder, die vor ihm in die Menge stürzten. Will landete mit dem Gesicht im Dreck, während Menschen um ihn herum auseinanderstoben. Er versuchte, in die Höhe zu kommen, und realisierte den pochenden Schmerz in Seite und Rücken und sogleich den Geschmack von Eisen im Mund. Sein rechter Arm versagte ihm kraftlos den Dienst und stöhnend rollte er sich auf die Seite, stemmte sich mit aller Kraft in eine sitzende Position. Seine Umgebung nahm er nur verschwommen wahr, alle Geräusche verzerrt, wie in einem schlechten Traum. Nur war das hier die Realität, aus der er nicht im letzten Moment aufwachen konnte. Mühevoll kam er auf die Beine und zerrte ungelenk seine Pistole aus dem Holster. Mittlerweile waren die Menschen vollends zurückgewichen. Er stand allein, doch von den Kindern keine Spur. Während sein Blick sich trübte und die Umgebung zu tanzen begann, wandte er sich taumelnd von der einen zur anderen Seite, suchte ein Zeichen der beiden Kinder. Von rechts donnerte ein zweiter Schuss und riss ihn mit aller Macht von den Beinen. William registrierte lediglich den Treffer, nicht aber den Schmerz. Erneut schlug er hart auf, verlor seine Pistole. Rauschen breitete sich in seinen Ohren aus und Dunkelheit tanzte an seinem Sichtfeld. Verschwommen konnte er einen Schatten entdecken, der sich über ihm aufbaute.

Ein Blitz.

Ein Knall.

Schwärze.

+++

Stille war im Saal des Unionsrats eingekehrt, als Marcus sich erhob und zum Rednerpult humpelte. Wie an jedem anderen Tag trug er eine nahezu makellose Uniform, deren silberne Knöpfe im Licht schimmerten. Sein linker Arm hing schlaff herab, während er sich mit der rechten Hand auf einen schmucklosen Gehstock stütze. Die linke Hälfte seins Gesichts war von wulstigen Narben übersät und eine schwarze Augenklappe bedeckte sein Auge auf dieser Seite. Trotz der alten Narben machte er keinen mitleidserregenden Eindruck. Marcus hatte schon früh gelernt, sich von seinen Verletzungen nicht behindern zu lassen. Er hielt den Rücken gerade und strahlte Würde aus.

Es dauerte einige Momente, bis er das Rednerpult erreicht hatte. Ohne sich aus der Ruhe bringen zu lassen, nahm er einen letzten Zug von der Zigarre und legte sie in den bereitgestellten Aschenbecher. Seine Hand prüfte noch einmal den Sitz der Uniform und strich die halblangen, graumelierten Haare glatt. Er sog hörbar die Luft ein.

Die anwesenden Ratsmitglieder betrachteten ihren Präsidenten erwartungsvoll. Einige von ihnen waren schon lange Teil dieses Gremiums und hatten sich zu waschechten Bürokraten entwickelt, andere hatten erst seit einigen Monaten einen Sitz im Unionsrat. Das Prozedere war einfach: Wenn eine Gemeinde sich der Union anschloss, erhielt sie das Recht, einen Posten im Unionsrat zu besetzen. Damit sollte sichergestellt werden, dass alle Interessen des Staatengebildes bestmöglich vertreten wurden. Das Problem war nur: Je größer die Union wurde, umso mehr Bürokratie war nötig. Der Unionsrat schwoll immer weiter an und plötzlich mussten Gremien geschaffen werden, die sich mit vielfältigen Fragen auseinandersetzten. Es war die schwierige Geburt einer Demokratie.

In der Welt DANACH hatte es Ähnliches über Jahrzehnte nicht gegeben, zumindest nicht in diesem Ausmaß. In ihrer Entwicklung war die Union einzigartig – und das machte es so kompliziert. Nirgends gab es ein Vorbild, ein Modell, an dem man sich hätte orientieren können. Je größer die Union wurde, umso vielfältiger wurden die Ansprüche und Forderungen der einzelnen Mitglieder. Manchmal war es ein schwerer Kampf, alles unter einen Hut zu bekommen. Und eines war klar: Allen konnte man es nie Recht machen.

„Verehrte Ratsmitglieder!", hob er über die Stille an. „Ich möchte heute zu Ihnen über ein Thema sprechen, das in den letzten Wochen und Monaten für Aufregung gesorgt hat. Wie Sie wissen, habe ich die Einführung einer allgemeingültigen Währung für die Union angeregt. Der Gedanke dazu war niemals aus der Not geboren oder nicht bis in die letzte Konsequenz bedacht – es ist schlichtweg der nächste logische Schritt in der Weiterentwicklung der Union."

Marcus ließ seinen Blick über die Zuhörer schweifen und einige Augenblicke vergehen, bevor er weitersprach.

„Hier in Yard hat die Union, wie wir sie heute kennen, ihren Ursprung genommen. Wir haben damals begonnen mit einer Idee, mit einer Vision, einem Trümmerhaufen und einigen tausend Menschen, die durch einen gemeinsamen Feind nach Jahrzehnten des Blutvergießens zusammengeschweißt wurden. Die Parole damals wie heute lautete ‚Einigkeit'! Diese Einigkeit hat uns stark gemacht und das Wachstum der vergangenen sieben

Jahre begründet. Jetzt stehen wir vor dem nächsten Schritt, unsere Einigkeit zu stärken, und Zweifel kommen auf. Ist diese Entscheidung die richtige? Gibt es vielleicht mehr Nach- als Vorteile bei einer gemeinsamen Währung? Jeder von Ihnen wird sich diese Fragen gestellt haben. Unabhängig von der Fragestellung kann ich Ihnen eine Gewissheit schon jetzt geben: Diejenigen, die gezweifelt haben, haben es in der Welt DAVOR nicht weit gebracht und werden es auch in der Welt DANACH nicht weit bringen!"

Der Präsident hatte beschwörend die rechte Faust gehoben und verharrte einen Sekundenbruchteil in dieser Pose.

„Der komplette Handel der Union basiert im Moment auf dem Prinzip des Tauschens. Das hat erhebliche Nachteile. Niemandem kann vor einem Geschäft klar sein, ob es wirklich zum Abschluss kommt. Hat der Händler schon genug von dem, was ich ihm anbiete, wird er nicht mit mir tauschen wollen. Mein Nachbar aber, der vielleicht genau das besitzt, was den Händler interessiert, der bekommt den Zuschlag. Das ist völlig irrsinnig! Und es geht dabei nicht einmal nur um die Bürger der Union, sondern auch um die Händler. Es ist umständlich, mit unzähligen Tauschwaren von A nach B zu reisen, noch dazu, wenn das alles rein spekulativ ist. Vielleicht sind einem Händler in der einen Siedlung Felle als Tauschwaren angeboten worden. Nun hat er davon eine ganze Ladung und zieht in die nächste Siedlung. Dort gibt es aber schon genug davon und er bleibt auf seinen Waren sitzen. Den zusätzlichen Aufwand, die zusätzlichen Wachen, die er anheuern muss, und das Lasttier, das vielleicht nötig ist, die kann er als Verlust abschreiben. Das kann doch nicht im Interesse des Händlers sein!"

Einige der Zuhörer reagierten mit Kopfschütteln und Gemurmel, aber Marcus war noch lange nicht fertig mit seiner Ansprache. Und er war nicht gewillt, sich das Rederecht untergraben zu lassen.

„Und wenn wir ehrlich sind, gibt es das Prinzip einer Währung doch schon längst. Seit Jahrzehnten scheint es üblich zu sein, Medikamente oder Munition als Zahlungsmittel zu nutzen. Der Grund liegt doch auf der Hand: Jeder kann damit etwas anfangen – aber nicht jeder hat in gleichem Maße die Möglichkeit, an diese Güter zu kommen! Darin liegt wieder einmal die Ungerechtigkeit. Was ist denn mit all den kleinen Siedlungen, die nicht über genügend Vorräte gewisser Waren verfügen? Sie werden von den Händlern ausgespart und nicht beliefert! Lehnen wir also die Einführung einer gemeinsamen und verbindlichen Währung für alle Mitglieder der Union ab, schnüren wir diesen Gemeinden langsam, aber sicher die Luft zum Atmen ab. Und dazu haben wir kein Recht! Und damit nicht genug: Munition und Medikamente sind Verbrauchsgüter. Was ist denn, wenn irgendwann nicht mehr genügend Tabletten aus der Zeit DAVOR vorhanden sind? Oder wenn sie so alt sind, dass sie nichts mehr nützen? Dann werden wir uns zwangsläufig Gedanken darum machen müssen, wie es weitergehen soll. Wir haben aber schon jetzt die Möglichkeit, die Weichen für die Zukunft zu stellen, so dass uns das Problem nicht betrifft. Warum also warten?"

Zufrieden bemerkte Marcus, dass vor allem jene Ratsmitglieder, die aus kleinen Ortschaften kamen, ihm zustimmend zunickten. Sie kannten die Probleme, die er beschrieben hatte, nur zu gut. Er nahm einen Schluck Wasser und fuhr fort: „Und ich kenne all Ihre Einwände! Sie werden sich fragen, wie sich eine Währung reguliert. Wie werden Preise festgelegt, wie wird sichergestellt, dass die Menschen nicht ein Vermögen für etwas ausgeben, was viel weniger Wert ist? Die Antwort darauf ist einfach: Der Markt wird sich selbst regulieren. Angebot und Nachfrage werden die Preise bestimmen und jeder Händler, der im Geschäft bleiben will, muss seine Angebote so gestalten, dass sie auch gekauft werden. Macht er es nicht, kann er seinen Laden schließen! Und es gibt Skeptiker unter Ihnen, die die Idee vielleicht gut finden, aber mit Recht fragen, wie sicher die Währung ist. Ob es nicht für irgendjemanden leicht wäre, unsere Zahlungsmittel zu fälschen. Ich kann dazu sagen: Dank der Mithilfe des

Instituts bin ich der Überzeugung, Zahlungsmittel geschaffen zu haben, die sehr sicher sind. Von einer absoluten Sicherheit kann natürlich niemand sprechen, denn das ist unmöglich. Aber ganz ehrlich: Falsche Patronen oder Medikamente sind schon immer verwendet worden, um Händler und Kunden zu täuschen. Das kann also kein Argument gegen eine Währung sein."

Der Präsident gab seinen Zuhörern Zeit, das Gesagte sacken zu lassen, und nahm unterdessen einen langen Zug von der Stumpenzigarre.

„Ich bitte Sie daher, heute genau abzuwägen, wie Sie Ihre Stimme einsetzen werden. Ich bin der festen Überzeugung, dass Sie alle in Ihrem Innersten wissen, welche Wahl die richtige ist. Nicht nur für sich oder Ihre Heimat allein – sondern für die Union, unser aller Heimat! Ich bitte sie, meinen Antrag zu unterstützen, denn er bedeutet Gerechtigkeit, Sicherheit und Stabilität für das Jetzt und die Zukunft. Danke."

Damit deutete Marcus eine knappe Verbeugung an, griff nach seinem Gehstock und humpelte zu seinem Platz zurück. Unter den Ratsmitgliedern erscholl währenddessen der erste Applaus. Der Präsident registrierte das Klatschen und die ermunternden Zurufe und reagierte mit einem knappen Lächeln. Es war nicht seine Art, sich im Erfolg zu baden, während das Ziel noch nicht erreicht war. Aus dem Augenwinkel konnte er entdecken, wie seine Worte einige der Unentschlossenen mitgerissen und auf seine Seite gebracht hatten. Dennoch, es würde ein zähes Ringen werden. Während er sich in den Ledersessel sinken ließ, wurde der nächste Redner aufgerufen.

„Es gibt eine Gegenrede zu Präsident Tailors Ausführungen. Es spricht nun: Nigel Sumter, Repräsentant der freien Händler in der Union."

Marcus lehnte sich zurück und beobachtete, wie der Genannte unter dem Beifall seiner Unterstützer aufstand und zum Rednerpult schritt. Sumter war ein hochgewachsener und dürrer Mann in den Vierzigern. Er entsprach so gar nicht dem Klischee des wohlgenäherten Händlers, sondern hinterließ viel mehr den Eindruck, schon bei der ersten Windböe Gefahr zu laufen, Knochenbrüche zu erleiden. Dieser erste Eindruck konnte trügen, denn tatsächlich hatte Sumter sich in den vergangenen Jahren einen Ruf als zäher politischer Gegner und besonnener Taktiker erarbeitet. In der Welt DAVOR wäre er wahrscheinlich der Prototyp eines Politikers gewesen. Seine Kleidung war immer eine Idee zu ordentlich, wirkte aber einschüchternd auf Beobachter. Allein das trug dazu bei, dass man sich in der Nähe des Händlers deplatziert und unwohl fühlen konnte. Sumter hatte einen scharfen, alles durchdringenden Blick, der in den meisten Fällen ausreichte, um den politischen Gegner zum Schweigen zu bringen. Er hatte das Pult erreicht und legte seine Notizen akribisch vor sich ab, rieb sich einmal seine feingliedrigen Hände, als wäre ihm kalt, und begann mit deutlicher Stimme: „Ich danke Präsident Tailor für seine Ausführungen. Sie waren erhellend. Aber: Ich bitte Sie, verehrte Ratsmitglieder, sich nicht gleich von seinen Worten mitreißen zu lassen! Das, was unser Präsident da plant, ist weit diffiziler, als seine einfachen Worte es auszudrücken vermögen. Die Zusammenhänge sind nicht so einfach, wie er uns glauben lassen will.“

Von der Seite kam eine Offizierin schnell an Marcus heran. Allein ihre Schrittgeschwindigkeit war ihm ein Hinweis auf die Dringlichkeit dieser Unterbrechung. Trotzdem, wenn er eines nicht gutheißen konnte, waren es Unterbrechungen, gerade bei so wichtigen Debatten wie im Moment. Sein Kopf fuhr herum und mit seinem verbliebenen, gesunden Auge musterte er die Frau scharf. Sie bemühte sich nicht einmal, Haltung anzunehmen, sondern beugte sich in einer raschen Bewegung hinunter zu ihm und flüsterte ihm etwas zu. Als sie fertig war, blinzelte Marcus sie ungläubig an, doch sie nickte nur. Marcus rang mit seiner Fassung, ließ er seine flache Hand auf den Tisch klatschen. Das laute Geräusch ließ den Redner unterbrechen und zahlreiche Augenpaare wanderten fragend in Richtung des Präsidenten.

Hastig stemmte der sich hoch, atmete unkontrolliert. Sein Gesicht war aschfahl.

„Entschuldigung. Die Sitzung und die heutige Abstimmung sind bis auf Weiteres unterbrochen."

Ohne ein Wort der Erklärung wandte Marcus sich um und humpelte aus dem Sitzungssaal, ließ die Anwesenden ratlos zurück. Als die massiven Flügeltüren sich hinter ihm schlossen, schwoll ein vielstimmiges Murmeln unter den Ratsmitgliedern an.

+++

„Eine Entführung? Das ist ein direkter Angriff auf ihn."

Sal sah nachdenklich aus dem großen Fenster in Richtung der großen Ratshalle in der Ferne. Eris nickte bestätigend. Er trug die Haare mittlerweile kurz und sein stoppeliger Bart war seit einigen Jahren glattrasierter Haut gewichen.

„Absolut. Und es geht ja nicht nur um Marcus. Sie haben auch Arleen."

„Aber warum?" Sal wandte sich zu ihrem Mann. In ihrem Gesicht war eine Mischung aus Angst, Stress und Nervosität zu entdecken. Als Mutter konnte sie erahnen, was es für Eltern bedeutete, wenn ihre Kinder entführt wurden. Eris legte die Stirn in Falten und sch nachdenklich sein Kinn nach vorne.

„Sie wollen Druck auf ihn ausüben."

„Sie? Wer sind denn ‚die', Eris? Du redest so, als wüsstest du genau, wer dafür verantwortlich ist."

Er blickte sie an und schüttelte den Kopf. „Ich habe keine Ahnung. Es sind nur Vermutungen, mehr nicht. Marcus wollte heute seinen Antrag auf die Einführung einer gemeinsamen Währung durchbringen. 'ne knappe Geschichte, aber ich glaube, er hätte das Rennen gemacht. Er hat sich mit dieser Idee nicht unbedingt Freunde gemacht, weißt du?"

„Und wer soll dahinter stecken?"

Eris zuckte mit den Schultern. „Die freien Händler haben bisher am meisten Widerstand geleistet. Sie haben durch die Einführung am meisten zu verlieren. Es gibt ein paar Gemeinden in der Union, die strikt gegen die Einführung sind. Ich kann mir vorstellen, dass sie bereit wären, zu einer Entführung zu greifen."

Sal war nicht überzeugt. Sie schüttelte den Kopf und ging einige Schritte zur Zimmertür, hielt inne. Durch das Holz konnte sie hören, wie ihre beiden Söhne auf der anderen Seite spielten. Erleichterung durchströmte sie.

„Aber macht das Sinn?"

„Was meinst du?", fragte er und ließ sich auf einen bequemen Stuhl sinken.

„Na, diese Entführung. Ich verstehe schon, wer auch immer dahinter steckt, hat nun ein Druckmittel in der Hand und kann Marcus erpressen. Er verzögert die Abstimmung – aber es ist auch dumm."

„Warum?"

Sie lachte einmal säuerlich auf: „Du kennst Marcus. Und noch besser kennst du Moody. Die lassen sich nicht auf der Nase herumtanzen. Wer auch immer für die Entführungen verantwortlich ist, kann die Kinder nicht als Faustpfand einsetzen. Er hat kein Druckmittel."

„Du unterschätzt die Wirkung einer solchen Entführung, Sal."

Sal fuhr zu ihm herum und funkelte ihn an: „Eris! Ich habe zwei Kinder! Ich unterschätze diese Situation überhaupt nicht! Aber denk doch mal nach, verdammt! Wer auch immer die Kinder jetzt hat, setzt sie vielleicht ein, um seine Forderungen durchzubekommen. Und danach? Glaubst du, Marcus oder Moody denken nicht an Rache, sobald Arleen und Joshua in Sicherheit sind? Eines kann ich dir mit Sicherheit sagen: Die beiden werden die Hölle auf die Verantwortlichen hinabregnen lassen."

Eris wiegte seinen Kopf hin und her, während er ihre Argumente bedachte.

„Wahrscheinlich hast du Recht. Es steckt also mehr hinter der Sache?“

„Vielleicht. Zumindest mehr, als wir im Moment zu erkennen glauben.“

Er seufzte auf. „Weißt du, manchmal wünsche ich mir das Leben von damals zurück. Wo es noch einfach war.“

„Ich glaube nicht, dass es damals weniger kompliziert war als heute, Eris. Damals haben wir Entscheidungen nur viel unbedarfter getroffen. Damals hatten wir nur Verantwortung für uns selbst. Heute ist das anders.“

„Siehst du, und deshalb liebe ich dich“, bemerkte er und ging zu ihr hinüber. Die beiden schlossen sich in die Arme und küssten sich lang. Eris konnte ihre innere Anspannung fühlen und drückte sie etwas fester. Für einige Sekunden verlor Sal die Fassung und schluchzte unterdrückt. Die Entführung nahm sie mit. Es waren nicht irgendwelche Kinder. Joshua und Arleen waren die Kinder langjähriger Freunde und Wegbegleiter, und das machte alles viel schlimmer. Sie dachte an ihre Zwillinge und eine Mischung aus Traurigkeit, Machtlosigkeit und Angst drohte sie zu übermannen. Eris berührte sie sanft am Kinn und schob ihren Kopf in den Nacken, so dass sich ihre Blicke trafen.

„Beruhig dich.“

Sal versuchte den Kloß in ihrem Hals herunterzuschlucken und blickte trotzig. „So einfach ist das nicht.“

„Ich weiß. Aber jetzt ist die Sache gelaufen. Alles, was wir jetzt noch tun können, ist, zu helfen.“

„Und wie?“

„Ich weiß nicht. Kümmer’ du dich um Clara und Fiona. Die beiden sind übel mitgenommen. Sei für sie da, so gut du kannst.“

Sal nickte sofort und strich sich die einsamen Tränen aus dem Gesicht. „Und was ist mit dir?“

„Ich kümmere mich um die Väter. Marcus und Moody werden jetzt meinen Rat mehr brauchen als jemals zuvor. Ich muss sie davon abhalten, irgendetwas Dummes zu tun, bevor wir nicht genau wissen, was das zu bedeuten hat. Und ich werde alles tun, was in meiner Macht steht, um Joshua und Arleen zu finden."

Sal nickte zaghaft: „Gut."

Für eine kleine Ewigkeit standen die beiden noch eng umschlungen zusammen, dann küsste er behutsam ihre Stirn und löste sich von ihr.

Zwei Stunden später befand sich Eris im Präsidentenbüro. Hinter einem massiven Schreibtisch saß Marcus mit versteinerter Miene. Seinem massigen Gesicht fehlte die Farbe und seine Kiefer mahlten unruhig. Die obersten Knöpfe seiner Uniform waren aufgeknöpft, und mit seiner rechten Hand massierte er die steife linke.

Eris hatte auf förmliche Kleidung verzichtet. Die Situation bedurfte keines Protokolls, das er eh immer nur als einengend empfunden hatte. Der Zwei-Meter-Mann trug schmucklose, saubere Kleidung, seine Füße steckten in bequemen Stiefeln. Rein äußerlich wat nicht zu erkennen, dass es sich bei ihm um einen Berater des Präsidenten handelte.

„Hast du Beweise dafür, Marcus?", wiederholte er seine Frage eindringlich. Der Angesprochene hatte bisher nicht reagiert, doch Eris hatte beschlossen, nicht lockerzulassen.

„Es ist doch offensichtlich! Wer sonst sollte es getan haben?", entgegnete Marcus und funkelte Eris an.

„Aber es macht keinen Sinn. Es wäre völlig kurzsichtig."

„Ach hör doch auf damit! Die wollen nicht, dass es zur Abstimmung über die Währung kommt, und haben deshalb meinen Sohn entführt."

„Marcus! Denk doch mal nach. Sie setzen dich damit jetzt unter Druck – und was kommt danach? Nehmen wir doch einfach mal an, du würdest einknicken und die Währung nicht einführen – was wäre die Konsequenz? Denen muss doch klar sein, dass sie damit auf lange Sicht nicht durchkommen werden. Du wirst absolut zu Recht nach Rache dürsten und es dir nicht gefallen lassen. Du wirst reagieren, sobald Joshua in Sicherheit ist."

„Ja, und?"

„Damit wäre der Faustpfand doch sinnlos. Wer immer dahinter steckt, wird so doch alles, was er dir abgepresst hat, wieder verlieren."

„Nur, wenn ich im Amt bleibe, Eris."

„Du meinst, die Abstimmung zur Währung ist nur ein Vorwand?"

„Vielleicht."

„Sie zwingen dich also zum Rücktritt. Und danach ?"

„Eris, ich habe die Union erschaffen, ich weiß, wie sie funktioniert. Wenn ich zurückgetreten bin, gebe ich meinen Einfluss und meine Rechte ab. Ich kann nicht einfach gegen sie vorgehen, ohne die Gesetze zu verletzen, die ich selbst aufgestellt habe."

Eris wurden langsam die Dimensionen klar. Sollte es so kommen, wie Marcus prophezeite, dann würden die Verantwortlichen für die Entführung tatsächlich im Vorteil sein. Auf einmal würden die Rache und Marcus' gerechter Zorn aussehen wie ein Angriff auf die Union. Und jedem musste klar sein, dass Marcus nie etwas tun würde, um seinen eigenen Traum zu zerstören. Jetzt ergab Arleens gleichzeitige Entführung Sinn. Damit gab es ein Druckmittel, das man gegen Moody einsetzen und mit dem man ihn aus dem Amt drängen konnte. Dann wäre er nicht mehr General der Unionsarmee und wäre dem Willen seiner Feinde schutzlos ausgeliefert. Eris verzog säuerlich das Gesicht.

„Gar nicht mal so dumm. Und du meinst, die Händler waren es?"

„Das macht im Zusammenhang am meisten Sinn. Sie haben in den letzten Jahren schon ziemlich ächzen müssen bei einigen Erlässen. Als es um die Zölle ging damals, haben sie keinen Hehl darum gemacht, was sie davon halten. Vielleicht hat sich Einiges bei ihnen angestaut."

„Also willst du bei Sumter ansetzen, Marcus?"

„Dieser Schlange traue ich alles zu. Es wäre ein Anfang."

„Willst du es offiziell machen?"

„Das kann ich ohne Beweise nicht. Er wird es leugnen."

„Soll ich ihn in die Mangel nehmen?"

„Nein. Hilf mir, Beweise zu finden. Hilf mir, meinen Sohn wiederzufinden, Eris."

Eris ging sich durch seine dunkelblonden Haare und wog seine Möglichkeiten ab, nickte zustimmend.

„Ich werde mein Bestes geben, Marcus. Wie sieht es mit Moody aus?"

„Der ist bei einem lange geplanten Manöver mit der Truppe."

„Weiß er schon Bescheid?"

„Ich habe einen Funkspruch absetzen lassen, aber bisher gibt es keine Rückmeldung."

„Er wird nicht erfreut sein. Wahrscheinlich bricht er die Übung ab und marschiert so schnell er kann zurück nach Yard."

„Das kann ihm wohl niemand verübeln, Eris, am wenigsten ich. Vielleicht ist es ganz gut, wenn er wieder hier ist."

„Wirklich? Du kennst Moody, der würde Sumter nicht mit Samthandschuhen anfassen und wahrscheinlich erst recht einen Konflikt provozieren."

„Und das kann ich ihm nicht verübeln, wenn diese falsche Schlange wirklich der Drahtzieher ist. Aber es hat klare Vorteile, wenn er das Manöver abbricht und zurück nach Yard marschiert. Er hat eintausend Unionssoldaten dabei."

Völlig perplex starrte Eris den Präsidenten an und schüttelte ungläubig den Kopf.

„Du hast doch nicht vor, Soldaten einzusetzen, oder, Marcus?"

„Im Moment nicht. Aber ich glaube, es ist gut, eine loyale Armee in der Hauptstadt zu haben, wenn die Händler wirklich einen Umsturz planen."

„Eine Revolution? Das wäre ein starkes Stück."

„Im Moment ist alles möglich. Ich habe die verbleibende Garnison schon in Alarmbereitschaft versetzen lassen, nur für alle Fälle."

Eris stöhnte, stand auf und streckte sich. „Wir müssen höllisch aufpassen, dass uns die ganze Geschichte nicht entgleitet. Im Moment hat das alles das Potential, zu einem Selbstläufer zu werden, den wir nicht mehr kontrollieren können, wenn einmal Bewegung drin ist."

„Ich weiß. Aber für den Moment ist abwarten keine Alternative."

„Wie geht es Clara?", fragte Eris, um das Gespräch in eine andere Richtung zu lenken.

„Sie gibt sich kämpferisch. So wie immer. Aber sie macht sich schwere Vorwürfe, dass sie Will mit beiden Kindern auf den Markt geschickt hat."

„Niemand konnte das vorhersehen", schüttelte Eris den Kopf.

„Vielleicht schon. Deshalb habe ich Will ja vor ein paar Jahren in den Dienst genommen. Mir war immer klar, dass einmal was passieren kann. Dass es so übel wird, hätte ich nicht erwartet."

„Glaubst du, mehr Leibwächter hätten geholfen?"

Marcus verzog nachdenklich das Gesicht und blickte für einige Momente ins Leere, schüttelte er den Kopf.

„Nein. William war gut in dem, was er tat. In all den Jahren hat es nicht einen Zwischenfall gegeben. Er war die richtige Wahl. Und es ist bitter, zu wissen, dass er nur wegen meines Jungen in Gras beißen musste, Eris."

Der Abend dämmerte bereits, als Eris die Garnison erreichte. Der große Militärkomplex war bereits kurze Zeit nach der Schlacht um Yard entstanden und in den darauffolgenden Jahren immer stärker gewachsen. Das Gelände lag einige Kilometer nördlich von Yard, aber immer noch in Sichtweite der Stadt, sodass die hier stationierten Soldaten im Ernstfall innerhalb kürzester Zeit ausrücken konnten.

Die Garnison war das Nervenzentrum der Unionsarmee. Der Truppenverband hatte sich bereits Tage nach dem Sieg über Banner im Jahre 2056 gegründet und war mit der Ausbreitung der Union konsequent aufgestockt worden. Aktuell dienten etwa achttausend Soldaten in der Armee, wobei die meisten von ihnen ihren Dienst in der gesamten Union versahen. In Yard hingegen waren normalerweise zweitausend Kämpfer stationiert, doch die Hälfte von ihnen war zu einem Manöver ausgerückt.

Die Baracken und Lagerhallen waren von einem hohen Zaun umfriedet, der in regelmäßigen Abständen von Wachttürmen durchbrochen wurde. Tatsächlich war für das ungeübte Auge kaum erkennbar, dass die Anlage nur von der halben Mannschaft besetzt war. Soldaten standen auf ihren Posten und Rekruten wurden trotz der hereinbrechenden Dämmerung über den Exerzierplatz gejagt. Über der ganzen Szenerie lag ein monotones Brummen und Summen, das von dem großen Umspannwerk auf dem Gelände stammte. Hier kam der Strom aus dem Windpark an, bevor er auf die nahegelegene Stadt verteilt wurde.

Eris war die wenigen Kilometer aus Yard zu Fuß hierhergekommen. Ohne Frage hätte er ein Fahrzeug bekommen, wenn er gewollt hätte, doch tatsächlich nutzte er den Marsch, um seine Gedanken zu ordnen. Am Tor hielt man ihn nicht lange auf. Zwar besaß er einen Passierschein, aber in den meisten Fällen waren diese Dokumente gar nicht nötig. Durch seinen Einsatz in der Schlacht vor sieben Jahren hatte er so was wie einen stillen Heldenstatus erlangt, auch wenn ihm das nie recht gewesen war. Er hatte einfach getan, was in der jeweiligen Situation notwendig war. Diese Anerkennung und der Umstand, dass er offiziell als Berater des Präsidenten galt, öffneten ihm im Regelfall alle Türen und Tore.

Obwohl die Union eine Insel der Zivilisation in der Welt DANACH darstellte, gab es so etwas wie eine Polizei nicht. Das, was in der Welt DAVOR ordnungstechnisch von der Polizei übernommen wurde, fiel hier der Unionsarmee zu. Eris konnte nicht einfach auf gut Glück mit seinen Nachforschungen loslegen, er musste wissen, zu welchen Erkenntnissen die Armee bisher gelangt war. Die Ordnungskräfte der Armee waren in separaten Baracken untergebracht, und er nahm den schnellsten Weg dorthin, passierte einige Rekrutengruppen. Kaum hatte er das lang gezogene Gebäude betreten, lief ihm ein Offiziersanwärter über den Weg, schwer beladen mit zahlreichen Akten.

„Entschuldigung“, hielt er den jungen Mann an, „ich suche nach Offizier Valdez.“

„Und ich bin nicht die Auskunft“, knurrte Mann. Er sah über den Aktenstapel hinweg und lächelte ertappt. „Oh, Ratsmitglied Young! Entschuldigen Sie, ich habe Sie im ersten Moment nicht erkannt…“

Eris sparte es sich, auf das Gestammel des Mannes einzugehen. Er zog seine Augenbraue lediglich ein wenig in die Höhe und legte seinen Kopf schief, seine Frage war immer noch offen. Einige Momente blickten die Männer sich stumm an, dann bemerkte der Offiziersanwärter, dass seine Entschuldigung ohne Reaktion bleiben würde.

„Denn Gang hinunter, Ratsmitglied Young. Die achte Tür auf der linken Seite.“

Eris nickte und ließ den ratlosen Soldaten ohne ein weiteres Wort zurück. So oft er nun schon bei seinem Nachnamen genannt worden war, er konnte sich einfach nicht daran gewöhnen. Sein Leben lang hatte er nur einen Namen, nur seinen Vornamen besessen. Dann, vor einigen Jahren, kam die Notwendigkeit für einen Nachnamen auf. Marcus hatte dafür eine ganz einfache Erklärung parat gehabt: Je größer die Union wurde, umso wichtiger wurde ein Nachname gerade für die Führungspersonen. Er hatte erklärt, dass ein Anführer nicht fälschlicherweise als Freund wahrgenommen werden durfte, dass allein der Nachname die notwendige Distanz und den Respekt schaffen würde.

Widerwillig hatten Sal und Eris zugestimmt und den erstbesten Namen genommen, der ihnen einfiel. Das änderte jedoch nichts daran, dass es so gut wie unmöglich war, eine alte Gewohnheit aufzugeben. Nachnamen hatten darüber hinaus gerade für die Bürokratie noch große Vorteile, denn mit ihnen war es einfacher, den Überblick über den schnell wachsenden Staat und seine Bürger zu behalten.

Die Bürotür, zu der er gewiesen worden war, stand weit offen. Im hellen Licht einer Neonröhre an der Decke saß eine Frau mittleren Alters konzentriert hinter einem schwer beladenen Schreibtisch. Ihre Uniform wirkte zerknittert und unordentlich, ihre schwarzen Haare saßen nicht ganz perfekt. Eris schätze sie auf nicht älter als Mitte dreißig Jahre ein.

Sie machte nicht den Eindruck einer Schreibtischtäterin, wie er ihn schon häufig bei Offizieren bemerkt hatte, vielmehr schien sie gut trainiert. Unmengen an Akten stapelten sich in dem kleinen Büro zu hohen Türmen auf. Eris blieb im Türrahmen stehen und räusperte sich.

„Ich habe zu tun", merkte die Frau an, ohne ihren wachsamen Blick von der Akte zu nehmen.

„Ich weiß. Ich bin genau deshalb hier", entgegnete Eris und setzte ein gewinnendes Lächeln auf.

Die Frau blickte etwas irritiert hoch, doch die Falten auf ihrer Stirn glätteten sich, als sie den Besucher erkannte. Dienstbeflissen schlug sie die Akte zu, schnellte in die Höhe und richtete mit einigen schnellen Handgriffen die Uniform. Sie setzte ein freundliches Lächeln auf und salutierte knapp.

„Ratsmitglied Young. Entschuldigen Sie, ich war ziemlich beschäftigt."

Eris winkte ab und reichte ihr die Hand. „An einem Offizier, der wirklich seine Arbeit macht, gibt es wohl nichts auszusetzen. Nehmen Sie die Hand runter, ich gehöre ja nicht zu Ihrem Verein." Valdez folgte seinem Rat und kam hinter ihrem Schreibtisch hervor.

Hastig bugsierte sie einen Aktenstapel von dem Stuhl vor ihrem Schreibtisch und bot Eris den Platz an. Er setzte sich.

„Was verschafft mir die Ehre, Ratsmitglied?"

„Zuerst einmal: Wir werden in der nächsten Zeit wahrscheinlich öfter miteinander zu tun haben. Und ich würde es begrüßen, wenn wir dabei auf diese unsäglichen Nachnamen verzichten könnten. Ich habe mich eh nie daran gewöhnen können."

Die Frau hatte sich gerade in ihrem Stuhl niedergelassen und ihr Gesichtsausdruck verriet, dass sie die Situation nicht recht einzuschätzen wusste. Dennoch willigte sie ein.

„Maria."

„Also, Maria. Ich komme wegen der Entführung."

„Das habe ich vermutet. Jedoch dachte ich, dass man mich morgen im Rat dazu hören will."

„Mein Besuch heute Abend bedeutet nicht, dass diese Bürde nicht auch auf dich zukommt."

„Wunderbar." Sie lächelte gequält.

„Ich kann das gut verstehen. Es gefällt mir auch nicht immer bei den ganzen Bürokraten."

„Also, Ratsm ... Eris, wie kann ich helfen?"

„Mit dem, was es bisher zu der Entführung gibt", erklärte Eris knapp.

Sie machte eine ausholende Geste und sah sich um.

„Also alles hier. Wunderbar."

Eris schätzte mit einigen Seitenblicken die Aktenberge ab.

„All das hier gehört zur Entführung?"

„Was soll ich sagen? Sie ... du kennst den Markt. Er ist eigentlich immer sehr gut besucht. Da bleibt es nicht aus, dass es eine ganze Menge an Aussagen zu dem Vorfall gibt. Der Anschlag passierte ja am helllichten Tag vor den Augen zahlreicher Marktgänger."

„Sind die Aussagen denn wenigstens hilfreich?"

„Schön wäre es. Ich habe hier fast einhundert Beschreibungen der Angreifer. Und jeder will irgendetwas anderes gesehen haben.

Mal waren es fünf Angreifer, mal drei, manchmal nur zwei. Jedes Mal haben sie andere Kleider getragen. Einige Zeugen sagten aus, die Angreifer wären mit Pistolen bewaffnet gewesen, andere sprechen von Gewehren. Man sollte meinen, viele Zeugen machen es für uns einfach, aber im Gegenteil."

Eris nickte verstehend. Er kannte das Problem nur zu gut und hatte es in seinem Leben oft genug erlebt. So wie er es verstanden hatte, reagierte der Körper auf Stress in besonderer Art und Weise, blendete mutmaßlich unwichtige Details aus und konzentrierte sich auf das Wesentliche. Das war logisch: Wenn man von jemandem angegriffen wurde, war die Bewegung des Gegners wichtiger als die Farbe seines Pullovers. Der Geist schmückte die unwichtigen Details schnell aus, und so kamen die abweichenden Aussagen zutande.

„Na ja. Immer noch besser, als gar keine Hinweise zu haben, oder?", versuchte er zu beschwichtigen.

„Wie man es nimmt. So wie es jetzt ist, ist es schwer bis unmöglich, die richtige Variante zu finden und Hinweise für die weitere Ermittlung zu sichern."

„Wissen wir denn, wohin die Täter geflohen sind?"

Ihr Gesicht hellte sich etwas auf, als sie einen Stapel Papier aus dem Chaos hervorzog.

„Ja. Zumindest gibt das mehr her als eine Täterbeschreibung. Die Angreifer sind in dem Chaos in südliche Richtung geflüchtet. Das wissen wir, weil sie auf dem Weg noch zwei Marktgänger angeschossen haben. Dann verliert sich aber diese Spur."

„Nach Süden? Das ist nicht sehr aufschlussreich."

„Nein, nicht wirklich. Sie könnten überall hin sein. Der Markt ist groß. Es gibt Hallen und Stände, noch dazu haben wir immer wieder Zugänge zu den Tunneln unterhalb der Stadt. Sie können zum Bahnhofsviertel oder zum Depot geflüchtet sein."

„Können sie die Stadt verlassen haben?"

Maria wiegte den Kopf hin und her. „Die Möglichkeit besteht, aber ich halte es für weniger realistisch."

„Warum?“

„Richtig ist, dass wir die Stadt erst gut zwanzig Minuten nach dem Angriff abgeriegelt haben. Bis dahin konnten tatsächlich noch genügend Menschen Yard verlassen. Jedoch glaube ich, es wäre an den Toren aufgefallen. Die Kinder haben sicherlich eine Menge Lärm gemacht – und die meisten Soldaten in Yard kennen die Tochter des Generals.“

„Sind die Tore mittlerweile wieder offen?“

„Ja, aber es gibt strikte Personenkontrollen. Wir können es uns nicht leisten, die Stadt geschlossen zu halten, Yard ist auf einen funktionierenden Markt angewiesen. Jetzt haben wir zwar lange Schlangen an den Toren, aber das spielt keine Rolle. Wenn die Angreifer nicht sofort nach der Tat die Stadt verlassen haben, dann sind sie noch innerhalb der Zäune.“

„Nicht zwangsläufig. Das Tunnelnetzwerk unter der Stadt ist riesig. Vieles stammt aus der Zeit DAVOR, aber in den Jahrzehnten DANACH ist kräftig gebuddelt und gebaut worden. Ich will damit nicht sagen, dass unsere Entführer diesen Weg genommen haben, aber die Möglichkeit besteht natürlich. Und da es nicht um irgendeine Entführung geht, gehe ich stark davon aus, dass es keine spontane Aktion war. Die werden vorher geplant haben“, meinte Eris.

„Also?“

„Wir müssen die Tunnel durchkämmen, um sicher zu sein.“

„Eris, ich finde die Idee wirklich gut, aber dazu brauche ich mehr Soldaten.“

„Das wird wohl das geringste Problem sein. Dazu braucht es nur einen unterschriebenen Befehl.“

„Das ist ein Anfang. Aber es könnte Tage dauern, bis wir wirklich alles durchsucht haben. Die Tunnel sind nicht ganz ungefährlich. Einige sind einsturzgefährdet, in anderen gibt es noch Fallen aus der Zeit vor der Union. Und manche wurden seit Jahrzehnten nicht mehr betreten.“

„Dann musst du das so schnell wie möglich in Angriff nehmen."

„Sobald ich die Freigabe für mehr Soldaten habe, kümmere ich mich darum."

„Schön. Ich will auf dem Laufenden gehalten werden."

„Aber sicher. Wo machen wir weiter?"

„Bei den beiden Marktgängern, die verletzt wurden. Da stimmt irgendetwas nicht. Der ganze Markt ist voller Menschen und nur die beiden fangen sich eine Kugel? Warum? Warum haben die Angreifer auf sie geschossen?"

„Beide liegen noch im Krankenhaus."

Eris' Miene hellte sich für einen Augenblick auf. Das war die erste gute Nachricht an diesem Tag, denn er wusste, an wen er sich wenden musste.

„Gut, Maria. Ich kümmere mich darum. Du schaust dir weiter die Zeugenaussagen an und überprüfst die Tunnel. Wenn sich nicht irgendetwas ändern sollte, bin ich morgen Mittag wieder hier und wir tragen zusammen."

„Jawohl."

„Ach, und kannst du mir einen Wagen rufen? Ich glaube, meine Frau bekommt einen Herzinfarkt, wenn ich erst in ein paar Stunden zu Hause bin."

+++

Perry gähnte lautstark und versuchte, die morgendliche Müdigkeit mit intensivem Strecken zu vertreiben, was ihm nicht so recht gelingen wollte. Gestern Abend war es spät geworden und die wenigen Stunden Schlaf forderten ihren Tribut. Der Arzt machte keinen Hehl daraus. Er war in diesem Frühjahr fünfzig geworden und merkte mittlerweile mehr denn je das Alter seiner Knochen. Während er vor einigen Jahren immer noch ganz gut mit wenig Schlaf ausgekommen war, sah das heute anders aus. Alles, was die Marke von sieben Stunden Schlaf unterschritt, zehrte an ihm. Perry beschloss, seine Müdigkeit mit mehr Kaffee zu vertreiben und schüttete sich seine dritte Tasse an diesem Morgen ein. Er war froh, dass die Notfälle sich heute in Grenzen hielten und die leichten Unfälle bei seinen Kollegen landeten. So hatte er einige Zeit für sich. Sein Blick streifte den großen Spiegel im Büro und verharrte einige Momente auf seinem Abbild. Die letzten Jahre der Sesshaftigkeit hatten sichtbar ihre Spuren hinterlassen. Unter seinem Hemd spannte sich ein Wohlstandsbauch und seine Schultern hatten an Kraft verloren. Während sein gut gestutzter Vollbart immer noch einen prächtigen Eindruck machte, zog sich sein Kopfhaar immer weiter zurück. Er rieb sich über die Halbglatze und schüttelte den Kopf.

„Du bist alt geworden", murmelte er mehr zu sich selbst und ging zum Schreibtisch hinüber. Aus der obersten Schublade holte er einen verbeulten Flachmann hervor und wendete ihn im morgendlichen Sonnenlicht. Das Metall war zerkratzt. Die Flasche war über Jahre sein treuer Begleiter gewesen und obwohl er seine Trinkgewohnheiten seinem Alter angepasst hatte, seit er in Yard lebte, würde sich diese Verbindung wahrscheinlich niemals lösen. Er schüttete etwas Schnaps in seinen Kaffeebecher, nahm einen Schluck aus der dampfenden Tasse.

„Viel besser", stellte er zufrieden fest und verstaute den Alkohol in der Schublade.

Mit einem leisen Seufzer ließ er sich in seinen Sessel fallen und drehte den Stuhl zum Fenster. Von hier aus hatte er einen guten Blick auf das Ostquartier. Es war das erste Viertel, das im Zuge der Neustrukturierung von Yard außerhalb der alten Stadtmauern gebaut worden war. Feinsäuberlich und ordentlich reihten sich dort die Häuser an schnurgerade, lange Straßen. Es hatte etwas Surreales, bis vor einigen Jahren herrschte dort die Natur. Innerhalb kürzester Zeit war die grüne Ebene den Menschen gewichen, die in ihrer eigentümlichen Art und Weise Ordnung schafften. Es stimmte wirklich: Yard war Zivilisation. Das Zentrum der Union war der Beweis dafür, dass die Menschheit noch existierte und in der Lage war, der Welt ihren Stempel aufzudrücken. Perry hatte in seinem Leben viel gesehen und eine solche Entwicklung nie für möglich gehalten. Die Union prägte die Welt DANACH und gab ihr ein neues Gesicht. Vielleicht gab es ja doch noch so etwas wie Hoffnung. Wenn er bedachte, was die Überlebenden hier innerhalb weniger Jahre geschaffen hatten, bestand eine Chance, neue Zivilisation in die Welt zu bringen.

Außerhalb der großen Stadt sah es freilich anders aus, und er wusste, dass sich das Leben für die Menschen in den Siedlungen und Dörfern hingegen nur langsam änderte. Aber das hier war ein Anfang. Perry hätte sich niemals träumen lassen, dass er einmal Teil dieser Entwicklung werden würde. Was sich vor sieben Jahren hier abgespielt hatte, hatte etwas in Bewegung gesetzt, das nicht vorhersehbar war.

Es klopfte.

Perry drehte seinen Kopf zur Tür.

„Ja, bitte?"

Die Tür wurde geöffnet und im Rahmen stand Eris, lächelte seinen alten Wegbegleiter an.

Der Arzt stellte seine Tasse beiseite. „Eris! Das ist ja eine Überraschung!"

Er stand auf, umrundete den Schreibtisch und hielt auf seinen Freund zu. Die beiden begrüßten sich herzlich.

„Hey, alter Mann. Tu nicht so, als ob mein Besuch etwas Besonderes wäre. Wir wohnen immerhin in der gleichen Stadt."

„Dafür lässt du dich aber auffallend selten sehen, weißt du?", bemerkte Perry mit einem diebischen Lächeln.

„Ja, ich weiß. Du kannst dir nicht vorstellen, wie anstrengend die Arbeit mit dem Unionsrat ist. Das frisst viel mehr meiner Zeit, als mir lieb ist."

„Deine Ausreden waren auch mal besser, Eris."

Die alten Freunde setzten sich und Perry schenkte Eris einen dampfenden Becher Kaffee ein.

„Also, wo drückt der Schuh? Es kommt selten vor, dass du einfach so zu einem Arzt gehst. Es muss also wichtig sein. Oder", er grinste spöttisch, „vielleicht peinlich?"

Eris schnitt eine vielsagende Grimasse. „Mach dir mal um mich keine Sorgen, Perry. Mir geht es gut. Ich komme wegen anderer Sachen."

„Lass mich raten. Es geht um die beiden Patienten mit Schussverletzungen vom Markt."

Anerkennend nickte Eris. „Ja. Ich sehe, du hast deinen Scharfsinn behalten."

„In meinem Alter gehört der zu den wenigen Fähigkeiten, die ich noch habe. Aber wenn ich ehrlich bin, geht das Gerücht um, dass du dich mit der Entführung befasst. Es war nur eine Frage der Zeit, bis du hierherkommen würdest."

„Du bist gut informiert."

„Ich gebe mir die größte Mühe. Wie geht es ihnen?", erkundigte der Mediziner sich.

„Wem? Marcus und Clara? Sie schlagen sich tapfer. Besser, als Sal und ich es in einer solchen Situation machen würden. Bei Fiona sieht es anders aus. Moody ist gerade zu einem Manöver unterwegs, und sie ist völlig mitgenommen. Sal ist seit gestern ununterbrochen bei ihr und passt auf."

„Eine üble Angelegenheit, die ganze Geschichte", meinte Perry düster und schob sein Kinn nach vorne.

„Ja. Und deshalb ist es so wichtig, dass wir uns um die Sache kümmern."

„Gibt es denn schon Vermutungen?"

„Keine, die ich zu laut nennen würde. Marcus vermutet eine Verschwörung der Händler, die letztlich zu seiner Absetzung und der Moodys führen soll. Für mich sind das bisher nur Theorien, und es ist schwer, irgendwas zu machen, solange wir keine Beweise haben. Davon abgesehen ist es vor allem wichtig, Arleen und Joshua lebendig zu ihren Eltern zurückzubringen."

„Ein Umsturz? Scheiße, Eris. Das ist genau das, was ich all die Jahre gefürchtet habe."

„Beruhig dich. Bisher ist das nur eine Theorie. Und tu mir einen Gefallen und behalte das für dich. Ich weiß nicht, wem wir trauen können."

„Klar."

„Gut. Und wenn ich dich jetzt nach den beiden Verletzten frage, die gestern vom Markt hierher gebracht wurden, kannst du mir dann irgendwas erzählen, was wichtig ist?"

„Abgesehen von langweiligen Daten über ihren Gesundheitszustand? Ja, kann ich. Es gibt ein recht bemerkenswertes Detail bei den Verletzten."

Perry holte einen abgegriffenen Notizblock aus einer der Schubladen hervor und suchte die richtige Seite. „Ah, hier ist es. Die Durchschüsse sind glatt und sauber. Das ist keine normale Munition gewesen."

Perry hantierte mit einigen Skizzen und Notizen herum und reichte den Block über den Tisch.

„Sondern?", entgegnete Eris, der sich gar nicht die Mühe machen wollte, die kryptischen Zeichen auf dem Papier zu entschlüsseln.

„Die Verletzungen deuten auf ein Pistolenkaliber hin. Das macht Sinn, denn alles andere wäre auf dem Markt ziemlich unhandlich gewesen. Die Wundkanäle deuten darauf hin, dass es sich um panzerbrechende Munition gehandelt haben muss. Bedenkt man, dass Joshuas Leibwächter eigentlich eine Schutzweste tragen sollte, ist das logisch."

„Ja, Perry. Aber panzerbrechende Munition bei Pistolen?"

„Genau darum geht es. Eher unüblich. Vielleicht handelt es sich um Bestände aus der Zeit DAVOR, aber ich bin ehrlich, selbst da war so was selten. Und heute? Was soll ich sagen? Die einzigen, die panzerbrechende Munition in allen Kalibern benötigen und herstellen, sind die Jungs vom Unionsmilitär."

„Das Militär?"

„Ja, ich weiß, Eris. Aber das ist die naheliegendste Variante. Die andere würde bedeuten, dass irgendwer bei den Händlern zufällig panzerbrechende Munition aus der Zeit DAVOR gefunden hat und rein zufällig auch die passende Waffe für das Kaliber aufgetrieben hat. Das sind wohl zu viele Zufälle, oder?“

„Wenn das stimmt, Perry, ist die Geschichte noch größer als bisher gedacht.“

„Sieht danach aus. Aber viel weiter hilft dir das nicht. Ohne dass wir Beweise haben, ist das hier wertlos.“

„Dann brauchen wir die Kugeln. Es waren Durchschüsse?“

„So ist es. Wenn du die Dinger auftreiben kannst, lässt sich mit Sicherheit sagen, ob die Munition aus Militärbeständen gekommen ist. Das, was das Unionsmilitär verwendet, ist mit Naniten aus dem Institut behandelt. Einzigartig, verstehst du?“

„Das wird ja wie die Nadel im Heuhaufen. Bei dem Leibwächter werden wir kein Glück haben?“

Perry schüttelte den Kopf.

„Ich bin kein Leichenbeschauer. Und bei ihm war es nicht notwendig. Er ist auf dem Markt erschossen worden und brauchte keinen Arzt mehr. Ich habe seinen Leichnam nie gesehen.“

„Moment mal, was heißt das?“

„Das ist weniger eine Verschwörung, als du erwartest. Tote brauchen nun mal keinen Arzt, ganz einfach. Nach allem, was ich gehört habe, hat dieser Ashton keine Familie gehabt, und bei dem warmen Wetter jetzt zum Ende des Sommers musst du die Leute schnell unter die Erde bringen, sonst wird es unangenehm. Marcus hat wohl alles veranlasst und hat ein paar der alten Kameraden zusammengetrommelt.“ Er kratzte sich nachdenklich am Hinterkopf. „Wer hat es mir denn erzählt? Glaubst du, ich komme drauf? Na, wie auch immer. Jedenfalls gibt es heute Morgen ein Begräbnis auf dem Ehrenfriedhof im kleinen Kreis, Marcus ist auch dabei.“

Eris verschränkte die Arme vor der Brust und schüttelte den Kopf. „Und das ist dir nicht komisch vorgekommen?“

„Warum sollte es? Das ist das Standardvorgehen bei einem Toten im Sommer."

„Du hast gerade von Zufällen gesprochen. Ist es nicht ein großer Zufall, dass wir im Leichnam von Ashton vielleicht ein paar Spuren finden würden, die uns zum Täter führen, und genau dieser Leichnam schon verbuddelt wurde?"

„Wie ich sagte. Eigentlich ist das normal. Aber jetzt, wo du eine mögliche Verschwörung ins Spiel bringst, sollten wir das vielleicht mal überprüfen. Aber wie gesagt, es ist der Ehrenfriedhof."

Eris fluchte leise. Der Ehrenfriedhof war direkt nach dem Sieg über Banners Armee entstanden. Dort wurden die Gefallenen aus der Schlacht um Yard begraben – und all jene, die sich in den Folgejahren für die Union verdient gemacht hatten. Das Problem lag auf der Hand, der Ehrenfriedhof wurde durch die Unionsarmee bewacht. Und es war egal, ob man als Held der Union galt oder nicht, die Exhumierung eines Toten gehörte zu den wenigen Dingen, die man Eris bestimmt nicht durchgehen lassen würde.

„Großartig. Es hätte ja nicht einfach sein können, oder?"

„Was ist denn, wenn Marcus sich dafür einsetzt? Er ist bestimmt auf deiner Seite."

Eris dachte einen Moment nach, schüttelte dann aber energisch den Kopf. „Ich bitte dich. Ich kann ihm doch nicht sagen, dass er mir die Erlaubnis gibt, seinen Leibwächter, den er gerade begraben hat, auszubuddeln. Und wenn das Militär in die Sache verstrickt ist, geht das nach hinten los. Schau mal, die nehmen die Sache mit den Toten sehr ernst. Wahrscheinlich ist es eine der größten Beleidigungen für den Korpsgeist, dort jemanden wieder auszugraben."

„Und was dann?"

„Wir müssen nachts selbst hin und buddeln."

Perry lachte auf. „Wir? Sal ist auch dabei? Und Tyler? Wie in den guten alten Zeiten?"

Eris konnte sich das Grinsen nicht verkneifen. Der Gedanke, wieder mit den Freunden unterwegs zu sein, war angenehm. Gemeinsam hatten sie vieles durchgestanden und wären wahrscheinlich auch jetzt eine gute Wahl. Allein – es ging nicht. Tyler lebte mittlerweile beim Institut und verbrachte viel Zeit damit, durch die Welt zu reisen und Spuren aus dem DAVOR zu untersuchen, und Sal war nicht mehr die Gleiche wie vor sieben Jahren. Die Mutterrolle hatte sie in Beschlag genommen und sie war dankbar über diesen Wechsel gewesen.

„Nein. Nur wir beide."

„Wann habe ich eigentlich gesagt, dass ich bei der Sache mitmache, Eris?"

„Muss ich dich denn wirklich fragen, Perry?"

„Nein. Ich bin dabei. Wenn die Sache so groß ist, wie du sagst, brauchst du Hilfe. Vor allem, wenn du nachts auf den Ehrenfriedhof willst. So nachtblind, wie du bist, würdest du dich entweder verlaufen oder irgendein anderes Grab öffnen."

„Danke, Perry."

„Nicht der Rede wert. Was passiert bis heute Nacht?"

„Ich werde mich auf dem Markt umsehen und hoffen, dass ich Glück habe, die Kugel zu finden. Vielleicht fällt mir ja noch was anderes ein. Das Militär untersucht gerade die Tunnel unter der Stadt."

„Vielleicht finden sie ja was."

„Vielleicht. Oder sie verstecken was. Jetzt, wo es Hinweise auf eine mögliche Verschwörung gibt, ist nichts mehr sicher."

„Weißt du was? Manchmal vermisse ich die Jahre vor Yard. Nicht wegen der Jugend. Sondern weil das Leben damals viel einfacher war."

Kapitel 2

Spurensuche

Marv wischte sich seine Finger an der Schürze ab und schüttelte den Kopf. „Ich habe immer gedacht, dass ihn seine Arbeit irgendwann umbringen wird."

Eris sagte nichts und wandte sich stattdessen dem dampfenden Inhalt des zerkratzten Tellers zu. Für den Moment wollte er den Koch erst einmal reden lassen.

„Früher oder später musste das ja passieren. Es war doch klar, dass Präsident Tailor sich mit seinen Beschlüssen nicht überall Freunde machen würde. Und in einer Stadt wie Yard schrecken Feinde niemals vor Gewalt zurück. Jahrzehntelang wurden Auseinandersetzungen in den Gassen ausgetragen, und ein paar Jahre Zivilisation ändern am Charakter der Bewohner wenig."

Prophezeiend reckte der Veteran seine verkrüppelte Hand nach oben, während er sprach. Der Tod seines alten Freundes hatte ihn sichtbar mitgenommen. Bartstoppeln überzogen sein Kinn und Augenringe bewiesen, dass er wenig Schlaf bekommen hatte. Sein Atem roch nach Alkohol.

Während Eris schweigend aß, schwadronierte Marv über Yard und die Veränderungen, denen die Stadt in den letzten Jahren unterworfen worden war, erinnerte an die bandenähnlichen Strukturen, die über Jahrzehnte geherrscht hatten, und endete in Verwünschungen über die Zustände in der Union.

Eris wartete den richtigen Moment ab, um die Tiraden des Kochs zu unterbinden. Er wischte sich den Mund ab und schob den Teller von sich fort. Der Veteran hielt inne und blickte hinüber.

„Noch eine Portion?"

„Danke, nein."

Marv grunzte zufrieden und räumte ab. Als er zurück war, sah Eris seine Chance.

„Gab es in den letzten Tagen irgendwelche Hinweise?"

„Hinweise?" Der Koch kratzte sich nachdenklich an der Schläfe.

„Nein. Also, nicht dass ich wüsste. Hier war niemand und hat nach Will gefragt oder so."

„Ich denke, das wäre dir sofort komisch vorgekommen. Nein, ich meine andere Sachen. Kleine Details. Hast du vielleicht gesehen, wie er verfolgt wurde? Wie ihn irgendwer beobachtet hat?"

Marv wiegte den Kopf hin und her, während er dabei schwerfällig brummte.

„Hier war die übliche Stammkundschaft wie jeden Tag. Ein paar neue Gesichter, aber das ist normal."

„Gar nichts Auffälliges?"

„Na, wenn ich es doch sage!", beharrte der Veteran und kramte nach seinen Blättchen und dem Tabakbeutel. Während er sich seine Zigarette rollte, verzog er grüblerisch das Gesicht. „Moment. Doch! Shelbie war in den letzten Tagen immer zur gleichen Zeit hier!"

„Wer?" Eris verzog fragend das Gesicht.

„Na, Shelbie. Hat einen kleinen Laden, da hinten."

„Und warum ist das auffällig?"

„Na, weil der Halunke sonst immer erst am Abend vorbei kommt. Und das jetzt schon etliche Jahre. Ich hab' mir erst keine Gedanken drum gemacht, aber jetzt, wo du fragst, fällt es mir auf. Irgendwie sonderbar, oder?"

„Vielleicht."

„Ernsthaft! Der Kerl hat mir mal erzählt, dass er immer erst abends was essen kommt, weil er sich die guten Geschäfte zur Mittagszeit nicht entgehen lassen will. Aber die letzten zwei Wochen kommt er dann doch zur Mittagszeit vorbei."

„Dann sollte ich wohl mal mit ihm sprechen", stellte Eris fest und klopfte zweimal zur Verabschiedung auf den Tresen.

„Ja! Er ist nicht zu verfehlen. Die Gasse hier hinunter. Er hat den Laden auf einer der nächsten Kreuzungsecken. Verkauft Reisebedarf aus zweiter Hand."

Mit einem Nicken hatte Eris sich bereits umgedreht und verließ den Tresen. Wieder auf den belebten Gassen des Marktes schwamm er mit den Menschenmassen und ließ sich in die beschriebene Richtung treiben. Als er die Kreuzung erreichte, scherte er aus dem Strom der Marktgänger aus und suchte sich eine Position, von der aus er den Laden, den Marv gemeint hatte, gut erkennen konnte. Es handelte sich um einen quadratischen Verschlag aus Wellblech, auf einer Auslage davor stapelte sich allerhand aus dritter, vierter und fünfter Hand. Eris kannte diese Art von Läden und noch besser kannte er die dazugehörigen Besitzer. Händler, denen es egal war, dass ihre Waren Einschusslöcher oder Messerstiche aufwiesen. Typen, die erst recht nicht fragten, wem die Blutspritzer auf den Klamotten gehörten oder warum das Blut noch warm war. Aasgeier eben. Der große Markt von Yard kannte zahlreiche Händler, die mit solchen Geschäftspraktiken ihr tägliches Brot verdienten. Sie zahlten nicht die besten Preise, aber sie stellten auch keine Fragen. Die perfekten Anlaufpunkte für Leichenfledderer aller Art.

Missmutig zückte Eris sein altes, abgewetztes Basecap und zog es tief über die Augen, setzte sich seine Sonnenbrille auf. Er hatte die Hoffnung, nicht im ersten Moment erkannt zu werden. Mit einem geübten Griff versicherte er sich, dass sein altgedienter, schwerer Revolver griffbereit war. Das Gewicht der Waffe und das kühle Metall gaben ihm das Gefühl von Sicherheit, die Gewissheit, im Falle eines Falles vorbereitet zu sein. So gut es ging, verbarg er die Waffe unter der Kleidung und setzte sich in Bewegung.

Im Inneren des Wellblechverschlags befand sich ein einzelner Raum mit einem Verkaufstresen gegenüber der Tür. Auf schiefen Regalen stapelte sich der Plunder, während an Schnüren und Drähten allerlei Zeug von der Decke hing. Eris blieb einen Moment in der Tür stehen und begutachtete das Angebot. Es gab alte Wasserflaschen, abgelaufene Stiefel, verschlissene Schutzwesten und verbeulte Töpfe. Zeug, für das es sonst schwer war, einen Händler zu finden. Eine Stehlampe mit löchrigem Schirm stand in der einen Ecke des Raumes und sorgte für ein schummriges Licht. Eris biss sich auf die Unterlippe und nahm die Brille von der Nase.

Hinter dem Tresen war ein Mann damit beschäftigt, einen Stapel alter Kleidung durchzusehen. Eine durchschnittliche Erscheinung mit einem Allerweltsgesicht, das in der Menschenmenge des Marktes untergegangen wäre. Der Händler hinterließ den Eindruck, als hätte er sich die Kleidung an seinem Körper aus den besten Stücken seines eigenen Angebots ausgesucht und damit immer noch nicht die beste Wahl getroffen. Sein lockiges, langes Haar wurde von einem Haarband zusammengehalten. Der Ladenbesitzer schaute kurz auf und wandte sich dann wieder dem Stapel vor ihm zu.

„Schauen Sie sich ruhig um", murmelte er. In Geschäften wie diesen war es unüblich, seine Waren besonders anzupreisen.

Eris schritt vorbei an Regalen und aufgehängtem Plunder, hielt genau vor dem Tresen.

„Soll es was Bestimmtes sein?", meinte der Händler wieder.

„Ja. Ich habe ein paar Fragen", sagte Eris.

„Und wieso bist du so sicher, dass ich die Antworten habe?"

Der Mann sah jetzt zum ersten Mal länger als nur Sekundenbruchteile auf und schien Eris von Kopf bis Fuß zu mustern. Spöttisch verzog er das Gesicht. „Ich bin mir sicher, Sie haben sich im Laden geirrt, Ratsmitglied Young."

Eris fluchte innerlich. Jetzt, wo er erkannt worden war, blieben ihm keine Optionen mehr außer dem direkten Weg nach vorne. „Shelbie, nehme ich an?"

„Ich bin zwar nicht unter dem Namen geboren, aber wer kann das schon von sich behaupten. Ja, so nennt man mich."

„Also gut. Es geht um die letzten paar Tage, Shelbie."

Der Angesprochene blickte auf und kratzte sich am Hinterkopf. „So?“, fragte er.

Bevor Eris etwas sagen konnte, fand eine Marktgängerin ihren Weg in den Laden und besah sich das Angebot in den Regalen. Sie beachtete die beiden Männer am Tresen kaum, während sie in den Auslagen wühlte. Eris fuhr herum und ging die wenigen Schritte zu der Frau. Gleichgültig zückte er einen verknickten Blister mit einer letzten, verwaisten Tablette und drückte ihn der Frau in die Hand.

„Du suchst besser anderswo nach Schnäppchen, ja?“

Sie blinzelte verwirrt, griff dann hastig nach dem Medikament und schob es sich in die Tasche. Nickend verließ sie den Verkaufsraum. Eris folgte ihr bis zur Tür und schloss selbige mit einem lauten Knall.

„Was fällt Ihnen ein?“, rief Shelbie. Er hatte sich nicht gerührt und war von Eris’ Reaktion völlig perplex.

„Wie ich schon sagte. Wir haben zu reden.“

Eris’ Züge wurden steinern. Er richtete sich merklich auf und starrte den Händler eindringlich an.

„Ich weiß nicht, worum es geht, Ratsmitglied. Aber Sie können nicht einfach so in meinen Laden kommen und sich aufführen, als würde er Ihnen gehören!“

„Ich kann noch viel mehr, Shelbie“, knurrte Eris und ließ seine Knöchel knacken. Langsamen Schrittes ging er zum Tresen zurück.

„Das ist ungeheuerlich! Aus welchem Grund marschieren Sie in meinen Laden und verhalten sich wie ein Arschloch? Ich bin ein unbescholtener Bürger der Union, ich habe mir nichts zu Schulden kommen lassen.“

Eris lächelte kühl über die Aussage.

„Shelbie, hör auf, mir irgendwas erzählen zu wollen. Du weißt ganz genau, warum ich hier bin, also erzähl mir keine Märchen. Ich wäre nicht hier, wenn du wirklich eine so ehrliche Haut wärst, wie du sagst.“

Shelbie wog seine Möglichkeiten ab und entschied sich dafür, dass Angriff die beste Verteidigung war. „Um was geht es? Ich werde die Wachen rufen lassen!“

Ohne Vorwarnung langte Eris über den Tresen und packte den Händler an den Aufschlägen. Mit einer kraftvollen Bewegung ruckte er den Mann halb über den Tresen, sodass ihre Gesichter nur noch wenige Zentimeter voneinander entfernt waren.

„Mach das, Shelbie. Ruf die Wachen. Dann wird die ganze Geschichte noch unangenehmer für dich.“

Der Händler hatte nicht mit der Handgreiflichkeit gerechnet und blickte Eris geschockt an. Vorsichtig hob er die Arme. „Gut. Gut, ich habe verstanden.“

Eris hielt den Mann noch einen Moment in der unbequemen Position, dann ließ er ihn los. „Gut, Shelbie. Also, fangen wir noch einmal an. Weißt du, warum ich hier bin?“

„Ich habe keine Ahnung …“, stammelte der Mann unsicher.

„Shelbie. Es hat schon scheiße begonnen. Willst du, dass es so weitergeht?“

„Nein, aber …“

„Verdammt noch mal!“, polterte Eris und ließ seine Hand auf den Tresen donnern. Der Händler zuckte zusammen. „Du weißt genau, worum es geht. Gestern ist auf diesem Markt ein Mann ermordet worden. Nicht irgendwer! Sondern William Ashton. Falls dir der Name nichts sagt: Der war Leibwächter für den Sohn des Präsidenten. Und der Sohn unseres Präsidenten ist während des Anschlags entführt worden!“

„Ich … ich habe damit nichts zu tun!“

Eris knurrte und packte Shelbie am Kragen, nur um ihn zurückzuschleudern. Der Mann taumelte nach hinten und knallte scheppernd gegen die Wand aus Wellblech.

„Rück mit der Sprache raus!“

„Jemand will mir etwas anhängen“, versuchte Shelbie, sich aus der Anklage zu winden.

„Wie läuft dein Geschäft, Shelbie?“

„Was?“

„Wie läuft dein Geschäft? So wie ich das sehe, bist du nicht die beste Adresse am Platz, und wahrscheinlich werden sich nicht Tag für Tag Kunden in deinen Laden verirren.“

Der Händler sah sich nervös um und begann stotternd: „E… es reicht zum Überleben …“

„Ach, wirklich? So wie ich das sehe, kommst du gerade so über die Runden. Und das nur, wenn du deinen Laden zu den Hauptzeiten offen lässt. Am Abend wirst du sicher noch weniger Kunden haben als sonst.“

„Das kann man so nicht sagen.“

„Versuch doch nicht, mich zu verarschen! Ich kenne Läden wie deinen. Wenn du nicht zehn oder zwölf Stunden am Tag offen hast, kannst du nicht überleben. Das Problem dabei ist: In den letzten Wochen hast du auf die Hauptgeschäftszeiten geschissen. Jeden Tag hast du zur Mittagszeit hier dicht gemacht und bist rüber zu Crowley's gegangen, stimmt's?“

„Ich habe Hunger gehabt. Das ist doch kein Verbrechen.“

„Du bist sonst immer nur abends dahin. Nämlich dann, wenn du hier eh keine Geschäfte mehr machen kannst. Warum?“

„Mir war halt danach …“

„Schwachsinn!“, brüllte Eris. Shelbie zuckte zusammen. „Weißt du, was ich glaube? Dass du die Zeit genutzt hast, um Ashton nachzuspionieren. Dass du ihm an diesem Tag hinterher bist und geschaut hast, wo sein Weg langgeht. Der Leibwächter war dafür bekannt, immer bei den gleichen Leuten einzukaufen, die Aufgabe war also nicht so schwer – selbst für jemanden wie dich!“

„Das können Sie nicht beweisen …“

„Das muss ich nicht! Ich habe eine Aussage, die dich verdächtig macht. Und wenn ich dich deshalb schon nicht drankriege – ich bin Mitglied des Rats. Was glaubst du, wie schnell dein Laden geschlossen wird und du deine Genehmigung verlierst, Shelbie? Dann war es das für dich in Yard. Dann gibt es vielleicht noch in der Zeltstadt Platz für dich!“

Der Angesprochene wurde bei jedem Wort kleiner. Die Erwähnung der Zeltstadt reichte aus, um den letzten Rest Trotz zusammenstürzen zu lassen. Für die besser gestellten Bewohner von Yard war dieser Ort der Inbegriff des Versagens, gleichbedeutend mit Armut, Gewalt und Trostlosigkeit. Die Zeltstadt lag nördlich des Stadtzentrums. Ursprünglich handelte es sich um eine Art provisorisches Auffanglager für Neuankömmlinge in Yard, die von dort aus auf die Stadt verteilt werden sollten. Doch es kam, wie es kommen musste: Die Zahl der Neuzugänge war hoch, der Wohnraum hingegen sehr begrenzt. Wenn Yard eine sichtbare Schattenseite hatte, war es die Zeltstadt.

Shelbie knirschte mit den Zähnen. „Ich … ich habe doch nicht gewusst, dass es so weit gehen würde …“, flüsterte er und blickte zu Boden.

„Ich bin ganz Ohr.“

„Hätte ich gewusst, dass es ein Attentat wird, hätte ich niemals zugestimmt, das schwöre ich!“

Eris schüttelte abwertend den Kopf. „‚Hätte‘, ‚könnte‘ oder ‚wollte‘ hilft hier nicht. Es wird das, was geschehen ist, nicht wiedergutmachen. Es ist die alte Weisheit! Wir sind alle immer verantwortlich für das, was wir tun. Wir haben immer die Wahl – und du hattest sie auch. Es wäre nicht schwer gewesen, darauf zu kommen, dass irgendwas nicht stimmt. Und jetzt erzähl mir, was zur Hölle passiert ist.“

„Ich sollte ihn auskundschaften. Seine Wege, seine Angewohnheiten. Mehr nicht, das schwöre ich.“

Der Händler war dem Druck nicht mehr gewachsen und begann unkontrolliert zu zittern, seine Stimme brach.

„Wer? Wer hat dir gesagt, dass du das tun sollst?“, schrie Eris.

„Keine Ahnung! Ich habe die vorher nie gesehen.“

„Die? Rück mit der Sprache raus, verdammt!“

„Ein Mann und eine Frau. Ich habe sie vorher wirklich noch nie gesehen! Sie kamen eines Tages vorbei. Irgendwoher haben die gewusst, dass mein Geschäft nicht so gut läuft. Sie haben mir ein paar Tabletten geboten, wenn ich mitmache."

„Wie viele?"

„Vier Blister."

„Vier? Und das ist dir nicht komisch vorgekommen?"

„Hier auf dem Markt gibt es immer wieder solche Geschäfte. Und vielleicht kam es mir komisch vor, aber das war in dem Moment nicht wichtig. Ich habe endlich gewusst, wie ich meine Schulden bezahlen kann. Da habe ich keine Fragen gestellt und eingewilligt."

„Und wie hast du die Informationen weitergegeben?"

„Einer von den beiden kam alle zwei Tage vorbei. Die hatten 'ne Karte vom Markt, auf der ich jedes Mal einzeichnen sollte, wo Ashton mit dem Kind entlang ist. Es war jedes Mal die gleiche Route."

„Wann waren sie das letzte Mal hier?"

„Vorgestern, alle beide. Sie haben mir noch einen Blister extra für meine Arbeit gegeben."

Eris fluchte. Die vage Hoffnung, die Verantwortlichen vielleicht hier aufgreifen zu können, hatte sich gerade eben in Wohlgefallen aufgelöst.

„Dann beschreib sie mir."

„Also gut." Shelbie zögerte erst, bald aber kamen die Worte immer zügiger aus seinem Mund, als müsse er sich einer Last entledigen. „Ein Mann und eine Frau, beide waren nicht älter als dreißig, würde ich sagen. Standen gut im Fleisch, waren beide kräftig und trainiert. Sie hatte schwarze, halblange Haare, immer zu einem Knoten gebunden, er hatte blondes, kurzes Haar. Seine Nase war schief, so als ob man sie ihm ein paarmal zu oft gebrochen hätte. Beide waren normalgroß, irgendwas zwischen meiner und Ihrer Körpergröße, Ratsmitglied. Meistens hat sie gesprochen, er hat eher wie ein Aufpasser auf mich gewirkt."

Eris legte die Stirn in Falten. Keines dieser Merkmale lieferte genug für eine eindeutige Täterbeschreibung. Hinzu kam, dass die angegebene Körpergröße eine zu große Spanne abdeckte, zwischen Shelbie und ihm lag ein knapper Kopf. Er hob die Hand.

„Gab es Besonderheiten? Was hatten sie an? Waren sie bewaffnet?“

„Bewaffnet? Ja. Also, ich habe nie wirklich eine Waffe gesehen, aber sie hatten Waffen dabei, unter ihren Kleidern. Mit den Jahren bekommt man ein Auge für solche Details, spätestens, wenn man mal ausgeraubt wurde. An ihren Klamotten war nichts besonders, wobei beide Köperpanzer getragen haben, schätze ich. Nichts Auffälliges, aber unter ihren Hemden hat es sich ein bisschen abgezeichnet. Er hatte trotz des Wetters immer einen Mantel an, als würde er darunter was verstecken.“

„Kannst du den Mantel beschreiben?“

„Keine Ahnung. Ein Mantel eben. Irgendwas zwischen grau und schwarz und ziemlich weit. Der hätte ein ganzes Arsenal darunter tragen können und es wäre wahrscheinlich nicht aufgefallen.“

„Das ist ein Anfang. Die Sache ist aber noch nicht vorbei, Shelbie.“

„Bitte, Ratsmitglied! Glauben Sie mir doch, ich wollte nichts Böses! Ich wollte mir nur ein bisschen was dazuverdienen, um über die Runden zu kommen! Ehrlich!“, flehte der Mann und schien kurz vor einem Nervenzusammenbruch.

„Das mag sein. Und deshalb ist es so wichtig, dass du mir weiter hilfst.“

„Wie? Was kann ich tun?“

Eris verharrte einen Moment und überlegte. Wie die Dinge lagen, wusste er wirklich nicht, wem zu trauen war und wem besser nicht. Immerhin hatte das Gespräch ihm einige Hinweise gebracht, wenn die Beschreibungen auf mehr als nur eine Handvoll der Einwohner von Yard passen würde.

„Als Erstes wirst du keine Dummheiten machen. Ich stelle deinen Laden unter Beobachtung, ich stelle dich unter Beobachtung. Versuch nicht, zu verschwinden, mach einfach so weiter wie jeden Tag. Wenn du mir Mist erzählt hast oder mich aufs Kreuz legen willst, werde ich davon erfahren. Und dann komme ich wieder. Hast du mich verstanden?"

„Ja", stammelte der Händler.

Wieder an der frischen Luft begab sich Eris zum Tatort. Er hatte Shelbie einen Bären aufgebunden und hoffte, dass der Bluff lange genug funktionieren würde. Sein Auftritt im kleinen Wellblechverhau hatte hoffentlich genug Eindruck hinterlassen. Eris glaubte nicht daran, dass Shelbie ihn angelogen hatte. Er war nur ein kleiner Fisch, ein unbedeutendes Rad im Getriebe. Wahrscheinlich hatte der Händler zu viel Angst, um zu überprüfen, ob er überwacht wurde. Aktuell musste das reichen.

Eris hatte jetzt zwar eine Täterbeschreibung, aber wirklich weiter kam er damit nicht. Einerseits passten die Beschreibungen einfach auf zu viele Personen, andererseits fiel ihm gerade jetzt wieder auf, wie undurchsichtig die Situation war. Für den Moment schien alles möglich.

Mit sichtlich schlechter Laune erreichte er den Ort, an dem tags zuvor William ermordet worden war. Bis auf zwei Soldaten, die in der Nähe auf Posten standen, deutete nichts auf die Bluttat hin. Die Menschen strömten von links nach rechts, immer dem Rhythmus des Marktes folgend, so, als ob hier niemals etwas passiert wäre. Eris fluchte innerlich. Jede noch so kleine Spur war mittlerweile wahrscheinlich unter den unzähligen Füßen der Marktgänger zu Staub zertrampelt worden. Grimmig marschierte er auf die beiden Soldaten zu, die salutierten. Er ließ sich zeigen, wo der Überfall stattgefunden hatte. Die Patrouille wies ihm die ungefähre Richtung, ohne Anstalten zu machen, ihren Posten zu verlassen. Eris machte sich eine geistige Notiz, mit Valdez über das Verhalten der Soldaten zu sprechen, und ging ohne ein weiteres Wort zu verlieren in die gewiesene Richtung.

Im alltäglichen Chaos des Marktes war es schwer, einen Eindruck davon zu bekommen, was sich hier gestern abgespielt haben musste. Nachdem Eris einige Minuten damit verbracht hatte, den Ort abzugehen, gab er entnervt auf. Er verfluchte sich dafür, dass er sich nicht für eine Sperrung des Marktes eingesetzt hatte. Von der Menge an den Rand gedrängt, suchte er angestrengt nach weiteren Hinweisen. Es war tatsächlich die sprichwörtliche Suche nach der Nadel im Heuhaufen. Sein Blick blieb an den Dächern der umgebenden Läden und Verkaufsstände hängen. Kurz entschlossen suchte er nach einer Möglichkeit, auf eines der Dächer zu steigen, und zog sich ohne große Mühe über die Dachkante.

Für einige Augenblicke hoben die Marktgänger verwundert ihre Köpfe und betrachteten Eris, dann aber drängten sie im Menschenstrom weiter. Innerhalb von Sekunden wurde er zu einer Randnotiz, der kaum jemand Beachtung schenkte. Von hier oben konnte er das stete Treiben zwischen den Ständen und Läden überblicken und bekam ein Gefühl für die Umgebung, obwohl die wogende Menschenmasse es immer noch unmöglich machte, Details zu erkennen. Er verharrte in seiner Position und versuchte, sich den Ablauf der gestrigen Vorfälle so genau wie möglich vorzustellen. Nachdenklich fixierte er die Stelle, an der der Anschlag stattgefunden hatte, und wog ab, in welche Richtung die Angreifer mit den Kindern geflüchtet sein mochten. Die Berichte über die beiden Verletzten waren Anhaltspunkte. Von oben besah er die Szenerie und grenzte ein, wo er mit seiner Suche starten sollte. Zwar rechnete er sich keine großen Chancen aus, aber dennoch musste er jede noch so geringe Möglichkeit in Betracht ziehen.

Vorsichtig stieg er zum Boden hinab und bahnte sich seinen Weg durch die Menge. Kurze Zeit darauf hatte er die Stelle erreicht, an der einer der Marktgänger von den Angreifern angeschossen worden war. Eris rief sich ins Gedächtnis, von wo die Täter gekommen sein mussten, und rekonstruierte die Situation anhand der bekannten Fakten vor seinem geistigen Auge. Dann hielt er auf die Rückseite einiger Marktbuden zu. Seine Hoffnung war, hier eine der Kugeln zu finden, von denen Perry gesprochen hatte. Noch einmal blieb er stehen, versuchte den Winkel richtig abzuschätzen und begann mit seiner Suche. Sein Blick tastete die Rückwände ab, blieb an den kleinsten Unebenheiten hängen und analysierte. Von Zeit zu Zeit glitten seine Finger über das spröde Holz und Metall, um Gewissheit zu bekommen. Nach einigen Minuten schlugen seine Sinne Alarm. Inmitten einer grün lackierten Rückwand eines der Stände prangte ein Loch. Der Lack rund um den Einschuss war abgeplatzt, die Vertiefung regelmäßig. Eris ging in die Hocke, um den Einschuss genau zu betrachten. Er zückte sein Messer und stocherte mit der Klingenspitze behutsam im Einschuss. Fast wäre seinen Lippen ein Jubelschrei entfahren, als er auf Widerstand stieß. Mit aller gebotenen Vorsicht ruckte er die Klinge hin und her, versuchte, das verborgene Projektil an die Oberfläche zu bekommen. Ein Geduldsspiel, das eine kleine Ewigkeit andauerte. Am Ende sah er zufrieden, wie das kleine Projektil aus der Vertiefung wanderte. Er ließ es in seine Hand fallen und richtete sich auf, nahm es zwischen zwei Finger und hielt es gegen das Licht, um seinen Fund zu betrachten. Endlich war er einen Schritt weiter.

Ein plötzlicher Schlag gegen die Schulter brachte ihn ins Taumeln. Über seine Lippen kam ein erstaunter Laut, und noch bevor er wusste, wie ihm geschah, prallte er gegen die Wand, während ihm das Projektil aus der Hand gerissen wurde. Der Schreckensmoment verflog und Eris realisierte eine breitschultrige Rückansicht, die wie der Teufel von ihm wegrannte. Er fluchte, während sein Körper mechanisch zu arbeiten begann. Sein Geist war noch dabei, die Situation zu erfassen, doch jeder Muskel schien ein tief vergrabenes Programm abzuspielen. Mit kraftvollen Sätzen sprintete er dem Flüchtenden hinterher.

Der Mann warf keinen Blick zurück, er hatte den Kopf leicht gesenkt und rannte, bahnte sich rücksichtslos seinen Weg. Die Marktgänger schrien erschrocken auf, wurden beiseitegestoßen und purzelten übereinander, sie drängten aus dem Weg des Mannes. Eris nutzte diese Schneise und versuchte, dem Dieb auf den Fersen zu bleiben. Obwohl er sich bemühte, ging er nicht viel sanfter mit den völlig überraschten Menschen um. Er brüllte Warnungen und versuchte, sie zu verscheuchen, machte lange Sätze über die Gestürzten, doch es half alles nichts. Zusehends vergrößerte sich die Distanz zu dem Flüchtenden.

Während er mit dem linken Arm versuchte, die Marktgänger aus seinem Weg zu schieben, griff er mit der rechten Hand zur Waffe und zerrte den schweren Revolver empor. Schon in der Bewegung wurde ihm klar, dass es völlig unmöglich war, den Flüchtenden in vollem Lauf zu treffen. Die Gefahr, dabei Unschuldige zu verletzen, war einfach viel zu groß. Er richtete die Waffe in den Himmel und drückte ab. Der laute Knall verfehlte seine Wirkung nicht. Die Menschenmenge stob panisch auseinander und er kam leichter voran. Zusätzlich mussten Schüsse auf dem Markt unweigerlich die Soldaten in der Nähe alarmieren.

Der Dieb war beim ersten Knall zusammengezuckt, hatte aber nur unwesentlich an Geschwindigkeit verloren. Ihm schien klar zu werden, dass er den Verfolger dringend abschütteln musste, und so schlug der Mann einen scharfen Haken nach rechts und bog in eine Gasse zwischen zwei Standreihen ein. Eris war gezwungen, seine Geschwindigkeit zu verlangsamen, und bekam die Kurve gerade eben, nur eine Handbreit trennte ihn von den Auslagen einer der Stände. Die kleine Gasse war voller Menschen, die sich nun alle in die Stände drängten. Schnaubend mobilisierte Eris seine Kräfte und schaffte es, den Abstand zu dem Dieb auf wenige Schritte zu verringern. Dem Flüchtenden war das nicht verborgen geblieben, und er griff aus vollem Lauf in eine der Auslagen und schleuderte sie hinter sich. Körbe und Kisten flogen im hohen Bogen durch die Luft. Eris setzte zu einem beherzten Sprung über die Hindernisse an, schätzte die Entfernung aber zu kurz. Er verlor das Gleichgewicht und taumelte, war gezwungen, langsamer zu werden, um nicht zu stürzen. Als er sich wieder fing, hatte der Flüchtige einige zusätzliche

Meter gewonnen. Eris merkte langsam, was die halsbrecherische Verfolgung ihm abverlangte. Er atmete unregelmäßig und hinter einem Schleier aus Adrenalin meldeten sich seine Muskeln brennend. Es war die unbändige Wut, die ihn nicht aufgeben ließ. Noch einmal warf er sich nach vorne, mobilisierte seine Reserven und setzte dem Mann hinterher.

Sie näherten sich dem Ende des Marktes. Die engen Standreihen wichen großen Lagerhallen. Der Dieb bog zwischen zwei Lagerhallen ein und verschwand aus Eris' Sichtfeld. Ein Gutes hatte es: Abseits des Marktes waren weit weniger Menschen unterwegs. Eris versuchte, seine Geschwindigkeit zu halten, während das Brennen in seinen Lungen stärker wurde. Er stemmte sich gegen den Schmerz, wollte und konnte ein Scheitern nicht akzeptieren. Dieser Dieb hatte einen Beweis gestohlen – und allein seine Anwesenheit war ein Hinweis darauf, dass Eris auf der richtigen Spur war. Er bog zwischen den beiden Lagerhäusern ein und sah den Mann etwa dreißig Schritt entfernt an einer Abbiegung stehen.

Gerade wollte Eris etwas brüllen, da riss der Verfolgte seinen Arm hoch. Metall blitze in seiner Hand auf, und Eris tat, was sein geschärfter Instinkt ihm riet, er warf sich zu Boden. Zwei, drei Schüsse peitschten durch die schmale Gasse. Als Eris seinen Kopf wieder hob, war der Mann längst verschwunden. Fluchend kam er in die Höhe und hastete mit dem Revolver im Anschlag zu der Abbiegung, wohl wissend, was ihn dort erwartete.

Die Gasse war leer.

+++

„Eine Verschwörung?“

Marcus betrachtete schweigend eine große Karte der Stadt. Seine Uniform saß perfekt, was zwei Gründe hatte. Einerseits hatte die Beisetzung von Williams Leichnam in den kühlen Morgenstunden mit allen militärischen Ehren stattgefunden, andererseits war es schon immer seine Art gewesen, Haltung zu wahren und zu zeigen. Eris saß einige Meter entfernt in einem Polsterstuhl. Nach den Erfahrungen am Vormittag hatte er seine bequeme Kleidung gegen eine Schutzweste eingetauscht. Er nickte zustimmend und betrachtete Marcus. Seine Kleidung mochte makellos wirken, doch das Gesicht des Präsidenten sprach eine andere Sprache. Stress und Müdigkeit zeichneten seine Züge, schwere Augenringe kündeten von der schlaflosen Nacht. Er hatte den Daumen der schlaffen linken Hand im breiten Gürtel der Uniform vor dem Bauch eingeklemmt, womit sein Arm nicht nutzlos von der Seite hing. Die Finger der rechten Hand trommelten nervös auf dem Gehstock.

„Ich kann dir nur sagen, was ich bisher herausgefunden habe. Und im Moment lässt das nur zu dem Schluss kommen, dass es eine Verschwörung geben muss."

Marcus schüttelte skeptisch den Kopf und wandte sich zu seinem langjährigen Berater um. „Aber das Militär? Moody hat die Truppe unter Kontrolle und nichts in seinen Berichten deutet auf eine schlechte Stimmung hin."

„Marcus, wenn es Anzeichen gäbe, wäre es eine schlecht geplante Verschwörung. Man will sein Ziel doch überraschen und dabei geht es darum, möglichst unbemerkt zu bleiben, bis man zuschlägt. Die Berichte können Indizien liefern, aber sie schließen nichts mit Sicherheit aus."

Der Präsident humpelte hinüber zu seinem Schreibtisch und ließ sich in den schweren Sessel dahinter sinken. Umständlich befreite er den gelähmten linken Arm aus seiner Position.

„Aber es ist das Militär, Eris!"

„Marcus, sei doch vernünftig. Das kann kein Argument sein. Ich war lange genug als Söldner dort draußen unterwegs, um genau zu wissen, dass jede kämpfende Truppe ihren Preis hat, egal, welchen Namen sie trägt. Es mag sein, dass die Soldaten ihren Schwur auf die Union geleistet haben, aber was bedeutet das schon?"

Marcus' Kopf ruckte hoch und sein Blick war eisig. „Was willst du damit sagen?"

Eris hatte mit dieser Reaktion gerechnet. Marcus war immer kämpferisch, wenn es um die Grundpfeiler seiner Idee ging. Beschwichtigend hob er beide Hände.

„Wir müssen den Tatsachen ins Auge sehen. Die Union gibt es seit sieben Jahren. Davor gab es über Jahrzehnte nichts. Keine festen Strukturen, nur lockere Bündnisse. Glaubst du denn wirklich, dass die Union mit all ihren Errungenschaften die Menschen in so kurzer Zeit zu ändern vermag? Jeder, der jetzt im Militär dient, erinnert sich noch sehr gut an die Verhältnisse von damals, weil er sie erlebt hat. Es wäre irrsinnig, zu glauben, dass einige Jahre der Stabilität die Menschen so tiefgreifend ändern können. Aus wem hat sich der harte Kern der Unionsarmee denn rekrutiert? Aus ehemaligen Söldnern oder Kämpfern der fünf Fraktionen aus Yard. Loyalität bedeutete damals nicht viel und war eine Frage des Preises und dürfte es heute noch sein. So sehr ich an etwas anderes glauben will, Marcus, wir dürfen uns nicht vor dieser Möglichkeit verschließen."

Marcus' Augen verengten sich. „Aber es gibt nichts, was deine Theorie stützt, Eris."

„Und der Umstand, dass mir rein zufällig jemand genau das Projektil aus der Hand klaut, mit dem ich es beweisen kann, ist nichts? Es beweist doch nur, dass irgendjemand seine Spuren verwischen will. Wäre es eine stinknormale Kugel gewesen, hätte sich niemand die Mühe gemacht. Sie hätte dort in der Wand gesteckt und wir hätten sie vielleicht irgendwann gefunden. Das wäre aber egal gewesen, denn sie hätte uns nichts über die Täter verraten können. Warum macht sich jemand die Mühe und geht Gefahren ein, wenn es nicht wichtig wäre?"

„Schön und gut. Aber was soll ich jetzt machen? Wenn an deiner Theorie etwas Wahres ist, fehlt trotzdem der Beweis. Allein in Yard sind zweitausend Mann stationiert. Die Hälfte ist mit Moody auf Manöver, und trotzdem bleiben noch etwa tausend potentiell Verdächtige. Soll ich dir nun jeden vorführen, damit du jemanden identifizieren kannst? Das wird Wochen dauern! Soll ich die Armee entwaffnen? Wie denn? Ich kann das schlecht allein."

„Blinder Aktionismus bringt uns nicht weiter. Wir müssen genau die richtige Person finden."

„Und wie soll das funktionieren?"

„Ich hatte gehofft, mit der Kugel einen genauen Hinweis zu finden. Es gibt bei der Armee doch Inventarlisten und diese Munition gehört nicht zur Standardausrüstung. Irgendwo muss sie vermerkt sein."

„Vorausgesetzt, sie ist auf normalem Weg aus dem Arsenal gekommen."

„Ja, das kann natürlich auch sein. Siehst du, die Kugel wäre der eindeutige Beweis dafür, dass Teile des Militärs mit in der Geschichte hängen. Eine Inventarliste kann gefälscht werden, die Kugel hingegen nicht."

Marcus wiegte seinen Kopf hin und her. „Ansonsten haben wir nichts? Nichts, was auf die Händler hindeuten würde?"

Mit einem entnervten Stöhnen atmete Eris auf. „Ich würde das ja nicht nichts nennen, Marcus. Für die kurze Zeit sind das schon eine ganze Menge Hinweise. Und ja, bisher gibt es keine Verbindungen zu den Händlern. Bist du darüber etwa enttäuscht?"

Marcus schwieg für einen Moment. „Sie schienen mir die naheliegendste Option. Alles andere macht keinen Sinn."

„Das können wir erst sagen, wenn wir alle Fakten kennen. Für den Moment sind es ein paar Brotkrumen, mehr nicht. Wir müssen dranbleiben."

Der Präsident nickte und öffnete eine der Schubladen, holte ein Stück Papier hervor.

„Du hast ja Recht. Ich werde mich um das Militär kümmern, so gut ich kann, Eris. Einige der Offiziere sind alte Freunde, gute Männer und Frauen. Ich denke, ich kann ihnen vertrauen."

„Wollen wir hoffen, dass du Recht hast. Soll ich weitermachen wie bisher?“

„Mit einer kleinen Änderung. Ich will, dass schnell geprüft wird, ob die Händler mit in der Geschichte hängen. Wenn ich mich geirrt haben sollte, müssen wir so schnell wie möglich klare Fronten ziehen und mögliche Feinde ausschließen. Solange wir nicht genau wissen, auf wen wir uns konzentrieren müssen, verschwenden wir womöglich Zeit und Energie.“

„Hast du nicht gestern gesagt, ich soll Sumter nicht in die Mangel nehmen?“

„Dinge ändern sich und Pläne sowieso, Eris.“

„Was hast du dir vorgestellt? Dass ich freundlich bei ihm anklopfe und ihn frage?“

„Blödsinn. Er hat ’ne ganze Menge Leibwächter und wird sich auf etwas Offizielles jetzt nicht einlassen. Sein Kopf hängt in der Schlinge und er ist vorsichtig.“

Eris stand auf und streckte sich, ging ein paar Schritte, während er sprach. „Aber dann ist es doch in seinem Interesse, seine Unschuld zu beweisen, so er denn wirklich unschuldig ist.“

Marcus lachte kalt auf und schüttelte energisch den Kopf. „Er ist ein gerissener Hund und vermutet hinter jeder Ecke Verrat. Hinter einem offiziellen Versuch wird er vielleicht vermuten, dass wir, dass ich ihm etwas unterschieben will. Er vertraut mir nicht. Das ist sein gutes Recht – aber es hilft uns hier nicht weiter.“

„Weißt du, Marcus, je länger wir über diese Scheiße hier sprechen, umso klarer wird mir, warum Politik kein Geschäft für mich ist. Gut, kein offizieller Besuch. Wie soll ich es dann anstellen?“

„Nigel Sumter hat eine Schwäche für junge Frauen. Mehrmals in der Woche besucht er die Ranch. Aus gut informierten Quellen weiß ich, dass er heute Abend da sein wird.“

Eris verzog verächtlich das Gesicht und verschränkte die Arme vor der Brust. Jede Stadt hatte ihre schlechten Ecken, in denen man am besten nicht ohne Waffe unterwegs war. Und jede

Stadt hatte ihre Ecken, wo man jeden noch so perversen Traum erfüllt bekommen konnte. Yard verfügte über mehrere Bordelle, doch die Ranch hatte den verruchtesten Ruf von allen. Es schien keine noch so perverse Fantasie zu geben, die dort nicht befriedigt werden konnte. Egal, ob männlich oder weiblich; uralt oder blutjung; brutal und entwürdigend; mit Tieren; mit Peitschen und Ketten – wenn man den richtigen Preis zahlte, bedienten die Betreiber der Ranch jeden Wunsch. Die Ranch gründete ihre Bekanntheit auf diesen Ruf und bald schon wurden die Preise derartig angezogen, dass sich nur noch die wohlhabenden Einwohner von Yard die Stunden dort leisten konnten. Es war ein schillernder Sündenpfuhl voller Sex, Glücksspiel, Alkohol und anderer Drogen. Dort war man darauf bedacht, seinen Ruf zu verteidigen, und bot den Gästen nur das Beste: weiche Matratzen, edle Laken, Musik, gutes Essen und unzählige Spielwiesen für jeden Geschmack, unter freiem Himmel wie in geschützten Räumlichkeiten. Das Freudenhaus lag einige Kilometer westlich der Stadt, fernab neugieriger Blicke und aufmerksamer Ohren. Die geschäftigen Besitzer hatten mit dem Wachstum der Union eine der alten Farmen in Beschlag genommen und dann konsequent ausgebaut. Es war genau der richtige Ort, um die Sau einmal richtig herauszulassen und schmutzige Geheimnisse zu bewahren.

„Ja, natürlich musste es dieser Puff sein", ächzte Eris.

„Sumter ist ein Mann mit ausgefallenem Geschmack, was hast du erwartet?"

„Und du willst jetzt von mir, dass ich die Ranch besuche und ihn dort abfange? Du hattest schon mal bessere Ideen."

„Eris, das ist wahrscheinlich die einzige Möglichkeit, wie wir Sumter mit den Hosen unten erwischen können. Sprichwörtlich. Alles andere kann nach hinten losgehen."

„Wie glaubst du eigentlich, dass ein freundlicher Besuch von mir, während er sich mit ein paar Frauen oder was weiß ich vergnügt, nicht nach hinten losgeht?"

„Du bist dann schon an ihm dran. Keine Leibwächter."

„Und deshalb soll er kooperativ sein?"

„Wenn du eine bessere Idee hast, sag es mir."

Die beiden Männer blickten sich schweigend an. Mit einem wütenden Gesichtsausdruck nickte Eris.

„Ich zähle auf dich", erklärte Marcus. „Wir brauchen endlich Gewissheit. Es tut mir leid, dass ich dich dazu nötigen muss, aber … Jede verdammte Sekunde frage ich mich, was sie Joshua gerade antun. Und Carla kann nicht mehr schlafen, weint nur die ganze Zeit!"

Sofort war der zornige Ausdruck in Eris' Zügen verflogen. Er presste die Lippen aufeinander und schüttelte den Kopf.

„Sie haben ihm nichts angetan und sie werden ihm nichts antun, Marcus. Sie wissen, dass sie damit ihren Trumpf verlieren."

„Trumpf? Das ist mein Sohn!", zischte der Präsident.

„Ja, ich weiß. Aber du weißt, wie ich es meine."

Marcus blickte einige Momente ins Leere, dann nickte er leicht. Seine Stimme war belegt. „Ja. Bitte, lass mich nicht hängen, Eris."

+++

Perry wendete den kleinen Zettel nachdenklich in den Händen. Er hatte es sich hinter seinem Schreibtisch bequem gemacht, die Füße auf der Tischplatte, den Flachmann in Griffweite. Seine Alltagskleidung und den verblichenen Kittel hatte er gegen eine dunkle Hose samt Hemd eingetauscht, seine Füße steckten seit Jahren einmal wieder in Stiefeln. Es war ungewohnt, in diese alte Haut zurückzuschlüpfen, die Vorzüge eines geregelten Lebens gegen Unwägbarkeiten und Adrenalin zu tauschen, wenn auch nur für einen Abend. Allein der Gedanke, sich an den Wachen vorbeizuschleichen und inmitten der Dunkelheit ein Grab zu öffnen, um nach Spuren zu suchen, erfüllte ihn mit dem altbekannten Kribbeln. Er wusste genau, dass dieses Gefühl trog.

Schon morgen würde er seine alten Knochen und die verspannten Muskeln spüren, sich über seine Leichtsinnigkeit ärgern und verfluchen, dass er Eris seine Hilfe angeboten hatte. Doch das schreckte ihn nicht ab. Hier war sie, die Gelegenheit, der Routine zu entfliehen. Vor einigen Jahren hatte er sich nichts sehnlicher gewünscht als Routine, Gewissheit darüber, wo er Nacht für Nacht schlafen und was er am nächsten Tag essen sollte. Jetzt aber ödeten ihn die ewig gleichen Tagesabläufe an – und sie taten ihm auch nicht gut. Gedankenverloren tätschelte er seinen Wanst und besah sich die Notiz erneut.

Eris versetzte ihn. Zumindest, das verrieten die Zeilen, ging er einer anderen Spur nach. Am meisten ärgerte Perry an den kurzen Zeilen, dass Eris nichts davon schrieb, was ihn aufhielt. Er machte ein Geheimnis aus dem, was er vorhatte, und Perry konnte sich kaum gegen das Gefühl wehren, dass sein alter Freund ihm nicht traute. Grummelnd griff der Arzt zu dem zerbeulten Flachmann und genehmigte sich einen Schluck. Er widerstand dem Impuls, den Zettel zu zerknüllen, und las jedes Wort noch einmal halblaut.

Auch dieser Durchgang bescherte ihm keine neuen Erkenntnisse. Wütend ballte er die Faust und knüllte den Zettel zusammen.

Er hatte sich nicht heute während der Arbeit davongeschlichen und den Friedhof ausgekundschaftet, um jetzt untätig hier zu sitzen. Eris hatte ihm mit der Aussicht auf Abwechslung, ja, Spannung geködert und nun sollte das alles umsonst gewesen sein? Perry war nicht bereit, das zu akzeptieren. Andererseits war Eris nicht der Typ von Freund, der ihn grundlos hängen ließ. Je mehr er darüber nachdachte, umso mehr verflog sein Zorn und tief in seinem Inneren war Perry froh darüber, dass sein Verstand stärker war als sein Instinkt.

Dennoch: Sollte er jetzt etwa den Abend allein verbringen, so als ob nichts gewesen wäre? Er bemühte sich noch einmal, die Fakten durchzugehen. Wahrscheinlich barg der tote Leibwächter auf dem Friedhof Hinweise, die helfen würden, Licht ins Dunkel zu bringen. Und wenn sie es wirklich mit einer Verschwörung zu tun hatten, war die Gefahr groß, dass die Gegenseite sich daranmachen würde, ihre Spuren zu verwischen. Jede Minute, die verstrich, erhöhte die Wahrscheinlichkeit, dass sie am Ende ohne verwertbare Hinweise dastehen würden.

Der Arzt brauchte noch einen weiteren Schluck aus dem Flachmann und blickte hinaus in den abendlichen Himmel über der Stadt. Während der Alkohol in seiner Kehle brannte und gleichsam eine wohlige Wärme durch seinen Körper schickte, festigte sich in ihm eine Gewissheit. Abrupt stand er auf.

Perry würde diesen Abend nicht ungenutzt verstreichen lassen. Es galt, Spuren zu sichern. Mit oder ohne Eris.

Eine Stunde später streifte der Arzt durch das nächtliche Yard. Über seine Schulter hatte er eine alte Reisetasche gehängt, darin verbarg sich, in ein Stofftuch gewickelt, ein Klappspaten. Wahrscheinlich wäre er niemandem aufgefallen, wenn er das Arbeitsgerät offen herumgetragen hätte, doch Perry wollte auf Nummer sicher gehen. Er mied den direkten Weg und nahm die Seitenstraßen im Ostquartier. Selbst um diese Zeit waren noch Menschen unterwegs, sodass er nicht weiter auffiel. Dennoch blieb er immer wieder stehen und versicherte sich, dass er nicht verfolgt wurde.

Der Ehrenfriedhof lag am äußersten Rand das Ostviertels. Eine halbhohe, weiße Mauer umrandete ein quadratisches Areal von einigen hundert Metern. Die Grabfelder bestanden aus geometrisch perfekten Reihen weißer Steine. Das Gelände stieg an der stadtabgewandten Seite zu einem leichten Hügel an. Auf dem Hügel thronte ein übergroßes Monument: zwei zum Gruß ineinander verschlungene Hände aus strahlend weißem Stein, ein Symbol der Einigkeit, die die Union erst möglich gemacht hatte. Die großen Skulpturen wurden flackernd von einer ewigen Flamme erleuchtet.

Perry erinnerte sich noch genau an die Zeremonie vor einigen Jahren, als das Ehrenmal feierlich enthüllt wurde. Für seinen Geschmack war es zu viel Prunk und Protz. Die Union mochte Zivilisation bedeuten, vielleicht sogar das Ende des Chaos', das die Zeit DANACH kennzeichnete. So rasant der Aufstieg der Union war, überall gab es noch ungelöste Probleme und ihm schien der Ehrgeiz, der in die Errichtung des Denkmals gesetzt wurde, einfach falsch. Seiner Meinung nach hätte man sich den Aufwand sparen können und die Kräfte an anderer Stelle besser eingesetzt. Der Ehrenfriedhof war ein Prestigeprojekt, dessen Aussehen wenig an den unumstößlichen Fakten änderte: Er wurde für die Toten errichtet, während es genügend Lebendige gab, die in Not lebten. Doch seine Meinung zählte nicht, war vor allem unter den Veteranen unpopulär gewesen und hatte ihm mehr als eine Schlägerei eingebracht. Rückblickend betrachtet konnte er froh sein, dass man ihn für seine Meinung nicht einfach erschossen oder abgestochen hatte.

Perry drängte seine Gedanken beiseite und betrachtete den Friedhof aus dem Schatten eines der naheliegenden Gebäude heraus. Die Nacht war wolkenverhangen, sodass der Mond nur zu erahnen war. Am großen Eingangsportal hatten zwei Soldaten Stellung bezogen und auch am Denkmal marschierten Wachen auf und ab. Der flackernde Feuerschein ließ ihre Schatten zu enormer Größe anwachsen. Abgesehen davon konnte er von seiner Position aus keine Bewegung ausmachen. In gehörigem Abstand zu den stummen Wachen am Eingangsportal überquerte er die breite Straße und erreichte die Mauer. Seine dunkle Kleidung zeichnete sich auffallend gegen das Weiß der Friedhofsumrandung ab, weshalb er keine Zeit verlor. Er bugsierte die Tasche über das Hindernis und kletterte über das halbhohe Hindernis, was ihm schlechter gelang als erwartet. Ungelenk und stöhnend überwand er die Umfriedung. Er wusste genau, dass die Jahre des Müßiggangs ihren Tribut gefordert hatten, dass er jedoch so schlecht in Form war, hatte er nicht für möglich gehalten. Er klaubte die Reisetasche auf, vergewisserte sich, dass er nicht entdeckt worden war, und eilte zur nächsten Deckung. Im Schlagschatten eines kleinen Baumes hielt er inne, um sich auf dem gleichförmigen Gräberfeld zu orientieren. Bei Tageslicht hätte er das frische Grab schnell ausmachen können, doch inmitten der Nacht wollte ihm das nicht sofort gelingen. Vorsichtig bahnte er sich seinen Weg zwischen den Steinen hindurch.

Einige Gräber vor sich erkannte er einen Lichtschein und blieb stehen. Konzentriert kniff er die Augen zusammen und spähte in die Dunkelheit, als er den Lichtschein erkannte. Instinktiv ging er hinter einem der Grabsteine in die Hocke und lauschte in die Dunkelheit.

Gute zwanzig Schritt entfernt konnte er die schemenhaften Gestalten zweier Personen erkennen. Während eine von ihnen eine Taschenlampe hielt und den Lichtkegel mit der Hand abschirmte, war die andere mit einer Schaufel zu Gange. Perry biss sich auf die Unterlippe. Das war eindeutig das frische Grab des Leibwächters. Eris hatte also Recht gehabt, jemand versuchte, seine Spuren zu verwischen.

Der Arzt drückte sich mit dem Rücken gegen den Grabstein, während sein Verstand fieberhaft zu arbeiten begann und Adrenalin seinen Körper flutete. Bis vor wenigen Minuten hatte er das alles noch für ein kleines Abenteuer gehalten, vielleicht eine Spinnerei. Er hatte wirklich geglaubt, seinem Freund die Gewissheit zu geben, dass er sich irrte. Jetzt aber lagen die Dinge anders. Die mutmaßliche Verschwörung war scheinbar real und er war mittendrin.

Reflexartig tastete er nach seiner Pistole, hielt jedoch in der Bewegung inne. Die Waffe hatte er in weiser Voraussicht in einer der Schreibtischschubladen zurückgelassen. Der ursprüngliche Plan sah keine Konfrontation mit irgendwem vor und angesichts der Tatsache, dass Soldaten das Areal bewachten, würde eine Schusswaffe wahrscheinlich nur für noch mehr Probleme sorgen. Ein leiser Fluch kam über seine Lippen, während er über die Grabsteinkannte blickte. Die beiden Gestalten waren ganz mit ihrer Aufgabe beschäftigt. Perry beschloss, die Gelegenheit nicht ungenutzt verstreichen zu lassen, und legte sich flach auf den Bauch. Langsam und vorsichtig robbte er zur nächsten Reihe aus Grabsteinen vor. Die beiden Gestalten unterhielten sich gedämpft, doch er konnte nicht mehr als einige Wortfetzen aufschnappen. Obwohl sein Herz wummerte und das Blut in seinen Ohren rauschte, krabbelte er näher heran. Nach einer gefühlten halben Ewigkeit trennten ihn noch zwei Grabreihen von dem Duo. So gut es ging, presste er sich auf den Boden und lauschte.

„Verdammt noch mal. Hätte ihm das nicht vorher einfallen können?"

Es war eine männliche Stimme, die zu der Person mit der Schaufel gehörte.

„Wer kann denn damit rechnen, dass angefangen wird, nach den Kugeln zu suchen? Eigentlich war es idiotensicher. Den Toten verbuddeln und die Beweise damit auch."

Die zweite Stimme gehörte einer Frau.

„Wenn es so idiotensicher ist, warum muss ich hier mitten in der Nacht ein Grab aufmachen und kann meine Zeit nicht mit angenehmeren Dingen verbringen?"

„Muss ich dir das nochmal erklären? Die Kugeln lassen sich zu uns zurückverfolgen. Und wenn er schon drauf kam, auf dem Markt zu suchen, dauert es sicher nicht mehr lange, bis er auch hier sucht – wir können froh sein, dass wir ihm zuvorgekommen sind!"

Der Mann hielt inne und stützte sich auf die Schaufel. „Und wie groß wäre die Chance gewesen, dass er an die Leiche kommt? Ich meine, das hier ist der Ehrenfriedhof."

„Wenn wir die Wachen bestechen können, wegzusehen, dann kann er das sicher auch. Und jetzt halt den Mund, spar dir deinen Atem und buddel weiter. Ich will hier nicht bis zum Morgengrauen rumstehen, Dwight!"

Schweigen kehrte zwischen den beiden ein und der Mann schaufelte ächzend weiter im bereits knietiefen Loch.

Das Licht reichte nicht aus, um Details zu erkennen, aber Perry wusste, dass es lebensmüde war, noch näher heran zu wollen. Zentimeter für Zentimeter schob er sich hinter dem nächsten Grabstein in Deckung, in der Hoffnung, mehr von dem Gespräch hören zu können. Minuten vergingen, in denen die Gestalten wortlos ihrer Arbeit nachgingen. Dann wurde das monotone Geräusch der Schaufel jäh unterbrochen.

„Hier, ich glaube, ich hab' ihn."

Ein dumpfes Pochen von Metall auf Holz erklang, für einen Augenblick wurde der Schein der Taschenlampe heller. Perry lugte aus der Deckung. Waren das Uniformen? Der Leichengräber stocherte mit seiner Schaufel im geöffneten Grab herum. Nachdem er die letzten Reste von Erde beiseitegeschafft hatte, kniete er sich über den Sarg.

„Mehr Licht", gab er eine knappe Anweisung. Die Frau trat näher heran und nahm ihre Hand von der Lampe.

Jetzt war Perry sich sicher. Das waren eindeutig Uniformen. Die beiden Unbekannten gehörten zum Unionsmilitär. Er versuchte, sich die Gestalten einzuprägen. Von dem Mann im geöffneten Grab konnte er Dank des Lichtkegels der Taschenlampe genug erkennen. Der Kerl hatte einen blonden Igelschnitt, wie unter Soldaten üblich, und eine deformierte Nase. Die Frau jedoch blieb im Halbdunkel.

Das Knacken von Holz ertönte, als der Totengräber den Sarg aufbrach. Ächzend und stöhnend drückte er den Deckel beiseite, legte seine Schaufel weg und zückte ein Messer. „Dann wollen wir mal", murmelte er, während er sich an dem Toten zu schaffen machte.

Obwohl Perry nicht sehen konnte, was im Grab geschah, kannte er das folgende Geräusch nur zu gut. Die scharfe Klinge schnitt durch Muskeln des Toten, ein feuchtes Schmatzen drang durch die Nacht.

„Was für eine Sauerei“, kommentierte die Frau das Geschehen.

„Stell dich nicht so an. Das ist doch nicht die erste Leiche, die du siehst.“

„Nein. Aber das ist die erste Leiche, die vor meinen Augen aufgeschnitten wird.“

„Nicht, dass du jetzt kotzt, hm?“

„Geht schon. Sieh zu, dass du fertig wirst, okay?“

Er nickte und schnitt den Toten weiter auf. „Ha, hier! Die erste Kugel!“

Der Mann reichte der Frau triumphierend etwas und sie nahm es mit zwei spitzen Fingern an. Interessiert drehte sie das Projektil im Schein ihrer Lampe und nahm es näher ans Gesicht. Dabei konnte der Arzt ihre Züge erkennen. Im Gegensatz zu ihrem Kumpan war ihre Nase makellos und sie hatte ein hübsches Gesicht. Ihre Haare waren kurz, ihre Züge angespannt.

„Kleines Scheißding!“, zischte sie. „Hättest uns beinah alles versaut.“

Perry hatte genug gehört und gesehen. Die Wahrscheinlichkeit, dass die Unbekannten bald mit ihrer Arbeit fertig waren und abzogen, war groß. Und dann sollte er nicht mehr hier sein. Er stemmte sich in die Höhe. Vorsichtig machte er auf dem Absatz kehrt und schlich zurück in die Richtung, aus der er gekommen war. Er warf immer wieder einen Blick über die Schulter, in der Erwartung, dass die Unbekannten ihn bemerkt hatten. Dabei kam er etwas aus dem Gleichgewicht und streifte mit seinem Bein einen der Grabsteine. Der schwere Stoff seiner Hose raschelte verräterisch und Perry zuckte zusammen.

„Was zum …“, ertönte eine der Stimmen hinter ihm, der Lichtkegel wurde in seine Richtung geschwenkt.

Perry beschloss, sich nicht auf einen Plausch einzulassen, sondern fiel unversehens in einen Sprint. Er hörte, wie hinter ihm etwas gerufen wurde, doch er drehte sich nicht um, warf keinen Blick über die Schulter. Der Arzt wusste genau, wie schlecht es um seine Kondition bestellt war und dass er überhaupt nur eine Chance hatte, wenn er rannte.

Hinter ihm knallte ein Schuss, doch die Kugel verfehlte ihn um Armeslänge. Stattdessen traf sie einen Grabstein auf seinem Fluchtweg und Staub und Splitter spritzten auf. Perry riss seine Arme schützend vor das Gesicht und kam aus dem Gleichgewicht. Er verlor wertvolle Sekundenbruchteile damit, sich wieder zu fangen, und hastete weiter. Innerlich war er über die mondlose Nacht und seine dunkle Kleidung dankbar, denn so war er ein schlechtes Ziel. Ein zweiter Schuss donnerte, doch diesmal ging die Kugel viel weiter fehl. Dass die Unbekannten in der Finsternis wahllos auf ihn schossen, hatte auch etwas Gutes, denn das würde sicher die Soldaten in der Nähe aufschrecken.

Es waren vielleicht noch zwanzig Schritte bis zur Mauer, als sich ein schmerzhafter Krampf in seiner linken Körperhälfte ausbreitete. Die Seitenstiche waren das klare Signal für Überanstrengung und die Quittung für Jahre des Müßiggangs. Der Arzt biss die Zähne aufeinander und versuchte, gegen die Schmerzen anzulaufen, doch tatsächlich verlangsamten sich seine Schritte. Als er die Mauer erreichte, war er kaum mehr in der Lage, die Arme in die Höhe zu bekommen. Unter Schmerzen riss er die Hände nach oben und griff nach der Kante, während er das Gefühl hatte, dass seine Organe auseinanderrissen. Mit einem Schmerzenslaut schob er sich auf den Mauersims, als das Seitenstechen sich noch einmal verschlimmerte. Die heranrollende Schmerzenswelle lähmte ihn für einige Herzschläge. Gerade als die Schmerzen nachließen und er sich einfach nur über die Kante ziehen wollte, spürte er, wie sein linker Stiefel gepackt wurde. Ein Ruck ging durch seinen Körper, als einer der unbekannten Verfolger versuchte, ihn von der Mauer zu ziehen. Perry knurrte vor Schmerz und Wut und trat mit dem rechten Fuß nach dem Angreifer. Zwei, drei Tritte, dann ließ der Unbekannte mit einem Schmerzenslaut von ihm ab. Der Arzt schob mit aller Macht sein Gewicht nach vorne und kippte kopfüber von der Mauerkrone, landete ungebremst eineinhalb Meter tiefer. Bei seiner halsbrecherischen Aktion gelang es ihm nicht einmal mehr, seine Arme schützend zu heben, und so schlug er dumpf auf. Sein linker Arm kam unglücklich auf und durch das Rauschen des Bluts in seinen Ohren konnte er förmlich das Knacken der Knochen hören, noch bevor der Schmerz einsetzte.

Perry mobilisierte seine letzten Reserven. Mühsam und mit Tränen in den Augen kam er auf die Füße und stolperte in die Dunkelheit. Die Schüsse auf dem Ehrenfriedhof retteten ihm paradoxerweise das Leben, denn statt ihm zu folgen, waren die Leichenfledderer gezwungen, vor den anrückenden Soldaten zu flüchten.

Zwei Stunden irrte er durch die nächtlichen Straßen der Stadt, nahm immer wieder Umwege durch dunkle Gassen und legte Pausen ein, um zu Luft zu kommen. Erst als er sich sicher war, seine Verfolger abgehängt zu haben, nahm er die Hauptwege. Sein ganzer Körper war ein schmerzvolles Trümmerfeld, doch am schlimmsten war sein Arm. Er hatte die rechte Hand an seinen linken Ellbogen genommen und versuchte, den gebrochenen Arm möglichst ruhig und schmerzfrei zu halten, was ihm nicht gelingen wollte.

Perry wusste genau, dass er nicht auf ewig so weitermachen konnte. Er spürte, wie die Erschöpfung an ihm zehrte, wie die Schmerzen ihn zu übermannen drohten, und kämpfte mit aller Macht dagegen an. Er zwang sich, kontrolliert zu atmen, und legte alle hundert Schritte eine Pause ein, aber das war ein Tropfen auf den heißen Stein. Angesichts des gebrochenen Arms wäre ein Besuch im Krankenhaus das Beste gewesen, aber er hatte sich gegen diese Möglichkeit entschieden. Was er in dieser Nacht gesehen hatte, konnte nicht warten.

Völlig ausgelaugt erreichte er sein Ziel und schleppte sich den kurzen Weg bis zur Tür, klopfte kraftlos gegen das Holz. Es dauerte eine Minute, bis auf der anderen Seite Schritte erklangen.

„Ja?“, ertönte eine Frauenstimme.

„Ich bin's, Perry.“

Die Tür wurde einen Spalt geöffnet. In einem schmalen Lichtstreif stand Sal. Sie blickte entschlossen, doch als sie den Schmerz und die Erschöpfung im Gesicht ihres alten Freundes sah, wich die Anspannung aus ihrem Gesicht.

„Perry, was …“, begann sie, doch der Arzt wankte einen Schritt nach vorne und stieß die Tür auf. Sie half ihm, ins Haus zu kommen, schloss sie die Tür hinter ihm. Schwer atmend lehnte der Arzt an der Wand.

„Was ist passiert?“, wollte Sal wissen und legte ihre Waffe auf eine Kommode in der Nähe.

„Ach, ich dachte, die Nacht ist so schön, ich komme einfach so vorbei“, knurrte der Arzt und nickte in Richtung der Pistole. „Begrüßt du alte Freunde immer so?“

„Nein, erst seit gestern“, antwortete sie mit einem Seitenblick auf die Kommode. Sie griff nach seiner Schulter und führte ihn in den Nachbarraum. „Und jetzt erzähl mir, worein du alter Tölpel wieder gestolpert bist.“

Perry ließ sich auf ein zerschlissenes Sofa sinken und blickte sie an.

„Ich habe die Entführer gesehen.“

+++

Mit einem vorsichtigen Schütteln weckte der Adjutant seinen Vorgesetzten. „Sir?“

Moody knurrte und kniff seine Augen zusammen. In seinem Schädel pochte es und seine Zunge war pelzig. Er schmatzte einmal und verzog das Gesicht, es fühlte sich an, als wäre ein Tier seine Innereien nach oben gekrochen und auf seiner Zunge elendig verreckt. Schwerfällig setze er sich auf und stöhnte, als der Schmerz hinter seiner Stirn schlimmer wurde.

„Was … was ist denn?“, brachte er hervor.

„Wir sind marschbereit, wie Sie befohlen haben“, machte der Adjutant Meldung und salutierte dabei.

Moody blinzelte seinen Untergebenen an und wedelte unbeholfen mit der Hand. „Lassen Sie diesen Mist mit dem Protokoll und helfen Sie mir lieber auf die Beine, ja?“

Der Offizier packte den Unterarm des Generals und zog ihn mühsam nach oben. Als Moody auf seinen Füßen stand, taumelte er unbeholfen zur Seite, stützte sich schwerfällig an dem Kartentisch ab und bemühte sich, das Gleichgewicht zu halten. Es dauerte quälend lange Sekunden, bis sein Körper ihm zu gehorchen begann und das Rauschen in seinen Ohren nachließ.

„Danke“, atmete der General schwer und wagte es, seine Augen ein Stück weiter zu öffnen.

Sein Zelt glich einem Schlachtfeld. Moody war nie bekannt dafür gewesen, ein besonders ordentlicher Mensch zu sein, auch nicht, nachdem er das Kommando über die Unionsarmee übernommen hatte. Doch das, was er jetzt sah, war ein neuer Höhepunkt in Sachen Chaos. Ausrüstung lag wild verstreut herum, Stühle und Tische waren wild durcheinander gepurzelt und lagen mit den Beinen nach oben umher. Der Blick des Generals blieb an seinem Feldbett hängen. Offenbar war es als Wurfgeschoss missbraucht worden und hatte eine der massiven Zeltstangen umgerissen, dieser Bereich des Zeltes war zusammengefallen.

„Oh Scheiße“, murmelte der rothaarige Mann, als die Erinnerungen an den vergangenen Abend wiederkamen. Schlagartig wurde ihm bewusst, dass niemand anderes als er selbst für das angerichtete Chaos verantwortlich war. Seine massigen Hände begannen, Gesicht und Schläfen zu kneten, während das Delirium der letzten Nacht träge wich und Gewissheit zurückließ.

„Sir?“, fragte der Offizier erneut.

„Danke. Danke. Ja, wir müssen bald los. Ich beeile mich. Sie können gehen.“

Der Adjutant nickte pflichtschuldig und drehte sich auf dem Absatz um, stieg über die Trümmer hinweg und verschwand.

Moody wartete den Moment ab, dann streckte er sich ächzend. Seine Uniform war zerknittert, schmutzig und fleckig. Der breitschultrige General war sein ganzes Leben Söldner gewesen und hatte bequeme Kleidung bevorzugt, war nie einem Protokoll unterworfen gewesen. Mit der Übernahme des Oberbefehls über die Unionsarmee konnte er sich diesen Pflichten nicht mehr entziehen, egal wie sehr er protestierte. Mittlerweile hatte er verstanden, dass er seinen Soldaten ein Vorbild sein musste und die Uniform dazugehörte. Die erstarkende Zivilisation der Union und die damit einhergehenden Annehmlichkeiten in Yard sowie seine Rolle als Anführer und nicht zuletzt als Held aus der Schlacht um die Hauptstadt hatten gleichsam dafür gesorgt, dass Moody sein zweifelhaftes Verhältnis zur Körperpflege aufgegeben hatte. Mittlerweile nahm er alle paar Tage ein Bad, duschte, wenn die Möglichkeiten es zuließen – und von der intensiven Wolke aus Gestank, die ihn all die Jahre umgeben hatte, war nichts mehr zu riechen. Obwohl er viele Zugeständnisse an seine neue Rolle gemacht hatte, behielt er sich doch eine Besonderheit vor. Seine roten Locken schimmerten wie eh und je, die prächtige Mähne war kaum zu bändigen. Selbst wenn er die halblangen Haare mühsam in einen Zopf zwängte, dauerte es nur Minuten, bis die ersten Haarsträhnen die Freiheit gefunden hatten. Abgerundet wurde dies durch seinen feuerroten Bart, dessen Enden er zu drei Zöpfen geflochten hatte.

Moody suchte seine Sachen in dem Chaos zusammen und fand neben dem Eingang einen zerbeulten Wassereimer. Dankbar begann er, sich zu waschen, und das eiskalte Nass vertrieb die letzten Reste der bleiernen Müdigkeit aus seinen Knochen. Als er fertig war, nahm er den Eimer und schüttete sich das Wasser über Kopf und bloßen Oberkörper, zog sich die frische Uniform an. Einige Minuten später trat er vor das Zelt, das Licht der morgendlichen Sonne blendete ihn und er bleckte die Zähne. Sein Adjutant hatte in der Nähe des Eingangs gewartet und salutierte erneut. Diesmal erwiderte der General den Gruß mürrisch.

„Guten Morgen, Sir! Wie Sie befohlen haben, ist eine Kolonne schon jetzt abmarschbereit. Der Rest der Truppe wird über den Tag Marschbereitschaft erreichen und morgen früh aufbrechen."

Moody nickte und ließ seinen Blick über das Lager schweifen. Einige Dutzend Zelte standen in Reih und Glied zusammen, überall herrschte geschäftiges Treiben. Soldaten eilten umher, während Befehle gebrüllt wurden.

„Gibt es Neuigkeiten aus Yard?"

„Bisher leider nicht, Sir."

Moody verzog verbittert das Gesicht und nickte dann. Für einen Moment spürte er wieder die Wut in sich aufsteigen – die gleiche Wut, die gestern Abend dafür gesorgt hatte, dass er über sein Zelt hergefallen war. Nachdem er den Funkspruch begriffen hatte, hatte etwas in seinem Inneren ausgesetzt. Die Gewissheit, dass Arleen in den Händen irgendeines Packs und er hunderte Kilometer von Yard entfernt war, sie nicht hatte schützen können, hatte ihn zum Kochen gebracht. Es war das passiert, wovor er am meisten Angst hatte: Nicht er war das Ziel eines Angriffs geworden, sondern jene, die er immer hatte schützen wollen. Moody hatte kein Problem damit, sich mit einem bewaffneten Gegner anzulegen, aber die Hände an ein Kind zu legen – das war so weit von seinem Verständnis von Ehre entfernt, dass schiere Mordlust in ihm kochte. Fiona hatte er damals geschworen, dass die Union eine bessere Zukunft bereithalten würde. Dass es ihnen besser gehen würde, wenn sie ihr Söldnerleben aufgaben und sich dem aufstrebenden Staat anschlossen. Dieses Versprechen war zerplatzt wie eine Seifenblase. Er fühlte sich wütend, ohnmächtig und verletzt zugleich. Moody atmete mehrmals tief ein und kämpfte seine Gefühle nieder.

„Dann bleibt alles wie geplant."

Der Untergebene nickte und deutete in eine Ecke des Lagers. „Die Kolonne wartet dort vorne auf Sie, müssen Sie noch etwas mitnehmen, Sir?"

Moody blickte über die Schulter in Richtung seines Zeltes, das von außen einen windschiefen Eindruck machte, und schüttelte den Kopf. Er ging mit dem Offizier in die gewiesene Richtung. Das Gros der Truppe war zu Fuß zu dem angesetzten Manöver ausgerückt, was schlichtweg dem Umstand geschuldet war, dass es in der Union kaum genügend Fahrzeuge für die gesamte Armee gab. Der Führungsstab und ausgewählte Truppenteile waren jedoch ausreichend mit Fahrzeugen bestückt, sodass bei diesem Manöver einige LKWs, Geländewagen und Panzerfahrzeuge bereitstanden.

Moodys Plan war einfach. Das Manöver war mit dem Erhalt der Nachricht über die Entführung seiner Tochter abgebrochen worden. Er würde mit den mobilen Einheiten schnellstmöglich zurück nach Yard reisen, während der Rest der Truppe zu Fuß marschierte. In aller Regel hätte er die Streitkräfte im Manöver belassen können und nur mit wenigen Soldaten zurück in die Hauptstadt gekonnt, aber der gestrige Funkspruch hatte einen möglichen Putsch angedeutet und so kam es für den General darauf an, vorbereitet zu sein.

Die Fahrzeuge standen fahrbereit aufgereiht in einer Kolonne, die Soldaten saßen und standen drumherum oder luden Ausrüstung und Gepäck auf die Ladeflächen. Moody ging bis zum Führungsfahrzeug, einem Geländewagen, wo Bess auf ihn wartete. Die Frau war eine treue Weggefährtin aus der Zeit vor Gründung der Union und hatte zusammen mit dem General einige Söldnertouren und Raubzüge unternommen, bevor sie sich für ein paar Jahre aus dem Geschäft zurückgezogen hatte, um ihre Kinder großzuziehen. Mittlerweile hatte ihr Mann sie sitzenlassen und war durchgebrannt, und allein mit der Erziehung fühlte sie sich überfordert. Deswegen hatte sie ihre Töchter bei ihrer Schwester untergebracht, die ein ruhiges Leben in einer kleinen Siedlung inmitten der Union führte. Bess war zu dem zurückgekehrt, auf was sie sich am besten verstand: dem Kriegshandwerk. Sie war eine untersetzte, stämmige Frau, deren Tätowierungen auf Hals und Armen Andenken an ihre Söldnertage war. Ihr Gesicht war wettergegerbt und mit Sommersprossen gesprenkelt, auf der Nase trug sie eine große, verspiegelte Sonnenbrille. Mit verschränkten Oberarmen lehnte sie an der Seite des Wagens, eine glimmende Zigarette im Mundwinkel. Sie nickte Moody zu, als er heran war, und der General erwiderte den stummen Gruß. Obwohl beide dem Militär angehörten, verzichteten sie wegen der alten Freundschaft auf alle Formalitäten.

Es hatte eine Zeit gegeben, da wären sie beinah ein Paar geworden, doch Fiona kam der bärbeißigen Söldnerin zuvor und ergriff die Chance, die Bess hatte verstreichen lassen. Heute lag das alles Jahre zurück, aber beide empfanden immer noch etwas füreinander, auch wenn Moody mehr als den Gedanken daran nicht zuließ. Bess war zufrieden damit, in der Nähe von jemandem zu sein, der sie verstand – und wollte niemals zwischen ihn und Fiona treten.

„Deine Kutsche steht bereit", lächelte sie dünn und klopfte mit der flachen Hand auf die Tür.

„Dann verlieren wir keine Zeit mehr, wenn es recht ist."

Bess nahm einen tiefen Zug und wandte sich zum Rest der Kolonne, schüttelte den Kopf und verzog das Gesicht. „Die anderen sind noch nicht startklar, altes Schlachtross."

„Ist das mein Problem?"

Sie zuckte mit den Schultern. „Mir ist das einerlei, Moody. Du hast gestern befohlen, dass die mobile Truppe schnellstmöglich mit dir zurück nach Yard kommen soll, bevor du dein Zelt zerlegt hast. Wenn deine Anordnung von gestern noch steht, muss ich dir sagen: Die sind noch nicht startklar."

Der General schnaubte verächtlich und stemmte die Hände in die Hüften, blickte die Kolonne hinab.

„So wie ich das sehe, werden die Jungs ohne uns den Weg zurück nach Yard finden. Wenn sie ein paar Stunden nach uns aufbrechen, sind sie auch nur ein paar Stunden nach uns in der Hauptstadt. Ich denke, das ist zu verkraften."

Bess schnippte ihre Zigarette beiseite. „Du bist der Boss. Aber heul hinterher nicht rum, wenn uns die Soldaten irgendwo fehlen sollten."

„Mach dir darum mal keine Sorgen", meinte Moody und winkte einen seiner Offiziere heran. Er gab kurze Anweisungen und stieg in den Geländewagen. Bess ließ den Motor an. Das Aggregat erwachte zum Leben, verschlang den alten Kraftstoff gierig und eine graue Abgaswolke stieg auf. Die in Banners Hauptquartier erbeuteten Bestände versorgten das Unionsmilitär auf Jahre, doch insgeheim fürchtete man sich vor dem Tag, da die Lager leer wären. Der Kraftstoff hatte die jahrzehntelange Lagerung nicht einwandfrei überstanden, aber er war ausreichend für die Bedürfnisse der aufstrebenden Nation.

„Abmarsch. Und nur, damit das klar ist, Bess: Bring uns so schnell wie möglich zurück nach Yard. Keine Schleichwege, keine Vorsicht. Mir ist egal, ob der Wagen am Ende in seine Einzelteile zerfallen wird, alles was zählt, ist, dass wir schnell in Yard sind, klar?"

Sie blickte vom Steuer zu ihm herüber und lächelte breit. „Du kannst dir gar nicht vorstellen, wie glücklich du mich mit einem solchen Befehl machst."

Damit trat sie auf das Gas und mit aufheulendem Motor fuhr der Geländewagen an.

+++

Joshua wusste nicht, wann er aufgehört hatte, zu weinen. Er erinnerte sich wohl daran, dass er zwischen den Tränen und dem Schluchzen fürchterlich getobt und geschrien hatte, aber ein Gefühl für Zeit hatte er längst nicht mehr. Er und Arleen saßen im Halbdunkel des kleinen Raums. Es gab keine Fenster, Decke, Boden und Wände waren aus glattem Beton. Hoch über ihnen an der Decke hing eine schwache Glühbirne an einem Kabel aus der schroffen Decke und spendete spärliches Licht. In der einen

Ecke des Raumes lagen eine alte Matratze und ein paar Decken, davon abgesehen war die Zelle kahl. Eine schwere, rostige Metalltür war an der einen Seitenwand. Immer wieder hatten die Kinder mit vereinten Kräften an der Tür geruckelt und dagegen gehämmert, hatten sich die Lungen aus dem Leib geschrien, in der Hoffnung, irgendjemand würde sie hören, sie retten und diesen Albtraum beenden. Doch die Rettung war bisher ausgeblieben.

Immer wieder öffnete ein maskierter Mann – manchmal war es eine Frau, da war sich Joshua sicher – die Tür und schob auf einem abgegriffenen Plastiktablett etwas Essbares hinein. Er hatte versucht, zwischen den Beinen des Erwachsenen zu entdecken, was im Raum dahinter lag, konnte aber nicht viel erkennen. Als ihnen zum zweiten Mal Essen gebracht wurde, hatte Arleen versucht, die Gelegenheit beim Schopfe zu ergreifen, und war aufgesprungen, um durch die Tür zu rennen. Das Mädchen war nicht weit gekommen, war förmlich gegen den Oberschenkel des Maskierten geprallt. Der hatte nur gelacht, sie gepackt und zurück in die Zelle bugsiert, dann fiel die schwere Tür zu.

Die Kinder hatten keinen blassen Schimmer, was eigentlich um sie herum geschah. Ihre Eltern hatten sie immer vor diesem Szenario gewarnt, hatten ihnen eindringlich eingeschärft, was sie tun sollten – doch alle Ratschläge hatten sich als nutzlos erwiesen.

So saßen sie dort, ihrem ungewissen Schicksal ausgeliefert. Joshua wünschte sich nichts sehnlicher, als dass die letzten Tage nur ein schlechter Traum wären. Immer kniff er die Augen zusammen, riss sie danach mit aller Kraft auf und wünschte sich, endlich zu erwachen. Doch das hier war kein Traum, es war die schmerzende Realität. Und keine Erwachsenen, die ihn davor schützen konnten. Erneut begann der Junge zu schluchzen. Er wollte nichts sehnlicher als zurück zu seinen Eltern.

Arleen war nicht weniger aufgewühlt. Doch sie hatte begriffen, dass man in einer ausweglos erscheinenden Situation wie dieser zusammenhalten musste. Das Mädchen erhob sich und ging zu ihrem Spielkameraden hinüber, legte ihm die Hand auf die Schulter und drückte ihn fest an sich, als sie merkte, dass ihre erste Geste nicht viel half.

„Keine Angst, Joshua. Mein Papa ist der General der Armee. Er fürchtet sich vor nichts. Und er wird kommen, um uns zu retten."

Unter Wimmern nickte Joshua, doch überzeugt war er nicht.

Kapitel 3

Enttarnung

Zwischen den Bäumen lag das Bordell im Licht zahlreicher Lampen und der Wind trug eine Vielzahl von Geräuschen herüber. Eris reichte dem verschrobenen und wortkargen Fahrer des einachsigen Gespanns, mit der er sich hierher hatte bringen lassen, die ausgemachte Bezahlung und stieg aus. Der Fahrer nickte lediglich, schnalzte mit der Zunge und trieb das alte Pferd zum Umdrehen. Eris hörte ein vielstimmiges Lachen, Musik, Geschrei und Stöhnen. Er kniff die Augen zusammen und betrachtete die Gebäude, aber seine Nachtblindheit machte das zu einem mühsamen Unterfangen. Mehr als einige Schemen konnte er durch die Schlieren von Grau und Schwarz nicht erkennen. Erneut fragte er sich, was ihn dazu gebracht hatte, Marcus' Bitte zu folgen und mitten in der Nacht hierherzukommen. Vorsichtig setzte er einen Fuß vor den anderen, um in der finsteren Nacht nicht zu stürzen und sich eine blutige Nase zu holen. Je näher er der Ranch kam, umso mehr schwoll die Geräuschkulisse an und umso mehr klärte sich sein verschwommener Blick.

Das Gelände war von einem hohen Zaun umgeben, an dem dichte Büsche und kleine Bäume sprossen. Das Haupthaus der Farm war der zentrale Dreh- und Angelpunkt des Bordells: Hier trafen die Gäste ein, konnten gut essen und trinken und aus dem reichhaltigen Angebot an Dienstleistungen wählen. Von herkömmlichen und zuweilen biederen Sexdienstleistungen bis hin zu abstrusen Perversitäten wurde so gut wie jeder Wunsch erfüllt. Im Obergeschoss des Gebäudes befanden sich einige Zimmer, doch das bezahlte Liebesspiel fand auch an anderen Stellen statt. So war die alte Scheune beispielsweise umgebaut worden, genauso wie einige Schuppen und Wirtschaftsgebäude nun als Rückzugsort dienten. Tatsächlich gab es aber keine Regel, die einem Gast vorschrieb, sich nur innerhalb der Räumlichkeiten zu vergnügen. Oftmals fielen die Kunden ohne ein Anzeichen von Scham unter freiem Himmel irgendwo auf dem Gelände übereinander her. In einem Seitenflügel des Haupthauses hatten die findigen Betreiber ein Casino eingerichtet. Gäste, die Erholung vom Liebesspiel brauchten, konnten sich hierhin zurückziehen und teils astronomische Einsätze in den unterschiedlichsten Glücksspielen platzieren. Hierzu konnten sie an schwerbewachten Schaltern fast alle Wertsachen, nicht nur Tabletten oder Munition, in Plastikchips eintauschen.

Auf dem ganzen Gelände waren große und kleine Lautsprecher verteilt, aus denen Musik erklang, immer auf den jeweiligen Bereich des Bordells zugeschnitten. Es musste ein Vermögen gekostet haben, diese Relikte aus dem DAVOR zusammenzutragen und lauffähig zu bekommen. Manchmal konnte man auf Yards Markt solche Elektronik erstehen, aber das waren in aller Regel Einzelstücke zwischen einer Menge Schrott. Die Betreiber der Ranch waren durch die Gelüste ihrer Kunden reich geworden und sie scheuten sich nicht, das in jeder erdenklichen Form des Luxus' zu zeigen.

Eris hielt auf den Eingang zu. Einige Fahrzeuge waren hier geparkt und er konnte Bedienstete und Leibwächter entdecken, die auf ihre Damen und Herren warteten. Vor der doppelflügeligen Tür des Bordells hatten zwei Hünen Stellung bezogen. Muskelprotze mit breiten Kreuzen und dicken Oberarmen, die Schädel kahl rasiert. Die Gesichter der beiden Männer glichen sich, es mussten Zwillinge sein. Das einzige Merkmal, an dem die beiden zu unterscheiden waren, fiel nur aus der Nähe auf. Den Zwillingen war bei ihrer Arbeit wohl schon einmal die Nase gebrochen worden – beim einen stand sie schief nach links, beim anderen schief nach rechts. Eris reihte sich in die kurze Schlange der Wartenden ein und wurde bald von den Türstehern gemustert. Gerade wollte er einen angebrochenen Blister Tabletten aus dem Mantel ziehen und den Männern bei ihrer

Entscheidungsfindung helfen, da nickten sie stumm und hielten ihm die Tür auf. Einen Moment war er perplex über ihre Reaktion, doch während er über die Schwelle schritt, reimte er sich schon zusammen, warum man ihn kostenlos eingelassen hatte. Sein Gesicht war in Yard bekannt, auch wenn er niemals den Status erreicht hatte, den Moody oder Marcus innehatten. In Momenten wie diesen öffnete sein Ruf ihm jedoch Tür und Tor – ob das in einer Situation wie der jetzigen hilfreich war, stand auf einem anderen Blatt. Er erreichte den dahinterliegenden Hauptraum, wo eine Band auf der Bühne stand und Musik mit stampfendem Rhythmus spielte. Die Musiker verwendeten allesamt Instrumente aus der Zeit DAVOR, was die Szenerie reichlich surreal und die Klänge unwirklich erscheinen ließ. Zwischen einer langen Bar und zahlreichen Sitzgelegenheiten tummelten sich halbnackte Männer und Frauen aller Staturen und Hautfarben, umwarben die Gäste mit ihren Reizen. Das Publikum war bunt gemischt – Männer und Frauen lungerten auf Hockern und Stühlen herum, klammerten sich an ihre Drinks oder ließen sich vom Personal nach einer erfolgreichen, kurzen Verhandlung in die anderen Bereiche führen.

Es dauerte kaum eine halbe Minute, da schwirrte eine dunkelhäutige Schönheit von kaum mehr als zwanzig Jahren um Eris herum. Ein schmaler Tanga und ein knapp sitzendes Top verbargen ihre Reize rein oberflächlich. Ihr Gesicht war stark geschminkt, ihr Lächeln wirkte professionell und einstudiert.

„Guten Abend“, hauchte sie, als ihre Lippen nur wenige Zentimeter von seinem Ohr entfernt waren. Ihre Körper streiften sich und ihre Hände tasteten nach seiner Schulter.

Eris zog die Augenbraue hoch. Er hatte mit vielem gerechnet, nicht aber, dass seine Anziehungskraft auf die Frauen in diesem Puff gleich der eines hellen Lichts auf Motten war. Bestimmt griff er nach ihrer Hand und löste sie von seiner Schulter, ging einen kleinen Schritt zurück und suchte Augenkontakt.

„Danke, kein Bedarf.“

Sie blinzelte einen Moment wie ein Rehkitz. „Ich bin sicher, wir haben hier alles, um deinen Bedarf zu decken, starker Mann. Sag mir nur, was du brauchst …“

„Einen ordentlichen Drink“, entgegnete er und schob sie von sich. Das junge Ding zuckte mit den Schultern und wandte sich dem nächsten Gast zu. Eris war nur ein Besucher unter vielen.

Er erreichte die Bar und bestellte sich einen Drink, einfach um nicht noch mehr aufzufallen. Alkohol war das letzte, was er an diesem Abend brauchte.

„Bitte sehr, Sir“, sagte der Barmann dienstbeflissen, als er das Glas mit dem bernsteinfarbenen Whiskey herüberreichte. Eris nickte nur, nicht aufgelegt zu einem Gespräch, doch der Mann ließ nicht locker.

„Schön, dass wir Sie auch einmal bei uns begrüßen dürfen, Ratsmitglied Young. Wie geht es der Frau und den Kindern?“

Das Lächeln des Mannes hinter der Theke war triefend schleimig.

Eris bleckte die Zähne, er wusste nur zu gut, wie dieses Spiel gespielt wurde, und konnte sich vorstellen, dass zahlreiche Erpressungen genauso anfingen.

„Als Erstes: Das geht dich nichts an. Als Zweites: Ich bin dienstlich hier.“

„Das sind viele Ratsmitglieder, Sir“, entgegnete der Mann.

„Das kann ich mir vorstellen“, entgegnete Eris mit einem vielsagenden Lächeln. „Ich bin wirklich dienstlich hier und nicht, um Druck abzubauen.“

„Verstanden“, nickte der Barmann.

„Schön. Und jetzt, wo wir das geklärt haben, kannst du mir sicher helfen, oder?“

„Ich gebe mein Bestes, Sir.“

„Wollen wir hoffen, dass es reicht“, meinte Eris und beugte sich über die Theke, näher an den Mann heran.

„Es geht um einen regelmäßigen Besucher. Nigel Sumter. Klingelt es?“

„Es gehört zu unserer Geschäftspraxis, dass wir grundsätzlich keine Informationen über unsere Gäste herausgeben", wand sich der Mann.

„Eure Geschäfte laufen, weil der Rat und der Präsident es erlauben. Dem Präsidenten aber ist es eine Herzensangelegenheit, zu wissen, ob Sumter hier ist."

Die Kieferknochen des Barmanns mahlten, während sein Blick unschlüssig tanzte und Eris auswich. „Sir, ich kann das wirklich nicht."

„Das verstehe ich", entgegnete Eris gutmütig. „Wie war doch gleich dein Name? Damit ich Präsident Tailor sagen kann, wer meine Arbeit behindert hat."

„Sir, ich …"

„Ja?", unterbrach Eris das Stammeln und sah den Barmann erwartungsvoll an.

Der Angesprochene presste die Lippen aufeinander und wiegte den Kopf hin und her, nickte zögerlich. „Gut, gut. Sumter kam vor einer Stunde hier an. Er hat erst was getrunken und sich dann mit seinen Gespielinnen zurückgezogen. Normalerweise bevorzugt er die Scheune."

„Seinen Gespielinnen? Ratsmitglied Sumter nimmt sich auf seine Tage ja einiges vor", merkte Eris trocken an.

„Es sind immer mindestens zwei der Mädchen, manchmal mehr."

Eris verdrehte die Augen. „Danke."

Damit klopfte er zweimal auf den Tresen, lächelte dem eingeschüchterten Barmann zu und drehte sich mit seinem Drink in der Hand um.

Zielstrebig bewegte er sich auf den hofseitigen Ausgang des großen Raums zu und ließ sich unterwegs nicht von den spärlich bekleideten oder bisweilen barbusigen Frauen aufhalten, obwohl er sich eingestehen musste, dass ausnahmslos alle von ihnen wirkliche Schönheiten waren. An der frischen Luft angekommen, hielt er einen Moment inne, atmete tief durch, verdrängte die frischen Bilder nackter Haut und konzentrierte sich. Die Scheune stand einige Meter entfernt vom Haupthaus und war in sanftes Licht getaucht. Die Tore des Gebäudes waren weit geöffnet, und zu der allgegenwärtigen Musik mischte sich ein Stöhnen und Grunzen. Der große Innenraum des Gebäudes war lediglich durch halbdurchsichtige Tücher in Separees unterteilt, die eine öffentliche Atmosphäre schufen. Wer hier hinkam, um sich zu vergnügen, genoss es, gesehen zu werden und zusehen zu können. Kissen, Decken und Matratzen bildeten zwischen den durchscheinenden Stoffbahnen Inseln und Spielwiesen und offensichtlich erfreute sich dieser Teil des Bordells einer großen Beliebtheit.

Eris blieb in der Tür stehen und schätzte, dass mehr als zwanzig Personen hier zu Gange waren, die meisten von ihnen in unterschiedlichen Positionen ineinander verschlungen. Einige hielten sich eher im Hintergrund, genossen den Voyeurismus. Ihnen allen war die Nacktheit gemein und Eris wurde bewusst, wie deplatziert er in voller Montur hier wirken musste. Das Stöhnen und Ächzen, die lustvollen Schreie und das animalische Grunzen schufen in Verbindung mit der Musik eine einzigartige Geräuschkulisse, die süßlichen Gerüche von Schweiß und Parfüm vermischten sich mit denen von Alkohol, Rauch und Pheromonen. Eris ließ seinen Drink achtlos an den Toren stehen und trat ins Halbdunkel, wobei seine Augen ihm bei diesen Lichtverhältnissen wieder einmal Probleme bereiteten. Er spürte die Blicke der Anwesenden. Einige beobachteten ihn durch die Stoffbahnen, andere sahen ihn unverhohlen an. Sie hatten ihn offenbar vom ersten Moment als Fremdkörper wahrgenommen. Eris bemühte sich, es nicht zu beachten.

Er passierte einen dickbäuchigen Mann jenseits der fünfzig mit Halbglatze und grauen Haaren. Masturbierend wandte sich der Kerl in Eris' Richtung und merkte ungeniert zwischen einigen grunzenden Lauten an: „Du hast ein bisschen viel Kleidung an, großer Mann."

Eris blieb stehen und sah eisig auf den Mann herab. „Kümmer dich um deine Sachen."

Um seinen Worten Nachdruck zu verleihen, griff er unter seinen Mantel. Der Dickbäuchige erstarrte einen Moment und drehte sich hastig um, während seine Männlichkeit sichtbar schrumpfte. Eris ging ein paar Schritte weiter und sah sich um, während die anderen dem Liebesspiel in allen Variationen frönten. So sehr er sich auch bemühte, konnte er sich dem Sog der Situation nicht entziehen, spürte, wie das Blut in seine tieferliegenden Körperregionen schoss. Er strich die Vorhänge beiseite, um einen Blick auf die Männer und Frauen zu werfen, die sich hier tummelten, konnte Sumter aber nicht entdecken. Die meisten Anwesenden ließen sich nicht von ihm stören, schienen ihn nicht einmal zu bemerken.

„Ratsmitglied Young, was für eine Überraschung!", klang es hinter einer der durchsichtigen Stoffbahnen hervor.

Dem ersten Impuls folgend, griff Eris diesmal tatsächlich zu seinem Messer und zog den hauchdünnen Stoff beiseite. Er verharrte in der Bewegung. Einen guten Meter hinter der Stoffbahn lächelte ihn eine Frau auf allen Vieren an. Sie streckte ihr Hinterteil einem Unbekannten entgegen, schenkte ihre ganze Aufmerksamkeit aber Eris.

„Ach. Ratsmitglied Weston", bemerkte Eris, ohne sein ehrliches Erstaunen verbergen zu können.

Die Frau lächelte ehrlich und offen, während der Mann hinter ihr innehielt.

Sie drehte sich zu ihm um: „Ich habe nicht gesagt, dass du aufhören sollst."

Er fuhr fort, während Tamara Weston sich dadurch nicht aus der Ruhe bringen ließ. Eris blinzelte einen Moment, bis er seine Fassung wiedererlangte. Er hatte viel erlebt, aber eine solche Situation war ihm völlig neu.

„Was verschlägt Sie hierher?", lächelte Weston, während sie sich rhythmisch zu bewegen begann.

„Die Arbeit", antwortete er knapp, während er sich bemühte, in ihr Gesicht und nicht auf ihre schaukelnden Brüste zu schauen. Sie hatte seine Blicke bemerkt und lächelte verführerisch, ihre Augen blitzten auf.

„Hierher kommt niemand zum Arbeiten. Außer den Angestellten natürlich." Ihr Atem ging schneller, sie passte ihren Redefluss den rhythmischen Stößen des Mannes hinter ihr an. Ein wohliges Stöhnen unterbrach ihre Ausführungen, dann sprach sie weiter: „Hierhin kommt man nur, um Dampf abzulassen."

Eris zwang sich, seinen Blick abzuwenden, als er merkte, wie ihre Blicke und ihre offensichtlichen Reize Wirkung zeigten. Sie kicherte und sah ihn herausfordernd an.

„Es ist so, wie ich es sage", beharrte er. „Davon abgesehen habe ich eine Frau zu Hause."

„Das ist weder Grund noch Hindernis. Ich habe einen Mann zu Hause. Er liebt mich, ich liebe ihn. Trotzdem bin ich hier."

Eris wollte etwas erwidern, doch seine Worte gingen im lauter werdenden Stöhnen und Grunzen unter, während Weston und ihr Gespiele sich dem Höhepunkt näherten. Eris atmete tief ein und war im Begriff, auf dem Absatz kehrtzumachen, doch Weston riss unter den letzten leidenschaftlichen Stößen den Arm hoch, bedeutete ihm, zu bleiben. Er beschloss, den Moment noch abzuwarten.

„Du kannst gehen", zischte sie dem Unbekannten zu, als er fertig war, und ließ sich schwer atmend in die Laken sinken. Sie räkelte sich, präsentierte Eris die volle Pracht ihrer Reize.

„Ich bin nicht deshalb hier", beharrte Eris.

Sie kicherte und schüttelte den Kopf. „Es gibt nur wenige Männer, die mir bisher widerstanden haben, Ratsmitglied Young. Und bei noch weniger habe ich ein Nein als Antwort akzeptiert. So beharrlich, wie Sie sich verhalten, muss ich trotz aller Anzeichen", wobei sie neckisch in Richtung seines Schritts nickte, „davon ausgehen, dass Sie wirklich dienstlich hier sind. Warum auch immer."

„Das sagte ich doch."

„Unglaublich. Ein solcher Ort, ein solches Angebot und trotzdem nichts anderes als die Arbeit im Kopf?" Sie strich sich über den Körper. „Das kann nicht gut sein."

„Das steht auf einem anderen Blatt. Aber wenn Sie mir schon behilflich sein wollen, dann vielleicht bei einer anderen Sache."

„So?", fragte Weston, während sie mit den Augen klimperte. „Und was könnte das sein?"

„Ich suche Nigel Sumter. Er soll heute Abend hier sein."

„Nigel? Ja, der ist öfter hier."

„Das weiß ich. Ich will wissen, wie es heute Abend ist."

„Ich war bis gerade eben eher … beschäftigt", sie kicherte, „und es kann gut sein, dass ich ihn übersehen habe. Normalerweise ist er hier, manchmal auch im Stall."

„Im Stall?"

„Ja. Im Stall. Gitter. Kleine Boxen. Enge. Ausgeliefert sein. So was eben. Die Ranch hält bekanntlich für jeden Geschmack etwas bereit."

„Oh, daran habe ich keine Zweifel."

„Hier gibt es bestimmt auch etwas für Ihren Geschmack, Ratsmitglied Young", säuselte Weston in einem letzten Versuch und spreizte ihre Beine herausfordernd.

„Gute Nacht", sagte Eris schnell und drehte sich um, während er ihr gurrendes, neckisches Kichern hinter sich vernahm. Er musste hier raus, weg von ihr, denn er spürte, wie er im Begriff war, die Beherrschung über sich zu verlieren. Unsanft rempelte er auf dem Weg zum Ausgang ein Pärchen an, das miteinander zu Gange war. Er ignorierte die wütenden Ausrufe der beiden und war froh, als die kühle Nachtluft ihn wieder umfing.

Draußen ging er einige Schritte, blieb an einer Wand stehen und stützte sich dagegen, nahm einige tiefe Atemzüge und merkte, wie seine Erregung langsam abschwoll. Eris hatte kein Problem mit der Institution des Bordells – es gehörte zur Welt DANACH, wie es auch zur Welt DAVOR gehört hatte. Ihm waren jedoch Werte wie Treue wichtig und er wusste, dass es bei Sal nicht anders war. Was andere Menschen taten und welchen Wert sie dieser Eigenschaft zumaßen, war die andere Seite der Medaille. Seit Marcus ihm vorgeschlagen hatte, die Ranch aus Gründen der Ermittlung zu besuchen, hatte Eris versucht, alle möglichen Szenarien im Kopf durchzuspielen, sich auf sie einzustellen. Dass er jedoch derartig auf die Probe gestellt werden würde und dass es mit seiner Selbstbeherrschung nicht so weit her sein würde – daran hatte er nicht im Traum gedacht. Mühselig streckte er sich und ging ein paar Schritte, um einen klaren Kopf zu bekommen.

Tamara Weston beherrschte seine Gedanken. Die Frau wusste tatsächlich nur zu gut über ihre Reize Bescheid und wie sie diese einsetzen musste, um zu bekommen, was sie wollte. Dabei hatte Weston bei Versammlungen des Rats überhaupt nicht diesen Eindruck auf ihn gemacht. Sie war vor vielleicht einem Jahr nach Yard gekommen, repräsentierte eine kleine Gemeinde, an deren Namen er sich nicht mehr erinnerte, und war eher still und zurückhaltend. Er hatte immer vermutet, dass sie die Regeln der Politik noch lernen musste, oder dass sie schlichtweg eher zu den stilleren Repräsentanten gehörte, doch die Begegnung gerade eben belehrte ihn eines Besseren. Weston beherrschte das Spiel offenbar sehr gut, wenn auch der Ratssaal nicht ihre Bühne war. Eris konnte sich gut vorstellen, wie hier, auf der Ranch, Allianzen geschlossen, Machtkämpfe ausgetragen wurden und Erpressungen ihren Anfang nahmen.

Am stärksten irritiert war er jedoch von einer ganz anderen Tatsache. Weston war etwa in seinem Alter, vielleicht sogar ein bisschen jünger. Sie hatte zwei Kinder und einen Ehemann, hatte auf ihn immer den Eindruck eines Familienmenschen gemacht. Er erinnerte sich noch sehr gut daran, wie Sal und er im Sommer des letzten Jahres eine kleine Feier gegeben hatten, um die neuen Ratsmitglieder in Yard zu begrüßen. Unter freiem Himmel hatte man lange beisammengesessen, gelacht, gescherzt, gefeiert und gut gegessen. Das, was er gerade erlebt hatte, passte gar nicht in sein Bild von ihr.

Er schüttelte den Kopf, versuchte, Weston und ihre weiblichen Reize vor seinem geistigen Auge zu verdrängen. Die kühle Nachtluft half dabei und er sah sich nach dem Stall um. Am anderen Ende stand ein längliches Gebäude, das am besten auf seine Definition passte. Vor der Tür verharrte er und lauschte. Allein die geschlossene Tür sorgte vom ersten Moment an für eine viel intimere Atmosphäre und von drinnen klangen gedämpft die bekannten Geräusche an seine Ohren. Eris öffnete die Tür zuerst nur einen Spalt und sah hinein.

Das Licht war viel gedämpfter. Er blickte auf einen langen Gang, von dem zu beiden Seiten rechteckige Boxen abgingen. Jede zweite Box war vergittert. Vorsichtig machte er einen Schritt über die Schwelle und schloss leise die Tür hinter sich. Während er den Gang hinabschritt, gingen seine Blicke zu den Seiten. In einer Box war eine Frau in einen Stuhl eingespannt, die Beine gespreizt, während zwei Männer um sie herumstanden. Zwischen ihnen fand ein Spiel aus Dominanz statt, ohne dass der sexuelle Akt irgendeine Rolle zu spielen schien. In die Wand der nächsten Box waren Löcher in Schritthöhe gebohrt worden. Einige Männer standen davor, pressten ihre Unterleibe gegen die Löcher, völlig im Unklaren, wer auf der anderen Seite stand. Der Reiz des Unbekannten wurde hier in seiner absoluten Blüte ausgelebt. Es war völlig egal, ob auf der anderen Seite Mann oder Frau stand – und wahrscheinlich machte diese Ungewissheit den Reiz aus. Die mutmaßliche Anonymität schien die Männer auf der einen Seite völlig in den Bann zu ziehen, sie stöhnten und grunzten, pressten sich mitunter noch stärker gegen die Trennwand. Eris schüttelte den Kopf und erreichte eine weitere Box. Hier waren zwei Holzbalken zu einem großen X aufgestellt und mit Fesseln versehen worden. Ein Mann war an diese Konstruktion gebunden, splitternackt, die Augen jedoch verbunden. Zwei Frauen, spärlich bekleidet und daher umso aufreizender, streiften um die Vorrichtung, Reitergerte und Lederriemen in der Hand. Eris blieb stehen und legte den Kopf schief, als er Sumter erkannte. Eine der Frauen war gerade dabei, dem Mann einen Knebel zu verpassen, was Sumter widerstandslos über sich ergehen ließ. Offenbar war das Gerücht darüber, dass gerade Menschen mit viel Macht von Zeit zu Zeit die Zügel aus der Hand geben und die andere, die machtlose Seite erleben mussten, um abschalten zu können, nicht unbedingt falsch. Er verschränkte die Arme vor der Brust und stellte sich in den Türrahmen. Eine der Frauen in einer engen, schwarzen Korsage, die ihre prallen Brüste umso mehr betonte, sah ihn streng an.

„Du musst warten, bis wir hier fertig sind!"

Ihre Blicke duldeten keinen Widerspruch, doch Eris schmunzelte nur entwaffnend. „Ich bin nicht wegen euch hier. Ich will zu ihm da."

„Dann wirst du warten!"

Sie kam erhobenen Kopfes zu ihm herüber, gewohnt, dass ihre Kunden ihre Autorität anerkannten.

„Ich brauche die Nummer nicht, wirklich. Es ist wichtig und ich bin dienstlich hier. Je schneller ich mit ihm gesprochen habe, umso schneller könnt ihr hier weitermachen."

„Was fällt dir ein?", herrschte sie ihn an.

Eris beugte sich nach vorne in den Lichtkegel. „Erkennst du mich? Weißt du, wer ich bin? Ich bin heute nicht hier, um bei diesen Spielen mitzumachen. Und jetzt nimm deine Freundin, genehmige dir einen Drink an der Bar und gib mir ein paar Minuten mit Sumter, ja?"

Um seine Bitte zu unterstreichen, zog er einen makellosen Blister Tabletten hervor und reichte ihn hinüber. Die Frau überlegte einen Moment, dann griff sie gierig danach und winkte ihrer Kollegin zu. Sie drückten sich an Eris vorbei. Er trat in die Box und schloss die vergitterte Tür hinter sich. Nigel Sumter hatte mittlerweile freilich bemerkt, dass etwas im normalen Ablauf nicht stimmte, wandte den Kopf und murmelte etwas, doch Augenbinde und Knebel taten ihre Wirkung. Eris musste schmunzeln, schritt einmal um den gefesselten Sumter herum und machte sich an seinem Knebel zu schaffen.

„Was soll das? Was ist los?“, ertönte seine Stimme panisch, als er wieder ungehindert sprechen konnte.

Eris ließ einige Sekunden verstreichen, bevor er ansetze. „Ratsmitglied Sumter. Es ist mir eine Freude, Sie heute Abend hier zu treffen. Wenn die Umstände auch ein wenig bizarr sind. Vielleicht sogar eher unglücklich.“

„Wer … wer spricht da?“

„Für den Moment ist das egal. Können Sie sich vorstellen, warum ich hier bin?“

„Ihr könnt versuchen, mich in die Knie zu zwingen, aber ich werde mir das nicht gefallen lassen!“, gab der Händler sich kämpferisch und hob die Schultern ein Stück.

Eris betrachtete die Vorrichtung, in der der Händler steckte, und stellte nüchtern fest: „Eins ist klar. Auf die Knie werde ich Sie in dem Ding eh nicht bekommen.“

„Dann werde ich nach meinen Leibwächtern rufen …“, legte der Mann trotzig nach, doch die Drohung entlockte Eris nur ein Schmunzeln.

„Stimmt. Weil hier im Stall niemals jemand schreit. Glauben Sie mir, die werden Sie nicht hören. Und bevor Ihre Leibwächter wirklich hier sind, bin ich längst weg.“

Sumter versuchte noch einige Momente die kämpferische Fassade aufrechtzuerhalten, was allein aufgrund seiner Nacktheit eine komische Note hatte. Dann ließ er kraftlos die Schultern sinken.

„Beenden Sie es. Aber wenn von Anfang an klar war, dass man mich so aus dem Weg schaffen will, hätte man sich nicht die Arbeit mit der Entführung machen müssen.“

Eris Augenbraue zuckte erstaunt nach oben. „Was?“

„Darum geht es doch. Mich aus dem Weg zu schaffen, mir die Geschichte mit der Entführung in die Schuhe zu schieben.

Ich hätte wissen sollen, dass ein direkter Angriff auf mich nicht ausreicht. Es geht auch darum, mein Andenken und all das, was ich aufgebaut habe, zu diskreditieren."

Für den Moment beschloss Eris, Sumter einfach reden zu lassen. Entweder der Händler war ein wirklich guter Schauspieler, der hier den Verdacht von sich ablenken wollte, oder er war ebenfalls ein Opfer in dieser Geschichte. So oder so würden seine Antworten Eris weiterhelfen.

„Sie wissen erstaunlich gut Bescheid."

„Ich bitte Sie." Für ein paar Sätze war die Überheblichkeit in der Stimme des Mannes zurück. „Das ist Politik. Damit kenne ich mich aus. Im Moment bin ich genug Leuten im Rat ein Dorn im Auge. Sie haben es bisher nicht geschafft, mich kleinzukriegen, aber wenn sie mir die Entführung der beiden Kinder in die Schuhe schieben können, dann haben sie am Ende wahrscheinlich doch gewonnen."

„Ratsmitglied Sumter. Sie wollen mir also wirklich erzählen, dass Sie mit der Entführung nichts zu schaffen haben?"

Der nackte Mann richtete sich auf, sein Kopf ging ein wenig nach links und rechts. Er schien zu wittern, dass er vielleicht doch noch mit heiler Haut aus der unbequemen Situation kommen konnte. „Darum geht es? Schickt Sie der Präsident?", fragte er.

Eris nickte, obwohl sein Gegenüber es nicht sehen konnte. „Das dürfte jetzt offensichtlich sein. Ja, Präsident Tailor schickt mich. Sie können sich gut genug vorstellen, warum?"

„Sagen Sie ihm, dass ich mit der Angelegenheit nichts zu schaffen habe! Jemand versucht, mich aufs Kreuz zu legen!" Die Stimme des Händlers wurde lauter.

„Ratsmitglied Sumter. Nigel. Glaubst du nicht, Präsident Tailor hat berechtigte Zweifel an deiner Version? Wäre ich ansonsten hier?"

Eris hoffte, dass der Wechsel von der förmlichen Anrede auf die persönliche Ebene dem Gespräch eine neue Richtung geben konnte.

„Ich … ich habe wirklich nichts damit zu tun. Sie … du musst mir glauben! Präsident Tailor muss mir glauben. Das ist alles eine Verschwörung!“

„Da macht sich aber jemand große Mühe, um dich aus dem Weg zu schaffen. Würde das nicht einfacher gehen? Sagen wir, wenn dir hier ein Attentäter auflauern würde und dich einfach über die Klinge springen lassen würde?“

Eris hoffte, dass seine Worte ihre Wirkung nicht verfehlen würden. Sumter verspannte sich etwas, sein Atem ging schneller.

„Wie ich doch schon sagte: Das ist Politik! Den Präsidenten gegen mich aufzuhetzen ist eine ziemlich sichere Methode, mich aus dem Weg zu räumen.“

„Nigel, das beantwortet die Frage nicht. Warum sollte sich jemand die ganze Mühe machen, wenn er es viel einfacher haben kann?“

„Weil die Chance auf Rache so gen Null geht! Wenn ich als Drahtzier dargestellt und entmachtet werde – oder dafür umgebracht –, scheint das rechtens zu sein. Jemand stellt mich als etwas Schlimmes dar und niemand wird einem mutmaßlichen Verschwörer eine Träne nachweinen. Alle meine Verbündeten täten gut daran, abzutauchen und bloß kein Wort zu erheben, denn dann wären sie ja verdächtig und müssten sich vor einer Strafe fürchten. Bringt man mich aber einfach so um, war es ein feiges Attentat und meine Verbündeten würden zu mir stehen, Anklage erheben. Sie wären nicht mundtot – und alles, für das ich in den letzten Jahren gekämpft und gestritten habe, wäre nicht vergessen oder umsonst.“

Eris reckte nachdenklich den Kopf, während er das Gerüst, an das der Mann gefesselt war, umrundete. Die Version des Händlers klang in seinen Ohren nicht einmal besonders abwegig. Dennoch musste er sichergehen. Ein Mann wie Sumter lebte für die Politik und noch dazu war das Umgarnen von Menschen Teil seiner ursprünglichen Profession als Händler. Es war gut möglich, dass er einfach wie gedruckt log, um den Verdacht von sich zu lenken.

„Also gut“, setzte Eris an, „nehmen wir beide doch einmal an, das, was du da sagst, entspricht der Wahrheit. Wer könnte ein Interesse daran haben, dich auf diese Art und Weise fertigzumachen?“

Nigel zuckte mit den Schultern. „Ich habe mir in den letzten Jahren nicht immer Freunde gemacht. Das gehört dazu. Der Rat hat im Moment mehr als sechzig Mitglieder und einige davon können mich aufgrund der Beschlüsse in der letzten Zeit sicher nicht leiden. Aber dass ich irgendwem derartig auf die Füße getreten wäre, dass er gleich die ganz schweren Geschütze auspackt, wüsste ich nicht.“

„Das hilft mir nicht weiter. Wenn ich dir glauben soll, brauche ich Namen. Einen Verdacht, mit dem ich arbeiten kann. Irgendetwas, das deine Version plausibel macht, Nigel.“

„Aber wenn ich es doch sage!“, seine Stimme wurde brüchig. „Ich weiß es nicht!“

Betroffen schüttelte Eris den Kopf. „Damit habe ich nichts in der Hand als deine Geschichte, und die kann auch eine Lüge sein. Du weißt besser als ich, wie einfach Menschen zu manipulieren sind. Ich für meinen Teil möchte nicht manipuliert werden.“

„Was soll ich denn machen?“, platzte Sumter heraus. „Ich weiß, wie die Sache aussieht und dass jeder vermutet, ich stecke hinter der Entführung. Wenn ich Beweise für meine Unschuld hätte, glaubst du nicht, ich würde sie öffentlich machen? Jede Minute, in der die Anklage gegen mich im Raum steht, ganz egal, ob begründet oder nicht, schadet meinem Ruf, meiner Person und meinen Geschäften. Ich wäre wahnsinnig, wenn ich nichts dagegen tun würde, wenn ich es könnte.“

Obwohl der Mann seine Unschuld nicht beweisen konnte, beschrieb er die aktuelle Situation doch treffend. Es gab genügend Menschen in Yard, die schon jetzt vermuteten, dass er hinter der

Entführung steckte. Solche Gerüchte waren kein nahrhafter Boden für die Zukunft. Und wenn es darum gehen sollte, Marcus und Moody aus dem Amt zu drängen, machte es noch weniger Sinn. Wer würde schon jemandem folgen, der bekannt dafür war, mit einer Erpressung an die Macht gekommen zu sein? Mehr und mehr festigte sich in Eris die Überzeugung, dass Nigel Sumter Recht haben konnte. Die Frage war nur: War er das wirkliche Opfer hinter der Angelegenheit oder war er ein Bauernopfer, das eine noch viel größere Verschwörung vertuschen sollte?

„Hast du denn irgendwas getan, um den Verdacht gegen dich zu entkräften?“

Der Händler knirschte mit den Zähnen und presste die Lippen aufeinander, die hervortretenden Adern an den Schläfen unterstrichen seinen Stress. „Ich habe ein paar meiner Leute auf die Sache angesetzt, aber bisher läuft alles in eine Sackgasse. Wer auch immer dahintersteckt, scheint seine Spuren gut zu verwischen.“

„Oder sie genauso zu legen, dass sie zu dir führen. Immerhin habe ich es ja auch bis hierhin geschafft.“

Sumter verzog sein Gesicht missmutig. „Ehrlich? Waren es Spuren, die dich zu mir geführt haben? Wirkliche Beweise oder waren es Vermutungen? Behauptungen? Beschuldigungen?“

Eris beschloss, nicht auf die Fragen des Händlers zu antworten. Bisher gab es nicht einen handfesten Beweis, der für die Schuld des Mannes sprach, Eris hatte sich lediglich von Vorurteilen leiten lassen. Andererseits gab es bisher aber auch nichts, dass für Nigel Sumters Unschuld sprach.

„Die ganze Geschichte hier ist nett. Sie klingt logisch, das kann ich nicht von der Hand weisen. Dennoch beweisen all diese Vermutungen genau so viel, wie sie widerlegen – nämlich gar nichts, wenn wir ehrlich sind.“

„Du kannst den Anschuldigungen gegen mich glauben. Aber dann suchst du nicht die Wahrheit, sondern einfach nur einen Schuldigen, dem man alles in die Schuhe schieben kann“, erwiderte der nackte Mann trotzig.

„Also gut. Pass auf. Ich glaube deiner Geschichte für den Moment. Aber merk dir eins. Ich habe dich einmal gefunden und ich werde dich noch einmal finden. Sollte ich zu dem Schluss kommen, dass du mir Mist erzählt hast, komme ich irgendwann zurück. Und dann wird es keine nette Unterhaltung zwischen uns beiden werden, hast du mich verstanden?"

Eris rückte bei diesen Worten so nah an den Mann heran, dass dieser seinen Atem im Gesicht spüren konnte.

„J... ja ...", stammelte Sumter.

„Gut. Ich werde jetzt gehen. Ich denke, du hältst es noch ein bisschen hier aus. Ich schicke dir deine Mädchen zurück. Vielleicht bist du ja noch in der Stimmung, da weiterzumachen, wo ihr vorhin aufgehört habt."

+++

Der Morgen war noch jung, als der Geländewagen vor dem Haus hielt. Maria Valdez stieg aus, streckte sich und richtete ihre Uniform. Nachdem sie dem Fahrer bedeutet hatte, zu warten, ging sie mit raschen Schritten auf die Eingangstür zu. Sie klopfte und es dauerte nicht lange, bis ihr geöffnet wurde.

„Einen guten Morgen!", grüßte Sal die Offizierin freundlich.

„Guten Morgen. Ihr Mann hat nach mir rufen lassen?"

„Ja, er sagte so was. Kommen Sie herein."

Sal trat zur Seite und wies der Soldatin den Weg ins Haus. Maria nickte ihr zu und trat über die Schwelle, nahm ihr Barett ab.

Die beiden Frauen erreichten das Wohnzimmer. Von hier aus hatte man einen wunderbaren Blick auf den Garten. Seitdem die Zwillinge in Sals Leben getreten waren, war sie viel häuslicher geworden. Obwohl die Umstellung von einem Leben als Söldnerin mit der Gefahr im Nacken zu dem einer liebevollen, umsorgenden Mutter ihr anfangs nicht schmeckte, hatte sie ihr Schicksal doch gut angenommen. Zumindest bis die beiden Jungen aus dem Gröbsten heraus waren, wollte Sal für sie da sein. Sal hatte das Scharfschützengewehr damals beiseitegelegt und sich andere Dinge gesucht, denen sie sich widmen konnte. Der Garten war eines dieser Dinge – ihr ganzer Stolz. Die Pflanzen und Beete zeigten sich in ihrer vollen, spätsommerlichen Pracht, die Himbeeren an den Sträuchern waren reif zum Pflücken, die Tomaten strahlten in kräftigem Rot. Doch wenn Sal ehrlich zu sich war, dann spürte sie seit einigen Monaten wieder dieses Kribbeln unter den Fingerspitzen, die altbekannte innere Unruhe. Vielleicht waren die Zwillinge mittlerweile alt genug und Sal wieder in der Lage, ein bisschen Abwechslung in ihr eintöniges Leben zu bringen? Je mehr sie darüber nachdachte, umso angenehmer erschien ihr der Gedanke.

„Er braucht noch einen Moment, es war gestern wohl eine lange Nacht. Kann ich Ihnen etwas zu trinken anbieten?"

„Nein, danke", lehnte die Offizierin ab.

„Kann ich Ihnen sonst etwas anbieten?"

„Machen Sie sich wegen mir keine Umstände, ich bin zufrieden", wehrte Valdez ab.

„Wie Sie sagen. Setzen Sie sich doch!"

Sal ließ sich in einen Korbsessel sinken und deutete in Richtung der Couch. Maria kam der Aufforderung nach und für einige Sekunden kehrte lähmende Stille zwischen den beiden Frauen ein. Dann räusperte sich die Soldatin und deutete mit einem Kopfnicken in Richtung des Gartens.

„Das ist sehr schön."

„Danke. Seitdem die Kinder da sind, musste ich mir einen anderen Zeitvertreib suchen. Also was anderes als was ich früher gemacht habe. Und auch wenn ich erst kaum glauben mochte, ein Garten zu hegen und zu pflegen, kann mitunter angenehmer sein, als irgendwelche Leute über die Klinge springen zu lassen", sagte Sal trocken.

Valdez nickte. Sie kannte die Geschichten über Sal Young und ihre Rolle in der Schlacht um Yard. Die Frau reihte sich in die Heldengruppe ein, die bei der Schlacht geboren worden waren, obwohl Sal am zurückgezogensten von allen lebte. Dennoch, ihre legendären Schießkünste und ihre guten Augen waren oft genug Stoff von Erzählungen.

„Ist es … nicht irgendwie erfüllender?“, fragte Maria, einfach nur, weil die Stille zwischen ihnen unerträglich zu werden schien.

„Sie meinen, weil es darum geht, Leben zu schaffen und es nicht zu nehmen?“ Sal zuckte mit den Schultern. „Eigentlich nicht. Letzten Endes ist beides ein Handwerk. Ob man nun gut mit einer Waffe umgehen kann oder einen grünen Daumen besitzt. Ich für meinen Teil habe erkannt, dass ich offenbar auch einen grünen Daumen besitze. Aber ob ich das lieber mache, als mit dem Gewehr hinauszugehen? Wahrscheinlich ist es gesünder für mich. Erfüllender ist hingegen das, was ich schon immer konnte.“ Sal warf der Frau einen Blick zu und Maria konnte die Kälte in ihren Augen erkennen. In der Schützin schlummerte ein Raubtier. Sie hatte es verstanden, diese Züge über Jahre zurückzudrängen, hatte das kaltblütige Töten in eine Ecke ihres Verstandes verbannt. Doch es war noch immer da, und Sal konnte es aufblitzen lassen.

Maria unterdrückte ein Schaudern und fand es schwer, etwas auf Sals Ausführungen zu erwidern. Zwischen den Frauen kehrte anhaltende und beinah peinliche Stille ein. Glücklicherweise sollte diese Gesprächspause nur von kurzer Dauer sein, Schritte aus dem Nebenraum kündigten Eris an.

„Ah, guten Morgen Maria!“, grüßte er, als er den Raum betrat.

Die Soldatin stand auf, hob die Hand zum Gruß bis an die Stirn.

„Ratsmitglied Yo…“ Sie hielt inne, verbesserte sich selbst. „Eris. Entschuldigung.“

„Ja, es ist schlimm, Angewohnheiten abzulegen, wenn sie einmal drin sind, was?“

„Ich gebe mein Bestes."
„Davon gehe ich aus."
Eris war damit beschäftigt, die letzten Knöpfe seines Hemdes zu schließen.
„Eris, es wird dich freuen, dass ich Neuigkeiten in dem Fall habe."
„Ach wirklich? Das sind gute Nachrichten. Ich habe gestern Nacht auch etwas herausgefunden, was uns weiterbringen wird. Deshalb habe ich dich kommen lassen."
Valdez' Gesicht verriet für einen Moment ihr ehrliches Erstaunen über die Neuigkeiten. „Dann kommen wir in dem Fall ja besser voran als angenommen."
„Den Eindruck habe ich auch. Fang du an, das gebietet die Höflichkeit", meinte Eris und goss sich Wasser in sein Glas, ließ sich darauf in den zweiten Korbsessel sinken.
„Natürlich. Der Präsident hat mir ein paar mehr Männer gegeben, mit denen ich den Markt durchkämmen konnte. Der Zwischenfall gestern hat ihn wohl bestärkt."
Eris' Miene verfinsterte sich für einen kurzen Moment, als er an die gestrige Niederlage auf dem Markt erinnert wurde. Einstweilen entscheid er sich jedoch, Maria nicht zu unterbrechen.
„Wir sind so vorgegangen, wie du vorgeschlagen hast, haben uns die alten Versorgungstunnel und Kellerräume unter dem Gelände einmal angesehen. Es ist ein wirkliches Labyrinth, viele Gänge und Kammern scheint noch keiner gesehen zu haben."
„Das war zu erwarten. Seid ihr dabei auf etwas gestoßen?"
„Ja, so wie es aussieht. Wir haben einen Zugang gefunden, der gewaltsam aufgebrochen war."
„Und was ist daran so bemerkenswert? Es heißt, dass ein paar Diebe die Tunnel von Zeit zu Zeit für sich entdecken und so in Lagerräume einsteigen."
„Das habe ich auch erst vermutet. Jedoch zeigen die Spuren eindeutig, dass jemand die Tür von außen aufgebrochen hat. Es ging also darum, in die Tunnel zu gelangen und nicht aus ihnen

heraus. Das Beste aber ist, dass dieser Zugang eigentlich in einem Lagerhaus liegt."

Eris lehnte sich gespannt nach vorne und bedeutete der Frau, weiterzusprechen. Sal hatte sich zurückgelehnt und beobachtete ihren Mann und die Offizierin.

„Es ist eines der Lagerhäuser von Ratsmitglied Sumter."

„Aber das macht keinen Sinn", warf Eris ein. „Sumter ist doch kein Idiot. Er hat seine Lagerhäuser doch rund um die Uhr bewacht, wie sollen die Entführer dort unbemerkt mit den Kindern eingedrungen sein und eine Tür aufgebrochen haben, um in die Tunnel zu flüchten?"

„Das liegt auf der Hand. Man hat sie passieren lassen."

Eris stellte das Glas beiseite. „Das hieße, es handelt sich um eine Verschwörung mit vielen Beteiligten, noch mehr als angenommen. Wachen, Lagerarbeiter, Marktgänger … und die wollen alle nichts gesehen haben? Das scheint mir nicht plausibel."

Maria schüttelte den Kopf. „Sumter ist unverschämt reich. Es ist ein Leichtes für ihn, sich die Loyalität von jedem zu erkaufen."

Sal räusperte sich. „Eris hat Recht. Es ist nicht plausibel. Nach meiner Erfahrung werden solche Sachen immer gefährlich, je mehr Menschen etwas gesehen haben. Da spielt gar keine Rolle, mit wie viel bestochen wurde. Irgendjemand gerät immer ins Wanken, glaubt, bessere Geschäfte zu machen, oder kann seine Klappe nicht halten. Und genau in diesem Fall soll alles reibungslos über die Bühne gegangen sein? Schwer zu glauben."

Die Soldatin blickte zwischen den beiden hin und her. „Ich kann doch nur sagen, was ich bisher herausgefunden habe."

Eris hob beschwichtigend die Hand. „Das sollte kein Angriff sein. Lediglich ein Einwand aufgrund unser bisherigen Erfahrungen. Ist schon irgendwer verhört worden?"

„Nein", Valdez schüttelte den Kopf, „ich wollte vorhin loslegen, aber dann sollte ich hierherkommen. Die Arbeiter und Wachen dort habe ich unter Arrest setzen lassen."

„Kein Problem, damit können wir nachher sofort loslegen. Ich wäre bei den Befragungen gerne dabei."

„Aber natürlich. Und was sind deine Erkenntnisse?"

Eris lächelte und stand auf. „Ich habe da gestern was gefunden, was uns helfen wird, den Schuldigen zu finden. Das war gar nicht so einfach."

„So?", fragte sie, während ihre Augenbraue nach oben wanderte.

„Ja. Komm mit, ich zeige es dir."

Eris schlenderte zu einer Schiebetür und wartete, bis die Offizierin ihm gefolgt war, während Sal in ihrem Sessel sitzen blieb. Eris öffnete die Tür mit beiden Händen und schritt in den dahinterliegenden Raum, sein Arbeitszimmer. Er war nie ein Mann der Schreibtischarbeit gewesen und entsprechend spartanisch eingerichtet war es hier. In ein paar Regalen an den Wänden lagen Papierstapel und Akten, das massivste Einrichtungsstück war jedoch ein abgewetzter Schreibtisch in der Mitte des Raums, dahinter ein zerschlissener Drehstuhl aus Leder, mit der Rückenlehne zur Tür gewandt. Eris trat zur Seite und gab der Soldatin den Blick auf das Zimmer frei. Sie sah sich fragend um, nicht genau wissend, was sie nun erwartete.

„Und, ist sie das?", fragte Eris in den Raum hinein.

Der lederne Stuhl drehte sich. In ihm saß Perry, den linken Arm bandagiert und in einer Schlinge um den Hals. Seine Augen musterten die Offizierin einen Moment. Er legte den Kopf schief und kniff nachdenklich die Augen zusammen, dann nickte er.

„Ja", sagte er.

Valdez begriff, in was sie hier geraten war, und verstand, dass sie ihre Chance nutzen musste, wenn sie irgendwie aus dieser Konfrontation herauskommen wollte. Noch während Eris seinen Kopf in ihre Richtung wandte, wirbelte sie auf dem Absatz herum und eilte zurück ins Wohnzimmer. Die Offizierin kam zwei Schritte weit, dann erstarrte sie. Am anderen Ende des Raums, direkt vor dem Ausgang, hatte Sal Aufstellung genommen, eine

Pistole in der Hand. Der Lauf zielte auf die Brust der Soldatin.

„Es ist zwar kein Gewehr – aber auf die Entfernung puste ich dich trotzdem aus dem Leben", sagte die Schützin düster.

Marias Gedanken überschlugen sich, reflexartig ging ihre Hand zum Holster am Gürtel.

„Glaub ja nicht, dass ich aus der Übung bin. Noch eine falsche Bewegung und ich drücke ab. Und ich warne nicht noch einmal."

Die Soldatin hielt inne. Ihr Gehirn wog ihre Chancen ab und ihr Verstand siegte letztlich. Sie hatte nicht vor, sich eine Kugel zu fangen. Langsam hob sie die Hände in die Höhe. Eris kam heran und entwaffnete sie, stieß sie sanft in den Raum hinein.

„Am besten setzt du dich. Ich denke, wir werden uns länger unterhalten."

+++

Dwight schnippte seine glimmende Zigarette aus dem Fenster und warf einen neuerlichen Blick auf das Haus. Irgendetwas an der ganzen Situation gefiel ihm nicht. Er konnte es nur schwerlich beschreiben, es war kaum mehr als ein Gefühl in der Magengegend. Wenn er in den letzten Jahren aber etwas gelernt hatte, dann, sich auf seine Intuition zu verlassen.

Nachdenklich kniff er die Augen zusammen und versuchte etwas zu finden, das seine Intuition bestätigen konnte. Doch es war kaum mehr als eines der typischen Häuser, wie sie im Westquartier überall zu finden waren: groß und von Gärten umgeben. In diesem Teil der Stadt lebten nur Ratsmitglieder mit erheblichem Einfluss oder Menschen, deren Reichtum astronomisch war. Dem Rest des Volks waren die anderen Teile der Stadt vorbehalten.

Gerade angelte er nach einer neuen Zigarette, da entdeckte er Bewegung an einem der Fenster zur Straße. Ein bärtiges Gesicht erschien für einige Sekunden dort, prüfte die Straße und blickte in Richtung des Wagens. Dwight fluchte, warf das Päckchen Zigaretten achtlos beiseite und tauchte in den Fußraum ab. Es war der bärtige Kerl von gestern Abend, der sie auf dem Friedhof beobachtet hatte. Der Störenfried, dem er seine gebrochene Nase verdankte. Der Soldat brauchte nicht lange, bis er sich zusammenreimen konnte, was gerade im Inneren des Hauses vor sich ging. Offenbar war Maria in die Falle gelockt und überwältigt worden, musste sich nun einer Befragung stellen. Dwight öffnete die Wagentür, als er sich sicher war, dass der Beobachter verschwunden war. Mit schnellen Schritten betrat er das Gelände, drückte sich in den Schatten einer Hecke und schlich durch den Garten um das Haus herum.

Hinter einem Busch blieb er stehen. Von hier aus hatte er Blick auf eine große Fensterfront. Dahinter lag ein Wohnzimmer. Seine Augen brauchten einen Moment, um sich an die Lichtverhältnisse zu gewöhnen, dann entdeckte er im Inneren vier Personen. Der bärtige Mann, den er gerade am Fenster entdeckt hatte, ließ sich in einen Sessel sinken. Auf einem anderen Sessel saß Maria, neben ihr stand Ratsmitglied Young. Ein wenig entfernt davon, auf einer Couch, saß eine andere Frau. Dwight beschloss, die Situation erst zu beobachten und dann zu entscheiden.

+++

„Der Wagen steht immer noch da“, meinte Perry und ließ sich in den Korbsessel sinken.

„Gut. Um den kümmern wir uns gleich“, sagte Eris über die Schulter und wandte sich wieder Maria zu. „Wartet dein Komplize in der Karre oder ist es nur irgendein Soldat, der nichts von deinem kleinen, dreckigen Geheimnis weiß?“

Valdez antwortet nicht, sondern schenkte Eris nur einen trotzigen Blick.

„Kein Problem. Wir werden das herausfinden“, antwortete Eris kühl. „Aber bis dahin sollten wir die Zeit nutzen und schon einmal ein paar Fragen durchgehen. Wie schnell das geht, hängt von dir ab. Ob du kooperativ bist, liegt ganz bei dir.“

Die Offizierin murmelte etwas Unverständliches und bleckte herausfordernd die Zähne.

Eris lächelte dünn. „Eine Kämpfernatur. Schön. Es hätte ja auch alles so einfach sein können, nicht wahr? Dann sag' ich dir jetzt, wie es läuft: Auch wenn ich es besser wissen sollte, bin ich gegenüber Frauen eigentlich nie besonders handgreiflich und gewalttätig. Das ist einer dieser nervigen Funken Ehre in mir, der trotz aller Erfahrungen in den letzten Jahren immer noch da ist. Aber das ist gar kein Problem. Denn wo ich ein Problem habe, hat Sal überhaupt keins.“

Er machte eine ausholende Geste und deutete in Richtung seiner Frau. Sal fixierte die Soldatin mit ihren Blicken.

„Du kennst die Geschichten über sie. Und wenn ich dir das aus eigener Erfahrung sagen darf: Sie treffen ihren Charakter und ihr Wesen noch nicht einmal zur Hälfte. Sal ist in Fällen wie diesen hier kompromisslos, und dafür liebe ich sie. Du hast jetzt also die Wahl. Entweder du markierst die Starke und Sal tobt sich an dir aus, oder du erzählst uns, was wir wissen wollen.“

„Drauf geschissen. Ihr müsst euch schon Mühe geben!“, presste Maria zwischen den Zähnen hervor.

Sal erhob sich und streckte sich. Ein feines Lächeln lag auf ihren Lippen.

„Danke.“ Ohne ein weiteres Wort ging Sal die wenigen Schritte zu der sitzenden Frau und schlug ihr mit der Faust ins Gesicht. Marias Kopf rollte herum, ein dumpfes Stöhnen war zu hören. Sal rieb sich die Knöchel. Die Soldatin hob ihren Kopf, ihre Stimme war beißend.

„Wenn das schon alles war, muss ich wohl keine Angst vor dir haben.“

„Keine Sorge. Ich bin ein bisschen aus der Übung, aber ich werde sicher wieder warm.“ Ihre linke Hand griff nach den Haaren der Frau, während sie mit den Fingern der rechten Hand suchend über ihre Wange fuhr und langsam Druck ausübte. Diese Taktik war ganz nützlich, um jemandem einen Vorgeschmack auf das zu geben, was noch kommen sollte. Sal suchte mit ihren Fingern das Kiefergelenk der Soldatin, tastete nach einem Punkt ein kleines Stück dahinter. Maria knurrte und griff ihrerseits nach Sals Handgelenken. Eris schritt ein, versuchte, die Frauen zu trennen. Als er sie voneinander gelöst hatte, sah er sich suchend um.

„Ich hatte gehofft, das vermeiden zu können. Jetzt kommen wir wohl nicht drum herum, dich am Stuhl festzubinden, Maria."

Die Angesprochene fluchte und setzte zum Aufstehen an, doch Eris drückte sie unsanft auf die Sitzfläche.

„Du hast es in der Hand", meinte er, während Sal zu einem der Schränke in der Nähe ging.

Dwight hatte genug gesehen. Offensichtlich war man Maria auf die Schliche gekommen. Mehr noch, dort im Wohnzimmer begann man gerade, sie zu bearbeiten. Zwar schätzte er die Soldatin als hart im Nehmen ein, aber es war nur eine Frage der Zeit, bis auch der stärkste Widerstand in sich zusammenbrechen würde. Und damit war die Offizierin eine Gefahr für die gesamte Operation. Das durfte er nicht zulassen.

Ohne zu zögern, zog er seine Waffe aus dem Holster und entsicherte sie. In einer fließenden Bewegung legte er an. Einen kurzen Moment richtete er Kimme und Korn auf das stehende Ratsmitglied, dann aber verwarf er den Gedanken. Vielleicht würde er den Mann tödlich verletzten, aber damit war die Gefahr nicht gebannt. Obwohl er das Überraschungsmoment auf seiner Seite wusste, konnte er seine Chancen realistisch einschätzen. Er würde nicht mit den dreien dort im Haus fertig werden und Maria einfach herausholen können. Davon abgesehen war nicht auszudenken, wie schnell die Operation aus dem Ruder zu laufen drohte, wenn es jetzt ein totes Ratsmitglied gab.

Er schüttelte den Kopf und legte auf Maria an. Nach einer kurzen Pause spannte sich sein Finger am Abzug.

Sekundenbruchteile nach dem Schuss zerbarst das Fensterglas in feine Scherben. Eris reagierte instinktiv, als er sich einfach zu Boden fallen ließ, und auch seine Begleiter waren in den letzten Jahren nur unmerklich aus der Übung gekommen. In der Erwartung weiterer Schüsse hielt Eris angespannt den Kopf unten.

„Was …?“, kam es über seine Lippen. Sein Kopf ging in die Höhe und er sah, dass Valdez' Kopf zur Seite gekippt war. Blut schoss aus einer Wunde an ihrem Hals. Eris fluchte und kam in die Höhe. Die Soldatin stöhnte und röchelte. Ihre Augen flatterten, aber sie war noch nicht tot.

„Perry!“, brüllte er.

Der Arzt hatte keinen Hinweis gebraucht. Mühsam stemmte der Bärtige sich aus seiner Deckung nach oben, sein geschulter Blick erfasste die Situation sofort.

„Meine Tasche, schnell!“, rief er in den Raum, während er zu der Verletzten eilte, sie umständlich packte und in Deckung zog. Sal hatte verstanden und hastete in den Nebenraum, auf der Suche nach Perrys schwerer, alter Ledertasche.

Eris hatte derweil seine Waffe gezückt und zielte in Richtung des Fensters, versuchte den Angreifer zu entdecken. Nichts deutete auf einen Schützen hin. Ohne Zeit zu verlieren, sprang er in Richtung Flur und zur Haustür. Er hatte so eine Ahnung, um wen es sich bei dem Angreifer handeln konnte. Hastig riss er die Tür auf und trat ins Freie, blickte in Richtung des Wagens, mit dem Valdez angekommen war. Er konnte gerade noch erkennen, wie ein Mann hastig in den Wagen sprang und den Motor startete.

Der Revolver in Eris' Hand bockte, als er in schneller Folge abdrückte. Bellend schlugen die Schüsse in den Wagen ein. Der Flüchtende duckte sich tief unter das Steuer, als das Fahrzeug anrollte, und schoss ungezielt in Eris' Richtung Der registrierte die nahen Einschläge in der Hauswand hinter ihm, blieb jedoch stehen, um wenigstens einen guten Schuss auf den Flüchtenden zustandezubringen. Der Motor des Geländewagens heulte auf und das Fahrzeug machte einen Satz nach vorne, während der Mann hinter dem Steuer immer noch feuerte.

Eris drückte ab, aber auch sein letzter Schuss ging fehl, stanzte lediglich ein weiteres Loch in die Motorhaube des Fluchtwagens. Er hatte keine Zeit, sich darüber zu ärgern, denn in dem Moment, in dem ihm eine Verwünschung über die Lippen kommen wollte, explodierte der Schmerz in seinem Oberschenkel. Mit einem Stöhnen taumelte er zurück in den Eingang seines Hauses, verlor das Gleichgewicht und brach zusammen. Sal war von hinten heran, packte ihn an den Schultern und zerrte ihn zurück ins Haus, während Eris mit seinem unverletzten Bein die Tür zutrat.

„Hast du ihn erwischt?“, wollte sie wissen.

„Keine Ahnung. Wenn, dann nicht gut genug, er konnte immer noch fahren“, knurrte Eris über den Schmerz hinweg.

Sal registrierte seine Bemerkung und steckte ihre Waffe weg, machte sich an seinem Oberschenkel zu schaffen. Es war ein Durchschuss, die Wunde blutete stark. Mühsam setzte Eris sich mit dem Rücken an die Wand.

„Das sieht nicht gut aus …“, bemerkte Sal und öffnete hastig ihren Gürtel. Sie band ihrem Mann den Oberschenkel ab, während Eris selbst Probleme hatte, noch einen klaren Gedanken zu finden. Geschockt und fasziniert blickte er auf das Blut, das aus der klaffenden Wunde strömte. Es war einige Jahre her, dass er bei einem Schusswechsel verletzt worden war. Tatsächlich handelte es sich nicht um die erste Schussverletzung in seinem Leben, dennoch spürte er, wie sein Körper auf diesen Schock zu reagieren begann. Sein Puls wurde zu einem rauschenden Stampfen in seinen Ohren, er nahm die Welt um sich herum nur noch durch einen Schleier wahr.

„Perry, es hört nicht auf zu bluten!“, brüllte Sal in Richtung des Arztes, während sie sich mit ihrem ganzen Gewicht in den Gürtel um Eris’ Bein stemmte.

Perry schaute auf, seine Blicke wanderten zwischen der im Todeskampf liegenden Soldatin vor ihm hinüber zu seinem blutenden Freund. Er musste eine Entscheidung treffen. Mit seinem gebrochenen Arm war er kaum in der Lage, sich ordentlich um einen Patienten zu kümmern, gleich zwei Patienten sprengten den Rahmen dabei völlig. Betroffen blickte er auf die gurgelnde und zuckende Maria hinab und schüttelte den Kopf. Er hasste diese Entscheidungen – doch wenn er nur ein Leben retten konnte, musste er sich für das seines alten Freundes entscheiden. Wütend, in diese Zwangslage gebracht worden zu sein, packte er seine Tasche und hetzte zu Eris hinüber.

„Sal, du musst mir helfen. Wir bekommen das hin."

Ohne ihn anzusehen, nickte sie, zog weiter an dem Ledergürtel.

„Und du, Eris, musst mir nur einen Gefallen tun. Bleib wach! Bleib bei uns!"

Zur Bekräftigung seiner Worte schlug er Eris einmal mit der flachen Hand ins Gesicht. Durch den Schleier kamen die Worte verzerrt an Eris' Ohren und er verstand. Er nahm seine Kräfte zusammen stemmte sich gegen die Ermattung. Der Arzt untersuchte die klaffenden Wunde, innerhalb von Sekunden waren seine Finger glitschig vor Blut. Der gebrochene Arm behinderte ihn und bereitete ihm zusehends Schmerzen.

Die Eingangstür flog auf. Gene, ein Junge aus der Nachbarschaft, der sich von Zeit zu Zeit um die Zwillinge kümmerte, stand mit erschrockenem Gesicht in der Tür. Eris und Sal hatten die Zwillinge heute Morgen in weiser Voraussicht zu ihm gebracht, jedoch musste der wilde Schusswechsel ihn alarmiert haben.

„Was ist passiert?", brachte der Fünfzehnjährige über seine Lippen, während die Farbe aus seinem Gesicht wich. Sein Blick verhaftete sich in der immer größer werdenden Blutlache.

„Gene! Steh da nicht so rum. Los, hol Hilfe!", blaffte Sal und sah den Jugendlichen einen kurzen Moment an. Dieser brauchte etwas, um sich von dem Anblick zu lösen, nickte er hastig und rannte davon.

Eris selbst bekam davon wenig mit. Sein Oberschenkel fühlte sich an, als ob ein glühendes Eisen darin stecke, und dumpfer Schmerz pulste von dort hinauf. Dunkelheit tanzte an den Rändern seines Sichtfelds und mit jedem Schmerzimpuls, der durch seinen Körper lief, schienen Sterne vor seinen Augen zu explodieren. Das Blut rauschte durch seine Ohren und hämmerte hinter seiner Stirn, die wenigen Geräusche und Wortfetzen, die er wahrnahm, waren verzerrt und abgehackt. Er stöhnte, seine Kiefer mahlten. Durch die Krämpfe versuchte er sich zu erinnern, ob ihm eine Schussverletzung jemals derartige Schmerzen verursacht hatte. Perry wischte seine blutige Hand am Hemd ab und wühlte in seiner Tasche. Medikamente und medizinisches Gerät flogen herum und verteilten sich über den Boden.

„Mach ihm die Hose auf", wies er Sal an.

Die Frau warf dem Arzt einen fragenden Blick zu. „Was?"

„Frag nicht, mach es einfach!", herrschte er sie in einer Tonlage an, die keinen Widerspruch zuließ.

Sal ließ unsicher den blutgetränkten Gürtel los und öffnete Eris' Hose. Kurz nachdem sie den Zug vom Lederriemen genommen hatte, begann das Blut wieder stärker aus der Wunde zu fließen. Die Frau versuchte sich zu konzentrieren, doch die Panik ergriff sie, ihre Finger waren zittrig.

„Perry! Er blutet wie ein Schwein …"

„Ich weiß. Mach einfach. Zieh die Hose ein Stück runter, los!"

Der Arzt war immer noch damit beschäftigt, etwas aus seiner Tasche zu kramen. Endlich schien er gefunden zu haben, was er suchte, und hielt triumphierend eine Spritze mit langer Kanüle in der Hand. Sal hatte währenddessen mühsam Eris' Hose ein gutes Stück heruntergezogen, dann griff sie wieder nach dem Gürtel, zerrte daran. Perry klemmte sich die Spritze zwischen die Zähne, schlug seinem alten Freund umständlich mit dem

Handrücken ein paar Mal auf den Unterarm. Als sich endlich eine Vene zeigte, griff er ohne zu zögern den Blutgerinner und rammte ihn Eris in den Unterarm. Als der Behälter geleert war, drehte er sich zu Sal.

„Also gut, hör mir zu. Mit dem Gürtel bekommen wir die Blutung nicht gestoppt. Wir müssen das Blut woanders abdrücken. Vertrau mir."

Ohne auf ihre Zustimmung zu warten, nahm er ihre Hand und führte sie zielsicher in Eris' Leistengegend, zeigte ihr den Druckpunkt.

„Genau hier. Drück. Nicht zu fest, wir wollen nicht noch mehr Schaden anrichten. Du musst das Blut einfach hier stoppen. Bekommst du das hin?"

Sal sah ihn einen Moment unsicher an. Dann trafen sich ihre Blicke und sie schöpfte neue Zuversicht. Wenn es einen Menschen gab, dem sie in dieser Situation vertrauen konnte, war das Perry. Sie nickte und tat, was er von ihr verlangte.

Perry sah ihr einige Sekunden zu und versuchte sie zu ermutigen. „Ja, genau so. Das machst du gut."

Ächzend kam er vom Boden hoch und sah sich suchend um. Er schritt hinüber zu einem der Korbsessel, packte das Möbelstück kurzerhand und zog es hinter sich her zu seinem verletzten Freund. Ohne ein Wort der Erklärung ging er zur Couch, nahm eines der Kissen und kam damit zurück.

„Jetzt kommt der schwere Teil", setzte er an und leckte sich die trockenen Lippen. „Wir müssen sein Becken höher als seinen Oberkörper bekommen. Wenn wir damit fertig sind, müssen wir seine Beine hoch lagern. Hör mir zu, wir machen es so: Wir wechseln die Hände, ich übernehme den Druckpunkt. Du musst versuchen, seinen Hintern anzuheben und ihm das Kissen drunterzuschieben. Klar?"

Sal nickte eilig, ließ die Finger aber nicht vom Druckpunkt. Erst als Perry seine Hand in die Nähe gelegt hatte, zog sie ihre Finger zurück. Perry übernahm und sie griff nach dem Kissen, legte es vor sich auf den Boden. Entschlossen umfasste sie ihren murmelnden stöhnenden Mann und stemmte sein Becken einige Zentimeter in die Höhe. Währenddessen schob sie mit den Knien das Kissen nach vorne. Obwohl das Adrenalin ihren Körper flutete, merkte sie, dass sie in der verkrümmten Haltung, die sie innehatte, schnell an die Grenzen ihrer Kraft kam. Stöhnend schob sie das Kissen Stück für Stück nach vorne, dann ließ sie Eris behutsam sinken. Er lag nicht perfekt, aber es musste für den Moment reichen. Sie gönnte sich keine Verschnaufpause, sondern sprang auf, schob den Stuhl zurecht und legte seine Füße hoch.

„Gut. Gut so!", bekräftigte Perry sie. „Und jetzt lass uns wieder die Positionen wechseln. Ich kümmere mich weiter um seine Verletzung."

Die beiden wechselten erneut, und Perry begann, den glitschigen Gürtel mit aller Macht zu fixieren. Er suchte aus dem Chaos, das um seine Tasche verstreut war, zwei Mullbinden heraus, riss die Verpackungen auf und presste eine auf den Eintritt, die andere auf den Austritt.

„Siehst du, es scheint zu klappen!", vermeldete er und in seiner Stimme klang eine hörbare Spur von Triumph mit. Umständlich begann er, mit seiner intakten Hand einen Verband um die Wunde zu legen.

„Wird er es schaffen?", fragte Sal angespannt.

Perry verzog das Gesicht. „Sal, du weißt, dass ich dir darauf nicht die Antwort geben kann, die du gerne hören willst. Ich kann es nicht sagen, solange er nicht auf einem OP-Tisch gelegen hat. Er hat 'ne ganze Menge Blut verloren, aber das muss nichts heißen. Eris hat sich in seinem Leben schon genug Kugeln gefangen und war ein paarmal sicher schlimmer dran als jetzt. Er ist kräftig und kämpft dagegen an. Das sind die besten Voraussetzungen."

Sal spürte, wie sich ihre Kehle langsam zuschnürte. Eine erste Träne bahnte sich ihren Weg, wurde von einem Schluchzen begleitet. Dann ging ein Beben durch ihren Körper und ihre Emotionen brachen sich Bahn.

„Du darfst jetzt nicht aufhören, Sal. Er ist drauf angewiesen."

Sie schluckte und machte ein trotziges Gesicht, nahm ihre zweite Hand hinzu.

„Du, er, ich – wir sind durch so viel Scheiße in den letzten Jahren gegangen. Es sah ein paar Mal viel übler aus als jetzt. Und wir haben es immer geschafft. Ich will verdammt sein, wenn er jetzt hier unter meinen Augen verreckt."

Perry hoffte, dass seine Worte etwas bewirken würden, und tatsächlich schien Sal sich ein wenig zu beruhigen. Der Arzt atmete aus und ließ sich mit dem Rücken gegen die Couch sinken. Mit seiner rechten Hand tastete er nach seiner Brusttasche und zog den alten, verbeulten Flachmann hervor, genehmigte sich einen großen Schluck. Sein Pflichtgefühl brachte ihn danach zum Aufstehen und er ging zu Maria, die am anderen Ende des Raums lag. Ihre Augen blickten nur noch leer zu Decke, eine dunkelrote Lache hatte sich um ihren Kopf gebildet.

+++

Arleen presste angestrengt ihr Ohr an das kalte Metall der Tür und lauschte. Irgendwo vor der Tür stritten zwei Stimmen miteinander. Das Gespräch klang verzerrt und dumpf durch das dicke Metall.

„Du hast auf ihn geschossen?", brüllte die eine Stimme. Es klang nach einem Mann.

„Was hätte ich denn tun sollen? Er hat auf mich geschossen!", antwortete die zweite Stimme, kaum leiser als die des ersten Mannes.

„Vielleicht nicht deine Waffe zücken und ohne zu überlegen herumballern? Wie wäre das?"

„Und riskieren, dass er mir dafür ein paar verpasst? Na, herzlichen Dank!"

Es schepperte, als ob jemand gegen etwas schlagen würde.

„Kannst du dir eigentlich vorstellen, was das für einen Wind geben kann, wenn er nicht durchkommt? ‚Ratsmitglied bei den Ermittlungen um die Entführung getötet', wird es da heißen. Kannst du dir vorstellen, was das für ein Chaos auslösen kann?"

„Und was wäre gewesen, wenn sie Maria verhört hätten? Wenn sie gesungen hätte wie ein Vogel? Was wäre dann gewesen? Alles wäre aufgeflogen!"

„Darüber habe ich mich nicht beschwert. Es war die richtige Entscheidung."

„Die richtige Entscheidung?" Die zweite Männerstimme überschlug sich. „Ich musste meine Kameradin für dieses Machtspiel erschießen. Wir kannten uns schon, lange bevor es die Union gab. Und vorhin, da war ich gezwungen, ihr eine Kugel zu verpassen. Nur um das alles hier zu schützen!"

„Wie ich schon sagte, ich bin dir dafür dankbar."

„Deine Dankbarkeit kannst du dir sonstwohin schieben!"

Es schepperte, diesmal klang die erste Stimme drohend. „Pass auf, was du sagst! Auch ich kannte Maria schon lange genug, habe sie fast aufwachsen sehen. Ich muss nicht mögen, was heute passiert ist, aber es war die richtige Entscheidung, um das alles hier zu schützen."

„Das alles hier? Deine Machtspiele?"

Schweigen kehrte für einige Sekunden ein. Die beiden Männer auf der anderen Seite der Tür schienen einen Moment zu brauchen, um ihre Gemüter zu beruhigen. Die erste Stimme setzte wieder ein, diesmal ein wenig kontrollierter.

„Manchmal müssen diese schweren Entscheidungen getroffen werden. Wiegt ein einzelnes Leben das von Vielen auf? Bei dieser Angelegenheit hier steht eine Menge auf dem Spiel, nicht weniger als unsere Zukunft. Der Preis dafür mag bitter sein, aber er musste bezahlt werden."

„Hast du dir schon mal selbst zugehört? Unsere Zukunft? Es geht um Macht! Deine verdammte Macht, nicht mehr und nicht weniger. Versuch mir nicht irgendeine Scheiße zu erzählen, du weißt es wirklich besser. Nur gut, dass sich andere für dich die Hände schmutzig machen."

Ein metallisches Klicken unterbrach den Redeschwall des Mannes, Stille kehrte für einige lange Augenblicke zwischen ihnen ein.

„Ist es das?", fragte die erste Stimme. „Glaubst du etwa, dass ich mir nicht selber die Finger schmutzig machen kann? Dass ich Skrupel hätte, Leute zu erschießen?"

„Du …"

Ein Schuss löste sich und hallte dröhnend von den Wänden wider. Arleen zuckte vor Schreck zusammen und zog ihren Kopf von dem kühlen Metall weg.

Sie starrte fassungslos auf die schwere Tür wenige Zentimeter vor ihr.

„Das nächste Mal treffe ich. Wenn du mich noch einmal zwingen solltest, meine Waffe gegen dich zu erheben, schwöre ich, werde ich dich über den Haufen schießen. Ohne mit der Wimper zu zucken. Hast du mich verstanden, Dwight?"

„Ja", antwortete Dwight nach einer langen Pause.

„Dann haben wir das geklärt. Wir müssen jetzt sehen, wie sich die ganze Sache entwickelt und ob er die Verletzung überstehen wird. Ich hoffe, dass es glimpflich ausgeht."

„Wird er eine Gefahr sein, wenn er es übersteht?"

„Ich weiß es offen gestanden nicht."

„Aber macht es die ganze Sache nicht eigentlich besser, wenn er über die Klinge springt?"

„Besser?"

„Ja. Hat es nicht mehr Wirkung, wenn derjenige, der die Sache untersucht hat, ermordet wurde? Schreckt das nicht noch mehr ab?"

„Bist du dir im Klaren darüber, was du gerade gesagt hast? Er ist ein verdammter Held. Wäre er nicht gewesen, wäre Yard damals untergegangen. Und einen verdammten Volkshelden legst du nicht einfach so um und hoffst, dass die Leute die Botschaft schlucken werden. Das Chaos wäre nicht absehbar."

„Wahrscheinlich hast du mehr Ahnung als ich von solchen Sachen."

„Ja, habe ich, vertrau mir. Und ich denke, mit dem Angriff auf ihn ist die Sache nur komplizierter geworden."

„Weil es Aufmerksamkeit hervorruft?"

„Auch. Und weil es seine alten Freunde auf den Plan rufen wird. Du hast gesagt, sie waren bei ihm?"

„Ja. Es war immerhin sein Haus. Der bärtige Kerl und seine Frau."

„Kennst du die Geschichten über sie?"

„Nur über die Frau. Keine Ahnung, was davon stimmt."

„So ziemlich alles. Die drei sind wie ein Rudel Wölfe. Absolut loyal zueinander und brandgefährlich, wenn du einen von ihnen verletzt. Jetzt ist ihre Aufmerksamkeit geweckt und sie werden nach einem Schuldigen suchen."

„Und was soll ich jetzt tun?"

„Den Kopf unten halten. Wir müssen jetzt schnell handeln, damit alles ordentlich über die Bühne geht. Es heißt, Moody ist auf dem schnellsten Weg hierher."

Kapitel 4

Blinde Wut

Die Hitze der letzten Tage war zu einer drückenden Schwüle umgeschlagen. Yard lag wie unter eine Dunstglocke, die Luft war schwer. Der Sommer hatte noch einmal alles gegeben und die Stadt gleich einem Backofen erhitzt. Die Menschen waren träge geworden, es schien, als würde jede Bewegung schwerfallen, jede Belastung, die länger als nur ein paar Minuten andauerte, sorgte dafür, dass die Kleidung nass an der Haut klebte. Von Osten zogen Wolken heran und kündeten von einem aufziehenden Gewitter. Endlich sollte das Wetter umschlagen, sollte die lang erwartete Abkühlung kommen und die Hitze und den Staub der letzten Wochen fortspülen. Noch aber war das ein Schemen am Horizont, und die Minuten bis zum ersehnten Wolkenbruch waren zäh, schienen kaum zu vergehen. Die Einwohner der Unionshauptstadt hoben ihren Blick immer wieder zum Himmel, in der Hoffnung auf Besserung. Doch noch war es nicht so weit.

Wütend stapfte Moody die Stufen zur Ratshalle empor. Normalerweise herrschte um diese Zeit reges Treiben, doch die ungemütliche Hitze hatte jeden Menschen, der nicht gezwungen war, auf der Straße zu sein, in die Häuser getrieben. Nur wenige Boten und Beamte begegneten ihm auf dem Weg, lediglich die Soldaten der Unionsarmee standen in voller Montur, die Waffen präsentiert, links und rechts der Eingänge. Moodys Mitleid über das Schicksal seiner Soldaten hielt sich in diesem Fall in Grenzen. Er selbst trug Zivil, eine bequeme und abgetragene Hose, ausgeblichen und mit einem Loch am Knie. Die eingelaufenen Stiefel waren eine Wohltat, verglichen mit dem engen Schuhwerk seiner Uniform. Ein weites, verwaschenes Hemd, dessen ere Knöpfe offen standen und Blick auf sein üppiges Brusthaar gaben, rundete das Bild ab. Die hohe Luftfeuchtigkeit ließ seine wilde Mähne noch unordentlicher als sonst wirken, die Locken sprossen scheinbar in alle Richtungen. Ein wenig hinter ihm lief Bess. Die alte Weggefährtin trug klar erkennbar Uniform, auch wenn der Zustand selbiger ihr bei den falschen Vorgesetzten sicherlich Disziplinarmaßnahmen eingebracht hätte. Der Umstand, dass sie mit dem General, dem höchsten Kommandeur der Unionsarmee, unterwegs war, bewahrte sie davor. Ein Bandana hielt ihre Haare zurück und rundete das ungepflegte Bild ab.

Ohne einen Gruß schritt Moody eilig an den Wachen vorbei, die ihrerseits Haltung angenommen hatten. Bess hob wenigstens die Hand an die Schläfe, um die Geste zu erwidern. Die Soldaten blickten ungerührt geradeaus. Versuchten sich nichts anmerken zu lassen, obwohl das Auftreten ihres Kommandanten ungewöhnlich war. Kühle schlug den beiden aus dem Inneren des Gebäudes entgegen. Die Frau blieb einen Moment stehen und genoss den kalten Luftzug auf ihrer verschwitzen Haut, doch Moody schien das alles nicht zu bemerken. Hastig holte sie auf.

Sie befanden sich in der Vorhalle des Unionsrats. Ein hoher Raum, von dessen Längsseite mehrere Türen in das eigentliche Nervenzentrum der Union abgingen. Dort tagte der Rat fast täglich. Die Union war in den vergangenen sieben Jahren rasant gewachsen, und mit dem Wachstum stieg das notwendige Arbeitspensum. Beschlüsse mussten gefasst, Gesetze erlassen, Probleme diskutiert werden. Es war schon aufwändig genug, eine Stadt wie Yard am Leben zu erhalten, doch für die Verwaltung eines jungen Staats wie der Union brauchte es ganze Heerscharen helfender Hände: Schreiber, Beamte, Verwalter, Boten und viele mehr. Sie alle griffen im besten Falle wie die geölten Zahnräder einer Maschinerie ineinander.

Häufig aber litt die Verwaltungsmaschine an Kinderkrankheiten, gleich Sand im Getriebe. Oftmals gab es Dinge, um die man sich zu spät kümmerte, oder es fehlte schlichtweg das richtige Personal. In sieben Jahren hatte die Union den Sprung von einer

Idee über eine Stadt bis hin zu einem stark expandierenden Staat gemacht, eine Entwicklung, die zwangsläufig Probleme aufwerfen musste.

Immer wenn der Rat tagte, nahmen emsige Helfer an den Tischen, Schreibpulten und Bänken vor den Türen der Halle Aufstellung, bereit, die Anweisungen aus dem Schaltzentrum der Union so schnell wie möglich in die Tat umzusetzen. Die Plätze waren jetzt verwaist, sicheres Anzeichen dafür, dass der Rat sich nicht in einer Sitzung befand.

Rechts des Eingangs waren in langen Reihen die Pulte der Schreiber aufgereiht. Hier ging es darum, all die Beschlüsse, die getroffen wurden, zu verschriftlichen. Abgesehen von wenigen Stunden in der Nacht waren diese Arbeitsplätze immer besetzt, denn die Arbeit wurde nie weniger. Die Männer und Frauen schrieben auf alten Schreibmaschinen und Computern, das emsige Treiben füllte die große Halle mit einer immerwährenden Geräuschkulisse. Eine der Schreiberinnen erblickte Moody und sprang dienstbeflissen auf, eilte heran. Der Rothaarige ließ sich von ihr nicht aufhalten. Die Schreiberin ging eilig rückwärts, versuchte Augenkontakt aufzubauen und ihn in ein Gespräch zu verwickeln.

„General Whitlock! Ich freue mich, Sie wieder in der Hauptstadt begrüßen zu können. Ihre Reise war problemlos?"

Moody blieb einen Moment stehen und strafte sie mit einem eisigen Blick. Noch bevor sie sprechen konnte, war er wieder in Bewegung.

„Kann ich Ihnen irgendwie behilflich sein, General Whitlock?"

Bess hatte mittlerweile aufgeholt. Sie übernahm das Sprechen. „Der General ist auf dem Weg zum Präsidenten, das ist alles."

„Aber … das geht nicht, der Präsident ist gerade beschäftigt."

Bess packte die Frau an der Schulter und zog sie ein wenig zu sich heran. „Das ist kein guter Zeitpunkt."

„Präsident Tailor hat ausdrücklich angeordnet, nicht gestört zu werden."

„Schau ihn dir an. Willst du ihn wirklich aufhalten?“ Bess nickte in Moodys Richtung und die Schreiberin folgte der Geste, blickte auf den breiten Rücken des Generals, der ungerührt seinen Weg fortsetze.

„Aber …“

„Setz dich einfach wieder hin und lass ihn machen. Ist besser so.“

Sie ließ die Schreiberin los. Diese blickte zwischen ihrem Schreibtisch und Moodys Rückansicht hin und her, verzog dann das Gesicht und rang sich ein Nicken ab. Bess erlaubte sich ein zufriedenes Lächeln und eilte dem General hinterher.

Moody hatte derweil eine Tür hinter den Schreibpulten erreicht. Von hier aus ging es zu den Diensträumen des Präsidenten. Zwei Soldaten standen davor, doch sie rührten sich nicht ein Stück. Es brauchte nicht viel, um von Moodys Gesichtsausdruck und den grimmig blitzenden Augen auf seinen Gemütszustand zu schließen. Alles an ihm erinnerte an eine entfesselte Urgewalt, der man sich besser nicht in den Weg stellte. Die Wachen wagten es nicht einmal, zu salutieren.

An die Tür schloss sich ein langer Gang an, von dem zu beiden Seiten einige Türen abgingen. Moody marschierte zielstrebig an ihnen vorbei und geradewegs auf die Tür am Ende des Flurs zu. Eine weitere Wache hatte hier Posten bezogen und schien sich nicht von dem heranrauschenden General einschüchtern lassen zu wollen. Die Soldatin tat einen beherzten Schritt nach vorne und stellte sich breitbeinig in den Weg.

„Sir, ich muss Sie bitten, zu warten. Präsident Tailor ist im Moment in einer Besprechung.“

Moody blickte die Frau angriffslustig an und nahm den Kopf ein kleines Stück nach unten, erhöhte seine Schrittgeschwindigkeit sogar noch.

„Sir!“, rief die Soldatin.

Moody bleckte die Zähne, hob seine Arme vor die Brust in Erwartung des Aufpralls. Die Wache nahm ihre Arme ebenfalls hoch. In einer schnellen Bewegung schnellte Moodys Arm vor und er schob die kräftige Frau einfach beiseite. Mit einem erschrockenen Laut prallte sie mit dem Rücken gegen die Wand. Bess war heran, den Hände beschwichtigend erhoben, um einer weiteren Eskalation vorzubeugen.

Moody stieß derweil die Tür auf und trat ein. Er war wütend. Warten? Wie ein Bittsteller? Er? Er war der General der verdammten Armee, einer der wichtigsten Männer in der ganzen Union. Das allein spielte für ihn aber kaum eine Rolle. Viel wichtiger war, dass es hier um seine kleine Arleen ging. Und man wagte es, ihm zu sagen, dass er warten solle? Noch dazu, wenn er mit Marcus sprechen wollte, der jetzt eigentlich Besseres zu tun haben sollte, als irgendwelche Besprechungen zu führen? Nicht mit ihm!

Noch während er über die Schwelle schritt, atmete er hörbar und tief ein, sammelte Luft für die Verwünschungen und Tiraden, die er auf Marcus herabregnen lassen wollte. Dann aber hielt er inne, seine Wut wurde urplötzlich von Scham zurückgedrängt. Er fühlte sich wie ein kleines Kind, das bei etwas ertappt worden war.

Mitten im Raum stand Marcus, die Arme um seine Frau geschlungen. Clara lag kraftlos und schluchzend in den Armen ihres Mannes, ihr Kopf hob sich nur einen kurzen Moment, um die Situation zu erfassen, dann sank sie zurück an Marcus' Brust und weinte weiter.

Moody merkte, wie ihm das Blut ins Gesicht schoss. Er war ein Egoist gewesen, hatte angenommen, dass die Entführung nur ihn tangieren würde und hatte über seinen Zorn ganz vergessen, dass man auch Joshua Tailor entführt hatte. Der Junge hatte einen Vater und eine Mutter und beide standen gerade vor ihm. Moody kam die Szene merkwürdig vertraut vor, denn anders war es ihm auch nicht ergangen, als er am vorherigen Tag, kurz nach Einbruch der Dunkelheit, Yard erreicht hatte. In Windeseile war er nach Hause zurückgekehrt, wo er Fiona völlig aufgelöst vorfand. Die Liebe seines Lebens war nur noch ein Schatten ihrer selbst, und er konnte nichts tun, als tröstende Worte zu sprechen. Genau das hatte ihn so wütend gemacht.

„Oh. Entschuldigung", murmelte er und ging einen kleinen Schritt rückwärts in Richtung der Tür.

Marcus sah ihn gütig an. „Ist schon gut, Moody. Ich bin gleich für dich da. Gib uns doch noch einen Moment, bitte."

Moody nickte und ging hinaus.

+++

Moody wendete das Stück Papier unschlüssig in den Händen. „Wann genau?"

„Es wurde heute Nacht abgegeben."

„Und von wem?"

„Die zuständige Wache hat eine vage Beschreibung gegeben. Ich glaube nicht, dass wir damit viel anfangen können."

Der rothaarige General knurrte, ballte seine große Pranke zur Faust und ließ sie geräuschvoll auf die Tischplatte donnern. „Das kann doch nicht wahr sein! Wir stochern immer noch im Dunkeln?"

„Na ja, bis auf den Verdacht gibt es nicht viel. Ich würde das gerne ändern, Moody. Aber ich weiß nicht, wie."

„Was ist denn so schwer daran, zur Hölle? Ich nehme mir ein paar Soldaten und gehe aufräumen! So einfach ist das."

Marcus verzog das Gesicht und schüttelte den Kopf. „Und genau das geht nicht."

„Und warum nicht? Verdammt noch mal, wenn es den Verdacht doch gibt, müssen wir dem nachgehen!"

„Ja, aber nicht so."

„Irgendein Bastard hat meine Tochter entführt und ich werde nicht untätig auf meinem Arsch herumsitzen, nur weil das besser für die Union ist!"

„Das kann ich nicht zulassen."

„Was du kannst, interessiert mich nicht! Werd' doch endlich wach, Marcus! Dein Sohn und meine Tochter sind entführt worden. Das ist kein Angriff auf die Union, das sind Angriffe auf uns persönlich! Sumter –"

„Wir können es nicht beweisen, Moody!"

„Ja, noch nicht!", zischte der General und deutete auf das Schreiben. „Aber das hier ist ein Anfang. Ein Erpresserbrief, mit dem man uns beide zum Rücktritt innerhalb einer Woche zwingen will. Ich halte ihm das Ding unter die Nase, und dann soll er mir ins Gesicht sagen, dass er unschuldig ist! Ich sage dir, er ist es nicht!"

„Und was ist, wenn wir falsch liegen? Wenn es nicht Sumter ist, der hinter der Geschichte steckt?"

„Das glaubst du doch wohl selbst nicht!", schüttelte Moody den Kopf.

„Wir haben nicht einen Beweis dafür, Moody."

„Die verdammte Entführung fällt doch nicht rein zufällig mit deinem Versuch zusammen, eine Währung einzuführen und die anderen Zahlungsmittel zu entwerten. Denk nach, Marcus! Wer hat davon den größten Nachteil?"

„Sumter und die Händler", musste Marcus zugeben.

„Siehst du. Es passt zusammen."

„Eris sollte sich gestern auf der Ranch mit Sumter unterhalten. Nicht einmal einen Tag später wird er angeschossen", flüsterte der Präsident.

„Ich erkenne Scheiße, wenn ich sie rieche, Marcus! Und Sumter stinkt meilenweit gegen den Wind. Ich sage dir: Er ist in die Sache verstrickt!"

„Was willst du also tun?"

„Ich gehe ihn besuchen."

„Übertreib es dabei nicht, Moody."

„Übertreiben? Soll ich etwa nett bleiben und mich höflich mit ihm unterhalten? Marcus, er hat unsere Kinder!"

„Geh und finde das heraus. Aber setz dabei nicht alles aufs Spiel. Ich kann dem Rat nicht verkaufen, dass wir uns über die Gesetze hinwegsetzen, die für alle anderen Menschen gelten, wenn wir nur einen Verdacht haben."

„Aber so funktioniert es nun einmal, wenn es hart auf hart kommt!", regte der General sich auf.

„Nein!", dröhnte Marcus und hob mahnend den Finger. „So darf es nicht funktionieren. Das hier ist die Union. Wir müssen uns an Regeln halten, ansonsten können wir gleich wieder einpacken."

„Schwachsinn! Jeder Familienvater dort draußen wird verstehen, warum wir so gehandelt haben!"

„Glaubst du das wirklich? In Yard leben fast sechzigtausend Menschen. Und jeder von denen wird sich Gedanken dazu machen. Da braucht es nicht mehr viel, um das Verständnis für uns und unsere Situation in Abneigung kippen zu lassen. Und ich bin ehrlich: Wenn ich so was durchziehen wollen würde, würde ich es genauso machen. Denk doch mal nach! Was hilft es denn, wenn unsere Motive ehrbar sind, wenn die Menschen uns nicht glauben? So oder so, wir haben die Initiative nicht in der Hand!"

„Dann hole ich sie mir zurück! Ich gehe ihn besuchen und zeige ihm, wie der Laden läuft!"

„Das kann ich nicht zulassen!"

„So?", fragte Moody und stand auf, funkelte sein Gegenüber an. „Dann halt mich doch auf. Aber ich sage dir, dann brauchst du ein paar Soldaten. Los! Ruf die Wache!"

Marcus verzog ärgerlich das Gesicht und schüttelte den Kopf. „Sei doch vernünftig, Moody!"

„Oh, das bin ich. Von uns beiden bin ich der Vernünftigere. Denn ich habe Eier in der Hose, das zu machen, was du dich nicht traust. Ich gehe ihn besuchen. Glaub mir, ich bekomme meine Antworten!"

Moody wartete noch einen Moment und sah den Präsidenten herausfordernd an. Als der keine Regung zeigte oder Anstalten machte, nach der Wache zu rufen, drehte Moody sich energisch um, stapfte zur Tür, ging hindurch und knallte sie hinter sich zu.

+++

Marcus nahm Sal zum Abschied in den Arm. Die beiden verharrten einen Moment so, dann trennten sie sich und ihre Blicke trafen sich. Er nickte noch einmal bestimmt, drehte sich um und humpelte, auf seinen Stock gestützt, zu Tür hinaus. Sal sah ihm regungslos nach.

„Alles in Ordnung, Kleines?“, fragte Perry vorsichtig. Der Arzt saß einige Schritte hinter ihr auf einem Stuhl, die Beine ausgestreckt und den gebrochenen Arm in einer Schlinge auf dem Bauch. In seiner Hand blitzte der altbekannte Flachmann auf. Er hatte seit dem Vorfall heute Morgen keinen Moment der Ruhe gefunden, seine Kleider nicht wechseln können, und wirkte ermattet.

Sal nickte zögerlich. „Ja. Ja, es geht schon.“

Sie drehte sich wie benommen um und ging einige vorsichtige Schritte bis zu ihrem Platz, ließ sich niedersinken. Es ging ihr nicht besser als Perry: Ihre Kleidung war noch über und über mit Blut besudelt, ihr Gesicht war kraftlos. Moody schwenkte seinen Flachmann einmal und reichte ihn ihr. Sie nahm ihn, wog ihn unentschlossen in den Händen und nahm einen schnellen Schluck.

„Danke“, murmelte sie und reichte ihn zurück.

„Hey, das wird schon wieder. Die Operation ist gut verlaufen. Er übersteht das.“

Sal presste die Lippen aufeinander und starrte einen imaginären Punkt an der Wand an. Sie zuckte mit den Schultern.

„Er hat schon Schlimmeres überstanden, Perry. Das ist gar nicht der Punkt.“

„Sondern?“

„Weißt du, seitdem Alexander und Ryan da sind, leben wir in Yard. Es ist nicht mehr so wie früher, wir sind nicht mehr auf der Straße. Die Gefahr und der Tod, die früher unsere ständigen Begleiter waren, sind heute nur Schemen, an die man sich kaum erinnert. Ich meine, ich bin keine Idiotin. Ich weiß, dass diese Welt immer noch ungerecht ist und in dieser Stadt Menschen immer wieder für Kleinigkeiten umgebracht werden, Union hin oder her. Und ich weiß, wie es außerhalb der Stadt aussieht und was dort passiert. Trotzdem. Es war heute so ungewohnt. Und es hat mir verdammt noch mal Angst gemacht."

„Aber das ist völlig normal, Sal", schüttelte Perry den Kopf. „Vieles ist anders als früher. Zuerst sind wir alle älter geworden. Und ihr habt mir das damals nicht glauben wollen, aber je mehr Jahre du auf dem Buckel hast, umso mehr beginnst du an deinem Leben zu hängen. Aber davon abgesehen: Ihr habt euch hier was aufgebaut. Nach Jahren der Wanderschaft und etlichen Söldneraufträgen war das so was wie Normalität. Ja, dieser Begriff ist völlig irre in der Welt, in der wir leben. Aber du weißt, was ich meine. Alles ging seine geregelten Bahnen und die alten Sorgen waren verloren, obwohl neue Sorgen hinzukamen. Kurzum, es ging hier in Yard eben nicht mehr ums Überleben oder Sterben. Und eines darfst du nicht vergessen. Du bist ziemlich eng mit ihm verbunden, allein durch die Kinder. Deine Psyche ist heute in eine Schockstarre verfallen, als ihr klar wurde, wie zerbrechlich euer Glück doch ist. Und sie fragte sich: Was wird eigentlich, wenn er es nicht überlebt? Aus mir? Aus den Kindern? Aus der Zukunft? Solche Gedanken sind normal."

Sal ließ ihren Kopf nach hinten fallen und massierte ihre Schläfen. „Und was bedeutet das jetzt, Perry?"

„Ich weiß nicht. Wie geht es dir denn?"

„Ich bin stinksauer."

„Warum?"

„Weil ich ihn nicht habe beschützen können. Weil der Kerl, der auf meinen Mann geschossen hat, immer noch frei rumläuft.

Weil ich Marcus in die Augen gesehen und bemerkt habe, dass er es nicht ernst meint."

Perry verzog bei der letzten Bemerkung sein Gesicht und schob seinen Oberkörper ein wenig nach vorne.

„Wie meinst du das?"

„Na, alles eben. Er hat gesagt, er wird alles tun, was in seiner Macht steht, um die Sache aufzuklären. Aber hat er wirklich gefragt, was vorher passiert ist? Ich hab' seine Augen gesehen und ich schwöre, er hat es nicht ernst gemeint!"

„Kleines! Die haben seine Tochter entführt! Und als ob das nicht schon schlimm genug ist, muss er im Moment auch noch irgendwie die Union führen und dafür sorgen, dass ihm nicht alles um die Ohren fliegt. Was hast du denn erwartet? Dass Marcus auf seinem Stock hinaus in die Stadt humpelt und die Sache auf eigene Faust klärt? Das kann er nicht!"

„Aber er ist der verdammte Präsident!", zischte sie aufgebracht.

„Und genau deshalb kann er nicht reagieren wie ein normaler Vater es würde. Er muss abwägen und die richtigen Entscheidungen treffen. Dabei geht es nicht nur um ihn oder seine Tochter, sondern um die Union als Ganzes."

„Du hörst dich an wie ein Politiker", meinte sie.

„Ich hatte in den letzten Jahren viel Zeit zum Lesen", gab Perry zu. „Es ist eben ein verzwicktes Spiel. Reagiert er wie ein Vater, überstürzt er vielleicht alles und spielt den Entführern und ihren Plänen in die Hände. Jetzt, wo Eris erst einmal ein paar Tage außer Gefecht ist, ist seine Situation eigentlich noch viel schlechter. Er kann sich nicht auf das Militär verlassen, denn die stecken offenbar mit in der Sache. Er wird sich nicht auf Moody verlassen können. Denn dem ist sein Amt egal. Er muss jetzt sehr vorsichtig sein."

„Das kann ja alles sein. Es schmeckt mir einfach nicht. Diese ganze Scheiße ist so verdammt kompliziert!"

Perry lachte tonlos und genehmigte sich einen weiteren Schluck. „Sie ist nicht komplizierter als früher. Es gab immer Dinge abzuwägen. Früher haben wir unsere Entscheidungen nur anders getroffen – und waren in anderer Art und Weise betroffen."

„Sag mal, wenn es mit dem Arzt nicht mehr klappt, willst du dich dann als weiser Prophet versuchen? Im Moment klingen deine Antworten so."

„Im Moment spricht, glaube ich, auch der Alkohol aus mir."

„Manchmal ist der ein guter Ratgeber, was?"

„Nein, niemals", schüttelte Perry den Kopf. „Aber er hilft dir, Dinge anders zu sehen."

Sie stand auf und streckte sich. „Ich bin einfach nur müde, Perry."

„Es war ein langer Tag. Du solltest ein paar Stunden schlafen, Sal. Zur Ruhe kommen."

„Ich weiß nicht, ob ich das kann. In meinem Kopf arbeitet alles."

„Kann ich mir vorstellen. Was ist denn mit den Kindern?"

„Gene ist eingesprungen. Ich glaube, Alex und Ryan sind dort gut aufgehoben. Besser als bei mir im Moment."

„Das sagst du so, als ob du eine schlechte Mutter wärst", merkte er an.

„Sicher nicht. Nur im Moment … ich fühle mich überrollt, Perry. Meine Gedanken spielen verrückt. Ich muss sie zur Ruhe bringen."

„Mit genügend Alkohol klappt es bestimmt", kicherte der bärtige Mann.

„Und dann schlafe ich schlecht und habe morgen einen unglaublichen Schädel. Den kann ich nicht gebrauchen."

„Warum? Brauchst du morgen einen klaren Kopf?"

„Es wäre wohl besser."

„Ach, Scheiße, Sal. Ist es das, was ich glaube?"

„Du kennst mich besser als die meisten. Beantworte dir die Frage doch selbst. Glaubst du, ich könnte untätig auf meinem Arsch herumsitzen, wenn ich weiß, dass sich in der Sache nichts bewegt? Jetzt, wo Eris deswegen angeschossen wurde?"

„Was hast du vor?"

„Ich werde mich um die Sache kümmern. Werde den Kerl finden, der ihm das angetan hat."

„Kleines – Eris hat es übel erwischt und ich habe einen gebrochenen Arm. Meinst du, es wäre klug, wenn du dich jetzt auf eigene Faust in Nachforschungen stürzt?"

„Ich werde jetzt nicht einfach abwarten, bis wieder etwas passiert. Das habe ich sieben Jahre lang gemacht."

„Hat es denn geschadet?"

Sal presste die Lippen aufeinander und blickte zum Krankenbett. „Ja. Wir hätten besser aufeinander aufpassen sollen. Wie früher."

„Das haben wir doch", meinte der Arzt und schüttelte den Kopf.

„Nein, haben wir nicht. Perry, das war ein einziger Schütze. Weißt du, wie wir früher mit so einer Bedrohung umgegangen sind? Wir haben darüber gelacht. Und heute? Heute reicht der aus, um Eris beinah zu töten."

„Die Zeiten ändern sich."

„Möglich. Und hinzu kommt, dass wir einfach weich geworden sind. Langsamer. Und schlechter."

„Du kannst die Zeit nicht zurückdrehen, Sal."

„Doch. Ein bisschen. Ich kann dafür sorgen, dass nie wieder jemand meiner Familie etwas antut."

Perry massierte sich nachdenklich die Knöchel. „Sal, diese Geschichte hast du hinter dir gelassen. Die haben wir alle hinter uns gelassen. Wir marschieren nicht mehr durch die Wildnis. Wir leben jetzt in Yard. Die Zeit der Scharfschützin ist vorbei. Du bist jetzt Mutter."

„Und gerade deswegen, Perry. Sieben Jahre habe ich geglaubt, etwas Besseres gefunden zu haben, habe geglaubt, meine Instinkte einfach einmotten zu können, und mich auf Eris, Ryan und Alexander konzentriert. Ich habe geglaubt, dass es in der neuen Welt keinen Platz für mich gibt, dass ich ein Relikt bin. Jetzt aber weiß ich, dass das ein Fehler war. Nie wieder will ich so schutzlos sein."

„Kleines, ich könnte dir jetzt so viel sagen, aber ich weiß, dass es dich nicht abhalten wird. Versuch einfach, keine Dummheiten zu machen, ja? Und hol dir vorher ein paar Stunden Schlaf."

Es herrschte Stille im stickigen Krankenzimmer. Nur der regelmäßige Atem mehrerer Personen war zu hören, während irgendwo in der Entfernung der Regen prasselte. Bess hatte es sich auf einem alten Plastikstuhl im Flur bequem gemacht und zündete sich genüsslich eine Zigarette an, während Moody so behutsam, wie er nur konnte, die Tür aufschob und ins Zimmer horchte.

Der kleine Raum lag im Halbdunkel, schwere Vorhänge verdeckten die Fenster und sperrten das Unwetter aus, das sich über der Hauptstadt austobte. Die Luft war abgestanden und verbraucht, Gerüche von getrocknetem Blut, Schweiß und scharfem Desinfektionsmittel hingen in der Luft. Der rothaarige Mann rümpfte die Nase. Es dauerte einige Momente, bis seine Augen sich an die Lichtverhältnisse gewöhnt hatten.

Zwischen den beiden verhängten Fenstern stand ein verrostetes Metallbett. Unter der Decke zeichnete sich eine Gestalt ab, fast reglos. Der Stoff hob und senkte sich leicht. In der Nähe des Betts stand ein Infusionsständer, eine klare Lösung rann durch einen Plastikschlauch in den Arm des Patienten. Neben dem Krankenbett waren zwei Stühle zusammengeschoben. In einer Pose, die schon beim Zusehen einen Hexenschuss verursachte, hatte Sal sich auf den Sitzflächen zusammengerollt und schlief unruhig. Ihre Hände lagen halb unter der Decke. In einer der Zimmerecken lag Perry auf dem harten Boden. Er schnarchte hörbar und der alte, zerbeulte Flachmann lag auf seiner Brust.

Moody ging an das Krankenbett heran und warf einen Blick auf die Gestalt darin. Er erschrak, als er Eris sah. Das Gesicht des alten Freundes war bleich und eingefallen, seine Augen lagen in dunklen Höhlen. Die Kiefermuskeln waren angespannt. Zwischen seinen Atemzügen war immer wieder ein leises Stöhnen zu hören.

„Was machst du nur, Kleiner?“, fragte Moody leise.

Er hatte in seinen Jahren schon viele gute Männer gesehen, die schwer verletzt waren, einige davon sogar schlimmer, als es bei Eris der Fall war. Hier aber lag die Sache anders. Er kannte den Verletzten im Krankenbett nun schon Jahrzehnte. Sicher, ihre Wege hatten sich auch mal getrennt, aber immer wieder gekreuzt. Sie mochten nicht immer einer Meinung sein, aber dennoch war Eris ein guter, verlässlicher Freund, ein Waffenbruder. Es schmerzte den grobschlächtigen Mann, seinen Begleiter so verwundet zu sehen, besonders, weil er verletzt wurde, als er dabei war, sich für ihn, Moody, einzusetzen. Moodys Blick ging hinüber zu Sal.

Er erinnerte sich noch gut an ihr erstes Zusammentreffen und an die Kälte in ihren Augen. Damals hatte er einen gehörigen Respekt vor ihr verspürt. Sie war eine Jägerin gewesen. Kalt, analytisch – eine regelrechte Tötungsmaschine mit einer ruhigen Hand und guten Augen. Doch all das war Jahre her. Heute sah er zu ihr hinab und sah eine verletzbare Frau und Mutter, die um das Leben ihres Mannes bangte. Er konnte sich nur vorstellen, welche Gedanken sich in ihrem Kopf jagten, und war froh darüber, dass sie trotzdem Schlaf fand.

„Was machst du nur, Kleiner?“, wiederholte er seine Frage und schüttelte dabei traurig den Kopf, wohl wissend, dass er keine Antwort erhalten würde.

Schweigen kehrte ein und nur die Atemgeräusche beherrschten den Raum, während der Regen draußen zu einem dauerhaften Rauschen wurde.

„Schöne Scheiße. Ich habe immer gedacht, du kannst gut auf dich selbst aufpassen, Kleiner. Und jetzt schau dich an. Liegst hier, halbtot. Deine Frau krank vor Sorge. Und warum? Wegen verdammter Politik!“, knurrte Moody halblaut, während seine

Hände das Bettgestell umschlossen. „So weit hätte es nicht kommen dürfen, verflucht! Niemals!"

Eris bewegte sich, drehte seinen Kopf von der einen auf die andere Seite, seine Augenlider flatterten. Er schien weiter im fieberhaften Schmerz gefangen.

„Hätte mir irgendwer vor ein paar Jahren gesagt, dass es einmal die verdammte Politik sein wird, die mich so unter Druck setzen wird, oder dass du dir deswegen eine Kugel fängst, ich hätte ihn ausgelacht. All das hier ist so unvorstellbar. Und … es ist nicht meins. Ich war nie für diesen Mist geschaffen. Ich bin Söldner – vielleicht so was wie ein Soldat. Ich kann Truppen kommandieren und Reden schwingen, die die Moral heben. Gib mir ein paar Kämpfer und ich nehme dir jede Stellung ein. Aber das hier – das ist ein ganz anderer Krieg, als ich ihn gewohnt bin. Ich … ich weiß nicht, mit welchen Mitteln ich mich wehren soll."

Moody starrte in das Halbdunkel, als erwarte er eine Antwort von Eris.

„Er kann dich nicht hören", bemerkte Perry. Der Arzt war aufgewacht, unbemerkt auf die Beine gekommen und stand nun direkt hinter Moody.

„Nein. Er kann mir nur nicht antworten", verbesserte Moody den Mediziner mit einem Blick über die Schulter.

„Letztlich kommt es für diesen Moment auf das Gleiche raus, meinst du nicht?"

Der General bleckte für einen kurzen Moment die Zähne und nickte. „Stimmt auffallend."

„Und was glaubst du, welchen Rat er dir hätte geben können, Moody?"

„Ich … ich weiß nicht. Irgendeine Richtung. Einen Anfang. Es kotzt mich an, hier untätig auf meinem Arsch zu sitzen, während Marcus nur von Politik faselt und dass wir vorsichtig sein müssen. Es geht um meine Tochter, Perry!"

Der Doktor kratzte sich am Kinn, nickte zustimmend und wog seine nächsten Worte gut ab. „In all den Jahren, in denen ich Eris kenne, hat er seine Entscheidungen nie übers Knie gebrochen, auch wenn es für andere immer so aussah. Er hat immer erst abgewogen und dann gehandelt – und wenn er das tat, dann immer bis in die letzte Konsequenz."

„Und wie soll mir das helfen, Perry?"

„Eris war dabei, die Sache aufzuklären. Zumindest hat er es versucht. Mehr oder minder auf seine Art und Weise, wobei Marcus ihn wahrscheinlich darauf hingewiesen hat, wie schwierig die Situation ist. Ich glaube, wir waren ganz dicht dran, die komplette Angelegenheit zu lösen, bis es zu der Schießerei kam. Vielleicht ist Eris zu einem anderen Schluss gekommen als du, aber eines sag' ich dir: Wir tun uns und ihm keinen Gefallen, wenn wir jetzt herumsitzen und abwarten. Das hätte er nicht getan."

„Das stimmt", räumte Moody ein.

„Die Frage ist doch eher, was du nun vorhast, Moody."

„Die Sache aufnehmen und Licht ins Dunkel bringen. Auf meine Art und Weise."

„Ich weiß nicht, ob das der beste Ansatz ist. Aber er ist besser, als einfach zu warten, so viel ist klar."

„Danke", brachte Moody hervor und legte dem Arzt die Hand auf die Schulter.

„Wohow! Vorsichtig! Ich weiß nicht, was du genau jetzt vorhast. Ich will es auch gar nicht wissen. Aber wenn du auf dumme Ideen kommst, soll es hinterher nicht heißen, dass ich dich darauf gebracht habe."

Moody grinste und schüttelte seinen Kopf sanft.

„Mach dir keine Sorgen, alter Mann. Ich kümmere mich drum. Ich bin nicht irgendwer, den man herumschubsen kann. Und ich bin verdammt noch mal nicht jemand, der tatenlos zusieht, wenn man seine Tochter entführt und einen Freund anschießt."

Im Hause Sumter herrschte ein reges Treiben. Mehr als zwei Dutzend Männer und Frauen waren zusammengekommen, um über die Ereignisse der letzten Nacht zu beraten. Es handelte sich ausnahmslos um die engsten Verbündeten des Mannes: Ratsmitglieder, Händler, alte Weggefährten. Nach einer schlaflosen Nacht war Nigel Sumter zu dem Schluss gekommen, das gestrige Verhör nicht tatenlos hinzunehmen. Präsident Tailor überschritt seine Kompetenzen, wenn er ihm seine Handlager auf den Hals schickte.

Die Gruppe saß nun schon den ganzen Morgen beisammen und beriet, wie sie auf die neue Situation reagieren sollte. Nach Sumters Schilderung hatte man einige Zeit zusammen debattiert, dann war die Unterhaltung in kleine Gesprächsgruppen zerfallen. Die Männer und Frauen sprachen miteinander, während der Gastgeber immer wieder zwischen den einzelnen, kleinen Gesprächskreisen wechselte.

„Was da passiert ist, ist eine bodenlose Frechheit, Ratsmitglied Sumter", bekräftigte einer der Gäste. Es war ein Händler, der eine lukrative Route aus dem Norden betrieb, jenseits der Grenzen der Union. „Präsident Tailor hat nicht das Recht dazu! Sie sind unschuldig und es gibt nicht den kleinsten Beweis, der Sie mit dieser Sache in Verbindung bringen kann. Er darf so nicht mit Ihnen umgehen!"

Sumter legte sein über die Jahre einstudiertes Lächeln auf. Über den Morgen verteilt hatte er diesen Ausspruch schon mehr als nur ein paarmal gehört. Das Problem war, dass keiner der Anwesenden sich zu mehr hinreißen ließ. Sie alle waren vorsichtig. Natürlich beklagten sie sich lautstark und wetterten ganz offen gegen den Präsidenten und sein Vorgehen, aber niemand hatte den Mumm, den Worten Taten folgen zu lassen.

„Ich weiß, ich weiß. Aber was soll ich denn machen? Ich bin auf mich gestellt. Wie viel Gewicht hat denn mein Wort oder mein Einfluss? Der Präsident wird darüber lachen und sich nicht aufhalten lassen."

Er bemühte sich, ein zerknirschtes Gesicht zu machen. Der Mann, der gerade noch so kurz davor schien, ihm die Treue zu schwören, wich seinen Blicken aus und schwieg. Nigel ging hinüber zur nächsten Gruppe.

„Ach, Nigel!“, begrüßte ihn Tamara Weston bei der nächsten Gesprächsgruppe. „Gut, dass du da bist. Wir überlegen gerade, wie wir dir helfen können.“

Weston stand zusammen mit vier weiteren Gästen, einer Frau und drei Männern. Es handelte sich allesamt um Ratsmitglieder, Abgesandte kleiner Gemeinden und Ortschaften von den Grenzen der Union. Für sich genommen mochte eine einzelne Stimme aus dieser Region nicht viel bewirken, doch gleich mehrere Fürsprecher zu bekommen, war eine gute Aussicht.

„Tamara. Jede Art der Unterstützung ist richtig. Und ich kann euch genau das Gleiche sagen wie schon den anderen. Bedenkt immer, dass ich nun schon seit einigen Jahren Mitglied des Unionsrats bin. Wenn Präsident Tailor es sich herausnimmt, mit mir so umzugehen und mich zu verdächtigen, wie ist es dann um euch alle bestellt? Keiner von euch hat länger als zwei Jahre einen Sitz im Rat.“

Er holte ein abgegriffenes Zigarettenetui hervor und steckte sich umständlich eine Zigarette an, beobachtete, wie die Pause ihre Wirkung nicht verfehlte und die Männer und Frauen nervöse Blicke austauschten.

„Ich bin mir sicher, dass meine Karawanen auch eure Siedlungen beliefern. Natürlich wird irgendein anderer Händler kommen und meinen Platz einnehmen, eure Leute mit dem Notwendigsten versorgen, wenn Tailor mich loswird. Aber wird er das auch zu den guten Preisen machen, die ich euch biete?“

Weston lächelte offen. „Das ist überhaupt keine Alternative. Uns geht es doch hier nicht um Vorteile beim Handel. Uns muss es darum gehen, dass in der Union derartige Vorverurteilungen keinen Platz haben dürfen. Denn dann hätten wir nicht Teil dieses Staats werden müssen!“

Die Frau sprach mehr zu der Runde als zu Nigel. Sie verstand es gut, die Anwesenden in ihren Bann und auf ihre Seite zu ziehen, da bestand überhaupt keine Frage. Nigel hatte keinen Zweifel daran, dass die drei Männer der Gruppe schon in einem Separee der Ranch mit Weston Bekanntschaft gemacht hatten und ihr verfallen waren. Die andere Frau hingegen, die konnte er nicht einschätzen. Aber er beobachtete, dass der Effekt, der bei Menschenmengen immer Wirkung zeigte, auch hier seine Wirkung nicht verfehlte. Geleitet vom Gruppenzwang schien sie sich der Mehrheit anzuschließen.

„Letztlich müsst ihr alle auf eure Herzen hören. Aber Tamara, Entschuldigung, das Ratsmitglied Weston natürlich, hat schon Recht. Die Union wirbt immer damit, die rauen Sitten der Welt DANACH mit Zivilisation besiegen zu wollen. Welchen Wert hat diese Aussage, wenn unser Präsident sich einfach darüber hinwegsetzen kann?"

Die kleine Gruppe nickte zustimmend.

„Also Nigel, so wie es aussieht, hast du unsere Unterstützung", meinte Weston, nachdem sie sich noch einmal versichert hatte. „Präsident Tailor hat kein Recht dazu, egal, wie die Umstände stehen! Sollte er diesen Kurs weiter verfolgen, sehen wir uns gezwungen, Konsequenzen sprechen zu lassen. Einen Tyrannen, der über uns herrscht, den brauchen wir nicht. Es mag sein, dass die Union verkraften kann, wenn eine Siedlung den Staat verlässt. Jetzt sind es aber schon fünf, die bereit dazu sind. Und unsere Rekruten, die wir an die Armee stellen mussten, nehmen wir mit."

Nigel verbeugte sich tief. „Ich bin Ihnen allen zu Dank verpflichtet. Es ist die Unterstützung der richtigen Sache, soviel ist sicher. Und lassen Sie mich eines ganz klar sagen: Ich verstehe sehr wohl, dass Präsident Tailor sich in einer Ausnahmesituation befindet, dass die Entführung seines Sohns eine schwere Belastung ist. Jedoch ist das keine Rechtfertigung für sein Tun."

Die Anwesenden stimmten zu und weitere Gespräche kamen auf. Nigel blieb noch einige Augenblicke bei seinen fünf Gästen stehen, dann entschuldigte er sich und schritt weiter durch die Gesprächsgruppen. Am Rande des Raums stand ein untersetzter Mann mit Halbglatze. Sein grauer Bart war klar definiert und verstärkte die scharfen Konturen seines markanten Gesichts deutlich. Er war drahtig und obwohl er schon seit einiger Zeit hier war, hatte er seinen Mantel nicht abgelegt. Nigel begrüßte den Mann und hielt zielstrebig auf ihn zu.

„John, wie immer auf dem Sprung?"

Der Angesprochene verzog keine Miene.

„Man muss immer auf alles vorbereitet sein, Nigel. So ist das Geschäft."

John Marrow war ein Händler aus dem Süden, der schon früh erkannt hatte, dass die Union ein Garant für guten Profit darstellte. Er operierte von außerhalb der Staatsgrenzen und war dafür bekannt, sich auf Maschinen aus der Zeit DAVOR spezialisiert zu haben. Niemand wusste so genau, wie Marrow die ganzen Ersatzteile und Motoren, bisweilen sogar funktionierenden Fahrzeuge auftrieb. Es ging das Gerücht, dass Marrow Expeditionen in eine der Geisterstädte organisierte. Dort, wo in der Zeit DAVOR Menschen zu zehn- und hunderttausenden gelebt hatten, Orte, die mittlerweile verlassen und verfallen, fest im Griff der alles überwuchernden Natur waren. Marrows Güter waren dort, wo es genügend Benzin gab, überaus gefragt.

„Ich freue mich, dass du meiner Einladung Folge geleistet hast."

Die beiden Männer überblickten die Gäste vom Rand aus.

„Dieses Spektakel konnte ich mir nicht entgehen lassen."

„Du bist nicht hier, um Politiker, Konkurrenten und Geschäftspartner auf einem Haufen zu sehen, John?", stellte Nigel fest und blickte den Mann fragend an.

„Natürlich nicht."

„Und weswegen dann?"

Marrow drehte sich zu Sumter um und sah hinauf. Sein Blick hatte etwas Forschendes.

„Beantworte mir einfach eine Frage: Bist du für die Entführungen verantwortlich?"

Nigel verzog verächtlich das Gesicht und schüttelte den Kopf. „Nein. Ich habe nicht gelogen, als ich sagte, ich habe damit nichts zu tun."

„Schade", warf der untersetzte Händler ein und wandte sich wieder in Richtung der anderen Gäste.

„Ich kann mich deinem ehrlichen Bedauern nicht anschließen, John", antwortete Nigel und blies eine Rauchwolke aus.

„Das musst du gar nicht. Es spielt für die Angelegenheit auch keine Rolle. Egal ob du die Kinder nun entführt hast oder nicht, so oder so lässt sich die Situation zu unser aller Vorteil nutzen", meinte der Mann vieldeutig und richtete sich sein Halstuch.

„Immer auf den Vorteil bedacht."

„So wie jeder Händler. So wie du auch. Du willst mir doch nicht ins Gesicht lügen und sagen, dass du das ganze Theater hier ohne Eigennutz veranstaltest? Sumter, ich bin mindestens genauso viele Jahre im Geschäft wie du und ich weiß, wie das Spiel gespielt wird. Nur weil du dich jetzt Politiker nennst, musst du nicht glauben, die Regeln wären anders."

Nigel nahm einen letzten Zug von der Zigarette, schnippte den glimmenden Stummel in ein halbvolles Glas, das irgendwer unachtsam in der Nähe hatte stehen lassen.

„Dann sollten wir uns letztlich darüber einig werden, ob wir beide das gleiche Spiel spielen, John. Ob wir beide das Gleiche erreichen wollen. Es wäre doch jammerschade, wenn wir uns in die Quere kommen würden."

„Für den Anfang gehe ich nicht davon aus. Ich schätze, uns eint erst einmal dasselbe Ziel: Wir sind nicht mehr zufrieden mit Marcus an der Spitze. Sein Gedanke, in der Union eine Währung einzuführen, ist absoluter Wahnsinn. Ich will keine Metallstücke oder Papier, das außerhalb der Grenzen nicht zu gebrauchen ist. Und ich will auch nicht innerhalb der Grenzen damit bezahlt werden. Wer sagt mir denn, dass das Zeug noch mindestens genauso viel Wert ist, wenn ich es wieder loswerden will? Richtig. Niemand. Eine Währung schmälert unseren Profit und macht es schwer, richtigen Handel zu treiben. Und wenn ich daran denke, dass bisher jedes Zahlungsmittel auf der Welt gefälscht wurde, sehe ich auch hier die Gefahr. Weißt du, ich gehe nicht das Risiko ein, Ersatzteile was weiß ich wo zu bergen, um mit wertlosem Zeug bezahlt zu werden. Es ist jetzt schon nicht einfach, sich gegen minderwertige Medikamente und zweitklassige Munition zu wehren. Aber da kann ich es einfacher herausfinden als bei irgendetwas aus Papier oder Metall."

„John, diese Argumente sind mir bekannt. Ich verwende sie schon lange genug im Rat."

„Wer sieht das noch so?"

Nigel deutete mit einer Bewegung seiner Hand über die Anwesenden. „Mehr oder weniger alle hier. Entweder sind es Händler oder sie profitieren von unseren Geschäften. Manche schulden mir etwas oder wissen, dass die Union ohne uns nicht überleben kann. Andere sind einfach hier, weil sie leicht zu manipulieren sind."

John schwieg einige Sekunden, während ein sanftes Nicken seines Kopfes zeigte, dass er die Gäste abzählte.

„Das sind fünfundzwanzig, dich und mich nicht eingerechnet. Wie viele Plätze hat der Rat im Moment?"

„Dreiundsechzig. Aber nicht alle hier sind Ratsmitglieder. Das trifft nur auf sechzehn zu."

„Hmmm. Das ist zwar keine Mehrheit, aber das ist schon einmal respektabel. Eigentlich hätten wir bis zu den Wahlen im nächsten Jahr Stimmung gegen Präsident Tailor machen müssen und eine Wiederwahl verhindern sollen. Das wäre nicht einfach geworden, trotz allem. Jetzt aber spielt er uns dank der Entführung doch perfekt in die Karten. Er bringt mit solchen Aktionen wie letzte Nacht die Menschen gegen sich auf. Das ist fruchtbarer Boden, um Misstrauen zu säen und ihm die Wahl im nächsten Jahr zu versauen."

„Wenn er es soweit kommen lässt. Daher treffen wir uns ja heute."

John lachte auf und winkte ab. „Mach dir nicht ins Hemd. Versetz dich doch mal in seine Situation. Sein Kind ist weg, er steht unter Druck. Gleichzeitig weiß er, dass er nicht den besten Stand im Rat und im Volk hat und die Wahlen keine so einfache Sache werden, wie er es sich vorgestellt hat. Er wird zwangsläufig Fehler machen und diese Fehler nutzen wir aus. So wie du jetzt."

„Das klingt logisch. Aber Menschen, die unter Druck stehen, sind gefährlich."

„Du hast Angst um deine eigene Haut, das ist es, nicht? Angst vor einem Schauprozess oder davor, dass dein Ruf vernichtet werden kann? Mach dir darum mal keine Sorgen. Ich glaube, Präsident Tailor ist klug genug, es nicht darauf ankommen zu lassen, solange er keine Beweise hat. Und da du ja nicht verantwortlich bist für diese schreckliche Entführung, wird er auch keine Beweise bekommen und schön die Füße still halten. So unachtsame Geschichten wie die auf der Ranch sind unser Treibstoff, die nutzen wir, um die Stimmung zum Kippen zu bringen."

„Meine Hoffnung ist ja genau das. Das Treffen hier wird mich davor schützen, dass er einen Sündenbock sucht. Ich meine, selbst wenn er sich an mir austobt, wird das seinen Sohn nicht zurückbringen, aber ich traue ihm zu, die Lage auszunutzen und bei der Suche nach einem Schuldigen auch gleich ein paar unbequeme Stimmen oder Gegner in der kommenden Wahl loszuwerden."

„Und genau darauf bereiten wir uns doch jetzt vor, Nigel", lächelte John.

Die Türen öffneten sich und eine Gruppe dienstbarer Angestellter kam herein, sie brachten Getränke und Speisen. Die Mehrzahl der Gäste wandte sich dem Angebot zu und so hatten die beiden Männer noch mehr Ruhe, um ihr Gespräch zu führen. Für den Moment schenkte ihnen niemand Aufmerksamkeit. Sumter wartete, bis wirklich jeder der Gäste abgelenkt war, und zündete sich derweil eine weitere Zigarette an.

„Was versprichst du dir?“

„Wovon?“

„Von deinem umfassenden Hilfsangebot.“

„Wenn ich mich recht entsinne, habe ich dir nicht einmal offiziell meine Hilfe angeboten, Nigel“, stellte Marrow klar.

„Stimmt. Du bist nur ein Gast unter vielen und hast das Thema zufällig angeschlagen, nicht?“

„So ist es.“

„John, bleib beim Thema. Es geht hier darum, eine Opposition zu schmieden, die unseren Präsidenten spätestens zur nächsten Wahl aus dem Amt drängen kann. Offensichtlich hast auch du Interesse daran, dass er die Wahl nicht gewinnen wird. Das ist löblich. Dann ist aber die logische Konsequenz, zu fragen, was du für deine Unterstützung haben willst.“

Der Händler strich sich durch den Bart und sah seinen Gesprächspartner an. „Ich bin schon ganz zufrieden, wenn dieser Unfug mit einer Währung vom Tisch kommt. Über alles andere können wir später sprechen.“

„Du solltest mich besser kennen. Ich kaufe nicht die Katze im Sack.“

„Damit habe ich auch nicht gerechnet. Aber es hätte ja klappen können. Ein gutes Zeichen, immerhin bist du nicht so verzweifelt, nach jedem sich bietenden Strohhalm zu greifen, Nigel.“

„Hast du dich gerade mit einem dürren Strohhalm verglichen?“, hakte Nigel mit einem spitzen Lächeln nach.

„Ach. Geschenkt. Du weißt, was ich meine. Also, du willst über Preise verhandeln? Mache ich gerne. Unser Ziel ist es, dass Tailor bei der nächsten Wahl verliert. Wer aber soll als Gegenkandidat antreten?“

Nigel Sumter sagte nichts. Die Blicke der beiden Männer trafen sich und er richtete sich ein wenig auf, seine Brust schob sich vor.

„Prächtig. Ich habe nichts anderes erwartet. Schön. Wenn du wirklich seine Nachfolge antreten solltest, gibt es ein kleines Problem im Rat: Die Händler sind dann nicht mehr optimal vertreten. Das wäre ein Jammer, findest du nicht?", meinte Marrow.

„Stimmt, ich brauche einen Nachfolger. Kein Problem", stimmte Sumter zu.

„Wie schnell wir uns doch einig sind. Da sind aber noch ein paar Sachen mehr. Was ist mit der Unionsarmee?"

„Richtig ist, dass General Whitlock nicht mehr zu halten ist, wenn Präsident Tailor einmal aus dem Amt ist. Er ist einfach ein Unsicherheitsfaktor. Unter uns, ich mochte diesen grobschlächtigen Klotz noch nie. Ihm fehlen Manieren – und ich schätze, er wird sich zu einem Dorn in meinem Fleisch entwickeln. Mit der Armee hinter sich hat er eine nicht zu verachtende Macht – und da er sich nicht kontrollieren lassen wird, muss eine Alternative her. Ich weiß nur noch nicht, wer diesen Posten gut ausfüllen könnte."

„Das wird sich zeigen. Wenn ich dir einen Hinweis geben darf: Schaff den alleinigen Oberkommandieren ab. Ersetze ihn mit einer Gruppe von Offizieren und nimm dir Leute, die untereinander verstritten sind. Jeder von ihnen bekommt das Kommando über einen Teil der Armee. Damit hast du die Sicherheit, dass dir niemals die Truppe als Ganzes in den Rücken fallen kann", führte der Händler aus.

Anerkennend neigte Sumter den Kopf und nahm einen Zug aus der glimmenden Zigarette. „Mir gefällt deine Art zu denken."

„Warte, bis wir alles Notwendige besprochen haben. Es wird noch ein paar andere Posten geben, die neu zu besetzen sind. Wie sind deine Beziehungen zum Institut?"

„Bestenfalls oberflächlich. Ich habe ein paarmal meine Fühler ausgestreckt, aber sie sind dort misstrauisch, schon immer gewesen." Sumter verzog das Gesicht.

„Das hingegen könnte ein Problem werden. Aber letztlich ist der Weg klar: So wichtig das Institut mit seinem Wissen und der Technik auch ist, ohne den Schutz durch die Union und einen starken Mann in Yard sind sie wehrlos. Das werden sie wissen. Ich nehme an, dass man dort einen Machtwechsel schlucken wird, auch wenn es Ziel sein muss, das Verhältnis möglichst schnell zu normalisieren."

„Machbar."

„Für den Moment war es das fast. Einen Unsicherheitsfaktor gibt es aber noch, über den wir vielleicht jetzt schon mal sprechen sollten, nämlich diese ganzen Helden aus der Schlacht um Yard."

Sumter schüttelte den Kopf. „Jeder, der damals in der Schlacht dabei war, stilisiert sich irgendwie zum Helden hoch, macht seine Rolle so wichtig, dass es den Anschein hat, als wäre die Union ohne seinen Einsatz nicht entstanden."

Marrow kicherte und winkte einen der Bediensteten herbei, nahm sich ein Glas vom Tablett und trank.

„Ich rede doch nicht von den Schwätzern. Die wird es immer geben. Du weißt doch genau, wen ich meine. Die Familie Young und dieser alte Freund von ihnen, dieser Doktor."

„Korrekt. Schwerer Fall. Die Menschen lieben ihre Helden. Und die Helden haben Einfluss auf die Leute."

„Deshalb ist es ja so wichtig, sie loszuwerden. Ansonsten wirst du dauernd Gefahr laufen, dass einer von denen sein Ansehen gegen dich einsetzen wird. Das musst du von Anfang an verhindern."

Nigel verzog das Gesicht und dachte nach.

„Es leuchtet mir ein. Nur weiß ich im Moment nicht, wie das gehen soll."

„Indem wir die sich bietenden Chancen mit aller Macht und ohne den kleinsten Zweifel nutzen. Vertrau mir. Bis zur Wahl werden diese Chancen kommen."

„Ich weiß nicht, ob mir gefällt, von was du da sprichst."

„Nigel", fasste John es zusammen, „wir reden hier von Macht. Einer ganzen Menge Macht. Skrupel haben dabei nichts verloren. Es ist wie bei einem Geschäft. Da darfst du weder Zweifel noch Skrupel haben, wenn du den maximalen Profit herausholen willst. So einfach ist das."

+++

Die Hitze des Sommers, die die Stadt in den letzten Wochen im Griff gehalten hatte, war nun vollends einem Unwetter gewichen. Es regnete in Strömen und die Wassermassen hatten die Straßen und Gassen in Morast verwandelt. So sehr Yard auch ein Zeichen für Zivilisation in der Welt DANACH war, Wetter wie dieses kratzte an der fragilen Oberfläche und offenbarte, dass die Hauptstadt der Union noch weit entfernt war von den Zuständen DAVOR.

Hier und da hatte man Planken und Holzbohlen ausgelegt und damit rutschige Pfade durch den schmatzenden Schlamm geschaffen, an den meisten Stellen sank man jedoch bis zu den Knöcheln in einer braunen Brühe ein. Im Frühjahr, kurz nach Ende des Winters, war es manchmal so schlimm, dass sich ganze Straßenzüge in rauschende Wasserläufe verwandelten. Davon blieben die Bürger von Yard an diesem Tag zumindest verschont.

Moody und Bess bahnten sich ihren Weg durch den Schlamm und obwohl sie Regenponchos trugen, waren sie bis auf die Knochen durchnässt. Ein Umstand, der nicht gerade dazu beitrug, ihre Laune zu heben. Der Regenvorhang sorgte dafür, dass sie kaum weiter als ein paar Meter sehen konnten, was das Vorankommen noch mehr erschwerte. Der General hatte seine Schrittgeschwindigkeit mittlerweile den Witterungsbedingungen angepasst, auf dem Weg war er an einer Stelle bis zu den Knien im kalten Matsch versunken. Was ihn anging, so wollte er diese Erfahrung nicht holen und zwang sich, langsam zu laufen.

Von der Straße aus blickten sie auf Sumters Haus. Wobei, Haus konnte man den Prachtbau nicht mehr nennen. Selbst im Südquartier fiel das Gebäude auf. Es war größer und höher als alle Häuser in der Umgebung. Sumter hatte ein kleines Vermögen investiert, und das sah man der Residenz an. Das Anwesen lag auf einem kleinen Hügel und erhob sich drei Stockwerke in den Himmel. Während man den meisten Bauwerken in Yard ansah, dass sie aus Trümmern von DAVOR errichtet worden waren, schien dieses Gebäude makellos. Die weißen Mauern hatten eine blendende Strahlkraft, ja selbst der allgegenwärtige Schmutz schien die Villa zu meiden. Gerüchteweise hieß es, dass Sumter eine ganze Armee von Arbeitern unterhielt, die keinen anderen Auftrag hatten, als seine Villa in diesem Status zu halten. Hinzu kam ein perfekt gepflegter Garten, auch wenn dieser im strömenden Regen einiges seiner Schönheit eingebüßt hatte.

Der Palast war von einer Mauer umgeben, darauf Stacheldraht. Der Händler schien nur zu gut zu wissen, dass gelebter Prunk Neider anzog, und wusste sich dagegen zu schützen. Durch die Fenster des dreistöckigen Anwesens drang warmes Licht nach draußen, es wurde nicht an Elektrizität gespart.

Bess verzog verächtlich ihr Gesicht und spie aus. Während die Menschen in der Zeltstadt sich nicht einmal das Nötigste leisten konnten und die Bewohner anderer Stadtteile auch nicht mit Reichtum gesegnet waren, präsentierte Sumter sich hier in einer ekelerregenden Art und Weise. Sie kannte den Mann bestenfalls vom Sehen, aber sie hatte schon jetzt gute Lust, ihm einfach so eine blutige Nase zu verpassen. Moody ging es nicht anders, auch wenn die Gründe dafür bei ihm sicherlich nicht dieselben waren.

„Bei so was könnte ich kotzen“, sprach Bess ihre Gedanken aus.

„Er ist nicht der einzige, der so lebt. Aber wenn ich mir das so ansehe, dürfte es bei ihm am schlimmsten sein.“

„Lass uns einfach schnell machen. Je länger ich mir das ansehen muss, umso größer ist meine Lust, ihm ein paar Zähne auszuschlagen.“

Moody drehte sich zu ihr herum. „Ich habe dich mitgenommen, weil ich will, dass du mich bremst. Nicht andersrum. Bekommst du das hin?“

Sie knirschte mit den Zähnen.

„Muss ich wohl."

„Danke, Bess. Ehrlich. Ich wüsste nicht, was ich jetzt ohne dich tun würde."

„Mir fallen da so ein paar Möglichkeiten ein. Aber die sind alle nicht besonders charmant."

Moody schnaubte, drehte sich jedoch um, ohne etwas zu erwidern. Marcus' Festhalten an Konventionen hatte ihn rasend gemacht. Der Präsident verschanzte sich hinter seinem Schreibtisch, gefesselt von den Regeln, die er der Union auferlegt hatte. Diese Untätigkeit widerte Moody an und für seinen Geschmack hatten sie mittlerweile genug über Probleme gesprochen. Es war Zeit, diese zu lösen.

Vor dem Tor zum Grundstück standen zwei Wachen im strömenden Regen. Es handelte sich um Söldner und es war davon auszugehen, dass der Händler keine Kosten und Mühen gescheut hatte, als es um seine Sicherheit ging. Das Duo machte einen grimmigen Eindruck, teils war das die Professionalität, die aus ihnen sprach, teils der Unmut über das Wetter. Sie drängten sich unter ein kleines Dach aus Wellblech. Ihre klammen Pranken hielten Schrotflinten umklammert.

„Hallo", grüßte Moody und gab sich Mühe, über den prasselnden Regen zu schreien.

„Ich will mit eurem Boss reden."

„Das wollen viele. Für einen Affen wie dich hat er sicher keine Zeit. Und jetzt verpiss dich", entgegnete einer der Wächter und schritt bedrohlich auf Moody zu. Dann erst schien er zu erkennen, wen er dort vor sich stehen hatte. Die Selbstsicherheit des Mannes schrumpfte um einige Nuancen, dennoch bemühte er sich, eisern zu wirken.

„Oh. General Whitlock. Ich habe Sie nicht erkannt."

„Kann vorkommen. Du kannst es wieder gutmachen, indem du mich zu deinem Boss bringst. Ich werde nicht noch einmal fragen."

„Ich muss Sie leider enttäuschen. Ratsmitglied Sumter empfängt gerade Gäste und hat ausdrücklich angeordnet, dass er nicht gestört werden will."

„Es ist mir egal, was er angeordnet hat. Ich will ihn sprechen. Jetzt."

Der Mann holte Luft, um etwas zu sagen, doch dazu kam es gar nicht. Moodys Hand schoss vor und packte den Arm der Wache. In einer abrupten Bewegung drehte er ihn auf den Rücken, presste den taumelnden und vor Schmerzen aufheulenden Mann gegen die Wand. Bess schlug derweil ihren Poncho zur Seite und zeigte der zweiten Wache die schussbereite Waffe in ihrer Hand. Ein sehr deutliches Zeichen dafür, sich nicht einzumischen.

Moody übte sanften Druck auf den verdrehten Arm des Wächters aus und schob sich nah an das Ohr des Mannes heran.

„Mir ist nicht nach Späßen. Oder nach irgendeinem Protokoll. Du machst jetzt, um was ich dich gebeten habe, oder ich werde dir deinen verdammten Arm brechen, hast du mich verstanden?"

Die Wache nickte.

„Gut. Also wirst du uns jetzt zu deinem Boss bringen. Und noch was. Ich bin heute privat hier, nicht dienstlich. Aber ich schwöre dir, wenn irgendwas passieren sollte, werde ich schneller, als du es dir vorstellen kannst, in meiner Funktion als General vorbeikommen. Und dann bringe ich ein paar Soldaten mit, die sich um alles kümmern. Klar?"

Der Mann bemühte sich, zu signalisieren, dass er verstanden hatte, doch nur zur Sicherheit griff Moody noch ein wenig fester. Der darauf folgende Schmerzenslaut war für ihn Bestätigung genug und er ließ los, riss den Kerl herum. Der Söldner fasste sich mit schmerzerfülltem Gesicht an die Schulter.

„Schön, dass ihr euch entschieden habt, nichts Dummes zu tun. Und jetzt los."

Der Wächter ging voran durch das Tor und die drei erreichten schnellen Schrittes das Haus. Auch im Garten patrouillierten

Söldner, einige von ihnen hatten große Hunde an der Leine. Unbehelligt erreichten sie das Gebäude und standen in einer viel zu groß geratenen Empfangshalle. Von hier gingen zahlreiche Türen ab und eine Freitreppe führte hinauf zu einer Empore, die die Halle an drei Seiten umlief. Wärme schlug ihnen entgegen. Die Halle war sauber und makellos, wirkte wie aus der Zeit DAVOR. Sumter besaß eine gewisse Vorliebe für Relikte und Antiquitäten aus der früheren Zeit und hatte einige seiner Prunkstücke hier ausgestellt. Ein alter Computer, sicherlich nicht mehr funktionstüchtig, aber äußerlich makellos, stand auf einem Sockel, daneben ein originalverpacktes Smartphone. An anderer Stelle hing ein schwarzer Smoking samt Fliege, daneben glänzende Lackschuhe.

Der Wachmann hielt sich noch immer seine schmerzende Schulter und bedeutete seinen unliebsamen Begleitern, einen Moment zu warten. Er ging hinüber zu einer Nische am Ende der Halle, wo eine Frau saß. Die beiden wechselten ein paar schnelle Worte miteinander, dann stand die Frau auf. Sie war hochgewachsen, kaum älter als dreißig und eine ausgesuchte Schönheit. Ihr schwarzes, langes Haar war zu einer kunstvollen Frisur gebunden, ihre Haut war ohne Makel. Trotz der Situation legte sie ein freundliches Lächeln auf und schritt herüber zu Moody und Bess.

„General Whitlock, es ist mir eine Freude, Sie im Haus von Ratsmitglied Sumter begrüßen zu können“, sagte sie und verbeugte sich dabei leicht.

Die beiden Offiziere kamen sich vom ersten Moment an deplatziert in der Empfangshalle vor und die Höflichkeit, mit der man sie begrüßte, verstärkte dieses Gefühl noch. Moody streifte die Kapuze des Ponchos zurück und versuchte einmal mehr, seine unordentlichen Haare zu bändigen.

„Ich habe es schon dem Haudrauf gesagt. Ich bin heute privat hier, nicht dienstlich“, entgegnete er.

„Trotzdem haben Sie sich Ihren Titel verdient. Es wäre respektlos, Sie anders zu begrüßen.“

„Was auch immer. Ich bin nicht hierhergekommen, um Höflichkeiten auszutauschen."

Das Lächeln der Frau verschwand nicht, als sie sich erneut leicht verbeugte.

„Davon hat er bereits erzählt. Wie Sie sehen, General, habe ich den Mann gerade eben zu Ratsmitglied Sumter geschickt, um Sie anzukündigen. Ich muss Sie daher um einige Momente der Geduld bitten."

„Dann hoffe ich für den Laufburschen, dass er nicht zu lange braucht", murmelte Moody.

„Kann ich irgendetwas tun, um Ihnen die Wartezeit zu verkürzen?", fragte die Frau und ignorierte den Einwurf gekonnt. „Eine Erfrischung vielleicht?"

Moody warf einen Schulterblick zu Bess, die nur den Kopf schüttelte. Er übernahm die Bewegung, als er sich zu der Frau umgedreht hatte.

„Wie Sie wünschen."

Es klackte metallisch, als Bess sich mit ihrem Sturmfeuerzeug eine Zigarette anmachte und eine Rauchwolke in die Luft blies. Die Blicke der beiden Frauen trafen sich für einen Sekundenbruchteil und die Soldatin schmunzelte herausfordernd.

„Warten Sie, ich hole Ihnen etwas für die Asche", meinte die Frau bittersüß.

„Dann beeil dich aber mal, Schätzchen", sagte Bess und nahm demonstrativ einen Zug von der Zigarette. Ihre Augen blitzen auf, doch die Frau nahm die Herausforderung nicht an und eilte stattdessen davon. Sie kam mit einer kleinen Metallschale zurück und hielt sie Bess auffordernd hin. Währenddessen kam der Wachmann zurück und die Schönheit entfernte sich einige Schritte, um mit ihm zu sprechen. Nach einem knappen, geflüsterten Wortwechsel kam sie zurück, mit dem einstudierten Lächeln auf den Lippen.

„Ratsmitglied Sumter ist erfreut über Ihren Besuch und wird Sie sogleich empfangen. Wenn Sie mir bitte folgen wollen?"

Sie ging voran und das Duo folgte.

„Das sieht nicht so aus, als ob er uns in seinen Arbeitsräumen empfängt", raunte Bess ihrem alten Freund zu.

„Ja, umso besser. Dann haben wir wenigstens Publikum", kommentierte der General.

Sie schritten durch eine Doppeltür und erreichten einen zweiten großen Raum. Über zwanzig Männer und Frauen in guten Kleidern bildeten hier einen Halbkreis um den Eingang und blickten die Neuankömmlinge schweigend und erwartungsvoll an. Genau gegenüber dem Eingang, von seinen Verbündeten flankiert, stand Nigel Sumter.

„General Whitlock. Es ist mir eine Ehre, Sie in meinem Haus begrüßen zu dürfen."

Moody blieb nach einigen Schritten stehen und ignorierte die Begrüßungen für den Anfang, drehte sich einmal um die eigene Achse und begutachtete die anderen Anwesenden. Bess nahm einen halben Schritt hinter ihm Aufstellung, während die Schönheit, die sie hierhergebracht hatte, verschwand. Sekunden der Stille kehrten ein, dann sagte Moody doch etwas.

„Ich hoffe, ich komme nicht ungelegen, Ratsmitglied."

„Niemals. Sie sind jederzeit willkommen", versicherte Sumter mit einem fadenscheinigen Lächeln.

„Blöd nur, dass ich nicht wegen der Gastfreundschaft gekommen bin."

„Ach, General. Ihr Ruf eilt Ihnen voraus. Dass Sie sich auf Veranstaltungen wie der hier schwer tun, ist doch bekannt."

Ein leises Raunen ging durch die Menge und Moodys Augen blitzten auf. Die Blicke der beiden Männer trafen sich und für einen Moment war Moody gewillt, dem eitlen Händler hier, vor versammelter Mannschaft, ein paar Zähne auszuschlagen und gleich klare Verhältnisse zu schaffen. Er entschied sich dagegen.

„Lassen wir das. Du weißt, warum ich hier bin, Sumter?"

Moodys Schultern hoben sich ein Stück, bewusst hatte er auf die richtige Anrede verzichtet.

„Ich nehme an, Sie werden mir gleich sagen, warum Sie vorbeigekommen sind."

„Tu nur unschuldig, du Arschloch", knurrte der Rothaarige unverblümt. „Du weißt es ganz genau, auch wenn du vor all deinen Arschkriechern und sogenannten Freunden hier eine Show abliefern musst."

Die Menge reagierte mit erstaunten und erbosten Rufen.

„Ja, ich meine euch!", rief er ein wenig lauter und fixierte den Händler.

„Ich bin heute zu dir gekommen, weil ich den Verdacht habe, dass du in die Entführung meiner Tochter verstrickt bist. Im Moment kann ich es dir nicht beweisen. Aber glaub mir, wenn ich Beweise finden werde, komme ich und dann kenne ich keine Gnade. Das gilt für dich und jeden anderen, der meint, dich unterstützen zu müssen."

Ein Mann links von Sumter kam einen kleinen Schritt nach vorne.

„Das sind große Worte, General."

„Es sind genau die richtigen Worte."

„Solange es keine Beweise dafür gibt, dass Ratsmitglied Sumter irgendwas mit der bedauernswerten Entführung Ihres Kindes und das des Präsidenten zu tun hat, ist es Rufmord, so einfach ist das."

„Wie ich Klugscheißer liebe, die sich ungefragt in Angelegenheiten einmischen, die sich nichts angehen. Wie ist dein Name?", grollte Moody.

„Oh, General Whitlock, Sie kennen mich bestimmt. John Marrow, angenehm. Ich beliefere Ihre Armee mit Fahrzeugen."

„Gut, Marrow. Lass dir eines gesagt sein. Ich bin kein Politiker. Ich halte nichts von aufgeblähten Reden und auch nichts davon, mich hinter Worten zu verstecken. Wer sich mich zum Feind macht, holt sich eine blutige Nase. Ich habe ein Bauchgefühl und ich bin nicht blind. Gestern Nacht hat ein alter Freund von mir Sumter auf der Ranch besucht und ihn zu den Vorfällen befragt. Ich weiß nicht, was dabei herausgekommen ist, aber heute Morgen hat man versucht, ihn umzubringen. Das ist sicher kein Zufall, oder?“

Marrow legte den Kopf leicht schief.

„Ein Anschlag auf Ratsmitglied Young? Das ist ja ungeheuerlich!“

Moody fletschte seine Zähne und war im Begriff, einen wütenden Schritt in Richtung des Mannes zu machen, doch Bess packte ihn an der Schulter.

„Du mieses …“, begann er.

„Ist das alles, was Sie können, General Whitlock? Sie erzählen uns gerade, dass ein Ratsmitglied heute Morgen angegriffen wurde, und sind gleich dabei, Schuldzuweisungen auszusprechen? Rufmord? Sagen Sie mir, ist es nicht eigentlich die Aufgabe der Armee, für Sicherheit in Yard zu sorgen? Ist es damit nicht Ihre Aufgabe? Und haben Sie damit nicht heute Morgen versagt?“

„Vorsicht!“, zischte der General.

„Womit? Mit der Wahrheit? Sie können sich meines ehrlichen Bedauerns sicher sein, General. Aber anstatt haltlose Anschuldigungen und Drohungen zu verteilen, sollten Sie vor der eigenen Tür kehren.“

„Glaub mir, das mache ich.“

„Dann kümmern Sie sich um die wirklichen Probleme und hören Sie auf, Ratsmitglied Sumter irgendetwas vorzuwerfen, wofür es keine Beweise gibt! Sind sie hier, weil der Präsident es befohlen hat? Spielen Sie seinen Kettenhund, weil er es sich selbst nicht traut?“

„Halt die Fresse oder ich werde dir die Zähne ausschlagen!“, knurrte Moody.

„Das würde ganz zu dem treuen Köter passen, zu dem er Sie gemacht hat, was?“

Moody riss sich los, packte den untersetzen Mann am Kragen und riss ihn in die Höhe. „Wag es noch einmal, ein verdammtes Wort …“

„*Sie* haben heute Morgen versagt! Wie soll sich irgendwer in dieser Stadt sicher fühlen, wenn er weiß, dass die Armee von einem ungehobelten, ungerechten Nichtskönner geführt wird?"

Moody schleuderte den Mann zu Boden und war wie ein wildes Tier über ihm. Noch bevor Marrow seine Arme schützend vor sein Gesicht bekommen konnte, hatten ihn zwei oder drei Faustschläge mit aller Wucht getroffen. Seine Lippe und eine seiner Augenbrauen platzten auf und schnell floss das Blut. Bess stürzte sich auf den tobenden Moody und versuchte, ihn aufzuhalten.

Völlig in Rage verpasste er ihr einen Treffer mit dem Ellbogen und sie taumelte einen halben Schritt zurück, schwer nach Luft schnappend. Kurz darauf holte Moody wieder aus und ließ seine Fäuste auf den schutzlosen Marrow hinabregnen.

„Es reicht!", bellte sie und warf sich mit der Macht der Verzweiflung auf ihren alten Freund, umklammerte seine Arme.

Ein ungläubiges Schweigen hatte den Raum erfüllt. Die Anwesenden blickten mit einer Mischung aus Furcht und Verzückung auf den schwer atmenden Moody, den Bess nur mit aller Mühe halten konnte, und den blutenden Marrow. Ein kratziges Kichern des untersetzen Händlers zerriss die angespannte Atmosphäre. Schwerfällig setzte der sich auf und wischte sich das Blut aus dem Gesicht.

„Danke für diese Vorführung. Prügeln Sie mich doch einfach zu Tode für die unbequemen Wahrheiten, die ich sage. Dann sehen es wenigstens alle hier. Oder wollen Sie die auch gleich umbringen?"

Bess zerrte Moody auf die Beine und stellte sich demonstrativ zwischen die beiden.

„Ich denke, es ist besser, wenn Sie nun gehen", schaltete Sumter sich kalt ein.

Bess nickte und schluckte eine Bemerkung herunter, schob ihren zornigen Freund in Richtung der Tür. Moody senkte seinen hasserfüllten Blick nicht, hielt die beiden Händler darin fixiert. Erst als die Tür sich hinter ihnen geschlossen hatte, schien er wieder in der Normalität anzukommen.

+++

„Wie lange sind wir denn schon hier?“, wollte Arleen wissen.

„Ich weiß nicht“, antwortete Joshua, nachdem er angestrengt nachgedacht hatte. Sein Zeitgefühl war eh noch nicht ausgeprägt, aber hier, fernab allen Tageslichts und ohne jedes Geräusch, war es unmöglich, Anhaltspunkte zu finden. Er wusste, dass er ein paarmal eingeschlafen war, mehr aber auch nicht. Ihre Entführer hatten ihnen mehrere Mahlzeiten gebracht. Aber wie viele brachten sie am Tag? Morgens, mittags und abends? Oder ohne einen festen Rhythmus? So sehr er sich bemühte, er fand keine Antwort.

„Wie lange geht das noch so weiter?“

„Du … du hast doch gesagt, dein Papa kommt uns holen, Arleen!“, beharrte der Junge.

Ihr Gesicht wurde traurig. „Ja. Aber es dauert jetzt schon so lange.“

„Ach. Er hat uns nicht vergessen. Würde er niemals. Und außerdem ist da noch mein Papa. Er ist der Präsident! Der mächtigste Mann, den es gibt. Wenn Onkel Moody es nicht schafft, wird es bestimmt mein Papa schaffen.“

Arleen nickte und blinzelte ihre Tränen weg, während ein unterdrücktes Schluchzen sie durchlief. An ihrem Gesicht konnte der Junge erkennen, dass sie ihm nicht so recht glauben wollte.

„Du darfst nicht aufgeben. Das ist das Wichtige. Mein Papa hat immer gesagt, dass man seine Wünsche und Träume im Herzen halten muss und niemals vergessen darf. Verliert man seine Träume und Wünsche, ist alles sinnlos, sagt er immer.“

„Aber … aber wie lange soll das noch so gehen?“

„Bestimmt nicht mehr lang. Es kann jede Minute so weit sein!“

Der Junge versuchte, stark zu sein, und legte freundschaftlich die Hand auf die Schulter seiner weinenden Freundin. Doch insgeheim zweifelte er langsam an seinen eigenen Worten und seiner Überzeugung.

Kapitel 5

Die Zeltstadt

Der Regen ließ erst am nächsten Morgen nach. Das Unwetter hatte die ganze Nacht über der Hauptstadt gelegen und monsunartig getobt. Die Wassermassen hatten den trockenen Boden aufgeweicht und die staubigen Straßen und Gassen in Morast verwandelt. Überall stand das Wasser in matschig braunen Pfützen. Der Regensturm hatte eine beachtliche Zerstörung hinterlassen. Dächer waren abgedeckt oder einfach davongeweht oder Wände eingedrückt worden und vielerorts lag Mobiliar wild über die Straßen verstreut. In vielen Teilen der Stadt waren Wasser und Schlamm in die Häuser und Hütten eingedrungen. Die Menschen ertrugen ihr Schicksal mit bemerkenswerter Demut, denn bei jedem stärkeren Unwetter kam es zu solchen Szenen. Das Problem ergab sich schlichtweg aus einer immer größer werdenden bebauten Fläche und dem Fehlen einer Kanalisation. Zwar gab es Abwassergräben, die die einzelnen Viertel durchliefen, aber deren Kapazität war einfach zu gering für große Wassermassen. Hinzu kam, dass die Entwässerungskanäle an vielen Stellen als Müllhalden zweckentfremdet wurden und regelrecht verstopften. Ein Problem, dem der Unionsrat bisher noch nicht Herr geworden war, und symptomatisch für die viel zu rasant wachsende Union. Solche Zustände standen der Hauptstadt nicht gut zu Gesicht und waren darüber hinaus noch brandgefährlich. Sie begünstigten die Ausbreitung von Krankheiten und Seuchen, und gerade im Herbst und Frühjahr stieg die Zahl der Infektionserkrankten in der Hauptstadt immer wieder sprunghaft an.

Als Lebensader von Yard erwies sich die Hauptstraße, die die Stadt auf der Nord-Süd-Achse durchschnitt. Die Straße aus der Zeit DAVOR lag etwas höher als die umgebenden Gebäude und war dadurch vor den Wassermassen sicher. Der alte, gesprungene Asphalt glich einem riesigen Flickenteppich. Während die meisten Seitenstraßen in Regenzeiten kaum ordentlich zu passieren waren, gab es für die Hauptstraße eine Kolonne von Gefangenen, die den Weg Tag und Nacht freihielten und ausbesserten.

Nachdem sie die Zwillinge hinüber zu Gene gebracht hatte, machte Sal sich auf den Weg in Richtung der Garnison. Von ihrem Haus war es nicht weit bis zu Hauptstraße, doch schon auf dem kurzen Stück konnte sie erahnen, mit welcher Gewalt die Natur in Yard getobt haben musste. An vielen Stellen waren glitschige Holzplanken die einzige Möglichkeit, voranzukommen. Das junge Südquartier der Hauptstadt war die Heimat der Gutbetuchten. Hier lebten Ratsmitglieder und Händler, reiche Menschen mit großem Einfluss. Sal schwante nichts Gutes – wenn es schon hier so übel aussah, wie sah es dann erst an dem Ort aus, zu dem sie unterwegs war?

Entlang der Hauptstraße türmten sich große Berge zerschmetterten Mobiliars auf. Die Bewohner von Yard hatten ihre Ärmel hochgekrempelt und warfen nun alles, was nicht mehr zu gebrauchen und völlig ruiniert war, auf große Haufen. Die Unionsarmee war unterwegs, um dort, wo es am nötigsten war, Hilfe zu leisten. Das Wetter war nach dem heftigen Unwetter noch nicht vollständig aufgeklart. Der Himmel war bezogen, aber es herrschte eine drückende Schwüle, die dafür sorgte, dass der kleinste Fetzen Stoff am Körper bald von Schweiß durchnässt war.

Auf der überfüllten Hauptstraße kam sie zwar ohne Probleme, dafür jedoch sehr langsam voran. Bei ihrem Tempo – so vermutete sie – würde es noch Stunden dauern, bis sie am Ziel war. Missmutig drückte sie sich weiter durch die Menschen, vorbei an marschierenden Soldatenkolonnen und Menschenketten. Nach einer gefühlten Ewigkeit hatte sie die Tore zum Regierungsviertel erreicht. Yards Zentrum machte einen weit weniger derangierten Eindruck als die umliegenden Viertel. Von hier aus war es noch ein ganz schönes Stück bis zur Garnison. Etwas abseits stand ein

Militärlaster, Soldaten holten gerade Gepäck und Ausrüstung von der Ladefläche. Einen kurzen Moment überlegte sie. Eigentlich war es ihr zuwider, ihren Ruf und ihren Namen einzusetzen, um Vergünstigungen zu erhalten, aber angesichts der allgemeinen Umstände war sie bereit, ihre Prinzipien einmal zu ignorieren. Zielstrebig hielt sie auf den Wagen und den Fahrer zu, der auf der Motorhaube saß und gelangweilt den Soldaten zusah, die sich abrackerten. In seiner Hand glomm eine Zigarette.

„Guten Morgen!", grüßte Sal, legte ein freundliches Lächeln auf und strich sich die Haare zurecht.

„Morgen", gab der Mann nuschelnd zurück, zog an seiner Zigarette und taxierte sie. Erst nach einigen Sekunden schien er Sal zu erkennen und seine Augen blitzten vor Erkenntnis auf. Schlagartig straffte er sich. „Oh. Mrs. Young! Was für eine Ehre!"

„Nicht der Rede wert. Ich bin gerade zur Garnison unterwegs, und da habe ich mich gefragt …" Sie beendete den Satz bewusst nicht und sah den Mann erwartungsvoll an.

Ihr Gegenüber kratzte sich am stoppeligen Kinn und nickte eifrig.

„Aber natürlich, Mrs. Young! Es wäre mir eine große Ehre, wenn ich Sie gleich mitnehmen könnte."

„Das ist wirklich sehr freundlich."

„Das ist das Mindeste, was ich tun kann!"

Von ungeahnter Energie beseelt, schnippte der Mann seine Zigarette weg und sprang von der Motorhaube. Noch bevor Sal irgendetwas sagen konnte, war er um den LKW herum und baute sich vor den Soldaten auf.

„Nun legt euch mal ins Zeug, ihr faulen Affen! Ich hab's eilig!", blaffte er.

Einige Minuten später wendete das Fahrzeug und rumpelte in Richtung des Militärlagers. Auch dort waren die Geschichten über sie wieder die Eintrittskarte in den streng bewachten Komplex. Ein freundlicher, alter Soldat, dessen Uniform viel zu groß für seinen dürren Körper war, half ihr weiter. Zusammen mit dem Mann durchforstete Sal das Archiv der Kommandantur.

Der Plan war einfach: Wenn sie erfahren konnte, welche Soldaten am vergangenen Morgen mit Maria Valdez gehabt hatte, würde sie wissen, wer der Attentäter war. Dank des dienstbeflissenen Veteranen an ihrer Seite kam sie gut voran und nach ein wenig Nachforschungsarbeit kamen neun Soldaten in Frage, die am vergangenen Morgen mit Valdez zusammen gearbeitet hatten. Vier davon waren Frauen und die konnte Sal aufgrund dessen, was sie gesehen und was Eris ihr mit schwachen Worten zusammengefasst hatte, ausschließen. Von den fünf Männern, die übrig blieben, hatten drei Dienst in der Garnison und stimmten nicht mit der Beschreibung überein. Je kleiner der Täterkreis wurde, umso angespannter wurde Sal. Sie wollte endlich loslegen, endlich Licht in die Angelegenheit bringen. Oder zumindest denjenigen finden, der ihren Mann angeschossen hatte – das war ihr einerlei. Einer der zwei Verdächtigen hatte heute dienstfrei und Sal notierte sich sicherheitshalber seine Adresse. Dann jedoch schien sie einen sicheren Treffer gelandet zu haben. Der letzte Mann auf ihrer Liste war Dwight Ramsey. Der Unteroffizier hatte gemeinsam mit Valdez den Dienst angetreten und unterstand wie die anderen Soldaten ihrem Kommando, war aber am gestrigen Tag verschwunden und zum Dienstschluss nicht auffindbar gewesen. Seine Personalakte las sich, abgesehen von einigen dokumentierten Schlägereien und einem Hang zum Alkohol, unauffällig, zumindest gab es keine Hinweise darauf, dass Ramsey gerne mal der Truppe fernblieb. Sal spürte, dass sie auf der richtigen Fährte war, und die alten Instinkte meldeten sich zurück. Sieben Jahre lang hatte sie sich bemüht, ihre Jagdinstinkte zu unterdrücken, hatte ihre Fähigkeiten nicht gepflegt und ihr Scharfschützengewehr gegen fürsorgliches Muttersein eingetauscht. Jetzt aber schien alles wieder da zu sein, so, als hätte es die Jahre nicht gegeben. Sie war die Jägerin und gerade eben hatte sie die Witterung der Beute aufgenommen.

Vorsorglich notierte sie die Adresse des Mannes, doch sie hatte so im Gefühl, dass Dwight sich wahrscheinlich nicht dort aufhielt. Sal brauchte eine gute Stunde, um ein paar der Kameraden des Attentäters auszumachen und die Männer und Frauen zu den Eigenarten des Flüchtigen zu befragen. Dabei bekam sie heraus, dass Ramsey entgegen der Angaben in den Akten am vergangenen Tag sehr wohl gegen Mittag in der Garnison gewesen und nach kurzer Zeit mit einem prall gefüllten Rucksack wieder verschwunden war, diesmal zu Fuß.

Für einen ganz kurzen Moment war die Wut im Begriff, Sal zu übermannen, dann aber gewannen ihre Logik und ihre Erfahrung. So, wie die Fakten sich darstellten, war Dwight Ramsey in die Entführung von Joshua und Arleen verstrickt. Jetzt, wo seine Tarnung aufgeflogen war, war wahrscheinlich sein oberstes Ziel, abzutauchen, nicht aber die Stadt zu verlassen. Ihm musste bewusst sein, dass es nach dem gestrigen Vorfall nur noch eine Frage der Zeit war, bis ihn Militärpatrouillen in ganz Yard suchen würden. Dies ließ ihm zwei Alternativen: Entweder er verbarrikadierte sich irgendwo und verließ das Haus nicht mehr – was angesichts der Gesamtlage nicht besonders klug war – oder er suchte sich einen Ort zum Verschwinden aus, an dem das Militär kaum in Erscheinung trat. Und das traf vor allen Dingen auf eines der Quartiere zu: die Zeltstadt.

Ein Sammelbecken für Gestrandete mit dem Traum auf ein besseres Leben und Gebrochene, die ihre Wünsche längst begraben hatten. Yards Elendsviertel lag nördlich der Stadtgrenzen, zwischen dem Stadtkern und der Garnison, und war somit leicht zu erreichen. Perfekt für jemanden, der schnell verschwinden musste.

Die Zeltstadt erstreckte sich zu beiden Seiten der Hauptstraße. Ein chaotisches Sammelsurium von Planen und Wellblech, so weit das Auge reichte. Anders als in den restlichen Quartieren der Stadt hatte es hier niemanden gegeben, der die Bebauung im Auge behalten hatte. Innerhalb der letzten Jahre waren so aus wenigen Zelten viele geworden. Zwar war man in Yard bemüht, immer mehr Wohnraum zu schaffen, aber dem regen Strom an Überlebenden, die ihr Glück in der verheißungsvollen Stadt suchten, war man nicht gewachsen. Der Unionsrat begann also, sich mit dem Zustand zu arrangieren, und um die Gemüter der restlichen Einwohner zu beruhigen, sorgte man dafür, dass die Menschen der Zeltstadt unter sich blieben. Die Armee hatte entlang der Straße, wo schmale, gewundene Gassen in die Zeltstadt führten, Checkpoints eingerichtet und überprüfte jeden, der in das Viertel wollte. Doch was im Armutsquartier selbst passierte, kümmerte die Soldaten nicht. Ein rechtsfreier Raum, in dem von der Zivilisation nichts zu spüren war.

Sal hielt sich nicht lang mit den Kontrollen auf, sondern passierte einen der Checkpoints schnellen Schrittes. Sie merkte, wie die Soldaten ihr neugierige Blicke hinterherwarfen, doch die Arbeit der Männer und Frauen begann erst, wenn es darum ging, dass jemand das Viertel verlassen wollte.

Das Unwetter des letzten Tages hatte das Quartier hart getroffen. Überall stand Wasser und zäher, kalter Schlamm prägte das Bild. Mittels Holzplanken hatte man versucht, Stege durch den Morast zu bilden, doch die meisten von ihnen waren schon tief im Matsch versunken. Es brauchte nur wenige Minuten, da waren Sals Stiefel und ihre Hose durchnässt und von Schlamm besudelt. So sehr sie sich auch Mühe gegeben hatte, jemand wie sie musste hier einfach auffallen. Ihre Kleider waren zu ordentlich, zu sauber, und das Gleiche galt für Sal selbst. Ihr Haar war gepflegt und ihre Haut zeigte nicht die Spuren von wochenaltem Schmutz. Sie merkte, wie sie beobachtet wurde, wie man hinter ihrem Rücken über sie sprach. Einige Leute gaben sich nicht einmal die Mühe, ihren Argwohn zu verbergen, deuteten auf sie und starrten sie förmlich an. Die Leute aus der Zeltstadt mochten die Bewohner von Yard nicht. Das nahe Yard versprach Reichtum, versprach Sicherheit. Dinge, für die die verdreckten Seelen hier ihr altes Leben aufgegeben hatten, Versprechungen, für die sie endlose Kilometer gereist waren. Dann aber hatte sie die Realität getroffen und sie hatten bemerkt, dass sie einem Traum erlegen waren. Die Hauptstadt war nur einen Steinwurf entfernt und doch so weit weg. Je länger die Leute in der Zeltstadt lebten, umso größer wurde ihre Wut auf die Bewohner der Hauptstadt, die sich für etwas Besseres hielten und scheinbar nicht gewillt waren, etwas an den Zuständen zu ändern.

Sal hatte ihre Hand auf den Griff ihrer Pistole gelegt und war sich sicher, dass diese Geste ausreichen würde, um einige heißblütige Zeltstädtler von Dummheiten abzuhalten. Sie begegnete den forschen, herausfordernden Blicken ohne Scheu, gab sich angriffslustig. Offen gestanden hatte Sal in ihrem Leben noch keinen Fuß in das Elendsviertel gesetzt, selbst wenn sie aus ihrer Zeit als Söldnerin wusste, wie solche Siedlungen funktionierten. Es musste in dem Chaos nicht nur einen zentralen Versammlungsort geben – vielleicht eine Kneipe –, es gab auch immer mindestens eine Person, die sich zum Anführer hochgearbeitet hatte. Solche Anführer kontrollierten ihr Gebiet und überwachten es ständig, immer auf der Hut vor möglichen Gefahren von außen – oder von innen. Einer solchen Person konnte ein Besucher aus der Garnison nicht entgangen sein, und genau dort galt es, anzusetzen. Die Frage war nur, wie man so jemanden schnell finden konnte. Sal machte sich da keine Illusionen: Ihre Ankunft im Elendsviertel war ganz sicher beobachtet worden und es war nur eine Frage der Zeit, bis man auf die eine oder andere Art und Weise den Kontakt zu ihr suchen würde. Die Frage war letztlich, wie lange sie warten musste.

Sie bog in einige Gassen ein, versuchte, sich zu orientieren. Die Zeltstadt erwies sich als ein wahres Labyrinth, das für einen Fremden nicht zu durchschauen war. Obwohl sie darauf achtete, nicht im Kreis zu laufen, passierte sie irgendwann eine Stelle, die ihr seltsam vertraut vorkam. Die Bewohner mieden sie und so war es zwecklos, das Gespräch zu suchen. Sal war auf sich allein gestellt und kam sich in dem Wirrwarr unglaublich verloren vor.

Sie erreichte eine neue Gasse und bemühte sich, den tiefen Schlammpfützen auszuweichen. Gerade als sie die Mitte des Durchgangs erreicht hatte, trat einige Meter vor ihr ein schlacksiger Kerl mit zotteligem, braunen Haar in den Weg. Seine Kleidung war dreckig und abgewetzt, wahrscheinlich hatte er seit Wochen nichts anderes getragen. Seine Augen blitzten merkwürdig auf, während er breit grinste. In einer Hand wog er einen kleinen Knüppel.

Sals Nackenhaare stellten sich auf, und ohne einen Blick nach hinten zu werfen, wusste sie, dass dieser Weg auch blockiert war. Nun hatte man sie also doch gefunden, schneller als erwartet. Sie hatte nicht vor, das Spiel zu spielen, was man ihr da gerade aufzuzwingen versuchte. Mit großen Schritten hielt sie auf den Kerl zu, dessen Grinsen immer breiter wurde. Kaum mehr zwei Meter von ihm entfernt blieb sie stehen, die Hand griffbereit an der Waffe.

„Hallo."

„Hallo, Schätzchen!", kicherte der Kerl.

Sal war sich nicht sicher, ob er tatsächlich wahnsinnig war oder hier nur ein gutes Schauspiel ablieferte. Beide Varianten waren auf ihre Art und Weise beängstigend.

„Gibt es ein Problem?", fragte sie freundlich.

„Noch nicht. Aber das kommt ganz auf dich an."

„Auf mich? Ich hätte jetzt gedacht, dass es auch von deinen Leuten hinter mir abhängt."

Der Kerl fixierte sie, warf einen schnellen Blick an ihr vorbei und schüttelte den Kopf.

„Ach, die sind harmlos. Die wollen nur spielen."

„Ich bin nicht zum Spielen hier."

Sal starrte den Mann an und in ihrem Blick lag die gleiche Kälte, für die sie viele Jahre bekannt gewesen war. Ihre Stimme ließ keine Zweifel.

„Schade“, zuckte der Mann mit den Schultern.

„Du sagst ihnen besser, dass sie stehenbleiben sollen“, forderte Sal und legte die Hand auf den Pistolengriff.

Für einen kurzen Moment schwand die Zuversicht aus dem Gesicht des Anführers, dann bemühte er sich, die Fassung zu behalten.

„Große Worte, meinst du nicht?“

„Willst du auch die großen Taten dazu sehen?“

„Vielleicht“, antwortete er nach einiger Überlegung, „vielleicht entspannen wir alle uns einen kurzen Moment und gehen das Gespräch hier noch mal neu an.“

Damit nahm er die Hände leicht in die Höhe und trat demonstrativ einen Schritt zurück. Sal hörte das Rascheln von Kleidung und langsame Schritte hinter sich.

Sie kämpfte den Impuls nieder, sich umzusehen und zu vergewissern, sie musste den Trumpf, den sie gespielt hatte, nun auch halten.

„Viel besser so“, meinte sie, ohne den Blick vom Anführer zu lassen.

„Also gut, Schätzchen. Was macht eine Frau wie du hier bei uns in der Zeltstadt? Hast du dich verlaufen?“

„Nicht im Geringsten. Ich bin auf der Suche nach jemandem.“

Der Mann lachte auf, breitete die Arme aus und tänzelte grinsend um seine eigene Achse.

„Hier bei uns gibt es viele Jemands. Und noch mehr Niemands. Du musst schon genauer werden.“

„Ein Neuankömmling. Lebt nicht hier, ist erst gestern hier hingekommen. Ich schätze, du und deine Freunde haben einen guten Überblick über die Neuankömmlinge, nicht?“

„Kann schon sein. Erst gestern? Da fallen mir ein paar Dutzend Leute ein, Schätzchen.“

„Ich bin mir sicher, der ist aufgefallen. Ein Soldat der Unionsarmee, wahrscheinlich ziemlich bepackt.“

„Ach, spannend. Gehen der Armee die Soldaten aus, dass sie dich schicken, um ihre Deserteure zu fangen?“

„Ich habe nicht gesagt, dass der Kerl desertiert ist.“

„Komm schon. Jemand, der bei Verstand ist und in der Stadt leben kann, der gibt sich nicht mit der Zeltstadt ab. Und Soldaten kann hier eh niemand leiden. Sind schlecht für die Geschäfte, weißt du? Sie stellen Fragen und spielen sich auf, als würde ihnen die Welt gehören. Tut sie nicht.“

Der Mann zog seinen Kragen beiseite und eine ansehnliche Zahl von Erkennungsmarken wurde sichtbar. Er grinste bösartig.

„Mir ist egal, was du so mit Soldaten machst und ob du dir ihre Erkennungsmarken oder ihre Ohren als Trophäen um den Hals hängst. Ich habe dir ’ne Frage gestellt, und erwarte ’ne Antwort.“ Sal straffte sich und wich dem Blick des Mannes nicht aus.

„Du bist mutig. Das gefällt mir. Gestern kam zumindest niemand mit Uniform in die Zeltstadt, aber wenn es sich um Deserteure handelt, dann haben die ihre Uniform nicht mehr an. Glauben, dann erkennt sie niemand, aber da irren sie sich.“

„Komm zum Punkt! Ist gestern eine neue Trophäe zu den Marken an deinem Hals gekommen oder nicht?“

Er schüttelte den Kopf.

„Dann bringst du mich nicht weiter. Am besten gehst du mir aus dem Weg.“

„Schätzchen, das läuft bei uns ein bisschen anders.“

Ohne ein weiteres Wort der Warnung zog Sal ihre Pistole und hielt sie dem Kerl ins Gesicht. „Ich kann auch deine Sprache sprechen, wenn du da Wert drauf legst. Nimm deine Visage aus dem Weg und dabei auch gleich deine Handlanger mit.“ Als sie ein Rascheln hinter sich hörte, setzte sie mit lauter Stimme nach: „Kommt einer von euch Arschlöchern näher, werde ich abdrücken. Ich warne kein zweites Mal.“

Der offensichtliche Anführer hatte für einen kurzen Moment die Augen weit aufgerissen, dann fand er zu seiner Fassung zurück und versuchte kalt zu lächeln, was ihm aufgrund der Mündung, in die er blickte, nicht ganz gelang. Immerhin aber konnte er seine Stimme beherrschen.

„Ist angekommen. Alles gut. Keiner wird dir was tun und ich und meine Jungs werden gehen."

Damit machte er einen Schritt zur Seite, während Sal ihn weiter ungerührt in Schach hielt.

„Aber eine Sache ist da noch, Schätzchen. Du kennst dich hier nicht aus und du kommst aus der Stadt. Du wirst kaum jemanden finden, der bereits ist, dir zu helfen. Spar dir einfach den Ärger, dreh um und geh wieder in die Sicherheit deines Viertels zurück. Antworten wirst du hier nicht finden."

Jetzt war es an Sal, kalt zu lächeln. „Ich werde jemanden finden, der mein Angebot zu schätzen weiß."

„Welches Angebot?"

„Das gleiche, das ich dir gemacht hätte, wenn du nicht den harten Kerl markiert hättest. Und nun geh mir aus den Augen."

Nach dem Zusammentreffen mit den Unbekannten marschierte Sal einige Zeit durch das Armutsviertel. Sie hatte eine Zeit lang gehofft, auch selbst eine heiße Spur finden zu können, doch diese Hoffnung hatte sich schnell in Luft aufgelöst. Die Zeltstadt hatte ihre eigenen Regeln, war aber vor allem der Beweis dafür, dass die Union eben nicht das verheißungsvolle Land in der Welt DANACH war, von dem so viele Überlebende träumten. Die junge Nation hatte mit vielen Problemen zu kämpfen und in der relativen Sicherheit des Südquartiers konnte man das leicht vergessen. Doch so sehr die Zustände sie störten, so sehr sie Verständnis für die armen Seelen hier hatte – das alles half ihr nicht weiter. Es schien, als würde die Suche nach Dwight Ramsey zu einer wirklichen Geduldsprobe werden. Es war die sprichwörtliche Suche nach der Nadel im Heuhaufen.

Langsam wurde sie hungrig und hielt an einer kleinen Garküche, einem verwitterten Militärzelt. Ein paar alte Kisten waren zu improvisierten Möbeln arrangiert und auf einer Feuerstelle stand ein großer, zerbeulter Topf. Eine Schiefertafel pries das Angebot an, auch wenn Sal beim besten Willen nicht erkennen konnte, was dort stand. Die Dampfschwaden rochen einigermaßen gut und sorgten nicht dafür, dass sich ihr der Magen umdrehte, das war der eigentliche Grund für ihre Entscheidung. Sal bezahlte mit zwei Pistolenpatronen und bekam im Gegenzug dafür einen speckigen Napf mit einem undefinierbaren Brei. Sie suchte sich einen Platz und ließ sich nieder, den Rücken zum Zelt, die Pistole griffbereit auf dem Tisch. Sie vermied es tunlichst, in dem Napf zu stochern und sich Gedanken um den Inhalt zu machen, schob sich einfach den ersten Bissen in den Mund. Tatsächlich hatte sie schon Schlimmeres gegessen. Die alte Regel griff: Solange nicht bekannt war, was genau im Essen war, konnte alles schmecken.

Sie entschied sich gegen ihren ersten Impuls, das fettige Geschirr einfach stehen zu lassen, und brachte es stattdessen zurück zum Wirt, einem untersetzen Mann mit dunkler Haut und breitem Kreuz, einer polierten Glatze und einem gut gestutzten Bart. Offenbar war er solche Höflichkeitsgesten seiner Gäste nicht gewohnt und starrte Sal einige Sekunden verdutzt an, bevor er ihr mit einem Grummeln und einer Kopfbewegung einen Ort wies, an dem sie das Geschirr abstellen konnte. Die Schützin bemühte sich redlich, ein freundliches Gesicht aufzulegen, und lächelte den Mann sogar an – aber eine solche Herangehensweise gehörte eindeutig nicht zu ihren Stärken.

„Und, läuft das Geschäft gut?“, versuchte sie vorsichtig ein Gespräch zu beginnen.

Der Wirt schüttelte den Kopf und verzog verächtlich das Gesicht.

„Was für eine bescheuerte Frage! Die Menschen müssen nun mal was fressen! Klar läuft mein Geschäft.“

Sal warf einen Blick über die Schulter zu den leeren Stühlen und Tischen. Vielleicht hatte sie einfach die falsche Zeit erwischt, vielleicht gehörten die Kochkünste hier nicht zu den besten am Platz.

„Ja, ich seh' schon, dein Laden brummt", bemerkte sie schmunzelnd.

„Ist ja noch früh. Die Leute werden schon noch kommen, wenn ihre Bäuche knurren."

„Das wirst du am besten wissen." Sal hielt für einen Moment inne. „Willst du dir deinen Verdienst vielleicht ein bisschen aufbessern?"

„Und was soll ich dafür machen?", fragte der Wirt und verschränkte die Arme vor der Brust.

Die Schützin zog einen angebrochenen Medikamentenblister hervor und wedelte damit wie mit einem Köder vor der Nase des Mannes herum.

„Wo das herkommt, ist noch viel mehr."

Der Wirt besah sich die angebrochene Packung und versuchte, desinteressiert zu wirken, doch das Aufblitzen in seinen Augen verriet ihn. Medikamente waren in diesem Elendsviertel eine Menge wert, konnten vielleicht sogar die Fahrkarte sein, die einen aus der Zeltstadt brachte.

„Schön. Wie kann ich dir helfen?"

„Ich suche jemanden. Einen Soldaten, wobei, passender wäre wohl Deserteur, der gestern in die Zeltstadt gekommen ist. Vielleicht hast du ihn gesehen. Vielleicht kannst du mir aber auch nur einen Namen und eine Adresse von jemandem nennen, der über solche Sachen Bescheid weiß."

Der Schwarze kratzte sich erst am Hinterkopf, fuhr sich durch den Bart.

„Nein, nicht dass ich wüsste. Zumindest ist niemand hier gewesen und hat damit geprahlt, gerade aus der Armee ausgebüxt zu sein. Die Leute kommen nicht hierher, um mit mir zu reden, weißt du?"

„Und trotzdem wäre dir ein Neuling bestimmt sofort aufgefallen, da wette ich einiges drauf. Aber wenn du mir schon nicht helfen kannst, dann kannst du mir vielleicht sagen, wer mir in diesem Drecksloch Antworten geben kann."

„Ja, ja sicher", murmelte der Mann und streckte die Hand nach dem Tablettenblister aus, doch Sal hielt ihn weiter fest und wartete auf die Antwort.

„Bezahlt wird erst nach der Leistung."

„Du gehst mit solchen Fragen zu Adah. Wenn jemand Bescheid weiß, dann sicher sie."

„Geht doch", lächelte Sal, „ich muss nur noch wissen, wohin, und die Dinger hier gehören dir."

+++

Mit der unbändigen Gewalt einer Dampframme sauste die Faust von links heran. Getrieben von Angst und Verzweiflung riss Dave seine Arme in dem Versuch in die Höhe, den Schwinger abzufangen, doch der Schlag wischte seine Verteidigung einfach beiseite. Ein Knacken ging beim Treffer durch seinen Kiefer und sein Kopf wurde herumgerissen. Fast augenblicklich spürte er den Geschmack von Blut auf der Zunge, merkte, wie ihm etwas Warmes aus Mund und Nase lief. Dave taumelte zwei Schritte zur Seite, aus der Reichweite des Angreifers, und kämpfte damit, auf den Beinen zu bleiben. Schwer atmend fing er sich, hustete einmal und spuckte zusammen mit blutigem Speichel zwei seiner Zähne aus.

„Du hast mir versprochen, pünktlich zu zahlen, Dave."

Er kniff seine Augen zusammen, versuchte sie im hellen Gegenlicht zu fixieren, erkannte aber nur ihre Silhouette.

„Bitte … ich … ich kann bezahlen. Nur ein bisschen mehr Zeit. Bitte, Adah!", begann er zu stammeln, während er registrierte, wie ihr breitschultriger und hochgewachsener Schläger wieder herankam. Ängstlich versuchte er zurückzuweichen.

„Eins ist doch sicher, Dave. Wenn du deine Schulden heute nicht bezahlen kannst, wie willst du es dann morgen tun?"

Ihre Stimme war scharf und bohrend.

„Ich brauche nur ein bisschen mehr Zeit, wirklich!“, versuchte er zu bekräftigen, doch seine Stimme war brüchig, flehentlich.

„Du hast doch schon genug Zeit bekommen, Dave. Dreißig Tage hast du Zeit gehabt. Dreißig Tage, in denen ich dich nicht an deine Schulden erinnert habe. Und heute, wo es soweit ist und ich will, dass du bezahlst, bittest du mich um mehr Zeit? Das ist armselig.“

Der Schläger war heran und verpasste Dave einen Schlag in die Magengrube, der ihn in die Knie gehen ließ.

„Aber … was hast du denn davon, mir jetzt alle Knochen zu brechen? Dann kann ich meine Schulden nicht zahlen!“, gab er von sich, nachdem er wieder zu Atem gekommen war.

„Das ist nicht wahr, Dave. Du glaubst doch nicht, dass es hiermit gut ist. Meine Leute durchwühlen gerade dein Zelt und werden mir alles bringen, was auch nur den geringsten Wert hat. In der Zeit DAVOR hieß so was Zwangsvollstreckung, mein Lieber.“

„Dann lässt du mich gehen?“

Sie lachte auf.

„Das hättest du wohl gerne, was? Und wie stehe ich dann da? Erst verleihe ich etwas, und wenn man mir meinen Besitz nicht erstatten kann, lasse ich mir das auch noch gefallen? Nein, so läuft das nicht. Mein Ruf wäre ruiniert, verstehst du?“

„Aber …“, jammerte er.

„Kein aber. Du hast Scheiße gebaut und zwingst mich dazu, ein Exempel an dir zu statuieren. Ich würde es gerne anders machen, aber du weißt, wie es bei uns läuft. Wenn du Schwäche zeigst, wird jemand anders kommen und dir deinen Platz klauen. Ich mag meinen Platz aber und will nicht, dass sich jemand ins gemachte Nest setzt, klar?“

„Oh nein, ich …“, setzte Dave an, doch seine nächsten Worte gingen in bitterlichem Schluchzen und Weinen unter. „Adah, bitte …“

Für einen Moment besah sie sich das jämmerliche Häufchen Elend, das von Dave übriggeblieben war, dann blickte sie den Schläger an.

„Bring es zu Ende, Rooney. Ich will, dass er ein paar Tage vor dem Laden ausgestellt wird, bevor er verscharrt wird, ja? Die Botschaft soll ankommen."

Damit drehte sie sich auf dem Absatz um und verließ das Zimmer. Der breitschultrige Mann blickte hinab zu dem jammernden und flehenden Dave.

„Bitte … bitte nicht …"

„Du kennst die Regeln", knurrte der Schläger, setzte seinen schweren Stiefel in den Nacken des Mannes und stemmte sich mit seinem gesamten Körpergewicht auf das Bein.

„Soso, eine Frau aus der Stadt sucht also 'nen Deserteur?", fasste Adah den Bericht des Mannes zusammen. Sie saß auf einem abgewetzten Ledersessel hinter einem uralten, massiven Schreibtisch. Der Kerl, mit dem Sal vor einigen Stunden aneinandergeraten war, stand vor dem Schreibtisch, trat unsicher von einem Bein aufs andere.

„Ja doch."

„Und warum läuft sie immer noch dort draußen herum?" Ihre Stimme war schneidend, die Finger ihrer rechten Hand spielten beiläufig mit ihren braunen, schulterlangen Locken. Sie war keine junge Schönheit mehr, aber die fast vierzig Jahre sah man ihr auch nicht an. Adah hatte wache, grüne Augen und fein geschnittene Gesichtszüge. Für die Zeltstadt trug sie auffallend saubere Kleider: Ein eng anliegendes, mit den Jahren ausgeblichenes weißes Hemd sowie gut sitzende Hosen und hohe, polierte Schaftstiefel. Sie hatte es sich in dem alten, verschlissenen Sessel bequem gemacht, ihre Beine lagen auf dem Schreibtisch.

„Du hättest sie sehen sollen, Boss! Ihre ganze Art, die Bewegungen, ihre Augen! Ich hab' sie erst für leichte Beute gehalten, aber sie war anders. Beängstigend. Wie ein Profi."

„Seltsam. Beschreib sie mir."

Der Mann tat sein Bestes, um Sal zu beschreiben, und Adah verzog dabei mürrisch das Gesicht. „Hast Glück gehabt, Fitch."

„Was? Warum?"

„Weißt du, wer das war? Sal Young. Klingelt es?"

Der Mann machte ein dümmliches Gesicht und kratzte sich am Hinterkopf. Fitch war nicht wirklich die hellste Leuchte, aber es gehörte auch nicht zu seinen Aufgaben, seine grauen Zellen sonderlich einzusetzen.

„Ma'am?"

„Scheiße. Manchmal vergesse ich, dass du erst seit zwei Jahren hier bist und außer der Zeltstadt nicht viel gesehen hast. Sal Young ist eine Scharfschützin, war damals an vorderster Front dabei, als die Union gegründet wurde. Damals war sie wohl die beste und kaltblütigste Schützin weit und breit. Glückwunsch, Fitch, du hast eine echte Legende getroffen, eine Heldin der Union."

„Sah nicht wie eine Heldin aus, Boss."

Adah lächelte spöttisch. Sie zog die Beine an und setzte sich richtig, schüttelte den Kopf. Es war ein hartes Stück Arbeit gewesen, sich ihren eigenen Ruf und ihr Ansehen – das sich zumeist auf Furcht gründete – aufzubauen. Sie fragte sich, ob es mit ihrem Namen ähnlich war. Kannten die Menschen in Yard sie? Oder war sie nur in der Zeltstadt bekannt?

„Und trotzdem hast du die Finger von ihr gelassen. Muss ja doch was an ihrem Ruf dran sein, hm? Und sie sucht also einen Deserteur? Interessant."

„Sag' ich doch."

Adah legte die Hände ineinander und dachte nach. Ihr Blick ging über Fitch und seine Begleiter, die weiter hinten in ihrem Büro, dem Nervenzentrum ihres Reichs, herumlungerten. Hier liefen alle Fäden zusammen, von hier aus kontrollierte Adah ihr Imperium in der Zeltstadt. Sie hatte schon immer in Yard gelebt, schon lange vor der Gründung der Union. Doch in der Stadt hatte sie es nie zu etwas gebracht, dort hatte es immer größere

Fische als sie gegeben, die sie aus dem Geschäft drängten, noch bevor sie richtig loslegen konnte. Die Zeltstadt war anders. Vor fünf Jahren war sie in das Elendsviertel gekommen und hatte ihre Chancen gewittert. Damals herrschten einige Gangs über das Viertel, untereinander zerstritten und bis aufs Blut verfeindet. Adah hatte schnell erkannt, dass sie hier genau das erreichen konnte, was ihr in der Stadt immer verwehrt gewesen war, und so spielte sie die Gangs gegeneinander auf, verbündete sich und intrigierte, räumte einen Widersacher nach dem anderen aus dem Weg. Prostitution, Glücksspiel, Hehlerei, Drogen – es gab keinen lukrativen Geschäftszweig, in den sie nicht verstrickt war. Wer auch immer in der Zeltstadt sein Glück versuchen wollte, brauchte dazu ihren Segen. Und wenn jemand der Meinung war, sich über sie hinwegsetzen zu können, kannte sie keine Gnade. So hatte sie sich den Ruf der unangefochtenen Herrscherin aufgebaut. Ihr kometenhafter Aufstieg begann und mit brutaler Härte arbeitete sie sich zu dem Platz vor, den sie heute innehatte. Jetzt kontrollierte sie die Zeltstadt, hatte die Art von Macht, die sie sich schon immer erträumt hatte – und Yard mit seinen Verlockungen war ihr fast egal. Was nicht egal war, war, dass eines der Aushängeschilder der Union in den Gassen ihres Reichs herumschnüffelte.

„Wo ist sie jetzt?"

„Keine Ahnung."

„Wofür bezahle ich dich eigentlich, Fitch?", zischte sie und ließ ihre Faust auf die Tischplatte donnern. Ihr Blick war eisig und es gab genug Geschichten darüber, wie sie mit inkompetenten Handlangern verfahren war.

„Ma'am … ich … wir … ich hielt es für zu gefährlich. Dachte, sie pustet uns über den Haufen, wenn wir ihr folgen."

Adah besah sich den Mann genau. Er war normalerweise nicht der Typ, der sich leicht einschüchtern ließ, vielmehr suchte er oftmals die Konfrontation und den Wettstreit. Diese Sal musste wirklich einen enormen Eindruck hinterlassen haben.

„Scheiße. Leute mit einer Uniform und 'ner Hundemarke um den Hals verspeist du zum Frühstück. Und die Frau macht dir so Angst?"

Fitch fühlte sich sichtlich unwohl dabei, so vorgeführt zu werden, noch dazu vor seinen Begleitern. Unsicher ging er sich durch die krausen Haare und warf einen Blick über die Schulter, um die beiden Männer einzuschüchtern. Adah beschloss, ihn diesmal davonkommen zu lassen.

Die Tür schwang quietschend auf und Rooney drückte sich durch den Türrahmen. Der Muskelberg war einige Zentimeter zu groß und seine Schultern zu breit, als dass er problemlos durch die Tür gepasst hätte. Er war damit beschäftigt, seine fleischigen Pranken mit einem schmutzigen Lappen abzuwischen, und stieß die Tür hinter sich mit dem Fuß zu. Für einen Moment blieb er stehen, musterte die Szene und grummelte etwas, ging ein paar Schritte hinüber zu einer breiten Bank und ließ sich nieder.

„Ist alles erledigt."

Adah nickte ihm zu. „Gut so. Ich schätze, die Leute werden die Botschaft verstehen."

„Spätestens in ein oder zwei Tagen, wenn er zu stinken beginnt", nuschelte Rooney und begann, sich die Fingernägel zu säubern.

„Hoffentlich passiert das nicht so schnell. Das würde die Wirkung schmälern."

Rooney hielt inne und wollte etwas entgegen, doch er wurde von einem von Fitchs Männern unterbrochen. Der Kerl sah gerade aus dem große Fenster am anderen Ende des Büros, von dem man in den Schankraum der darunterliegenden Kneipe blicken konnte.

„Ma'am! Da! Das ist sie!"

Die kleine Anzahlung bei dem Koch hatte sich als wertvolle Investition erwiesen. Dank seines Hinweises hatte Sal den Weg zum Rathole gefunden. Offensichtlich war die Besitzerin der Kneipe bei der Namensgebung nicht sonderlich erfinderisch gewesen. Ein solcher Name strahlte keine Gastfreundschaft aus, passte aber wunderbar in ein Elendsviertel wie die Zeltstadt. Das Rathole war eines der wenigen festen Gebäude, grob gezimmerte Holzbalken und Wellblech türmten sich zwei Stockwerke nach oben auf. Über dem Eingang war ein Schild angebracht, auf dem eine bösartig wirkende Ratte ihren Kopf aus einem schwarzen Loch steckte. Die Konstruktion war niemals unter ästhetischen Gesichtspunkten geschaffen worden, alles hier war funktional. Einige dicke, alte Bahnschwellen schufen eine Veranda vor dem Gebäude, aus dem gedämpft Musik erklang. Von einem Balken des Vordachs baumelte die Leiche eines armen Tropfs, an den Füßen aufgehängt. Sein Hals war merkwürdig verdreht, seine Zunge hing ihm aus dem Hals und sein Kopf schaukelte sanft hin und her.

Im Inneren sah es nicht viel besser aus. Die Sitzgelegenheiten waren aus allen nur erdenklichen Überresten aus der Zeit DAVOR zusammengezimmert worden: alten Spanplatten, Plastik, Draht. Hier und da dienten alte Kabeltrommeln als Tische. Über der Bar war eine bunte Lichterkette angebracht, wobei die Mehrzahl der Glühbirnen schon vor Jahren den Geist aufgegeben hatte. Das schummrige Licht verlieh dem Rathole genau das Ambiente, das der Laden brauchte. Selbst zu dieser Stunde war die Kneipe gut besucht, an den Tischen drängten sich Männer und Frauen, tranken, aßen, lachten, spielten Karten. Keiner der Anwesenden schien der Schützin besondere Aufmerksamkeit zu schenken.

Kaum hatte die Schützin sich an der Bar niedergelassen, ein Getränk bestellt und überlegt, wie sie nun weiter vorgehen sollte, lehnte sich ein bekanntes Gesicht neben sie an die Theke. Es war der Kerl, den sie vor einigen Stunden in der Gasse getroffen hatte.

„Habe ich mich nicht klar ausgedrückt?“, fragte Sal und starrte ihn durchdringend an.

Der Fremde versuchte, ihr mit einem Lächeln den Wind aus den Segeln zu nehmen. „Ganz ruhig. Der Boss will mit dir reden.“

„Adah?“

„Ja, genau die.“

„Perfekt. Lass uns gehen.“

Kurze Zeit darauf hatte sie Adahs Büro erreicht. Der Laufbursche brachte Sal bis zur Tür und blieb draußen.

Die Schützin trat hinein und sah sich für einige Momente um. Der Raum wurde von einem massiven, aus grobem Holz gezimmerten Schreibtisch dominiert, hinter dem ein großer, abgewetzter Lederstuhl stand, der an einen Thron erinnerte. Die Frau, die darin saß, war sich dieser Assoziation sicherlich bewusst und sah Sal erwartungsvoll, ja, ein wenig erhaben an. Ein Hüne mit kurzen Haaren hatte es sich auf einer breiten Bank an einer der Wände bequem gemacht, ansonsten war der mit einigen vergilbten Postern und Bildern aus der Zeit DAVOR geschmückte Raum menschenleer. Die Frau auf dem Sessel mochte vielleicht Mitte vierzig sein, schien die Jahre aber gut überstanden zu haben.

„Hallo“, begrüßte sie Sal knapp und wies auf einen Stuhl vor dem Schreibtisch.

Die Schützin setzte sich und die Blicke der beiden Frauen trafen sich.

„Als Fitch mir von seiner Begegnung mit dir erzählt hat, habe ich es erst nicht glauben wollen. Eine Frau wie du, die sich in die Zeltstadt verirrt? Blödsinn, dachte ich. Aber jetzt, wo du vor mir sitzt, merke ich, dass ich falsch lag.“

Sal verzog das Gesicht, als ihr wieder einmal bewusst wurde, dass viel zu viele Menschen in Yard sie kannten. Genervt strich sie sich eine Haarsträhne aus dem Gesicht.

„Können wir die Floskeln lassen? Ich bin nicht deswegen hier.“

„Gerade heraus. Das gefällt mir. Also gut, lass uns reden."

Adah lehnte sich in ihrem Sessel zurück und verschränkte die Arme vor der Brust.

„Man hat mir gesagt, dass du am besten Bescheid weißt, wenn es um die Zeltstadt geht", begann Sal.

„Erzählt man sich das? Das ist gut, denn das ist keine Lüge. Wenn hier etwas passiert, weiß ich als Erstes davon. Das ist mein Job."

Sal sah sich im Büro um und lächelte kühl: „Ich glaube, dein Job ist ganz anders. Du hast Leute, die sich für dich umsehen. Einige davon sind ziemliche Idioten, übrigens."

„Ja, Fitch ist nicht die hellste Leuchte. Aber so ist das eben. Manchmal muss man nehmen, was man kriegen kann. Und das, was ihm an Grips fehlt, macht er mit Loyalität wett. Aber du bist sicher nicht hier, um mit mir über meine Leute zu reden, oder?"

„Nein. Es geht um was anderes."

„Um einen Deserteur, nehme ich an?"

„Wenigstens kann dieser Fitch dir fehlerfrei sagen, über was ich mit ihm gesprochen habe", spottete Sal.

„Wenn du mich beleidigen oder herausfordern willst, stelle ich dich gerne Rooney vor, ja?" Adah hatte sich leicht vorgebeugt und deutete mit einer sanften Bewegung ihres Kopfes in Richtung des Hünen auf der Bank.

„Nicht nötig." Sal hob beide Hände und lehnte sich ein kleines Stück zurück.

„Gut. Weißt du, dieses nervige Spiel, wer die größeren Eier hat, das kann ich spielen, wenn es sein muss. Das hier ist mein Boden und ich lasse mich nicht herausfordern. Aber ich habe gedacht, dass wir Frauen es nicht nötig haben, wie zwei Kerle miteinander umzugehen."

„Alles klar", bestätigte Sal. Sie hatte wenig Interesse daran, es auf einen Machtkampf ankommen zu lassen, aber wenn sie Adah richtig eingeschätzt hatte, brauchte die Frau eine solche

Gesprächseröffnung. Sie ließ Adah also im Glauben, die Oberhand zu haben.

„Verrate mir, warum das Militär jemanden wie dich schickt, um einen Deserteur zu finden. Vertrauen sie den eigenen Leuten nicht mehr?“

„Ich bin nicht mit offiziellem Auftrag hier.“

„Ach. So was. Klingt ja interessant.“ Adah griff nach zwei staubigen Gläsern und goss eine klare Flüssigkeit ein, während Sal sprach.

„Hast du Zeit, es dir anzuhören?“, fragte Sal und griff nach einem der Gläser.

„Den ganzen Tag, wenn es sein muss“, nickte Adah und lehnte sich zurück.

„Ich versuche, es nicht so lange dauern zu lassen. Ich könnte jetzt sagen, dass es mir nur um den Kerl geht und ich ihn haben will. Aber das wird nicht viel bringen. Ich nehme an, dass du nicht zufällig auf den Sessel gekommen bist, auf dem du heute sitzt. Du hast wahrscheinlich schon ein Geschäft gewittert und wirst nur zustimmen, mir zu helfen, wenn es sich für dich lohnt. Also muss ich reinen Tisch machen.“

Sal hielt einen Moment inne, schwenkte das Glas in ihrer Hand und stürzte den Inhalt herunter. Das leere Glas knallte sie auf die Tischplatte.

„Ich weiß nicht, ob die Neuigkeiten bis hierhin durchgedrungen sind. Der Kerl, den ich suche, hat auf meinen Mann geschossen und ihn übel erwischt. Und niemand vergreift sich ungestraft an meiner Familie.“

„Rache? Das ist es? Die schönste Motivation der Welt? Süß. Und jetzt willst du ihn dafür bluten lassen, wie?“

Sal nickte und wieder trafen sich die Blicke der beiden Frauen. „Genau das.“

„Nun, Sal, halte mich bitte nicht für herzlos.“ Adah schürzte ihre Lippen. „Aber was habe ich davon? Nehmen wir mal an, der Kerl ist in die Zeltstadt gekommen und hat Unterschlupf gesucht. Nehmen wir an, ich weiß davon. Wie stehe ich denn vor den Leuten hier da, wenn ich ihn dir jetzt einfach ausliefere? Sie schauen zu mir auf, ich beschütze sie. Zumindest die meisten von ihnen, die klug genug sind. Was soll ich denen sagen? Dass einfach jemand aus der Stadt kommen kann und ich tanze wie ein Hund nach seiner Pfeife?"

„Ich kann gut bezahlen."

„Ach, Süße. Medikamente und Munition habe ich genug. Der Laden hier sieht vielleicht nicht wie die Farm aus, aber er ist der einzige seiner Art in der ganzen Zeltstadt. Eine verdammte Goldgrube mit allem, was das Herz begehrt. Hiermit und mit den anderen Sachen – Schmuggel, Prostitution, Schutzgeld – verdiene ich genug. Du musst mehr auf den Tisch legen, wenn du mich hinter dem Ofen hervorlocken willst."

Sals Kiefermuskeln spannten sich an. Adah war auf die erste, einfachste Option nicht eingegangen. Jetzt hieß es, anders zu verhandeln. Und darin war sie nicht unbedingt die Beste.

„Vielleicht kann dich ein Gefallen überzeugen?"

„Gefälligkeiten haben das Problem, dass sie nicht verbindlich sind. Wenn ich Pech habe, erinnerst du dich im richtigen Moment nicht mehr an unsere Absprache. Dann bin ich angeschissen. Außerdem, so sehr ich Respekt vor deinen Fähigkeiten als Scharfschützin habe, Sal, diese speziellen Künste brauchen wir hier in der Zeltstadt eher selten."

„Ich habe ja auch nicht vor mir geredet."

„Und ich kann mir schwer vorstellen, dass du im Namen von irgendwem anders Gefälligkeiten verschachern kannst. Aber gut, du hast mich neugierig gemacht und daher frage ich mal einfach."

„Wie wäre es mit Gefälligkeiten vom Präsidenten und dem Oberkommandierenden?" Sal beobachtete Adah ganz genau und die Frau konnte ihr Erstaunen nicht verbergen.

„Was haben die mit der Sache zu tun?"

„Sagen wir: persönliches Interesse."

„Erzählen kannst du viel. Du willst meine Hilfe, also rede."

„Es war einen Versuch wert. Gut, die ganze Geschichte. Vor ein paar Tagen sind die Kinder des Präsidenten und des Oberkommandierenden auf dem Markt entführt worden. Davon wirst du sicher gehört haben. Der Kerl, den ich suche, hat was mit der Sache zu tun, so viel ist sicher. Er ist vielleicht der Entführer, wahrscheinlich aber nicht derjenige, der es geplant hat und davon profitiert. Für mich ist er interessant, weil es nach dem Angriff auf meinen Mann persönlich geworden ist – aber viel wichtiger ist mir, diese verdammte Entführung aufzuklären."

Adah war aufgrund der schnell auf sie einprasselnden Informationen ehrlich überrascht, aber Sal hatte nicht vor, jetzt schon lockerzulassen.

„Im Moment ist dieser Kerl die einzige heiße Spur, die wir haben. Und jetzt liegt es an dir, Adah. Hast du Kinder?"

Die Gesprächspartnerin schüttelte nur den Kopf, während sie versuchte, die Worte einzuordnen.

„Ich weiß nicht, ob du es verstehen kannst", fuhr Sal fort. „Stell dir vor, dir wird das Wichtigste in deinem Leben weggenommen und dann setzt es jemand ein, weil er dich damit erpressen will. Die Kinder sind sechs und sieben Jahre alt! Sie sollen doch jetzt noch nicht diese verdammte Welt von ihrer ekligen Seiten kennenlernen. Und das Schlimmste ist, dass jede verdammte Minute, die ungenutzt verstreicht, ihre letzte sein könnte."

Adah wiegte ihren Kopf hin und her und hob die Hand, um Sals Redefluss zu stoppen.

„Präsident Tailor und General Whitlock also. Es gibt nur wenige Menschen in Yard, von denen ich mich mit Gefallen bezahlen lassen würde. Die beiden gehören dazu."

Dankbar senkte die Schützin den Kopf um einige Nuancen. „Du wirst dich auf ihr Wort verlassen können."

„Keine Ahnung. Ich werde mich aber auf dein Wort verlassen können, Sal. Wenn auch nur die Hälfte von dem stimmt, was man sich über dich erzählst, bist du meine Garantie darauf, dass die beiden ihre Rechnungen bezahlen werden."

„Aber natürlich."

„Dann wäre es mir eine Ehre, unserem Präsidenten helfen zu können."

Eine halbe Stunde später war Sal unterwegs. Auf Adahs Anweisung hin begleiteten sie Rooney und Fitch. Nur zu gerne hätte die Schützin sich allein um die Angelegenheit gekümmert, aber was das anging, hatte sie keine Möglichkeit gehabt, Adah umzustimmen. Offensichtlich war Rooney derjenige, der genau wusste, wohin die Reise ging. Warum hingegen Fitch mit ihnen kam, verstand die Schützin nicht. Der Mann schien gleichsam von Wut, Verachtung und Angst vor ihr beseelt zu sein, ging in gehörigem Abstand vorweg. Sein Verhalten war paradox, denn er kannte den genauen Weg nicht. An jeder Kreuzung hielt er deswegen inne und versicherte sich bei Rooney nach dem richtigen Weg. Der Hüne schwieg den ganzen Weg über und zeigte die Richtung für Fitch lediglich mit einem Kopfnicken an. Der Muskelberg verschwendete keine Energie darauf, aufmerksam nach links oder rechts zu schauen. Männer wie er flößten ihrem Umfeld automatisch Respekt ein und Sal erkannte, wie die Bewohner der Zeltstadt der kleinen Dreiergruppe aus dem Weg gingen.

Sie legte es gar nicht darauf an, eine Unterhaltung zu führen, denn das wäre ein von vorneherein zum Scheitern verurteilter Versuch gewesen. Stattdessen versuchte sie sich zu konzentrieren, vorzubereiten auf das, was folgen sollte. Jemand wie Dwight Ramsey würde sich wahrscheinlich nicht einfach in die Ecke treiben lassen und aufgeben. Vielmehr erwartete sie, dass er kämpfen würde wie ein wilder Löwe, zu allem bereit. Der Deserteur musste wissen, was ihm blühte, falls man seiner habhaft werden sollte, und so stellte Sal sich auf einen harten Kampf ein. Langsam begann das Adrenalin in ihrem Körper zu pulsieren und die

Schützin versuchte, ihre Atmung zu kontrollieren. Konzentriert zog sie ihre Pistole und prüfte die Waffe eingehend, während sie mechanisch einen Fuß vor den anderen setzte. In einer Situation wie dieser musste jeder noch so kleine Fehler vermieden werden.

„Ich dachte, du willst ihn lebend haben“, murmelte Rooney zu ihr hinab.

Sal wog die Pistole in ihrer Hand. „Das ist immer noch mein Plan.“

„Mit einer Pistole sorgst du nicht gerade dafür, dass Leute am Leben bleiben.“

Die Schützin steckte die Waffe ins Holster. „Keine Angst. Ich werde ihn schon nicht umbringen. Das ist für den Notfall.“

„Ich hab' keine Angst. Es geht ja nicht um meine Kinder. Aber wenn du ihn falsch treffen solltest, machst du die einzige Spur kaputt, die du gerade hast.“

„Ich habe schon in ganz anderen Situationen getroffen. Und seine Beine braucht er nicht zum Reden.“

„Sicher ist es, wenn man dem Kerl hinterherrennt. Das mein' ich aber gar nicht. Wenn wir ihm die Tür eintreten und gleich mit 'ner Wumme in der Hand reinkommst, was glaubst du, wird er dann machen?“

„Und er zieht seine nicht, wenn wir mit leeren Händen kommen?“

„Die Sicherheit kann ich dir nicht geben. Aber die Chance, dass wir ihn überwältigen, bevor er seine Waffe zieht, ist eben größer ohne deine.“

Sie gingen schweigend weiter. Adah hatte gut daran getan, Rooney mit ihr zu schicken, denn wenn Sal ehrlich war, hätte sie sich selbst mit einer Wegbeschreibung verlaufen. Zu oft waren sie abgebogen oder durch enge Gassen gegangen, die sie wahrscheinlich einfach übersehen hätte. Fitch und Rooney hingegen kannten sich hier gut aus, auch wenn es eine komische Note hatte, dass Fitch alle paar Meter stehen blieb und sich rückversicherte.

Selbst ein Elendsviertel wie die Zeltstadt schien bessere Ecken zu haben, zumindest, wenn man die Bebauung betrachtete. Sie erreichten Gassen, die nicht mehr von Planen und Bretterbuden gesäumt waren, hier standen Wellblechhütten. Tatsächlich kaum ein Vergleich mit dem, was es in Yard gab, für die Zeltstadt aber schien so was ein riesiger Sprung zu sein. Einige der Hütten verfügten sogar über feste Türen, wobei die meisten Eingänge doch eher mit alten Planen oder Wolldecken verhängt waren.

Der Weg der kleinen Gruppe endete vor einer langgezogenen Behausung. Die schmale Seite der Hütte war zur Gasse ausgerichtet, der Unterschlupf selbst hatte eine rechteckige Form. Auf den unnötigen Luxus von Fenstern hatten die namenlosen Architekten dieser Unterbringung verzichtet. Rooney bestätigte ihre Ankunft mit einem Nicken und ließ die Schultern kreisen wie ein Boxer, der sich für die erste Runde aufwärmte. Zum ersten Mal seit ihrem Aufbruch entdeckte Sal ein Grinsen auf Fitschs Gesicht. Der Mann hatte wieder diesen irren Glanz in den Augen. Am liebsten wollte sie zur Tür gehen und sich selbst gewaltsam Zutritt verschaffen, doch Rooney legte seine fleischige Pranke auf ihre Schulter.

„Adah hat ein bisschen Angst, dass die Absprachen platzen, wenn dir bei der Aktion was passieren sollte. Also sei so gut und lass Fitch den Vortritt, ja?“

Sal wollte protestieren, doch der feste Griff und der Blick des Hünen verrieten ihr, dass sie damit keinen Erfolg haben würde. Stattdessen verzog sie verärgert das Gesicht und nickte zustimmend.

„Fitch, leg los“, wies Rooney Fitch an.

Eine Aufforderung, die der Mann nicht zweimal bekommen musste.

„Schau dir an und lerne, wie wir die Dinge hier in der Zeltstadt regeln“, meinte er zu Sal und drehte sich zu der Tür aus Wellblech um. Ohne den geringsten Zweifel, ohne ein Zögern nahm er einen Schritt Anlauf und trat die Wellblechtür ein. Sal schoss noch durch den Kopf, dass weniger Kraft auch ausgereicht hätte, da ertönte ein ohrenbetäubender Knall. Die Schützin zuckte instinktiv zusammen und merkte, wie Rooney sie schützend hinter seinen massigen Körper stieß. Krachend zerbarst die Tür unter der Wucht einer Sprengfalle. Wer auch immer die Hütte als seinen Unterschlupf genommen hatte, hatte die Tür so präpariert, dass sie sich bei Gewalteinwirkung in eine mörderische Falle aus scharfkantigem Schrott verwandelte. Fitch flog einige Meter zurück und landete auf dem Rücken, ein Stück Wellblech in seinem Bauch. Die Detonation hatte ihm sein rechtes Bein abgerissen. Das Gesicht des Mannes hatten die Splitter in einen blutigen Brei verwandelt. Leider war er nicht auf der Stelle tot und begann, wahnsinnig vor Schmerzen, lauthals und schrill zu schreien.

Rooney fluchte und stürmte vor. Er hatte keinen Blick für seinen Partner, sondern duckte sich tief, um durch die Tür zu kommen. Sal brauchte etwas länger, sie blickte auf den sterbenden Mann und war einige Sekundenbruchteile wie gelähmt. Es war nicht das erste Mal, dass sie einen Menschen sterben sah, doch diesmal war der Tod so unvermittelt gekommen. So mussten sich ihre Opfer fühlen, denen sie aus sicherer Entfernung die Kugeln um die Ohren jagte. Ihr Verstand rebellierte, brüllte ihr zu, jetzt nicht in Lebensfragen zu versinken. Sie schüttelte den Kopf, um ihre Gedanken zu klären, und wandte sich von dem Sterbenden ab, zog ihre Waffe und war hinter Rooney.

Ungeachtet der Gefahr stürmte der Hüne voran. Sein Kalkül war einfach und beruhte auf der Annahme, dass es nur eine Sprengfalle gab. Wenn er sich irrte, war ihr Ende besiegelt. Im Inneren der Hütte schlossen zwei Räume aneinander an, und das erste Zimmer, durch das sie kamen, war von der Explosion verwüstet. Qualm stand in dem fensterlosen Raum, Staub war aufgewirbelt und Mobiliar herumgeschleudert worden. Ohne einen Moment zu zögern, setzte der Riese seinen Weg in den zweiten Raum fort. Es war dunkel, das einzige Tageslicht drang durch einige schmale Ritzen zwischen den Wellblechelementen. Als Rooney seinen Fuß über die Schwelle gesetzt hatte, knallte es, und der Muskelberg ließ sich mit einem erstaunten Laut nach hinten fallen.

Sal war nicht darauf vorbereitet, den schweren Mann aufzufangen, und so landete er unsanft auf ihr. Die Luft wurde aus den Lungen der Schützin gepresst und sie wurde unter den schieren Muskelmassen des Schlägers eingeklemmt. Sie erkannte noch, wie eine Person über das Knäuel aus Menschen hinwegsprang und an ihnen vorbei zum Ausgang eilte.

„So eine verdammte Scheiße!", brüllte Rooney zornig und rollte sich von der Schützin hinunter.

„Ist alles in Ordnung?", brachte Sal hervor und versuchte auf die Beine zu kommen.

„Das Schwein hat mich getroffen. Aber mach dir jetzt keine Gedanken darum, ich lebe noch", knurrte Rooney, setzte sich auf und presste sich seine Hand gegen den Oberkörper. Die Schutzweste hatte das Projektil aufgefangen, die kinetische Energie dahinter hatte ihm aber einige Rippen angebrochen. „Nicht so wie Fitch. Und jetzt schwing deinen Arsch hoch und kauf dir den Mistkerl!"

Sal brauchte keine zweite Aufforderung. Sie schoss in die Höhe und sprang hinaus in die Gasse, wo der schreiende Fitch immer noch lag. Schnell sah sie sich zu allen Seiten um und entdeckte den Flüchtenden auf der rechten Seite. Sal sprang über Pfützen und Müll hinweg, stürmte ihm hinterher.

Er schlug Haken, bog mal in diese, dann in die nächste Gasse ein. Bewohner, die ihm in den Weg kamen, rempelte er einfach um, so dass Sal gezwungen war, ihre Schritte zu verlangsamen und über die Menschen hinwegzusteigen. Das kostete sie nur kurze Augenblicke, doch so wuchs der Abstand zu dem Flüchtenden rasch.

„Ramsey! Bleib stehen!", brüllte sie ihm hinterher, doch der Mann verlangsamte sein Tempo nicht, wechselte immer wieder die Richtung und bog in Seitengassen, bevor Sal ihre Waffe zum Einsatz bringen konnte. Die Schützin hatte redliche Mühe, überhaupt an den Fersen des Mannes zu bleiben. Sie zwang ihre Muskeln zu absoluter Höchstleistung, merkte aber bald, wie ihre Lungen zu brennen begannen. Die letzten Jahre in Yard, ohne Berührungen mit der Wildnis, ohne die Märsche oder das Schlafen unter freiem Himmel hatten ihren Tribut gefordert, und in Momenten wie diesen wurde Sal schmerzlich bewusst, wie sehr sie abgebaut hatte. Der Flüchtling schien fit und ausgeruht und stand gut im Training. Wahrscheinlich ging der Mann nicht einmal bis zum Äußersten, behielt sich Kraftreserven zurück und war dennoch in der Lage, mit einer spielenden Leichtigkeit seine Distanz zu vergrößern.

Schwer atmend bog Sal um die nächste Ecke, wohl wissend, dass sie nicht in der Lage war, dieses Tempo weiter zu halten. Innerlich erstarrte die Schützin, als sie den Mann in kaum fünfzehn Schritt Entfernung zwischen den Zelten stehen sah. Er war unvermittelt stehen geblieben, hatte sich umgedreht und zielte mit seiner Waffe auf den Eingang der Gasse. Die eingerosteten Reflexe der Schützin sprangen an, sie warf sich nach vorne in den Schlamm, gerade als der Flüchtende in schneller Abfolge den Abzug betätigte. Die Schüsse bellten und die Kugeln sirrten über Sal hinweg, als sie mit einem Schmatzen im Schlamm landete. Geistesgegenwärtig hielt sie den Kopf unten, drückte sich in das kalte Nass, während sie ungezielt in Richtung des Mannes schoss. Ihre Kugeln gingen fehl und er wirbelte herum und war mit einem Satz davon.

Wütend und über und über mit Schlamm besudelt, nahm Sal die Waffe in beide Hände, mahnte sich zur Ruhe und legte auf die Beine des Mannes an.

Gerade als sie abdrücken wollte, passierte der eine Gruppe von Bewohnern, tauchte zwischen die aufgescheuchten und ängstlichen Menschen. Sekundenbruchteile, in denen die Schützin abwägen musste. Wahrscheinlich würde sie ihn treffen, doch die Gefahr, dabei auch gleich ein paar der Umstehenden zu verletzen, war viel zu groß. Sie zögerte – und der Mann entkam.

Zornig saß sie im kniehohen Schlamm. Ihre Hände zitterten. In einem Anfall aus Wut und Verzweiflung schrie sie auf und schleuderte die Waffe zur Seite. Vor einigen Jahren wären ihr die Kollateralschäden egal gewesen. Heute aber war es etwas anderes. Sie war weich geworden. Und dafür hasste sie sich.

+++

„Die Kinder entführt. Perry mit einem gebrochenen Arm. Eris angeschossen. Sal hat es fast erwischt. Und wir sind in der ganzen Sache noch keinen Schritt weiter. Das ist doch eine ausgemachte Scheiße!" Moody machte seinem Ärger Luft, indem er die Faust auf die Tischplatte donnern ließ.

Marcus zuckte zusammen. „Vergiss dabei nicht, dass dein Auftritt bei Sumter uns keine Pluspunkte gebracht hat. Und was die Schläge angeht, die du Marrow verpasst hast –"

„Die hat er verdient!", unterbrach der General den Präsidenten.

„Daran zweifele ich gar nicht. Die Frage ist allerdings nicht, ob er sie verdient hat, sondern ob so was uns im Moment hilft."

„Verdammt noch mal, Marcus! Hörst du dir überhaupt zu? Du sprichst so geschwollen daher, redest von politischen Konsequenzen, von Abstimmungen und der verkackten Wahl im nächsten Jahr! Es geht bei der Sache nicht um Ämter. Weder um deins noch um meins! Diese Dreckskerle haben unsere Kinder – und alles andere ist scheißegal!"

Stoisch schüttelte Marcus den Kopf. „Wir können das immer noch nicht beweisen, Moody."

„Und weißt du, warum? Weil wir es einfach mit uns machen lassen! Weil wir eben nicht in ein paar Ärsche treten, wie es sich gehört. Wir sitzen hier und warten, eingeschüchtert von der Angst um mein Mädchen und deinen Jungen. Aber mit jeder

Minute, die wir hier untätig sitzen und die Eier schaukeln, wird es schlimmer!“

„Wir können nicht einfach das Militär von der Kette lassen, Moody, das musst du doch verstehen!“

„Können wir nicht? Bevor es die Union gab, haben wir es doch nicht anders gemacht. Ich mit meinen Söldnern draußen in der Wildnis und du mit deiner Fraktion hier in Yard. Jetzt sind ein paar Jahre vergangen und wir sollen das auf einmal nicht mehr können? Einen Scheiß gebe ich darauf!“

„Die Zeiten ändern sich“, merkte Marcus an und griff zu einer Zigarre. „Und was glaubst du, wie die Entführer reagieren, wenn die Soldaten anfangen, die Stadt zu durchkämmen? Die werden nervös und das ist nicht gut.“

„Die Zeiten ändern sich“, äffte Moody ihn nach. „Wenn das diese verdammte Zivilisation ist, von der alle schwärmen, kann mir das alles gestohlen bleiben! Und sollen sie doch nervös werden! Sie sollen merken, was sie angerichtet haben und was ihnen droht.“

„Moody, das bringt die Kinder nur in noch größere Gefahr! Wenn wir die Entführer in die Enge treiben und sie keinen Ausweg sehen, tun sie ihnen vielleicht wirklich etwas an. Glaubst du, das will ich? Ich will genau so wenig einen toten Sohn wie du eine tote Tochter! Aber ich bin überzeugt, dass wir genau dafür sorgen, wenn wir jetzt mit allen Mitteln losschlagen!“

„Soll ich dir nochmal aufzählen, was uns das vorsichtige Vorgehen gebracht hat? Wir sind kein Stück näher an einer Lösung!“

Marcus winkte ab. „Nicht nötig, ich habe dich schon beim ersten Mal verstanden.“

„Und? Was willst du jetzt tun?“

„Du willst, dass ich das Militär von der Kette lasse. Das geht nicht so einfach. Und es ist Wasser auf die Mühlen der Opposition.“

„Und schon wieder beginnst du mit Politik.“

„Entschuldige, ich kann nicht anders. Es geht um die Union, nicht nur um dich oder mich“, meinte Marcus und zündete sich seine Zigarre an.

„Ich habe niemals zugestimmt, die Union über mein Privatleben zu stellen, Marcus!“

„Musstest du nicht, das ist automatisch passiert.“

„Leck mich am Arsch! Ich sehe das anders!“

„Das ist dein gutes Recht. Aber die Dinge liegen, wie sie nun mal liegen. Ich muss mich zwischen meinem persönlichen Wohl und dem Staatswohl entscheiden. Was würde ich mich freuen, wenn es einfach wäre. Wenn ich ein paar Leute ausschicken könnte, die mir Joshua zurückbringen. Aber es geht verdammt noch mal nicht! Es bringt ihn nur in Gefahr und es macht alles schlimmer. Ich sehe keine andere Möglichkeit als den Kurs, den wir haben. Wenn du das nicht kannst oder willst, gibt es nur eine Lösung.“

Moody kniff die Augen zusammen und starrte Marcus an. „Dein Ernst? Willst du mir gerade den Rücktritt anbieten, du Arschloch? Damit ich mich auf eigene Faust auf die Suche mache, die Drecksarbeit erledige und mir vielleicht ein paar Kugeln fange wie die anderen, nur damit du gut dastehst?“

„Moody, ich habe die drei nie in Gefahr bringen wollen. Das war doch keine Absicht von mir!“

„Drauf geschissen! Was soll diese Nummer jetzt?“

„Ich sehe keine Möglichkeit, dich aufzuhalten. Du hast jedes Recht, wütend zu sein und deine Tochter auf eigene Faust suchen zu wollen. Nur muss ich Schaden von der Union abwenden, das ist meine Pflicht. Ich kann nicht Regeln aufstellen und dann allen Leuten ins Gesicht schlagen, indem ich mich nicht dran halte. Dann können wir einpacken! Und es bringt Joshua und Arleen nur in Gefahr. Eins ist klar – ich werde mich nicht erpressen lassen!“

„Hör dich doch an! Du willst dich nicht erpressen lassen? Gleichzeitig wirst du von der Regierungsverantwortung der Union erpresst. Und überhaupt, es gibt eine Lösung, bei der wir beide zufrieden sein können."

Marcus nahm einen Zug von der Zigarre und horchte auf. „So?"

„Ja, natürlich. Das Kriegsrecht."

Mit einem Kopfschütteln blies der Präsident eine Rauchschwade aus.

„Das ist Wahnsinn. Das können wir nicht."

„Stimmt. Wir können das nicht. Das kannst nur du."

„Aber das Kriegsr–"

„Es ist genau für diese Fälle damals aufgenommen worden und vom Unionsrat verabschiedet worden. Das weißt du genau. Wir haben das richtige Mittel in der Hand, wir müssen es nur einsetzen", fasste Moody zusammen.

„Es ist für besondere Ausnahmefälle aufgenommen worden. Nicht für die Angelegenheit, in der wir stecken. Daran hat damals kaum einer gedacht."

„Komm mir nicht mit der Auslegung! Wir haben die Möglichkeit, endlich die Initiative zu übernehmen, und du bist dabei, unsere einzige Waffe kleinzureden?"

„Aber der Ausnahmezustand gilt nicht nur für Yard, sondern für die gesamte Union", gab Marcus zu bedenken.

„Ändert das denn was an den Tatsachen? Tut es nicht. Wir brauchen die Sonderregeln hier in Yard. Du glaubst doch nicht, dass der Unionsrat jetzt irgendwelchen Änderungen zustimmen wird, um ein Gesetz zu schaffen, das das Kriegsrecht nur in der Hauptstadt zulässt. Du weißt, wie schwer es war, das Sonderrecht schon damals auf den Weg zu bringen, und damals gab es keine Opposition! Heute hast du eine Opposition, und wenn die Mistkerle ihre Finger in der Entführung haben, werden sie gegen einen Gesetzeserlass stimmen. Und selbst wenn nicht, wird es Wochen dauern, das durch den Unionsrat zu peitschen! Das hilft uns nicht weiter. Wir müssen jetzt handeln!"

„Also soll ich dir freie Hand lassen?"

„Das habe ich nicht gesagt. Das Kriegsrecht wird dafür sorgen, dass wir beide endlich richtig an die Arbeit gehen können und diesem Spuk ein für alle Mal ein Ende setzen können! Und außerdem ist es doch nur von Vorteil, dass das Kriegsrecht auch für den Rest der Union gilt, Marcus."

Skeptisch zog der Präsident die Augenbraue nach oben. „Erklär es mir."

„Die Scheißkerle, die die Kinder in ihrer Gewalt haben, bekommen es wohl mit der Angst zu tun, wenn sie merken, dass die Schlinge sich enger um ihren Hals legen wird. Und was machen Feiglinge in solchen Momenten? Sie suchen die Flucht! Mit dem Kriegsrecht können wir effektiv dagegen vorgehen, ja sogar verhindern, dass irgendwer die Stadt verlässt. Und du kannst mir glauben: Ich werde alles dafür tun, dass niemand ungeschoren davonkommt."

„Du musst vorsichtig sein. Wenn die Entführer zu nervös werden, geht es vielleicht übel für die Kinder aus."

„Marcus, wir haben es mit der sanften Tour versucht und stehen mit leeren Händen da. Die haben auch meine Tochter, vergiss das nicht! Ich werde so vorsichtig sein, wie ich muss, und so hart, wie es nötig ist."

Nachdenklich legte Marcus seine Zigarre auf den Aschenbecher und mühte sich damit ab, einige Papiere aus dem Schreibtisch zu nehmen.

Er massierte sich die verkrüppelte Hand, während er die eng bedruckten Zeilen las.

„Dreißig Tage. Länger nicht."

„Ich werde keine dreißig Tage brauchen."

„Versprich mir das. Denn nach einem Monat muss ich mich vor dem Unionsrat verantworten. Bis dahin brauche ich Resultate. Wenn nicht, werden die uns aus der Stadt jagen."

„Mach dir darum mal keine Sorgen, Marcus. Und überhaupt: Mit was wollen sie dich oder mich denn aus der Stadt jagen? Wir haben die Armee in unserem Rücken", grinste Moody schief.

Marcus rollte in seinem Sessel zurück, griff nach seinem Stock und stemmte sich stöhnend in die Höhe. Schwerfällig humpelte er hinüber zum Fenster und blickte auf die Hauptstadt, die im fahlen Abendlicht so friedlich wirkte. Als er festen Stand gefunden hatte, lehnte er den Gehstock an die Fensterbank und begann, die polierten Knöpfe seiner Uniform zu richten.

„Das ist keine einfache Entscheidung, Moody. Ich habe die Union damals ins Leben gerufen, weil ich überzeugt davon war, dass wir die Zeiten von willkürlicher Gewalt einfach hinter uns lassen können. Ich war abgeschreckt von den Geschichten aus der Zeit DAVOR und sehnte mich nach diesem Paradies. Nach dem Sieg über Banner und mit der Hilfe des Instituts schien die Verwirklichung all dieser Träume auf einmal möglich. Jetzt aber stehst du vor mir und verlangst, dass die Prinzipien, für die ich all die Jahre eingestanden habe, nicht so wichtig sind. Dass ich mich über meine eigenen Regeln hinwegsetzen soll."

Moody lachte heiser auf. „Spar dir dein Pathos für die Ansprache vor dem Rat. Mich musst du nicht mehr überzeugen, weißt du? Zivilisation heißt übrigens nicht, dass man den Schwanz einzieht und einfach nur darauf wartet, dass die anderen einem die Fresse blutig schlagen. Zivilisation heißt auch, dass man bereit ist, für seine Ideale zu kämpfen. Du bist Präsident geworden, weil du dich gegen die Jahre des Geschachers, der Erpressung und der Gewalt gestellt hast. Du hast bewiesen, dass wir nur durch Einigkeit in der Lage sind, das Chaos zu überwinden und aus der Welt DANACH etwas zu machen, in dem es sich zu leben lohnt. Was jetzt passiert, ist genau das, wogegen du immer gekämpft hast. Man versucht dich – uns – mit den alten Mitteln aus dem Weg zu räumen. War deine Amtszeit nicht der Beweis dafür, dass es so nicht mehr laufen wird? Wenn du jetzt einknickst, lieferst du ein Beispiel, und kein gutes. Die Menschen werden zu dir schauen und sehen, dass du keinen Mumm in den Knochen hast. Die Aasgeier werden ihre Chance wittern und dir das Leben so richtig zur Hölle machen! Ich bleibe dabei: Hier zu sitzen und untätig zu warten, wird dich noch mehr in die Enge treiben."

Marcus wandte seinen Blick von der Stadt ab und sah Moody an.

„Mit allem, was du sagst, hast du Recht. Und trotzdem fällt es mir nicht leicht. Kannst du das verstehen?"

„Klar. Es zeigt, dass dir Regeln wichtig sind. Dass die Union dir alles bedeutet", pflichtete Moody ihm bei und fügte mit einem derben Lacher hinzu: „Und natürlich, dass du ein verdammter Hasenfuß bist."

Marcus' Gesichtszüge wurden für einen kurzen Moment steinern, dann huschte ein dünnes Lächeln über das Gesicht des mächtigen Mannes. „Deine Scherze hatten auch schon mal ein besseres Timing."

„Ach, leck mich. Was ist nun?"

Marcus griff zu seinem Gehstock und humpelte die wenigen Schritte zurück zum Schreibtisch, blickte auf den Stapel Papiere, die er aus der Schublade geholt hatte.

„Gut. Du wirst deinen Arsch nun aus meinem Büro schieben und dich auf dem Weg zur Garnison machen. Ich will, dass die Truppen einsatzbereit sind. Und auf deinem Weg nach draußen schickst du mir einen der Schreiber rein, damit er alles für mich abtippen kann. Ich berufe den Rat für morgen früh zehn Uhr ein. Um acht Uhr bist du wieder hier, damit ich mich mit dir absprechen kann."

+++

„Das war der Kerl. Ganz sicher", nickte Perry. „Ich hab' ihn auf dem Friedhof gesehen."

Sal verzog das Gesicht. Wenn sie schon keinen Erfolg bei der Jagd hatte, dann gab es zumindest jetzt die Bestätigung.

„Also haben wir einen Namen. Dwight Ramsey."

„Bringt uns das denn weiter, Kleines?"

„Jetzt wahrscheinlich auch nicht mehr", meinte sie verärgert und schüttelte den Kopf. „Die Spur ist jetzt kalt. Aber es gibt trotzdem ein paar Aufschlüsse."

„So? Ich bin ganz Ohr", erklärte Perry und prüfte einige Daten auf Eris' Krankenblatt. Der Verwundete dämmerte immer noch vor sich hin, wenngleich sein Zustand sich verbessert hatte. Er war über den Berg, aber bis er wieder zu alter Kraft kommen würde, sollte noch eine Menge Zeit vergehen.

„Diese Verschwörung ist groß. Irgendwer hat ihm den Befehl gegeben, in der Zeltstadt abzutauchen. Ich habe mir sein Quartier noch einmal angesehen. Wenn es irgendwelche Hinweise gab, dann hat die Sprengfalle sie zerfetzt. Zumindest waren die Kinder dort nicht versteckt."

„Was ein Glück", sagte der Arzt mit einem Seitenblick.

Für lange Sekunden trat ein drückendes Schweigen zwischen die beiden Freunde. Perrys Anmerkung hatte es auf den Punkt gebracht. Sals Alleingang hätte auch in einem Desaster enden können, bei dem zwei tote Kinder hätten beklagt werden müssen.

Der Gedanke daran brachte Sal zum Schaudern, die wieder an Alexander und Ryan denken musste.

„Perry, ich habe die Tür nicht eingetreten."

„Was ein Glück", wiederholte der Arzt stoisch seine Aussage und drehte sich zu ihr. „Denn dann müsste ich ihm erklären, warum seine Frau zerfetzt wurde. Und die Zwillinge hätten keine Mutter mehr."

„Das ist nicht fair!", zischte sie.

„Das Leben ist niemals fair", entgegnete er. „Und du solltest das am besten wissen! Sieben Jahre lang hast du keine Waffe mehr in der Hand gehabt, hast nichts für deine Fähigkeiten getan. Sal, du hattest Glück, ganz einfach. Es hätte auch nach hinten losgehen können. Und warum? Weil du deinen Dickschädel durchsetzen musstest. Weil du dich allein um die Sache kümmern wolltest!"

„Dickschädel?“, echote sie. „Dickschädel? Darum geht es nicht, Perry. Dieser Wichser hat Eris beinah umgebracht! Das ist eine persönliche Nummer geworden!“

„Ja, und?“, zuckte der Arzt die Schultern und verzog sogleich schmerzvoll das Gesicht. Sein Arm machte ihm Probleme. Dennoch hielt er ihrem wütenden Blick stand. „Und deswegen musstest du auf eigene Faust los?“

„Wer hätte es denn sonst machen sollen?“ Ihre Stimme wurde lauter, eine Ader trat an der Schläfe hervor. „Du etwa? Oder Eris? Ihr wärt keine Hilfe gewesen!“

„Aber Moody vielleicht. Oder irgendwer anders. Stattdessen machst du auf Einzelkämpferin. Ich habe nicht versucht, dich aufzuhalten, aber dass du so kopflos in die Sache springst, hätte ich auch nicht erwartet.“

Ihre Hände verkrallten sich um Eris’ Bettgestell, die Knöchel traten weiß hervor. „Du hast gut reden …“, knurrte sie und verdrehte die Augen.

„Sal. Schau dich um. Wir sind alle drei auf die Schnauze geflogen und du bist dabei noch am besten weggekommen. Eris wäre beinah über die Klinge gesprungen, Ich habe ’nen gebrochenen Arm. Und warum? Weil wir nicht mehr so gut sind wie früher. Und nun stell dich nicht so an. Du weißt, dass es wahr ist. Hat uns das alles irgendwie weitergebracht? Haben wir die Entführer enttarnt? Wissen wir wirklich, wer hinter all dem steckt? Kein einziges Stück. Was wir bekommen haben, sind Rückschläge. Wer auch immer für die Entführung verantwortlich ist, er ist uns weiterhin einen Schritt voraus. Dreimal waren wir jetzt dicht dran – und wir stehen wieder mit leeren Händen da. Also ist das verflucht noch mal die falsche Strategie gewesen!“

„Wie machen wir es dann?“, wollte sie wissen und ließ die Schultern sinken.

„Gemeinsam. Sobald wir wieder können. Aber bis dahin müssen andere sich um den Mist kümmern. Ich hoffe, Moody wird einen kühlen Kopf bewahren.“

„Eher fällt mitten im Sommer Schnee, Perry."

„Dann stehen uns spannende Zeiten bevor. Ich würde vorschlagen, wir halten die Köpfe unten. Denn ich glaube, es braut sich wirklich etwas zusammen."

+++

Joshua und Arleen kauerten an der schweren Tür, ihre kleinen Ohren an das kühle Metall gepresst. Sie blickten sich an, doch keines der Kinder gab einen Laut von sich. Auf der anderen Seite der Tür war ein Streit im Gange, die Stimmen klangen dumpf und verzerrt.

„... habe dir doch gesagt, du sollst deinen Kopf unten halten!"

„Das habe ich gemacht! Keine Ahnung, wie sie mich auf einmal gefunden hat."

„Habe ich dir nicht gesagt, dass sie gut ist? Hast du nie die Geschichten gehört? Sie ist eine verdammte Jägerin, hat lange ihren Lebensunterhalt damit verdient, schlimmere Kerle als dich zu jagen!"

„Aber es war die verdammte Zeltstadt! Wo hätte ich mich denn sonst verstecken sollen, alles andere wäre der reinste Selbstmord gewesen!"

„Vielleicht. Das Problem gäbe es gar nicht, wenn du nicht auf ihren Mann geschossen hättest. Gleich zweimal!"

„Das erste Mal habe ich ihn nicht getroffen."

„Das macht es nicht besser. Du hast ihn beim zweiten Mal getroffen – und jetzt hast du auch noch auf sie geschossen. Glaub mir, wenn ich sage, dass es spätestens jetzt persönlich wird."

„Und? Was bleibt jetzt?"

„Das werden die nächsten Tage zeigen. Du bleibst jetzt hier und hältst den Kopf unten. Wenn du dich auf den Straßen blicken lässt, bringst du nur alles in Gefahr. Ich werde jemanden schicken, der dich und die Kinder versorgt."

„Wenn es sein muss."

„Ja, muss es."

„Was ist mit dem General?"

„Er ist in der Stadt und verhält sich, wie er soll."

„Wie er soll?"

„Ja. Er steckt seine Nase in Dinge und schießt sich auf die Händler ein."

„Macht uns das Probleme?"

„Nein. Es spielt uns in die Hände. Und jetzt entschuldige mich, ich habe noch viel zu erledigen."

Dumpf entfernten sich die Schritte auf der anderen Seite der Tür und Stille kehrte ein. Die beiden Kinder sahen sich ratlos an. Langsam lösten sie sich von der Tür, unfähig, alles zu verstehen, was gerade besprochen wurde.

„Wie lange wird es noch dauern?", brachte der kleine Joshua hervor.

„Nicht mehr lange. Der General ist mein Papa", versuchte Arleen ihren Freund zu beruhigen.

Kapitel 6

Kriegsrecht

Trotz aller Bemühungen war die Luft im Ratssaal zur Morgenstunde bereits stickig. Die Ränge waren gut gefüllt, nur hier und da gab es freie Plätze. Der dringlichen Einladung des Präsidenten hatten nicht alle Ratsmitglieder folgen können oder wollen. Die Männer und Frauen sprachen verhalten miteinander, ihr Gemurmel erfüllte den Saal. Seit der Unterbrechung der Abstimmung vor einigen Tagen hatte es keine reguläre Versammlung mehr gegeben und Neuigkeiten im Falle der Entführung hatten sich noch nicht herumgesprochen. Insofern machten die unterschiedlichsten Gerüchte über den Anlass dieser Versammlung die Runde. Einige Stimmen behaupteten, dass die Entführung beendet und aufgeklärt war, andere wiederum vermuteten, dass Marcus seinen Rat einfach nur über die neusten Entwicklungen ins Bild setzen wollte. Dann gab es solche, die dem Präsidenten tatsächlich zutrauten, trotz aller Umstände einfach zum Tagesgeschäft zurückkehren zu wollen. Diese Gerüchte vermischten sich miteinander und heizten die Stimmung auf. Die Ungewissheit im ehrwürdigen Rat war greifbar, die Luft knisterte regelrecht. Und letztlich kam der Moment, in dem der Präsident den Saal betrat. Die Männer und Frauen schwiegen, als Marcus in seiner besten Uniform vor sie trat, seine Papiere ordnete und begann.

„Verehrte Ratsmitglieder! Viele von Ihnen wundern sich, was diese Sitzung zu bedeuten hat. Ich werde mich so kurz wie möglich fassen." Während die Spannung förmlich greifbar war, blickte der Präsident ein letztes Mal auf seine alte Armbanduhr. Als die Zeiger zur nächsten vollen Stunde übersprangen, sah er auf.

„Mit sofortiger Wirkung versetze ich die Union in den Ausnahmezustand. Gemäß der vom Unionsrat beschlossenen Gesetze herrscht von dieser Minute an das Kriegsrecht in der Hauptstadt."

Stille herrschte, während er die unheilschwangeren Worte sprach, doch es dauerte nicht lange, bis sich die Gewissheit über den Erlass in den Köpfen der Ratsmitglieder ausbreitete. Nur wenige von ihnen nahmen den Erlass des Präsidenten ungerührt hin, die Mehrzahl der Männer und Frauen protestierte heftig. So sehr sie Mitleid mit ihrem Präsidenten und dem General hatten, die beiden Männer hatten mit dem Ausrufen des Kriegsrechts eine gefährliche Grenze überschritten. Marcus hob die Hand, um ihnen Einhalt zu gebieten, doch brachte seine Geste sie nicht vollends zum Verstummen. Mit der geballten Macht seiner tiefen Stimme unterbrach er ihren Protest.

„Dieser Schritt ist extrem. Es ist die schärfste Waffe im Arsenal der Union, und ich schaffe mit ihrer Anwendung einen Präzedenzfall. Eines ist klar: Ich habe diese Wahl nicht leichtfertig getroffen, denn ich weiß, was auf dem Spiel steht. Sorgsam habe ich in den vergangenen Tagen und Nächten nachgedacht, habe abgewogen, und erst als mir keine andere Option verblieben war, entschied ich mich für dieses Mittel. Ich weiß, dass ich an meinen Entscheidungen gemessen werde. Vielleicht wird mein Beschluss sich als fataler Irrtum herausstellen. Dann werde ich die Verantwortung tragen. Aber bis dahin bewege ich mich im Rahmen der von uns geschaffenen Gesetze!"

Marcus suchte aus seinem Stapel Papiere ein Schreiben hervor und hielt es in die Höhe.

„Da einige hier kürzere Zeit Mitglieder des Unionsrats sind, als es das Gesetz gibt, sehe ich es als meine Pflicht, die Kernpunkte kurz zu nennen. Erstens: Mit dem Ausrufen des Kriegsrechts werden die Sonderrechte aller anderen Behörden und Verwaltungsmechanismen der Union außer Kraft gesetzt oder eingeschränkt. Zweitens: Das Militär handelt mit Erlass des Kriegsrechts im Auftrag des Präsidenten und des Oberbefehlshabers. Oberste Priorität ist die Wiederherstellung der öffentlichen Ordnung. Drittens: Hierzu darf das Militär alle zur Verfügung stehenden Mittel einsetzen. Diese wären: Der Einsatz von Schusswaffen, Festnahmen, Befragungen, Beugemaßnahmen, die Errichtung von Straßensperren und Checkpoints, die Ausgabe von Passierscheinen, die Durchsuchung aller Haushalte, die Verhängung einer Ausgangssperre."

Seine Stimme verklang und die Worte lösten bei einigen der Abgeordneten Unglauben und Entsetzen aus.

„Das ist ein Verstoß gegen alles, wofür die Union steht!", rief jemand aus den Rängen.

„Nein", schüttelte Marcus den Kopf. „Damit retten wir die Union."

Er ließ seinen Blick noch einmal schweifen, dann deutete er auf einen der Protokollführer.

„Das Kriegsrecht gilt von jetzt an dreißig Tage lang. Und zumindest in dieser Zeit bin ich weiterhin Präsident der Union und erwarte Loyalität! Jeder, der meinen Beschluss torpediert, ist mein Feind, ist ein Feind der Union!"

Seine Worte zeigten Wirkung und schon begann Widerspruch sich in den Gesichtern einiger der Versammelten zu formieren. Bevor die aufgebrachten Politiker jedoch in der Lage waren, ihrem Unmut Ausdruck zu verleihen und Widerstand zu formieren, gab Marcus den Sicherheitskräften ein vereinbartes Signal. Die Soldaten räumten den Saal, drängten die Ratsmitglieder durch die Türen nach draußen. Jene, die sich dadurch nicht einschüchtern ließen, bekamen das eben verhängte Kriegsrecht am eigenen Leib zu spüren: Die Wachen stellten die Aufrührer sogleich unter Arrest und führten sie ab. Das war hart, aber notwendig, um das vorprogrammierte Chaos, das der Beschluss mit sich brachte, zu begrenzen. Marcus konnte jetzt keine Opposition gebrauchen, die lautstark polterte. Sumter und seine Verbündeten gehörten zu jenen Ratsmitgliedern, die der Einladung zur Sondersitzung nicht gefolgt waren. Das Fernbleiben machte sie verdächtig – und lieferte jeden Grund, mit aller Härte gegen sie vorzugehen.

Zum zweiten Mal binnen kurzer Zeit besuchte Moody Sumters Anwesen. Diesmal jedoch kam er mit offiziellem Auftrag und einem Trupp Soldaten im Rücken. Der Aufmarsch des Generals konnte keinen Zweifel daran lassen, wie ernst er es meinte, dennoch stellten sich die Söldner, die Sumters Palast bewachten, in den Weg.

„Ich bin nicht gekommen, um zu verhandeln!“, brüllte Moody dem formierten Widerstand zu. „Ich bin General Whitlock, Oberkommandierender der Unionsarmee. Seit zehn Uhr ist über Yard das Kriegsrecht verhängt. Ich bin gekommen, um Ratsmitglied Sumter unter Arrest zu stellen.“

Die Söldner zeigten sich von den kämpferischen Worten wenig beeindruckt. Vielmehr schien es, als wäre das Anwesen die ganze Nacht auf einen Angriff vorbereitet worden. Es gab Barrikaden, die Fenster waren vernagelt und Bewaffnete hatten an günstigen Stellen Posten bezogen.

„Ihr habt jetzt und hier die Möglichkeit, eure Waffen niederzulegen, dann geschieht euch nichts, dafür garantiere ich! Niemand soll euch zum Vorwurf machen, dass ihr für den Verräter Sumter gearbeitet habt! Doch stellt euch mir in den Weg und ich werde keine Gnade zeigen.“

Moody wusste genau, dass er seinen Worten Taten folgen lassen musste, so sehr er eine frühe Eskalation auch vermeiden wollte. Ein letztes Mal machte er den Söldnern das Angebot zur Aufgabe und zu freiem Geleit, doch erneut wurde es abgelehnt.

Schweren Herzens und voller Wut über die Starrköpfigkeit der Söldner befahl er seinen Soldaten, das Haus zu erstürmen und den Widerstand zu brechen.

Ein wildes Gefecht begann, in dem keine der Parteien bereit war, aufzugeben. Verbissen wurde um jeden Quadratmeter Boden gekämpft, der Widerstand war zäh. Die Kämpfer fielen mit einer unglaublichen Brutalität übereinander her. Moody hatte seinen Soldaten schon am Morgen eingeschärft, dass es selbst bei geringstem Widerstand keine Nachsicht geben konnte. Wer sich dem Militär entgegenstellte, stellte sich der Union entgegen – und in diesem Falle musste ein Exempel statuiert werden, zur Abschreckung aller. So verbissen die Söldner sich auch verteidigten, auf lange Sicht waren sie der Übermacht des Unionsmilitärs unterlegen. Dennoch gelang es ihnen, die Soldaten über zwei Stunden aufzuhalten, bevor ihre Gegenwehr gebrochen wurde. Die abgekämpften Soldaten schwärmten aus und durchsuchten den Palast des Händlers, doch von ihm fehlte jede Spur. Sumter hatte die Gelegenheit ergriffen und sich abgesetzt.

Moody tobte darüber, doch er glaubte nicht daran, dass es dem Händler gelungen war, sich unbemerkt aus der Stadt zu stehlen. Im Kriegshandwerk galt es, abschreckende Beispiele zu schaffen, damit potenzielle Gegner eingeschüchtert waren und erst gar nicht auf den Gedanken kamen, zu den Waffen zu greifen. Für Moody war es letztlich die gleiche Situation. Er musste nun ein so schockierendes Exempel statuieren, dass der Rest der möglichen Verschwörer in der Stadt gar nicht mehr auf die Idee kam, Widerstand zu leisten. Er ließ die toten Söldner entlang der Mauer um das Anwesen aufstapeln, dann befahl er, das Gebäude niederzubrennen. Jeder in der Stadt sollte sehen, was passierte, wenn man sich der Union entgegenstellte.

+++

Aus der Garnison rollten Soldaten heran und binnen kürzester Zeit wuchsen Straßensperren und Checkpoints aus dem Boden. Der Planungsstab war äußerst gründlich gewesen, die Überwachung so gut wie lückenlos. Es ging das Gerücht, dass Marcus bereits in den Morgenstunden weitere Truppenteile des Militärs nach Yard beordert hatte.

An den Toren zum Stadtkern bildeten sich lange Schlangen, es gab nicht nur penible Personenkontrollen, es wurden Passierscheine ausgegeben, mit denen der Menschenstrom überwacht werden sollte. Patrouillen prüften wiederum diese Dokumente, und wer keine vorweisen konnte, durfte sich auf Probleme einstellen. Der sonst so beeindruckende Markt voller Menschen und verschiedenster kunterbunter Waren in jedem geöffneten Stand war nur noch ein Schatten seiner selbst, die Besucher überschaubar. Wer konnte, verließ die scheinbare Sicherheit seiner eigenen vier Wände nicht.

Während Sumters Anwesen noch umkämpft war, schlug das Militär auch an anderen Stellen in Yard zu. Die Häuser der Ratsmitglieder, die der Sondersitzung am Morgen fern geblieben waren, wurden durchkämmt. Griff man eines der Ratsmitglieder auf, so hatte es sich zu rechtfertigen und mit Arrest zu rechnen. Fand man niemanden, so glich dies einem Schuldgeständnis. Es war keine Zeit für Kompromisse oder langwierige Untersuchungen. Mit dem Kriegsrecht war eine Linie gezogen worden und es gab nur die Seite des Präsidenten und die seiner Gegner.

Im Laufe des Tages rollten Militärfahrzeuge durch die Straßen und von ihren Ladeflächen wurden die Anordnungen des Präsidenten verkündet:

„Bürger von Yard! Seit zehn Uhr heute Morgen ist über der Hauptstadt der Union das Kriegsrecht verhängt! Dies geschieht als Reaktion auf den feigen Angriff auf den Präsidenten und den Oberbefehlshaber der Armee, der mit der Entführung ihrer Kinder verübt wurde. Von heute an gelten folgende Sonderregeln bis zu ihrer Aufhebung. Erstens: Jeder Bürger der Hauptstadt hat seine Dokumente mit sich zu führen! Die Dokumente sind bei jeglichen Kontrollen den kontrollierenden Soldaten unaufgefordert vorzuzeigen! Jede Zuwiderhandlung wird mit Arrest bestraft. Zweitens: Das Militär ist berechtigt, mit den schärfsten Mitteln gegen jeden Widerstand vorzugehen. Hierunter fällt ausdrücklich der Gebrauch der Schusswaffe. Drittens: Den Anweisungen des Unionsmilitärs ist mit sofortiger Wirkung und ohne Ausnahme Folge zu leisten. Jede Zuwiderhandlung wird als Vergehen im Sinne der zweiten Regel verstanden und ist mit

Arrest belegt! Viertens: Das Ratsmitglied Nigel Sumter und der Händler John Marrow stehen unter dringendem Tatverdacht, sich gegen die bestehende Ordnung der Union verschworen und ihren Sturz aktiv vorangetrieben zu haben. Die beiden Männer samt ihrer Unterstützer gelten als Feinde der Union. Jeder, der ihnen Unterschlupf gewährt, ihnen hilft oder ihre Anwesenheit nicht meldet, gilt ebenfalls als Feind der Union! Ferner gilt vom heutigen Tag an eine Ausgangssperre nach Einbruch der Dunkelheit. Jeder Bürger, der nach Inkrafttreten der Ausgangssperre um zehn Uhr abends auf der Straße aufgegriffen wird, macht sich einer möglichen Mitverschwörung verdächtig und wird mindestens mit Arrest belegt."

Die grimmig dreinblickenden Soldaten an jeder Straßenecke ließen keinen Zweifel daran, dass sie auf die, die sich den Anordnungen widersetzten, exakt jene Anordnungen anwenden und dabei sicher nicht zimperlich vorgehen würden.

Vielleicht war die Verkündung der Ausgangssperre der Auslöser, vielleicht war es auch nur der letzte sprichwörtliche Tropfen, der nötig war, um das Fass zum Überlaufen zu bringen. Jedenfalls dauerte es keine Stunde, bis die ersten Menschenmassen sich auf dem leeren Markt im Zentrum der Stadt formierten. an einigen Checkpoints kam es zu Protesten gegen das Auftreten des Unionsmilitärs, doch in den meisten Fällen bekamen die Soldaten die Situationen schnell in den Griff. Anders sah es auf dem Markt aus. Hier hatten sich mehr als zweihundert wütende Bürger versammelt, bevor es den Unionstruppen gelang, die Zugänge zum zentralen Platz abzuriegeln. Die Menge antwortete mit wütenden Sprechchören, die Stimmung war aufgeheizt und drohte jeden Moment zu kippen. Viel brauchte es in solchen Situationen nie, es reichte ein falsches Wort, eine falsche Geste oder ein lautes Geräusch, um die Eskalation herbeizuführen.

Gegenüber den Demonstranten war eine Postenkette Uniformierter aufgezogen, die Waffen in der Hand. Es stand außer Frage, dass den meisten Soldaten nicht wohl bei dem Gedanken war, im schlimmsten Falle auf ihre Mitbürger zu feuern. Auch hier gab es ein merkliches Gefälle: Truppen, die aus Yard stammten und dort lebten, haderten am stärksten mit sich, während jene Kontingente, die aus anderen Teilen der Union stammten, über den Tag bewiesen hatten, dass sie bereit waren, mit äußerster Härte gegen die Bewohner der Hauptstadt vorzugehen.

Spannung lag in der Luft, während die Rufe der Demonstranten immer lauter wurden. Es war ein Hexenkessel, der bei großer Flamme köchelte – und irgendwann zwangsläufig überkochen musste. Im Zentrum des Markts waren die Protestierenden bald von allen Seiten von Unionstruppen eingekesselt. Noch suchten sie den Konflikt nicht, wichen vor der drohenden Kulisse der Schwerbewaffneten zurück. Das änderte sich, als ihnen klar wurde, dass man ihnen alle Fluchtwege abgeschnitten hatte. Die Stimmung schaukelte sich hoch.

Als Marcus in seinem Büro von dem Aufruhr erfuhr, ließ er alles liegen und machte sich eilig auf.

Die Bilder des Morgens, Sumters umkämpftes Anwesen, hatten die Gemüter aufgeschaukelt. Die Explosion von Gewalt inmitten von Yard verstörte, machte wütend und die Menschen suchten ein Ventil. Marcus wusste, dass es einerseits Szenen wie die in den Morgenstunden geben musste, um zu verdeutlichen, wie ernst die Lage war. Klar war ihm aber auch, dass er ein Blutbad auf dem Markt mit allen Mitteln verhindern musste. Denn Unbeteiligte niederzumetzeln, war etwas anderes, als mutmaßliche Verräter angemessen zu behandeln.

Zusammen mit einigen Offizieren erreichte Marcus das Geschehen. Die Menschen brüllten unterschiedliche Parolen, doch sie verstummten, als sie den Präsidenten auf der Gegenseite erkannten. Er beschloss, die Gelegenheit nicht ungenutzt verstreichen zu lassen, und durchbrach die Postenkette seiner Soldaten, um ohne Bewachung zu der wütenden Gruppe hinüberzugehen.

„Ich kann Ihren Ärger verstehen!“, begann er, beruhigend auf den Mob einzuwirken. „Und ich weiß, dass ich Ihnen mit meinen heutigen Beschlüssen viel abverlange! Sie haben jeden Grund, wütend auf mich zu sein. Doch bitte – geben Sie mir die Gelegenheit, mich zu erklären! Hören Sie mich an. Und wenn Ihnen meine Erklärungen nicht genügen, haben Sie jedes Recht, dass ich Ihren Zorn zu spüren bekomme!"

Die Menge verstummte weitestgehend und jene, die Marcus nicht erreicht hatte, übertönte er mit seiner geübten Stimme leicht.

„Vor wenigen Tagen hat man mir das Schlimmste angetan, das ich mir vorstellen kann. Verschwörer entführten Joshua, meinen Sohn. Sie nutzen den Jungen jetzt als Druckmittel gegen mich, für ihre eigenen Interessen. Sie schickten mir einen Brief und verlangen, dass ich meinen Posten räume, andernfalls würden sie sich an meinem Sohn vergehen. Jeder von Ihnen kennt mich gut! Ich habe immer für meine Ideale eingestanden und mich von keiner Drohung abschrecken lassen. Das hat mir nicht immer Freunde eingebracht, aber ich behaupte, dass es der richtige Weg war. Und ich werde auch diesmal nicht weichen. Die Union hat sich gegen die Entwicklungen der letzten Jahrzehnte gestellt! Wir sind die Zukunft, und die alte Zeit, als derjenige, der am skrupellosesten und gewalttätigsten war, auch alle Macht hatte, sind vorbei. Ich habe mich entschlossen, nicht nachzugeben. Das ist nicht einfach – es ist die schwerste Entscheidung meines Lebens! Aber ich werde nicht zulassen, dass jemand die Union zerstört. Wer von Ihnen will in einem Staat leben, dessen Machthaber mit Erpressung und Gewalt an ihren Platz gekommen sind? Dies werde ich zu verhindern wissen. Ich werde nicht ängstlich und eingeschüchtert weichen, ich wehre mich! Weil ich es Ihnen allen und der Union schuldig bin. Und vor allem, weil ich es meinem Sohn schuldig bin! Jeder von Ihnen, der Kinder hat, würde in meiner Situation genau das Gleiche machen! Ich weiß, was ich Ihnen auflaste. Das weiß ich nur zu gut. Nur geben Sie mir diese eine Chance, meinen Sohn lebend in die Arme zu schließen. Verurteilen Sie mich danach, wenn Sie müssen."

Seine Worte zündeten, erreichten die ersten Herzen der Zuhörer und breiteten sich von dort aus. Der Mob begann, sich aufzulösen, und die, die nicht überzeugt waren, wurden von ihren Nachbarn übertönt und mitgezogen.

+++

Die Verdächtigen, die man auf den Straßen aufgegriffen hatte, die Widerstand geleistet, einfach nur das Pech hatten, den falschen Namen zu tragen, oder von Unbekannten denunziert worden waren, trieb man auf dem Garnisonsgelände zusammen. In den ersten Tagen konnte man sie noch in den Baracken unterbringen, dann wurde der Platz knapp. Kurzerhand wurden rechteckige Stacheldrahtverschläge errichtet, in die die Gefangenen ohne Rücksicht auf ihren vorherigen Status verbracht wurden. Der kräftige Spätsommer setzte den Inhaftierten zu, sie waren der Hitze schutzlos ausgeliefert. In regelmäßigen Abständen wurde der Verschlag geöffnet und Uniformierte griffen sich scheinbar wahllos einen der Gefangenen aus der Masse. Sie waren bewaffnet mit Schlagstöcken, und wer nicht schnell genug auf den Beinen war oder den Kommandos aus dem Weg sprang, lief Gefahr, sich eine üble Tracht Prügel abzuholen.

Einzeln wurden die Inhaftierten zu den Baracken eskortiert, wo sie befragt wurden. Manchmal liefen die Befragungen aus dem Ruder, vor allem, wenn einer der Gefangenen trotz der eindeutigen Umstände nicht bereit war zu kooperieren. Die meisten Insassen hatten jedoch sehr gut verstanden, wie aussichtslos ihre Lage war, und fügten sich ihrem Schicksal ohne Widerstand. Diejenigen, die sich in irgendeiner Form gegen das Kriegsrecht vergangen hatten, bekamen ohne große Verhandlungen teils empfindliche Strafen aufgebrummt. In der Mehrheit handelte es sich um Verurteilungen zur Zwangsarbeit, manchmal für einige Wochen, oft für Monate und in besonders schweren Fällen gab es Schuldsprüche, die einige Jahre nach sich zogen. In den

Befragungen kamen vor allem zwei Themen immer wieder zur Sprache: Es wurde einerseits nach der Rolle des Einzelnen in der mutmaßlichen Verschwörung von Sumter gegen den Präsidenten und den Oberbefehlshabenden und andererseits nach den entführten Kindern gefragt.

Und trotz aller harten Bandagen, die man sich bisher hatte einfallen lassen und angewendet hatte, blieben gerade die Verhöre, in denen es um die entführten Kinder ging, ergebnislos. Alle Befragten bestritten, irgendetwas mit der Angelegenheit zu tun zu haben, egal wie man sie anging.

Sumter, Marrow und ein Teil seiner Verbündeten waren immer noch wie vom Erdboden verschluckt. Von diesem Zeitpunkt an war es egal, ob die Männer schuldig waren oder nicht. Yards Bewohner litten unter dem Kriegsrecht. Die Wut auf die Flüchtigen stieg und sie kam nicht zum falschen Zeitpunkt. Je länger der Ausnahmezustand andauerte, umso mehr ließ der Rückhalt der beiden Händler und ihrer Verbündeten im Volk nach.

+++

„Denen geht das Kriegsrecht am Arsch vorbei“, meinte Bess und nickte in Richtung der Ranch. Das Bordell lag einige hundert Meter von ihnen entfernt und von der sanften Hügelkuppe hatten sie einen guten Blick auf die ganze Anlage. In der mittäglichen Sonne wirkte es friedlich.

„Wollen wir mal sehen, wie lange noch“, knurrte Moody. Tatsächlich kannte er das Freudenhaus gut. Nicht etwa, weil er dort seine Bedürfnisse befriedigte, viel öfter kam es vor, dass er Offiziere, die ein oder zwei Tage nicht zum Dienst erschienen waren, hier fand. Sie hatten meist zu viel gesoffen und ihren Sold durchgebracht.

Ihm war klar, dass es Bordelle immer dort gab, wo Menschen waren, doch der Luxus der Ranch stieß ihn ab. Der Reichtum des Freudenhauses basierte darauf, dass arme Schweine der Versuchung erlagen und ihren Besitz für das Versprechen erfüllter Träume verpfändeten.

„Willst du es auf die nette Tour machen?“

Moody sah seine Begleiterin skeptisch an und schüttelte den Kopf. „Sicher nicht.“

„Ich spiele ungern die Stimme des Gewissens, aber damit wirst du dir keine Freunde machen, Boss.“

„Drauf geschissen“, zuckte der General mit den Schultern und drehte sich zu einem Offizier um, der bei ihnen stand. „Also gut. Ausrücken. Keine Diskussionen mit irgendwem. Stellt den Laden auf den Kopf. So ein Gerücht macht nicht einfach so die Runde.“

„Jawohl, Sir!“, bestätigte der Mann, salutierte und eilte zu der wartenden Kolonne aus Lastwagen. Schnell gab er die Anweisung weiter, dann rollten die Fahrzeuge zur Ranch.

„Glaubst du, da ist wirklich was dran?“, fragte Bess und polierte ihre Sonnenbrille.

„Sumter ist dort Stammgast gewesen. Gut möglich, dass er sogar irgendwie an dem Laden beteiligt ist. Es wäre zwar unglaublich blöd von ihm, sich dort zu verkriechen, aber möglich ist es. Vielleicht finden wir aber ein paar Hinweise, ein paar Zeugen oder so was.“

Die Frau brummte und schob sich die Brille wieder auf die Nase. Nachdenklich angelte sie eine Zigarette aus ihrer Brusttasche und bog sie vorsichtig gerade.

„Fünf Tage geht der Spaß jetzt schon. Vielleicht übersehe ich was, aber wir kommen nicht weiter. Wir haben immer mehr Gefangene, immer mehr angebliche Verschwörer, aber nicht einen Hinweis auf die Kinder.“

„Und?“, schnaubte der General und warf ihr einen Seitenblick zu.

„Vielleicht gehen wir es falsch an, Moody.“

„Hast du denn eine bessere Idee?“

„Scheiße, Moody. Nein“, kicherte sie trocken.

„Aber ich glaub' trotzdem, dass wir es nur noch schlimmer als besser machen."

Er ging sich durch seinen Bart, nickte zögerlich. „Ja. Schon was dran. Aber weißt du: Einmal angefangen, kannst du nicht jetzt aufhören. Außerdem würde ich wahnsinnig werden, wenn ich jetzt einfach auf meinem Arsch sitzen müsste und darauf warten sollte, dass es ein Lebenzeichen von Arleen gibt."

„Ich weiß", stimmte sie zu und reichte ihm eine Zigarette.

Moody griff zu, ließ sich Feuer geben und sog am Glimmstängel. „Glaubst du denn, ich habe was übersehen?"

„Keine Ahnung. Es muss eine undichte Stelle geben. Irgendwer hat Sumter davor gewarnt, dass wir kamen, und das wird hier und heute wieder so sein."

„Ja. Nur wer von den Offizieren?"

„Dazu müssten wir uns die Personalakten ansehen, Moody. Irgendwer wird auf Sumters Gehaltslisten oder denen von Marrow stehen. Vielleicht ist es nicht nur einer."

Moody verdrehte die Augen und verzog missmutig das Gesicht. „Noch mehr Gründe, die ganze verdammte Union zu hassen, was? Ich habe das Gefühl, in einem Sumpf zu stecken und langsam, aber sicher zu versinken, Bess. Egal, was ich mache, es hilft nicht. Ich sacke immer tiefer. Und bald geh' ich unter."

„Sei nicht so griesgrämig. Ich bin ja da, um dich aus der Kloake zu ziehen."

In langen Reihen standen die Soldaten auf dem Exerzierplatz, die Augen starr geradeaus gerichtet, die Rücken durchgedrückt, die Hände an den Seiten.

„Rührt euch!", rief Moody, nachdem er die Uniformierten abgeschritten war. Die Kleider raschelten, als die Männer und Frauen sich bequem stellten. Der General entfernte sich einige Schritte von der Reihe und nahm so Aufstellung, dass jeder ihn sehen konnte. Mit einem Blick und einer Handbewegung winkte er Bess herbei. Die Frau kam mit drei Soldaten im Schlepptau, zwei stämmige Gestalten mit Schlagstöcken am Gürtel, die einen dritten Mann in die Mitte genommen hatten. Sie führten den Delinquenten an die Seite des Generals und drückten ihn dort brutal auf die Knie. Moody versicherte sich, dass er die ungeteilte Aufmerksamkeit der Versammelten hatte, dann griff er nach dem Schopf des Mannes und zerrte ihn nach hinten.

„Schaut euch diesen Mann hier genau an! Heute hat er Schande über euch alle gebracht! Dieser Hund hier war der Meinung, dass die Uniform, die er trägt, ihm das Recht gibt, Terror unter den Bewohnern von Yard zu verbreiten! Er liegt falsch. Diese Uniform ist ein Versprechen an alle Menschen in der Hauptstadt, sie vor dem Terror zu beschützen und sie ohne Angst leben zu lassen. Dafür haben wir vor sieben Jahren gekämpft und Banner und seine Armee besiegt! Ich werde nicht zulassen, dass wir umsonst gekämpft haben!“

Angewidert ließ er den vor Schmerzen stöhnenden Mann los.

„Es herrscht das Kriegsrecht. Es ist der Ausnahmezustand. Das ist aber kein Grund, sich wie die Axt im Wald zu verhalten! Denkt immer daran, dass dieser Zustand nur von kurzer Dauer sein wird und ihr euren Familien, euren Freunden und euern Nachbarn danach noch in die Augen schauen müsst. Denkt daran, dass ihr es seid, die die Zukunft gestaltet, in der ihr leben werdet! Und fragt euch, ob ihr in einer Zukunft leben wollt, in der die Menschen das Vertrauen in uns, die Armee, verloren haben und Respekt sich in Angst verwandelt hat!“

Moody nickte den beiden Wachen in seiner Nähe zu und sie packten den Mann unter den Armen, zogen ihn auf die Beine.

„Ich habe euch heute den Befehl gegeben, die Ranch zu durchsuchen, nicht, sie kurz und klein zu schlagen. Das war ein einfacher Befehl, von dem ich erwarten kann, dass er erfüllt wird. Dieser Soldat hier meinte aber, er hätte das Recht, ein paar Zimmer dort auseinanderzunehmen und alles zu zerstören. Das hat er nicht! Das hat niemand von euch, außer es ist ein Befehl! Aus diesem Grund erwarten euren Kameraden zwei Wochen Einzelhaft. Danach wird er zu einer Strafkompanie an der Grenze versetzt. Schaut ihn euch an! Und denkt daran, dass euch genau das gleiche Schicksal blüht, wenn ihr glaubt, euch wie Arschlöcher verhalten zu dürfen!"

+++

An
Marcus Tailor, Präsident der Union,
und
Moody Whitlock, Oberbefehlshaber der Armee

Die Einführung des Kriegsrechts ist der erbärmliche Versuch, die Initiative zurückzugewinnen und das Unvermeidbare zu verhindern. Anstatt aufrechten Hauptes das Schlachtfeld zu verlassen, werft ihr nun alles in die Waagschale, in der Hoffnung, eure Macht verteidigen zu können. Doch ist es nichts als das letzte Aufbäumen der Verzweifelten.

Trotz aller Bemühungen sind wir weiterhin auf freiem Fuß und bewegen uns ungehindert durch die Straßen dieser Stadt. Jeder Versuch, uns aufzuhalten, ist gescheitert und wird weiterhin scheitern. Unsere Forderungen sind bekannt und ändern sich nicht: Wir verlangen euren sofortigen Rücktritt und die Aufhebung des Ausnahmezustands.

Folgt unseren Anweisungen und ihr werdet eure Kinder wieder in die Arme schließen können und dürft diese Stadt lebendig verlassen. Weigert euch und die Kinder werden aufgrund eurer Engstirnigkeit ihr Leben lassen.

Von heute an habt ihr eine Woche. Nutzt die Zeit.

„Das war alles?“, fragte Moody und wedelte mit dem Schriftstück in der Luft. Marcus nickte ihm zu.

„Ja. Nichts weiter. Und nichts an der Toten, das uns sagen würde, wer sie ist oder wer sie geschickt haben könnte.“

„Scheiße!“, knurrte Moody und schleuderte das Erpresserschreiben auf den Schreibtisch. „Verdammt Scheiße! Ich werde ein ernstes Wort mit den Wachen hier sprechen.“

„Warum? Macht das die Frau wieder lebendig?“, schüttelte der Präsident den Kopf.

„Haha! Sicher nicht. Aber das nächste Mal, wenn jemand mitten in der Nacht einen Erpresserbrief zum Unionsrat bringt, schießen sie besser auf die Beine!“

„Das setzt voraus, dass wir überhaupt nochmal einen Brief bekommen.“

Moody verkniff sich eine Antwort, stand auf und begann, im Zimmer auf und ab zu marschieren. Marcus seufzte entkräftet und massierte sich die Schläfen.

„Noch ein paar Tage“, erklärte Moody und sah den Präsidenten an. „Solange mache ich es noch mit. Aber ich sag' dir, ich werde mein verdammtes Amt niederlegen, wenn es sein muss. Erpressung hin oder her.“

Marcus sagte nichts sondern griff nach seiner Zigarre. Umständlich entfachte er die erkaltete Glut und paffte einige Schwaden zur Decke.

„Wir werden es schaffen, Moody.“

Der Rothaarige blickte den Präsidenten verständnislos an und schüttelte den Kopf. „Für Durchhalteparolen ist es ein bisschen spät, Marcus.“

„Morgen oder übermorgen haben wir nochmal fünfhundert Soldaten mehr in der Stadt. Und ich habe ein Kontingent in der Größe vom Army Depot hierherbeordert. Wir haben dann fast viertausend Mann.“

„Die Hälfte der Armee ist dann in Yard. Lass uns beten, dass es jetzt keine Probleme an der Grenze gibt.“

„Ich will doch nur sagen, dass wir genügend Leute haben, um die Stadt auf den Kopf zu stellen.“

„Ich hoffe es“, murmelte Moody.

+++

„Ratsmitglied Banks haben sie mit Steinen beschmissen“, flüsterte Tamara und sah ängstlich aus dem Fenster.

„Aber warum?“, wollte ihr Mann wissen. „Ihr habt doch nichts mit dem Ausnahmezustand zu tun. Der ist nicht auf euren Erlass verhängt worden.“

„Genau das ist ja das Problem. Wir haben uns nicht dagegen gewehrt. Die ganzen Verhaftungen und Durchsuchungen, die Zwischenfälle mit den Soldaten – all das macht die Menschen wütend. Und sie glauben, wir wären schuld an dem ganzen Mist.“

Er berührte sanft ihre Schulter. „Aber das ist doch Quatsch. Tailor macht genau das, wozu ihm das Gesetz Recht gibt. Da hätte der Rat nichts dran ändern können.“

„Und das soll ich den Menschen erklären? Luc, die lassen uns nicht mal aussprechen. In manchen Vierteln reicht es, dass sie uns nur sehen, und schon werden sie blutrünstig. Banks haben sie durch die halbe Stadt verfolgt, bis er sich endlich in Sicherheit bringen konnte. Die paar Soldaten auf dem Weg waren total überfordert und konnten den Mob nicht aufhalten. Die Leute wollen keine Erklärung. Die wollen Blut sehen!“

„Das ist barbarisch“, warf er kopfschüttelnd ein.

„Mach dich nicht lächerlich“, zischte sie und verzog ärgerlich das Gesicht. Sieben Jahre Zivilisation ändern die Menschen nicht einfach so.“

„Banks …“, begann ihr Mann und kratzte sich am Hals. „Ist Banks nicht auch einer von denen gewesen, der mit Sumter und Marrow zusammengearbeitet hat?“

„Der halbe Rat hat das“, übertrieb sie.

„Und Sumter und Marrow sind zum Abschuss freigegeben. Kein Wunder, dass sie Banks dann durch die halbe Stadt jagen. Und dass zufällig nicht genug Soldaten da sind."

Tamara löste sich vom Fenster und sah ihm in die Augen. „Was willst du damit sagen? Dass ein System dahintersteckt?"

„Was weiß ich", winkte er ab. „Aber sieh es mal so: Für den Präsidenten und seine Leute seid ihr Mitverschwörer. Ist es da nicht denkbar, dass..."

Das nächste Wort wurde vom Geräusch splitternden Glases abgerissen. Einen Sekundenbruchteil später erklang Geschrei aus dem Untergeschoss. Es stammte von Jena, einem der Mädchen des Ehepaars, und klang panisch und hysterisch. „Mama! Mama!", brüllte Samy, ihr Sohn. Die Eheleute sprangen zur Tür, stürzten hinaus in den Flur und polterten die Treppe hinab. Unten erstreckte sich der Wohnbereich mit großen Fenstern, die den Raum mit Licht fluteten. Eines der kostbaren Fenster war zerborsten und Jena stand nur wenige Schritte davon entfernt, starr vor Schock. Sie schrie panisch, Blut lief ihr über das Gesicht. Ein Stein hatte die Scheibe getroffen und sie am Kopf verletzt.

„Jena!", kreischte Tamara und schloss ihre Tochter in die Arme. Samy, der jüngere von beiden, hatte Schutz hinter einem der Stühle gesucht und blickte ängstlich zum Fenster.

„Das kann doch wohl nicht wahr sein!", dröhnte Luc und eilte zum Schrank, in dem er seine Waffe aufbewahrte.

„Mama! Papa! Sie kommen!", schrie Samy.

Tamara schreckte hoch, presste Jena an sich und starrte fassungslos zum Fenster hinaus. Draußen stürmten grölende Männer und Frauen über den Zaun, brachen durch das Tor. In ihren Fäusten hielten sie improvisierte Waffen, Äxte, Messer, Knüppel und ein paar Gewehre. Es war ein Lynchmob.

„Luc, wir müssen weg!", presste sie hervor.

Ihr Mann hatte seine kleine Pistole aus dem Schrank geholt und ließ ein Magazin einrasten. Gerade als er ihr antworten wollte, donnerte es an der Tür. Luc entsicherte die Waffe und richtete sie auf den Eingang.

„Verschwindet!“, warnte er.

Da klirrte es erneut, einer der Angreifer hatte sich durch das Fenster geworfen und landete nun in einem Scherbenregen auf dem Boden. Luc fuhr herum und richtete die Waffe auf den Mann. Der Kerl stand auf, streckte seinen Arm nach Samys Bein aus, der nicht schnell genug fliehen konnte. Ohne zu zögern, drückte Luc gleich mehrmals ab, der Angreifer klappte getroffen zusammen. Die Tür brach knackend auf. Der Bewaffnete fuhr herum, die Pistole in der Faust. Die Zeit des Redens war vorbei, er drückte einfach ab und jagte den Rest seines Magazins in den Mob, der durch den Eingang drängte. Doch es waren mehr Angreifer als Kugeln und die Nachrücker sprangen einfach über die Verwundeten hinweg, stürzten sich auf die schutzlose Familie.

Als zehn Minuten später das alarmierte Militär anrückte, fanden die Soldaten das Haus der Familie Weston in Brand gesteckt vor. Die vier verstümmelten Leichen lagen auf dem Rasen vor der Veranda. Der Ausnahmezustand hatte Druck unter der Bevölkerung aufgebaut und diese hatte sich ein Ventil gesucht. Es war nicht die einzige Entgleisung, die mit dem Kriegsrecht einherging – aber es war die bisher blutigste.

+++

„Wessen Befehl war das?“, dröhnte Moody. Wutschnaubend stand er vor der Uniformierten, die Hände zu Fäusten geballt. Sein Gesicht hatte fast die Farbe seiner Haare angenommen, die Ader an seiner Schläfe pulsierte.

„Sir, die Order kam von Ihnen“, antwortete die Frau und zuckte in Erwartung eines brutalen Ausbruchs des Generals.

„Schwachsinn!“, knurrte er und hob mahnend den Zeigefinger. „Ich lasse mich nicht verarschen! Wer hat den Befehl unterzeichnet?“

Die Frau nestelte an einer Tasche ihres Kampfanzugs und holte ein unscheinbares, gefaltetes Stück Papier hervor, reichte es dem Kommandierenden.

„Schauen sie selbst, Sir!"

Moody schnappte ihr den Befehl aus den Fingen und faltete ihn auf. Seine Augen weiteten sich, als er die Zeilen las. Sie waren maschinengeschrieben und trugen seine Unterschrift.

„Das habe ich nicht aufsetzen lassen!", schrie er die Frau an. Seine Hände gestikulierten wild in der Luft. „Was für ein Schwachsinn! Warum sollte ich anordnen, den Kerl zu erschießen? Hä?"

Die Offizierin wusste sich nicht zu helfen und zuckte mit den Schultern. „Sir, es steht mir nicht zu, die Befehle zu hinterfragen."

„In diesem einen Fall wäre es wohl nötig gewesen! Verdammt noch mal! Da bekommen wir endlich jemanden in die Finger, der es schafft, sich zehn Tage vor unserer Nase zu verstecken, und mit Sumter und Marrow zusammenarbeiten soll, und ich soll nichts anders tun, als seine Erschießung befehlen? Denken Sie auch mal nach?"

Bess schaltete sich ein, legte ihrem alten Freund die Hand auf die Schulter und zog ihn sanft zurück.

„Moody, lass gut sein. Du kannst jetzt nicht das Wesen der Armee in Frage stellen."

„Ist doch wahr!", empörte er sich. „Seit zehn Tagen suchen wir nach Hinweisen und jetzt, wo wir einen haben, wird er einfach so erschossen, bevor ich ihn mir vorknöpfen kann? Das fällt doch einem Blinden auf, wie dumm das ist!"

„Ja, Boss. Tut es. Aber mach ihr doch jetzt keinen Vorwurf, dass sie tut, was sie gelernt hat."

Bess nickte an Moody vorbei und bedeutete der Offizierin, zu gehen. Die Frau blickte unsicher zum General. Moody stand die Wut noch ins Gesicht geschrieben, aber er folgte Bess' Worten.

„Verschwinden Sie!"

Die Frau rückte ab und Bess ließ von ihm ab. Moody fuhr sich mit den Händen durch seine Haare und stampfte wütend auf.

„Immerhin haben wir jetzt den Beweis“, meinte Bess in einem Versuch, das Gespräch zu drehen.

„Wofür?“

„Na, dass jemand hier bei uns auf Sumters und Marows Gehaltslisten steht. Und wir wissen, dass wohl irgendwas in den Tunneln unter der Stadt zu finden ist, Boss.“

„Ja, nur anstatt dort unten alles zu durchwühlen, hätte ich es gerne von dem da“, schnaubte Moody und deutete auf einen abgedeckten Toten, „erfahren! Jetzt darf ich wieder die Nadel im Heuhaufen suchen!“

„Immerhin wissen wir jetzt, wie nah wir an der Sache sind. Moody, wir haben noch vier Tage. Nimm an Soldaten, was du kriegen kannst, und lass uns die verdammten Tunnel durchkämmen!“

„Ganz deiner Meinung“, stimmte er zu.

„Aber vorher müssen wir uns um die undichte Stelle kümmern.“

„Und wie willst du das machen?“

„Naja, ich bin es nicht und du bist es sicher auch nicht“, meinte Moody.

„Bleibt ja nur der ganze Rest des Offizierskorps‘“, sagte sie und verzog das Gesicht.

„Genau. Und deswegen werde ich sie unter Arrest stellen lassen. Ist nicht die feine Art, aber ich kann jetzt ganz sicher keine Ratte gebrauchen.“

Skeptisch sah sie ihn an. „Die Truppe kann das in den falschen Hals bekommen.“

„ Erkläre ich es ihnen danach!“

„Dann ist es vielleicht zu spät.“

„Also soll ich es so lassen und den Verräter weiter unsere Arbeit vermurksen lassen?“

„Kümmer' dich um das, was wichtig ist, Moody. Das sind jetzt die Tunnel und nicht der oder die Verräter. Für die ist später noch Zeit."

„Und wenn er die Entführer warnt?"

„Mit der Gefahr musst du jetzt leben. Du hast keine Zeit, jeden Offizier zu befragen und den richtigen zu finden und dabei noch die Kinder zu suchen – oder danach. Wer weiß, wie lang das dauert? Die Entführer lassen dir noch vier Tage. Also verplemper' sie nicht!"

+++

Mit jeder Stunde, die sich das Ultimatum dem Ende näherte, wurden die Bemühungen, die Kinder doch noch aufzuspüren, intensiviert. Mittlerweile waren fast tausend Soldaten dazu abkommandiert, die Tunnel und Kammern unter Yard abzusuchen, wobei man Tag und Nacht arbeitete. Zuerst hatte man versucht, alle Ein- und Ausgänge in das System abzuriegeln und damit die Suche einzukreisen, doch schnell hatte sich herausgestellt, dass das schlichtweg unmöglich war. Denn viele der Zugänge waren in den Jahrzehnten DANACH in Vergessenheit geraten und überbaut worden, während an anderen Stellen neue Eingänge entstanden waren. Ein unüberschaubares Durcheinander, das die Suche erschwerte.

Die Soldaten erkundeten das Labyrinth vorsichtig Raum für Raum und Gang für Gang. Die Tunnel in ihrer Grundkonstellation waren DAVOR als Versorgungs-, Lager-, und Wartungsschächte für den darüberliegenden Rangierbahnhof angelegt worden. In den Jahrzehnten DANACH wurde das Kellersystem mehrfach genutzt und an vielen Stellen umgebaut, oftmals ohne auf die Stabilität zu achten. Hinzu kam, dass die Jahrzehnte nicht spurlos am Beton vorbeigegangen waren. Große Teile der Anlage waren baufällig oder schlicht nicht passierbar, andere liefen in regelmäßiger Häufigkeit mit Wasser voll oder standen bereits seit Jahren unter Wasser. Das alles machte Bewegungen durch das Netzwerk gefährlich. Ein unbedachter Schritt reichte aus, um manche Tunnel zum Einsturz zu bringen. Doch das Labyrinth war in den Jahren vor Gründung der Union schon von den Bewohnern von Yard genutzt worden. Damals, als die Stadt Schauplatz des andauernden Machtkampfes zwischen fünf Fraktionen war, waren die alten Kammern ein legitimes Mittel in der Auseinandersetzung. Von hier aus kam man auf die streng bewachten Gleise des Gegners und konnte schweren Schaden anrichten. Manchmal kam es zu regelrechten Tunnelkämpfen, in denen bestimmte Knotenpunkte bis zur letzten Patrone verteidigt wurden. Wenn ein Gegner sich an einer Stelle festgesetzt hatte, riss man kurzerhand die Wand ein und versuchte, am Widerstand vorbei oder unter ihm durch zu graben. Nicht alle dieser Versuche funktionierten, oftmals stürzten die in aller Eile gegrabenen Gänge nach wenigen Metern in sich zusammen und begruben einige arme Seelen unter schier endlosen Erdmassen. Manchmal bemerkte der Gegner eine solche Aktion und trieb von seiner Seite aus einen Stollen voran. Und oft genug kam es dazu, dass man ganze Abschnitte verminte. Zahlreiche dieser Sprengfallen steckten noch heute in den Tunneln, oftmals ohne jemals irgendwo verzeichnet worden zu sein.

Diese Art der Auseinandersetzung wurde derartig drastisch geführt, dass sie in der Erinnerung der Einwohner von Yard nicht nur eine Randnotiz war, sondern einen eigenen Namen bekommen hatte: Rattenkrieg. Der Umstand, dass die Erde unter Yard an vielen Stellen durchlöcherter war als ein Stück Käse und die emsigen und ungeplanten Bauarbeiten unter Tage sich auf das Leben an der Oberfläche auszuwirken begannen, hatte den Rattenkrieg damals zu einem Ende gebracht. Spätestens, als binnen einer Jahresfrist drei Tunnel eingestürzt waren und große Krater an der Oberfläche hinterlassen hatten, blühte den Verantwortlichen, dass auf diese Art und Weise kein Machtkampf zu führen war. Zumindest nicht, wenn es darum ging, am Ende noch über etwas anderes als eine Kraterlandschaft zu herrschen. Die Übereinkunft damals hatte nicht dafür gesorgt, dass man sich vollständig aus den Tunneln zurückzog, aber es war ein stillschweigendes Friedensabkommen. Da Taten besser als Worte waren, schüttete man ganze Kammern und Gänge zu, unterteilte das unüberschaubare Gesamtsystem in viele kleine Blöcke.

Die Geschichte der Stollen unter der Hauptstadt machte den Suchtrupps Jahrzehnte später also das Leben besonders schwer. Unter den Soldaten waren gerade die alten Teile des weitläufigen Kellernetzwerks berüchtigt. Innerhalb weniger Tage hatte es bereits sieben Totalausfälle gegeben: Ein Suchtrupp war in einem der Gänge verschüttet worden, ein anderer war geradewegs in eine Sprengfalle gelaufen. Beide Ereignisse trugen wiederum nicht dazu bei, die Moral zu heben. Die Männer und Frauen versuchten alles, um nicht zu den Suchtrupps kommandiert zu werden: Sie meldeten sich krank, versuchten ihre Schichten zu tauschen oder die zuständigen Offiziere zu bestechen.

Kapitel 7

Durchbruch

Am Morgen des dreizehnten Tags unter Kriegsrecht war Moody höchstpersönlich an einem der Zugänge erschienen. Er wollte die Sucharbeiten den ganzen Tag überwachen. Das Ende des Ultimatums der Verschwörer drohte, und dem General war bewusst, dass dies der letzte Tag war, an dem er das Ruder noch herumreißen konnte. Wenn bis zum Ende des Tages keine Ergebnisse vorlagen, wollte er zurücktreten und sich vor den Entführern geschlagen geben. Und noch mehr, denn um das Leben seiner Tochter zu schützen, würde er auch Marcus zum Rücktritt zwingen. Wenn es sein musste, mit Gewalt. Doch so aussichtslos die Lage auch sein mochte, Moody war nicht bereit, das Feld kampflos zu räumen. Akribisch studierte er die Berichte der Suchtrupps und versuchte daraus Anhaltspunkte zu ziehen, vielleicht Hinweise zu entdecken, die bisher übersehen worden waren. Immer wieder ließ er die Suchtrupps antreten und befragte die Uniformierten, und mit jedem Apell, der ohne gute Nachricht ausging, verfinsterte sich seine Miene. Gleichzeitig sah er es jedoch als seine Pflicht an, bis zum Letzten zu gehen. Wie stand er vor Frau und Kind, seinen Freunden, seinen Soldaten und vor der Union da, wenn er aufgab? Konnte er sich selbst im Spiegel ansehen, wenn er nicht bis zur letzten Minute um das Leben seiner Tochter gekämpft hatte?

Gegen Mittag erschütterte eine unterirdische Explosion die Stadt. Staubwolken schossen aus den Zugangstunneln und für einen kurzen Moment herrschte bleierne Stille in Yard. Aufgeschreckt hatten die Menschen bei ihrem Tagwerk innegehalten und ängstlich auf den Boden unter ihren Füßen geschaut. Als klar wurde, dass es zu keinem so schweren Zwischenfall gekommen war, dass eine Flucht notwendig war, wandten sie sich wieder ihren Aufgaben zu, auch wenn sie immer wieder nervös nach unten sahen.

Moody hingegen war nicht in der Lage, mit einer solchen Leichtigkeit über den Vorfall hinwegzusehen. Es dauerte gar nicht lange, bis man ihm Bericht erstattete. Einer der Suchtrupps war in die tiefsten Bereiche der alten Kammern vorgedrungen, ein Abschnitt, den man bisher ausgelassen hatte. Die Baufälligkeit der Gänge war ein Grund dafür gewesen, denn niemand hatte sich vorstellen können, dass irgendwer mit einem Quäntchen Intelligenz dumm genug war, sich dort zu verstecken. Der General aber hatte das Vorgehen geändert – vielleicht spielten die Verschwörer eben genau mit diesem Kalkül und nutzten die massive Baufälligkeit an dieser Stelle zu ihrem eigenen Schutz. Besagter Suchtrupp war zuerst sehr gut, wenn auch langsam vorangekommen. Dann aber gerieten die Männer und Frauen in einen scheinbar schwer verminten Gang und lösten eine der Sprengfallen aus, was zu einer Kettenreaktion führte. Unter normalen Umständen hätte dieser Vorfall ausgereicht, damit die Uniformierten das Gebiet in Zukunft meiden würden. Diesmal aber gab es einige Details, die Moody hellhörig werden ließen.

Bei den Sprengfallen handelte es sich um relativ kleine Ladungen, die den Gang als solches intakt ließen. Die Toten, die kurz nach dem Zwischenfall ans Tageslicht geschleppt wurden, waren nicht aufgrund der Explosion oder großer Trümmerbrocken gestorben, sondern durch Splittereinwirkungen. Eine schnelle Untersuchung ergab, dass mittels einiger Handgranaten und simpler Stolperdrähte eine effektive, tödliche Falle gebaut worden war.

Sprengladungen aus der Zeit des Rattenkriegs gab es im ganzen Labyrinth und sie waren zuweilen eine bösartige und tödliche Überraschung für jeden, der sich dort unbedacht bewegte. Doch ihr Aufbau war ganz anders als der jener Falle, in die der Suchtrupp gestolpert war. Oftmals bediente man sich gerichteter Sprengladungen mit einer Art einfachem Trichter davor. Der Trichter wurde mit Schrott und Gesteinsbrocken gefüllt. Kam es nun zu einer Explosion, wurden die improvisierten Geschosse in die vorher eingestellte Richtung geschleudert. Einfach, aber effektiv. Der Umstand, dass man an dieser Stelle Handgranaten verwendet hatte, sprach dafür, dass die Falle jüngeren Datums war. Manchmal kam es vor, dass Händler oder Schmuggler ihre Warenlager in dem alten Labyrinth versteckten, aber diese Depots lagen in aller Regel näher an der Erdoberfläche, so dass sie schneller zu erreichen waren.

Offensichtlich waren die Männer und Frauen bei ihrer Suche auf eine heiße Spur gestoßen. Moody ließ sofort alle anderen Arbeiten im Labyrinth unterbrechen und stellte eine Truppe aus Freiwilligen zusammen, die er persönlich in die Dunkelheit führte. Herz und Verstand sagten ihm, dass er kurz davor war, die Entführung zu beenden.

„Könnt ihr nicht mal schneller machen?“, knurrte er die Soldaten an, die sich mit ihm in das Labyrinth wagten. Der Trupp war einigen Kreidemarkierungen gefolgt, mit denen geprüfte und sichere Abschnitte gekennzeichnet waren. Sobald sie allerdings die sicheren Bereiche hinter sich gelassen hatten, ging es nur noch mit quälender Langsamkeit voran. Moody machte das rasend.

„Sir, das geht nicht“, murmelte ein bärtiger Veteran und starrte mit zusammengekniffenen Augen in die Dunkelheit. Der helle Schein seiner Lampe tastete Zentimeter für Zentimeter des Ganges ab.

„Kneift die Arschbacken zusammen und scheißt euch nicht ins Hemd, ja?“, grunzte er und drückte sich an dem Bärtigen vorbei. Der Haudegen machte einen halben Schritt, da packte ein anderer Soldat ihn an der Schulter.

„Stehenbleiben, Sir!“

„Was?“

„Nicht bewegen!“

Moody erstarrte. Instinktiv sah er zu Boden, suchte den Mechanismus, den er vielleicht ausgelöst hatte. Einen Fingerbreit vor seiner Stiefelspitze spannte sich eine durchsichtige Schnur knapp über dem Boden.

„Scheiße", murmelte er und seine Zuversicht war sogleich verschwunden.

„Alles gut, Sir. Sie haben noch nichts ausgelöst", versicherte der Bärtige auf der anderen Seite und sank auf die Knie. „Sonst …" Der Mann blähte die Wangen und ahmte eine Detonation nach, seine Finger beschrieben eine Explosion.

„Laber nicht so viel. Kannst du es entschärfen?", zischte Moody gereizt.

„Denke schon", nickte der Mann und krabbelte der gespannten Schnur hinterher. Moody bemerkte, dass der Rest des Trupps sich langsam zurückzog. Dazu hatte es keines Befehls bedurft, die Männer und Frauen an seiner Seite waren auch an ihrem eigenen Überleben interessiert. Sie wichen hinter eine Gangbiegung zurück, wo sie wenigstens vor Splittern geschützt wären.

„Treffer!", verkündete der Bombensucher triumphierend und brachte Moody damit zum Zusammenzucken. Hastig blickte er zu dem Mann, der damit beschäftigt war, sich in aller Ruhe an etwas zu schaffen zu machen. Sein Rücken versperrte Moody die Sicht, doch der General konnte sich gut vorstellen, um was es sich handelte. Er wagte es jedoch nicht, zu fragen, aus Angst, den Bärtigen im falschen Moment abzulenken. Ein metallisches Klicken ertönte, dann wiederholte sich das Geräusch einige Male.

„Geschafft!", machte der Mann Meldung. Er kam auf die Knie, drehte sich halb zu Moody um und hob eine einzelne Splittergranate in die Höhe.

„Da haben wir eins der Mistdinger!"

„Kann ich mich jetzt wieder bewegen?"

„Klar, General", versicherte der Mann und sammelte die restlichen Sprengkörper ein. Moody atmete hörbar und erleichtert aus, von hinten kam der Rest des Trupps wieder heran.

„Danke“, sagte er halblaut zu dem anderen Soldaten, der ihn vor dem Schlimmsten bewahrt hatte. Der Mann nickte nur und leuchtete wieder in den Gang.

„Eindeutig Armeebestände“, machte der Bombensucher Meldung und stopfte sich die Granaten in seine Weste. „Sieht so aus, als hätte jemand eine ganze Menge aus dem Arsenal geklaut.“

„Dann sind wir auf der richtigen Spur“, verkündete Moody, der sich an die Sprengfalle erinnerte, in die Sal um ein Haar geraten war. Er hatte sich die Akte von Dwight Ramsey nach dem Vorfall zur Einsicht geben lassen und der Deserteur war seit dem Zwischenfall mit Valdez verschwunden. Wie viele Soldaten und Offiziere steckten eigentlich noch in der ganzen Angelegenheit mit drin? Skeptisch musterte er seine Begleiter, dann zuckte er mit den Schultern.

„Also gut. Weiter.“

Sie arbeiteten sich weiter durch die Eingeweide der Stadt vor. Es ging vorbei an überfluteten Stollen und zugemauerten Gängen, an Schotts, die wahrscheinlich seit Jahrzehnten nicht mehr geöffnet worden waren und mittlerweile vor sich hin rosteten.

Die Tunnel waren ein echtes Labyrinth, in dem man schnell die Übersicht verlieren konnte. Nach vielen Stunden erreichten sie ein tiefgelegenes Gangsystem, das erstaunlich gut in Schuss war. Es führt auf eine schwere Metalltür zu und einige Meter vor dem Gang war eine weitere Sprengfalle installiert. Diese Falle war anders, sollte todsichere Ergebnisse liefern: Über die Breite des ganzen Stollens waren in aller Höhe feine Schnüre gespannt, wie man sie auch zum Angeln benutzte. Ein Spinnennetz, bei dem man einen einzelnen Faden schnell übersehen konnte. Gekoppelt waren die Drähte mit einem halben Dutzend Handgranaten, die ausreichten, um jedes Leben im Gang auszulöschen.

Sie brauchten geschlagene zwei Stunden, um die Falle zu entschärfen, dann erst konnten sie auf die verheißungsvolle Tür vorrücken. Moody hielt die Spannung kaum noch aus, er wusste instinktiv, dass sich Antworten hinter dem Schott verbargen.

Der Gang dahinter führte noch einige Schritte weiter, verbreiterte sich bald aber zu einem langgezogenen Raum.

Vergilbte Poster und längst verblichene Schriftzüge an den alten Betonwänden waren der Beweis dafür, dass dieser Teil des Labyrinths schon in der Zeit DAVOR existiert haben musste. Die Kammer war zu einer Behausung umfunktioniert worden: Einige grob gezimmerte Möbel und zwei Feldbetten dienten als Mobiliar. An einer der Seitenwände befand sich ein alter Gasherd und der Geruch von Gekochtem hing in der Luft. Das Wohnquartier war verlassen, doch an der Rückwand des Gewölbes befand sich eine weitere schwere Metalltür, die mit grauem Styropor und versifftem Schaumstoff verdämmt war. Mit schussbereiten Waffen positionierten die Kämpfer sich vor der Tür, während Moody den Riegel beiseiteschob. Das schwere Metall glitt quietschend zur Seite – und die Männer und Frauen blickten in die Gesichter der vermissten Kinder. Es war Arleens Stimme, die die gespannte Stimmung als erstes Durchschnitt.

„Papa!“

Moody rammte seine Waffe ins Holster und war nicht mehr zu bremsen. Er machte einen Satz in die Kammer, schloss seine Tochter in die Arme und hob sie hoch. Tränen der Erleichterung liefen ihm über das Gesicht, dieser eine Moment hatte alle Anstrengungen der letzten Tage, all die Gewalt gerechtfertigt.

„Arleen!“, keuchte er und drückte sie fest, wischte ihr mit der dreckigen Hand die Haarsträhnen aus dem Gesicht. „Geht es dir gut?“

Das Mädchen klammerte sich an ihrem Vater fest, sie schluchzte, nickte aber. „Ja.“

„Gut. Ich bringe dich hier raus. Alles ist gut. Es ist vorbei. Du bist in Sicherheit“, schwor er ihr.

Arleen antwortete nicht, sondern verkrallte sich nur noch mehr in Moodys Schutzweste. Jetzt erst dachte Moody an Joshua und griff nach dem Jungen. Der Sohn des Präsidenten war nicht weniger verängstigt als Arleen, doch im Gegensatz zu ihr schloss ihn hier unten niemand in die Arme. Er weinte, als der General ihn auf den Arm nahm.

„Na komm, Junge. Ich bringe dich zu deinem Vater."

+++

Mit dem Auffinden der Kinder gab es keinen Grund mehr, den Ausnahmezustand aufrechtzuerhalten. Ohne Rücksprache mit Marcus zu suchen, befahl Moody der Truppe, ihre Stellungen in der Stadt zu räumen und die vergangenen dreizehn blutigen Tage von Yard so schnell wie möglich zu beenden. Die Uniformierten räumten ihre Checkpoints und Straßensperren und zogen zurück in die Garnison. Spätestens mit dem nächsten Morgen war das letzte Anzeichen der kurzen Zeit des Militärrechts über die Hauptstadt verschwunden. Alle Sonderregelungen, die das Leben der Bewohner in den letzten Tagen eingeschränkt hatten, wurden mit sofortiger Wirkung aufgehoben, und Normalität hielt langsam, aber sicher in der Hauptstadt Einzug.

„Es ist vorbei", sagte Moody und goss sich mehr als zwei Fingerbreit Whiskey ein.

Doch den Optimismus, den er ausstrahlte, teilte Marcus nicht. Der Präsident stand am Fenster und blickte auf das abendliche Yard hinaus. Nachdenklich saugte er an seiner Zigarre.

„Ist es nicht."

„Was denn? Wir haben die Kinder wieder! Es gibt kein Druckmittel mehr! Jetzt können sie uns nichts mehr!"

Marcus drehte sich um und musterte den General, dann schüttelte er den Kopf.

„Wir haben einen Kampf gewonnen, Moody. Mehr nicht. Der Krieg ist noch lange nicht vorbei."

„Krieg? Wovon redest du?"

„Von Marrow und Sumter. Sie haben uns den Krieg erklärt. Sie sind immer noch auf freiem Fuß. Genauso wie viele ihrer Verbündeten."

„Ja und? Die haben jetzt nichts mehr. Keinen Rückhalt und keinen Besitz. Du glaubst doch nicht, dass die Kerle noch gefährlich sind."

„Das glaubst du doch selber nicht, Moody. Solange sie noch auf freiem Fuß sind, geht von ihnen eine Gefahr aus."

„Mit der wir auch so fertig werden", führte der General an.

„Wenn unsere Mittel vorher gereicht hätten, dann wäre es niemals so weit gekommen", fasste Marcus mit bitterer Miene zusammen. „Nein. Noch ist gar nichts vorbei. Wir befinden uns noch mittendrin."

„Das ist bescheuert. Du klingst ziemlich paranoid."

„Paranoid? Moody, schau dich um! Das Militär ist mit in die Entführung verstrickt, Sumter hat in den letzten Monaten eine Menge Leute um sich geschart. Die Verschwörung ist noch in vollem Gange, solange wir die beiden nicht haben!"

„Bullshit!", dröhnte der General. „Die beiden haben nichts mehr. Sie sind demontiert. Glaubst du wirklich, nach den letzten Tagen wird irgendwer in der Union noch einen Finger für sie rühren?"

„Haben wir sie denn bisher gefunden?"

„Marcus, ich habe mich die letzten Tage darum gekümmert, die Kinder zu finden. Mit Erfolg, will ich behaupten. Ich hatte nicht die Zeit, auch noch an dieser Front zu kämpfen."

„Dann tun wir es jetzt!"

Moody schwenkte das stumpfe Glas in der Hand, stürzte den Schnaps herunter und verzog das Gesicht. Dann entfuhr ihm ein wohliges Stöhnen und er schüttelte den Kopf.

„Wir werden wohl keine Däumchen drehen, Marcus. Sicher kümmern wir uns jetzt darum. Setz einfach ein entsprechend hohes Kopfgeld aus und ich lasse die Steckbriefe in Yard und der Union verteilen. Du wirst sehen, das regelt sich von selbst!"

„Das kann niemand sagen", beharrte Marcus und humpelte zurück zu seinem Platz. Das Leder seines Sessels knarrte, als er sich setzte.

„Und was soll das nun heißen?“

„Dass ich das Kriegsrecht nicht aufheben werde.“

Moody fuhr sich mit beiden Händen durch die Haare, widerstand den Drang, sich einige Büschel auszureißen.

„Das musst du auch nicht. Das habe ich schon für dich getan. Die Truppe ist wieder in die Kasernen eingerückt, die Straßensperren und Checkpoints sind aufgelöst. Wir brauchen sie nicht mehr.“

„Dazu hast du kein Recht“, flüsterte Marcus. „Lediglich der Präsident kann das. Und ich habe eine solche Order nicht gegeben.“

„Dann wirst du dich mit den Tatsachen jetzt wohl abfinden müssen.“

Die Blicke der beiden Männer trafen sich. Moody war angriffslustig, funkelte den verkrüppelten Präsidenten an, doch Marcus gab sich nicht weniger kampfeslustig. Zwei starke Persönlichkeiten standen sich gegenüber und ein zähes Ringen deutete sich an.

„Du überschreitest deine Kompetenzen, Moody“, sagte Marcus eisig.

„Ich? Du!“, knurrt Moody und stemmte sich in die Höhe. „Du kannst den Menschen nicht noch mehr abverlangen! Wir haben gewonnen, Marcus!“, brüllte Moody.

„Haben wir nicht. Wir spielen ihnen damit in die Hände. Es wäre dumm, in diesem Moment nachzugeben und ihnen Luft zum Atmen zu lassen. Wir müssen jetzt mit voller Härte weitermachen und Sumter und Marrow zur Strecke bringen.“

„Das ist Wahnsinn, Marcus! Dreizehn verdammte Tage Kriegsrecht haben nicht ausgereicht, um die beiden Schweine zu bekommen. Glaubst du denn, es wird jetzt anders? Es wird eher schlimmer! Die Menschen haben an dich geglaubt, als du ihnen erzählt hast, es ginge nur um die Rettung von Joshua und Arleen. Das haben wir geschafft. Und jetzt? Jetzt soll es weitergehen? Dann hast du sie belogen und sie werden dir das nicht verzeihen!“

„Lass das meine Sorge sein! Der Sieg ist zum Greifen nah. Wir können die ganze Geschichte jetzt beenden und vom Tisch fegen. Für Stabilität in Yard und der gesamten Union sorgen! Wenn wir jetzt aufhören, holt uns die Geschichte in ein paar Monaten oder vielleicht auch Jahren ein. Das muss dir doch klar sein!"

Moody deutete zornig auf den Präsidenten. „Das muss mir klar sein? Der Blinde von uns beiden bist doch du! Wenn das Kriegsrecht jetzt andauert, wird es uns erst recht in ein paar Monaten oder Jahren einholen. Glaubst du denn, die Menschen vergessen so schnell? Sie werden sich immer daran erinnern und ihre Erinnerungen sind keine guten. In deinem Wahn, die Verschwörer zu bekommen, säst du nur Hass!"

„Hast du mich gerade wahnsinnig genannt?" Marcus war aufgestanden und die beiden Männer standen sich bedrohlich gegenüber.

„Ich nenne dich noch viel schlimmer, wenn es sein muss. Was ist das für eine Scheiße? Erst hängst du mir dauernd wie ein kleines weinerliches Kind in den Ohren, dass wir vorsichtig sein müssen mit dem, was wir tun, weil jeder noch so kleine Schritt Konsequenzen haben könnte. Dann bekomme ich dich endlich dazu, Mut zu beweisen und den Vorschlaghammer auszupacken. Und jetzt willst du das verdammte Spielzeug nicht beiseitelegen, sondern zerschlägst einfach alles, was wir in den letzten Jahren aufgebaut haben? Das kannst du nicht ernst meinen!"

„Du hast keine Ahnung, was ich alles kann, Moody!"

„Was soll das heißen, Marcus?"

„Dass ich den Kriegszustand nicht aufheben werde. Ab Morgen sind die Soldaten wieder auf den Straßen und werden alles tun, was notwendig ist, um die Verschwörer endlich zu bekommen und Yard zu befrieden."

„Yard ist befriedet!", schrie Moody.

„Noch lange nicht. Und wenn du nicht Manns genug bist, diese Entscheidung zu tragen, dann werde ich es ohne dich tun."

„Nicht Manns genug? Ich habe meinen Namen und meinen Ruf für das Kriegsrecht geopfert! Was hast du währenddessen gemacht?"

„Du hast getan, was deine Aufgabe war und was man von dir erwartet hat. Jetzt spiel dich nicht so auf, Moody."

„Du verdammter …", dröhnte der gedrungene General, dann hatte sich der rote Schleier vor seinen Augen gesenkt. Mit einem zornigen Aufschrei langte er über den schweren Schreibtisch, packte Marcus' Kragen und verpasste dem Präsidenten einen wuchtigen Schlag. Doch damit war sein Zorn nicht verraucht, immer und immer weiter prügelte er auf ihn ein. Erst die präsidiale Wache vermochte es, den tobenden General vom Präsidenten fortzuzerren und ihm Einhalt zu gebieten. Im Handgemenge wurde Moody im Gesicht getroffen und seine Unterlippe platzte auf. Der Geschmack von Blut brachte ihn wieder zur Besinnung.

Jetzt erkannte Moody, dass er sich hatte übermannen lassen und seine Kompetenzen um ein Vielfaches überschritten hatte. Noch bevor Marcus ihm die notwendigen Schritte nahelegen konnte, zog er selbst seine Konsequenzen. Als General hatte er die Aufgabe, seine Untergebenen zu führen und ihnen ein Vorbild zu sein. Sein gewalttätiger Wutausbruch war der Beweis dafür, dass er vor allem eins war: ein schlechtes Vorbild. Selbst jemand wie Moody sah ein, dass er unter den gegebenen Umständen unmöglich weiter den Oberbefehl der Armee halten konnte.

„Ich trete zurück", knurrte er, während die vier Wachen ihn mit Mühe fixierten. „Ich trete von meinem Posten zurück."

Marcus tupfte sich mit einem Tuch Blut aus dem Gesicht. Moodys Ausbruch hatte ihm die Augenbraue aufgerissen und er starrte nun mit einer Mischung aus Faszination und Schrecken auf das Rot an seinen Fingern. Nachdenklich ging sein Blick zwischen seiner Hand und dem zu Boden gerungenen General hin und her. Mit einem Angriff auf den Präsidenten war nicht zu spaßen, egal unter welchen Umständen er geschehen war. Es war ein Angriff auf die Union. Trotzdem bedeutete er der Wachmannschaft, von Moody abzulassen, und straffte sich. Ein dünnes, blutiges Rinnsal lief ihm die Wange hinab und verschmierte seinen weißen Hemdkragen.

„Ich gebe dem statt. Und ich werde davon absehen, dich für diese Attacke zu maßregeln. Geh mir aus den Augen."

Moody kam in die Höhe und schnaubte verächtlich. Für lange Momente trafen sich die Blicke der beiden Männer wieder. Es waren die kurzen Momente, die alles im Leben veränderten, die die Erfahrungen aus Jahren zerstörten. General und Präsident wussten, dass ab diesem Moment nichts mehr so war wie zuvor. In einer wütenden Geste riss Moody sich sein Rangabzeichen von der Schulter und schleuderte es auf den Schreibtisch. Dann drehte er sich um und stapfte aus dem Büro.

Der Tag, an dem Moody seine Tochter und den Sohn des Präsidenten gerettet hatte, war gleichzeitig auch sein letzter Tag in Amt und Würden.

+++

Einen Tag nach der Rettung der Kinder berief Marcus den Unionsrat ein. Es gab vieles zu erklären und zu rechtfertigen, doch letztlich blieb die Kritik an den Tagen des Ausnahmezustands eher verhalten. Offensichtlich hatte der Kriegszustand die verfahrene Situation gelöst und vielleicht war seine Verhängung damit gerechtfertigt. Tatsächlich war die Opposition gegen den Präsidenten durch die zahlreichen Verhaftungen und Zugriffe der vergangenen zwei Wochen erheblich geschrumpft. Jene, die bisher verschont geblieben waren, gaben ihren Widerstand gegen Marcus vor allem aus Angst vor dem Schicksal auf, das ihren ehemaligen Verbündeten blühte.

„Wir haben sie entwaffnet!", verkündete er Marcus Rat. „Wir haben uns nicht von ihnen einschüchtern lassen, sondern haben ihnen die Stirn gezeigt und siegten letztlich! Aber wir dürfen uns nicht blenden lassen. Es ist noch nicht vorbei! Das, was wir errungen haben, war ein einzelner Sieg. Ein glanzvoller Sieg, aber Sie alle wissen, dass man damit keinen Krieg gewinnt. Nigel Sumter und John Marrow haben es gewagt, gegen die Ordnung der Union zu revoltieren. Sie wollten das umstürzen, was uns allen nützt! Und wenn wir ihnen gestern auch unsere Kinder entrissen haben – sie sind immer noch frei! Die Gefahr ist damit noch nicht gebannt. Wir haben die Ratten für den Moment vertrieben, aber sie sitzen nun in ihren Löchern und beobachten uns, warten nur auf den richtigen Moment, um hervorzukommen und uns wieder zu schaden."

Seine Rede war von wütendem Feuer getragen und er vermochte es, dass der Funke langsam, aber sicher von Ratsmitglied zu Ratsmitglied sprang, dass ihre Skepsis sich in Zustimmung verwandelte.

„Denn so ist das mit Ungeziefer. Es kommt immer dann zurück, wenn man es am wenigsten erwartet. Und warum? Weil man nachlässig war und die Jagd nicht zu Ende gebracht hat. Weil man froh damit war, sie nur vertrieben zu haben. Ich aber gebe mich damit nicht zufrieden. Die Union ist attackiert worden. Ich bin attackiert worden! Sie kamen und entführten meinen Sohn, um mich zu erpressen. Das allein ist doch nur ein Vorgeschmack auf alles, zu dem sie sonst noch fähig sind! Lassen wir ihnen jetzt Luft zum Atmen, erlauben wir, dass sie Kraft schöpfen, werden sie wieder zuschlagen! Sie haben alle gesehen, zu was die Verschwörer fähig sind. Das nächste Mal ist es nicht mein Kind, das entführt wird! Das nächste Mal sind es Ihre Söhne und Töchter! Sind es Ihre Frauen, die bedroht werden! Dieses Pack schreckt vor nichts zurück!"

Die Menge hing nun gebannt an den Lippen des Präsidenten. Jedes störende Nebengeräusch war verklungen.

„Wir haben ihnen einmal die Stirn geboten und wir werden es wieder tun! Für solche Elemente ist in der Union kein Platz! Wir dürfen nicht zulassen, dass skrupellose Monster uns unter

Druck setzen, dass sie mit Angst und Gewalt das zu zerstören suchen, für was wir alle gekämpft und geblutet haben! Das sind wir uns selbst schuldig. Das sind wir all den tapferen Männern und Frauen schuldig, die damals in der Schlacht um Yard für den Traum der Einigkeit ihr Leben gelassen haben. Und wir sind es unseren Kindern und der Zukunft schuldig!"

Seine Worte waren aufpeitschend. Die Mehrheit der Ratsmitglieder stimmte ihm zu, zuerst nur kopfnickend, dann gab es die ersten Rufe. Letztlich entfaltete sich ein Applaus. Jene, die anderer Meinung waren, wurden vom Sog der Menge mitgerissen, wagten es nicht, ihre Stimme zu erheben.

„Und aus diesem Grund bitte ich Sie, für eine Gesetzesänderung zu stimmen. Wir dürfen die schärfste Waffe in unserem Arsenal jetzt nicht mehr aus der Hand legen! Sie war einmal effektiv gegen die Feinde der Union – und sie wird es wieder sein! Ich beschwöre Sie, jetzt nicht den Mut und den Glauben zu verlieren. Wir müssen uns jetzt zusammenraufen, müssen gemeinsam gegen jene vorgehen, die uns Schaden wollen. Einigkeit, das war die Parole in den ersten Stunden der Union, der Ruf, der die Geburt dieses Staats begleitet hat. Und diese Einigkeit brauchen wir jetzt wieder. Für Yard, für die Union, für eine bessere Zukunft!"

Und damit war der Wahlgang eröffnet. Mit einer spürbaren Mehrheit votierte der Rat für die erweiterten Sonderrechte der Unionsarmee bei der Jagd nach den Verschwörern. Es hatte in der Geschichte der Union Abstimmungen gegeben, die mit deutlicherer Mehrheit getroffen worden waren. Doch für den vorliegenden Fall war das völlig egal. Große oder kleine Mehrheit: Der Rat trug das Ansinnen des Präsidenten mit.

Feierlich schwor er, Yard und die gesamte Union in den Frieden zu führen und mit all jenen, die sich gegen den Staat gestellt hatten, hart ins Gericht zu gehen. Es war Tatendrang, der aus ihm sprach, und genau dieses Bild hatten sich viele der Ratsmitglieder in den letzten Jahren immer gewünscht. Stattdessen war ihnen oftmals ein Präsident begegnet, der sich in engen, vorgegebenen, politischen Bahnen bewegte, seine Worte jedes Mal mit Bedacht wählte und viel zu oft den Eindruck erweckte, als wäre das Einzige, wozu er in der Lage war, große Reden zu schwingen. Marcus präsentierte sich nun in einer ganz neuen, nahezu unbekannten Facette, und die Männer und Frauen, teils selbst von dem Schneckentempo der Politik gelähmt, hießen diese Abwechslung willkommen.

Noch in der gleichen Nacht erteilte der Präsident die entsprechenden Befehle und mit dem Sonnenaufgang rückten die Soldaten erneut aus. Der Rückzug in die Kasernen war nur von kurzer Dauer gewesen, schon bald wurden die Straßen wieder von den Uniformierten beherrscht und gesichert. Gleichwohl war das Vorgehen der Unionsarmee nicht mehr so extrem wie in den vorherigen Wochen. Für den Moment zeigte die Streitmacht lediglich Präsenz auf den Straßen, während hinter den Kulissen an der Ergreifung der Verräter gearbeitet wurde. Jene, die während des Ausnahmezustands inhaftiert worden waren, blieben, wo sie waren, und die Befragungen gingen weiter. Der Ausnahmezustand war mit einer Abstimmung des Rates legitimiert und zur gelebten Realität in der Hauptstadt geworden.

Erst danach informierte Marcus die Männer und Frauen im Unionsrat davon, dass Moody mit sofortiger Wirkung von seinem Amt zurückgetreten war. Diese Art der Geheimniskrämerei war in seinen Augen notwendig, denn wahrscheinlich hätte man ihm die umfangreichen Rechte, die er dank der neuen Ratsbeschlüsse nun in den Händen hielt, sonst nicht gegeben.

+++

„Kannst du es ihm übelnehmen?“, durchbrach Perry die Stille, die sich nach Moodys Auftritt drückend über das Krankenzimmer gelegt hatte.

Eris saß aufrecht auf der Matratze, das Gesicht angespannt, die Lippen zu einem Strich verkniffen.

„Wenn ich könnte, würde ich es genauso machen“, gab Eris zu.

„Die Stadt verlassen? Wirklich?“

„Schau dir an, was in den letzten Tagen passiert ist. Ich habe nur die Berichte von euch gehört, habe es nicht selber gesehen. Und allein beim Gedanken daran zieht sich alles in mir zusammen. Die Union ist kein Militärstaat. Zumindest sollte sie das niemals sein. Und jetzt ist es doch dazu gekommen. Die Truppe gibt den Ton an, kontrolliert die Straßen, drangsaliert die Leute. Es gibt Verhaftungen und Verurteilungen. Überall wird Jagd auf mögliche Verschwörer gemacht. Ich brauche nicht besonders viel Fantasie, um mir auszumalen, wo das enden wird.“

Perry nickte und setzte sich. Sein Arm hing immer noch in einer Schlinge um den Hals, doch die Verletzung wurde mit jedem Tag besser, auch wenn ihn das nicht davon abhielt, zu klagen und zu fluchen. Er zückte den mattsilbrigen Flachmann und schwenkte ihn nachdenklich.

„Beängstigend, was?“

„Ja“, stimmte Eris zu. „Das ist pures Gift. Wenn ich ein Problem mit meinem Nachbarn habe, dann schwärze ich ihn einfach beim nächsten Checkpoint an. Verbreite Gerüchte über ihn. Und dann wird es nicht lange dauern, bis eine Patrouille aufläuft und ihn einkassieren wird. Das darf nicht sein.“

„Und was willst du dagegen machen? Willst du mit ihm reden?“

„Mit wem? Mit Marcus?“ Eris schüttelte den Kopf, noch bevor Perry etwas sagen konnte. „Glaubst du denn, er wird jetzt auf irgendwelche Ratschläge hören? Der Zug ist abgefahren, spätestens seit Moody sich mit ihm geprügelt hat. Ich kenne Marcus genau. Er geht mit dem Kopf durch die Wand, wenn es sein muss. Nur deswegen ist die Union entstanden und nur deswegen gibt es heute keine Zugführer, keine Sicherheitsleute und keine Lagerarbeiter mehr. Was er sich einmal in den Kopf gesetzt hat, das zieht er durch. Bis zum Ende.“

„Also?“, fragte der Arzt und nahm einen kleinen Schluck aus dem Flachmann.

„Das ist nicht die Union, in der ich leben will. Nicht der Traum, für den ich gegen Banner gekämpft habe.“

„Dann willst du dich mit Marcus anlegen?“

„Ich kann im Moment kaum ein paar Schritte laufen, Perry. Es wäre Wahnsinn, jetzt irgendwas zu machen. Aber es macht mich auch fertig, einfach hier liegen zu müssen und zu sehen, wie sich alles verändert, ohne dass ich etwas dagegen tun kann. Das halte ich nicht aus.“

„Dann mach es doch so wie Moody.“

„Und die Hauptstadt verlassen? Nach Station gehen? Was soll das ändern?“

„Du bekommst Abstand. Wir alle bekommen Abstand.“

„Wir alle?“ Eris zog die Augenbraue hoch. „Du willst mitkommen?“

„Im Moment hält mich nichts in dieser Stadt. Vielleicht wird es in ein paar Monaten besser, aber ich stimme dir zu bei allem, was du gesagt hast. Noch ist das Wetter gut, noch kommen wir relativ einfach nach Station. Wenn der Herbst richtig da ist, wird es nicht mehr so einfach und im Winter erst …“

„Vielleicht ist es so wirklich besser“, dachte Eris nach und lehnte sich zurück.

Schnellen Schrittes kam Sal herein. Die beiden Männer sahen sie fragend an, denn der Gesichtsausdruck der Frau kündete von schlechten Nachrichten.

„Er hat zwei Ratsmitglieder verhaften lassen. Und er hat Wachen aufgestellt“, erklärte sie knapp.

„Moment. Eins nach dem anderen“, verlangte Eris. „Wer hat was?“

„Marcus. Er hat die Ratsmitglieder Dike und Blackmore inhaftieren lassen.“

„Warum?“

„Was glaubst du?“, gab sie zischend zurück.

„Sie haben bei der Abstimmung über die Sonderrechte gegen die Gesetzesänderung gestimmt."

Eris schüttelte den Kopf. „Das kann nicht der Grund sein. Das würde er nicht machen!"

„Meinst du, ich denke mir das aus? Genau so ist es passiert!"

Hilfesuchend sah der Verletzte zu Perry, doch der Arzt verzog nur leicht das Gesicht.

„Vorstellbar ist es", musste er der Scharfschützin zustimmen.

„Es muss einen anderen Grund geben", versteifte sich Eris.

„Den gibt es nicht", erklärte Sal. „Er wird paranoid und verdächtigt jeden, der auch nur den kleinsten Zweifel an seinem Kurs äußert."

„Und was ist das mit den Wachen?", mischte Perry sich ein.

„Im gleichen Atemzug hat er Soldaten abkommandiert, um den Rat zu schützen. Zumindest heißt es das offiziell. Es gehe darum, solche Zwischenfälle wie bei Weston und Banks zu vermeiden, hört man."

„Lass mich raten: Bei uns sind auch welche?", stöhnte Eris.

„Vier Mann, rund um die Uhr. Eris, ich komme mir dadurch nicht ein Stück sicherer vor. Im Gegenteil, ich habe das Gefühl, permanent beobachtet zu werden. Die sind nicht zum Schutz da, das sind Aufpasser!"

Eris massierte sich die Schläfen und sah einige Atemzüge lang zur Decke. „Wie lange, Perry?"

Der Arzt schreckte hoch. „Was meinst du?"

„Wie lange noch, bis ich wieder auf den Beinen bin?"

„Schwer zu sagen. Ein paar Wochen, würde ich sagen."

„Sorg dafür, dass es schneller geht. Wir schließen uns Moody an."

+++

Yard hatte einen blutigen Spätsommer durchlitten und die Krise sollte die Stadt dauerhaft prägen. Die wenigen Wochen im Sommer 2063 hatten dem jungen Staat seine Unschuld genommen. Dennoch war die junge Zivilisation durch diese Krise gekommen, auch wenn von dem unbeschwerten Leben davor nichts mehr zu spüren war.

Die Erinnerungen an den Ausnahmezustand legten sich bleiern auf die Menschen und bestimmten ihre Gedanken. Yard, die Union, das war in den vergangenen sieben Jahren ein Lichtstreifen am grauen Horizont gewesen, das Versprechen auf Sicherheit. Letztlich hatten die Ereignisse dafür gesorgt, dass der Traum seinen Glanz verlor und ein Teil der Utopie starb.

Die Menschheit in der Welt DANACH hatte sich nicht verändert. Es sollte immer Menschen geben, die für Macht bereit waren, alles ins Chaos zu stürzen. Diese Gewissheit mochte nicht zwangsläufig verwundern, sie schlummerte in den Köpfen vieler. Nun aber war sie wirklich präsent.

Trotzdem ging das Leben seinen Gang und einige Wochen nach den blutigen Ausschreitungen sprach kaum mehr jemand darüber. Es zeigte sich wieder einmal, dass der Mensch ein Gewohnheitstier war, durchaus bereit, sich anzupassen, solange sein Leben nicht zu sehr erschüttert wurde. Und auch wenn das verhängte Kriegsrecht für sich genommen die Menschen in Aufruhr versetzt hatte: Die Union versprach immer noch Sicherheit, und das hielt bei der Stange.

Freilich war nicht jeder bereit, die Ereignisse im Fahrwasser des Ausnahmezustands hinzunehmen. Einige wenige brachen mit der Union und ihren Versprechen, verließen die Stadt und machten sich auf in die grüne Ebene. Aber ihre Zahl war gering. Noch dazu stand der Winter vor der Tür, und die Aussicht auf Eis, Frost und Schnee erwies sich für viele als Dämpfer. Sie mochten nicht zufrieden sein, vielleicht desillusioniert, aber Yard bedeutete für sie Überleben, zumindest im bevorstehenden Winter. Und ob die Menschen im Frühjahr ihre Bedenken gegenüber dem neuen Gesicht des jungen Staates überhaupt noch besaßen, war fraglich.

Moody gehörte zu jenen Menschen, die nicht bis zum Frühjahr warten wollten. Wenige Tage, nachdem er von seinem Posten zurückgetreten war, brach er seine Zelte in der Hauptstadt ab. Er verkaufte Haus und Hof zu einem Spottpreis und reiste zusammen mit Frau und Kind nach Süden. Die überstürzte Abreise war die einzig logische Konsequenz, die der alte Haudegen aus den vergangenen Wochen ziehen konnte. Denn obwohl seine Familie wieder zusammengeführt war, hatte er auf weiten Strecken verloren.

Die Männer und Frauen der Unionsarmee respektierten ihn nicht mehr wie vorher. Unter den Bürgern in der Hauptstadt war es nicht anders. Für sie war er die treibende Kraft hinter dem Ausnahmezustand gewesen, das Gesicht des Kriegsrechts. Es war ein einfacher Schritt, ihn damit auch zum Sündenbock zu machen und ihn das merken zu lassen. Moody persönlich bekümmerte das wenig, denn er hatte über die Jahre gelernt, mit der Verachtung der Menschen zu leben. Doch dieses Schicksal wollte er vor allem Frau und Kind ersparen. Er schuldete der Union nichts mehr, hatte das vielleicht nie getan. Und so fiel es ihm einfach, dem Ort, der in den letzten Jahren seine Heimat gewesen war, den Rücken zu kehren.

Station war das naheliegendste Ziel gewesen, wohin es ihn gezogen hatte. Die Siedlung war seit der Gründung der Union gewachsen und gediehen, gehörte letztlich zu den ersten Dörfern, die sich dem jungen Staatenbund in den ersten Wochen seit seiner Gründung angeschlossen hatten. Er besaß Freunde dort, Männer und Frauen, mit denen er in den Jahren zuvor als Söldner und Dieb durch die Gegend gezogen war. Treue Seelen, für die er Verantwortung übernommen hatte und die ihm vertrauten.

Vor sieben Jahren hatte er die Leute aus seinem Heimatort nach Station geführt, hatte ihnen dort ein neues Leben ermöglicht. Obwohl er damals skeptisch auf den neugeborenen Staat blickte, war er bald nach Yard gegangen und hatte dort Karriere gemacht. Vielleicht war es nun wieder einmal Zeit für ihn, an einer anderen Stelle einen Neuanfang zu wagen.

Er tat das nicht ganz mittellos. In Station befand sich ein geräumiges Blockhaus, das ihm und seiner Familie vor allem im Sommer immer wieder als Rückzugsort gedient hatte. Das war genau die richtige Basis, um den Kopf freizubekommen, Abstand zu gewinnen. Denn das war es, was er brauchte. Und er hoffte, diese Klarheit einige Tagesreisen von Yard entfernt zu bekommen.

An einem nebeligen Tag Anfang Herbst bestiegen Moody, Fiona und die kleine Arleen daher einen Zug am Bahnhof von Yard. Der nächste Halt der Maschine aus der Zeit DAVOR sollte der kleine Bahnhof bei Station sein. Einige Wochen darauf folgte ihnen Bess, die ihren Dienst quittiert hatte.

Und eine zweite Gruppe setzte sich noch vor dem ersten Schneefall nach Station ab: Perry, Eris, Sal und die Zwillinge. Die drei waren vom Wechsel des gesellschaftlichen und politischen Klimas in der Hauptstadt überwältigt und fühlten sich im Angesicht der Erinnerung an den Ausnahmezustand erschüttert. Die alten Freunde beschlossen, die Hauptstadt für einige Zeit zu verlassen, denn das, wozu sich die Union entwickelte, war nicht der Traum, an den sie geglaubt und für den sie gekämpft hatten. Tief in ihnen keimte die Hoffnung, dass die dreizehn blutigen Tage von Yard nur eine Episode waren, dass das Zentrum der Union bald zu seinem alten Glanz finden würde und die Wunden verheilen konnten. Doch allesamt waren sie viel zu sehr Realisten und wussten eigentlich, dass dieser Wunsch vorbei war. In den vergangenen Jahren hatten sie sich für den Wunsch nach Einigkeit, der damals in der Geburtsstunde des neuen Staates gesät worden war, eingesetzt. Sie taten das, weil sie überzeugt waren, vielleicht auch, weil sie auf der Suche nach einer Heimat waren. Und weil sie vom Glauben an eine bessere Zukunft für sich und ihre Kinder beseelt waren. Nun aber stand die Frage im

Raum, ob die Zukunft, an der sie dort mitgewirkt hatten – und an deren Entgleisungen sie sich auch ein Stück weit selbst die Schuld gaben –, so erstrebenswert war, wie sie immer angenommen hatten.

Die Helden der ersten Stunde verließen die Wiege der Union. Die Geschichten über den Weggang der drei heizte die Gerüchteküche der Hauptstadt um ein Vielfaches an. Zuerst hatte Moodys plötzliches Verschwinden dafür gesorgt, dass sich allerhand Geschichten über seine Motive auf den Straßen verbreiteten, doch als Eris, Sal und Perry es ihrem Freund gleichtaten, waren die wildesten Spekulationen nicht mehr aufzuhalten. Bald schon hieß es, dass sie sich mit Präsident Tailor überworfen hatten, und in einem gewissen Sinne entsprach das ja auch der Wahrheit. Die Art und Weise, wie Marcus die Union regierte – so sehr er dafür seine Gründe hatte –, stieß sie allesamt ab.

Vielleicht wären sie vor ein paar Jahren, ohne Kinder, ohne Verpflichtungen und jünger, in der Lage gewesen, ihr Wort gegen das zu erheben, was sich in der Regierung des jungen Staates abspielte. Jetzt aber zogen sie es vor, die Bühne still und leise zu verlassen.

Sie alle waren immer noch erfüllt vom Traum der Union, von der Freiheit, der Sicherheit und der Zivilisation, die den Gedanken dahinter beflügelte. Keiner von ihnen war bereit, das, wofür sie gekämpft und gelitten hatten, einfach aufzugeben. In ihren Hoffnungen brauchte der junge Staat vielleicht einige Monate, um sich selbst zu heilen, um zurück zur Normalität zu finden. Aber konnten sie wirklich den Wellen, die diese Sturmflut der Geschehnisse aufgeworfen hatte, entfliehen?

Kapitel 8

Winter

Vorsichtig schob das Reh seinen Kopf aus der Deckung und sah sich scheu um. Mit seinen großen Augen suchte es die Umgebung ab, immer zum Sprung bereit. Der Kopf des Tieres wanderte von links nach rechts, während der Körper starr war. So wenig Bewegung wie möglich war eine Möglichkeit, der Entdeckung zu entgehen und zu überleben, und das Reh hatte diese Strategie perfektioniert. Erst als es sich sicher war, dass sich kein Feind in der Nähe befand, machte es einige vorsichtige Schritte aus dem Dickicht heraus, immer noch zum Sprung bereit.

Das Tier erreichte den eingeschneiten Busch und fegte mit seiner Nase den Schnee von den darunterliegenden Blättern. Skeptisch und vorsichtig knabberte es an einem der Blätter und als sich herausstellte, dass es sich tatsächlich um essbares Grün handelte, biss das Reh ein ganzes Büschel ab und schlang es herunter. Ein Schuss donnerte. Das Reh schreckte auf, die Augen weit aufgerissen. Gerade wollte es zum Sprung ansetzen, da traf das Projektil und warf das Tier um.

In etwa hundert Metern Entfernung erhoben sich zwei Personen aus ihrem Versteck im Schnee, sie trugen schwere Winterkleidung aus Pelz und stapften schweigend durch den hohen Schnee zur geschossenen Beute. Anerkennend klopfte Moody Bess auf die Schulter, als sie die Stelle erreichten.

„Ein sauberer Treffer. Alle Achtung."

Sie sicherte ihr Gewehr und hängte es sich über die Schulter. „Das war auch nicht besonders schwer."

Moody schüttelte den Kopf, zog ein großes Messer und beugte sich zu dem Wild hinunter. „Ich habe genug angebliche Jäger kennengelernt, die das nicht hinbekommen hätten."

„Es ist trotzdem kein Kunststück. Außerdem schmeckt das Fleisch nicht, wenn die Jäger ihren Job nicht richtig machen. Deshalb gibt man sich bei der Jagd eben etwas Mühe, klar?“

„Ich glaube, wir werden in ein paar Tagen schmecken, ob sich die Mühe gelohnt hat“, meinte Moody, verstaute sein Messer und wuchtete sich den Kadaver auf die Schultern.

„War das ’ne Einladung?“, fragte sie mit einem schiefen Grinsen und zog eine Zigarette hervor, die sie hinter dem Ohr verborgen hatte. Akribisch bog sie das Rauchwerk zurecht, zündete es an und genoss offensichtlich den ersten Zug.

„Bess, du bist immer willkommen.“

Sie nickte nur und die beiden verfielen ins Schweigen, als sie durch den verschneiten Wald in Richtung der Siedlung stapften. Schon bald hatten sie ihren Pfad gefunden und das Vorankommen zwischen den Bäumen war nicht mehr so kräftezehrend. Der Schnee knarzte unter ihren Schritten und war eine Zeitlang das einzige Geräusch, das sie begleitete.

„Und was hast du jetzt vor?“, durchbrach Bess die Stille.

„Zurück ins Warme kommen und was zwischen die Zähne kriegen“, antwortete er nüchtern.

Sie knuffte ihn mit dem Ellbogen und verzog das Gesicht säuerlich. „Witzbold. Du weißt genau, dass ich das nicht gemeint hab’!“

„Es hätte klappen können, oder?“, verteidigte er sich.

„Moody, ich weiß, dass dich die blöde Fragerei der Leute in den letzten Wochen gestört hat“, räumte Bess ein, „und ich habe die ganze Zeit die Klappe gehalten. Ich hab’ dir keine Fragen gestellt und ich hab’ niemandem was erzählt, wenn sie nach dir gefragt haben. Das ist dein Leben und ich hab’ nicht das Recht, irgendwas zu erzählen, was dich angeht. Aber du vergräbst dich jetzt schon viel zu lange hier.“

Schlagartig blieb Moody stehen und drehte sich zu seiner Begleiterin, ihre Blicke trafen sich. „Du musst dir keine Sorgen um mich machen, ich komme schon klar.“

„Ach, hör doch mit dem Scheiß auf! Darum geht es doch gar nicht!“

„Und was ist es dann?“, blaffte er und spie aus.

„Ich habe mir in meinem Leben nie viele Gedanken gemacht. Die Entscheidungen haben immer andere getroffen und ich bin ganz gut damit zurechtgekommen, mich einfach an die Fährte von jemandem zu heften und ihm zu folgen. Es sind eben nicht alle von uns dazu gemacht, große Entscheidungen zu treffen. Die meisten sind sogar ganz zufrieden damit, wenn andere für sie entscheiden und sie einfach nur folgen müssen. So habe ich das auch immer gehalten. Als du vor mehr als einem Jahrzehnt wieder Leute für die Tour im Sommer gebraucht hast, sind wir gefolgt. Mit den Raubzügen und dem ganzen Mist, der dabei passierte, hast du unser Dorf durch den Winter gebracht. Das war in Ordnung, und seitdem habe ich mich an dich gehängt. Die ganzen Jahre. Das macht das Leben einfacher. Und jetzt bin ich dir gefolgt, nachdem du deinen Posten geschmissen und Yard verlassen hast. Ich will nur wissen: Wo geht die verdammte Reise jetzt hin?“

Moody war noch nie gut darin gewesen, seinen Ärger zu verbergen, und auch jetzt verzog er sein Gesicht säuerlich. Zuerst schüttelte er nur den Kopf, dann setzte er sich wieder in Bewegung. Nach einigen Sekunden schien er doch etwas sagen zu wollen.

„Dahin, wohin sie uns verschlägt, Bess.“

„Erzähl mir nicht, dass du dir darüber noch keine Gedanken gemacht hast, Mann!“

„Doch, hab’ ich.“

„Und?“

„Ach, was weiß ich! Mein ganzes Leben lang hab’ ich mich immer wieder neu einstellen müssen und bekam dabei alles irgendwie auf die Kette. Ich hab’ nie darum gebeten, dass die Leute mir folgen, aber ich hab’ mich auch nie darüber beschwert. Wenn du es wissen willst: Es ist echt beschissen. Jeder schaut zu dir auf und glaubt, dass du immer eine Lösung parat hast, dass du immer weißt, wie es weitergeht, dass du jede Frage beantworten kannst. Völliger Schwachsinn. Mir geht es nicht anders als jedem anderen. Ich glaube, ich hab' eben nur die Eier, um mich dann für 'nen Weg zu entscheiden."

„Mach dich nicht kleiner, als du bist, Moody. Was du hast, ist Mut. Und das Talent, Menschen zu begeistern, dass sie dir bis in die Hölle folgen."

„Pah! Ich hab' nie darum gebeten. Jeder andere hätte das auch machen können."

„Ist aber nicht passiert. Du strahlst eben Sicherheit aus. Und viele Leute gucken jetzt zu dir und suchen Sicherheit. Enttäusch sie nicht."

„Ja, das ist mein Leben! Immer ging es darum, irgendwen nicht zu enttäuschen. Meine Söldnerbande durfte ich nicht enttäuschen, denn von mir hing der Verdienst ab. Mein Dorf durfte ich nicht enttäuschen, denn von meinen Entscheidungen hing das Überleben ab. Meine Familie darf ich nicht enttäuschen, denn sie brauchen mich. Ewig die gleiche verdammte Leier."

Seine Stimme klang kraftlos.

„Es ist, wie es ist, Moody. Und wenn du ehrlich zu dir bist, dann hast du das eigentlich immer sehr genossen. Stell dich jetzt nicht als Opfer dar, das steht dir nicht. Ich kenn' dich gut, wenn es dich wirklich so angekotzt hätte, wie du gerade erzählst, hättest du es nicht gemacht."

„So einfach ist das nicht …", setzte er an, doch sie unterbrach ihn mit einer vielsagenden Geste und schnippte den Zigarettenstummel weg.

„Doch, so einfach ist das im Moment. Belüg dich nicht selbst. Und tu endlich das, was du gut kannst. Für dich selbst und für alle anderen, die zu dir aufschauen, Mann!"

Er knurrte etwas Unverständliches. Einige Zeit stapften sie schweigend durch den Schnee. Zwischen den Bäumen waren nun die ersten Ausläufer der kleinen Ortschaft zu erkennen. Aus den Schornsteinen stiegen feine, kräuselnde Rauchfahnen in den winterlichen Himmel.

„Alles ist irgendwie gegen die Wand gefahren“, murmelte er unvermittelt.

Bess schenkte ihrem alten Freund einen Seitenblick, wollte etwas sagen, doch schluckte ihre Frage herunter, als sie merkte, dass er weiterreden wollte.

„Diese verkackte Union. Ich hab' schon genügend Müll in dieser Welt gesehen und ich war skeptisch, als die Schlacht um Yard damals gewonnen war. Gerade waren wir mit dem Leben davongekommen, hätten eigentlich zufrieden sein müssen. Aber die Euphorie über den gewonnen Kampf gegen Banner hat etwas mit den Menschen gemacht. Auf einmal war alles möglich, alles erreichbar. Regeln und Erfahrungen aus den Jahren davor waren nach dem Sieg auf einmal ungültig. Die Union war Hoffnung. Ich hab' dem Braten zuerst nicht getraut, aber je länger ich beobachten konnte, was sich da in Yard entwickelte, umso besser gefiel es mir. Weißt du, endlich gab es wirklich so was wie Stabilität in dieser Welt. Zivilisation. Fortschritt. Die Möglichkeit, aus der Suppe, die unsere Vorfahren uns eingebrockt haben, herauszukommen. Das hat mich angesteckt und ich hab' mich drauf eingelassen. Ich hab' die verdammte Armee aufgebaut, hab' versucht, der Union mit dem zu helfen, was ich gut konnte. Aus einem kleinen Sauhaufen habe ich achttausend Soldaten gemacht. Alles lief gut und ich war zufrieden. Habe mir nie was aus der Politik gemacht. Vielleicht hätte ich das sollen, aber hinterher ist man immer klüger.“

Am Rande des Waldes blieb er stehen und Bess tat es ihm gleich. Gemeinsam blickten sie von hier hinüber zum verschneiten Station. Der rothaarige Haudegen ließ den Kadaver von seinen Schultern in den Schnee gleiten und streckte sich.

„Auf einmal war ich mittendrin. Arleen wurde entführt und ich habe gemerkt, wie überfordert ich mit dem ganzen Mist eigentlich war, habe ein paarmal die Beherrschung verloren. Die

Sache entglitt mir. Mein Versuch, das alles auf meine Art und Weise in Ordnung zu bringen, hat mich letztlich hierhin gebracht. In dreizehn Tagen habe ich es fertig bekommen, den Respekt unter meinen Soldaten und den Menschen in Yard zu verspielen. Und dann der Ausraster bei Marcus. Weißt du, wenn ich ehrlich bin: Ich kann dir nicht mal genau sagen, ob ich es drauf angelegt habe. Vielleicht hatte ich die Schnauze einfach nur voll."

In einer freundschaftlichen Geste legte sie ihm die Hand auf die Schulter. „Du hast das alles für deine Tochter gemacht. Das ist es doch, was zählt, was richtig ist."

Nachdenklich wiegte er seinen Kopf hin und her, dann nickte er zögerlich. „Das wohl. Aber die Frage ist doch, ob es richtig war, alles einfach wegzuwerfen."

„Na ja. Das ist ja nicht passiert. Die Union gibt es noch und der Umsturz ist verhindert worden, oder?"

„Klar. Aber hast du mal über den Preis nachgedacht?"

„Du hast die Kinder gerettet. Ging es nicht darum?"

„In erster Linie schon. Aber was diese Geschichte aus Yard – wahrscheinlich sogar aus der ganzen Union – gemacht hat, das macht mir Magenschmerzen."

„Du meinst Marcus?"

Moody hob das Wild wieder auf seine Schultern, schob das Gewicht zurecht und sie marschierten weiter.

„Klar. Die Entführung hat ihn verändert. So was hinterlässt eben seine Spuren. Aber er scheint jetzt hinter jeder Ecke Verrat zu wittern. Seine Entscheidung, den Ausnahmezustand beizubehalten, ist ein klares Zeichen dafür. Er traut niemandem mehr und geht jetzt gegen jeden vor, der auch nur das Geringste gegen ihn sagt. Es ist ein Klima aus Angst. Bisher war er ein guter Anführer. Nicht jeder mochte ihn und er hat sich sicher eine Menge Feinde gemacht, aber das gehört dazu. Aber seine Entscheidungen waren immer klug und weitsichtig. Seine Paranoia ist das jetzt nicht. Sie vergiftet die Union und zerstört vielleicht alles, was wir aufgebaut haben."

„Glaubst du nicht, dass es nur eine Momentaufnahme ist? Der Ausnahmezustand liegt nur ein paar Monate zurück und im Moment sind die Gemüter aufgeheizt. Lass doch den Winter vorbeigehen, dann ist genug Zeit ins Land gegangen und die Sache hat sich beruhigt."

„Siehst du, und genau das ist mein Problem. Ich habe Magenschmerzen, wenn ich daran denke. Irgendwas sagt mir, dass es dann nicht vorbei sein wird. Und wenn es so kommt, frage ich mich, ob ich nicht etwas dagegen hätte tun können. Hätte tun müssen."

Sein Gesicht spiegelte die Zerrissenheit wider, die in seinem Inneren tobte. Die Augen wirkten müde, sein Kiefer war verspannt.

„Die Frage stellen wir uns doch immer."

„Kann sein. Aber zum ersten Mal in meinem Leben habe ich wirklich dran zu knabbern."

Die beiden passierten einige Hütten, die außerhalb des Ortskerns und der massiven Palisaden lagen, nahmen einen Seitenweg, der sie hinauf zu dem abseits gelegenen Blockhaus führte.

„Aber du bist bisher gut ausgewichen, Moody."

„Irgendwas muss ich ja von den Politikern gelernt haben, oder?", lächelte er verhalten.

„Wo geht der Weg jetzt hin?"

„Für den Moment brauche ich Abstand. Ich kann mir gut vorstellen, hier in Station zu bleiben und einen Neuanfang zu wagen. Ohne die ganze Verantwortung. Soll Yard doch machen, was es will!"

Er klang angriffslustig, doch in seiner Stimme schwang ein wenig Zweifel mit.

„Moody, Yard ist gar nicht weit weg. Und vor Problemen kann man nicht fliehen. Die holen einen immer wieder ein."

„Genau das fürchte ich auch."

Ian wedelte mit dem mehrseitigen, dicht beschriebenen Brief in der Luft herum. „Und die Hauptstadt kommt nicht zur Ruhe."

Perry massierte sich nachdenklich seinen linken Unterarm und sah seinen langjährigen Freund eindringlich an. Der alte Händler hatte in den vergangenen Jahren merklich an Leibesfülle zugenommen, während seine Haare immer weniger wurden. Die einstige Halbglatze hatte sich in einen dünnen Kranz aus schütterem und graumeliertem Haar verwandelt. Der runde Bauch zeugte davon, dass er nicht schlecht gelebt hatte.

„Es ist wie ein Hausputz, bei dem er eben mit dem ganzen Dreck aufräumt, der sich zwangsläufig angesammelt hat", kommentierte der Arzt.

„Ja. Wie eine Säuberungsaktion", nickte der Händler bitter und griff nach dem Schnapsglas auf dem Schreibtisch.

„Auch wenn ich ein Problem mit seinen Methoden habe, ich kann es ja nachvollziehen. Irgendwo hat er ja Recht. Sumter und Marrow sind bis heute nicht gefunden worden und treiben sich immer noch irgendwo herum. Früher oder später werden die wieder auftauchen und Probleme machen", meinte Perry.

„Das glaube ich nicht. Die sind zerlegt worden. Möglich, dass sie noch am Leben sind und sich irgendwo versteckt halten. Vielleicht in Yard, vielleicht irgendwo anders in der Union. Aber das ist völlig egal. Ihr Ansehen ist ruiniert. Sie haben sich mit der Entführung keine Freunde gemacht. Das Volk hasst sie. Mit so wenig Kredit ist ein Staatsstreich unmöglich. Und schau es dir doch mal an: Jeder, der auch nur als möglicher Unterstützer mit den beiden in Verbindung gebracht werden konnte, hat die Zeche zahlen müssen. Verurteilungen, Zwangsarbeit und Erschießungen."

„Auf was willst du hinaus? Dass er den Bogen überspannt? Da bin ich auf deiner Seite, Ian. Deshalb sind wir ja nach Station gekommen." Ian hielt inne und schüttete nach. Für einige Sekunden betrachtete er die bernsteinfarbene Flüssigkeit in den Schnapsgläsern fasziniert.

„Ich finde den Gedanken, dass er den Konflikt schürt, nicht angenehm. Früher oder später werden die Leute reagieren. Und davor habe ich Angst."

„Ich habe deine Urteile immer sehr geschätzt, Ian, aber hier, muss ich sagen, machst du dich lächerlich."

Die Blicke der beiden alten Freunde trafen sich und Ian schaute verwirrt. „Was?"

„Einfach", begann Perry und griff nach dem Schnaps, „es wird gar nicht so weit kommen. Marcus verhält sich ja nicht wie ein Tyrann. Natürlich gibt es Sonderregelungen, aber sie sind nicht so drastisch wie in den dreizehn Tagen Ausnahmezustand. Wie ich gehört habe, behandelt er seine Soldaten gut und jene, die ihre Loyalität bewiesen haben, genauso. Er hat also genügend Leute hinter sich, die seine Macht stützen. Und was eine Opposition angeht: Die gab es mal. Jetzt ist sie zahnlos. Jeder, der auch nur irgendwie mit Sumter oder Marrow in Verbindung gestanden hat, spielt jetzt keine Rolle mehr. Das war eine der Nebenerscheinungen des Kriegsrechts. Ein ziemlicher Zufall, oder?"

„Ich kann dir nicht ganz folgen."

„Im nächsten Jahr stehen zum ersten Mal Wahlen an. Und ich glaube, das wäre nicht einfach für Marcus geworden. Kein eindeutiger Sieg, maximal eine hauchdünne Mehrheit. Vielleicht wäre er dabei aber auch unterlegen. Aber schau es dir doch jetzt an! Die Opposition ist faktisch zerschlagen und es gibt weit und breit keinen Gegenkandidaten. Selbst wenn jetzt noch irgendein Ratsmitglied aufstehen sollte und sich zur Wahl stellt, wird das nicht viel ändern."

Perry ließ die Worte wirken und nippte an dem Glas. Langsam merkte er, wie der Alkohol ihm zu Kopf stieg, und beschloss, langsamer zu machen.

„Willst du sagen, er macht das alles mit Absicht?"

„Nichts passiert in dieser Welt ohne Grund, Ian. Das weißt du besser als ich. Marcus ist ein Machtmensch. Stratege. Er plant jeden Schritt, den er macht, gewissenhaft. Und er hat sicherlich nicht vor, die Union in den Bürgerkrieg zu stürzen und seinen Traum in ein Schlachthaus zu verwandeln."

„Hm. Also Machterhalt?"

„Ja, natürlich. Wenn er die Wahlen übersteht, sitzt er zwei weitere Jahre auf dem Posten. Und wenn er es richtig angeht, wird sich in der Zeit keine Opposition bilden können. Und wenn doch, hat er notfalls ja das Kriegsrecht, mit dem er die Opposition beschneiden kann."

„Aber ist es nicht anders? Das Kriegsrecht kam nur zum Zug, weil es um die Kinder ging."

„Wahrscheinlich, ja."

„Wahrscheinlich! Was soll das heißen?"

„Ach, keine Ahnung." Perry schüttelte den Kopf. „Vielleicht ist der Alkohol heute wirklich zu viel gewesen. Ich kann es mir ehrlich gesagt auch nicht gut vorstellen, aber es ist doch schon ein richtiger Zufall, dass so was gerade ein Jahr vor der Wahl passiert, oder?"

„Aber das würde bedeuten, dass …"

Perry hob beide Hände und schüttelte den Kopf. „Weißt du, was das Problem an so alten Säcken wie uns ist, Ian? Wir machen uns manchmal zu viele Gedanken und sehen vielleicht Gespenster. Und der Schnaps, den du uns da einschenkst, macht die Sache nicht besser. Wir müssen aufpassen, dass sich unsere wirren Gedanken nicht verselbstständigen, denn dann kommt so was wie eben raus. Wahrscheinlich sollten wir besser auf den Frühling warten, bevor wir uns in wilde Theorien stürzen, hm?"

Ian begann zu schmunzeln und musterte die staubige Schnapsflasche genau. Sie war bis auf einen kleinen Rest geleert und er merkte die Wirkung des Alkohols, jetzt wo Perry es erwähnte. Der Kanonenofen mit seiner brüllenden Hitze am anderen Ende des Raums trug dazu bei, dass der Schnaps schnell wirkte. Er kicherte tonlos.

„Am besten ist es wohl, wenn wir das nächste Mal den Schnaps weglassen. Das wäre eh günstiger für mich."

Perry lachte auf. „Ganz der Alte, Ian, ganz der Alte. Denkst sogar drüber nach, deinem Freund demnächst keinen mehr auszugeben."

„Schwachsinn. Nur wenn es darum geht, betrunken zu werden, sollten wir demnächst einfach Kartoffelschnaps nehmen. Der Tropfen hier ist eigentlich uralt und zum Genießen gedacht. Und wir haben ihn runtergestürzt wie Wasser."

„Dann müssen wir beide uns das nächste Mal nur daran erinnern. Aber ich schätze, dein ausgeprägter Sinn für Profit, der dir so durch die Lappen geht, wird es schon richten."

Schwerfällig stemmte Perry sich in die Höhe und hielt sich verbissen an der Tischkante fest. Die wenige Bewegung hatte ausgereicht, damit ihm schwindlig wurde. Der Alkohol, den Ian aufgetischt hatte, war wirklich nicht von schlechten Eltern.

Der Händler gluckste belustigt. „War wohl zu viel für dich, alter Mann."

„Ich will dich mal sehen. Wette, du kannst dich nicht mehr ordentlich auf den Beinen halten."

Ein leichtes Lallen schwang in Perrys Stimme und er war vom Klang amüsiert, unterdrückte ein Auflachen. Als wäre es eine Herausforderung gewesen, griff der alte Händler nach seinem Stock und versuchte stöhnend, in die Höhe zu kommen. Auf halbem Weg hielt er inne und ließ sich wieder schwerfällig auf den Hintern fallen.

„Vielleicht bleibe ich besser hier."

„Hab' ich doch gesagt. Wir werden zu alt für so einen Mist", murmelte Perry und machte einige vorsichtige, staksende Schritte zur Tür. Er hatte unverkennbar Recht. Vor einigen Jahren noch hatten die beiden ganze Nächte durchzecht und waren am nächsten Morgen wieder auf den Beinen gewesen. Jetzt aber fühlte er sich einfach nur müde und abgeschlagen. Das Alter forderte zwangsläufig seinen Tribut.

„Komm einfach wieder vorbei, dann reden wir weiter. Aber das nächste Mal lasse ich den Schnaps weg."

„Keine Ahnung, ob ich dich dann ertragen kann, du alter Mistkerl“, scherzte Perry und schlüpfte umständlich in seinen Wintermantel. Einige Sekunden später torkelte er in der winterlichen Kälte seinem Bett entgegen.

+++

Der Schnee knarzte unter jedem ihrer Schritte. Mit viel zu dünner Kleidung für die Temperaturen lief Sal im leichten Dauerlauf entlang der alten Straße. Das Wetter konnte sie nicht aufhalten, zweimal am Tag zwang sie sich zu diesem Programm und lief einige Kilometer. Zu Beginn ihres verbissenen Trainings hatte sie kaum drei Kilometer geschafft, ohne völlig ausgelaugt zu sein. Mittlerweile schaffte sie zehn. Lauf für Lauf.

Die Schützin ging unbarmherzig mit sich um und ignorierte das Flehen ihres Körpers um eine Ruhepause, trieb sich zu immer neuen Höchstleistungen an und zwang ihren inneren Schweinehund jeden Tag aufs Neue in die Knie. Die Ereignisse in Yard hatten sie aufgeweckt und auf den Boden der Tatsachen zurückgeholt. Sie war weit entfernt von ihrer alten Form gewesen, völlig verweichlicht und nach kurzer Anstrengung am Ende der Kräfte. Aber nicht nur ihre Fitness hatte unter den Jahren des Müßiggangs gelitten, auch ihre Reflexe waren in Mitleidenschaft gezogen worden. Sicher, sie musste realistisch bleiben. Mittlerweile war sie fünfunddreißig Jahre alt und würde kaum mehr zu der Form zurückfinden, die sie mit Anfang zwanzig hatte. Aber das hielt sie nicht davon ab, das Beste zu geben und zu trainieren. Nicht noch einmal wollte sie die gleiche Schmach erleben und bei einer Jagd versagen.

Sal erreichte die Hälfte der Laufstrecke. Hier stand ein massiver Baum, eine Astgabel ragte in gut zwei Metern Höhe in fast rechtem Winkel aus dem Stamm. Sie verlangsamte ihre Schritte und kam zum Stehen, streckte sich einige Male. Sie hatte diese Stelle vor zwei Wochen entdeckt. Der Ast war stark genug, ihr Gewicht zu halten, und so wurde der Halt hier zu einem Bestandteil ihres Trainings. Nachdem sie einige Sekunden zur Ruhe gekommen war und ihr Atem wieder abflachte, griff sie nach dem Ast, umklammerte ihn und begann mit regelmäßigen Klimmzügen. Das Training machte sich mittlerweile bemerkbar, nach fünfzig Zügen ließ sie sich zu Boden und begann, ihre Arme und Schultern kreisen zu lassen, bevor sie wieder in den Laufschritt verfiel.

Sal hatte sich geschworen, nie mehr so schlecht vorbereitet in eine Auseinandersetzung zu gehen. Freilich, sie hatte in den letzten Jahren Besseres zu tun gehabt, als ihren Körper zu stählen, doch mittlerweile waren Alexander und Ryan groß genug und aus dem Gröbsten heraus, so dass diese Ausrede nicht mehr zählte. Das Schlimmste an der ganzen Misere war eigentlich der Umstand, dass Dwight Ramsey wahrscheinlich noch auf freiem Fuß herumlief. Zumindest war Sal kein Bericht über seine Ergreifung bekannt. Wahrscheinlich hatte er sich aus dem Staub gemacht und den Kopf ganz tief eingezogen, als die Kinder befreit wurden. Vielleicht war es besser so, denn sie mochte sich nicht ausmalen, was passiert wäre, wenn er begonnen hätte, um die Kinder zu kämpfen. Offenbar besaß der Deserteur keinen irgendwie gearteten Skrupel und Sal war sich sicher, dass es in einem Blutbad geendet hätte. Was sie anging, hatte sie nicht vor, ihn ungestraft davonkommen zu lassen. Ramsey hatte eine ganze Menge getan, um sich den Hass der Schützin zu verdienen, und jemanden, der mit einer solchen Inbrunst an einer Feindschaft interessiert war, konnte sie unmöglich enttäuschen. Früher oder später würden sich ihre Wege kreuzen, so viel war klar.

Die Schützin erreichte die Hälfte ihrer Laufstrecke, markiert durch ein verschneites Fahrzeugwrack am Straßenrand. Sie legte eine Pause ein, lehnte sich an das kalte Plastik und Metall und begann mit Dehnübungen. In den ersten Wochen ihres Trainings hatte sie jeden Tag mit Muskelkater zu kämpfen gehabt, oft sogar mit Krämpfen. Mittlerweile hatte ihr Körper wieder eine solche

Verfassung erreicht, dass sie zwar das Prickeln in der Lunge und das Brennen in den Muskeln spürte, das war aber meist nur von kurzer Dauer.

Nach einigen Minuten Ruhe war sie auf dem Weg zurück nach Station. Im Gegensatz zu den anderen – egal, ob Eris, Perry, Moody oder Ian – kreisten ihre Gedanken nicht unaufhörlich um die Zukunftsfrage. Sal hatte da eine völlig pragmatische Einstellung: Sie hatte ihr Leben gegen alle Widerstände und Hürden bis zum jetzigen Zeitpunkt gemeistert und sie hatte genug Vertrauen in sich, dass es auch in Zukunft so weitergehen konnte. Sicher, sie hatte die Vorzüge der Union und vor allem von Yard genossen und die Annehmlichkeiten kamen ihr gerade recht, als es darum ging, die Zwillinge großzubekommen. Auf der anderen Seite waren es aber genau diese Annehmlichkeiten und der damit verbundene Müßiggang, wegen denen sie nun Tag für Tag trainierte. Wenn es nach ihr ging, musste die Zukunft ihrer Familie nicht in Yard liegen. Dieses Gerede von Politik, die oftmals gespielte Höflichkeit gegenüber irgendwelchen Beamten oder Ratsmitgliedern war ihr immer zuwider und der Grund dafür gewesen, warum sie sich so auf die Erziehung der Kinder gestürzt hatte. Insofern war sie eigentlich froh darüber, einmal Abstand von Yard mit all seinen Eigenarten zu bekommen, wenn auch der Anlass ein besserer hätte sein können. Die Männer sorgten sich um die Zukunft, doch die einfache Wahrheit war, dass die Erde sich immer weiterdrehen würde, jeden Tag die Sonne auf- und untergehen würde, ganz egal, was in Yard oder der Union passierte.

Die Schützin passierte bei ihrem Dauerlauf eine Stelle, an der sie für eine Übung hielt. Abseits der Straße, jenseits des Straßengrabens und kurz vor der Waldgrenze gab es eine Fläche im Schnee, wo der hartgefrorene Untergrund durchschimmerte. Selbst ein ungeschultes Auge hätte die markanten Spuren erkannt. Hier ließ sie sich bäuchlings zu Boden sinken und begann, schnell vorwärtszurobben. Am Ende der Strecke wendete sie und wiederholte die Prozedur einige Male. Schnee und

Matsch verdreckten ihre Kleider, aber das störte die Schützin nicht. Tatsächlich war es ein befreiendes Gefühl, sich einmal keine Gedanken darum zu machen. Sicherlich, was die Sauberkeit anging, war Yard weit entfernt von den Zuständen aus der Zeit DAVOR, aber die rasant wachsende Union und die dabei entstandene Oberschicht aus Ratsvertretern, Militärs, Beamten und reichen Händlern hatte nicht lange gebraucht, um bestimmte Angewohnheiten auszuprägen, mit denen man sich bewusst vom Rest der Bevölkerung abgrenzte. Saubere Kleidung gehörte dazu. Sie schmunzelte über diese bornierte Entwicklung. Vor einigen Jahren wäre kaum jemand auf den Gedanken gekommen, Wert auf ordentliche Kleidung zu legen. Es war doch ein Wunder, was Komfort und der Wunsch nach Zivilisation aus den Menschen machen konnte.

Schwer atmend setzte sie sich auf und hielt einige Minuten inne, bis die Kälte durch ihre Kleider gedrungen war und sie wieder regelmäßig Luft holte.

Während des letzten Streckenabschnitts glitten ihre Gedanken zu Eris. Er hatte sich mittlerweile gut von der Verletzung erholt, auch wenn ihr geübter Blick manchmal bemerkte, wie er das Bein ganz leicht nachzog. Perry war der Meinung, dass es nur eine Frage des Trainings war, aber anders als Sal war Eris nicht davon zu überzeugen, bei frostigen Temperaturen zu üben.

Die Schützin erreichte die ersten Ausläufer der Siedlung. Auf den Plätzen und in den Gassen war wenig Bewegung, das Leben der Menschen fand größtenteils in den beheizten Häusern statt. Die Wenigen, die sich draußen aufhielten, machten eine kurze Pause und sahen Sal ungläubig und kopfschüttelnd nach. Sie konnten nicht verstehen, was jemanden motivieren konnte, sich bei diesen Temperaturen ein solches Trainingsprogramm aufzubürden. Die Schützin ließ sich davon nicht irritieren und setzte eisern ihren Weg fort.

Die Familie Young war in einem Haus im Zentrum von Station untergekommen. Es handelte sich eindeutig um eines der besseren Quartiere in der Siedlung. Bei ihrer Ankunft hatten sie protestiert, denn jede andere Art der Unterbringung hätte ausgereicht, aber Ian hatte sich nicht beirren lassen und darauf bestanden. Eigentlich galt das Angebot auch für Perry, doch nach zwei Tagen hatte der Arzt es mit Rücksicht auf die Zwillinge vorgezogen, sich in der örtlichen Kneipe ein kleines Zimmer zu nehmen. Bei ihrer Ankunft fand Sal Eris vor dem Haus, wo er dabei war, große Holzblöcke mit der Axt auf ein handliches Format zu spalten. Ein wenig abseits tobten Ryan und Alexander im Schnee. Eris hielt inne, als er Sal bemerkte.

„Da bist du ja endlich. Und wie ich sehe, immer noch schneller als die Wölfe", grinste er.

„Spinner!", murmelte sie, drückte ihm einen langen Kuss auf die Lippen und umarmte ihn.

„Ach. Das sagst du mir, nachdem du bei diesem Wetter wie viele Kilometer gelaufen bist? Acht? Neun? Zehn?"

„Es sind zehn. Und du solltest auch darüber nachdenken."

„Klar, lass das Wetter besser werden", schmunzelte er entwaffnend.

„Komm schon, Eris. Wäre es nicht Winter, wäre deine Ausrede, dass die Verletzung nicht richtig verheilt wäre, was? Ich kenn' dich doch gut genug."

Er wusste, dass es besser war, darauf nicht zu antworten, sondern breitete entschuldigend die Arme aus und senkte übertrieben ertappt den Kopf.

„Würde dir guttun. Und wahrscheinlich kannst du es auch noch gut gebrauchen", verwendete sie die ewig gleichen Argumente und knuffte ihn in die Seite, „seit es dich erwischt hat, hast du sicher ein paar Kilo zugenommen, Schatz."

„Das? Ja, das ist mein Winterspeck. Ist ja kalt", säuselte er mit einem bösen Grinsen und sammelte das gespaltene Holz ein.

Sie schnitt eine Grimasse und streckte sich ausgiebig.

„Ryan! Alexander! Helft eurem Vater, ja?", rief sie den Zwillingen zu. Die Jungs unterbrachen ihr Spiel und kamen herüber.

In dem Drang, sich gegenseitig zu übertrumpfen, klemmten sie sich mehr Holzscheite unter die Arme, als sie tragen konnten. Das Ergebnis war, dass sie kaum einen Schritt weit kamen, ohne dass ihre Ladungen auf den Boden purzelten.

„Lasst den Quatsch! Ihr seid gleichstark. Und jetzt ab!“, wies Sal an.

+++

In dichte Winterkleidung gehüllt, eine Wollmütze auf dem Kopf und einen Schal vor dem Gesicht, stapfte der hochgewachsene Mann schwerfällig durch den Schnee. Er hatte sich erst bei Einbruch der Dunkelheit in die Nähe von Station gewagt, für zu groß hielt er die Gefahr, bei Tageslicht erkannt zu werden. Wahrscheinlich war die Chance, dass sich hier jemand für ihn interessierte oder ihn gar erkennen würde, vergleichsweise gering, aber die letzten Monate hatten ihn demütig werden lassen. Am Fuße der kleinen Erhebung blieb er stehen und blickte zum großen Blockhaus empor. Er brauchte ein wenig Zeit, um Mut zu schöpfen und sich seine Wort zurechtzulegen. Lange hatte er mit sich gehadert, den Weg auf sich zu nehmen und das Gespräch zu suchen, doch letzten Endes hatte sein Gewissen gewonnen. Das, und die dürre Hoffnung auf eine bessere Zukunft.

Als ihn noch zwanzig Schritte von der Veranda trennten, entdeckte er, dass eine Person im Halbdunkel saß. Eine Zigarette glomm auf und er hielt instinktiv inne, während sein Herz dumpf zu pochen begann. Für einige Sekunden blieb er unbeweglich, in der Hoffnung, dass man ihn noch nicht entdeckt hatte, dann fiel ihm auf, wie kindisch und dumm sein Verhalten war, und er machte weitere Schritte. Die Person auf der Veranda war nun aufgestanden. Ging einige Schritte und schnippte den Zigarettenstummel in den Schnee, nahm die Hände an den Gürtel.

„Ich mag es nicht, wenn sich jemand anschleicht“, erklang eine weibliche Stimme.

Der Mann blieb unsicher stehen, nahm die Hände in die Höhe. „Ich bin sicher keine Gefahr“, antwortete er. Seine Stimme war durch den Schal gedämpft.

Die Frau griff nach etwas Klobigem auf dem Tisch neben ihr und kam näher. Als die beiden Gestalten noch etwa fünf Schritte getrennt waren, schaltete sie die schwere Taschenlampe an und leuchtete den Fremden von oben bis unten ab. Das helle Licht brannte in seinen Augen und er nahm die Hand schützend vor das Gesicht.

„Das werden wir sehen. Jemand, der sein Gesicht verbirgt, ist nicht gerade vertrauenswürdig“, bemerkte sie knapp und spie aus. Ihre rechte Hand lag locker auf ihrem Holster.

In der Hoffnung, die Situation zu glätten, zog er den Schal herunter und präsentierte ihr sein Antlitz. Obwohl seine Züge schmaler geworden waren und ein wilder Bart in seinem Gesicht wucherte, erkannte sie ihn.

„Ach du Scheiße“, brachte sie erstaunt hervor und hatte in einer schnellen Bewegung die Waffe auf seine Brust gerichtet.

„Bitte. Ich bin nicht hier, um Ärger zu machen.“ Er blinzelte gegen die Tränen an. Obwohl er geblendet wurde, glaubte er, die Frau zu erkennen.

„Ist gar nicht nötig. Du blöder Wichser hast schon mehr als genug Ärger gemacht“, knurrte sie zornig.

„Bitte. Ich muss mit ihm reden.“ Seine Stimme war brüchig.

„Du musst entweder ziemliche Eier haben oder ausgesprochen dumm sein, deinen Arsch jetzt hierhin zu bewegen, Sumter.“

„Er … er muss mich anhören. Bitte!“

Die früher so geschulte Stimme des ehemaligen Ratsmitglieds klang flehentlich.

„Er wird dir deinen Arm ausreißen und dich damit verprügeln, wenn er bemerkt, dass du hier bist.“

Die Tür zur Veranda ging auf und ein goldener Lichtschein fiel in die Dunkelheit. Im Licht zeichnete sich Moodys unverkennbare Silhouette ab.

„Bess! Was ist das Problem da draußen?“, rief er mürrisch in die Dunkelheit.

Die Angesprochene drehte den Kopf leicht, ohne die Waffe oder die Taschenlampe auch nur vom Fleck zu nehmen.

„Boss, ich habe hier ’nen ungebetenen Gast. Du wirst kaum glauben, wer so dumm war, dich hier zu suchen.“

Ohne eine weitere Erklärung abzuwarten, griff Moody neben den Türrahmen und nahm eine Schrotflinte in die Hand, prüfte die Waffe kurz und stapfte mit großen Schritten zu Bess herüber.

„Ach, so? Wem muss ich ein paar Manieren bei–“

Der Rothaarige blieb wie angewurzelt stehen. Sein Mund ging ein kleines Stück auf, während seine Augen den Unglauben widerspiegelten, der sich gerade in seinem Kopf abspielte.

„Hallo, General“, sagte Sumter leise.

Moody atmete hörbar ein und aus und schüttelte den Kopf. Die Schockstarre verschwand aus seinem Gesicht und machte Zorn Platz.

„Du elender Hurensohn!“, schrie er und richtete die Flinte auf den Bauch des Mannes. „Gib mir einen verdammten Grund, warum ich dich nicht gleich hier umpusten soll für das, was du meiner Kleinen angetan hast!“

Sumter zuckte zusammen und wich einen halben Schritt zurück, die Hände immer noch erhoben. „Ich war das nicht!“, beschwor er. „Glaubst du, ich wäre gekommen, wenn ich wirklich dafür verantwortlich wäre?“

„Dir traue ich noch viel mehr zu als das“, funkelte Moody ihn an und machte keine Anstalten, die Waffe zu senken.

Bess sah etwas unsicher zwischen dem Haudegen und dem Ratsmitglied hin und her. Im Gegensatz zu ihrem alten Bekannten hatte sie die Pistole zu Boden gesenkt.

„General, bitte. Ich will mich erklären. Gib mir die paar Minuten Zeit. Und wenn du danach immer noch der Meinung bist, ich sei ein Lügner oder schuld an der Entführung deiner Tochter, kannst du mich über die Klinge springen lassen.“

Moody wog die Worte des Mannes sorgfältig ab und grunzte. Als er zu dem Schluss gekommen war, dass Sumter keine Bedrohung für ihn war, legte er die Schrotflinte lässig über die Schulter und deutete mit dem Kopf in Richtung der Veranda.

„Sorg dafür, dass die Zeit es wert ist, Händler."

Sumter folgte ihm. Im schummrigen Licht auf der Veranda verharrten die beiden Männer, während Bess in einigem Abstand stehen blieb und mit der Lampe leuchtete.

„Warum sollte ich dir glauben, Mann?"

„Ich hätte doch sonst keinen Grund, zu dir zu kommen, General."

„Nein? Außer dass ich mich mit dem Präsidenten überworfen habe und nach der alten Weisheit, dass der Feind meines Feindes mein Freund ist, jetzt auch ein Verbündeter für dich sein könnte?"

„Selbst wenn ich diesem Spruch folgen würde, wäre ich doch bei dir an der falschen Adresse, General. Du bist immer schon dafür bekannt gewesen, eine kurze Lunte zu haben und eine besonders stark ausgeprägte Loyalität. Ich hätte in dem Fall doch mein eigenes Todesurteil unterschrieben."

„Ach, und das ist jetzt anders?"

„Schau. Welchen Sinn hätte es gehabt, den großen Umsturz anzuzetteln, der mir vorgeworfen wird, sich über Monate erfolgreich zu verstecken und letzten Endes zu dir zu kommen? Das ergibt überhaupt keinen Sinn!"

„Vieles von dem, was wir machen, wenn wir mit dem Rücken zur Wand stehen, ergibt letztlich keinen Sinn, Händler."

„Wenn das deine Grundeinstellung ist, General, lohnt es nicht, weiterzusprechen. Dann werde ich dich von nichts überzeugen können, egal wie ich es auch versuche. Also bevor ich deine Zeit weiter in Anspruch nehme oder dir hier draußen kalt wird, bring es zu Ende."

Moody lächelte schief. „Sumter, das wäre zu einfach. Warum sollte jemand den Ausnahmezustand ungeschoren überstehen, den Verfolgungen danach entkommen und mich aufsuchen? Erzähl es mir von Anfang an. Und mach dir keine Sorgen, mir wird nicht so schnell kalt."

„Wir sind damals gewarnt worden. Eine Schreiberin aus der Verwaltung schuldete mir etwas und sagte Bescheid, so dass etwa eine Stunde blieb, um Yard zu verlassen. Ich habe Marrow in Windeseile aufgesucht und wir sind nur mit dem Nötigsten aus der Hauptstadt geflohen. Gerade als wir die Stadt hinter uns gelassen haben, wurden die Straßensperren hochgezogen."

„Und die Zeit hat nicht mehr gereicht, um die Kinder gleich mitzunehmen, oder?"

„Verdammt noch mal, General! Wir haben nichts mit der Entführung zu tun gehabt! Ich habe das Ratsmitglied Young damals auf der Ranch schon versucht zu erklären! Es ist, war, eine Intrige, um mich zu entmachten!"

„Ich bin gespannt, wer dahinter stecken soll, Sumter. Eins ist aber klar: Die Intrige ist offenbar voll aufgegangen."

„Ist das denn nicht offensichtlich, General?"

„Wenn ich Interesse an einer Gegenfrage gehabt hätte, hätte ich es dir gesagt. Erzähl es mir einfach geradeheraus und lass die Spielchen sein."

„Also gut", meinte der Händler und atmete noch einmal tief durch, bevor er zu sprechen begann. „Im nächsten Jahr finden die Wahlen statt. Wir beide wissen, dass es für Präsident Tailor nach all den Jahren nicht einfach gewesen wäre. Vielleicht hätte er gewonnen, vielleicht wäre es eine Niederlage geworden. Alles sehr unsicher. Ich war immer ein Freund der Union, denn dieser Staat ist sinnvoll. Als Tailor aber mit aller Macht versuchte, seine Idee einer Währung durch den Rat zu peitschen, endete meine Loyalität. Unsere Gesetze erlauben es und so richtete ich mich darauf ein, ihn bei der Wahl herauszufordern, vielleicht abzulösen. Ganz sicher wollte ich aber die unsinnige Währungseinführung verhindern. Tailor war niemals dumm, und egal wie viel Mühe ich mir gab, die entstehende Opposition zu verbergen, letztlich bekam er Wind davon. Somit musste ich mich entscheiden und mir war klar, dass man eine Wahl nicht gewinnen konnte, wenn man sich versteckte. Deshalb bezog ich öffentlich Position und begann, Verbündete um mich zu scharen. Der Präsident erkannte sehr schnell, welche Gefahr da auf ihn zurollte."

Moody stellte das Gewehr beiseite, verschränkte die Arme vor der Brust und lehnte sich gegen einen der Pfeiler der Veranda.

„Keine Ahnung, ob mir gefällt, wo das hinführt."

„Es wird dir nicht gefallen, General. So viel ist klar. Darf ich trotzdem weitermachen?"

„Ich bin ganz Ohr."

„Danke. Ich tat also, was ich konnte, um die Währung zu verhindern. An dem von mir organisierten Widerstand ist Tailor mit seinem Vorstoß bereits zweimal gescheitert. Jedes Mal formulierte er seinen Entwurf um, änderte Details, aber im Grund bedeutete alles das Gleiche. Die Regeln sind trotzdem einfach: Wenn ein Gesetzesentwurf dreimal vor dem Unionsrat scheitert, ist er vom Tisch, zumindest für das nächste Jahr. Der Präsident wusste genau, dass er bis zur Wahl Boden gut machen musste, und er wollte das über diesen Beschluss machen. Ich war allerdings gut aufgestellt und auch beim dritten Anlauf wäre die Geschichte gescheitert. Aber es kam ja gar nicht zur Abstimmung."

„Weil an dem Tag die Kinder entführt wurden", sprach Moody seine Gedanken aus.

„Exakt. Tailor hat danach verbreitet, dass die Entführung auf meine Kappe ginge, um das Gesetz zu verhindern. Aber wenn du dir die Abstimmungsergebnisse der vormaligen Versuche anschaust, wirst du erkennen, dass ich schon vorher eine Mehrheit gegen die Währung hatte. Daran hätte sich nichts geändert."

„Und wenn du es nicht warst, wenn Marrow seine Finger nicht im Spiel hatte, wer war es dann?", fragte Moody. Die mögliche Antwort darauf lag ihm bereits auf der Zunge, doch er war noch unfähig, sie zu formulieren.

„Es war der Präsident selbst."

Der Rothaarige schnaubte verächtlich und schüttelte aus Reflex den Kopf. „Weißt du eigentlich, was du da sagst?"

„Ja, General. Aber es macht alles Sinn."

„Warum? Warum sollte er eine solche Nummer abziehen? Wenn du eine Gefahr bist, kann man dich einfach über die Klinge springen lassen."

„Natürlich. Aber mit welchen Folgen? Ich hatte damals schon genug Unterstützer. Ein Mord an mir hätte die Opposition wahrscheinlich nur gestärkt, vor allem, wenn bekannt geworden wäre, dass ich beabsichtigte, bei der Wahl zu kandidieren. Damit hätte Tailor sich ins eigene Fleisch geschnitten. Er wäre mich vielleicht losgeworden, aber sein Problem wäre nur größer geworden. Er brauchte etwas, um mich vollständig zu demontieren, etwas, womit sich mein Rückhalt bei meinen Verbündeten und im Volk auflöste."

„Und du willst mir erzählen, er hat deshalb die Entführung veranlasst?" Moody merkte einen bitteren Geschmack auf seiner Zunge.

„Es ist doch so, General: Was hätte ich von der Entführung gehabt? Selbst wenn ich mich keiner Wahl gestellt hätte, wäre ich bei den Menschen in der Hauptstadt und der ganzen Union unten durch gewesen. Auch wenn ich ihn und dich damit aus dem Amt getrieben hätte, wäre es völlig sinnlos gewesen. Ich meine: Ihr seid allesamt Helden. Tailor, du, die Familie Young und dieser McDonald. Die Menschen verehren euch, und sie hätten mir so was nicht durchgehen lassen. Alles in allem wäre es völliger Wahnsinn gewesen, einen Machtwechsel so durchzuführen. Und warum denn auch? Ich hatte echte Chancen bei der Wahl."

„Aber das ist …", setzte Moody ungläubig an, doch ihm fehlten die Worte.

„Wahnsinn, willst du sagen? Nein, General. Das ist Kalkül. Tailor hat die Situation danach absichtlich sich zuspitzen lassen. Es wurden Fährten gelegt, die genau zu mir führten, und andere verwischt. Aber das hat ihm nicht gereicht. Er wusste, dass ich nicht weichen würde, wenn es keine konkreten Beweise gab. Er ließ es alles hochkochen, suchte die Eskalation."

„Er suchte die Eskalation?", bohrte Moody nach. „Er war eher wie ein ängstliches Karnickel, das keine Entscheidungen treffen wollte!"

„Ja, weil es ihm geholfen hat. Er hat die Fassade so lange aufrechterhalten, wie es nötig war."

„Verdammt noch mal, *ich* war derjenige, der ihm das Kriegsrecht empfohlen hat! Das passt nicht in deine Geschichte."

„Und wie es passt, General. Präsident Tailor war immer bekannt dafür, besonnen zu reagieren. Je länger er die ganze Geschichte andauern ließ, umso sicherer, wusste er, würdest du ihm vorschlagen, den Ausnahmezustand auszurufen."

„Er hat mich also benutzt?"

„Er hat euch alle benutzt. Und mich nicht weniger", stellte der Händler bitter fest.

„Es fällt mir schwer, das alles zu glauben."

„Und doch ist es die Wahrheit. Für die Öffentlichkeit sieht es so aus, als wärst du derjenige, der das Kriegsrecht wollte. Du warst das Aushängeschild der ganzen Sache – und wenn du dir ansiehst, dass du heute Abend hier stehst, ohne Amt und ohne Würde, ging sein Plan vollends auf. Du hast die Prügel bezogen und hast jetzt nicht mehr die Möglichkeit, Einfluss auf ihn zu nehmen. Er hat dich isoliert."

Als die Erkenntnis sich langsam, aber unaufhaltsam in Moodys Gedanken ausbreitete, quoll die Wut in ihm hoch. Zornig hämmerte er mit seiner großen Pranke gegen einen der Holzpfeiler. „Dieser Hurensohn!"

„Ich bin noch lange nicht fertig. Alles, was während der dreizehn Tage unter Kriegsrecht passiert ist, war dazu da, um mir und meinen Anhängern zu schaden. Die Opposition wurde unter Arrest gestellt, befragt und langsam, aber sicher ausgeschaltet. Manche traten zurück, andere kamen bei der Geschichte ums Leben. Mit allem, was passiert ist, verbrannte er meinen Namen und den von Marrow. Jeder, der vorher an unserer Seite stand, tat es am Ende nicht mehr."

„Die Geschichte ist so unglaublich, dass ich eigentlich drüber lachen müsste. Das Problem ist, dass ich ein ziemlich schlechtes Gefühl in meinem Bauch habe, bei vielem, was du sagst."

„Dann ist es ein Anfang, General."

„Warum kommst du damit jetzt erst zu mir?"

„Hättest du mir vor ein paar Monaten, während des Ausnahmezustands oder kurz darauf geglaubt? Ich denke nicht. Und wenn es um meine Motivation geht, ist es einfach. Er hat vielleicht meine Zukunft in der Union zerstört, aber er darf auf keinen Fall die Zukunft der Union im Gesamten zerstören."

Moody ging einige Meter, um einen klaren Kopf zu bekommen, dann trat er vor den Händler und tippte ihm mit dem Zeigefinger auf die Brust.

„Ich muss nachdenken, Händler. Bis ich zu einem Schluss gekommen bin, bleibst du in meiner Nähe, verstanden?"

Der abgekämpfte Mann verbeugte sich leicht. „Natürlich. Ich hatte nicht vor, jetzt zu gehen."

„Gut. Du wärst auch nicht weit gekommen." Moody drehte sich zu Bess herum. „Und du passt auf ihn auf. Bring ihn bei dir unter und sorg dafür, dass ihn niemand zu Gesicht bekommt. Nicht dass wir jemand Übereifrigen auf dumme Gedanken bringen."

+++

Zwei Tage später saßen die alten Freunde in der wohligen Wärme von Ians Wohnzimmer zusammen. Moody hatte sie zusammengerufen und ihnen von Sumters Besuch erzählt. Das abendliche Gespräch mit dem Händler hatte ihn nicht zur Ruhe kommen lassen. Während sein Verstand zu begreifen versuchte und sein Gewissen immer wieder an dem Unvorstellbaren scheiterte, spürte er dumpfe Leere in sich.

Wem konnte er vertrauen? Was war an den Worten des Händlers dran? Moody hatte Sumter immer als falsche Schlange erlebt, als Mann, der meisterhaft darin war, andere für seine Zwecke zu manipulieren. Er traute ihm nicht. Und dennoch riet ihm sein Instinkt, die Angelegenheit zu ergründen.

Fast eine Stunde hatte er gebraucht, um Eris, Sal, Perry und Ian die Vorkommnisse bis ins kleinste Detail zu schildern. Moody hatte die Brisanz der neusten Entwicklungen nicht unterschätzt, tatsächlich saßen sie nun schweigend beieinander, kaum ein Wort wurde gesprochen, jeder schien auf seine Art und Weise ergründen zu wollen, wo die Wahrheit lag.

„Die einfache Frage ist: Wem nützt es?“, durchbrach Perry die Stille und kratzte sich nachdenklich an seinem Bart.

Eris sah den Arzt skeptisch an. „Auf was willst du hinaus?“

„Ganz einfach. Nehmen wir die Fakten, die wir haben. Bewerten wir den Zustand, wie er jetzt ist. Und dann lasst uns schauen, wer von den Entwicklungen der letzten Monate am meisten profitiert hat.“

„Nicht besonders schwer. Da fällt mir nur eine Person ein“, murmelte Ian düster und massierte sein versteiftes Knie.

„Aber nur, wenn alles, was Sumter erzählt hat, stimmt“, warf Moody ein und machte damit den Bedenken Luft, die ihn die ganze Zeit umtrieben.

„Ganz ehrlich. Da hast du Zweifel?“, fragte Sal nüchtern.

„Klar. Vielleicht will er uns nur gegen Marcus ausspielen“, nickte der Rothaarige.

„So ein Unsinn, Moody.“ Sal schüttelte den Kopf. „Da draußen ist es seit Wochen wie kalt? Minus zehn Grad? Glaubst du denn wirklich, jemand wie Sumter schleppt sich den ganzen verdammten Weg von Yard zu Fuß hierher, um ausgerechnet zu dir zu kommen und dir einen Bären aufzubinden? Bleiben wir doch einfach mal bei den Tatsachen. Du bist nicht gerade für deine Feinfühligkeit bekannt. Es hätte genauso gut sein können, dass du den Kerl erschießt, erschlägst oder erwürgst, sobald du ihn auch nur siehst. Oder Bess hätte ihn erledigen können, wenn er nicht schnell genug reagiert hätte. Nein, das sind für meinen Geschmack viel zu viele Gefahren, die Sumter da auf sich nimmt, nur um uns auszuspielen."

„Na ja", Eris sprang seinem alten Freund bei, „richtig ist, dass diese Schlange damit ein großes Risiko eingeht. Aber du darfst nicht vergessen, was für ihn auf dem Spiel steht. Will er uns nur einspannen und erzählt uns ein Märchen, auf das wir anspringen, sind wir vielleicht sein Ticket für den Präsidentenposten?"

„Sag mal, hast du nicht zugehört?" Zischend verdrehte Sal die Augen. „Nigel Sumter hat nichts mehr! Selbst wenn er uns Lügen erzählt und wir Marcus angehen und dabei gewinnen würden, ändert das nichts! Marcus hat ihn demontiert. Keine Verbündeten, keinen Rückhalt, keine Kontakte, kein Vermögen! Wenn den Menschen in der Union in den letzten Monaten vor allem eins in die Schädel gehämmert wurde, dann sind es zwei Feindbilder. Das eine ist dieser John Marrow, das andere ist eben Sumter. Er ist ruiniert und hat keine Chance mehr, einen Posten in der Union zu bekommen."

„Es gibt doch keine Beweise! Nur diese Geschichte! Wir müssen gerade deswegen vorsichtig sein", machte Eris den Ansatz, die Linie zu halten.

„Ich bin das so was von leid!", polterte Sal. „Beweise! Merkt ihr eigentlich nicht, was passiert? Wir debattieren über diese Angelegenheit. Und wir werden es noch ein paar Tage machen und zu keinem Ergebnis kommen. Und warum? Weil ihr dauernd mit diesem beschissenen *hätte, könnte, wollte* und *vielleicht* kommt! Wir werden uns damit im Kreis drehen und am Ende keinen einzigen Schritt vorankommen! Seht ihr denn nicht, was Yard aus euch gemacht hat?"

Die Männer sahen die Schützin erstaunt an. Ein solcher Ausbruch passte kaum zu ihr. Eris versuchte, die Wogen zu glätten, und legte Sal beruhigend die Hand auf die Schulter.

„Sal, hör mal …“, begann er, doch sie fegte seine Hand unsanft beiseite.

„Nein, komm mir jetzt nicht so! Ihr wisst alle, dass ich Recht habe! Die Jahre voller Politik und Intrigen haben euch geprägt! Bevor jetzt irgendwer sagt, dass ihr vorsichtig geworden seid, drauf geschissen! Da wo ich herkomme, hat man ein ganz anderes Wort dafür: feige!“

Ihre Stimme war lauter geworden, ihre Augen funkelten zornig.

„Aber wie kannst du das s–“, versuchte Eris es erneut.

„Wie ich das sagen kann? Weil ich euch kenne! Vor ein paar Jahren bin ich mit euch durch das Land gezogen. Tag für Tag waren wir woanders. Und damals hatten wir nicht die verdammte Zeit, über jedes Problem, egal ob real oder eingebildet, in voller Breite zu debattieren, so wie wir es jetzt und hier machen! Wir haben Entscheidungen getroffen – und es waren immer die richtigen! Der Beweis dafür ist, dass wir hier heute zusammensitzen und alle noch atmen. Also verflucht noch mal, was hat euch Kerlen in den Jahren in Yard die Eier abgeschnitten?“

„Jetzt reicht es aber!“

Mit einem dumpfen Knall ließ Moody seine massige Faust auf die Tischplatte donnern.

„Ich werde mich von dir sicher nicht feige nennen lassen!“

Die Blicke der Schützin und des Rothaarigen trafen sich und verbissen sich ineinander. Gespannte Stille kehrte im Zimmer ein, bei der keiner der Anwesenden sich traute, etwas zu sagen.

„ Sei ehrlich zu dir, Moody! Früher warst du nicht anders als ich jetzt gerade! Wenn zu viel geredet wurde und einfach nichts passiert ist, ist dir schnell der Kragen geplatzt!“

„Das ist nicht wahr! Ich bin niemals blind irgendwo hingerannt oder mit einem sehenden Auge ins Unglück!“

„Habe ich das denn gesagt?“, schrie Sal und sprang auf. Sie brauchte einige Momente, um ihren Zorn verrauchen zu lassen, dann fuhr sie fort.

„Es geht doch gar nicht darum, unaufmerksam zu sein und ohne nachzudenken irgendwas zu tun! Es ist doch einfach so, dass hier in eine Schockstarre verfallen wird! Aus Angst, möglicherweise den falschen Schritt gemacht zu haben, bleiben wir hier passiv und vergeben damit vielleicht die einzige Chance, die wir haben!"

Perry stand auf und legte jedem der Streitenden die Hand auf die Schulter, drückte Sal dabei wieder sanft auf ihren Stuhl.

„Und bevor das hier weitergeht und ich irgendjemandem von euch gleich eine Platzwunde nähen darf, beruhigen wir uns jetzt alle mal wieder, ja?"

Moody knurrte trotzig, doch tief in seinem Inneren wusste er, wie Recht Sal hatte. Die Schützin hatte einen wunden Punkt getroffen, der ihn schon lange störte, den er aber nie angegangen war.

„Das Problem ist, dass es zu viele Faktoren gibt, die wir nicht kennen", meinte Eris und sog hörbar Luft ein.

„Nein, Eris. Es stimmt schon, was Sal sagt", schüttelte Perry den Kopf. „Wir laufen Gefahr, uns einfach von der Sache lähmen zu lassen, und reden von Problemen, die vielleicht oder vielleicht auch nicht auftreten können. Du kennst mich: Ich war immer ein vorsichtiger Mann, habe meine Bedenken geäußert, wenn ich welche hatte. Und ja, ich habe bei der Geschichte mit Marcus auch meine Bedenken, aber die größeren Bauchschmerzen bereitet mir das, was Sal gerade beschrieben hat. Wie wäre es denn, wenn wir uns um Probleme kümmern, wenn sie da sind, und nicht schon vorher?"

Ian setzte zu einem tiefen Brummen an. „Die Welt ist nicht immer so einfach. Sie ist eigentlich verdammt kompliziert."

„Die Komplexität will ich nicht bestreiten, alter Freund. Das Problem ist einfach nur, dass wir gerade dabei sind, die ganze Sache künstlich aufzublähen."

„Dem kann ich nicht widersprechen, auch wenn ich das gerne würde. Weißt du, mein Beruf bringt das einfach mit sich."

„Wir sind alle nur die Summe unserer Erfahrungen“, lächelte Perry, „aber genau das ist der Punkt. Können wir vielleicht mal auf unsere Erfahrungen hören und dann ein Urteil treffen?“

Der Reihe nach blickte er in die Gesichter seiner Freunde.

„Ja, sicher“, begann Eris, der offenbar immer noch verwundert über den Ausbruch seiner Frau war. „Für mich ist die Frage letztlich, ob das alles vorstellbar ist. Ob ich Marcus wirklich zutraue, so was zu machen. Und wenn ich tief in mich gehe, habe ich die Antwort, auch wenn ich selbst gerne was anderes glauben würde. Menschen sind zu allem fähig.“

Moody schien sich ein Stück weit beruhigt zu haben und presste die Lippen nachdenklich aufeinander, bevor er zu einer Antwort ansetzte.

„Ich habe die letzten zwei Tage beschissen geschlafen, wenn überhaupt, weil ich das alles einordnen musste. Und wenn ich Perrys Frage noch einmal aufgreife und wirklich schaue, wem die ganze Angelegenheit nutzt, dann gelange ich nur zu einem Ergebnis, nämlich Marcus. Mein Verstand wehrt sich gegen diese Erkenntnis, denn es ist letzten Endes unvorstellbar.“

„Es ist überhaupt nicht unvorstellbar. Vielleicht wollen wir es einfach nur nicht wahrhaben, weil wir bis vor kurzem von allem profitiert haben“, fasste Sal viel ruhiger als noch vor wenigen Minuten zusammen. „Aber denkt doch mal nach, was Marcus in der Vergangenheit schon alles gemacht hat. Yard war vor der Union ein Pulverfass, ein Minenfeld, in dem ein falscher Schritt den Tod bedeuten konnte. Die Stadt war aufgeteilt unter den fünf Gruppierungen, und das seit Jahrzehnten. Niemand hat es jemals fertigbekommen, die Streithammel zu einen. Und dann rückte Banner mit seiner Armee an und die Einigkeit schweißte die Leute zusammen, die seit Generationen miteinander im Krieg lagen. Was passierte danach? Warum ist Yard nicht in alte Verhältnisse auseinandergebrochen? Es war sicher der Sieg und die bessere Zukunft, die dafür gesorgt haben. Aber vor allem passiert es nicht, weil Marcus rigoros mit den fünf Fraktionen abrechnete.“

Sie alle erinnerten sich an diese Zeit. Es gab Bündnisse und Gefallen, Intrigen, Gefangennahmen und Morde. Tatsächlich waren die unsteten Monate nach der Geburt der Union kaum anders als die Zeit des Ausnahmezustands, der den Staat nun in seinem Griff hielt.

Der feine Unterschied lag darin, dass sie damals alle, wie sie hier zusammensaßen, profitierten. Jeder von ihnen hatte eingesehen, dass ein zerstrittenes Yard einer friedlichen Zukunft, einer neuen Zivilisation im Weg stand, und hatte die Übergriffe und Ausschreitungen im Namen der Einigkeit geschehen lassen, ja, sich sogar daran beteiligt.

„Die traurige Wahrheit ist, dass Sal genau ins Schwarze trifft. Marcus hat so was schon einmal gemacht. Warum glauben wir eigentlich, er könnte es nicht nochmal tun?“, sagte Perry mit einem zustimmenden Nicken.

„Weil wir diesmal nicht auf der richtigen Seite stehen?“, warf Ian zynisch in den Raum. „Und weil wir uns dann alle haben ausnutzen lassen von ihm. Ihr sogar weit mehr als ich. Wir haben Marcus vertraut und jetzt erkennen wir, dass er uns letztlich nur für seine Zwecke benutzt hat. Auf eine Art und Weise, die keiner von uns für möglich gehalten hätte.“

„Und was machen wir nun daraus?“, fragte Moody. Seine Stimme klang ein wenig kraftloser als sonst.

„Uns selbst die Frage stellen, ob wir die Angelegenheit so laufen lassen wollen, oder ob wir die Pflicht haben, einzuschreiten“, fasste Eris die Quintessenz zusammen.

„Klingt alles schön und gut. Aber was hast du vor? Dass wir vier nach Yard ziehen und der Union den Krieg erklären? Und Ian macht unseren Quartiersmeister und versorgt uns mit Ausrüstung?“

„Mach dich nicht lächerlich, Moody. Natürlich nicht. Was auch immer wir tun, sollte so überlegt sein, dass es hinterher auch Überlebenschancen für uns gibt. Und aktiv zu werden heißt ja nicht, das Denken aufzugeben. Wenn wir nach Yard gehen und die ganze Sache untersuchen, werden wir wohl Gewissheit bekommen, was stimmt und was nicht.“

Moody stand auf und ging einige Schritte, blieb vor einer Karte stehen, auf der die Grenzen der Union eingezeichnet waren, und wiegte seinen Kopf hin und her.

„Wann soll es losgehen?“

Eris musste grinsen, als er erkannte, dass der alte Haudegen seinen Aktionismus wiedergefunden hatte.

„Am besten so, dass wir überhaupt die Chance haben, in die Stadt zu kommen, ohne uns gleich den Weg freischießen zu müssen. Wenn Marcus hinter der Sache steckt, dann dürfen wir ihn in keinem Fall auf uns aufmerksam machen.“

„Schade“, kicherte Moody trocken. „Ich hätte gute Lust gehabt, mit wehenden Fahnen in der Hauptstadt einzureiten.“

„Jetzt ist Winter. Wir alle haben uns entscheiden, die kalte Jahreszeit hier in Station zu verbringen, und die Menschen glauben uns das. Sie werden misstrauisch, wenn wir jetzt nach Yard zurückkehren. Und für Marcus wäre es ein Warnsignal. Wenn, müssen wir im Frühling zurück, vorspielen, dass alles normal wäre.“

Perry presste die Lippen aufeinander, griff nach dem zerbeulten Flachmann in seiner Innentasche und schüttelte die Flasche nachdenklich.

„Ich will deinen Plan ja nicht auseinandernehmen, aber ist das klug? Marcus wird mit jedem Tag, den wir hier bleiben, Zeit haben, Beweise verschwinden zu lassen, die Wahrheit umschreiben und mehr und mehr Menschen von seiner Version überzeugen können.“

„Perry, das ist ein Risiko, ja“, pflichtete Sal dem Arzt bei, „aber Eris hat schon recht. Ich vergleiche das mit einer Jagd. Wenn deine Beute weiß, dass du es auf sie abgesehen hast, wenn sie dich wittert, wird es eine harte Zeit. Ein zäher Kampf, dessen Ende ungewiss ist. Wenn deine Beute nichts von dir ahnt, kannst du zuschlagen, noch bevor sie weiß, wie ihr geschieht.“

„Bestechend einfach“, murmelte Perry, zuckte die Schultern und nahm einen großen Schluck.

Wieder kehrte Schweigen in die kleine Runde ein, während sich in den Köpfen aller langsam die Gewissheit breitmachte, wohin es in der Zukunft gehen sollte und welche Aufgaben vor ihnen lagen. Irgendwann war Ian aufgestanden und in den Nebenraum gehumpelt, nur um ein paar Minuten später zurückzukommen.

„Das ganze Reden und Nachdenken hat mich hungrig gemacht. Euch doch sicher auch. Ich will sagen: Ihr seid alle eingeladen.“

Perry lachte auf und nahm der angespannten Situation damit den Druck. „Dass ich das noch erleben darf! Essen auf Kosten des alten Geizhalses!“

„Ja, merk dir den Tag gut. Ist so selten wie Schnee im Sommer“, grinste Ian zurück.

Leela hatte gut für die Gäste aufgetischt. Es gab einen schmackhaften, dickflüssigen Eintopf aus Bohnen, Karotten, Kartoffeln und Speck, und die Gäste langten gleich mehrfach zu. Die junge Frau war Mitte zwanzig und im besten Alter, um sich auf eigene Füße zu stellen, doch sie hatte nie daran gedacht, Station und ihren Vater hinter sich zu lassen. Ian sah in ihr eine Nachfolgerin für sein Geschäft, eine Rolle, die Leela mit Bravour meisterte, auch wenn Vater und Tochter sich wegen einiger Geschäftspraktiken immer wieder in den Haaren lagen. Irgendwann sollte die Zeit kommen, da würde er ihr das Geschäft vollkommen überlassen.

In den letzten Jahren hatte er sich immer mehr zurückgezogen und ihr die freie Hand gelassen, die sie zur Entfaltung brauchte. Das gab ihm die Möglichkeit, zur Ruhe zu kommen, manchmal sogar, die Tage einfach nur zu genießen. Noch war es für Ian nicht an der Zeit, die Zügel aus den Händen zu geben, doch kürzer treten, das war ihm willkommen. Leela schwatzte mit den Gästen, nahm jedes Lob dankbar und höflich entgegen und räumte danach ab.

Bei einem guten Tropfen – den Ian nach den Erfahrungen der letzten Zeit sehr maßvoll dosierte – und Tabak saßen die alten Freunde noch einige Zeit zusammen und sprachen über die vergangenen Jahre. Die Stimmung war gelöster, es wurde gelacht und gescherzt. Eris und Sal verabschiedeten sich zuerst aus der kleinen Runde, und ihr Gehen war auch für Moody Signal. Immerhin hatte er daheim Frau und Kind, die auf ihn warteten.

„Ach, bevor ich es vergesse", begann Ian und wandte sich zu Moody um, der gerade in seinen Mantel stieg. „Was ist eigentlich mit John Marrow? Wir haben ein paar Mal über ihn gesprochen, mehr aber nicht. Lebt er noch?"

„Sumter hat ihn nur kurz erwähnt, nicht mehr", zuckte Moody gleichgültig die Achseln.

„Es wäre vielleicht gut zu wissen, was mit ihm ist. Ändert wenig an der ganzen Geschichte, aber mich würde das schon interessieren. Denn wie auch immer die Zukunft wird, der Mann kann dabei wahrscheinlich von Vorteil sein."

„Fängst du schon wieder mit dieser Nummer an?"

„Moody, ich meine das ernst. Marrow hat die Unionsarmee versorgt. Er hat sicher ein paar Kontakte, die euch helfen können. Wenn er noch lebt."

„Und auch nur dann, wenn seine Kontakte sich an ihn erinnern wollen. Aber ich behalte es im Hinterkopf und werde Sumter mal dazu befragen. Und jetzt habe ich auch noch was."

„Um was geht es?"

„Lasst uns die Mitwisser so klein wie möglich halten. Keine Ahnung, wo die Reise hingeht, aber je weniger Leute von den Geschichten hier wissen, umso geringer ist die Gefahr."

Damit knöpfte er seinen Mantel zu, stellte den Kragen auf und ging hinaus in die Kälte. Zurück blieben Perry und Ian und eine Flasche guter Schnaps, die noch viel zu voll war.

Kapitel 9

Wiedergeburt

Dwight Ramsey konnte sich tausend Dinge vorstellen, die er bei diesem Mistwetter lieber getan hätte, als auf der Straße zu sein. Aber Anweisungen waren Anweisungen und der Deserteur gehörte nicht zu den Menschen, die durch Befehlsverweigerungen auffielen. In seiner Lebenswirklichkeit gab es Anführer und Befehlsempfänger und er gehörte eher in die letzte Kategorie. Schon lange hatte er begriffen, dass er nicht der Typ Mensch war, der für direkte Machtpositionen gemacht war. Was er aber besaß, war eine treue Ergebenheit, die ihn in seinem Leben weit gebracht hatte. Seine unbedingte Treue, Verlässlichkeit und nicht vorhandene Moral machten ihn zu der Art Handlanger, nach dem viele Mächtige sich sehnten. Ramsey hatte sich Vertrauen aufgebaut und verfügte so über mehr Macht, Einfluss und Reichtum, als er auf normalem Weg jemals erreicht hätte. Diese Errungenschaften stellten ihn zufrieden und betäubten jede Ambition, selbst nach der Macht zu greifen. Und was ihm noch deutlich mehr an seiner Arbeit gefiel, war der Umstand, dass er all seine brutalen Neigungen – und davon besaß er nicht zu wenig – ausleben konnte, wenn ihm danach war. Was zählte, war letztlich das Ergebnis. Ob er einen Widersacher seines Auftraggebers außer Gefecht setzte, indem er ihn aus Yard jagte, ihm alle Knochen brach oder ihm eine Kugel durch den Kopf jagte, es ging nur um das Resultat, nie um die eigentliche Ausführung.

Jetzt war er also mit einem LKW unterwegs über die verschneite Piste nach Station. Das war nicht der erste Versuch, sich zu der Ortschaft durchzuschlagen, eigentlich hatte er es mit dem Zug versucht. Das Ungetüm aus Stahl war wenige Kilometer außerhalb von Yard am Wetter gescheitert. Schneeverwehungen und vereiste Gleise hatten ihm einen Strich durch die Rechnung gemacht und ihn zur Umkehr gezwungen. Die einzige Möglichkeit, die blieb, war, die Reise mit dem LKW anzutreten. Hinzu kam, dass er nicht allein unterwegs war. Obwohl er darauf bestanden hatte, die Sache in Station allein zu erledigen, war ihm diese Bitte ausgeschlagen worden.

So musste er sich damit arrangieren, mit gut zwanzig Männern und Frauen, verteilt auf zwei Fahrzeuge, durch die weiße Landschaft unterwegs zu sein. Es handelte sich um Söldner und Schläger, eine Mordbande, die noch nie zusammen gearbeitet hatte. Dwight hatte große Zweifel an der Effektivität der Gruppe, aber er hatte ihnen allen eingebläut, dass er das Kommando hatte. Die Botschaft war angekommen, aber wohl war ihm immer noch nicht. Für ihn barg das Arbeiten in einer Gruppe mehr Gefahren, als dass es Vorteile brachte. Andererseits: Genügend Kanonenfutter reduzierte die Chance, sich selbst eine Kugel zu fangen.

Die beiden Fahrzeuge rumpelten mit niedriger Geschwindigkeit durch die verschneite Landschaft. Der Schneesturm war in den letzten Tagen zwar merklich abgeflaut, trotzdem war an schnelle Geschwindigkeiten nicht zu denken. Selbst mit aufgeblendeten Scheinwerfern war die Sichtweite auf einige Meter beschränkt. Da die meisten Landmarken eingeschneit waren, kam der kleine Konvoi vor allem in der Ebene nur langsam voran. Immer wieder musste gehalten werden, während man in Karten blätterte und Sicherheit suchte, sich nicht verirrt zu haben. Bei Erreichen des Waldes, in dem Station lag, wurde es zumindest einfacher, denn die alte Straße zog sich gleich einer Schneise durch den dichten Wald, so dass zumindest die Gefahr gebannt war, eine falsche Abzweigung zu nehmen.

Das Feuerzeug klickte, als Dwight sich eine neue Zigarette ansteckte. Gelangweilt blickte er aus dem Fenster auf den draußen vorbeiziehenden Wald. Die Fahrzeuge kamen nur mit einer quälenden Langsamkeit voran, immer wieder musste Schnee von der Straße geräumt werden. Davon abgesehen gab es kaum etwas, das die Monotonie der Reise unterbrach.

„Wie lange noch?", fragte er den Fahrer, ohne seinen Blick vom Waldrand zu nehmen.

„Vierzig, vielleicht fünfzig Kilometer", antwortete der Mann.

„Na großartig", verdrehte Dwight die Augen, „dann sind wir ja zum Frühlingsanfang endlich in Station."

+++

Das knackende Feuer verbreitete eine angenehme Wärme im großen Raum, und der rötliche Schein der Flammen tauchte alles in eine fast schon gemütliche Atmosphäre. Während draußen der Wind heulte und feinen Pulverschnee vor sich her trieb, saß Perry auf einem verschlissenen Sessel, umringt von einigen Kindern aus Station. Die Siedlung besaß eine eigene Ärztin, und auch wenn ihre Fähigkeiten nur schwerlich mit den seinen vergleichbar waren, leistete sie gute Arbeit und mochte es gar nicht, wenn er sich einmischte.

Perry nahm es gelassen, wusste er doch, dass er nicht anders reagiert hätte. Die meisten Knochenflicker waren eigenbrötlerisch und hüteten ihr Wissen wie einen geheimen Schatz. Medizinische Fähigkeiten waren viel wert in der Welt DANACH und konnten einem ein gutes Auskommen bescheren. Die Ärzte wussten das und taten alles dafür, sich unabdingbar für die Siedlungen zu machen, eine Rechnung, die zuweilen gut aufging.

So kam es, dass er sich etwas anderes zu tun suchte. Neben seinem medizinischen Talent besaß der bärtige Mann die Fähigkeit, mit seinen Erzählungen zu begeistern. Vielleicht hatte er mit seinen fünfzig Jahren endlich das Alter erreicht, bei dem das Bild des gutmütigen Geschichtenerzählers zu ihm passte. Trotz des eisigen Unwetters war er von Tür zu Tür gezogen, hatte sich den Bewohnern vorgestellt und ein einfaches Angebot gemacht: Tag für Tag wollte er den Kindern der Siedlung ein paar Geschichten zum Besten geben. Das Angebot nahm man dankbar an, denn die Eltern waren oft froh, wenn sie ihren Nachwuchs einmal für einige Stunden loswerden konnten. Mittlerweile waren die Stunden, in denen er erzählte, festes Tagesprogramm in Station geworden, und er erwartete seine Zuhörer immer zur gleichen Zeit in einem großen Anbau bei der Tankstelle.

Heute waren fast zwei Dutzend Kinder jeden Alters gekommen, unter ihnen Ryan, Alexander und Arleen. Mit großen, glänzenden Augen hingen sie an seinen Lippen und sogen jedes seiner Worte wie Schwämme auf. Perry hatte die seltene Fähigkeit, seine Zuhörer vom ersten Moment an zu begeistern, so dass der Raum nur noch vom Klang seiner Stimme und dem Prasseln des Kaminfeuers erfüllt war. Er genoss die Aufmerksamkeit, die das Publikum ihm schenkte, aber noch mehr gefiel ihm, wie er es schaffte, Begeisterung in den Kindern zu wecken. Sie überhäuften ihn mit Fragen und er erklärte ihnen die Welt, auch wenn er sich manchmal dabei erwischte, es mit der Wahrheit nicht immer ganz so ernst zu nehmen. Eines war aber klar: Die Kinder würden die harte Realität noch früh genug kennen lernen, und so schadete es nichts, ihnen hier und jetzt schöne Erinnerungen zu schenken. In seinen Geschichten übertrieb er und spann das, was man im DAVOR Seemannsgarn nannte. Einem Erwachsenen wären die großen und kleinen Ungereimtheiten des Arztes sicher aufgefallen – den Kindern jedoch nicht. Perry ging es in seinen Erzählungen um die Botschaft, das war alles, was zählte.

„Wie war das so, das Leben DAVOR?“, fragte ein Mädchen.

Perry kicherte mit tiefer Stimme und lächelte schelmisch in die Runde. „Auch wenn ich für euch so aussehe, so alt bin ich nun auch nicht! Ich habe die Welt DAVOR nie wirklich erlebt, sondern kenne sie nur aus Erzählungen.“

Es war eine Art Ritual, das sich in kurzer Zeit eingebürgert hatte. Jeder Nachmittag zusammen mit den Kindern begann so, und auch wenn sie alle seine Antwort auf diese eine Frage kannten, so lachten die kleinen Zuhörer vergnügt auf.

„Aber ich bin alt genug und habe eine ganze Menge gesehen, das ich euch zum Besten geben kann. Sagt mal, habt ihr eigentlich schon mal Bären gesehen?", fragte er in die Runde.

Einige der Kinder nickten eifrig, während andere – vor allem die jüngeren – den Kopf schüttelten oder völlig unsicher dreinschauten.

„Die leben hier im Wald um Station!", warf ein blonder Junge mit einer Zahnlücke ein.

„Ja, und meine Mama hat gesagt, man darf ihnen nicht zu nahe kommen!", stimmte ein Mädchen mit braunen, geflochtenen Zöpfen zu.

„Und im Winter, da schlafen die Bären ganz lange!", rief ein anderes Mädchen aufgeregt.

„Und wenn du vor einem Bären wegläufst, dann sollst du bloß nicht auf Bäume klettern! Die klettern nämlich ziemlich gut!", stieg ein sommersprossiger Junge ein.

„Und sie leben allein!", sprudelte es aus dem nächsten Kind.

Perry nickte anerkennend, als seine Zuhörer Stück für Stück ihr Wissen preisgaben und sich dabei zu überbieten suchten. Für einige Momente lehnte er sich zurück und ließ die Kinder erzählen.

„Na, da ist ja schon einiges zusammengekommen. Ihr wisst ja fast mehr als ich! Dann fällt unsere Geschichte heute wohl aus", sagte er mit gespielter Enttäuschung.

Auch das war eines der festen Rituale, die sich einfach eingebürgert hatten. Es gehörte zum Programm und die Kinder mochten eine solche Wendung. Sie schüttelten ihr Köpfe und riefen wie aus einer Kehle: „Nein!"

Der bärtige Geschichtenerzähler legte ein erstauntes Gesicht auf und begann herzhaft zu lachen. „Nein? Ihr habt natürlich recht! Klar erzähle ich euch auch heute eine Geschichte!"

Das Publikum jubelte für einige Momente, ehe es still wurde. Die Kinder machten es sich auf dem Boden bequem und starrten ihn gespannt an.

„Das Wetter da draußen erinnert mich an einen Winter vor vielen Jahren, in einer kleinen Ortschaft mit dem Namen Hope. Hoffnung, das war es, was die Bewohner damals antrieb. Viele von ihnen hatten das chaotische erste Jahrzehnt der Zeit DANACH gerade eben überstanden. Sie hatten viel durchgemacht, waren oftmals tausende von Kilometern gereist auf der Suche nach einer neuen Heimat. Letztlich hatten sie sich an diesem kleinen Ort niedergelassen und wollten einen Neuanfang wagen. Das Schicksal meinte es gut mit ihnen, und von einigen kleinen Rückschlägen einmal abgesehen, gelang es ihnen gut. Im Dorf hielten sie Schafe. Eine große Herde! Über hundert! Das machte ihnen das Leben leichter, denn die Tiere halfen den Menschen ganz vielfältig, zu überleben: Ihre Wolle wärmte in kalten Nächten und ihr Fleisch lieferte leckere Lebensmittel. Man behandelte die Tiere gut, denn man war sich des Schatzes bewusst, den man besaß."

Perry legte eine kleine künstlerische Pause ein und nahm einen großen Schluck dampfenden, schwarzen Kaffee, während seine Zuhörerschaft angespannt wartete.

„Natürlich war damals nicht alles einfach. Ihr müsst wissen, Strom gab es nicht! Und an eine Union wagte niemand zu denken! Die Menschen in Hope waren auf sich selbst gestellt und mussten mit dem einen oder anderen Problem fertig werden. Plünderer, die ihnen ihr Hab und Gut stehlen wollten. Oder Nachbargemeinden, die neidisch auf die Schafe waren. Oder eben das Wetter. Damals im Winter war es fast so wie heute. Der Schnee lag hoch und der Sturm tobte lange Tage. Ihr müsst wissen, das ist für Tiere eine harte Zeit. Die Schafe zum Beispiel fanden bei dem Wetter kaum noch etwas zu fressen. In Hope war man auf einen so harten Winter nicht eingestellt gewesen und das Futter für die Tiere ging langsam zur Neige. Und auch wenn die Tiere ein dickes Fell haben, sie können nicht ewig in der Kälte stehen. Sicher, es gab ein paar Ställe, aber die reichten nie und nimmer für alle Tiere, egal wie man sich auch anstrengte. Es blieb also nichts, als die Herde jeden Tag wechseln zu lassen. Der eine Teil wurde einen Tag auf die Weide getrieben, der andere Teil durfte sich im Stall aufwärmen. Nicht das beste System, aber es funktionierte und nur ganz wenige Schafe überstanden den Frost nicht."

Er hielt inne, ging sich durch die Haare und beugte sich weit nach vorne, die Ellenbogen auf den Oberschenkeln. Seine Stimme war ein bisschen leiser geworden.

„Eines Morgens, es war kaum Tag, machten die Hirten sich auf, um die Herde zusammenzutreiben. Über Nacht war kein neuer Schnee gefallen und so freute man sich, denn das versprach, die Arbeit viel einfacher zu machen. Jeder von euch, der schon mal durch den frischen Neuschnee da draußen gestapft ist, weiß genau, was ich meine. Dick eingepackt in Jacken und Mäntel, die Schals bis zu den Nasen gezogen, gingen die Männer und Frauen also an diesem Tag hinaus, bei guter Laune, denn er versprach, ein guter Tag zu werden. Sie erreichten die Weide und begannen, die Schafe zusammenzutreiben. Ihr könnt euch ja gar nicht vorstellen, wie schwer es im Winter ist, weiße Schafe im Schnee zu suchen! Wären die Tiere nicht so dusselig, wäre es fast unmöglich!"

Perry grinste und verzog das Gesicht zu einer blöden Grimasse und einige der Kinder glucksten und kicherten.

„Unter den Hirten an diesem Morgen war auch Sam. Ein Junge, kaum erwachsen. Aber so wie jeder damals in Hope packte er mit an, wo er konnte. Sam marschierte also über das Feld und scheuchte die Schafe auf, trieb die Tiere vor sich her. Er merkte, dass heute etwas anders war als sonst. Normalerweise waren die Tiere am Morgen träge. Wie verschlafen und etwas steif von der Kälte. Wisst ihr, Schafe sind ja nicht ganz blöd. Die stellen sich in Gruppen zusammen und wärmen sich so gegenseitig. Aber an diesem Morgen waren die meisten Tiere allein unterwegs, trotteten über den Schnee. Sam arbeitete damals schon länger als Hirte und er spürte, wie nervös und aufgeregt die armen Tiere waren. Irgendetwas hatte ihnen große Angst eingejagt."

Während Perry erzählte, war seine Stimme immer leiser geworden. Er konnte die Spannung, die die Kinder ergriffen hatte, förmlich riechen. Mit dem nächsten Satz wurde er ohne Vorwarnung etwas lauter und einige der Kinder zuckten zusammen.

„Und dann entdeckte er, warum! Am Rand der Weide fand er Spuren! Der Schnee war aufgewühlt wie von einem Kampf und Blut war zu sehen. Hektisch rannte Sam zu den anderen Hirten und lotste sie zu der Stelle. Sie besahen sich die Spuren skeptisch und begannen, die Tiere zu zählen. Und tatsächlich, zwei Schafe waren über Nacht verschwunden. Schnell stellte man Vermutungen darüber an, was geschehen war. Hope lag, ähnlich wie Station heute, an einem Wald, und dort gibt es bekanntlich viele wilde Tiere. Der älteste Schäfer vermutete, dass die Schafe in der Nacht einem Wolfsangriff zum Opfer gefallen waren. Aber es war kalt und eisig, und eigentlich hatte keiner von ihnen wirkliche Lust, den Spuren nachzugehen. Wer konnte es ihnen denn verübeln? Wer will schon bei so einem Frost wie dort draußen Spuren eines wilden Tiers in den Wald nachstellen, nur um selbst vielleicht in seinem Maul zu enden? Inständig hofften sie alle, dass es nur eine einmalige Sache war, und trieben die Herde zurück zu den Ställen. Den anderen Teil, der die Nacht im Warmen verbracht hatte, brachten sie einfach auf eine andere Fläche. Vielleicht nicht die beste Lösung, ja. Aber man wollte erst mit den anderen Bewohnern beraten, was zu tun war."

Wieder griff Perry zu seiner Tasse und gab den Kindern die notwendige Zeit, mit ihrer Fantasie das passende Bild zu seinen Worten zu malen. Er räusperte sich leicht, ehe es weiterging.

„Sam sah das alles aber ein bisschen anders. Er hatte einen Sommer zuvor schon einmal einen Wolfsangriff erlebt. Und Wölfe, das sind schlaue Viecher! Sie jagen in Rudeln, immer gemeinsam. So sind sie erfolgreiche Jäger. Er betrachtete die Spuren genau, und auch wenn alles zertrampelt war und wie ein Schlachtfeld aussah – Sam konnte sich beim besten Willen nicht vorstellen, dass ein Rudel der Übeltäter war. Dafür waren es einfach zu wenig Spuren. Doch wer sollte ihm glauben? Er war gerade sechzehn und die Erwachsenen lachten über ihn. Sie hatten doch alle mehr Erfahrung als der junge Bengel. Noch während man über den Vorfall beriet und Sam verspottete, begann es wieder zu schneien. Damit war der Fall schon fast erledigt, denn bei Schnee hatte keiner Lust, hinaus in den Wald zu gehen und den Spuren zu folgen. Da blieben sie lieber im Warmen. Aber ihr könnt euch sicher schon vorstellen, was als nächstes kommt, oder? Als man am Tag darauf die Schafe zusammentreiben wollte, sah man, dass über Nacht wieder eines der Tiere gerissen worden war. Und wieder waren es die gleichen Spuren. Trotzdem hörte niemand auf Sam."

Mit gespielter Traurigkeit schüttelte Perry den Kopf und ließ die Szene vollends auf die Kinder wirken, bevor er wieder anhob.

„Diesmal nahmen sie es nicht so leichtfertig hin, denn sie merkten, dass ihre Strategie, mit dem Problem umzugehen, wirkungslos war. Sie trommelten Freiwillige zusammen und noch vor dem Mittag des zweiten Tages machten sich drei Jäger auf in den Wald. Die Männer durchkämmten das Dickicht, folgten der untrüglichen Spur einige Kilometer weit. Als der Abend schon dämmerte und sie fast wieder umkehren wollten, fanden sie eine finstere Erdhöhle, in der die Spuren verschwanden. Ein unglaublicher Gestank quoll aus der Dunkelheit, und so richtig traute sich keiner von ihnen, einen weiteren Schritt zu machen. Aber sie waren doch den ganzen Tag auf der Pirsch gewesen, sollten sie nun unverrichteter Dinge umkehren und mit leeren Händen nach Hause kommen? Ein Streit entbrannte unter den dreien, und ein Wort gab das nächste. Sie wurden immer lauter. Und dann, plötzlich …"

Der Arzt riss beide Arme zu Tatzen nach oben und ruckte ein Stück nach vorne.

„Raaaaawrrr! Ein markerschütterndes Gebrüll erklang aus dem finsteren Höhleneingang. Die Jäger zuckten zusammen, so wie ihr! Sie bekamen es mit der Angst zu tun, und noch bevor sie genau wussten, was da eigentlich passierte, schoss eine große, braune Bärin aus der Höhle. So groß wie zwei ausgewachsene Männer und viermal so stark! Wütend stürzte sie sich auf den ersten armen Jäger. Völlig überrascht ließen ihn seine Kameraden im Stich, warfen ihre Waffen beiseite und nahmen die Beine in die Hand. Doch sie hatten nicht mit dem Zorn des Raubtiers gerechnet. Die Bärin stürzte einem der Männer hinterher. Er rannte, so schnell er konnte, doch er kam im hohen Schnee nicht gut voran, stürzte oft. In seiner Verzweiflung krallte er sich in einen Baum, kletterte den Stamm empor. Doch Bären, das sind gute Kletterer, wie ihr schon wisst! Er entkam nicht. Nur einer von ihnen schaffte es zurück nach Station, völlig entkräftet und halb wahnsinnig. Der verängstigte Mann erzählte, was passiert war, und erst jetzt begannen die Menschen, Sam zu glauben. Das änderte aber nichts. Was sollten sie denn tun? Ihr Problem war nun noch viel größer geworden."

Sein Blick ging hinüber zu einem kleinen Mädchen, das seine Knie zur Brust angezogen hatte und eine fleckige Flickenpuppe fest umklammert hielt. Er sah ihre feuchten Augen und spürte, dass er vielleicht übertrieben hatte. Im Geiste änderte er die nächste Passage ab.

„Wieder beriet man sich, was zu tun war. In Hope hatte man noch nie Probleme mit Bären gehabt, in all den Jahren nicht. Irgendwas musste passiert sein, dass die Bärin so nah an die Siedlung gekommen war. Und wie das eben ist: So wie euch das stolze Tier Angst eingejagt hat, hatten auch die Menschen in Hope damals Furcht. Und Furcht ist es, die uns manchmal die schlimmsten Dinge tun lässt. Sie rotteten sich zu einer Jagdgruppe zusammen, zwanzig Männer und Frauen, bis an die Zähne bewaffnet. Immerhin galt es, sich zu schützen, nicht wahr? Sam aber sah das ganz anders. Was hatte ihnen die Bärin denn getan? War sie in die Häuser eingebrochen und hatte die Kinder aus ihren Betten gestohlen? War sie über die Menschen in den Straßen von Hope hergefallen? Alles, was sie getan hatte, war, drei Schafe zu reißen. Sicher, ein Unglück, aber die Herde in Hope war groß genug, um so was zu verkraften. Was machte es denn, wenn entweder der kalte Winter oder die Bärin ihren Tribut von der Herde forderte? Verlust ist Verlust. Und ja, sie war auch über die drei Jäger hergefallen. Natürlich! Hätte denn jemand von den Bewohnern der kleinen Gemeinde anders gehandelt, wenn auf einmal Bewaffnete vor seiner Tür gestanden hätten? Sicher nicht! Aber für seine Einwände waren die aufgebrachten Männer und Frauen taub. Sie wollten nicht akzeptieren, sie wollten nicht zurückweichen, sie wollten nicht verlieren. Und ohne auf ihn zu hören, brach man auf, um die Bärin zu jagen."

Sie Spannung war greifbar, die Kinder hingen an seinen Lippen. Einige von ihnen hatten sich unter ihren Decken verkrochen, nur noch durch schmale Öffnungen lugten die Kinderaugen zu ihm empor.

„Es kam, wie es kommen musste. Wisst ihr, in Hope, da lebten vor allem Bauern und Hirten. Nur ein paar Jäger waren unter ihnen, und keiner hatte jemals einen Bären gejagt. Sie waren von Wut und Angst getrieben, aber das sind die falschen Gefühle, wenn man erfolgreich jagen will. Unkoordiniert torkelten sie zwischen den Bäumen umher, der vagen Beschreibung des Überlebenden folgend. Sie mussten scheitern: Kaum richtig ausgerüstet und dann kannten sie das Gelände nicht, hatten keine Vorstellung, was sie da eigentlich jagten! Die Bärin setzte zum Angriff an und stiftete Chaos in der Jagdgruppe. Am Ende kehrten nur siebzehn Männer und Frauen zurück nach Hope. Doch sie lernten nicht und wollten mit dem Kopf durch die Wand, obwohl das schon beim ersten Mal nicht funktioniert hatte. Gleich am nächsten Tag sollte eine neue, noch größere Gruppe aufbrechen, denn man wollte ein für alle Mal mit dem Problem, das man selbst geschaffen hatte, aufräumen. Sam wusste, dass das nicht gut ausgehen würde. Aber wer sollte denn jetzt, wo es noch mehr Verluste gab, auf ihn hören?"

Fragend blickte Perry sich um, doch keines der Kinder hatte eine Antwort parat. Nach einem weiteren Schluck Kaffee, der mittlerweile lauwarm geworden war, setzte Perry wieder an.

„Der junge Bursche warf sich in seinen dicken Mantel und stahl sich im Schutz der Dunkelheit aus dem Dorf. Das einzige, was er hatte, war sein Gehstock und eine alte Taschenlampe. Mühsam folgte er den ausgetrampelten Spuren durch die Finsternis, bis er selbst an die Höhle kam. Aus Geschichten wusste er von den guten Nasen, die Bären besaßen, und so ging er gegen den Wind, machte Umwege, um die Bärin nicht auf seine Fährte zu bringen. Angekommen, ließ er sich in den Schnee fallen, lag flach auf dem Bauch und beobachtete den schwarzen Eingang. Jetzt erst fragte er sich, was er eigentlich vorhatte, und ihm fiel auf, dass er ohne Plan aufgebrochen war. Noch während er darüber nachdachte, bewegte sich etwas am Eingang der Höhle. Die massige Bärin schob beinah majestätisch ihren Kopf aus der Dunkelheit, schnupperte im Wind. Während Sam sich vor Furcht tiefer in den Schnee drückte, glaubte, sie habe ihn entdeckt, passierte noch etwas anderes: Hinter der Mutter tapsten drei kleine Bären auf die kleine Lichtung vor der Höhle. Sie spielten und tollten schwerfällig im Schnee, während die Mutter in eine andere Richtung verschwand. Es knackte einige Male im Unterholz, dann kam die Jägerin mit ihrer Beute zurück und legte sie ihrem Nachwuchs vor die Tatzen. Während Sam langsam begriff, was dort in einer Entfernung eigentlich passierte, war das Schauspiel auch schon wieder vorbei.“

Der Arzt fuhr sich ein paar Mal durch den Bart und lehnte sich zurück, holte tief Luft.

„Der Winter damals war hart und dauerte lange. Ganz genau so, wie den Bewohnern von Hope die Vorräte knapp wurden, war das Gleiche bei der Bärin und ihrem Nachwuchs passiert. Alles, was die Mutter also getan hatte, war, Nahrung für ihre Kinder zu besorgen. Und dabei geschahen genau die Unglücke, die eben passierten. Eine Verkettung unglücklicher Ereignisse, vermischt mit der Furcht und der Wut, die dem Menschen zu eigen ist. Sam rannte wie der Wind durch die Nacht, zurück ins Dorf. Er wollte den anderen erklären, was er gesehen hatte, sie davon abbringen, am nächsten Tag auf die Jagd zu gehen. Aber wie sollte er das tun? Es hatte bereits Verluste in Hope gegeben und die Menschen sehnten sich nach Rache für diese Opfer. Wieder trat er vor sie, wieder wurde er verlacht. Aber diesmal, so hatte er beschlossen, wollte er das nicht hinnehmen. Er ertrug ihren beißenden Spott und sprach einfach weiter. Als sie lauter wurden und ihn zu übertönen versuchten, wurde er lauter. Immer und immer wiederholte er seine Botschaft. Fünf Tote hatte Hope bisher zu beklagen, und es war ungewiss, ob es dabei bleiben sollte. Wahrscheinlich würde eine weitere Jagd nach der Bärin, so gut sie auch vorbereitet sein mochte, noch höheren Blutzoll fordern. Und was das Problem anging, so hatte er eine einfache Lösung: Man sollte das Tier gewähren lassen. Die Empörung darüber war unbeschreiblich. Die Bewohner von Hope konnten und wollten nicht akzeptieren, dass sie gegenüber einem Bären den Kürzeren zogen. Es war – letztendlich – auch eine Frage des Stolzes. Sam hatte damit gerechnet und war vorbereitet. Er hatte genau gezählt, wie viele Schafe seit Beginn des Winters an der Kälte verendet waren. Achtzehn. Die Bärin hingegen, die mit ihren Kindern wahrscheinlich schon viel länger an der Stelle im Wald lebte, hatte drei Schafe auf dem Gewissen. Und wie es sich bei einer schnellen Jagd gehörte, fielen ihr vor allem die Schafe zum Opfer, die eh alt oder nicht gesund waren, eben weil sie leichte Beute waren. Damals war Ende Februar und das bedeutete, dass der Winter nicht mehr lange bleiben konnte. Was also hatte Hope zu verlieren, außer einiger Tiere, die der Kälte eh nicht gewachsen waren?"

Perry griff zu seiner Tasse und bemerkte, dass der Kaffee mittlerweile kalt geworden war. Er gönnte sich einen Schluck.

„Und was passierte dann?", wollte einer der Jungen aus dem Publikum wissen.

„Ich erzähle es euch“, nickte Perry und stellte die Tasse weg. „Seine Beharrlichkeit zeigte Wirkung. Zuerst waren es Einzelne, die ihm zuhörten, dann immer mehr. Sie waren alle skeptisch, aber er setzte sich durch. Sie wollten wissen, wie er denn verhindern wollte, dass die Bärin sich auch an den gesunden Tieren vergriff, und er hatte eine einfache Lösung: Indem man die alten Tiere des Nachts auf einer Weidefläche nahe des Waldes hielt und den Rest der Herde weit davon entfernt. Man wog das Opfer ab, das er ihnen vorschlug, aber ganz überzeugt war man noch nicht. Die Furcht, dass man die Bärin in Hope so nur anfütterte, war riesig. Sam zerstreute aber ihre Zweifel. Würde denn einer von ihnen an einem Ort bleiben, an dem er mehrfach und in Überzahl angegriffen wurde? Oder würde nicht jeder von ihnen eher die Beine in die Hand nehmen, sobald das möglich war, und eine andere Bleibe suchen? Der Vergleich fruchtete und die Menschen stimmten zu, insgeheim froh darüber, dass die Jagd ihnen erspart blieb.“

Eine letzte Pause. Perry streckte sich.

„Was glaubt ihr, wie es ausging? Noch vier Schafe riss die Bärin für ihre Kinder bis zum Ende des Winters. Und als das Tauwetter vorbei war, da hörten die Übergriffe auf. Sam sollte Recht behalten. In Hope gab es keine Probleme mehr mit den Bären. Wisst ihr, was uns diese Geschichte sagt? Dass es nicht gut ist, wenn wir den Kampf suchen. Auseinandersetzungen und Streit bringen nur Probleme und Leid mit sich. Oft ist es möglich, dass wir uns arrangieren und miteinander leben, auch wenn unsere Nachbarn noch so unheimlich oder gefährlich wirken. Manchmal muss man kämpfen, ja. Aber das sollte immer unsere letzte Wahl sein. Wir müssen uns fragen, ob der Verlust, den ein Miteinander vielleicht für uns bedeutet, verkraftet werden und letztlich Schlimmeres verhindern kann. In Hope war es damals so.“

Der Arzt kratzte sich am Kopf und für einen Moment huschten die Sorgen über sein Gesicht. Wenn das, was ihm und den anderen bevorstand, das wovon sein Publikum nichts ahnte, doch auch so ausgehen könnte!

Sal sah den Zwillingen zu, wie sie vor dem Kamin mit Perry spielten. Mühsam erhob sich der Arzt, während die Jungs kaum von ihm ablassen wollten. Er bat um eine kurze Pause und Alexander und Ryan gewährten sie ihm, kebbelten dann lautstark miteinander. Der Arzt schlenderte hinüber zu der Schützin und rieb sich dabei seinen Hintern, streckte sich und setzte sich neben ihr auf die klobige Holzbank.

„Deine Geschichten werden immer besser, alter Mann", lächelte sie vielsagend.

„Danke. Ich gebe mein Bestes", meinte er und deutete eine Verbeugung an.

„Du kannst froh sein, dass die alle noch keine große Ahnung haben", meinte sie kopfschüttelnd. „Eine Bärin im Winter. Mit drei Jungen! Komm schon, Perry!"

„Darum ging es doch nicht. Es ging um die Botschaft, Sal."

„Die Botschaft? Also ich wäre ausgezogen und hätte die Bärin über die Klinge springen lassen, Nachwuchs hin oder her."

Für einen Moment war sie erschrocken über ihre Worte, doch es waren die alten Gewohnheiten und die kühle Berechnung, die langsam, aber sicher wieder zum Vorschein kam.

Perry sah sie durchdringend an und zuckte dann mit den Schultern. „Wahrscheinlich hätten sie das auch in Hope getan, wenn es das Kaff geben würde. Aber das ist nicht der Punkt, Sal."

„Ja, ich weiß. Es sind Kinder, die brauchen ein glückliches Ende."

Perry schüttelte den Kopf und atmete hörbar durch die Nase aus. „Nein, auch das nicht. Sal, es geht um Hoffnung. Hoffnung auf eine bessere Zukunft. Die Union war der erste Schritt in die richtige Richtung. Aber wir können nicht von Frieden, Zivilisation und Wohlstand wie in der Zeit DAVOR träumen. Wir müssen das leben. Wenn wir den Kindern nicht diesen Eindruck vermitteln, welche Chance hat die Zukunft dann? Wenn wir ihnen vorleben, wie wir gelebt haben, und sie lernen, dass Gewalt die erste und beste Lösung ist, wird es nicht besser."

Als er geendet hatte, zog er den zerbeulten Flachmann hervor. Das abgegriffene und zerkratzte Metall schimmerte matt im Schein der Flammen. Nachdenklich schwenkte er ihn in der Hand, dann nahm er einen kurzen Schluck und stöhnte zufrieden auf.

Sal legte den Kopf schief. „Weißt du was, Perry? Manchmal glaube ich, dass du einen verdammt guten Vater abgeben würdest. Verflucht, in Momenten wie diesen glaube ich sogar, dass du eine bessere Mutter abgeben könntest als ich."

Er kicherte lang, bevor er eine Antwort gab. „Da gibt es nur ein paar Probleme: Keine Frau hält es lange mit mir aus. Und ich nicht mit ihr. Und ich werde alt und grau sein, wenn die Racker das richtige Alter haben. Mensch, mir tun meine Knochen schon jetzt weh! Außerdem: Solange sie klein sind und ich nicht mal weiß, ob sie was von dem, was ich sage, verstehen, hab' ich keinen Draht zu den kleinen Scheißern. Davon ab sollst du dein Licht nicht unter den Scheffel stellen, ja?"

„Und du Hornochse sollst Komplimente annehmen, wenn man sie dir macht, verstanden?"

Freundschaftlich stieß sie ihm ihren Ellbogen in die Rippen.

+++

Einen guten Kilometer von Station entfernt machte Dwight einen Satz aus der Fahrerkabine, zog eine Zigarette hervor und sah sich um. Im fahlen Licht der Abenddämmerung versammelte sich das Mordkommando vor der Ladefläche des Führungsfahrzeuges. Auf ihr stand Dwight, der seine Kommandos wiederholte, so eindringlich und so lang, bis er sich sicher war, dass auch wirklich jeder verstanden hatte, worauf es ankam.

Er war immer noch skeptisch, was seine Begleiter anging. Je mehr Leute mit einer Aufgabe betraut waren, umso größer war die Fehlerquote, das war eine einfache Maxime, nach der er sich immer zu richten versucht hatte. Wahrscheinlich würde irgendeiner aus der Truppe Mist bauen und am Ende durfte Dwight die Suppe auslöffeln. Manchmal war es einfacher, mit Pessimismus an eine Aufgabe zu gehen und das Schlimmste zu erwarten – in diesem Fall gab es wenigstens keine Überraschungen.

„Also gut! Und erinnert euch daran: Ich will kein verdammtes Massaker sehen, verstanden? Jeder von euch, der meint, sich wie ein Wahnsinniger aufzuführen, dem verpass' ich selbst 'ne Kugel, ist das klar?", endete er und blickte auf die zusammengewürfelte Truppe hinab.

Die Männer und Frauen nickten vereinzelt, murmelten ihre Zustimmung. In den Augen von manchen war zu erkennen, wie sehr sie die Ansprache hassten und einfach darauf brannten, loszulegen. Dwight brauchte ein paar Sekunden, um sich die Gesichter der möglichen Unruhestifter einzuprägen. Nur zur Sicherheit.

„Wir gehen in einer Gruppe. Schnell rein und schnell raus. Keiner feuert ohne mein Kommando!"

Der Deserteur wartete diesmal nicht auf eine Bestätigung, sondern griff nach seinem Sturmgewehr und sprang von der Ladefläche, zwischen die Kämpfer. Er hängte sich die Waffe locker vor die Brust und setzte sich in Bewegung, bildete den Anfang der Kolonne. Im Marsch prüfte er wiederholt das Gewehr. Der Frost war das reinste Gift für die Mechanik, machte die Schmierstoffe zäh und barg die Gefahr von Ladehemmungen. Er selbst hatte daher zu einem robusten Modell gegriffen, aber auch das war keine Garantie. Dicht an seinem Körper, unter der warmen Winterkleidung, trug er eine Pistole. Wenn das Gewehr wirklich versagen sollte, wollte er nicht mit leeren Händen dastehen.

Der Trupp marschierte schweigend am Waldrand entlang. Der Schnee raschelte und knackte unter ihren Stiefeln und machte das Vorankommen nicht einfach. Dwight war bemüht, ein ordentliches Tempo vorzugeben, merkte aber bald, dass die Gruppe dadurch unnötig auseinandergezogen wurde. Also verlangsamte er seine Schritte, so dass die Kette intakt blieb. Durch die dichten Wolken fiel das letzte Tageslicht, als die ersten Häuser der Siedlung zwischen den Bäumen auftauchten.

Er gab das Kommando zum Halten und die Kämpfer verteilten sich entlang des Straßengrabens in kleinen Grüppchen. Er selbst legte sich flach auf den Bauch und betrachtete das abendliche Station durch ein kleines Fernglas. Sicherheitshalber wollte er es erst bei Dunkelheit wagen, zuzuschlagen, und so verordnete er der Truppe eine gern willkommene Rast knapp außerhalb der Siedlungsgrenzen. Eine letzte Zigarette und einige angestrengte Blicke nach rechts und nach links. Mit einem kurzen Pfiff holte er eine untersetzte, aber drahtige Frau heran. Sie hatte ihre Sturmhaube wie zu einer Mütze bis zur Stirn geschoben.

„Du machst 'nen flinken Eindruck. Kannst du auch leise sein?"

„Klar", sagte sie und blickte ihn herausfordernd an.

„Gut. Das ist jetzt dein großer Moment. Ich will, dass du dich in die Siedlung schleichst und die Ziele ausfindig machst. Wo der General hockt, wissen wir ja. Aber ich gehe nicht davon aus, dass der Rest von ihnen auch da ist."

„Ich werde mein Bestes geben."

„Gut. Wenn du dich erwischen lässt, musst du dich selbst aus der Scheiße ziehen. Und verplapper' dich nicht."

+++

Nachdenklich blickte Sumter in den Spiegel und begutachtete sein Gesicht, das nach der Rasur unter dem wilden Bart hervorgekommen war. Die letzten Monate hatten sich tief in seine Züge gegraben, da waren Falten um Mund und Augen und auch auf der Stirn. Sein Blick war trüb, strahlte Verbitterung aus. Die Entbehrungen der Vergangenheit hatten ihn einige Kilogramm Gewicht gekostet und alles in allem bot er ein bemitleidenswertes Bild – kein Vergleich mit dem aalglatten Politiker, der er vor nicht allzu langer Zeit gewesen war.

Immer wieder stellte er sich die Frage, welchen Anteil er an dem Schicksal hatte, das er durchleiden musste. War es nicht letztlich sein Streben nach Macht, das ihn in die Auseinandersetzung mit Marcus Tailor getrieben hatte? Immer wieder überlegte er, was passiert wäre, wenn er mit dem, was er in seinem Leben erreicht hatte, zufrieden gewesen wäre. Hatten der Reichtum und die Macht, die er in den Händen hielt, nicht ausgereicht? Aber andererseits, das war alles wie eine süße Droge, das wusste er jetzt. Eine Droge, die ihn stärker gemacht hatte, so stark, dass er sich zutraute, den Präsidenten herauszufordern. Natürlich. Er hatte mit Gegenwehr gerechnet, hatte sie sich sogar sehnlich herbeigewünscht, denn ein Triumph nach hartem Kampf schmeckte nun einmal viel süßer. Doch er hatte Marcus schlichtweg unterschätzt. Nicht in seinen kühnsten Träumen hatte er sich ausmalen können, mit welchen Waffen der Präsident bereit war, gegen eine Opposition vorzugehen. Die bittere Erkenntnis trieb ihm ein zynisches Lächeln auf die Lippen. Was war er doch für ein Narr gewesen! Hatte er denn wirklich geglaubt, Tailor würde sich einfach so vom Schlachtfeld zurückziehen und sein Lebenswerk nicht verteidigen? Wobei, er hatte immer erwartet, dass der verkrüppelte Präsident eher wie ein Löwe kämpfte, nicht aber wie eine hinterlistige Schlange. Eine so weitreichende Intrige, die schlichtweg alles zerstörte, was Sumter besaß, hatte er Marcus einfach nicht zugetraut.

Und jetzt? Aus einem siegessicheren Politiker hatte Sumter sich in einen gebrochenen Mann verwandelt. Sein Lebenswerk war vernichtet, seine Verbündeten tot, enteignet oder bereit, sich gegen ihn zu wenden. Sein Vermögen war auf die wenigen Dinge zusammengeschrumpft, die er am Körper trug. Und in jedem Moment, in dem er sich in der Union bewegte, musste er fürchten, von einem aufgebrachten Mob gelyncht zu werden. Er war als Verlierer aus dieser Schlacht hervorgegangen, aber noch hatte er nicht vor, Marcus den Gefallen zu tun und einfach zu verschwinden. Es hatte lange gedauert, bis er sich dazu durchgerungen hatte, Hilfe vor allem an der Stelle zu suchen, bei der er am wenigsten damit rechnen konnte. Doch die Ereignisse des Spätsommers und die fast schon überstürzte Abreise der Helden aus der Hauptstadt hatten Hoffnung in ihm geweckt. Er gab sich nicht der Illusion hin, dass es ihm selbst noch vergönnt war, das Steuer herumzureißen und zu altem Glanz zurückzukehren. Nein, dieser Zug war längst abgefahren. Was er aber versuchen konnte, war, Marcus in seiner Überheblichkeit aufzuhalten. Nicht nur, weil er befürchtete, wohin die Union unter einem solchen Präsidenten gleiten konnte, vielmehr ging es ihm darum, denjenigen zu vernichten, der ihm all das angetan hatte. Dass man daraus ein hehres Motiv ableiten konnte, das den Händler vielleicht sogar in irgendwelchen Geschichten und Anekdoten einmal zu einem Helden der Union machen konnte, war schickes Beiwerk, aber nicht seine Motivation. Um Gerechtigkeit ging es ihm nicht – aber es war gut, wenn die anderen das glaubten.

Nigel stand auf und streckte sich, ging die wenigen Schritte von Wand zu Wand. Die vielleicht fünfzehn Quadratmeter waren in den letzten Tagen seine Zuflucht gewesen. Moody hatte ihm verboten, ohne Bewachung auch nur einen Fuß vor die Tür zu setzen, und was ihn anging, so hatte er gar nicht das Bedürfnis dazu. Draußen war es nicht nur fürchterlich kalt und ungemütlich, wie ihm von seiner Anreise noch im Gedächtnis war, dort gab es auch genug Menschen, die ihn besser nicht entdecken sollten. Spätestens jetzt, wo er sich den Bart abrasiert hatte, war die Gefahr viel zu groß, erkannt zu werden. Seine Bewacherin bewohnte eine kleine Kammer beim Eingang und während der ersten Tage kam er sich wirklich wie in Haft vor. Stundenlang hatte sie dort gesessen und ihn nicht aus den Augen gelassen, dann erst schien sie zu realisieren, dass er beileibe keine Bedrohung war.

Den General hatte er seit seiner Ankunft nicht gesehen, und der Händler war gewillt, das als gutes Zeichen zu sehen. Immerhin hatte der rothaarige Haudegen sein Urteil nicht revidiert und ihn nachträglich über die Klinge springen lassen. Doch was Neuigkeiten anging, hielt seine Bewacherin ihn an der kurzen Leine und verriet nichts über das, was außerhalb der massiven Wände vor sich ging. Also hieß es, abzuwarten.

Mit quietschenden Angeln wurde die Tür geöffnet und die nächtliche Kälte drang in das große Zimmer. Neugierig blicke Nigel zum Eingang und erkannte seine Bewacherin, die sich durch einen schmalen Spalt schob und die Tür hinter sich lautstark zuschlug. Der Kragen ihres Mantels war hochgeschlagen und sie hatte eine braune Fellmütze auf, einen Schal über der Nase. Dennoch schien sie zu frieren.

„Bah! Was ein verkacktes Wetter!", fluchte sie und zog den Schal hinunter.

Er lächelte freundlich. „Na ja, es ist Winter."

„Blitzmerker, wie?", fragte sie barsch zurück und griff nach einem Haken neben der Wand, wo Nigels Mantel hing. In einem hoben Bogen warf sie ihm das Kleidungsstück zu. „Der Boss will dich sehen."

Im ersten Moment war Nigel verwundert und blinzelte nur, während er aus reinem Reflex zugriff. „Was?"

„Der General. Moody. Der Boss eben! Bist du auf den Kopf gefallen?"

„Nein, keinesfalls. Ich habe mich nur gewundert, warum jetzt."

„Wundern kannst du dich gleich noch, wenn wir auf dem Weg sind. Vielleicht halten die Gedanken dich in der Scheißkälte da draußen warm."

+++

Eris warf einen letzten Blick auf die Zwillinge. Die Jungs gingen unter den vielen Decken des großen Betts förmlich unter, nur wer ganz genau hinsah, konnte die beiden kleinen Erhebungen unter dem Stoff erkennen. Vorsichtig schloss er die Tür hinter sich und schlenderte hinüber zum Kamin, in dem das Feuer behaglich prasselte.

Die Wärme tat gut. Wenn er nur wenige Minuten unter freiem Himmel war, um die Kinder abzuholen, war er doch durchgefroren. Eigentlich mochte er den Winter, den Gedanken, dass die Welt unter einer weißen Decke verschwand, dass für einen Moment alle Probleme ruhten. Doch für seinen Geschmack war die kalte Jahreszeit diesmal viel zu schnell hereingebrochen, war viel zu intensiv und dauerte viel zu lang. Er konnte sich an keinen Winter erinnern, der ähnlich streng gewesen war. Das Feuer hatte noch genug Nahrung, doch zur Sicherheit griff Eris sich ein handliches Scheit und legte es in den Kamin. Kleine Feuerzungen begannen, entlang der Kanten zu lecken, und für einige Sekunden stieg Rauch auf, ehe die Flammen das Holz umschlungen hatten. Er mochte dieses kleine Schauspiel der Urgewalten.

Erst nach einigen Minuten registrierte er die Hitze auf seinen Wangen und realisierte, dass er lange regungslos vor dem Flammenspiel gesessen und seinen Gedanken nachgejagt hatte. Er schüttelte den Kopf, um in das Hier und Jetzt zurückzufinden, und kam in die Höhe. Die Wärme hatte die klamme Kälte aus seinen Knochen vertrieben, doch gleichzeitig merkte er, wie sie ihn müde gemacht hatte. Die Erkenntnis sorgte dafür, dass er herzhaft gähnte und sich ausgiebig streckte. Eigentlich war das noch gar nicht seine Zeit, aber der Frost und das wenige Tageslicht der letzten Wochen hatten ihn träge werden lassen. Bis auf wenige Ausnahmen beschränkte sein Leben sich auf die wenigen Quadratmeter ihrer Unterkunft. Nicht nur die Kälte war es, die ihm Probleme bereitete, auch das winterliche Zwielicht setzte ihm zu. Manchmal schien es so, als würde es den ganzen Tag nicht hell werden, und seine Augen kamen mit so schlechten Verhältnissen nur schwerlich zurecht. Die Nachtblindheit begleitete ihn schon sein gesamtes Leben, doch bisher hatte er sich immer irgendwie zu arrangieren gewusst. Selbst damals, als sie noch als Söldner unterwegs waren, schränkte ihn das Handicap weniger ein, als man vermuten sollte, was vor allem an Sal und Perry lag. Vielleicht aber auch daran, dass er älter wurde. Eris hatte das Gefühl, dass sein Problem gerade in den letzten drei Jahren größer geworden war. Vielleicht täuschte er sich auch nur, weil seine Gedanken aus Mangel an anderen Themen so intensiv kreisten.

Die Ruhe und Abgeschiedenheit hier in Station hatte ihnen allen gutgetan. Mittlerweile aber war der alte Hunger wieder in ihm erwacht. Das Feuer des Tatendrangs loderte umso stärker, seit er Sumters Geschichte gehört hatte. Er wollte endlich auf die Straße, zurück nach Yard, etwas tun. Licht in die Sache bringen – und wenn es sein musste …

Ja, was eigentlich?

So richtig hatte sich noch keiner von ihnen damit befasst, was eigentlich zu tun war, wenn die Worte des Händlers stimmten. Um was ging es? War es Rache? War es Gerechtigkeit? War es Ordnung, die sie schaffen wollten? Und was sollte eigentlich danach kommen?

Er merkte, dass er wieder ins Grübeln verfiel, in Gedanken versuchte, alle Optionen und möglichen Ausgänge abzuwägen, Szenarien und Notfallpläne entwarf. Das war genau das, was Sal meinte. Ja, Planung war gut, aber wenn sie dazu beitrug, dass man kaum noch in der Lage war, zu handeln, weil man nur über die Folgen einer möglichen Handlung nachdachte, dann wurde es kritisch. Letztlich würden sie sich diesen Fragen stellen müssen – aber vielleicht war es richtig, das erst zur angemessenen Zeit zu tun.

Um einen klaren Kopf zu bekommen, ging er hinüber zu einem Eimer mit Wasser, tauchte seine Hände ein und genoss die Kühle für einen Moment, dann ging er sich mit den nassen Händen über Gesicht und Haare.

Er hatte die Kinder abgeholt und ins Bett gebracht. Sal wollte noch ein wenig bei Perry im Versammlungshaus bleiben, einer langgezogenen Blockhütte, die groß genug war, um fünfzig Personen darin unterzubringen. Eris hatte nichts einzuwenden und gönnte ihr diese Momente. Die Schwangerschaft hatte eine neue Facette an ihr zum Vorschein gebracht, und ihrer alten Funktion beraubt, ging Sal in den letzten sieben Jahren voll und ganz in ihrer Rolle als Mutter auf. Jetzt aber waren Ryan und Alexander sieben Jahre alt. Die Jungs waren manchmal wild und stürmisch, aber so waren Kinder in diesem Alter nun einmal. Und ganz sicher brauchten sie keinen Aufpasser mehr, der den ganzen Tag nach ihnen sah. Diese neue Art der Freiheit schien Sal einerseits glücklich zu machen, andererseits ihr Angst einzujagen. Soweit Eris wusste, war es bei Müttern oft so, dass es ihnen schwerfiel, ihre Kinder auf eigenen Füßen stehen zu lassen. Eltern wollten ihre Kinder wohl vor dem Übel der Welt, vor falschen Entscheidungen und blutigen Knien beschützen, doch ein allzu eifriges Beglucken der Sprösslinge erschwerte den Kindern das Leben später nur. Oft sah Eris Sal an, wie schwer es ihr fiel, einfach loszulassen, doch bisher hatte sie sich gut im Zaum, trug diesen Konflikt, wenn, dann nur mit sich selbst aus. Er half, wo er konnte, redete mit ihr, und sie war dankbar, dass er sie mit ihren Befürchtungen nicht allein ließ. Eris selbst sah die Angelegenheit pragmatisch. Jungs waren eben Jungs und machten zwangsläufig ihre Erfahrungen. In der Welt von DANACH konnte er den Impuls, seinen Nachwuchs vor allem schützen zu wollen, nachvollziehen. Aber letztlich galt es, den Kindern auch die Mittel an die Hand zu geben, um in dieser Welt überleben zu können. Und das tat man nicht mit überschwänglicher Fürsorge.

Eris ging hinüber zum Fenster und sah in die Dunkelheit hinaus. Abseits der scharf umrissenen Lichtquellen versank für ihn alles in einen Schleier aus milchigem Grau und kräftigem Schwarz. Für einige Sekundenbruchteile glaubte er in der Dunkelheit eine Bewegung erkannt zu haben. Er kniff die Augen zusammen, konnte aber nichts entdecken. Mit einem Schulterzucken drehte er sich wieder zum Feuer um.

„Der Scheißkerl vertraut uns also nicht? Aber wir müssen das natürlich im Gegenzug so machen, ja?“ Moody funkelte den Händler an, der gar nicht dazu gekommen war, seinen Mantel abzulegen.

„Das habe ich doch überhaupt nicht gesagt!“, beharrte Sumter. „Aber du musst doch verstehen, dass er Angst um sein Leben hat. Und ganz ehrlich: Keiner hätte doch sagen können, wie unsere erste Begegnung ausgeht, oder? Gut möglich, dass du mir den Kopf weggeschossen hättest.“

Für wenige Sekundenbruchteile grinste Moody fies und legte diesen irren Blick auf, den er sich in den Jahren als Söldner zugelegt hatte und der ihm schon mehr als einmal dabei geholfen hatte, brenzlige Situationen zu klären.

„Vielleicht wäre es besser so gewesen!“

„Wenn das dein Urteil ist, General“, sagte Sumter mit dünner Stimme und drückte den Rücken durch, „ tu dir keinen Zwang an. Ich werde dich nicht aufhalten.“

Moody hielt seine Maske noch für einige quälend lange Sekunden aufrecht, während sein Blick sich in den des Händlers bohrte. Dann, völlig unversehens, lachte er laut auf und schlug Nigel mit seiner großen Pranke derb, aber freundschaftlich auf den Rücken. Der Händler taumelte ein Stück nach vorne und japste nach Luft.

„Ihr verdammten Politiker! Bis zum letzten Moment Haltung bewahren, was?“

Sumter sah den rothaarigen Mann perplex an, noch war die Erkenntnis nicht bis in die letzten Windungen seines Gehirns vorgedrungen. Unsicher begann er zu lächeln, wusste nicht, was er sagen sollte.

Moody sprang ein. „Ich kann verstehen, was ihn dazu brachte. Aber du musst auch meine Seite verstehen, unter den gegebenen Umständen ist das nicht der beste Vertrauensvorschuss. Außerdem hätte ich nicht gedacht, dass du dich von irgendwem einspannen lässt, um die Drecksarbeit zu machen.“

„Die … Drecksarbeit?“, murmelte Sumter und seine Augenbraue wanderte fragend nach oben.

„Ja, sicher. Er ist doch bei der ganzen Sache fein raus. Wenn sich jemand bei dem Versuch in Gefahr gebracht hat, dann du. Und Marrow ist es, der am Ende genauso profitiert, obwohl er seinen Arsch nicht in die Schusslinie gehalten hat.“

Sumter verlor schnell den etwas dümmlichen Gesichtsausdruck und zuckte mit den Schultern. „Wenn das deine Meinung ist.“

„Absolut. Aber du wirst wissen, auf was du dich eingelassen hast.“

„Klar. Aber es ist gar kein Problem, ihn zu treffen, wenn ihr nach Yard zieht.“

„Hm. Ich glaube, er freut sich nicht wirklich darauf, mich zu sehen“, meinte Moody vielsagend.

„Mehr als eine gebrochene Nase hat er nicht behalten.“

„Dann hätte ich wohl fester zuschlagen sollen.“

„Das wäre mit Blick auf die Zukunft nicht die beste Lösung gewesen.“

„Ach, wirklich? Er kann froh sein, dass Bess damals dabei war“, zischte Moody und nickte mit dem Kopf zu der Frau, die gelangweilt bei der Tür stand, „sonst hätte ich ihn totgeprügelt. Ich sehe noch nicht, wie dieses Arschloch uns in der nächsten Zeit weiterhelfen sollte. Aber gut, ich lasse mich mal überraschen.“

„Er –“, setzte Sumter zu einer Erklärung an.

Klirrend brach die alte staubige Fensterscheibe, die die Jahrzehnte DANACH bisher an einem Stück überstanden hatte, und irgendetwas flog in einem flachen Bogen in den Raum. Die drei hielten inne und ihre völlig überraschten Blicke folgten dem Objekt, das zweimal vom Boden absprang, gegen die Wand schlug und in einer kreiselnden Bewegung liegen blieb. Ihre Augen erkannten den runden, mattgrünen Körper als Granate, doch bis diese Information verarbeitet war, dauerte es quälend lange Augenblicke. Ihre Herzen machten einen Satz und begannen in einem schnellen Rhythmus zu pochen, während Adrenalin durch ihre Körper flutete.

Als Erstes reagierte Bess. Die Frau sprang in Richtung der Granate, ging in die Knie und griff nach dem Sprengkörper.

„Bess, nicht!", brüllte Moody, doch da hatte sie das tödliche Wurfgeschoss schon in der Hand.

Der Haudegen packte Sumter, der am wenigsten zu verstehen schien, was da um ihn gerade passierte, und wie in Starre wirkte. Er riss den völlig perplexen Mann herum und schleuderte ihn zu Boden, warf sich dann schützend über den zerbrechlich wirkenden Körper des Mannes und riss die Arme vor das Gesicht.

Bess hechtete auf das Fenster zu, durch das die Granate gekommen war, und setzte zum Wurf an. Eine regelrecht lebensmüde Idee, aber wahrscheinlich rettete das allen in der Blockhütte das Leben. Der kreisrunde Sprengkörper verließ ihre Hand und segelte durch die Luft, auf das Fenster zu. Seine Flugbahn ging vielleicht einen Meter, doch gerade als die Granate den Rahmen passierte, gab es einen lauten Knall. Bess wurde von der Explosion erfasst und nach hinten geschleudert, während die Druckwelle für ein heilloses Chaos im Inneren des Blockhauses sorgte. Splitter wurden in alle Richtungen geschleudert, spickten Möbel und Wände. Durch die Explosion waren die meisten Lampen zerborsten, nur noch der wild flackernde Kamin und eine einsame Glühbirne beleuchteten das Chaos.

„Scheiße!", grunzte Moody und rollte von Sumter. Seinen Instinkten folgend, betastete er sich selbst, horchte auf ein Signal seines Körpers. Doch abgesehen von einigen Schrammen schien er unverletzt. Er bemerkte, dass Sumter sich panisch umsah, das sollte ihm für den ersten Moment reichen. Ein schrilles, hohes Pfeifen klang in seinen Ohren wider und erschwerte ihm die Orientierung. Durch den Qualm konnte er erkennen, wie die Tür zum Nachbarraum aufflog und Fiona mit einem erschrockenen Gesichtsausdruck auf der Schwelle stand.

„Zurück! Zurück!“, brüllte er über das Fiepen in seinen Ohren und wedelte mit der rechten Hand. Seine Frau brauchte einige Momente, um zu verstehen, machte einen Satz zurück und schlug die Tür hinter sich zu. Fiona war einige Sommer mit ihm und seiner Bande unterwegs gewesen und hatte ihre Fähigkeiten dort oftmals unter Beweis gestellt. In brenzligen Situationen wusste sie genau, was zu tun war, um am Leben zu bleiben.

Moody rollte herum, blieb flach auf den Bauch liegen und suchte angestrengt nach Bess. In einigen Metern Entfernung entdeckte er die Frau verkrümmt am Boden liegend. Eine Mischung aus Panik und Wut schwollen in ihm auf und er robbte zu ihr, packte sie an der linken Schulter und drehte sie auf den Rücken. Er erschrak, als er ihre Verletzungen sah. Ihr rechter Arm war knapp oberhalb des Ellenbogens fast von einem Schrapnell durchtrennt worden, der Unterarm samt Hand wurde nur noch durch einen dünnen Lappen aus Fleisch und Gewebe gehalten. Ein Splitter war in ihr Kinn eingedrungen und hatte ein blutiges Trümmerfeld hinterlassen. Ihr ganzes Gesicht war blutig und Moody starrte für lange Sekundenbruchteile ungläubig auf ihre Verletzungen. Erst jetzt realisierte er, dass sie noch atmete. Jetzt ging alles sehr schnell. Er packte die alte Wegbegleiterin beim Gürtel und zerrte sie über den Boden hinüber zum schweren Tisch. Mit seiner Schulter stemmte er sich von unten gegen die massive Platte und das Möbelstück stürzte polternd um. Er legte sie hier in Deckung und war gerade dabei, Sumter herbeizuwinken, da erklang draußen das erste automatische Feuer. Moody bemerkte den Beschuss erst, als die Kugeln in das massive Holz des Blockhauses einschlugen und die Splitter in alle Richtungen stoben. Fluchend drückte er sich in Deckung, tastete dabei nach seiner Pistole, nur um festzustellen, dass er sie einige Meter entfernt verloren hatte. Kurzerhand riss er die Handfeuerwaffe aus dem Holster seiner verwundeten Kameradin.

Die Salven, die auf das Blockhaus abgegeben wurden, waren ungezielt, aber sie sorgten dafür, dass man drinnen die Köpfe unten hielt.

Als die Explosion über das abendliche Station hinwegrollte und der Schall sich tausendfach an den Bäumen und Häusern brach, war Eris seinem ersten Impuls gefolgt und hatte einen Satz zum Fenster gemacht. Obwohl er sich seiner Nachtblindheit sehr bewusst war, starrte er in die gräulich schwarze Masse, versuchte, den Ursprung für den lauten Knall zu ergründen. Er stand keine zwei Sekunden an dem Fenster, da sah er, wie in der milchigen Dunkelheit vor seinem Haus eine Flamme aufloderte, und erst langsam begriff er, was gerade eigentlich passierte. Klirrend zerbarst zweimal kurz nacheinander Glas auf dem Dach über ihm, ehe der lodernde Feuerball in einem hohen Bogen durch die Dunkelheit segelte und ebenfalls auf dem Dach zerplatzte. Eine meterhohe Flammenlohe stieg in den Nachthimmel auf und für ein paar Herzschläge war das Vorfeld des Hauses in taghelles Licht getaucht. Eris erkannte mindestens drei Personen, die in Deckung liefen.

Er realisierte schlagartig das Brüllen der Flammen und die Hitze über seinem Kopf. Er glitt in einer antrainierten Bewegung in Deckung neben das Fenster, bevor er seinen Kopf in den Nacken legte und nach oben blickte. Mit Schrecken sah er, dass die ersten Flammenzungen durch die Ritzen zwischen den massiven Stämmen loderten, dichter Rauch sammelte sich bereits im Dachstuhl.

Eris wirbelte herum und stürzte in den Nebenraum. Ryan und Alexander waren spätestens beim Donnern der Tür aufgewacht, schälten sich nun unter den Decken hervor.

„Papa!“ Ihre Stimmen trugen gleichzeitig Angst und Erstaunen.

Unter dem Adrenalinrausch packte Eris die Arme der Jungs und rannte zum nächsten Fenster. Es führte hinaus auf die rückwärtige Seite des Hauses und inständig hoffte er, dass dort keiner der Angreifer auf ihn wartete. Mit Schwung stieß er die schweren Läden auf und kniff seine Augen zusammen, doch das milchige Schwarzgrau blieb, seine Sehkraft war nicht wie durch ein Wunder zurückgekommen.

Nirgendwo blitzte Mündungsfeuer, kein Schuss ertönte, und so hob er die Kinder über den Sims und ließ sie hinab in den Schnee.

„Schnell, lauft zu Onkel Perry!“, raunte er ihnen zu, als er aus dem Fenster kletterte.

Ryan und Alexander sahen ihren Vater mit großen Augen an, völlig starr vor Schreck.

„Jetzt lauft schon, schnell!“, zischte er.

Die Zwillinge wandten sich herum und liefen so schnell sie konnten in Richtung der anderen Häuser. Als Eris’ Füße den Schnee berührten, erklang irgendwo aus der Nacht automatisches Feuer. Seinem Überlebensinstinkt folgend, warf er sich flach auf den Bauch in den Schnee und registrierte erst danach, dass die Kugeln nicht ihm gegolten hatten, sondern dass die Schüsse aus einer ganz anderen Richtung donnerten.

Unbeholfen stemmte er sich in die Höhe und taumelte in Richtung der nächsten Deckung, einem kleinen Schuppen zwischen den Grundstücken.

+++

„Ach du Scheiße!“, entfuhr es Ian, als die Explosion ertönte.

Leela sah auf und die Blicke von Vater und Tochter trafen sich. Ohne aus dem Fenster zu schauen, sprach sie aus, was er dachte.

„Das kam aus Moodys Richtung.“

Entschlossen schob der Händler seinen Stuhl nach hinten, wobei der an der Armlehne eingehängte Gehstock umfiel. Zuerst versuchte Ian, sich umständlich zu bücken und die Gehhilfe aufzuheben, doch als ihm der erste Versuch nicht glückte, hievte er sich so in den Stand. Solange er das steife Knie nicht zu sehr belastete, sollte es funktionieren.

„Paps, was hast du vor?“ Leela war ebenso aufgestanden und sah ihren Vater an.

„Ich werde nicht zulassen, dass so was in Station passiert", gab er angriffslustig zurück und humpelte schwerfällig zur Tür.

„Das ist Wahnsinn, Paps! Du bleibst schön hier!", sagte sie und versuchte, sich ihm in den Weg zu stellen.

„Geh mir aus dem Weg, Leela. Wir müssen was tun", entgegnete er mit fester Stimme, blieb aber gleichwohl stehen.

„Und was willst du da draußen tun? Dir dein anderes Knie auch noch zerschießen lassen, Paps?"

„Ach, Unfug. Ich muss wissen, was –"

Jäh hörte Ian auf zu sprechen, als seine Worte von automatischem Feuer unterbrochen wurden. Mit einem schnellen Blick sah er an Leelas Kopf vorbei durch das Fenster und entdeckte das brennende Haus in der Nähe. Er versuchte gar nicht mehr, seiner Tochter etwas zu erklären, sondern griff nach ihrer Schulter, drehte sie herum, so dass sie das gleiche Bild sehen konnte.

„Kacke", entfuhr es der jungen Frau.

Ihr Widerstand brach schlagartig ab und Ian konnte an ihr vorbeihumpeln. Er griff nach der alten, doppelläufigen Schrotflinte nahe der Tür, prüfte die Kammern und steckte sich eine Handvoll Munition in die Westentasche. Als er die Hand auf die Klinke legte, das Gewehr in der Armbeuge, bemerkte er, dass sie in ihren Mantel schlüpfte.

„Und was soll das werden?"

„Du bist wahnsinnig, wenn du glaubst, ich lasse dich da draußen allein herumspringen, Paps", erklärte sie, öffnete die Tür und drückte ihn nach draußen. Für einen Moment wollte er protestieren, doch er verwarf diesen Gedanken schnell wieder. Sich in dieser Situation auf einen Streit einzulassen, war blanker Wahnsinn.

Vater und Tochter näherten sich vorsichtig der Rückseite des brennenden Hauses. Der gesamte Dachstuhl stand nun lichterloh in Flammen und das Brüllen des Feuers schluckte die umliegenden Geräusche. Ian registrierte, dass eines der Fenster sperrangelweit geöffnet war, die Läden bewegten sich im Wind.

Alarmiert legte Ian die Flinte an und warf einen Blick zu seiner Tochter. Sie hatte schnell verstanden, was er meinte, und huschte zu dem windschiefen Schuppen zwischen den Gebäuden hinüber. Dort angekommen, wäre sie beinah über den in der Dunkelheit hockenden Eris gestolpert. Leela schrie nervös auf, dann hatte sie sich wieder unter Kontrolle.

Eris hingegen war von dem Geräusch aufgeschreckt worden, griff in der schummrigen Dunkelheit, in der er nicht viel erkennen konnte, in ihre Richtung und erwischte sie am Kragen. Schneller als das Leela reagieren konnte, wirbelte er sie zu Boden und hatte die andere Hand zum Schlag erhoben.

„Eris, nicht!", brüllte sie verängstigt, in der Hoffnung, dass er ihre Stimme erkennen würde.

Das alles passierte in einer so rasenden Geschwindigkeit, dass Ian den Lauf seiner Waffe gar nicht schnell genug schwenken konnte. Noch dazu erkannte er nicht einmal deutlich, was dort im Schlagschatten des kleinen Gebäudes passierte. Der spitze Schrei seiner Tochter hatte alle väterlichen Instinkte anspringen lassen, doch dann preschten mit schweren Schritten zwei in Wintermäntel gekleidete Personen um die Häuserecke, die Waffen in der Hand.

Ohne dass Ian rational eine Entscheidung treffen konnte, reagierte sein Überlebenswille und der Lauf seiner alten Flinte richtete sich auf die Brust der ersten Person, keine sechs Schritte entfernt. Mit einem lauten Donnern entluden sich beide Läufe und trafen den Bewaffneten in der Bewegung. Der Angreifer wurde nach hinten geschleudert, für einen kurzen Moment schossen seine Beine grotesk in den Himmel, bevor er leblos im Schnee liegen blieb.

Geistesgegenwärtig warf der dickbäuchige Händler sich in den Schnee, denn obwohl sein Körper nur noch funktionierte, war ihm bewusst, dass er die Waffe erst nachladen musste. Die zweite Person bremste abrupt und feuerte ihre Maschinenpistole aus der Hüfte ab, bevor sie sich hastig hinter die Hausecke in Deckung zurückzog. Die Geschosse rasierten knapp über Ian hinweg.

Eris hatte mittlerweile von Leela abgelassen und zuckte zusammen, als die Schüsse knallten. Mit zusammengekniffenen Augen versuchte er sich zu orientieren, aber es war blanker Selbstmord, sich jetzt einfach auf einen der Schemen zu stürzen.

„Verflucht!", schrie Ian in einigen Metern Entfernung ohne Deckung und versuchte zur Hauswand zu robben, um nicht mehr wie auf dem Präsentierteller zu liegen. Dabei ließ er die dampfenden Patronenhülsen aus den Läufen springen und lud nach.

Der unbekannte Angreifer hatte beschlossen, nicht das Schicksal seines Kameraden teilen zu wollen, und schob lediglich den Lauf seiner Waffe um die Hausecke und jagte mehrere ungezielte Feuerstöße in die Nacht hinaus. Schnee spritze in Ians Nähe auf, doch der Händler schien einmal mehr Glück zu haben. Endlich hatte er seine alte Jagdflinte nachgeladen, zielte auf die Häuserecke und gab den ersten Schuss ab. Die Maschinenpistole wurde hastig zurückgezogen.

Auch wenn Eris' Ohren nicht mehr die Besten waren, hatte er gelernt, sich in solchen Situationen auf sie zu verlassen. Außerdem vertraute er Leela, die ganz in seiner Nähe war.

„Hey, Leela. In welche Richtung?"

„Was?"

„In welche Richtung muss ich springen?"

Sie schüttelte ungläubig den Kopf, verstand aber, dass er es bitterernst meinte. „Er steht vielleicht vier Meter von hier entfernt, an der Hausecke. Du musst schräg springen", murmelte sie und richtete seine Schultern aus.

Eris schloss die Augen und versuchte, sich an das Areal zu erinnern, so wie er es bei Tag gesehen hatte. Er machte einen großen Schritt nach vorne, ging in die Hocke und federte in die gewiesene Richtung. Der Angreifer war völlig überrascht, dass er von zwei Seiten attackiert wurde, und konnte nicht mehr schnell genug herumwirbeln. Eris landete auf ihm und bekam seinen Kopf zu packen. Noch bevor eine Form der Gegenwehr überhaupt entstehen konnte, hämmerte er den Schädel des Unbekannten drei- oder viermal gegen die aus massiven Stämmen bestehende Hauswand. Tot oder nicht, der Angreifer rührte sich nicht mehr.

+++

„Mama, Mama!", riefen die Zwillinge Sal entgegen, als die Schützin gerade auf die Veranda kam. Die Mutter hielt in ihrer Bewegung inne, ging in die Knie und breitete ihre Arme aus. Eine Sekunde lang presste sie ihre Kinder an sich, dann zog sie Ryan und Alexander in den vermeintlichen Schutz von Perrys Unterkunft.

Eine Welle der Erleichterung schlug über ihr zusammen, als sie feststellte, dass die Jungs zwar verängstigt waren, aber nicht verletzt.

„Was ist passiert?", fragte sie.

„Papa hat nur gesagt, dass wir zu Onkel Perry laufen sollen", stotterte Alexander.

„Wo ist er? Wo ist Papa?"

„Noch beim Haus."

Sal streichelte ihren Söhnen liebevoll über die Köpfe, ehe sie aufstand und sich nach Perry umsah. Der Arzt war, anders als die Schützin, nicht sofort zur Tür gestürzt, sondern zu seinem Gepäck gegangen. In einem gut verstauten Seesack waren seine Waffen untergebracht, er hatte sie seit ihrer Ankunft nicht gebraucht. Jetzt aber kam er aus dem Nebenraum, eine gut gepflegte, automatische Schrotflinte in den Händen. In seinem Gürtel steckte, locker und griffbereit, eine Pistole.

„Ryan, Alexander? Ihr bleibt bei Onkel Perry."

Der Arzt schüttelte den Kopf und sah sie durchdringend an. „Sal. Wir machen das gemeinsam. Wie immer."

Die Schützin atmete durch, dann nickte sie. Ihr alter Wegbegleiter hatte recht. „Gut, Kinder. Ihr versteckt euch da vorne unter dem Bett. Macht keinen Mucks, verstanden?“

Die Brüder schauten ihre Mutter mit großen Augen an, ehe sie zaghaft nickten und taten, was Sal ihnen aufgetragen hatte.

Derweil reichte Perry ihr seine Pistole samt einigen Magazinen. „Sicher nicht das Beste, was du bekommen kannst, aber –“

Der Arzt hörte mitten im Satz auf, als die Schüsse in der Nähe erklangen. Es brauchte keine weiteren Worte. Sal griff die dargebotene Waffe, lud durch und war schon auf dem Sprung. Perry eilte ihr hinterher.

Sie erreichten das brennende Haus, wo Ian gerade redliche Mühe hatte, auf die Beine zu kommen. Einige Meter weiter hockte Eris über einem leblosen Körper und nahm dem Toten gerade sein Sturmgewehr ab. Etwas abseits beim Schuppen stand Leela, immer noch überwältigt vom Ausbruch der Gewalt.

Sal eilte zu Eris hinüber, während Perry dem Händler auf die Beine half. „Was passiert hier?“, fragte sie ihn.

„Ich habe keine Ahnung. Es fing mit einer Explosion irgendwo dort vorne an, dann haben die Dreckskerle hier Brandflaschen auf das Haus geschmissen.“

„Waren das alle?“

Eris verzog finster das Gesicht und konnte nur mit den Schultern zucken. „Einen hab’ ich noch erkannt, aber wie viele genau, kann ich dir nicht sagen.“

„Alles klar. Du bleibst bei mir. Perry?“, nickte sie und versuchte, gegen das brüllende Feuer anzukommen.

Der Angesprochene nickte ihr nur zu. Ian und der Arzt gingen auf der einen Seite um das Haus herum, während Eris und Sal sich auf der anderen Seite vorarbeiteten.

Leela blieb für einige Sekunden zurück, dann bemerkte sie, dass ihr niemand Anweisungen gab. Mit spitzen Fingern und angeekelt vom zu einer schmerzhaften Grimasse erstarrten Gesicht des Unbekannten, nahm sie einem der Toten einen kleinen Revolver ab und schloss sich ihrem Vater und dem Arzt an. Nachdem sie die Hütte umrundet hatten, kam es zum ersten Feuergefecht. Drei Attentäter hatten in sicherer Deckung darauf gewartet, dass jemand endlich aus dem brennenden Gebäude stürmte. Mündungsfeuer blitzte in rascher Abfolge auf, als das Mordkommando seine tödlichen Garben in Richtung der vier schickte. Trotz der tödlichen Gefahr blieb die Schützin kaltblütig stehen und erledigte einen der Unbekannten, bevor Eris sie in Deckung ziehen konnte. Die anderen beiden Assassinen fielen einem tödlichen Schrothagel aus den Flinten von Ian und Perry zum Opfer, als sie versuchten, ihre Waffen nachzuladen.

Am anderen Ende der Siedlung erklang immer noch Kampfeslärm und die vier verloren keine Zeit. Wehmütig blickte Sal einen kurzen Moment auf das brennende Haus, dachte an all die Erinnerungsstücke, die dem Feuer zum Opfer fallen würden. Doch ihre Familie lebte noch, das war alles, was zählte. Wütend sog sie Luft durch die Nase. Ihre Nasenflügel blähten sich und ihr Gesicht erstarrte in einer zornigen Maske. Wer auch immer dafür verantwortlich war, er würde bezahlen.

Perry hielt an und lud nach. Ihm war klar, dass er sparsamer mit seiner Munition umgehen sollte, wenn er nicht im falschen Moment ohne eine Kugel dastehen wollte. Sein Blick ging hinüber zu Leela, die ihren Kopf vorsichtig hinter der Hausecke hervorstreckte. Sie war kreidebleich.

„Geh rüber zu meinem Haus und bleib da!“, rief er ihr zu.

Er brauchte Ians Zustimmung dafür nicht, der sichtlich besorgte Vater schien über den Rat seines alten Freundes dankbar. Dennoch ging sein Blick flehentlich zu seiner Tochter, die sich vor wenigen Minuten noch geweigert hatte, ihn allein zu lassen. Nun aber schien die junge Frau ihren Widerstand völlig vergessen zu haben. Mit zittrigen Knien lief sie in die entgegengesetzte Richtung.

Die vier arbeiteten sich weiter durch die Siedlung in Richtung der Schussgeräusche.

Moody blieb nichts anderes, als den Kopf unten zu halten. Das erste Magazin hatte er noch wütend und blind verschossen, aber ihm leuchtete ein, wie dumm das war. Er saß hier auf verlorenem Posten zusammen mit einem verängstigten und in dieser Situation völlig nutzlosen Sumter und der schwerverletzten Bess. Im Nebenraum verschanzten sich Fiona und Arleen. Die Verantwortung, sie alle irgendwie lebendig aus diesem Desaster zu bringen, lastete allein auf ihm, und da musste jede Kugel treffen.

Die Salven zerlegten den Wohnraum derweil in Einzelteile. Immer wieder erklang das Hämmern der automatischen Waffen und die Projektile sirrten über Moodys Kopf hinweg, zerfetzten Mobiliar und ließen Staub und Splitter auf ihn niederregnen. Hektisch blickte er immer wieder hinüber zu dem Tisch, auf dem die zweite Pistole lag, doch jedes Mal, wenn er den Punkt erreicht hatte, dass er dorthin kriechen wollte, schlug eine neue Garbe ein. Noch sehnlicher ging sein Blick hinüber zu den Gewehren, die neben der Tür standen. Damit hätte er schlagkräftige Argumente in der Hand und wäre vielleicht in der Lage, das Ruder herumzureißen. So aber hatte die Mordbande ihn hier festgenagelt und wartete nur darauf, dass er aus der Deckung kam. Kein schöner Gedanke.

Das hohe und anhaltende Klingeln in seinen Ohren hatte abgenommen, dafür hatte sich ein schmerzendes Knacken und Rauschen dazu gemischt. Er realisierte es daher nicht am Klang, dass das Feuer eingestellt wurde, sondern vielmehr daran, dass keine Splitter mehr durch den Raum flogen. Alarmiert schob er sich aus der Deckung, die Pistole in den Händen. Seine Blicke huschten zwischen Türen und Fenstern hin und her, immer in der Erwartung, endlich einen der Angreifer zu Gesicht zu bekommen.

An einem der Fenster kamen die Schemen einer Gestalt aus der Deckung, während gleichzeitig die danebenliegende Tür polternd aufgetreten wurde. Moody dachte nicht nach, sein Finger zuckte mehrfach hintereinander und seine Hand führte die bockende Waffe von der einen zur anderen Position. Die Gegenwehr schlug den Angriff ab. Moody wusste nicht, ob er die Unbekannten, die zum Sturm angesetzt hatten, überhaupt verwundet oder gar getötet hatte, und es war ihm auch egal. Sie waren nicht ins Haus gekommen, darauf kam es an.

Für quälend lange Sekunden schien nichts zu passieren und der rothaarige Mann beschloss, alles auf eine Karte zu setzen, lud die rauchende Pistole nach und robbte zu der Stelle, wo seine eigene Handfeuerwaffe lag. Jetzt, wo er die Initiative hatte – auch nur für einen kurzen Moment –, durfte er sie nicht ungenutzt lassen. Seine fleischige Pranke schloss sich gerade um den schweren Griff der großen Pistole, da gab es eine Bewegung bei einem der Fenster. Hastig rollte er herum, beide Waffen im Anschlag. Wie in Zeitlupe sah er, wie eine zweite Granate in den Wohnraum segelte. Der Fluch blieb ihm im Hals stecken. Er ließ die Waffe fallen und in einer scheinbar quälenden Langsamkeit rutschte er auf Knien und Händen in Richtung des Sprengkörpers. Es war der helle Wahnsinn, eine geworfene Granate zurückschleudern zu wollen, ein Wahnsinn, der Bess schon den Arm gekostet hatte. Aber es war die einzige Möglichkeit, das Attentat irgendwie zu überleben. Eine Explosion im Inneren des Gebäudes war schlichtweg tödlich.

Seine Finger bekamen das Wurfgeschoss zu greifen und in einer Bewegung schleuderte er die todbringende Waffe über seinen Kopf durch eines der zerschossenen Fenster nach draußen. Reflexartig presste er die Augen zusammen und zog die Schultern hoch, als es irgendwo in der Dunkelheit knallte. Er wollte, nein durfte jetzt nicht warten. Seine Muskeln spannten sich an und er schnellte in die Höhe, hielt die Pistole durch das zerschossene Fenster. Zum ersten Mal sah er, was sich außerhalb seines Hauses abspielte.

Ein einem lockeren Halbkreis hatten bis vor wenigen Sekunden vielleicht zehn Angreifer in einiger Entfernung an der Vorderfront des Hauses gestanden. Jetzt stoben sie auseinander, die

Granate hatte zwei von ihnen ausgeschaltet. Moody legte wahllos an, und die riesige Pistole spie Vernichtung. Drei der Männer lagen nur zwei Sekunden später regungslos im Schnee.

Die Waffe klickte und bäumte sich nicht mehr auf. Moody registrierte, dass er die letzte Patrone verschossen hatte. Noch bevor er in Deckung gehen konnte, ertönte dieses unangenehme fleischige Klatschen in der rechten Schulter. Sein Arm wurde herumgerissen und zuckte, die Pistole glitt ihm aus den Fingern. Noch während er sich auf den Rücken fallen ließ, sah und spürte er das heiße Blut, das aus der Wunde schoss. Erst dann war der Schmerz da.

+++

Die vier hatten den schnellsten Weg zu Moodys Haus genommen. Den Anfang machte Sal, die aufmerksam von Schatten zu Schatten huschte, einige Meter dahinter kamen die Männer. Eris hatte sich mit einer Hand in den Gürtel des Doktors eingehakt, eine Praktik, die sie schon oft in der Vergangenheit angewendet hatten. Den Abschluss bildete der humpelnde Ian.

Sie waren einer zweiten Gruppe von Attentätern begegnet, die offensichtlich auf der Suche nach etwas oder jemandem waren. Ohne Mitleid oder Gnade fielen sie über die Unbekannten her, die gar keine Zeit hatten, zu realisieren, was dort um sie passierte. Der Kampf war in Sekunden entschieden. Sie ließen drei weitere Tote hinter sich und erreichten Moodys Haus. Das bis vor wenigen Minuten noch imposant wirkende Blockhaus lag außerhalb der Siedlung auf einer kleinen Erhebung. Jetzt war die Vorderfront völlig durchlöchert und Rauch quoll aus den zerschossenen Fenstern. Die unbekannten Angreifer hatten sich hinter Schneehaufen und aufgestapeltem Brennholz verbarrikadiert, nahmen die Unterkunft von dort unter Feuer.

Die vier landeten unbemerkt im Rücken der Mörderbande und eröffneten sofort das Feuer. Die Rollen vertauschten sich, aus den Angreifern wurden die Opfer. Lediglich zwei von ihnen schafften es, sich in den nahen Wald abzusetzen.

„Moody!", brüllte Eris, als der letzte Schuss verklungen war.

Keine Antwort.

„Moody!", brüllte er lauter und warf das Sturmgewehr beiseite. Während Ian Deckung gab, arbeiteten sich Perry und Eris zum Eingang des Hauses vor. Kaum drei Meter trennten sie von der offenen Tür. Das, was sie im Inneren sahen, weckte wenig Hoffnung. Hunderte Projektile hatten die dicken Baumstämme der Vorderfront durchschlagen und im Inneren alles in Schutt und Asche gelegt. Es war schwer vorstellbar, dass irgendjemand so etwas überlebt haben konnte.

Ein drittes Mal schrie Eris den Namen seines Freundes, die Hände zu einem Trichter geformt. Erst jetzt polterte etwas im Haus.

„Hey, Moody, bist du das?", schrie Eris noch einmal.

„Verfluchte Scheiße!", klang es aus dem Inneren.

Die Herzen der beiden machten einen Sprung, denn sie erkannten die Stimme des rothaarigen Haudegens. Eris war nicht mehr zu halten und stürmte durch die Tür, Perry im Schlepptau. Im Chaos aus zertrümmertem Mobiliar und zerbrochenem Geschirr fanden sie ihren alten Freund links der Tür. Der Koloss hatte sich aufgesetzt und presste schwer atmend seine linke Hand auf die rechte Schulter. Blut quoll zwischen seinen Fingern durch.

Perry vergaß alle Vorsicht und hastete hinüber zu dem Verletzten, doch der schüttelte nur den Kopf.

„Kümmer dich um Bess, ich werd' schon nicht krepieren!", dröhnte seine Stimme. Sein Gehör war immer noch ausgeschaltet, weshalb er so laut war. Mit dem Kopf deutete er in eine Ecke des Raums, wo ein Tisch umgestürzt lag. Hinter der provisorischen Deckung erschien Sumters Kopf, der Händler blickte sich verwirrt und ängstlich um. Perry kam heran und sah, was Moody gemeint hatte.

„Eris, komm hier rüber, ich brauche deine Hilfe“, sagte er mit professioneller Ruhe. Die schweren Verletzungen der Frau holten all das Wissen aus den Tiefen seiner Erinnerungen hervor und verdrängten das Adrenalin des Kampfes.

„Ian! Ich brauche meine Tasche!“, rief er nach draußen, während er sich über die Schwerverletzte beugte und sofort mit der Arbeit begann. Eris ging ihm zur Hand. Sal blieb einige Augenblicke regungslos vor dem Haus stehen und lauschte in die Nacht, ehe sie zur Baumgrenze rannte.

+++

Es war wie eine selbsterfüllende Prophezeiung. Vom ersten Moment an war Dwight dagegen gewesen, mit diesen Nichtsnutzen zusammenzuarbeiten, hatte ein ungutes Gefühl in seiner Magengegend gehabt. Jetzt verdammte er sich dafür, dass er nicht vehementer protestiert, sondern letztlich klein beigegeben hatte. Nun war alles aus den Fugen geraten und vom Jäger war er zum Gehetzten geworden. Allein wäre ihm das nicht passiert.

Während der Wald in der Finsternis an ihm vorbeirauschte und der Wind in seinen Ohren pfiff, meldete sich sein Gewissen. Tief in seinem Inneren wusste er, dass es nicht die anderen waren, die Schuld daran hatten, wie der Überfall ausgegangen war. Der Widerspruch passte jedoch nicht in sein Weltbild und war so schnell weggewischt, wie er aufgeflammt war. Schräg links hinter ihm rannte einer der Überlebenden, der geistesgegenwärtig genug gewesen war, seine Beine in die Hand zu nehmen.

Dwight duckte sich unter den weit ausladenden Ästen eines Baumes und stolperte weiter in die Dunkelheit. Die Lichtverhältnisse waren bestenfalls schlecht, überall dieser Schnee. Es gab eigentlich nur ein Ziel, nämlich die LKWs ganz in der Nähe. Er zuckte beim Knall eines einzelnen Schusses zusammen, hörte jedoch nicht mit dem Laufen auf. Kein Treffer, kein Schmerz. Entweder hatte die Kugel nicht ihm gegolten oder sie war einfach fehlgegangen. Er konnte sich beim besten Willen nicht vorstellen, wie irgendjemand in der Lage sein konnte, in der pechschwarzen Dunkelheit auch nur ein Scheunentor zu treffen, geschweige denn eine rennende Person. Das war unmöglich.

Er brach durch die Büsche und erreichte eine kleine Lichtung. Mit großen Sätzen wollte er die freie Fläche verlassen, doch der Tiefschnee ließ ihn nur noch mühsam vorankommen. Panik wühlte sich langsam an die Oberfläche, doch er war eisern zu sich selbst und kämpfte das Gefühl der Hilflosigkeit hinunter. Er schaute über die Schulter zurück zu den Büschen, aus denen er gekommen war, geriet ins Straucheln und landete der Länge nach im Schnee. Dwight grunzte auf, stemmte sich in die Höhe. Einfach nur weiter.

Ein Knall erschallte. Das Projektil traf ihn im Rücken zwischen den Schulterblättern, bohrte sich durch Fleisch, Knochen und Organe und trat in einer blutigen Explosion vorne wieder aus. Abrupt blieb er stehen, starte perplex auf das Loch in seiner Brust, während seine Beine nachgaben und er auf die Knie fiel. Der Deserteur verstand nicht, was passiert war, bemerkte nicht, wie er hintenüber fiel, das Gesicht zum Himmel. In der Schwärze entdeckte er einzelne, funkelnde Sterne. So unglaublich weit entfernt und doch von einer faszinierenden Schönheit. Seine Sicht verschwamm, die kleinen Sterne wurden zu tanzenden Lichtpunkten.

Sein Atem ging nur noch stoßweise und Blut lief ihm aus dem weit geöffneten Mund. Etwas verdunkelte sein Sichtfeld und er kniff die Augen zusammen, versuchte das Etwas zu erkennen.

„Niemand vergreift sich an meiner Familie“, sagte Sal kaltblütig.

Sie gab ihm noch den Moment, den er brauchte, um zu erkennen, wer sie war. Dann drückte sie ab.

Die Jägerin war wieder da.

Kapitel 10

Rückkehr

„Zusammengefasst: Wir müssen so schnell wie möglich nach Yard, wenn wir noch irgendwas an der Sache ändern wollen", beendete Eris seinen Bericht und blickte in die müden Gesichter seiner Freunde. Sie hatten sich in Ians geräumiger Bleibe zusammengefunden. Fiona und die drei Kinder hatten das Bett des alten Händlers bekommen, während Moody, Eris, Sal, Sumter und der Händler lange zusammensaßen und berieten. Die Nacht war fast vorbei, der neue Tag nicht mehr weit entfernt. Perry fehlte in der kleinen Runde, er war damit beschäftigt, um das Leben der schwerverletzten Bess zu kämpfen.

„Recht hast du", pflichtete Moody ihm bei. „Marcus hat eine Grenze überschritten. Und wenn er mitbekommt, dass es nicht funktioniert hat, dann eröffnet der Hurensohn eine Jagd auf uns, die wir nicht gewinnen können."

Jede Unsicherheit, jeder noch so kleine Funken Hoffnung, dass Sumters Geschichte doch nur eine Lüge war, hatte sich mit dem Anschlag aufgelöst.

Unter den toten Attentätern hatten sie eine Handvoll Männer und Frauen gefunden, die Winteruniformen der Armee trugen. Die LKWs, von Sal aufgespürt, waren in einem so tadellosen Zustand, dass sie letztlich nur aus den Beständen der Unionsarmee kommen konnten. Der Deserteur Dwight Ramsey hatte sich unter dem Mordkommando befunden, hatte es vielleicht sogar angeführt, und Eris und Sal hatten den Mann zweifelsfrei identifizieren können. Nicht alle Angreifer waren umgekommen, drei waren mit dem Leben davongekommen, wenn auch schwer verletzt. Die Gefangenen lieferten den endgültigen Beweis: Moody war nicht zimperlich mit ihnen. Der Rothaarige hatte, immer noch erfüllt von Adrenalin, Zorn und Wut, Befragungen durchgeführt und den Auftraggeber aus ihnen herausgeprügelt. Unabhängig voneinander hatten alle drei Marcus genannt.

„Und wo wollt ihr ansetzen?“, fragte Ian und massierte sein steifes Knie. Er hatte das Bein hochgelegt und sich in eine dicke Wolldecke eingerollt, in seiner Hand hielt er eine dampfende Blechtasse.

„Das werden wir vor Ort entscheiden“, antwortete Sal knapp. Wenn es nach ihr ging, hätten sie schon vor Stunden aufbrechen sollen. Sie verstand aber, dass es noch einige Dinge zu erledigen gab, einige Fragen noch beantwortet werden mussten.

„Das ist nicht die richtige Grundlage für so was, Sal. Ich kann dich gut verstehen, und zur Hölle, ich würde nichts lieber tun, als nach Yard zu fahren und dem Wichser ’ne Schrotladung ins Gesicht zu feuern. Aber wir reden hier vom Präsidenten, dem verdammt noch mal mächtigsten und wichtigsten Mann in der Union. Er wird Vorkehrungen getroffen haben, um sich abzuschirmen, da kannst du Gift drauf nehmen! Und überhaupt: Was dann? Nach Yard gehen, Marcus ausknipsen und wie weiter? Was passiert danach mit der Union? Was passiert danach mit euch? Oder meinetwegen mit uns? Schon mal darüber nachgedacht, dass uns viele Leute die Geschichte vielleicht nicht abkaufen und uns – zu Recht, weil sie es nicht besser wissen – für feige Mörder halten? Weißt du, was ein aufgebrachter Mob mit feigen Mördern macht?“, gab Ian zu bedenken, schüttelte skeptisch den Kopf und nahm einen großen Schluck aus der Tasse.

„Es wird ’ne lange Fahrt nach Yard geben, in der wir über den Scheiß nachdenken können“, giftete Sal ihn an.

„Wenn ich darf?“, fragte Sumter unsicher und hob die Hände beschwichtigend, um die Wogen zu glätten. „Ich bedauere es zutiefst, dass erst dieser Angriff notwendig war, damit euch meine Version der Geschichte realistisch erscheint. Daran bin ich wohl auch selbst schuld. Eins ist aber klar: Wenn wir handeln, dann muss das so schnell wie möglich passieren! Ihr habt alle gesehen, was passiert, wenn man Marcus Zeit und die Initiative überlässt. Auf der anderen Seite hat Ian ganz recht: Wir dürfen auf keinen Fall kopflos handeln, sonst rennen wir sehenden Auges ins Messer."

Moodys Kopf ruckte herum und er funkelte den Händler böse an. „Wir? Willst du mich verarschen? Seit wann ist es ‚wir'? Im Grund bist du es doch, der uns den ganzen Scheiß hier eingebrockt hat!"

Eris legte seinem alten Freund die Hand auf die Schulter und drückte ihn sanft, aber bestimmt in den Stuhl. „Moody, lass uns jetzt nicht so anfangen, ja? Wir stecken jetzt drin und es ist völlig sinnlos, nach einem Schuldigen zu suchen, denn es ändert nichts an der Situation. Ich bin fest davon überzeugt, dass Marcus auch bei jedem anderen, der ihm und seinem Amt hätte gefährlich werden können, so reagiert hätte. Und ich bin mir sicher, Nigel wird uns bei unserem Vorhaben behilflich sein, was auch immer wir machen werden."

Der Angesprochene grummelte etwas Unverständliches, nickte aber zustimmend, wobei erkennbar war, wie viel Überwindung ihn diese Geste kostete. Dankbar blickte Sumter Eris an, sein Eingreifen hatte ihn wahrscheinlich vor einer gehörigen Tracht Prügel oder Schlimmerem bewahrt.

„Wie ist der Plan?", begann er zögerlich.

„Leute, wir verlieren Zeit und drehen uns hier im Kreis", schnaubte Sal.

„Aber wir können doch nicht ohne –", versuchte Sumter das Gespräch zu halten.

Die Schützin stand ruckartig auf und nickte zu Moody hinüber. „Moody, wie lange brauchen wir bis Yard?"

„Mit den LKWs? Bei dem Wetter? Schwer zu sagen. Drei, vielleicht vier Tage. Eher mehr. Und wenn wir unterwegs noch den üblichen Patrouillen aus dem Weg gehen, dauert es noch länger. Wobei, wenn Marcus die Routen nicht geändert hat, sollten die nicht das Problem sein."

„Siehst du?“, rief die Schützin bestätigend aus und deutete auf Sumter. „Wir haben mehr als genug Zeit, uns darum Gedanken zu machen.“

„Ich bin da ganz bei dir, Sal. Aber wir müssen noch ein wenig warten, da haben wir keine andere Wahl. Ich will, dass Perry mit uns kommt, wenn Bess stabil sein sollte. Wir müssen uns darum kümmern, dass die Zwillinge untergebracht sind. Und ich habe keine Ahnung, ob Moody mit der Wunde überhaupt reisen kann“, versuchte Eris den Tatendrang seiner Frau zu dämpfen.

„Mach dir um mich mal keine Gedanken, ich habe schon weit Schlimmeres überstanden“, kicherte Moody trocken.

„Ich weiß nicht, ob du damit überhaupt unterwegs sein solltest“, präzisierte Eris seine Anmerkung und wartete auf die nächste Entgegnung seines Freundes, der sich aber damit zufriedengab, einfach nur eine Grimasse zu schneiden.

„Na gut. Stimmt vielleicht, was du sagst“, gab Sal zu.

Tatsächlich spürte sie jetzt erst, wie müde und abgekämpft sie war, was für Spuren die Entbehrungen der letzten Stunden bei ihr hinterlassen hatten. Dennoch gab es etwas in ihr, diesen alten, längst vergessenen Instinkt, der sofort losschlagen wollte, der der Beute nicht die Zeit lassen wollte, sich vorzubereiten. Mit Mühe kämpfte sie den Jagdinstinkt hinunter und nickte dann nur noch kraftlos.

+++

Der Schmerz hatte sich tief in Bess’ Gesicht eingegraben. Die Frau lag auf einem schmalen Bett, sie zitterte wie Espenlaub. Ihr Körper hatte auf das schwere Trauma mit Fieber reagiert und dicker Schweiß stand ihr auf der Stirn, durchnässte die Laken und was sie noch am Leib hatte.

Die untere Hälfte ihres Gesichtes verschwand in einem Gewirr aus blutigen Bandagen und die Reste ihres Arms ragten über die Bettkannte hinaus.

Das Krankenbett stand in der Mitte des hell erleuchteten Raums, am Fußende stand eine alte Metallwanne, in der durchtränkte Bandagen und anderes Verbandsmaterial durcheinander lagen. In einer Ecke saß Perry auf einem harten Stuhl, die Glieder von sich gestreckt, den treuen Flachmann in den zittrigen Fingern. Stress stand auf seiner Stirn geschrieben und sein gleichsam müder wie angespannter Blick lastete auf der Schwerverletzten.

Er hatte in den letzten Stunden wie ein Wahnsinniger um ihr Leben gekämpft. Jetzt blieb ihm nichts anderes, als zu warten und darauf zu hoffen, dass er alles richtig gemacht hatte, dass ihre eigenen Kraftreserven ausreichend waren, um die nächsten, kritischen Stunden zu überstehen. In seinem Leben hatte er schon viele Verletzungen versorgen müssen, einige davon schlimmer als das Schicksal, das die Frau erleiden musste. Und so sehr er auch Vertrauen in seine Fähigkeiten hatte, wusste er doch, wie die Chancen standen. Selbst mit guter und schneller medizinischer Versorgung gab es nie eine Garantie für das Überleben. Selbst in der Zeit DAVOR, als es eine fast optimale Versorgung gab, gut ausgestattete Krankenhäuser und Spezialisten für jeden nur denkbaren Fall, verliefen solche Verletzungen oftmals tödlich. Es war zwar verführerisch, sich das DAVOR wie ein Paradies vorzustellen, in dem alle Krankheiten geheilt werden konnten und Verletzungen ihren Schrecken verloren, doch Perry hatte in den Jahren genug über die Medizin gelesen und erfahren, um zu wissen, dass dem nicht so gewesen war. Es gab einfach Traumata, die auch schon damals gut ausgestattete Krankenhäuser an die Grenzen des Machbaren brachten. Abgetrennte Gliedmaßen gehörten dazu. Hier, im DANACH, standen die Chancen noch weitaus schlechter. So sehr er sich auch wünschte, dass es anders wäre, Perry hatte zu viel gesehen und wusste, wie fatal es war, an eine solche Sachlage nicht realistisch heranzugehen.

Er merkte, wie der Alkohol langsam seine Wirkung tat. Nachdenklich blickte er auf das zerkratzte und verbeulte Metall in seiner Hand. So viele Jahre begleitete der Flachmann ihn nun schon und er wusste noch genau, wie er als junger Mann die Auslagen eines Händlers durchforstet hatte und zwischen all dem Plunder auf das Kleinod gestoßen war. Auf einer Seite der Flasche war ein Spruch eingraviert. Die Schrift war mittlerweile nur noch schwer zu erkennen, aber Perry erinnerte sich genau: *„Unser Morgen wird anders sein, wenn wir das Heute verändern."*

Diese Weisheit – die wem auch immer einmal gegolten haben mochte – hatte ihn begleitet, mal stärker und mal schwächer. Genauso war der Alkohol zu einem ständigen Begleiter geworden. Die Betäubung, die der starke Schnaps versprach, rettete Perry vor Albträumen, ließ ihn vergessen. Er sorgte dafür, dass die unzähligen Gesichter – ob Mann oder Frau, ob alt oder jung – all jener, die er in den Jahren behandelt hatte, aus seinen Gedanken verschwanden und ihn nicht heimsuchten. Ob er ein Problem mit Alkohol hatte? Vielmehr hatte er ein Problem ohne. Die Abhängigkeit hatte ihn schon vor langem erfasst. Er war kein Narr, er wusste, auf welchen Handel er sich eingelassen hatte, um mit seinen Dämonen fertigzuwerden. Dass er letztlich nur das eine Monster gegen ein anderes getauscht hatte, war eine bittere Wahrheit, die ihm ein zynisches Lächeln ins Gesicht trieb. Menschlich, irgendwie. Früher oder später würde der Alkohol ihn ins Grab bringen – aber diesen Preis war er bereit zu bezahlen. Nicht dass er eine andere Wahl hatte.

Energisch schüttelte er seinen Kopf, um auf andere Gedanken zu kommen. Sorgsam verstaute er den Flachmann wieder in seiner Weste und stand auf. Seine Knochen knackten und erinnerten ihn an sein Alter. Müde blickte er auf die Uhr, ehe er hinüber zum Krankenbett ging und den Puls der Schwerverletzten fühlte. In dem Moment, in dem er den Finger von ihrem Hals genommen hatte, schlug sie die Augen auf. Ihre Pupillen rasten von links nach rechts, versuchten sich zu orientieren, dann fixierte sie ihn. Perplex sah Perry zu Bess hinab, die Schmerzmittel hatten eigentlich ausreichen sollen, um so was zu verhindern. Das war das Problem, wenn man sich auf Medikamente verlassen musste, die Jahrzehnte alt waren und deren Wirksamkeit bestenfalls fraglich war.

„Schhhh. Alles ist gut", sagte er beruhigend und führte den Zeigefinger an seine Lippen. Mit einem Seitenblick hielt er nach seiner Tasche Ausschau.

Trotz ihres deformierten Kiefers und der zahlreichen Verbände gab Bess einen Laut von sich. Unverständlich, aber klar zu hören. Perrys Augenbraue zuckte nach oben und berührte fast seinen Haaransatz. Das hatte er am wenigsten erwartet.

„Ganz ruhig, ich hole etwas."

Unter großer Anstrengung schüttelte sie den Kopf und wollte wieder etwas formulieren. Perry beugte sich zu Bess hinab, hielt sein Ohr ganz nah an ihren Mund, um zu verstehen. Wieder erklangen unverständliche Laute, dazwischen war jedoch ein Wort, das er begriff: Moody.

Ohne eine weitere Nachfrage richtete der Doktor sich auf und nickte. „Ja. Ich hole ihn. Sofort."

Als der Morgen graute, saß Moody immer noch an Bess' Krankenbett. Die Müdigkeit lastete auf ihm und seine Schussverletzung war eine Qual, doch er wollte und konnte seine Wegbegleiterin in diesen Stunden nicht allein lassen. Bess hatte ihre Hand in seine gelegt, und obwohl sie weit davon entfernt war, als klein und zierlich zu gelten, standen ihre Finger in einem krassen Gegensatz zu der riesigen fleischigen Pranke des rothaarigen Haudegens. Kurz nachdem Perry Moody zu ihr gebracht hatte, hatte sie versucht, etwas zu sagen, doch dabei herausgekommen war nur unverständliches Kauderwelsch, durchsetzt vom Schmatzen und Glucksen ihres Kiefers, immer wieder von schmerzerfülltem Stöhnen unterbrochen. Sie lag nur so da, die Augen offen, und die Blicke der beiden vergruben sich ineinander, über eine sehr lange Zeit. Wie die Stunden dahinzogen, dämmerte Bess immer wieder weg. Ihre Augen fielen zu und der Blutverlust und die Schmerzen standen ihr im Gesicht, wenn auch nicht mehr so stark wie zuvor. Ihr Atem beruhigte sich, allein Moodys Anwesenheit trug dazu bei, dass es ihr besser ging. Jedes Mal, wenn er seine Hand wegnehmen wollte, gebeutelt von seinen Schmerzen und ausgezehrt von den letzten Stunden, schlug sie die Augen auf. Sie drückte seine Hand und obwohl es nur ein sanfter, kraftloser Druck war, kam die Botschaft bei ihm an. So blieb ihm nichts anderes, als hier zu warten.

Perry hatte sie irgendwann allein gelassen, sich im Nebenraum auf seine Matratze geworfen und war schnell eingeschlafen. Das laute Schnarchen war durch die windschiefe Tür zu hören. Moody wusste, dass er sich auf den Mediziner verlassen konnte und dass Perry in einem Notfall alles geben würde. Also störte er sich nicht an den tiefen und brummenden Atemgeräuschen von nebenan.

Seine Gedanken drifteten immer wieder davon und er war sich sicher, schon ein paar Mal in einen Sekundenschlaf gefallen zu sein, aus dem er dann wieder hochschreckte. Die abgestandene und warme Luft, durchtränkt vom Geruch von Desinfektionsmittel und Blut, trug nicht dazu bei, ihn wach zu halten. Irgendwann bemerkte er, dass sie ihre Augen geöffnet hatte.

Er beugte sich zu ihr vor, als sie wieder versuchte, etwas zu sagen.

„Bess, ganz ruhig. Du musst deine Kräfte schonen."

In einer nicht zu erwartenden Heftigkeit schüttelte die Verletzte den Kopf.

„Alles gut, Kleine?", fragte Moody, nur noch wenige Zentimeter von ihrem Gesicht entfernt.

„Boss", brachte Bess zwischen undeutlichen Fetzen hervor und schien selbst überrascht.

„Nein, nicht. Spar deine Kraft, verdammt noch mal."

„Boss. Es … es geht zu Ende."

„Erzähl nicht so eine Scheiße. Ich hol Perry, der kümmert sich –"

„Nein. Lass. Bitte. Ich will so nicht."

Ermattet schloss sie die Augen, ihr Atem wurde wieder regelmäßiger. Die wenigen Worte hatten fast ihre ganze Kraft beansprucht.

„Bess –", begann Moody und hielt inne.

Er wollte so etwas sagen wie „Das wird schon wieder" oder „Wir schaffen das". Aber ihm fiel auf, wie heuchlerisch so ein Ausspruch war. Sie hatte mindestens ihren Unterarm verloren und mit Pech würde bei einer Entzündung noch einmal amputiert werden müssen. Ihr Unterkiefer lag in Trümmern und ob sie jemals wieder mehr als zwei Sätze sagen konnte, ohne dazwischen wie ein kleines Kind oder ein alter Greis zu sabbern, stand in den Sternen. Vielleicht würde sie dieses Martyrium überstehen, aber zu welchem Preis denn? Dass sie so nicht leben wollte, war offensichtlich. Moody konnte sich selbst nicht einen Moment vorstellen, so leben zu müssen. Und dennoch hatte er von Perry erwartet, regelrecht alles zu tun, um ihr Leben zu retten.

„Schon … schon gut", nuschelte sie leise unter den Verbänden.

Moody atmete aus und seine Schultern sackten ein gutes Stück nach unten. Es war wahrscheinlich das Beste, doch in seinem Inneren wehrte er sich noch, wollte alles tun, um sie in diesem Leben zu behalten.

„Bess, du kannst mich verdammt noch mal nicht einfach hier allein lassen. Wer soll mich denn von Dummheiten abhalten?"

Es war für ihn seltsam, zu hören, wie seine eigene Stimme mit jedem Wort auseinanderbrach. Es war seiner Erinnerung nach das erste Mal, dass ihm das passierte.

Unter den Verbänden in ihrem Gesicht regte sich etwas, doch es war nicht zu erkennen, ob sie lächelte oder ihren Mund vor Schmerzen verzog.

„Du. Du hast Fiona. Und Arleen. Zwei Frauen reichen."

Moody stöhnte brummend auf und fuhr sich mit seiner freien Hand durch die lockige Mähne, seine Finger verkrallten sich in den Haaren.

„Verdammt noch mal. Ich –“ Er unterbrach sich selbst erneut, als er merkte, wie seine Augen sich mit Tränen füllten. Auch dieses Gefühl schien fast neu für ihn – zumindest aber hatte er einer so massiven Trauer lange verboten, auszubrechen.

„Boss. Versprich mir einfach…“

Sie machte eine Pause und kratze ihre letzten Reserven zusammen, wartete, bis seine Aufmerksamkeit voll und ganz bei ihr war.

„Versprich mir einfach, dass es nicht umsonst war.“

Moody wollte etwas sagen, spürte jedoch, wie seine Kehle immer enger wurde, der Kloß wuchs. „Das war es nicht.“

Wieder rührte sich etwas unter ihren Verbänden. Bess' Augen bekamen diesen merkwürdigen, fast glücklichen Glanz, dann spürte Moody, wie ihre Hand erschlaffte und die Spannung aus ihrem Körper wich. Er saß bei ihr, bis ihr Atem versiegt war.

Marcus' Machtbesessenheit hatte ein weiteres Opfer gefordert.

+++

Mit dem dumpfen Klang von Metall auf Metall schloss sich das schwere Sicherheitsschott hinter ihm. Der kalte Wind, der ihn gerade eben noch umweht hatte, war schlagartig wie abgerissen, stattdessen empfing ihn die feuchtkalte Luft des massiven Tunnels. Vor ihm erstreckte sich eine breite, zweispurige Straße mit gelben, verwitterten Markierungen. Es war das wohl einwandfreiste Stück Asphalt, das er jemals in seinem Leben gesehen hatte. In großen Gitterkäfigen summten in regelmäßigen Abständen Neonröhren an der Tunneldecke. Links von ihm, an einem Kontrollpult, stand eine Wache in tadelloser Uniform, die Maschinenpistole vor der Brust. Er wollte nicht mit dieser Frau tauschen, die ihren Dienst allein in dem alten Tunnel leisten musste.

„Willkommen zu Hause“, grüßte die Frau und tippte sich an den Schirm ihrer Mütze.

Er nickte ihr freundlich und dankbar zu, schob die schwere Kapuze zurück und zog den Schal herunter. „Danke. Es tut gut, hier zu sein."

„Das kann ich mir vorstellen. Warst lange überfällig. Connelly hat sich schon Sorgen gemacht. Zumindest am Anfang."

Er verzog das Gesicht und klopfte auf das große Tornisterfunkgerät auf seinem Rücken. „Dafür sind Funkgeräte ja da. Irgendwie bin ich dankbar, dass meine Meldung sie erreicht hat, bevor sie die Kavallerie auf den Weg geschickt hat."

Die Frau grinste breit und schlug mit der behandschuhten Faust einmal gegen das schwere Sicherheitsschott. „Du glaubst doch nicht wirklich, dass irgendjemand von uns freiwillig seinen Fuß vor die Tür gesetzt hätte? Das Mistwetter da draußen tobt jetzt seit November und hier in den Bergen ist es besonders schlimm."

„War ja nicht nötig. Ist in den Monaten sonst noch was passiert, das ich jetzt sofort wissen muss?"

„Oh, Scheiße, ja. Du warst jetzt wie lange unterwegs? Zehn Monate, elf vielleicht? Du kannst dir nicht vorstellen, was in dieser Zeit alles passieren kann. Wird wohl ein paar Tage dauern, bis du wieder auf dem Stand bist."

Er holte Luft, wollte nachfragen. Aber er verwarf den Gedanken, wohl wissend, dass er nicht mehr als ein paar ungeordnete Informationsbrocken von ihr bekommen würde.

„Ich hab so was erwartet", murmelte er.

„So was? Bestimmt nicht. Glaub mir."

Nachdenklich wandte er sich zum Gehen, während seine Gedanken jagten.

„Ach, und Tyler?"

„Ja?", fragte er und blieb stehen, sah über die Schulter.

„Du solltest dich rasieren und verdammt noch mal duschen."

Kaum eine Stunde später war Tyler frisch geduscht und rasiert auf dem Weg durch die langen Gänge von Institut 18. Die schwere und verdreckte Winterkleidung hatte er gegen etwas Bequemes eingetauscht, und abgesehen von seinen wilden braunen Haaren wirkte er tatsächlich wieder menschlich.

Unterwegs hielt er bei der Datenverarbeitung an und übergab dem dortigen Techniker bei ein wenig Smalltalk die Rohdaten, die er während seiner monatelangen Expedition gesammelt hatte. Von dort aus würden sie in den Großrechner eingespeist und in zahlreiche wissenschaftliche Abteilungen des Instituts verteilt werden, wo man sie dann auswertete. Ein Prozess, der ihn immer wieder faszinierte. Die Synergien und Erfolge dieser Arbeitsweise waren mit nichts zu vergleichen, was es in der Welt dort draußen gab.

Sein Weg führte ihn bis vor die Türen eines großen Büros. Eine Wache war dort aufgezogen und begrüßte ihn gelangweilt. Ein gutes Zeichen dafür, dass Connelly in ihrem Büro war. Nach einigen knappen Begrüßungsworten, um die Tyler nicht herumkam, klopfte er an der Tür und trat kurze Zeit später ein.

Das Licht im Raum war abgedunkelt, nur eine einzelne Lampe auf dem großen Schreibtisch spendete Licht. An dem Arbeitsplatz saß eine schlanke Frau mit wachen Augen hinter einer zerbrechlichen, randlosen Brille. Annabell Connelly war noch ein paar Jahre von den fünfzig entfernt und hatte sich gut gehalten. Ihr Körper war straff, nur hier und da schimmerten einige wenige graue Haare durch den langen Zopf hindurch.

In ihrem Gesicht hatte die Last der Verantwortung über das Institut in den letzten Jahren jedoch erkennbare Spuren hinterlassen. Sie blickte von einer Akte auf und lächelte Tyler ehrlich an.

„Tyler! Ich habe schon gar nicht mehr damit gerechnet, dich überhaupt wiederzusehen!“, rief sie freudig auf und stand auf. Mit schnellen Schritten war sie um den Tisch herum und kam ihm entgegen, drückte ihn fest.

„Na!“, winkte er ab. „So schnell werdet ihr mich nicht los.“

„Setz dich doch! Willst du was trinken?“

„Ein ordentlicher Kaffee wäre jetzt eine echte Wohltat.“

Sie nickte und holte eine Thermoskanne vom Sideboard, stellte eine Tasse vor ihn auf den Schreibtisch und goss ein. Während sie sich setzte, nahm Tyler den Becher in beide Hände und roch genüsslich an dem aufsteigenden Dampf.

„Und, hat es sich gelohnt?“, fragte Connelly, nachdem sie sich in ihren Sessel hatte sinken lassen.

„Machst du Witze? Ich hatte Recht! Die haben wirklich einen alten Stollen genutzt, um ihre Sachen einzulagern. Leider war die Anlage nicht ganz dicht, Feuchtigkeit hat mittlerweile vieles darin ruiniert. Aber es gab auch ein paar Lichtblicke. Ich habe eine ganze Tonne an Fotos gemacht, die Jungs in der Verarbeitung speisen sie gerade in den Server. Wird dir sicher gefallen. Das Computernetzwerk dort war auch spannend, aber nicht für einen so langen Totalausfall gemacht. Die meisten Festplatten haben die Jahre nicht überstanden, aber sieben konnte ich retten. Ob was Spannendes dabei ist, werden wir in den nächsten Tagen sehen. Aber hey, es war immerhin eine Regierungseinrichtung, die Chancen stehen gut.“

„Keine Spuren von Plünderern?“, fragte sie und rückte die Brille zurecht.

„Die Anlage schien mir sauber. Wahrscheinlich war seit Jahrzehnten keiner da. Die Vorräte zumindest waren alle nicht angerührt, mittlerweile kann man das meiste davon wegschmeißen. Nein, ich glaube, die Regierung hat mit ihrer Geheimnistuerei hier wirklich ordentlich gearbeitet. Selbst das Minenfeld draußen war größtenteils intakt.“

„Siehst du?“, lächelte Annabell. „Und das gibt es wahrscheinlich noch tausendfach. All diese Informationen und Hinweise haben wir auf dem Großrechner. Wir müssen sie nur finden und Expeditionen rausschicken.“

„Klingt nach Arbeit für mich.“

„Weißt du, ich bin ein bisschen neidisch. War es eigentlich schon immer. Du turnst da draußen durch die Welt, während ich hier drinnen an der Schreibtischarbeit ersticke."

„Ist das so?", grinste Tyler. „Du hast immer eine Wahl. Du kannst doch genauso in die Außenwelt gehen."

„Ja, genau. Und immer, wenn ich den Gedanken zu Ende denke, fällt mir ein, dass ich dieses Institut zu leiten habe, es draußen im Moment verdammt kalt ist und die Welt mich wahrscheinlich kauen, ausspucken, wieder kauen und dann verdauen würde. Hier in den Bunkern zu sitzen, hat schon seine Vorteile, wenn man die gesunde Blässe mal außer Acht lässt", gab sie mit einem sarkastischen Unterton und einem Schmunzeln zurück.

„Wir haben alle unseren Platz in dieser Welt, nicht?"

„Kann sein. Meiner ist wohl dieser Schreibtisch."

„War das vor ein paar Jahren nicht anders?"

„Damals?", fragte sie und ihr Blick ging in die Ferne. „Als es darum ging, das Institut aus der Isolation zu führen? Ja, schon. Aber die Dinge sind seitdem nicht einfacher geworden, eher komplizierter."

„Ist meistens so. Aber wo wir gerade davon sprechen ..."

„Ja?"

„Warum bin ich am Tor so seltsam begrüßt worden?"

Annabell verzog missmutig das Gesicht. „Wie ich sagte: Die Dinge sind komplizierter geworden. Hast du genug Zeit mitgebracht?"

„Ein bisschen Schlaf könnte ich schon gebrauchen. Aber du glaubst doch nicht, dass ich nach diesen Ankündigungen jetzt einfach gehen kann, oder?"

Das Gespräch hatte letztlich mehr Fragen aufgetan als Antworten geliefert. Annabells zusammenfasende Worte noch präsent im Ohr, saß Tyler vor einem Monitor und arbeitete sich durch Berichte und Notizen. Er wusste, dass die Welt in den vergangenen Monaten seiner Abwesenheit nicht stehen geblieben war, dass jedoch Veränderungen von einem solchen Ausmaß hätten eintreten können, das hatte er sich nicht vorstellen können. Die Union im Ausnahmezustand, immer in der Gefahr, ins Chaos abzudriften. Es schien, als wäre es allein Marcus und seinem bisweilen harten Führungsstil zu verdanken, dass nichts Schlimmeres passiert war. Er hatte sich mit seinen Entscheidungen sicher nicht viele Freunde gemacht, aber im Resultat hatte die Union Bestand und sich als unbeugsam erwiesen.

Und dann war da noch das kleine Päckchen. Im letzten Herbst war das Frachtstück auf verschlungenen Wegen von Yard zum Institut gelangt, adressiert an ihn. Auf den Weg gebracht hatte es sein Onkel. Darin befand sich neben einem mehrseitigen Brief eine kleine Plastikdose, die in der Zeit DAVOR für die Aufbewahrung von Filmen gedacht war. In ihr klackerten einige deformierte Pistolenkugeln.

Perry hatte in seinem Brief detailliert die Vorfälle beschrieben und die Schießerei geschildert, die sich am Haus von Eris und Sal ereignet hatte. Durch die ungewöhnlich massive Verletzung alarmiert, die Eris erlitten hatte, hatte Perry sich auf Spurensuche begeben und die Kugeln aus den Wänden gekratzt. Seine Vermutung war eindeutig: Bei einer solchen Verletzung konnte es sich nicht um normale Munition handeln. Der Wundkanal war zu sauber, ein Hinweis darauf, dass die Kugel sich kaum verformt hatte. Dies wiederum war das Merkmal panzerbrechender Munition und diese war für Pistolen im DANACH nicht nur unüblich, sondern äußerst selten. Schon im DAVOR hatte es davon wenig gegeben und es war schwer vorstellbar, dass nennenswerte Bestände die Zeit DANACH bis heute überlebt hatten. Perry schlussfolgerte, dass es sich daher um Munition jüngerer Bauart handeln musste, um Projektile, die entweder vom Institut hergestellt oder dort mit Naniten gehärtet worden waren und so ihre panzerbrechenden Eigenschaften erhalten hatten. Der Verdacht, dass es sich um Projektile aus den Beständen der Unionsarmee handelte, stand ganz eindeutig im Raum.

Das Institut hatte das Militär über die Jahre immer wieder mit Munition versorgt. Dabei handelte es sich nicht um reguläre Kugeln, denn davon gab es tatsächlich genug in der Welt, sondern um mit Naniten behandelte und gehärtete Projektile. Tatsächlich musste der Bestand der Truppe sich auf einige zehntausend Schuss beschränken, denn die Produktion war unverhältnismäßig aufwendig und teuer. Es war eine Art der Rückversicherung, ein Notnagel für besonders brenzlige Zeiten. Auffällig an der Angelegenheit war, dass nach Tylers Wissen in der Regel nur Sturmgewehrmunition geliefert worden war, nicht aber Munition für Handfeuerwaffen.

Nachdenklich starrte er auf den Bildschirm, während er sich durch Lieferlisten klickte und minutiös prüfte, welche Kaliber in den letzten Jahren produziert und geliefert worden waren. Irgendwann wurde er fündig und starrte das vorliegende Ergebnis für einige Minuten fassungslos an, bevor die Erkenntnis sich in seinem Kopf festsetzte.

Institut 18 hatte tatsächlich einmal fünfhundert Schuss nanitengehärtete Pistolenmunition nach Yard geliefert. Dabei handelte es sich jedoch nicht um einen Posten für die Armee, als Empfänger war klar und deutlich Marcus deklariert. Sollte die Untersuchung der von Perry geschickten Projektile sich als positiv herausstellen, warf das ein ganz neues Licht auf die Angelegenheit. Die sich daraus ergebende Schlussfolgerung war schlimmer als das, was Perry in seinem Brief geäußert hatte. Der auf den Herbst datierte Brief ging von einer Verschwörung des Militärs aus, davon, dass die mutmaßlichen Verschwörer Sumter und Marrow Teile der aktiven Truppe unterwandert und auf ihre Seite gebracht hatten. Was aber Tyler hier in den Händen hielt, war der Beweis dafür, dass alles anders war. Die Projektile stammten aus der Marge, die man auf Marcus' Wunsch produziert hatte. Er war nicht nur in die ganze Angelegenheit verstrickt – er war der Drahtzieher. Er hatte die Angreifer mit der Munition ausgestattet.

Tylers Gedanken begannen zu rasen, während er versuchte, Handlungsmotive für ein solches Vorgehen zu ergründen.

Sein erster Impuls war, so schnell wie möglich mit seinem Onkel in Kontakt zu treten. Die einzige Möglichkeit hierzu war der Funk, doch in dem Moment, in dem ihm die Idee gekommen war, verwarf er sie schon wieder. Die Gefahr war zu groß, dass irgendwer mithörte, und in Anbetracht der Situation war das nicht wünschenswert. Das Institut hatte nicht umsonst den Ruf, der womöglich größte Wissensspeicher der Welt DANACH zu sein, und nach den Informationen, die ihm vorlagen, hatten Eris, Sal und Perry noch vor Einbruch des Winters die Hauptstadt verlassen. Vermutlich waren sie Moody und seiner Familie nach Station gefolgt, aber Beweise gab es für diese These nicht.

Das schreiende Unrecht forderte Tyler geradezu heraus und dieses Gefühl mischte sich mit blanker Wut darüber, dass seine Freunde und sein Onkel Opfer in einem perfiden Machtspiel geworden waren. Er musste sofort abreisen, musste sofort nach Yard.

Der Entschluss war schnell getroffen, er konnte nicht hier in der relativen Sicherheit des Instituts bleiben, während die Union außerhalb gerade auf dem besten Wege war, sich in etwas zu verwandeln, vor dem ihm graute. Dafür hatten sie nicht vor sieben Jahren Banner und seine Armee vernichtet, dafür waren nicht Hunderte gestorben und noch viel mehr schwer verletzt worden. Das Gefühl von Verrat stieg in ihm auf und legte sich bleischwer auf sein Gemüt. Die Gewissheit, betrogen worden zu sein, war verletzend. Und er war nicht bereit, dies widerstandlos passieren zu lassen.

Nach einer viel zu kurzen Nacht, in der er sich mehr rastlos zwischen den Decken gewälzt als geschlafen hatte, war Tyler am nächsten Morgen zum Aufbruch bereit. Er hatte den Entschluss getroffen, niemanden über seine Abreise zu unterrichten. Zu groß war die Gefahr, dass die Information letztlich in die falschen Hände gelangte. Sein Gepäck hatte er in aller Früh zusammengestellt, er nahm nur das Nötigste mit. Der Vorteil der Hauptstadt war eben, dass er vor Ort alles bekommen konnte, was er wollte, solange er bereit war, den entsprechenden Preis zu bezahlen, und die notwendigen Beziehungen hatte.

Als das schwere Panzerschott sich öffnete, rollte ein Geländewagen in den Farben des Instituts langsam in die davorliegende Höhle, die den Zugang zur Forschungseinrichtung vor neugierigen Blicken verbarg. Die Schneeketten auf den breiten Reifen rasselten und sorgten für einen kurzen Moment für den Eindruck, dass dort ein Panzer aus der Zeit DAVOR anrollte. Am Steuer des Fahrzeugs saß eine Sicherheitsfrau der Forschungseinrichtung, daneben hatte Tyler Platz genommen. Zwar hatte er in den letzten Jahren gelernt, mit Autos aus der Zeit DAVOR umzugehen, jedoch traute er sich bei den vorherrschenden Witterungsverhältnissen nicht zu, in einem Stück bis Yard zu kommen.

Eingepackt in schwere Winterkleidung warf er einen Blick zurück auf die schwere Tür, die sich hinter ihnen langsam schloss. Die Heimat musste warten. Denn seine Freunde brauchten ihn jetzt mehr denn je.

+++

Marrow präsentierte sich als weit weniger enthusiastisch, als Sumter es war. Dem ehemals mächtigen Händler sah man die entbehrungsreichen Monate noch viel stärker an als seinem Kollegen, noch dazu hatte seine Gesundheit durch das Leben auf der Flucht erheblich gelitten. Schlechte Hygieneverhältnisse und andauernder Stress hatten zu einem üblen Ausschlag geführt, und der Mann litt an einem Husten, den er partout nicht loswurde. Dennoch hörte er sich an, was die kleine Truppe vorhatte.

„Das ist Wahnsinn." Diesen Ausspruch hatte Marrow innerhalb der vergangenen Stunde immer wieder in den unterschiedlichsten Tonlagen von sich gegeben.

„Pass mal auf! Wenn du einen besseren Plan hast, reiß dein Maul auf. Wenn nicht, hör auf zu nörgeln!“, brach es aus Moody heraus.

„Ihr vier zieht in den Krieg gegen einen Mann, der eine ganze Armee hat! Wahnsinn ist das einzige Wort, das hier passt!“, wehrte der glatzköpfige Händler sich und begann, sich am Hals zu kratzen. Seine Haut dort war blutig.

„Vergiss die Zahlen. Es geht ja nicht um eine offene Feldschlacht“, meinte Sal. Der Schützin gingen die Einwände des Händlers auf die Nerven.

„Trotzdem. So was kann doch nicht erfolgreich sein.“

„Verdammt noch mal!“, brüllte Moody und war nicht mehr zu halten. „Aber dein Versteckspiel ist besser, oder was? Seit Monaten rennst du vor Marcus weg, versteckst dich – und selbst wenn ich deine Visage nicht leiden kann: Hast du dich mal angeschaut? Du siehst erbärmlich aus! Und jetzt willst du mir sagen, feige in den Schatten zu bleiben und auf seinem Arsch zu sitzen ist besser, als etwas tun zu wollen? Auf so einen Ratschlag pisse ich. Von mir werden die Menschen später sagen, dass ich Eier in der Hose hatte und mich im richtigen Moment nicht gefürchtet habe. Was aber werden sie von dir sagen, Händler?“

Der Rothaarige wartete gar nicht mehr auf eine Antwort des Händlers, sondern drehte sich um und marschierte zur Tür hinaus, knallte das morsche Holz hinter sich ins Schloss. Für einige Sekunden trat ein peinliches Schweigen beim Rest ein.

„Du kannst es drehen, wie du willst, Marrow. Moody hat im Grunde Recht, und das weißt du genau“, nickte Perry und sah den Händler erwartungsvoll an.

„Ist es denn so falsch, dass ich nach dem Erfolg eines solchen Unterfangens frage?“, versuchte der, sich zu rechtfertigen.

„Natürlich nicht. Aber spielt das jetzt wirklich noch eine Rolle?“, setzte der Arzt nach.

„Absolut. Ich bin nicht über Monate vor diesem Irren geflüchtet, um mein Leben wegzuschmeißen.“

Perry schüttelte zerknirscht den Kopf und warf Eris einen hilfesuchenden Blick zu.

„Das will keiner von uns. Das ist menschlich. Aber schau, du stehst mit dem Rücken zur Wand. Wir stehen alle mit dem Rücken zur Wand. Und Moody hat schon Recht. Schau dich doch an, sieh, was das Verstecken aus dir gemacht hat. Vielleicht ticke ich da anders, aber ich würde so nicht leben wollen."

Marrow hörte auf, sich am Hals zu kratzen, und blickte auf seine blutigen Finger. Hörbar sog er die Luft ein, dann sackten seine Schultern nach unten.

„Und wie kann ich euch helfen?"

„Sag du es mir."

Der untersetzte Mann nickte Sumter zu. „Im letzten Sommer hätten wir eine ganze Menge Kontakte und Einfluss gehabt. Jetzt sind es nur ein paar klägliche Reste. Wenn sich die Leute überhaupt noch an uns erinnern und uns nicht sofort lynchen wollen. Oder Schlimmeres."

„Dann hast du nichts?"

„So will ich das nicht sagen. Aber die Ressourcen, die mir verbleiben, sind bei dem, was ihr vorhabt, kaum zu gebrauchen. Außer natürlich, ihr braucht ordentliche Fahrzeuge, aber auch das würde ein paar Wochen dauern."

„Und das bedeutet im Endeffekt, dass du nichts hast, um uns zu helfen, und deshalb erst recht nicht den Mut aufbringst, mitzukommen?"

„Du musst nicht versuchen, mich aus der Reserve zu locken. Ich habe meine Niederlage doch schon eingestanden. Ich werde mit euch kommen. Wenn ich Glück habe, kann ich ein paar alte Kontakte reaktivieren, ohne dass man mich sofort über den Haufen schießt. Oder ich kann euch sagen, wo man in der Hauptstadt hingehen muss, um diese oder jene Ware zu bekommen. Und zuletzt bin ich durch meine Risikobereitschaft und mein Mundwerk zu meinem Wohlstand gekommen. Ich schätze, vor allem das Letztere könntet ihr gebrauchen."

„In Ordnung“, meinte Eris mit einem sanften Lächeln. „Was machen wir noch hier?“

Drei Tage darauf erreichten sie endlich Yard. Auf dem Weg hatten sie tatsächlich einer Militärpatrouille ausweichen müssen und erlebten die Stadt unter stärkeren Sicherheitsvorkehrungen als jemals zuvor.

Es war nicht davon auszugehen, dass Marcus mittlerweile ein Kopfgeld auf sie ausgesetzt hatte oder sie zu Staatsfeinden erklärt hatte, dennoch musste die ausbleibende Rückmeldung ihn alarmiert haben. Es kam daher nicht in Frage, mit einem auffälligen Militärlaster in die Stadt einzufahren. Die Frage, wo die kleine Gruppe unterkommen und ihr weiteres Vorgehen planen sollte, wurde mit jedem Kilometer, den sie Yard näher kamen, drängender. Letztlich einigten sie sich auf den einzigen Bereich der Stadt, der wahrscheinlich nicht unter strikter Kontrolle des Militärs stand: die Zeltstadt. Sie warteten einen Tag außerhalb der Stadtgrenzen, um auf Nummer sicher zu gehen, sie umfuhren die äußeren Stadtviertel und näherten sich dem Elendsquartier im Norden. Ihr Fahrzeug stellten sie an einer alten Ruine ab, die letzten Kilometer legten sie zu Fuß zurück.

Zwar waren die Zugänge zur Zeltstadt von Militärposten belegt, aber im Schutz der Dunkelheit und abseits der alten Straße gelang es ihnen, durch die Überwachung zu schlüpfen und zwischen den unzähligen provisorischen Behausungen abzutauchen. Das Erstaunen der kleinen Gruppe war groß, als sie von bewaffneten Männern und Frauen in Empfang genommen wurden. Es handelte sich um eine regelrechte Miliz, die Adah, die Königin der Zeltstadt, in Reaktion auf den fortwährenden Ausnahmezustand in der Stadt ausgehoben hatte. Offensichtlich war sie nicht bereit, das, was sie sich mühsam aufgebaut hatte, kampflos an irgendjemanden zu übergeben.

Wahrscheinlich wäre die erste Begegnung mit der Miliz sehr blutig ausgegangen, wenn Sal nicht gewesen wäre. Das kurze

Intermezzo, das die Schützin im Spätsommer des vergangenen Jahres in dem Elendsviertel hatte, rettete ihnen das Leben und sorgte dafür, dass die missmutigen Milizionäre die Sechsergruppe zum Rathole eskortierten. Zu der spätabendlichen Stunde brummte der Laden, und die Wachen vermieden es, ihre Gefangenen durch den Vordereingang zu treiben. Stattdessen gingen sie von einer schmalen Seitengasse zuerst auf einen kleinen Innenhof und dann auf der Rückseite des Gebäudes hinein. In einem erschreckend leeren Lagerraum bedeutete man ihnen, zu warten, während eine Bewacherin davoneilte, um Adah zu informieren. Sichtlich waren Moody, Sumter und Marrow nicht begeistert davon, so in Empfang genommen und von einem Dutzend Bewaffneter bewacht zu werden, aber sie schluckten ihren Ärger herunter. Die Sache jetzt eskalieren zu lassen, würde niemandem helfen.

Es dauerte nur wenige Minuten, bis Adah in Begleitung von Rooney in den Raum trat. Die Enge des Lagers sorgte dafür, dass die Präsenz des Leibwächters ihre volle Wirkung entfaltete. Selbst Moody stieß einen anerkennenden Pfiff aus, als er den Riesen entdeckte, der mindestens einen Kopf größer als Eris und wahrscheinlich doppelt so kräftig wie er selbst war. Die Königin der Zeltstadt verschwendete keine Zeit für einen theatralischen Auftritt, sie taxierte die kleine Gruppe nur einen Moment, stellte sich vor Sal, die Hände in die Hüften gestemmt.

„Du hast vielleicht Mut, hier noch einmal aufzutauchen."

„Das letzte Mal, als ich hier war, habe ich Schulden gemacht. Heute bin ich gekommen, um sie zu begleichen", flüsterte die Schützin ruhig und versuchte, sich von Rooney nicht einschüchtern zu lassen.

„Deine Schulden begleichen? Sinn für Humor hast du immerhin. Das letzte Mal hast du mir versprochen, dass ich ein paar Gefallen bei unserem Oberkommandieren und dem Präsidenten bekomme. Und was habe ich bekommen? Nur Probleme. Und ein paar Wochen nach unserem Gespräch hast du dich auch noch aus der Stadt verpisst und er", dabei deutete sie auf Moody, „ist nicht mehr General unserer glorreichen Streitkräfte. Also wie ich das sehe, hast du mich ziemlich verarscht, Schätzchen."

„Dinge ändern sich."

„Das habe ich so häufig gehört, dass ich kotzen könnte. Die Dinge haben sich geändert, ja. Und ich bin leer dabei ausgegangen."

„Das muss nicht so bleiben."

„Oho. Jetzt bin ich aber gespannt. Wie willst du deine Schulden bezahlen?"

„Darum kümmern sich die beiden", meinte Sal und deutete über die Schulter in Richtung von Marrow und Sumter, denen offensichtlich nicht wohl dabei war, in die Auseinandersetzung der beiden Frauen hineingezogen zu werden.

„Das ist der nächste Punkt, bei dem ich fragen muss. Du kommst ein paar Monate später einfach so zurück, als wäre nichts gewesen. Und im Schlepptau hast du die Männer, die du damals eigentlich gejagt hast. Zumindest ja diejenigen, die verantwortlich für den großen Haufen Scheiße sind, der auf Yard niedergeregnet ist. Also, wie sollen die deine Schulden begleichen? Soll ich sie als Bezahlung nehmen und das Kopfgeld einstreichen?"

„Du hast Moody ja schon erkannt. Glaubst du, er würde hier so ruhig mit den beiden stehen, wenn es wirklich die Entführer seiner Tochter wären?"

Adah wiegte den Kopf hin und her und musterte den rothaarigen Haudegen skeptisch. „Wenn nur die Hälfte von dem stimmt, was man ihm nachsagt, verwundert mich das schon. Eigentlich sollte er ihnen doch mindestens die Arme ausreißen und sie damit totschlagen, oder?"

Moody lachte laut auf und nahm der Situation damit ein Stück weit die Anspannung. „Du bist eine Frau nach meinem Geschmack! Kennst die guten Geschichten, die man sich so über mich erzählt." Adah konnte dem inneren Drang nicht widerstehen und lächelte für einen kurzen Sekundenbruchteil, dann war ihre harte Maske wieder da. „Neugierig macht mich das schon, ja.“

„Spiel dich hier nicht so auf und biete uns endlich ’nen Platz zum Sitzen, was Warmes zu fressen und was Ordentliches zum Trinken an. Glaub mir, du wirst es nicht bereuen.“

„Ich mich aufspielen? Das ist mein Laden. Mir gehört die Zeltstadt, ich –“

Bevor die Unterhaltung weiter in Bahnen ging, die nicht hilfreich waren, hob Eris beschwichtigend die Hände und stellte sich demonstrativ zwischen Moody und Adah, die sich weiterhin herausfordernde Blicke zuwarfen.

„Und das wissen und respektieren wir. Jetzt ist aber gut. Ich für meinen Teil bin ganz zufrieden damit, dass es hier bisher nicht in einem Blutbad geendet ist, und wäre dankbar, wenn das so bleibt. Können wir also diese Schwanzvergleiche sein lassen und uns den wirklich wichtigen Dingen zuwenden? Geht das?“

Adah dachte einen Moment nach und knurrte etwas Unverständliches. „Also gut. Kommt mit. Soll ja keiner sagen, dass ich eine schlechte Gastgeberin wäre.“

Die Luft in dem kleinen Büro war stickig geworden. Während unten im Schankraum das wilde Leben tobte, ging es hier oben ruhiger zu. Die Sitzgelegenheiten reichten mit Mühe und Not, die Enge des kleinen Raums war drückend. Dennoch war dieser Ort vorzuziehen, denn hier konnten sie ungestört miteinander sprechen.

Eris war es, der das Reden übernommen hatte und Adah mit einer detaillierten Schilderung auf den neusten Stand brachte. Die Frau hörte schweigend zu, nur bei einigen Passagen stellte sie Verständnisfragen. Hin und wieder wurden seine Ausführungen durch seine Begleiter ergänzt. Letzten Endes vergingen Stunden, bis Eris zu ihrer Ankunft in der Zeltstadt kam. Was folgte, war eine Zeit des gebannten Schweigens, während Adah über all das, was gesagt worden war, nachdachte. Keiner sagte etwas, entweder waren sie mit ihren eigenen Gedanken beschäftigt oder warteten gespannt auf eine Reaktion der Königin der Zeltstadt.

„Eigentlich ist es mir scheißegal, wer sich als Präsident der Union aufspielt. Das hier ist die Zeltstadt und kein Gesetz des Unionsrats hat hier Bestand. Es ist eine andere Welt. Meine Welt. Meine Probleme fangen da an, wo jemand versucht, meine Welt einzureißen. Und das ist versucht worden. Seit der Ausnahmezustand gilt, gab es Razzien, Übergriffe und Kontrollen, das volle Programm. Ich habe nicht umsonst eine Miliz auf die Beine gestellt. Marcus war nie ein Freund der Zeltstadt, in seinen Augen sind wir wohl der Schandfleck der gesamten Hauptstadt."

Sie hielt kurz inne, sah zur Decke und lachte zynisch.

„Dabei hat er den Schandfleck selber produziert. Die Zeltstadt gibt es nur, weil Yard in kurzer Zeit so schnell gewachsen ist und niemand es für nötig befunden hat, sich um die unzähligen Neuankömmlinge zu kümmern. Und ich bin mir sicher, dass er alles daransetzen wird, diesen Schandfleck reinzuwaschen. Es ist kein Geheimnis, dass bei uns alle unterkommen, die in der Stadt Probleme haben. Leute, die aus unterschiedlichen Gründen gesucht werden. Weil sie desertiert sind, weil sie ihre Steuern nicht bezahlt haben, egal was. Bisher ist das alles geduldet worden, aber ich denke, das hält nicht mehr lange an. Marcus entledigt sich scheinbar aller Altlasten, und in dem Zug kommen wir wohl auch dran. Schätze, er wartet nur auf das richtige Wetter dafür. Alles, was er tun muss, ist, hinterher zu verbreiten, dass wir mit den Verschwörern zusammengearbeitet und sie hier versteckt haben."

Sie lachte und deutete auf Marrow und Sumter.

„Womit er jetzt sogar Recht hätte. Aber das ist nicht der Punkt. Ich bin keine Idiotin. Wenn er sich auf die Fahne geschrieben hat, die Union aufzuräumen, und dabei auch mit der Zeltstadt abrechnen will, stehe ich auf verlorenem Posten. Da mag meine Miliz noch so groß sein, gegen das Unionsmilitär habe ich keine Chance. Ich könnte versuchen, das alles hinauszuzögern, zu verhandeln, wenn es geht, Kompromisse einzugehen und mir meine Macht zu sichern. Aber am Ende ist es egal, welche Zugeständnisse ich Präsident Tailor gemacht habe und wie ich verhandelt habe. Denn er wird sich nehmen, was er will."

Adah nahm einen Schluck aus dem Glas vor ihr, ließ das kühle Nass ein paar Mal in ihrem Mund kreisen und holte tief Luft.

„Genau wie Präsident Tailor bin ich nicht bereit, meine Träume und alles, was ich aufgebaut habe, einfach aufzugeben. Andererseits glaube ich nicht, dass ihr Erfolg haben werdet. Aber letztlich ist es die einzige Chance, vielleicht noch was zu ändern. Ich bin dabei. Vielleicht springt ja diesmal wirklich was für mich heraus."

Eris klatschte zufrieden in die Hände, als Adah ihre Ausführung beendet hatte. „Siehst du. Als wir in Station aufgebrochen sind, waren wir nur zu fünft. Ein paar Tage später hat sich unsere Zahl vervielfacht. Du darfst gerne skeptisch sein, aber uns überhaupt keine Erfolgschancen zuzurechnen, wird der Sache auch nicht gerecht."

„Trotzdem hat sie Recht", murmelte Moody und hob sein halbleeres Glas zur Bekräftigung in die Runde. „Wenn man es nur auf den zahlenmäßigen Vergleich ankommen lässt, ist das, was wir haben, ein Fliegenschiss im Vergleich zu dem, was Marcus auffahren kann. Zum Glück für uns alle wird das aber keine Rolle spielen, was?"

„Wie geht es also weiter?", erkundigte sich Adah und lehnte sich zurück.

„Das Problem ist, dass wir erst mal an Marcus heran müssen. Ich tippe, dass er das Regierungsviertel wie eine Festung abgeschirmt hat?", vermutete Eris.

„Vollkommen richtig. Aber das ist nicht wirklich das Problem. Euch in die Stadt zu bringen, das bekomme ich sicher hin", lächelte die Frau vielsagend.

„Du wirst deinem Ruf schneller gerecht, als ich erwartet habe." Eris verzog anerkennend das Gesicht.

„Aber wenn das nicht unser Problem ist, was ist es dann?"

„Na ja, was kommt danach?"

Moody stöhnte auf und verdrehte die Augen, als es wieder einmal zu diesem Punkt kam.

„Euer Freund hier kann das ja sehen, wie er will, aber ich denke, das ist eine wichtige Frage. Habt ihr euch mal Gedanken darüber gemacht, was mit der Union passiert, wenn Marcus über die Klinge springt? Daran gedacht, dass diese Stadt voller Aasgeier ist, die nur auf so was gewartet haben? Wenn Marcus wegfällt, entsteht ein riesiges Loch, und das werden andere zu füllen versuchen. Ich meine, ich will euch nicht den Enthusiasmus nehmen, aber eine Union, die in den Bürgerkrieg fällt, weil ein Tyrann ermordet wurde, kann doch nicht wirklich euer Ziel sein, oder?"

„Sicher nicht", bemühte sich Eris, dieser Schilderung schnell etwas entgegenzusetzen. „Es kommt darauf an, dass gar keine Lücke entsteht, dass der freie Platz so schnell wie möglich besetzt wird und es zu keinen Unruhen kommen wird."

„Und das ist doch die entscheidende Frage. Wie willst du dafür sorgen? Vielleicht spielt die Armee nicht mit und wird einen Putsch anzetteln. Im Unionsrat wird es Streitereien geben und Leute, die versuchen werden, das alles für sich zu nutzen. Und verdammt noch mal, wer soll Marcus denn nachfolgen?"

Eris lächelte gequält, als er an die Wagnisse in ihrem Vorhaben erinnert wurde. Glücklicherweise war es Moody, der demonstrativ die Arme vor der Brust verschränkte und ihm die Beantwortung von zumindest einer Frage abnahm.

„Um das Militär kümmere ich mich. Ich habe die Einheiten aufgebaut, kenne die meisten Offiziere. Mit ein bisschen Glück und einer ordentlichen Prise Charme werde ich den Haufen schon ruhighalten können."

Es waren fast vier Monate vergangen, seit Moody sein Amt als Oberbefehlshaber der Truppe niedergelegt hatte. Natürlich war es durchaus denkbar, dass Marcus in dieser Zeit einiges an den etablierten Strukturen geändert hatte, aber letztlich lag der Rothaarige nicht falsch. Bis zum Ausnahmezustand hatten die Männer ihm nicht nur vertraut, sie hatten ihn regelrecht in ihr Herz geschlossen. Zwar hatte sein Vorgehen während des Kriegsrechts ihn einen Teil seines Ansehens gekostet, aber wahrscheinlich besaß er wirklich noch genug Einfluss unter den Soldaten. Adah zumindest schien von dieser Antwort überzeugt und schaute in die Runde, immerhin galt es noch andere Fragen zu beantworten.

„Was den Unionsrat angeht, bin ich der Sache wohl gewachsen. Ich schätze, ich kann die Ratsmitglieder bei der Stange halten. Ich kenne die meisten von ihnen persönlich und habe wohl so was wie 'nen guten Ruf", bot Eris sich an.

„Ach?", fragte Adah spitz und rückte in ihrem Sessel nach vorne. „Soll das heißen, du willst den Posten von Marcus übernehmen?"

„Ich? Oh, bloß nicht!", lachte Eris hysterisch auf und machte eine abwehrende Bewegung. „Nein, das meinte ich nicht. Ich kann mich darum kümmern, dass sie nicht übereinander herfallen und die Union daran zugrunde geht. Nenn es, wie du willst, eine Art Ordnungshüter oder so."

„Entschuldige, wenn ich nicht sofort überzeugt bin. Ich habe gesehen, was Menschen bereit sind, zu tun, wenn sie sich einen persönlichen Vorteil davon versprechen. Aber trotz meiner Skepsis traue ich dir zu, eine solche Rolle auszufüllen. Zumindest, wenn auch nur die Hälfte von dem stimmt, was man sich über dich erzählt."

„Klingt ja fast wie ein Kompliment", lächelte Eris schwach.

„Merk es dir gut, ich bin nicht besonders großzügig damit", erwiderte Adah und fuhr sich nachdenklich durch die langen Haare. „Alles schön und gut. Aber wird das reichen? Und was ist mit dem Präsidenten?"

„Wenn ich darf?", fragte Sumter vorsichtig. Er hatte das bisherige Gespräch genutzt, um sich leise mit Marrow zu unterhalten. Die Anwesenden ruckten herum und sahen ihn genervt an. Seine Angewohnheit, vor jeder Wortmeldung um Erlaubnis zu fragen, stieß ihnen langsam, aber sicher auf. So gut er konnte, überging Sumter dies mit einem einstudierten Lächeln, dann setzte er an: „Was die Gefahr einer Revolte aus der Bevölkerung angeht: Solange gewährleistet ist, dass die Menschen ausreichend versorgt sind, muss man sich darum wohl keine Gedanken machen. Solange sie etwas zu beißen und ein Dach über dem Kopf haben, sind die meisten Menschen duldsam."

„Es hätte mich sehr gewundert, wenn die feinen Herren Händler sich nicht zu Wort gemeldet hätten. Recht haben sie ja. Könnt ihr gewährleisten, die Stadt zu versorgen, jetzt, wo man euch zu gesuchten Verbrechern erklärt hat?"

„Miss, Sie unterschätzen uns", sagte Marrow in einem überheblichen, bissigen Tonfall. „Ich habe die Unionsarmee über Jahre mit Fahrzeugen und Ersatzteilen versorgt und mich gegen jeden Konkurrenten durchgesetzt. Es mag sein, dass ich im Moment schlecht dastehe, aber wenn Marcus erledigt ist, wird es genügend Leute geben, die sich an meinen Namen erinnern und bei denen ich Gefallen einlösen kann."

„Wollen wir hoffen, dass es ehrbare Händler sind, von denen du da sprichst", beantwortete die Königin der Zeltstadt den Angriff des Händlers ungerührt.

„Keine Sorge. Ich halte Versprechen, die ich gebe."

„Wo wir gerade von euren Qualitäten sprechen. Meine Lager sind mittlerweile fast leer, dem verdammten Winter sei Dank. Wenn ihr doch so viele Beziehungen und Verbündete habt, dann fangt gleich mal damit an. Seht es als eine Art Vertrauensbeweis, hm?"

Sumter und Marrow sahen sich einige Augenblicke an, dann nickten sie. Die Händler hatten die Herausforderung erkannt und waren nicht gewillt, sich die Blöße zu geben.

„Es wird uns ein Vergnügen sein", sagte Sumter mit gespielter Demut und senkte den Kopf übertrieben.

„Spinner“, murmelte Adah abfällig und wandte sich dem Rest zu. „Kommen wir einmal zum letzten Punkt. Dem wichtigsten eigentlich. Wer soll sein Nachfolger werden?“

Eris warf hilfesuchende Blicke zu seinen Freunden. So sehr sie sich bisher auch Gedanken um diese elementare Frage gemacht hatten, eine Antwort hatten sie noch nicht gefunden. Es war einfach, die Aktion ins Rollen zu bringen und Marcus aus dem Weg zu schaffen – wie aber sollten sie die Union so stabil halten, dass sie daran nicht zerbrach? Ihm war klar, dass diese Frage unausweichlich war, aber er konnte keine Antwort präsentieren. Es war zum Verzweifeln. Marcus war es, der die Ideale, an die sie alle glaubten, verriet und im Begriff war, die Union in etwas zu verwandeln, das sie alle ablehnten. Aber wenn sie ihn einfach so beseitigten, ohne einen fähigen Nachfolger bei der Hand zu haben, dann passierte wahrscheinlich genau das Gleiche: der Staat ging vor die Hunde. Vielleicht mochte es einmal einen Zeitpunkt gegeben haben, an dem Sumter oder gar Marrow geeignet für das Amt des Präsidenten gewesen wären, aber Marcus hatte dies mit seiner Intrige zu verhindern gewusst. Der Ruf der beiden Händler war beim einfachen Volk ruiniert, und egal, wie weiß ihre Weste war, egal ob sie tatsächlich keine Schuld trugen, niemand unter den Bürgern von Yard oder der Union würde sie akzeptieren. Nein, mit diesen Kandidaten würde das Unterfangen noch mehr zu einem Himmelfahrtskommando werden.

„Ähm, ich habe da mal über was nachgedacht. Vielleicht kann ich euch eine Idee schmackhaft machen“, überlegte Perry laut. Die Anwesenden sahen den Mediziner überrascht an, keiner hatte erwartet, dass er sich in diese Art der Diskussion einklinken würde. Als kein Widerspruch aufkam, fuhr er fort, wobei er sich nervös an seinem Bart kratzte.

„Also, so wie ich das sehe, brauchen wir einen Vertreter bis zu den nächsten Wahlen. Die sind in – keine Ahnung – sechs Monaten? Sieben vielleicht? Bei den Wahlen wird es zu einem Schlagabtausch kommen, aber letztlich auch zu einem legitimen

Präsidenten, wie auch immer der heißen mag. Das macht uns die Arbeit einfacher, schätze ich. Ich habe da lange drüber nachgedacht, und ich glaube, mir fällt da jemand ein. Was ist mit Ian?"

Moody, der gerade einen großen Schluck genommen hatte, prustete einen feinen Nebel aus Bier über die Anwesenden. Ohne ein Wort der Entschuldigung fing er an zu poltern.

„Ian? Was soll der Erbsenzähler denn machen? Er ist lediglich Verwalter, aber zum Präsidenten fehlt ihm das Zeug."

Eris wischte sich betont langsam die Flüssigkeit aus dem Gesicht, bevor er sich klar auf der Seite des bärtigen Arztes positionierte. „Moody, um mehr geht es nicht. Wir brauchen jemanden, der verwaltet, die Union am Laufen hält. Ein Kompromiss, bis sich eine bessere Lösung gefunden hat. Und die wird es hoffentlich bei den Wahlen geben. Alles, was wir tun müssen, ist, bis dahin Normalität zu ermöglichen. Und ich bin mir sicher, dass er das kann."

„Ich kenne diesen Ian nicht. Sollte ich denn?", wollte Adah neugierig wissen.

„Er ist, keine Ahnung, wie es sich genau schimpft, auf jeden Fall ist er Oberhaupt von Station. Auch ein Händler und ein guter Freund. Ich kenne ihn seit Jahrzehnten und ich glaube, er kann die Union führen, wie er seinen Laden geführt hat. Und was soll ich sagen, damit ist er seit Jahren erfolgreich", erklärte Perry der Frau.

„So dumm das klingen mag: Das kann funktionieren", urteilte sie. „Er kommt von außerhalb und ist nicht Bestandteil des ganzen korrupten und stinkenden Geflechts hier. Es wird niemanden geben, der ihm alte Feindschaften vorwerfen kann, aber auf der anderen Seite wird es nur wenig Gefallen geben, die er einsammeln kann. Er muss vom ersten Moment an Erfolge liefern, wenn das funktionieren soll."

„Nun, dazu sind wir ja da", fasste Eris zusammen.

Yard glich einer Festung. Tyler hatte die Hauptstadt nun über ein Jahr nicht mehr besucht, konnte sich aber beim besten Willen nicht daran erinnern, dass die Straßen der Stadt jemals so vor Militärpräsenz gestarrt hatten. Straßensperren und Checkpoints bestimmten das Bild der Stadt und der Geländewagen musste alle paar Meter halten. Dann folgte die gleiche, entnervende Prozedur, er und die Fahrerin mussten sich ausweisen und eine Reihe von Fragen über sich ergehen lassen. Oftmals beließen die Soldaten es dabei, aber an einer Straßensperre an den Außengrenzen der Stadt nahmen die Wachhabenden ihre Aufgabe besonders ernst und durchsuchten das Fahrzeug. Was genau die Uniformierten dabei zu finden suchten, verschwiegen sie. Tylers erster Impuls war, gegen diese Behandlung zu protestieren, doch er schluckte seinen Ärger hinunter und schwieg. Es reichte schon, dass sein Eintreffen in Yard dank der Kontrollen nicht geheim blieb, jetzt auch noch mit dem Militär aneinander zu geraten, war absolut nicht dienlich.

Während drei Soldaten das Fahrzeug durchsuchten und ein vierter ein waches Auge auf Tyler und die Fahrerin warf, bemerkte Tyler, wie angespannt die Kämpfer waren. Sie hatten ihre Waffen griffbereit, noch dazu ungesichert. Jeden Moment zum Schuss bereit. Er konnte sich nur allzu gut ausmalen, zu welchen blutigen Zwischenfällen es so ganz leicht kommen konnte.

Letztlich hielt das Fahrzeug vor dem Haus der Familie Young. Das Gebäude war dunkel und die dicke Schneedecke auf dem Rasen zur Veranda war ein Indiz dafür, dass hier schon lange niemand mehr wohnte. Vielleicht war es Zufall, aber ganz in der Nähe des Hauseingangs befand sich ein weiterer Checkpoint, die Uniformierten dort hatten einen ungestörten Blick auf das Haus. Tyler war nicht wohl dabei, auszusteigen und das Haus zu untersuchen, allein schon, weil der Geländewagen genug Aufmerksamkeit erregt hatte.

So fuhren sie weiter in die Stadt hinein, in Richtung des Krankenhauses, in dem sein Onkel normalerweise arbeitete. Je näher sie dem Stadtkern kamen, desto stärker wurde die Militärpräsenz. Offensichtlich waren die Soldaten an jedem wichtigen Knotenpunkt der Infrastruktur aufgezogen. Tyler entdeckte, dass an einigen der Checkpoints schwere Maschinengewehre in Position gebracht worden waren, ganz so, als erwarte man jeden Moment einen Aufstand. Noch dazu waren auffällig wenige Menschen auf den Straßen unterwegs. Das mochte einerseits an dem harten Winter liegen, der die Stadt immer noch in seinen Klauen hielt. Aber auf der anderen Seite war das die Hauptstadt, ein Ort in der Welt DANACH, an dem so viele Menschen wie sonst nirgends lebten.

Die Angst der Bewohner, etwas Falsches zu tun und ins Fadenkreuz der grimmig dreinblickenden Soldaten zu geraten, war förmlich greifbar. Die wenigen Passanten, die unterwegs waren, hielten ihre Blicke gesenkt, waren eilig unterwegs. Diese Stimmung übertrug sich auf Tyler: Als der Geländewagen vor dem Krankenhaus hielt, stieg er zaghaft aus und ging unsicheren Schrittes zum Eingangsportal, wo zwei Soldaten in Winteruniformen Wache standen.

Kaum war er auf ein paar Schritt heran, stellten sie sich ihm in den Weg und blockierten den Durchgang, die Hände an den Waffen.

„Liegt ein medizinischer Notfall vor?“, fragte einer der Soldaten.

„Nein. Ich ... ähm ... wollte zu meinem Onkel.“

„Ist er Patient hier?“

„Nein. Er hat hier gearbeitet.“

„Kein medizinischer Notfall, kein Zutritt!“, blaffte die Kollegin des Soldaten Tyler an. Der zuckte zusammen, beschloss aber, es nicht dabei belassen zu wollen.

„Perry. Perry McDonald. Mein Onkel. Er, keine Ahnung, ist, war Arzt hier. Einer der Helden aus der Schlacht um Yard?“, versuchte er, den Erinnerungen der Uniformierten auf die Sprünge zu helfen.

„Und wenn schon! Das interessiert mich einen Scheißdreck! Du hast die Anweisungen gehört, Bürger. Möchtest du dich ihnen wirklich widersetzen?"

Zur Bekräftigung ihrer Worte nahm die Frau ihr Sturmgewehr und richtete es auf Tylers Bauch. Der junge Mann bemerkte sofort, dass auch diese Waffe nicht gesichert war und jedes falsche Wort, jede falsche Bewegung in einem Desaster enden konnte. Vorsichtig nahm er die Arme in die Höhe und ging langsam einen Schritt zurück.

„Nein, nein, natürlich nicht. Es tut mir leid, ich gehe sofort wieder", stammelte er.

Die Soldaten lachten derbe, als Tyler mit zitternden Knien in den Wagen stieg.

Seine Begleiterin startete den Motor und sah ihn erwartungsvoll an.

„Ich habe ehrlich gesagt keine Ahnung. Bleiben wir einfach in Bewegung, ja?"

Am frühen Abend hatten sie Quartier in einer Karawanenunterkunft gefunden. Das schmucklose, einstöckige Gebäude aus Wellblech lag in der Nähe des Marktes im Stadtzentrum und diente den reisenden Händlern und ihren Zügen bei besserem Wetter als kurzweilige Unterkunft. Jetzt im Winter waren die meisten Zimmer leer und kalt und der Betreiber schien glücklich darüber, wenigstens zwei seiner Betten vermieten zu können.

Tyler saß im Gemeinschaftsraum in einer Ecke über seinem Napf mit undefinierbarem Eintopf, seine Fahrerin vertrieb sich die Zeit bei Kartenspiel mit einigen anderen Gästen. Gedankenverloren rührte er in der Pampe vor sich. Wie er es drehte und wendete, ihm wollte nicht einfallen, wie er weitermachen konnte. Perry, Eris und Sal waren offensichtlich nicht in der Stadt, Moody sowieso nicht. Wahrscheinlich waren sie wirklich in Station und er hoffte inständig, dass es ihnen gut ging. Alles, was er hatte, waren die Beweise, die ihn zu Marcus führten, doch welche Chance hatte er dabei? Er war wütend auf den Mann, dem sie alle vertraut hatten und der sich zum Präsidenten aufgeschwungen hatte, aber allein die Konfrontation mit ihm suchen, ihn zur Rede stellen zu wollen, das war aussichtslos.

Die Tür flog auf, schwang in den Angeln herum und donnerte in die Wellblechwand. Erschrocken wandten sich die Blicke der Anwesenden zur Tür. Noch bevor irgendjemand mehr tun konnte, als einen erstaunten Laut von sich zu geben, stürmten Uniformierte mit ihren Waffen im Anschlag in den Raum. Reflexartig wurden die Arme nach oben gerissen, die Männer und Frauen wichen zurück. Tyler traf die Erkenntnis, was hier gerade passierte, und er verfluchte sich dafür, so unvorsichtig gewesen zu sein.

„Die Hände nach oben!“, brüllte einer der Soldaten und ignorierte völlig, dass die meisten Gäste eine solche Aufforderung nicht brauchten. Innerhalb von wenigen Sekunden hatte ein halbes Dutzend Soldaten Stellung im Raum bezogen.

„Tyler McDonald?“, fragte der Anführer in den Raum.

Darauf bedacht, keine zu hastige Bewegung zu machen, stand Tyler auf und hob die Hände über den Kopf, nickte kaum erkennbar.

„Hier.“

Der Anführer winkte einen seiner Leute heran, der auf den jungen Mann zuhielt.

„Was ist das Problem?“, wollte er wissen, noch bevor der Soldat ihn erreicht hatte. Noch während Tyler die Frage formulierte, fiel ihm auf, was das für eine dumme Idee gewesen war. Denn der heraneilende Soldat hatte offensichtlich kein Interesse daran, ihm seine Fragen zu beantworten, sondern rammte ihm in einer fließenden Bewegung den Kolben seines Sturmgewehrs in den Magen. Mit einem Schmerzenslaut knickte Tyler zusammen wie ein Klappmesser und schlug hart auf dem Boden auf.

„Auf Anordnung von Präsident Tailor sind Sie hiermit unter Arrest gestellt!“, verkündete der Wortführer mehr in den Raum als zu seinem Opfer. Über den Schmerz und die tobende Übelkeit hinweg registrierte Tyler, wie man ihn in die Höhe zog und zur Tür schleifte.

+++

Minutenlang stand Marcus nun schon am Fenster seines Büros und blickte auf die Stadt hinaus. Schnurgerade zogen sich die Straßen der Quartiere außerhalb des Stadtzentrums entlang und unterteilten die schneebedeckten Gebäude in ordentliche, ja fast perfekte Quadrate. Das Chaos, das die Welt DANACH beherrschte, war an dieser Stelle besiegt worden, wich vor der menschgeschaffenen Ordnung zurück. Yard war der Ausdruck menschlicher Überlegenheit über die Natur, der unwiderlegbare Beweis dafür, dass die Menschheit überlebt hatte und zu Größerem bestimmt war, als ein Leben in Unordnung zu fristen. Zivilisation und Ordnung, das war es, was Yard prägte und die Union durchdrang.

Jahrzehnte hatte die Menschheit einen Kampf gegen die Gefahren der Welt DANACH geführt. Gegen sich selbst, gegen die Natur, gegen das Wetter. Seit die Zivilisation damals zerbrochen war, war es mit der Menschheit bergab gegangen. Viele der Überlebenden hatten sich mit ihrem Schicksal abgefunden, waren schon froh darüber, ihren kleinen Horizont überblicken zu können. Die Menschheit, die einmal diesen Planeten beherrscht hatte, war zu einem Bruchteil ihrer Zahl und zu einem Schatten ihrer selbst zusammengeschmolzen. Viele behaupteten, diese Entwicklung wäre Schicksal gewesen, die lange Rechnung für das, was die Spezies Mensch in den vorherigen Jahrhunderten getan hatte. Sie beugten ihre Häupter in Demut, froh darüber, noch am Leben zu sein, und arrangierten sich mit den schlechten Bedingungen, die sie vorfanden.

Marcus war nie einer von ihnen gewesen. Er war in dem Glauben erzogen worden, dass ein Mann – oder eine Frau, das spielte keine Rolle – immer eine Wahl hatte. Er war überzeugt davon, dass nur die Schwachen sich beugten. Jene mochten es Schicksal nennen, aber das war eine Lüge. Für ihn gaben sie lediglich ihrem eigenen Unvermögen einen anderen Namen. Gegen das Schicksal konnte man bekanntlich nichts tun – und das machte es einfacher, Dinge als gegeben hinzunehmen und zu ertragen.

Schicksal, Kismet, Karma – das existierte für ihn nicht. Jeder Mensch hatte zu jedem Zeitpunkt eine Wahl. Das, was in der Welt passierte, war lediglich nach dem alten Muster in Aktion und Reaktion unterteilt, mehr nicht. Mit jeder Wahl, die man traf, ging natürlich auch ein Risiko einher. Dinge konnten sich verschlechtern, ja, vielleicht sogar den eigenen Tod bedeuten, wenn man unvorsichtig war. Vielleicht einer der Gründe, warum es so viele Überlebende gab, die nicht wählen wollten, die sich mit dem zufriedengaben, was die Welt ihnen bot.

Marcus hatte immer gewählt, war Risiken eingegangen. Letztlich war er bereit, für seine Ziele alles zu opfern. Nie wäre er auf den Gedanken gekommen, Dinge einfach als gegeben zu akzeptieren. Diese Eigenschaft war es vielleicht, die ihn als Anführer ausgezeichnet hatte. Deshalb waren die Zugführer ihm damals gefolgt, deshalb konnte er unter den fünf Fraktionen in Yard Einigkeit herstellen und deswegen war er heute Präsident der Union. Er traf Entscheidungen, wo andere zweifelten. Kalt und logisch. Und er akzeptierte keine Niederlage.

Diese Stadt, die Union, das war sein Traum. Er hatte das alles erschaffen. Niemand anders hatte den Willen dazu, niemand den Mut. Marcus hatte nie daran gedacht, seinen Traum einfach kampflos aufzugeben. Letztlich war er die Union – und ohne ihn musste das ganze Konstrukt in sich zusammenbrechen. Einzig und allein, um jene zu besänftigen, die ihm gefährlich werden konnten, hatte er sich die Acht-Jahre-Regelung einfallen lassen. Ein Lippenbekenntnis, mehr nicht. Sie sollten glauben, dass er bereit war, die Macht abzugeben, die er sich mühsam erarbeitet hatte. Damit unterschätzten sie ihn, und das war nur von Vorteil.

Seit Banner auf der Ebene vor der Stadt besiegt worden war, hatte Marcus seine Macht gefestigt. Nach und nach schaltete er seine Widersacher aus, zuerst offen im Sinne der Einigkeit, dann eher subtil. Er war klug genug, immer eine Opposition im Sattel und dieser von Zeit zu Zeit auch Erfolge zu lassen. So paradox es war, manche Fehler beging er mit Absicht, um ihnen Futter zu liefern, manche Niederlagen nahm er bewusst in Kauf. Vielleicht war er dabei zu unvorsichtig gewesen, hatte seine Gegner zu sehr gestärkt.

Denn das Unvermeidliche stand bald vor der Tür: die Wahlen. Nun musste Marcus sich entscheiden. Sollte er seine Maske endgültig fallen lassen, jeden Widerstand ganz offen niedermachen und sich offiziell zu dem Alleinherrscher aufschwingen, der er schon längst war? Diese Variante barg unüberschaubare Gefahren, und so hatte er sich anders entschieden. Er wollte den Dingen ihren Lauf geben, wollte eine Wahl abhalten. Das Ergebnis würde ihn weiterhin legitimieren. Also ging es darum, die Opposition zu zerschlagen, ohne dass man ihn selbst als Aggressor identifizieren konnte.

Und so war der Plan entstanden. Nicht einen Moment hatte er gezögert, seinen Sohn für diesen Schachzug zu instrumentalisieren. Noch weniger tat es ihm leid, dass William Ashton sterben musste. Tatsächlich verschaffte dieser Aspekt seines Machtspiels ihm Genugtuung. Der Bastard hatte es gewagt, Carla schöne Augen zu machen. Marcus wusste von der Affäre der beiden – und wären die Zeiten anders gewesen, hätte er sich des Schweins anders entledigt. So aber fügte sich dankenswerterweise alles zusammen, und Ashton bekam die Quittung für die Affäre. Danach entwickelte sich die Angelegenheit zum Selbstläufer. Alles, was er tun musste, war, einige Beweise verschwinden zu lassen und andere Beweise zu fälschen, die letzten Endes zu Sumter führten. Kaltblütig missbrauchte er das Vertrauen der Helden von Yard, setzte sie auf Spuren an, die er selbst gelegt hatte. Ihm war vom ersten Moment klar, dass diese Helden – Eris, Sal, Perry, ja, ganz besonders Moody – polarisierten. Die Bewohner der Stadt schauten auf zu diesen Idolen, folgten ihnen. Wenn die Helden etwas verurteilten, akzeptierte das Volk, folgte und applaudierte. Und während das alles passierte, musste er den gelähmten Präsidenten spielen, hin- und hergerissen zwischen der eigenen Familie und der Staatsräson. So lange, bis Moody das Kriegsrecht fordern würde. Ab diesem Moment war alles ganz einfach.

Marcus lächelte und drehte die Zigarre zwischen den Fingern. Im Rückblick war ihm eines seiner Meisterstücke gelungen. Und es fehlte nicht mehr viel.

Es war rührend, wie sehr die Menschen einem etwas durchgingen ließen, wenn Kinder im Spiel waren. Er hielt die Lüge der Entführung so lange aufrecht, wie es nötig war, die Opposition zu zerschlagen. Wobei, da gab es ja noch etwas anderes. Noch bevor Moody am ersten Tag des Ausnahmezustands zu Sumters Anwesen aufgebrochen war, hatte Marcus den Händler anonym warnen lassen. Sumter schluckte den Köder, wie erwartet: Er tauchte ab. Bis heute war der Mann nicht aufzufinden – und war damit Legitimation für alle Gesetze, die Marcus die Macht sichern sollten. Er hatte es verstanden, Sumter – und letztlich auch Marrow – zu Hassfiguren aufzubauen, von den Menschen verabscheut und gefürchtet. Solange die beiden Männer auf freiem Fuß waren, konnte Marcus alles im Namen des Kampfes gegen die Verschwörer tun.

Nun, da seine Macht gefestigt war, konnten die Wahlen kommen. Da gab es nur noch eine Sache, die zu erledigen war: Moody, Perry, Eris und Sal. Die vier hatten sich seinem Griff hier in Yard schnell genug entzogen, und er wusste, dass sie ihm früher oder später gefährlich werden konnten. Vor sieben Jahren hatten die vier schon einmal eine bestehende Ordnung zu Fall gebracht, und sie würden es wieder tun, wenn er ihnen Anlass dazu gäbe. Spätestens, wenn sie auch nur den Verdacht bekommen sollten, dass er sie benutzt hatte. Kein Zweifel, sie mussten sterben.

Deswegen hatte er Dwight auf den Weg geschickt. Es hätten gute Nachrichten werden können. Die Helden der Union, bei einem feigen Mordanschlag samt ihren Familien umgebracht, ermordet durch die Verräter Sumter und Marrow! Aber es kam offensichtlich ganz anders. Dwight war überfällig und Marcus hatte keinen Zweifel daran, dass der Mordanschlag schiefgelaufen war. Es war nur noch ein Frage der Zeit, bis die vier zurück in die Hauptstadt kommen würden.

Er hatte Yard abgeriegelt, zu einer Festung gemacht. Jetzt kam es darauf an. Würden sie sich so verhalten, wie er es erwartete, würden sie genau in seine Falle marschieren? Wenn nicht …

Hinter ihm knackte ein Funkgerät. „Sir, wir haben den Bengel. Hat sich nicht mal gewehrt."

Marcus schmunzelte.

Nun, jetzt hatte er ja eine Geisel.

Kapitel 11

Widerstandsrecht

Fassungslos starrte Eris auf den am Boden liegenden Perry. Der bärtige Arzt war der Länge nach hingeschlagen, lag nun auf dem Rücken. Sein Mund stand auf und sein Atemgeräusch erinnerte merkwürdig vertraut an ein Schnarchen. Über ihm stand Moody und schüttelte sich die rechte Hand.

„Bist du wahnsinnig geworden?", stieß er aus.

Moody blickte über die Schulter und schüttelte den Kopf. „Das trifft wohl eher auf ihn zu."

„Moody, du kannst ihm doch nicht einfach so eine verpassen!"

Der rothaarige Haudegen drehte sich um und versuchte, seine Mähne in Ordnung zu bringen. Er band sie zu einem Zopf und ließ sie dann unter einem Bandana verschwinden. „Jetzt krieg dich mal wieder ein. Du hast doch mitbekommen, wie hysterisch er war."

„Und das ist ein Grund, ihm ein paar zu verpassen?"

„Was hätte ich sonst tun sollen? Mir ansehen, wie er die ganze Sache hier in Gefahr bringt?", fragte Moody und stemmte herausfordernd seine Hände in die Hüfte.

„Alter, es geht um Tyler. Das ist sein Neffe. Scheiße, das ist die einzige Familie, die Perry hat. Kannst du nicht verstehen, dass ihn das verrückt macht?"

„Klar kann ich. Aber ich kann nicht zulassen, dass damit alles den Bach runtergeht."

„Ach, und wie soll es besser werden, wenn du ihm den Kiefer brichst? Verrat mir das!"

Moody schnaubte verächtlich, sah aber einen Moment hinunter zu dem bewusstlosen Arzt, um sich zu versichern. „Jetzt übertreib mal nicht! Ich hab' ihm nicht den Kiefer gebrochen, ich hab' ihn nur schlafen geschickt."

„Und? Was glaubst du, was passiert, wenn er wach wird? Dass alles vergessen ist? Dass er sich keine Sorgen mehr um Tyler macht? Und dass er dir nachsieht, dass du ihm eine verpasst hast?“

„Er wird sich keine Sorgen mehr um Tyler machen, so einfach ist das. Und was den Kinnhaken angeht: Darauf werden wir ’nen Schnaps trinken und drüber lachen.“

Für einige kurze Momente entglitt Eris alles, dann schüttelte er entschieden den Kopf. „Hörst du dich eigentlich reden? Und wie willst du das Kunststück fertig bekommen?“

„Einfach“, lächelte Moody selbstsicher, „ich hole den Jungen aus der Gefangenschaft.“

Die Antwort trug nicht dazu bei, dass Eris sich beruhigte, im Gegenteil, die Antwort seines Freundes wühlte ihn noch mehr auf.

„Was? Wie soll das gehen? Willst du ganz allein gegen die Garnison in den Krieg ziehen? Dir ein Maschinengewehr schnappen und durch den Vordereingang stürmen, den Jungen in Einzelkämpfermanier aus der Zelle holen?“

„Auch wenn der Gedanke verlockend ist, so wird es nicht laufen“, antwortete Moody und rieb sich die Knöchel.

„Und wie dann? Verdammt noch mal, erklär mir doch, was du vorhast, damit ich dich nicht für komplett durchgeknallt halte!“, schrie Eris.

„Ich gehe durch die Vordertür rein und wieder raus. Keine Schüsse, alles ganz einfach. Und keiner wird mich aufhalten.“

Eris knurrte und schüttelte seine Fäuste. „Das soll mich beruhigen? Das klingt nicht weniger wahnsinnig als bei Perry!“

„Mit dem Unterschied, dass die Soldaten mich kennen. Ich habe die meisten von ihnen ausgebildet, habe die ganze verdammte Armee aufgebaut. Das wird schon funktionieren.“

Moody stapfte hinüber zum Tisch und nahm seinen Pistolengurt in die Hände, legte ihn um und prüfte die große Handfeuerwaffe.

Eris teilte die Zuversicht seines Freundes nicht. „Und was ist, wenn nicht? Wenn Marcus die Soldaten mittlerweile alle unter Kontrolle hat und sie einfach auf dich schießen?“

„Dann kommen wir wieder zu der Geschichte mit dem Einzelkämpfer. Und deshalb nehme ich dieses Schätzchen hier ja mit. Aber mach dir keine Sorgen, das wird nicht passieren. Du unterschätzt das, was die Soldaten Korpsgeist und Pflichtgefühl nennen.“

Ohne auf eine Entgegnung zu warten, stapfte Moody zur Tür und legte seine dicke Winterjacke an.

„Ist dir mal in den Kopf gekommen, dass es ihr Pflichtgefühl gegenüber Marcus sein kann, das dich in Probleme bringen wird?“

Moody hatte den Türknauf schon in der Hand, drehte sich aber noch einmal mit einem breiten Grinsen um. „Und genau darauf baue ich.“

Schon war er zur Tür hinaus. Eris sah ihm regungslos nach, wollte ihm hinterherstürzen und ihn davon überzeugen, wie dumm der Gedanke war. Dann aber kam ihm Perry ins Gedächtnis, der hinter ihm lag. Das laute Schnarchen des Arztes erinnerte ihn an die zahlreichen Geschichten von den Männern, die während ihrer Bewusstlosigkeit an ihren eigenen Zungen erstickt waren. Wütend stieß er einen Fluch aus und kniete neben seinem alten Freund nieder. Als er Perry stabil und sicher auf eine der Liegen gebettet hatte, war Moody bereits über alle Berge.

+++

Die Enge der Zelle lastete drückend auf Tyler. Fünf oder sechs Quadratmeter, darin eine Pritsche, ein Waschtisch und ein Stuhl, alles fest mit den Wänden oder dem Boden verbunden. Für seine Notdurft stand ein verbeulter Eimer unter dem Tisch. Es stank nach kaltem Schweiß, nach Fäkalien, Erbrochenem, Blut und Rauch. Das Bettzeug auf der Pritsche war fleckig, und Tylers

Vorstellung war schnell darin, sich auszumalen, welche Flüssigkeiten für die Flecken gesorgt haben konnten. Die Zelle war kalt. Nicht so kalt, dass er innerhalb kürzester Zeit erfrieren konnte, aber kalt genug, dass jede Atemwolke sichtbar war.

Immer wieder stand er auf, ging mit zwei großen Schritten von der einen Wand zur anderen, monoton, gleichförmig. Es ging nur darum, in Bewegung zu bleiben, das Blut zirkulieren zu lassen und seine Körpertemperatur auf einem erträglichen Niveau zu halten. Nach einigen Minuten des Auf- und Abgehens setzte er sich wieder auf die Pritsche, lauschte in die Stille seiner Zelle hinein und nahm die Geräusche jenseits der Tür wahr. Sobald er merkte, wie die Kälte erneut in seine Glieder kroch, stand er auf, und das Spiel begann von Neuem.

Man hatte ihm keine seiner Fragen beantwortet. Nachdem sie ihn aus der Karawanenunterkunft geholt hatten, hatte er noch zweimal angesetzt, wollte wissen, was ihm vorgeworfen wurde. Die Antwort war immer gleich: Gewalt. Mal schlug man ihm ins Gesicht, das andere Mal prügelte man ihn mit einem Gummiknüppel nieder. Nach seinem Zeitgefühl – seine Uhr und alle anderen Wertsachen hatten sie ihm abgenommen, bevor sie ihn in dieses Loch geworfen hatten – musste ein ganzer Tag vergangen sein. Seine Zelle hatte keine Fenster, mit denen er seine Hypothese überprüfen konnte, die matte Glühbirne hinter einem Gitterkäfig unter der Decke leuchtete ununterbrochen. Sein Gefühl aber redete ihm dieses Zeitintervall ein. Er wusste, wie trügerisch es war, sich auf seinen Durst zu verlassen. Seine Lippen waren aufgesprungen und schmerzten. Immerhin ein Hinweis.

Seine Häscher scherten sich wenig um ihn. Bisher hatte es niemand für nötig erachtet, ihm etwas zu essen oder zu trinken zu reichen. Tyler wusste genau, dass das kein gutes Zeichen war. Wenn Gefangene nicht einmal das Mindestmaß an Fürsorge erhielten, das ihr Überleben sicherte, war ihr Weg wahrscheinlich schon vorbestimmt. Die Erkenntnis traf ihn schwer, wobei sie gleichsam Bestätigung für seine Theorien war. Wenn er wirklich auf Marcus' Befehl hier einsaß, konnte es keinen Irrtum geben, dann war der Präsident in die angebliche Verschwörung verwickelt. Warum man ihn aber inhaftierte und nicht gleich exekutierte, war ihm ein Rätsel.

+++

„Das wird mich Kopf und Kragen kosten", murmelte der grauhaarige Soldat und angelte in den Tiefen seines Wintermantels nach dem schweren Schlüsselbund. Moody stand ein paar Schritte hinter ihm und stapfte von dem einen Fuß auf den anderen, um die Kälte zu vertreiben.

„Alles kein Problem. Du musst mich nur reinlassen. Sieht doch keiner."

Die Wache wollte etwas sagen und schüttelte aber nur den Kopf, hatte den richtigen Schlüssel endlich in dem undurchschaubaren Chaos des Schlüsselrings gefunden.

„Du hast leicht reden, General. Auf dich wartet ja auch nicht der Bunker, wenn sie es herausfinden."

„Nein. Auf mich wartet das Erschießungskommando", grinste Moody verbittert.

Der Mann mühte sich ab, mit seinen behandschuhten Fingern das schwere Vorhängeschloss zu öffnen. Rasselnd zog er die schwere Kette aus dem Gitter und schob den frischen Schnee mit dem Stiefel beiseite. Er öffnete das Tor gerade so weit, dass Moody sich durchzwängen konnte.

„Danke, Mann", klopfte der Haudegen dem Veteran auf die Schulter, dann drückte er sich durch die schmale Öffnung.

Über den knirschenden Schnee hinweg hörte er, wie der Soldat hinter ihm hastig das Tor schloss. Moody hatte seinen Kragen gegen die Kälte und den schneidenden Wind nach oben geschlagen, den Kopf gesenkt. Sein Gang war schnell und zielstrebig, genau wissend, dass den patrouillierenden Wachen eine Gestalt mit vorsichtigen und zögernden Schritten viel mehr aufgefallen wäre.

Sein erster Weg führte entlang des großen Kasernenhofs. Der Schnee auf der riesigen Fläche war teilweise geräumt, an vielen Stellen aber einfach festgetrampelt. Das Wetter verwandelte den harten, täglichen Drill für die Soldaten in eine Tortur, aber augenscheinlich hielten die Offiziere dennoch an der Praxis fest. Es war wie immer: Soldaten mit zu viel Freizeit drohten auf komische Ideen zu kommen. Letzten Endes sorgte die Kreativität der Offiziere dafür, dass die Männer und Frauen nie Langweile hatten und am Ende ihrer Dienste ermattet in ihre Kojen fielen. Diese Art des Drills hatte sich in zahlreichen Armeen in der Zeit DAVOR bewährt, warum sollte es bei der Unionsarmee nicht klappen?

Er hielt sich in den Schatten und wich zweimal einigen Uniformierten aus, die bei der Kälte ihre Runden zogen. Die kleinen Gruppen waren unaufmerksam, wollten ihre Runde schnell hinter sich bringen und zurück in die Wärme. Die permanenten Minusgrade hatten die Männer und Frauen abstumpfen lassen und das kam Moody entgegen. Tief in seinem Inneren hatte er Verständnis für sie, wollte in keinem Fall mit ihnen tauschen müssen, auch wenn er das während seiner Zeit als General leidlich anders gesehen hatte. Aber das war vorbei, er ohne Amt und er musste sein Leben nicht mehr nach Vorschriften ausrichten, geschweige denn andere Menschen danach bewerten.

Moody erreichte eines der Nachschubmagazine. Von den langgestreckten Gebäuden, die zur Lagerung und Ausgabe von Ausrüstung und Versorgungsgütern dienten, befanden sich etwa ein Dutzend auf dem Gelände der Garnison. Es handelte sich um schlichte Flachdachbarracken, denen man zur besseren Orientierung einen grünen Anstrich verpasst hatte. Abgesehen von Munition, die man wohlweislich in Erdbunkern am Rande der Anlage untergebracht hatte, gab es hier alles, was das Herz begehrte und was zur Ausstattung der Truppe notwendig war. Zufrieden entdeckte der rothaarige Mann, dass der Schnee vor dem Gebäude kürzlich geräumt worden war und ein gelber Lichtschimmer durch den Türspalt fiel. Eigentlich war das fast schon zu viel Glück auf einmal. Mit einer kräftigen Bewegung öffnete er die Tür und trat hinein in die warme Kammer.

In dem kleinen Dienstzimmer standen drei Schreibtische, von denen einer besetzt war. Eine kleine Schreibtischlampe spendete das einzige Licht. Eine Soldatin saß auf ihrem Platz und prüfte mit einem mürrischen Gesichtsausdruck lange Inventarlisten. Sie sah nur kurz auf, als Moody hineintrat.

„Die Ausgabe ist geschlossen. Und egal wie du bettelst, es gibt keine zusätzliche Winterkleidung oder Decken."

Er stampfte einige Male auf, um den Schnee von den Stiefeln zu bekommen. „Ich bin wegen einer Erstausstattung hier."

„Verarsch mich nicht. Im Moment gibt es keine neuen Rekruten", antwortete die Soldatin gelangweilt ohne aufzusehen.

„Ich bin auch kein neuer Rekrut."

„Sag mal, ich hab' keine –", gab die Frau genervt von sich und schaute zum ersten Mal länger auf. Moody war im schwachen Licht der Lampe nun gut zu erkennen. Der Uniformierten fiel der Kiefer für eine Schrecksekunde nach unten, dann schoss sie in die Höhe.

„General Whitlock, Sir, es tut mir leid!", beteuerte sie, richtete ihre Uniform und salutierte.

Moody verzog das Gesicht und bedeutete ihr, den Gruß zu unterlassen. „Nicht doch. Ich bin kein Oberbefehlshaber mehr. Kein Grund, mir zu salutieren, ja?"

„Es ist eine Frage des Respekts, General", schoss es aus der Frau hervor.

Das klappte besser als erwartet. Tatsächlich war es diese Art von Reaktion, auf die Moody in seinem Plan gebaut hatte.

„Respekt hin oder her. Steh bequem, ja? Ich habe ein Anliegen."

„Was kann ich tun, General?"

„Ich brauche eine Uniform."

Jetzt erst schien die Frau über das Gesagte nachzudenken. Skepsis umspielte ihre Züge.

„Das ist eigentlich gegen die Vorschriften. Ich frage wohl besser nicht nach, oder?“

„Es ändert nicht viel. Ich bin hier, um ein paar Dinge zu begradigen.“

Für einige Momente wurde es still und nur der pfeifende Wind von draußen war gedämpft zu hören. Sie taxierte ihn, wollte abschätzen, ob sie ihm vertrauen konnte. Moody ließ sich auf diese Prüfung ein, hielt ihren Blicken stand und straffte sich.

„Wenn du mich fragst, General, ist das auch bitter nötig. Vieles läuft nicht rund, seit du dein Amt niedergelegt hast.“

Also war die Truppe gespalten. Er begrüßte das sehr, kam es ihm doch entgegen und bestätigte seine Vermutungen.

„Ich hoffe, dass es noch nicht zu spät ist und sich wieder richten lässt“, schmunzelte er.

„Wenn es einen gibt, dem ich oder die anderen es zutrauen, dann bist du das, General. Wir wissen einfach nicht, wo die Reise hingehen wird, und die Offiziere halten auch schön dicht. Hab’ keine Ahnung, ob *die* es überhaupt wissen.“

Sie war vorangegangen und hatte eine Seitenkammer aufgeschlossen. Darin befanden sich meterlange Regale, die bis zur Decke reichten, darin zahllose Uniformen in Tarnfarben, hier und da blitzte ein dunkles Rot auf, das klare Akzente setzte. Mit einem sicheren Handgriff fischte sie aus den Stapeln Kleidungsstücke heraus.

„Hat sich denn was bei den Offizieren geändert? Ein paar neue Gesichter dazwischen? Irgendwelche Beförderungen?“

„Ja, ’n paar Änderungen gab es schon“, sagte sie gleichgültig und stapelte die Kleidungsstücke sorgfältig auf. „Die meisten Offiziere sind aber geblieben, nachdem diese Misstrauensgeschichte vom Tisch war. Es gab einige Versetzungen. Du weißt schon, General, irgendwo an die Grenzen der Union, Steine bewachen. Oder schlimmer.“

So was passierte immer wieder. Unliebsame Offiziere wurden versetzt, wenn sie Glück hatten. Moody konnte sich gut vorstellen, dass einige seiner alten Offiziere auch einfach inhaftiert oder gleich exekutiert worden waren. Grundlegend war es aber beruhigend, dass die alten Strukturen offenbar noch weitestgehend intakt waren, das kam seiner Planung sehr entgegen.

„Hoffentlich hat es nicht die falschen erwischt“, kommentierte er ihre Schilderung, schlüpfte aus seiner Winterjacke und begann, die Uniform zu begutachten.

„Hm, das ist wohl schwer zu sagen, General“, antwortete die Soldatin und kratzte sich am Kopf, dann deutete sie auf den Kleiderstapel. „Das sollte passen. Ich habe jetzt nicht Maß genommen, aber wenn die paar Monate als Zivilist dir nicht unnötige Kilo auf den Bauch geschlagen haben, wird es wohl reichen. Ist 'ne einfache Offiziersuniform. Wollte dir jetzt keine einfache Soldatenkluft geben, das wäre ja 'ne Beleidigung. Aber Generalsuniformen hab' ich leider auch nicht auf Lager.“

„Das wäre wahrscheinlich auch sehr anmaßend, oder?“, lachte Moody dreckig auf. Er hatte sich mittlerweile fast vollständig entkleidet und stieg in die frische Uniform. Der Stoff kratzte im ersten Moment, aber dieses Gefühl würde sich schnell geben. Mit einem Anflug von Unzufriedenheit entdeckte er, dass die Feldbluse tatsächlich an einigen Stellen spannte, und verzog entsprechend das Gesicht. Die Soldatin hinter dem Tresen konnte sich ein Kichern nicht verkneifen.

„Tja, das Zivilistenleben hat dir ein paar Kilos gebracht, was?“

Moody schnitt eine vielsagende Grimasse und widerstand gerade noch, ihr einfach den Mittelfinger zu zeigen. Wer den Schaden hatte, musste für den Spott ganz sicher nicht sorgen.

„Wird schon reichen.“

Umständlich fischte er nach einem Stoffband und zwängte seine Mähne in einen Zopf, zog das rote Barett an und straffte sich. Erwartungsvoll blickte er die Frau an.

„Wie früher, General. Wie früher.“

„Geschenkt. Für den Moment wird es wohl reichen.“

„Soll ich dich noch irgendwo hinbringen, General? Nicht dass du dich verläufst.“

„Bis eben fand ich es noch witzig. Jetzt überspannst du den Bogen langsam“, knurrte er, konnte sich ein kurzes Lächeln aber nicht verkneifen.

„Entschuldigung. Viel Erfolg, General!“

+++

„Was hat der alte Dickkopf nur vor?“, sprach Sal aus, was sie alle dachten, und blickte durch das schmutzige Fenster nach draußen.

„Ich weiß es nicht, aber wenn ich ihn in die Finger kriege, dann werde ich –“, presste Perry hervor, während er sich einen Plastikbeutel mit Schnee gegen das Kinn drückte. Eris legte dem Arzt die Hand auf die Schulter und unterbrach seinen Ausbruch so.

„Ruhig, altes Pferd. Du weißt, dass er dich grün und blau schlagen würde.“

„Ach, jetzt hör doch auf! Du weißt genau, was ich meine. Verpasst mir der dumme Drecksack einfach so eine!“

„Es ist halt Moody.“

„Ja, wirklich? Ich bin begeistert! Und was bringt es mir? Mein Kinn fühlt sich an, als hätte ein Pferd dagegengetreten, mein Schädel dröhnt und Tyler habe ich dadurch auch nicht wieder!“

„Noch nicht, Perry. Moody hat gesagt, dass er sich genau darum kümmern wird, und ich vertraue ihm. Wenn einer von uns die Chance hat, an einem Stück in die Garnison zu kommen und wieder hinaus, dann er.“

Der Arzt knurrte und verzog sein Gesicht zu einer ärgerlichen Grimasse, bereute das aber sogleich, als der Schmerz wieder da war.

„Aber er hat nicht genau gesagt, was er vorhat, oder?“, schaltete Sal sich ein und wandte sich zu den beiden Männern um.

Eris holte tief Luft, schluckte einmal und schüttelte den Kopf. „Nein. Es hörte sich so an, als wolle er seine alten Kontakte reaktivieren. Er scheint sich recht sicher zu sein, dass er wirklich noch Rückhalt in der Armee hat."

„Davon sind wir ja ausgegangen. Aber das geht alles viel zu schnell. Was ist denn, wenn er an die Falschen gerät?"

„Ach Scheiße. Was hätte ich denn machen sollen? Ihn versuchen aufzuhalten? Ihm vielleicht in die Beine schießen?", wurde Eris lauter.

„Wohow. Ganz ruhig, ihr beiden. Wir müssen uns jetzt nicht auch noch die Köpfe einschlagen", nuschelte Perry auffallend besonnen.

„Es stimmt schon, wahrscheinlich hätte den verdammten Dickschädel überhaupt nichts aufhalten können. Ich glaub' auch, dass er der einzige ist, der Tyler da rausholen kann, aber ich bin sauer, dass er mich einfach bewusstlos geschlagen hat. Schwamm drüber, Moody wird schon keinen Mist bauen. Es ist einfach die Frage, was er vorhat. Was wird jetzt passieren und was können wir dabei tun?" Eris und Sal sahen zuerst ihren Freund an, dann trafen sich ihre Blicke. Es stimmte, sie durften jetzt nicht übereinander herfallen.

„Abwarten, das ist das Einzige", fasste die Schützin die Situation zusammen.

„Na toll!", knurrte Perry und verzog ärgerlich das Gesicht.

„Ohne die ganze Sache zu gefährden, bleibt uns wirklich nichts anderes. Das macht mich wütend", schloss Eris sich an.

„Es könnte schlimmer sein. Immerhin sind wir alle noch am Leben und planen immer noch fleißig, den Präsidenten zu stürzen, hm?", warf Sal ein.

„Ich liebe dich für deinen Optimismus, Schatz. Gibt es denn was Neues? Wie sieht es in der Stadt aus?"

Die Schützin streckte sich ausgiebig und kam herüber zu den beiden Männern, setzte sich auf eine der Pritschen. Sie trug immer noch Winterkleidung, war erst vor wenigen Minuten mit

Rooney zurückgekommen und hatte die beiden im Streitgespräch vorgefunden.

„Eine regelrechte Festung. Checkpoints und Patrouillen überall. Maschinengewehrstellungen und Stacheldraht – die ganze Palette. Manchmal denke ich, dass Yard heute nicht anders aussehen würde, wenn wir Banner damals nicht aufgehalten hätten. Wird auf jeden Fall ein gutes Stück Arbeit, unbemerkt an Marcus heranzukommen."

Eris rieb sich die Schläfen. „Und der Tunnel? Ist das eine Option?"

„Wir kommen so unbemerkt an den meisten Checkpoints vorbei. Einfach wird es trotzdem nicht."

„Na super", stöhnte Eris und verzog das Gesicht.

„Na ja. Du weißt, dass ich noch immer anderer Meinung bin. Ich brauche nur ein Hausdach. Und ein freies Schussfeld."

„Habe ich nicht gerade gesagt, ihr sollt aufhören, zu streiten? Als es das letzte Mal um diese Methode ging, habt ihr euch beinah die Augen ausgekratzt, Kinder. Ich dachte, wir wären an dem Punkt angekommen, bei dem wir alle zugestimmt hatten, dass das zu gefährlich ist, Sal?", mischte Perry sich mahnend ins Gespräch ein.

„Es ist verdammt noch mal genauso gefährlich – wenn nicht sogar viel lebensmüder –, mit ein paar Personen zu versuchen, in den Unionsrat zu kommen und bis zu Marcus' Büro vorzudringen", giftete sie zurück.

Perry verdrehte die Augen.

„Jetzt lass doch den Scheiß. Haben wir nicht die Chance, ihn woanders zu erledigen?"

Eris blähte seine Wangen auf und stieß hörbar Luft aus. „Bei ihm zu Hause. Aber da bin ich dagegen. Wahrscheinlich noch mehr Soldaten, und dann sind da noch Carla und Joshua. Marcus mag ein Arschloch sein, das den Tod verdient hat, aber ich will verdammt sein, wenn wir ihn vor den Augen seiner Frau und seines Sohn erledigen müssen."

„Unschöner Gedanke. Aber hast du das schon einmal zu Ende gedacht?"

Völlig perplex starrte Eris den Mediziner an.

„Du willst doch wohl nicht sagen, dass es besser wäre, den beiden auch gleich eine Kugel zu verpassen, Perry? Das geht mir zu weit."

„Versteh mich nicht falsch", gab Perry zu bedenken und hob die freie Hand beschwichtigend, „aber wenn es schon um Tyrannenmord geht, müssen wir uns Gedanken um seine Familie machen. Das, was wir vorhaben, gibt böses Blut. Rache, verstehst du?"

„Nicht zwangsläufig", sagte Sal kühl.

„Erklär es mir."

„Einfach. Marcus ist offensichtlich ein machtbesessenes Arschloch, das vor gar nichts zurückschreckt, um seine Position zu schützen. Nicht einmal davor, sein eigenes Kind zu entführen und seine Verbündeten zu missbrauchen, zu verraten und umbringen zu wollen. Es gibt nur zwei Möglichkeiten: Entweder er ist ein Einzelgänger und hat selbst Carla nicht in seine Pläne eingeweiht oder sie weiß Bescheid. Ich hab' mit ihr gesprochen, damals, während der Entführung. Ich halte sie nicht für eine so gute Schauspielerin, ihre Emotionen waren echt."

„Sie weiß also nichts von den Intrigen ihres Mannes, sagst du? Und was heißt das für uns?", wollte Perry wissen.

Eris war die Erkenntnis schnell gekommen und er antwortete, noch bevor Sal es konnte. „Sie muss nie davon erfahren."

Jetzt war es der Mediziner, der ins Stammeln geriet. „Moment. Wenn sie nichts davon erfährt, heißt das, dass der Rest der Union auch nichts über den ganzen Dreck erfährt, den Marcus an den Fingern kleben hat. Das ist nicht das, worum es geht, oder? Wir räumen ihn doch nicht aus dem Weg und behalten all die dreckigen Geheimnisse für uns? Welchen Sinn hat es dann?"

„Stabilität, Perry", antwortete Sal nüchtern.

„Was?"

„Egal was wir tun, um das Chaos hinterher zu vermeiden: Wenn bekannt wird, welche schmutzigen Machenschaften Marcus in den letzten Jahren laufen hatte, bedeutet das Probleme. Die Menschen glauben an die Union, auch wenn die letzten Monate eine schwere Erschütterung waren. Präsentieren wir den Leuten jetzt Marcus als den Bastard, der er ist, birgt das die Gefahr, dass die gesamte Union auseinanderbricht."

„Wir … Ich …", brabbelte Perry fassungslos. „Das … das kann doch nicht euer Ernst sein! Schaut euch an, was dieses Arschloch getan hat! Was es uns antun wollte! Und ihr schlagt mir jetzt vor, dass wir den Mantel des Schweigens darüber decken sollen?"

„Perry, ich kann dich gut verstehen. Aber denk doch mal nach. Das Ende der Union. Dann geht die ganze Scheiße wieder los. Keine Stabilität, keine Sicherheit. Und vor allem, keine Zukunft. Ich will nicht, dass meine Söhne in einer solchen Welt groß werden. Du hast das doch alles erlebt, und wenn du ehrlich zu dir bist, kannst du nicht sagen, warum wir die Jahre vorher den ganzen Mist eigentlich an einem Stück überleben konnten. Vielleicht war es Glück. Aber ich will die Zukunft meiner Kinder nicht vom Glück abhängig machen. Und ich will nicht, dass unsere Arbeit der letzten Jahre umsonst war. Denn dann hat er gewonnen."

„Du bist doch …", presste Perry hervor.

„Nein, hör mir zu. Marcus mag wahnsinnig sein. Wahrscheinlich hält er die Union für sein Kind, für seine Idee. Er ist felsenfest davon überzeugt, dass einzig und allein er den Staat führen kann und dass ohne ihn alles dem Untergang geweiht ist. Willst du, dass er letzten Endes doch gewinnt? Dass er Recht behalten soll?"

Zerknirscht und völlig unsicher, was er denken sollte, ließ der Mediziner seinen Blick immer wieder zwischen seinen Begleitern hin und her tanzen.

„Und wie sollen wir einen Präsidenten töten, ohne hinterher als Mörder dazustehen und die Union doch zum Absturz zu bringen?"

„Wir brauchen einen Sündenbock", sagte Sal emotionslos.

„Soweit war ich. Aber wer soll das sein?"

„Sumter. Außer ihr habt eine bessere Idee."

Eris und Perry sahen die Scharfschützin fassungslos an.

+++

John Marrow schnaubte verächtlich und schüttelte immer wieder den Kopf, während er im fast menschenleeren Schankraum auf und ab ging. Seit er etwas anderes tat, als sich vor seinen Häschern zu verstecken, war er aufgeblüht. Es hatte nicht lange gedauert, bis sein Kopf ordentlich geschoren und sein Bart gestutzt und auch der nervenraubende Ausschlag abgeklungen war, was wahrscheinlich der fachkundigen Behandlung durch Perry zu verdanken war. Der Händler war wieder zu Hochform aufgelaufen, auch wenn er noch meilenweit davon entfernt war, den Gipfelpunkt zu erreichen, den er vor einigen Monaten innegehabt hatte.

Nigel Sumter saß ein paar Meter entfernt auf einem schäbigen Plastikstuhl und bewegte sich nicht. Er folgte den ärgerlichen Bahnen seines Kollegen nur mit den Augen, während ein süffisantes Lächeln seine Lippen umspielte.

„Das ist lebensmüde, ich bleibe dabei!"

„Möglich", antwortete Sumter knapp.

„Wo nimmst du nur dein Vertrauen in den Kerl her? Vor ein paar Monaten war er noch der Kettenhund des Präsidenten und hätte uns auf Sicht erschossen. Jetzt aber vertraust du ihm so, dass du bereit bist, ihm bei dieser Schwachsinnsaktion zu folgen?"

„Ja."

„Aber warum? Ich verstehe es nicht! Wie kannst du so leichtsinnig sein?"

Sumter löste seine Arme aus der Verschränkung vor seiner Brust, wobei seine Knochen knackten. „John, ich weiß, dass du es anders siehst als ich. Das ist in Ordnung. Aber im Grunde bin ich nur ehrlich zu mir. Marcus Tailor hat mich ruiniert. Ich habe den Fehler gemacht, ihn zu unterschätzen, und habe den Preis dafür bezahlt. Egal, was in der Zukunft passieren wird, hier in der Union werde ich nie wieder ein Fuß an den Boden bekommen, und dafür hat er gesorgt. Er hat mich zerstört. Das ist nicht zu ändern. Aber jetzt werde ich ihn zerstören."

„Du bist bereit, dein Leben dafür wegzuschmeißen?"

„Es ist Rache. Das ist wohl eines der höchsten Gefühle, die man so empfinden kann. Wegschmeißen würde ich nicht sagen. Ich bin sogar zufrieden, dass es so läuft."

„Aber das kann dich alles kosten. Was ist denn, wenn du dabei draufgehst?"

„Solange es mit der Gewissheit passiert, dass ich das Schwein mitgenommen habe, ist alles in Ordnung."

Marrow blieb stehen und begann sein Kinn zu kneten, immer wieder von Kopfschüttlern unterbrochen. „Aber kannst du es nicht wenigstens bei etwas tun, wo die Chancen größer sind?"

„Und wann soll das sein?"

„Vielleicht, wenn du nicht mit dem General versuchst, den Unionsrat zu stürmen?"

„Jede andere Chance, die so gut ist wie diese, ist vielleicht schon zu spät."

„Nigel, ich sage dir, du wirst dabei den Kürzeren ziehen. Und am Ende bist du vielleicht derjenige, dem alles in die Schuhe geschoben wird. Dann ist dein Ansehen vollkommen ruiniert."

„Das ist es jetzt schon, und es wird nicht besser werden. Mittlerweile ist mir völlig egal, wie sich die Menschen an mich erinnern werden, ob sie mein Andenken hochhalten oder ob sie auf mich spucken werden. Diesen Traum hat er längst zerstört, und ich jage ihm nicht mehr nach. Es ist Rache. Mehr nicht."

Flehentlich sah Marrow seinen Partner an, konnte aber an dessen Gesichtsausdruck erkennen, dass es kein Argument gab, das ihn umstimmen würde.

„Wir haben das alles unterschätzt. Waren einfach zu siegessicher und vielleicht auch zu selbstgefällig. Wir sind ein gutes Stück Weg miteinander gegangen, aber erwarte nicht von mir, dass ich dich zu diesem Himmelfahrtskommando begleite."

„Das kann und werde ich auch nicht, John. Du hast deinen Weg gewählt und ich meinen. Geh deinen Weg weiter, wo auch immer er hinführt. Vielleicht hast du Erfolg und kannst deinen Namen reinwaschen, wenn das alles vorbei ist. Ich wünsche es dir."

***

Stille war in das Offizierskasino eingekehrt. Acht Augenpaare musterten den breitschultrigen Mann in der etwas zu engen Uniform eingehend. Vor ihm saß der Generalstab, die oberste militärische Führung der Unionsarmee. Fünf Männer und drei Frauen, die es durch ihre Fähigkeiten bis ganz nach oben in der Truppe gebracht hatten. Immerhin hatten sie ihn sprechen lassen und nicht sofort die Wache gerufen oder gar das Feuer eröffnet. Soweit also ein gutes Zeichen.

Moody hielt den prüfenden Blicken stand, wie er es schon immer getan hatte. Von Anfang an war ihm klar gewesen, dass sein Vorhaben nicht ohne die Offiziere funktionieren konnte. Er kannte sie alle schon seit Jahren, hatte mit ihnen zusammengearbeitet. Das Verhältnis zu ihnen war beileibe nicht immer das Beste – aber in der Armee ging es nie darum, sich zu mögen, sondern effektiv miteinander zu arbeiten und die gesetzten Ziele zu erreichen. Aus dieser Warte heraus waren sie allesamt kompetent. Und nun hing es von ihrem Urteil ab. Schenkten sie ihm keinen Glauben oder waren sie nicht bereit, gegen den bestehenden Machthaber zu revoltieren, war alles ganz schnell vorbei. Der General hatte nicht viele Möglichkeiten und vertraute letztlich auf diese eine Karte. Er konnte die Skepsis in den Gesichtern der Kommandeure sehen und es hätte ihn verwundert, wenn etwas anderes als diese Emotion erkennbar gewesen wäre. Es war Aufgabe der Männer und Frauen, abzuwägen und nicht blind zu vertrauen, strategisch und taktisch zu denken und nicht etwa in Jubelstürme auszubrechen.

„Ich erinnere euch noch einmal daran: Der Eid der Armee wird auf die Union geleistet, nicht aber auf den Präsidenten! Es ist unsere Aufgabe, die Union zu verteidigen, ihren Bestand zu sichern und sie gegen Feinde von außen und innen zu schützen! Das ist der Eid, den wir alle geleistet haben, und nichts anderes. Marcus Tailor mag Präsident der Union sein, aber sein Handeln ist nicht im Sinne der Union! Das ist es nicht, wofür was wir vor fast acht Jahren vor Yard gekämpft haben! Damals haben wir uns besonnen und vereint gegen Banner und seine Armee gekämpft. Und seht euch an, wo wir heute sind! Marcus hat sich verändert! Er führt ein Regime, wie Banner es getan hätte. Sind eure Freunde und Verwandten damals dafür gestorben? Oder doch eher für den Traum auf eine bessere, selbstbestimmte Zukunft?“, fragte er laut in die Runde und versuchte, die Gedankengänge seiner Zuhörer in eine ganz bestimmte Richtung zu lenken.

Die Uniformierten tauschten wortlos Blicke miteinander und er konnte erkennen, wie es hinter ihren Stirnen arbeitete. Es war wichtig, sie alle jetzt zu einer Reaktion zu bekommen, denn Moody fürchtete, dass sie ins Wanken geraten könnten, wenn er ihnen zu viel Zeit ließ.

„Machen wir uns nichts vor. Wenn ihr nicht bereit seid, mich zu unterstützen, dann ist mein Vorhaben hier und jetzt gescheitert. Da mache ich mir keine Illusionen. Ihr wärt schlechte Offiziere, wenn ihr mich einfach gehen lassen würdet, nachdem ihr abgelehnt habt. Ich lege mein Leben also in eure Hände. Aber bedenkt, dass es nicht nur mein Leben ist. Letztlich geht es hier um die Zukunft der Union. Das sind eine ganze Menge Menschen, die Vertrauen in euch, die Hoffnung für die Zukunft haben. Jeder von euch muss mit seinem Gewissen ausmachen, wie er sich vor all jenen verantworten will.“

Demonstrativ beendete er seinen Vortrag mit einem Nicken, als Zeichen dafür, dass er alles gesagt hatte, was zu sagen war. Um den Männern und Frauen die Zeit zu lassen, die sie brauchten, ging er gemessenen Schrittes hinüber zum anderen Ende des Raums. Dort war er außer Hörweite, verschränkte die Hände vor der Brust und blickte aus dem Fenster. Im Grunde war das alles Schauspielerei, denn Moody glaubte, genau zu wissen, wie die Kommandeure sich entscheiden würden. Er hatte sich hier auf ein Spiel eingelassen und die wichtigen Fragen waren lediglich, ob man bereit war, seinen Köder zu schlucken, oder ob man den Bluff durchschaute. Tatsächlich: Alles auf die eine, die entscheidende Karte.

Lange hatte er mit sich gerungen, ob das der richtige Weg sei. Ob es nicht vielleicht andere Möglichkeiten gab, die Union, so wie er sie kannte und so wie er sie sich für die Zukunft vorstellte, zu bewahren. Aber alle Optionen, die ihm eingefallen waren, griffen zu kurz und bargen die Gefahr, dass Marcus seinen Kurs fortsetzen konnte. Das aber wollte Moody ihm nicht durchgehen lassen. Viel zu viele Menschen waren für das Versprechen von Sicherheit, Stabilität und Zivilisation gestorben in den letzten Jahren. Allein in den letzten Monaten hatten zu viele Menschen ihr Leben gegeben. Nein, sein Entschluss stand fest. Auch wenn dieser sein Leben kosten konnte. Aber nichts in dieser Welt war umsonst, und manchmal musste man bereit sein, Risiken in Kauf zu nehmen und den Preis zu bezahlen.

„General?“, unterbrach ihn eine Frauenstimme bei seinen Gedanken. Die Ansprache war ein gutes Zeichen, doch Moody bemühte sich, sich betont langsam umzuwenden.

„Ja?“

„Wir stehen hinter dir. Geschlossen.“

„Prächtig. Ihr habt die richtige Entscheidung getroffen. Danke.“

Sein Herz tat einen Sprung. Das war die Lösung, die er angestrebt hatte. Moody zwang sich, seine Maske aufrechtzuerhalten, lediglich ein kurzes Lächeln huschte über seine Züge, wurde dabei von seinem Bart fest verdeckt.

„Wann soll es losgehen, General?"

„Noch heute Nacht."

+++

Gegen die Kälte in seinen Knochen hatte Tyler sich die versiffte Wolldecke um die Schultern gelegt. Wärme stellte sich nicht sofort ein, daher begann er mit wenigen Schritten von der einen Zellenwand zur anderen zu marschieren .Tyler befand sich erst einige Stunden in Gefangenschaft, war aber schon jetzt bereit, fast alles zu tun, um diesem Loch zu entkommen. Und dabei waren seine Haftbedingungen wahrscheinlich noch recht human, zumindest redete er sich das ein, um irgendwie mit der Situation klarzukommen.

Wie lange würden sie ihn hier noch halten, bis sich die Zellentür endlich öffnen würde? Und wie würde es danach weitergehen? Sein erster Gedanke war ja, dass hinter einer offenen Tür zwangsläufig das Erschießungskommando wartete, aber das ergab keinen Sinn. Tatsächlich, wenn man ihn loswerden wollte, hätte man das längst tun können. Welche Rolle spielte er also in Marcus' Plänen? Seine Gedanken kreisten um das Thema und es gab eigentlich nur eine passende Antwort darauf. In den Plänen des Präsidenten konnte er nur als Druckmittel gelten. Das wiederum entfachte Hoffnung in dem jungen Mann. Denn es bedeutete, dass Perry, Moody, Eris und Sal noch am Leben waren, vielleicht sogar in Yard. Und wahrscheinlich bedeutete es, dass Marcus sie bereits als Bedrohung wahrgenommen hatte. Das war gut, denn damit stand Tyler mit seinen Beweisen nicht allein auf weiter Flur.

Langsam, aber sicher meldete sich der Hunger und machte die Haft noch schwerer zu ertragen. Über die Kälte hinweg ertönte zuerst ein dumpfes Grummeln aus seiner Magengegend, dann war dieses Druckgefühl da, dem er nicht Herr werden konnte. Immerhin gab ihm das ein wenig Zeitgefühl zurück, denn er hatte ja das letzte Mal etwas gegessen, bevor sie ihn abgeführt hatten.

Ein Geräusch ließ ihn aufhorchen. Er brauchte einige Momente, um den Klang eindeutig zuzuordnen, und instinktiv ging sein Blick zur Tür. Da waren eindeutig Schritte auf dem Gang vor seiner Zelle. Gespannt verharrte er, seine Augen verengten sich, während er sich zu konzentrieren versuchte. Dann hörte man das Klimpern von Schlüsseln. Mit einem schweren, metallischen Geräusch wurde die Zellentür entriegelt und schwang auf.

Tyler musste blinzeln, als er sah, wer dort in der Tür stand. Er hatte mit allem gerechnet, aber nicht mit Moody.

„Komm", sagte der knapp.

Irgendetwas stimmte nicht. Der rothaarige Klotz trug wieder die Uniform der Unionsarmee. Die Informationen des Instituts hatten aber ganz anders gelautet. Tyler konnte sich nicht vorstellen, dass es in den Datenbanken der Forschungseinrichtung eine falsche Information existierte.

„Was … du?", brachte er hervor.

„Ja, ich. Ich erklär' es dir auf dem Weg. Jetzt komm, wir haben nicht ewig Zeit."

Von den neusten Entwicklungen verunsichert, blickte Tyler einmal zwischen der fleckigen Pritsche und Moody hin und her. Er ließ die Decke über seine Schultern gleiten und stakste in Richtung des Generals.

„Ich bring' dich heim", murmelte Moody zuversichtlich und stützte Tyler auf den ersten Metern. Sie verließen den Zellengang und kamen in eine Art Vorzimmer, wo man Tyler seine Wertsachen abgenommen hatte. Mitten in der Bewegung erstarrte Tyler, zuckte zusammen und blickte mit weit aufgerissenen Augen auf die acht Männer und Frauen, die sich hier versammelt hatten.

„Keine Panik. Alles in Ordnung. Dir passiert nichts", versuchte Moody ihn zu beruhigen. Er führte Tyler zu einem der

Schreibtische, auf dem eine kleine Holzkiste stand. Darin lagen die Habseligkeiten des Gefangenen. Immer noch völlig unsicher und mit zittrigen Fingern tat Tyler sein Möglichstes, all die Dinge in seinen Taschen zu verstauen.

„Steht der LKW bereit?", fragte Moody einen der Anwesenden, während er eine schwere Schutzweste anlegte.

„Ja, General, wir können sofort aufbrechen."

„Gut. Wir müssen aber noch einen Zwischenstopp machen. Den Jungen wegbringen und jemanden abholen."

„Jawohl, General. Wir sollten uns aber beeilen."

„Keine Sorge. Wir werden noch früh genug zur Absetzung des Präsidenten kommen."

+++

Der LKW hielt an einem der Checkpoints bei der Zeltstadt und Moody und Tyler sprangen von der Ladefläche.

„Nur ein paar Minuten!", rief der General seinen Offizieren zu und stapfte, unbehelligt von den Wachen an der Barrikade, in die Zeltstadt. Obwohl er noch lebte, war die gesamte Situation für Tyler nicht weniger befremdlich geworden.

Sie bogen in eine der engen Gassen ein, die das Armutsquartier auszeichneten, und waren schnell aus der Sichtweite der Soldaten. Hier, verborgen zwischen Wellblechhütten und Zeltbahnen, erwartete die beiden ein ähnliches Bild. Bewaffnete Männer und Frauen, ohne Uniform, hatten einen zweiten Checkpoint errichtet. Sie standen um eine brennende Tonne und sicherten die Zeltstadt vor Eindringlingen von außen. Seltsamerweise nahm auch keiner der Milizionäre Notiz von dem Duo.

„Also gut, du musst mir zuhören", begann Moody und blieb ein paar Meter vor einer langgezogenen Hütte stehen, in der offensichtlich eine Kneipe untergebracht war. Der Haudegen blickte den jungen Mann eindringlich und prüfend an, bevor er weitersprach.

„Die ganze Situation kommt dir wahrscheinlich verworren vor und das, was ich gesagt habe, noch mehr. Wie viel weißt du?"

„Dass Marcus für die Entführung verantwortlich ist", murmelte Tyler.

„Das erspart mir eine ganze Menge Erklärung. Dein Onkel und die anderen sind mit mir zurück nach Yard gekommen, um der ganzen Geschichte ein Ende zu bereiten. Marcus hat nicht nur das getan, er hat auch versucht, uns umzubringen. Ich bin jetzt hier, um das ein für alle Mal zu beenden."

„Und wo sind die anderen? Kommen die jetzt? Soll ich euch begleiten?", schoss es aus Tyler hervor.

Schwermütig schüttelte Moody den Kopf. „Nein, es läuft anders. Da drinnen warten Sumter und Marrow auf uns. Ich weiß, dass das wahrscheinlich noch viel verwirrender für dich ist. Macht aber nichts, du wirst es später verstehen. Sumter kommt mit mir und du wirst mit Marrow zu den anderen gehen. Sag ihnen Bescheid."

„Und … was soll ich ihnen sagen?"

„Dass ich mir Marcus in seinem Büro vorknöpfe. Und dass sie am besten schnell dorthin kommen."

„Moody, warum gehen wir nicht gemeinsam? Was hast du vor?"

„Nein, ich mache das allein. Das ist der einzige Weg."

Tyler erstarrte, als er ahnte, von was Moody da sprach. „Du kannst doch nicht …"

„Lass gut sein. Ich habe mir das lange überlegt. Vertrau mir. Du und die anderen werden es verstehen, wenn ihr zum Unionsrat kommt."

„Ich werde dich doch jetzt nicht allein gehen lassen."

„Doch, das wirst du. Selbst wenn du dich an meine Hacken hängst, wird dich entweder die Miliz da vorne oder die Unionssoldaten aufhalten. Alles ist vorbereitet. Ich gehe diesen Weg allein."

Der junge Mann atmete schwer aus, starrte Moody fassungslos mit weit aufgerissenen Augen an. Moody packte ihn am Ellbogen und zog ihn in die kleine Kneipe. Der Schankraum war um diese nächtliche Zeit so gut wie menschenleer, nur ein einsamer Wirt lehnte sich müde auf seinen Tresen, während zwei Männer an einem Tisch saßen, die Moodys Ankunft offensichtlich erwartet hatten. Der eine von ihnen, Sumter, schoss kerzengerade in die Höhe, während der zweite, Marrow, einen griesgrämigen Gesichtsausdruck an den Tag legte.

„Ist alles bereit?", begrüßte Sumter die beiden ungeduldig.

„Ja, wir können."

Marrow zog die Augenbraue nach oben, als er die Uniform am Körper des Generals entdeckte. Jemandem mit einem so mörderischen Plan zu vertrauen, der gleichzeitig noch die Uniform jener trug, die in den letzten Monaten Jagd auf ihn gemacht hatten, war ihm nicht geheuer.

„Nigel, das kann nur eine Falle sein. Bleib hier!", knurrte er seinen Geschäftspartner an.

Sumter ignorierte das Offensichtliche und schüttelte hastig den Kopf. „Nein, sicher nicht."

„Siehst du, was er da trägt? Er wird dich ans Messer liefern. Er liefert uns alle ans Messer!"

Eine Mischung aus Panik, Wut und Unverständnis färbte den Klang seiner Stimme und er griff nach Sumters Hand. Der Händler entzog sich unwirsch dem Zugriff, während Moody den glatzköpfigen Mann böse anstarrte.

„Marrow, wir beide sind nie Freunde gewesen und wir werden es auch nicht mehr. Ich nehm' dir deine Art übel und du mir, dass ich dir ein paar Zähne eingeschlagen habe. Geschenkt. Aber hätte ich irgendwen von euch ans Messer liefern oder über die Klinge springen lassen wollen, wäre das schon lange vorher passiert. Ich habe meine Entscheidung aus freien Stücken getroffen und Nigel hier hat das nicht anders gemacht. Das muss dir nicht schmecken, aber das ist mir ehrlich gesagt auch scheißegal. Alles, was du verdammt noch mal tun musst, ist, Tyler zu den anderen zu bringen. Danach kannst du dich meinetwegen verstecken oder weglaufen, wenn dir das lieber ist. Ich habe mich entscheiden, das nicht mehr zu tun. Also: Kannst du deine Vorbehalte für einen verdammten Moment vergessen und einfach das tun, was ich von dir erwarte?"

Moodys Blick war hart, er duldete keinen Widerspruch. Die Blicke der beiden Männer verbissen sich für einige Zeit ineinander und fast schien es, als ob sie übereinander herfallen würden. Dann aber blickte Marrow zu Boden und gestand seine Niederlage ein. Er sagte nichts, das Zeichen seiner Unterlegenheit musste reichen. Moody legte es nicht darauf an, den Händler ein weiteres Mal zu demütigen, und verzichtete auf einen abschließenden Kommentar. Stattdessen drehte er sich Tylers Richtung.

„Mach es gut. Und mach aus der Zukunft, die wir dir heute Abend erkämpfen, etwas Sinnvolles, ja?"

Tyler hingegen spürte, wie seine Kehle sich zuzog und sich ein seltsam beklemmendes Gefühl in seiner Brust ausbreitete. Das hier war real und es war keine Verabschiedung bis zum nächsten Aufeinandertreffen, es waren die letzten Worte zwischen ihnen. So vieles wollte er Moody noch sagen, hoffte, den engstirnigen Mann davon überzeugen zu können, seinen Plan aufzugeben. Er begriff nicht, was Moody wirklich vorhatte, aber an der ganzen Stimmung, der Art und Weise, wie der General sprach, spürte er, dass es nicht gut ausgehen konnte. Gab es denn wirklich keine Option? Die gab es doch immer, er musste sie nur finden. Er brauchte mehr Zeit.

Moody schien die Gedanken des jungen Mannes erraten zu haben und legte ihm väterlich die Hand auf die Schulter, suchte Blickkontakt und lächelte beruhigend. Dann löste er sich von Tyler und ging zusammen mit Sumter hinaus in die Kälte.

Der LKW passierte unbehelligt alle Straßensperren und kam schließlich vor dem größten Gebäude der Hauptstadt zum Halten: dem Unionsrat. Schnell sprangen sie von der Ladefläche und eilten die Stufen zur Vorhalle hinauf. Die vor den Türen postierten Wachen musterten die Truppe argwöhnisch, doch als die Diensthabenden erkannten, dass es sich bei den nächtlichen Besuchern um die ranghöchsten Offiziere der Armee handelte, entspannte sich die Situation. Ein paar knappe Worte der Begrüßung, dann drang die Gruppe in die Vorhalle ein. Sumter hatten sie in ihre Mitte genommen, er trug einen schweren Wintermantel aus Armeebeständen und ein etwas zu großes Barrett, doch die zugegebenermaßen dürftige Tarnung reichte für die schwachen Lichtverhältnisse vor dem Eingang völlig aus.

Moody übernahm im Inneren die Führung der Offiziere und seine Schritte waren schnell. Er war so nah daran, diese Angelegenheit zu einem Ende zu bringen, und er wollte sich auf den letzten Metern durch nichts aufhalten lassen. Während der Fahrt hierher hatte sein Herz wie verrückt zu schlagen begonnen. Das Rauschen von Blut in seinen Ohren war beinah unerträglich gewesen und Adrenalin, Anspannung und Nervosität hatten ihn zittrig gemacht. Doch mit dem Moment, da sein Fuß festen Boden berührte und er das Eingangsportal zum Rat sehen konnte, war eine wohltuende innere Stille eingekehrt. Jetzt ging sein Atem regelmäßig, seine Sinne waren klar. Die letzten Zweifel, die sein Gewissen geplagt hatten, waren verstummt, weggeblasen von seiner Willensstärke und dem Glauben, das Richtige zu tun. Es war diese seltsame Ruhe, die er in all den Jahrzehnten immer vor schweren Kämpfen und großen Schlachten verspürt hatte und von der er sicher war, dass sie ihm das Überleben gesichert hatte. Er schaute in Sumters Richtung. Der Händler schlug sich besser, als er es erwartet hatte. Er besaß offensichtlich die Nerven aus Stahl, die man Händlern immer nachsagte und die für den Abschluss zahlreicher Geschäfte vonnöten waren. Eine Eigenschaft, die ihm jetzt zugutekam, auch wenn sein von links nach rechts wandernder Blick verriet, dass dies eine völlig andere Situation war als alles, was er bisher durchgestanden hatte. Dennoch, um ihn musste Moody sich keine Sorgen machen. Der Händler erlitt keinen Zusammenbruch so kurz vor dem Ziel und brachte die ganze Unternehmung damit nicht in Gefahr.

Die zahlreichen Schreibtische in der Vorhalle waren zu diesem Zeitpunkt weitestgehend verwaist. Anders als im Sommer gab es in den harten Wintermonaten auffallend wenig für den großen Stab aus Schreibern und Beamten zu tun – zumindest schienen sie ihr Arbeitspensum gut auf die Tagesstunden verteilt zu haben. Möglich war auch, dass einer der Offiziere die Vorhalle in der letzten Stunde ganz bewusst hatte räumen lassen. Als Moody damit beschäftigt war, Tyler aus der Zelle zu holen, wäre zumindest Zeit dafür gewesen. Die Offiziere folgten Moody in lockerer Formation. Die Mehrzahl von ihnen stammte aus den Reihen der Zugführer und damit aus der Entourage, mit der Marcus sich über Jahrzehnte umgeben hatte. Ihre Loyalität ihm gegenüber stand eigentlich völlig außer Frage, auch wenn es ihre Fähigkeiten und nicht ihre Beziehungen waren, die sie so weit hatten aufsteigen lassen. Das, was Moody hier vorhatte, war wirklich selbstmörderisch. Aber es war der einzige Weg, mit den Missständen der Union aufzuräumen und die Zukunft zu sichern. Dass sie ihn nicht sofort erschossen oder festgesetzt hatten, als er im Offizierskasino aufgetaucht war, ließ nur einen logischen Schluss zu: Marcus hatte mit diesem Schritt gerechnet und seine Paladine instruiert. Der Präsident wollte Moody an diesem Ort haben, wollte die Regeln diktieren. Moody musste lächeln. Wie theatralisch Marcus doch war! Anstatt seine Widersacher still und leise aus dem Weg zu räumen, brauchte er eine Inszenierung auf einer großen Bühne, und was bot sich da besser an als der Unionsrat? Er konnte sich gut vorstellen, in welch glänzenden Triumph der Präsident die Ereignisse der heutigen Nacht verwandeln wollen würde. Vielleicht war es die Geschichte von einem gefallenen Oberkommandierenden, der gemeinsame Sache mit Sumter machte? Vielleicht würde Marcus auch von einem Putsch eines seiner ehemals besten Männer erzählen wollen? Welche Lüge er auch immer verbreiten würde, sie würde den harten Kurs, den er zu seinem Machterhalt fuhr, und jede Maßnahme zur Aufrechterhaltung der Ordnung rechtfertigen. Wieder einmal zeigte sich, dass Marcus viel weitreichender und strategischer planen konnte als die meisten Menschen. Beiläufig prüfte Moody noch einmal den Sitz seiner Weste, schob die schweren Traumaplatten zurecht. Er hoffte, dass die Panzerweste ihren Dienst tun würde und nach all den Jahren nicht einfach nur wirkungslos wäre.

Die Offiziersgruppe erreichte den Zugang zu den Präsidentenbüros. Keine Wachen standen davor, und das bestärkte Moody in seinen Vermutungen. Wahrscheinlich hatten die Offiziere – oder Marcus – die Soldaten abziehen lassen, um den Kreis der Mitwisser zu verkleinern.

Der langgezogene Flur schien auf Kilometer angewachsen zu sein, zumindest spielte die Zeitwahrnehmung dem rothaarigen Haudegen diesen Streich. Tatsächlich waren es nur wenige Sekunden, die er brauchte, um die Tür zum Präsidentenbüro zu erreichen, doch es kam ihm wie eine halbe Ewigkeit vor, in der er wenig mehr tun konnte, als einen Schritt vor den anderen zu setzen. Vor seinem geistigen Auge rannten Bilder und Szenen der letzten Jahre dahin, Gesprächsfetzen der zahllosen Unterhaltungen, völlig zusammenhangslos, klangen in seinen Ohren wider. In den Sekunden, bevor sie die Tür zum Büro erreichten, dachte er an Fiona und Arleen. Trotz aller Entbehrungen der Welt DANACH hatte er ein gutes Leben gehabt, ja, sogar ein glückliches. Und es war seine verdammte Pflicht, dafür zu sorgen, dass es den beiden nicht anders ging.

Die Tür zu den Diensträumen des Präsidenten schwang auf.

„Guten Abend, Marcus“, sagte Moody und trat über die Schwelle.

Der Tunnel war etwa zwei Meter breit und direkt in das lehmige Erdreich getrieben worden. Die Wände waren mit Holzbrettern und Wellblech verschalt, doch allzu oft war Erde durch die Spalten und Ritzen gedrungen. Die Decke des Tunnels war in regelmäßigen Abständen mit Stempeln abgestützt und an der rechten Seite verlief ein Kabel, das Lampen speiste und den Gang erhellte. Das alles hier war ganz sicher kein Provisorium, sondern in mühevoller und präziser Arbeit über Jahre entstanden. Auf irgendeinem Weg mussten bestimmte Waren ja in die Zeltstadt gelangen, und dieser Tunnel war offensichtlich die Lebensader für den florierenden Handel mit allen denkbaren Gütern im Elendsquartier.

Der Tunnel war zu niedrig für den breitschultrigen Rooney, und so lief er halb gebückt vorweg, eine schwere Taschenlampe in der Hand und ein Gewehr über den Rücken geschlungen. Dahinter folgten Sal, Eris, Perry und Tyler. Der Junge hatte es sich nicht nehmen lassen, sie zu begleiten. Den Abschluss bildete ein Dutzend wild zusammengewürfelter Milizionäre, die den Eindruck erwecken konnten, dass es in einen Krieg ging.

Sie waren wenige Minuten, nachdem Marrow mit Tyler angekommen war, völlig überstürzt aufgebrochen. Auf den ersten Metern fluchte Perry noch lauthals über Moody, dann aber verstummte er, um Atem zu sparen. Jetzt hetzten sie schweigend durch den halbdunkeln Tunnel, angetrieben von der Hoffnung, nicht zu spät zu kommen.

Nach einiger Zeit durchbrach der Tunnel eine schwere Betonwand aus der Zeit DAVOR und mündete in einen breiteren Gang. Hier gab es kein Licht, aber im Schein der Taschenlampen glommen fluoreszierende Markierungen an den spröden Wänden auf und wiesen ihnen den Weg. Perry und Eris wechselten an dieser Stelle die Positionen und der Nachtblinde hakte sich im Gürtel des Arztes ein. Die Gruppe folgte dem Stollen vielleicht zwanzig Meter, dann kamen sie an eine Treppe, kaum einen halben Meter breit und ohne Geländer, die sich an die Tunnelwand schmiegte. Rooney bedeutete der Gruppe, am Fuß des Aufgangs zu warten, und erklomm die ausgetretenen Stufen als Erster. Die Dunkelheit schluckte seine massige Erscheinung für einige Momente und unten im Tunnel war nur das Quietschen rostiger Angeln zu hören. Gebannt hefteten sich die Augenpaare an den dunklen Fleck am Kopf der Treppe, immer in Erwartung, sich gleich verteidigen zu müssen. Quälend lange Sekunden später ertönte ein Pfiff von oben. Das war das Zeichen und die Truppe setzte sich in Bewegung.

Die Stufen endeten vor einer schweren, von Rost überwucherten Tür. Dahinter lag eine große Halle. Früher einmal war das Gebäude als Maschinenhalle genutzt worden, wie die Schienenstränge am Boden bewiesen. Heute ragten meterhohe Regale auf und unterteilten die Halle in Gänge. Der lange und harte Winter hatte sichtlich Spuren hinterlassen, auf den meisten Regalen herrschte mittlerweile gähnende Leere. Aber dies war nur eines von vielen Lagerhäusern in Yard, und es handelte sich nur um eine Momentaufnahme.

Die Milizionäre schwärmten aus, huschten durch die Gänge und sicherten die Halle. Als klar war, dass sie hier wirklich allein waren und es keine unangenehmen Überraschungen gab, ging es zu einem der Seitenausgänge. Rooney übernahm wieder die Führung und brachte die Gruppe hinaus, als die Luft rein war. Den ersten und einfachen Teil des Weges hatten sie geschafft, was jetzt vor ihnen lag, war der Weg durch die Innenstadt, vorbei an weiteren Posten und Patrouillen. Rooney winkte acht der Milizionäre heran und versammelte sie im Kreis um sich herum.

„Ihr vier, in diese Richtung. Stiftet Verwirrung, wo ihr könnt, aber lasst euch nicht auf ein richtiges Gefecht ein. Der Rest: Dort hinüber. Ihr fangt erst an, wenn ihr hört, dass die anderen kämpfen. Ich will, dass die Soldaten nicht zur Ruhe kommen."

Obwohl die Männer und Frauen nie eine militärische Ausbildung genossen hatten, stellten sie sein Wort nicht in Frage, sondern nickten grimmig und entschlossen. Sie teilten sich in zwei gleichstarke Grüppchen auf und rannten in unterschiedliche Richtungen davon.

„Das sollte uns Luft verschaffen", antwortete der Muskelberg auf die fragenden Gesichter von Eris, Sal, Perry und Tyler und führte sie zusammen mit den restlichen Milizionären zielsicher in die Nacht hinein. Kaum waren sie eine Minute unterwegs, erklangen vom anderen Ende des Stadtzentrums, aus Richtung des Marktes, Kampfgeräusche. Schüsse peitschten in schneller Folge durch die Nacht und vermischten sich mit Schreien. Die Milizionäre taten ihr Möglichstes, um für Verwirrung zu sorgen, die Soldaten von ihren Posten zu locken und den Weg freizumachen. Eine bemerkenswerte Opferbereitschaft. Diese verdreckten Männer und Frauen, von der Union immer schlecht behandelt und mit Füßen getreten, opferten in dieser Minute wahrscheinlich ihr Leben, damit die Union nicht auseinanderbrach.

Der Gefechtslärm intensivierte sich und zwei Explosionen durchrissen die Nacht. Rooney musste die Truppe zweimal in einer Gasse halten lassen, als eine Militärpatrouille ihren Weg kreuzte. Die Uniformierten hetzten dem Lärm entgegen und warfen dankenswerterweise keinen Blick zu den Seiten. Vorsichtig und immer bereit, sich sofort zu verteidigen, arbeitete sich die Gruppe danach weiter voran. Sie hatten etwa die Hälfte des Weges hinter sich gebracht, da schien auch an einer anderen Stelle im Stadtzentrum ein Gefecht zu entbrennen. Schweres Maschinengewehrfeuer hallte durch die Straßen und gab einen Geschmack auf die chaotischen Szenen, die sich in der Dunkelheit abspielen mussten. Rooney beschleunigte seinen Schritt und legte damit das Tempo für seine Begleiter vor.

Sie bogen um eine Ecke und hielten inne. Vor der Gasse erstreckte sich ein weitläufiger Platz ohne Deckung, an den sich der Unionsrat anschloss. An den Stufen hinauf ins Gebäude stand ein Militärlaster in der Dunkelheit und zentral in der Mitte des Platzes befand sich ein Checkpoint. Eine Sandsackstellung mit Maschinengewehren, die den gesamten Vorplatz beherrschte.

Die Offiziere hatten in einem weiten Halbkreis Aufstellung gegenüber dem schweren Schreibtisch genommen, ihre Pistolen in den Händen. In der Mitte des Raums, zwischen den Bewaffneten und Marcus in seinem Sessel, stand Moody, unbewaffnet.

„Es ist vorbei, Marcus“, stellte der General fest und nahm sein Barett vom Kopf, ließ es fallen und öffnete seinen Zopf.

Marcus sagte nichts, sondern rollte langsam in seinem Sessel zurück, stemmte sich mithilfe seines Gehstocks in die Höhe und straffte sich. Sein Gesicht zeigte kein Anzeichen von Furcht oder Schwäche, so wie es sich für einen Anführer gehörte.

„Es gab eine Zeit, da habe ich dir geglaubt, habe dir vertraut. Ich war blind, dachte, du wärst anders. Du hast Hoffnung verbreitet, weißt du das? Und die Menschen kamen in Scharen, um dir zu folgen, weil sie an das glaubten, was du ihnen versprachst. Heute weiß ich, dass du vom ersten Moment an gelogen hast. Es ist die Macht, nicht wahr? Sie ist wie eine Droge, die einen nicht mehr loslässt.“

Umständlich lehnte der Präsident seinen Stock an die Tischplatte und suchte sicheren Stand. Er hängte seine nutzlose Hand in den Gürtel ein und legte seine rechte Hand auf seine Pistolentasche, während er sich anhörte, was Moody zu sagen hatte.

„Wenn ich das alles so betrachte, glaube ich, es gibt keinen Unterschied mehr. Wir hätten Banner damals auch einfach die Stadt überlassen können, es würde heute wahrscheinlich nicht anders aussehen. Ist dir eigentlich klar, in was du dich verwandelt hast?“

Marcus lachte auf, seine Augen blitzten herausfordernd. „Ich habe mich nicht verwandelt. Ich war immer so. Und ihr alle wart einfach dumm genug, das nicht zu sehen. Schau dir doch an, was aus diesem Drecksloch geworden ist! Zivilisation! Wir vegetieren nicht mehr in kleinen Dörfern und Siedlungen vor uns hin. Wir haben wieder eine Zukunft! Ich habe das alles möglich gemacht. Die Sache ist ganz einfach, Moody. Die Union ist mein Traum. Den werde ich mir von niemandem nehmen lassen. Ohne mich wird es die Union nicht geben. Und ich werde nicht zulassen, dass irgendjemand das alles hier zu Grunde richtet."

Moody warf seinen Kopf in den Nacken und lachte schallend auf. „Du bist gut darin, dich selbst zu belügen. Durch deinen Verfolgungswahn geht bereits alles vor die Hunde."

„Nein", sagte Marcus und lächelte, „gerade in diesem Moment wendet sich alles wieder zur alten Ordnung."

Der Präsident gab seinen Offizieren ein kurzes Handzeichen. Zwei Schüsse ertönten hinter Moody. Der alte Haudegen zuckte instinktiv zusammen, doch die Kugeln hatten nicht ihm gegolten. Er fuhr herum und sah, wie Sumter zu Boden ging, aus einer großen Kopfwunde strömte Blut. Noch bevor Moody die Bewegung vollendet hatte, realisierte er, dass die Männer und Frauen ihre Waffen auf ihn gerichtet hatten.

„Hast du wirklich geglaubt, dass es so einfach ist, Moody? Dass meine Offiziere gegen mich putschen würden? Ich kenne sie seit Jahren, manche von Kindesbeinen an. Ich war immer gut zu ihnen. Du hingegen bist ein Fremdkörper. Du hast nie zu Yard gehört, hast dich niemals mit der Union abfinden können. Das alles hier war dir immer fremd. Und Fremdkörper werden herausgeschnitten, bevor sie noch mehr Schaden anrichten. Hast du gedacht, es wäre so einfach? Nachdem das Attentat schiefgelaufen ist, war es nur eine Frage der Zeit, bis du wieder zurück in die Hauptstadt kommen würdest, um Rache zu nehmen. Alles, was ich tun musste, war, auf dich und die anderen zu warten. Und du hast genau das gemacht, was du tun solltest."

Humpelnd umrundete Marcus den Schreibtisch und reihte sich in den Halbkreis der Offiziere ein, die Pistole mittlerweile in der Faust. Das war er also, der finale Moment. Moody musste einfach nur noch ein wenig auf Zeit spielen. In Todesverachtung entstand ein irres Grinsen auf seinem Gesicht.

„Ist das alles? Du musst schon mehr auffahren als ein paar Hampelmänner mit Pistolen, um mich aufzuhalten. Euch alle verspeise ich zum Frühstück."

Marcus wollte etwas erwidern, doch in diesem Moment erklang draußen Kampfeslärm. Verärgert sah er erst zum Fenster, daraufhin zum Rothaarigen.

„Glaubst du wirklich, ich wäre allein gekommen, Marcus?"

Der Angesprochene verzog sein Gesicht säuerlich und zuckte abfällig mit den Schultern. „Der Rest der Bande. Um den werden wir uns noch kümmern. Jetzt, wo du mir sogar Sumter geliefert hast, ist das alles noch viel einfacher."

„Dann bring es zu Ende", grollte Moody und spie demonstrativ aus. „Oder versuch es wenigstens."

„Lasst ihn leiden", sagte Marcus kalt und blickte Moody an.

Zusammen mit Marcus hoben die Männer und Frauen ihre Waffen und drückten ab. Kugel um Kugel jagten sie aus ihren Pistolen. Der Geschosshagel regnete auf Moody herab. Die Schutzweste hielt den ersten Treffern noch stand, gab die kinetische Energie aber ungebremst an Moody ab. Obwohl er versuchte, sich gegen diesen Impuls zu stemmen, warfen die Treffer ihn aus dem Gleichgewicht und ließen ihn nach hinten taumeln. Die erste Kugel fand ihren Weg durch die Weste, entweder durch eine Schwachstelle oder durch eine zerborstene Traumaplatte, und fraß sich ihren Weg durch Muskeln, Organe und Knochen. Adrenalin pumpte durch seinen Körper und er nahm die Schmerzen nur durch einen Schleier wahr, registrierte gerade so, dass ihn etwas getroffen hatte. Das nächste Projektil bohrte sich in seinen Oberschenkel und riss beim Austritt einen großen Brocken Fleisch mit sich. Moody verlor vollends die Kontrolle und merkte, wie er umfiel und hart auf dem Boden aufschlug. Der Regen aus todbringendem Blei wollte nicht aufhören und kannte kein Erbarmen. Der nächste Treffer zerfetzte seinen Unterarm, dann explodierte seine rechte Hand förmlich. Über die Welle aus Eindrücken und Schmerzen, benebelt von den körpereigenen Drogen, starrte der grobschlächtige Kämpfer verdutzt auf seine Hand, sah, dass der Treffer ihm gleich zwei Finger abgerissen hatte.

Das Stakkato der Pistolen verstummte. Die Offiziere zogen den Halbkreis um den Sterbenden enger. Moody atmete noch, versuchte seinem zertrümmerten Körper seinen Willen aufzuzwingen und sich in die Höhe zu stemmen. Seine gestählten Muskeln versagten ihm den Dienst, doch er war nicht bereit, jetzt aufzugeben. Moody hatte ihnen den Gefallen, einfach zu sterben, nicht getan. Sein starker Wille hielt ihn am Leben. Noch.

+++

„Wir haben keine Zeit mehr!“, versuchte Eris zur Eile zu treiben.

„Wir können da nicht frontal durch, das wird ein Blutbad!“, zischte Tyler ihm zu.

„Lasst mich mal machen. Das wird schon“, meinte Rooney in aller Ruhe. Mit einigen Handbewegungen befahl er den vier verbleibenden Milizionären, aus der Gasse zu huschen. Die Kämpfer taten wie geheißen und rannten so leise wie möglich auf den Platz, schlugen dann einen wilden Haken zur Seite und in Richtung der nächsten Gasse.

Sal wartete gebannt darauf, dass es einen erstaunten Aufschrei gab, dass man die Kämpfer entdeckte und zusammenschoss, aber es blieb ruhig. Rooney hatte die Augen zusammengekniffen und zählte im Geist von zehn herunter. Als er die Augen öffnete, drehte er sich zu der kleinen Gruppe um.

„Wenn es gleich losgeht, lauft ihr einfach los. Ich geb' mein Bestes, um euch von hier Deckung zu geben. Haltet euch nicht mit irgendwelchen langwierigen Kämpfen auf. Und jetzt seht zu!“

Der Muskelberg wartete nicht auf eine Antwort, sondern zog zwei Granaten aus seinen Taschen. Die Sicherungsstifte der Sprengsätze segelten klimpernd zu Boden. Noch bevor er zum Wurf ansetzte, stieß er einen schrillen Pfiff aus. Er war mitten in der Wurfbewegung, da erklangen auf dem Platz schon die ersten Schüsse. Die Miliz tat alles, um die Aufmerksamkeit auf sich zu ziehen. In kurzer Abfolge segelten die beiden Granaten durch die Nacht. Das erste Wurfgeschoss verfehlte die Sandsackstellung um einige Meter, doch das zweite traf und landete klackernd zwischen den Füßen der Soldaten. Noch bevor diese realisierten, was da gerade passierte, detonierten die Sprengkörper und hoben die Stellung mit einer hellen Stichflamme aus.

Das war das Zeichen für die Scharfschützin...

Das war das Zeichen für die Vierergruppe. Sie sprangen aus dem halbdunkel und hetzten mit großen Schritten über den Platz. Sal machte den Anfang, die Pistole in beiden Händen. Als sie etwa die Hälfte des Platzes hinter sich gelassen hatten, blieb die Schützin stehen und eröffnete das Feuer auf die Soldaten direkt vor dem Eingang zum Unionsrat. Tyler, Eris und Perry rannten an ihr vorbei und versuchten, die Distanz weiter zu verkürzen. Beim LKW am Fuß der Treppe legten sie eine kurze Pause ein, dann spähte Perry, bewaffnet mit seiner treuen Schrotflinte, um die Ecke, jagte vorsorglich ein paar Ladungen in Richtung des Eingangs. Als die anderen drei zu ihm aufgeschlossen hatten, ging es weiter.

Der Widerstand der Soldaten am Eingang konnte sich erst gar nicht formieren. Die Uniformierten lagen schwer verletzt oder tot vor der Tür und die kleine Gruppe sprang einfach über sie hinweg, stürzte in die Vorhalle hinein.

Hier lag alles friedlich. Keine Soldaten, keine Schreiber oder Beamten. Nur lange Reihen verwaister Schreibtische. Selbst vor dem Zugang zum Präsidentenbüro standen keine Wachen bereit. Sie eilten weiter.

+++

Blut lief Moody aus Nase und Mund und seine Muskeln hatten ihm vollends den Dienst versagt. Mit dem Gesicht zur Decke lag er zwischen den Männern und Frauen, die voller Verachtung auf ihn niederblickten. Sein Atem ging pfeifend und rasselnd und das Bild in seinem rechten Auge begann zu tanzen, während das linke noch klar blieb.

Es war beängstigend, als der General, in seinem eigenen Blut liegend, kratzig lachte. Unglaublich, dass der rothaarige Haudegen nach den zahlreichen Treffern überhaupt noch atmete, auch wenn das Leben mit jedem Atemzug aus ihm wich. Neun Pistolen. Sieben Schuss in jedem Magazin. Durchsiebt von einundsechzig Kugeln lag er vor ihnen – und hatte offensichtlich immer noch nicht den Anstand, zu sterben.

„Das war alles, was du hast?“, presste er hervor und begann blutig zu husten.

Marcus ließ sich seinen Gehstock bringen und die Offiziere machten ihm Platz. „Du hättest nicht zurückkommen sollen, Moody. Du hättest wieder in die Wildnis gehen sollen, dort wo du hingehörst.“

„Hier … in diesem Moment … bin ich genau richtig“, presste Moody hervor und dickflüssiges Blut rann ihm aus dem Mund. Dann begann er zu kichern, und zu lachen, und jedes Mal bildete sich eine blutige Blase auf seinen Lippen.

Der Präsident legte seine Stirn in Falten. Offensichtlich war Moody mittlerweile völlig umnachtet, seine Sätze ergaben keinen Sinn. Doch er wollte dem Rothaarigen nicht den Triumph des letzten Wortes lassen. Das alles hier war Marcus’ Triumph und der süße Geschmack der Überlegenheit gehörte ihm allein. Gerade als ihm eine Entgegnung über die Lippen wollte, flog die Tür auf. Die Offiziere wirbelten herum, rissen ihre Pistolen in die Höhe, doch ihre Magazine waren leer. Moodys blutiges Lachen nahm noch einmal an Intensität zu.

Durch die Tür stürmten Eris, Sal und Perry, die Waffen schussbereit in der Hand. Etwas im Hintergrund, unbewaffnet, hielt sich Tyler. Für warnende Worte oder Gnade gab es keinen Platz. Die drei hatten nicht vor, sich die Initiative jetzt noch aus der Hand nehmen zu lassen, und eröffneten sofort das Feuer, fielen erbarmungslos über die wehrlosen Männer und Frauen her. Marcus stürzte, versuchte sich sitzend in Deckung zu schieben, bis er mit seinem Rücken an den großen Schreibtisch stieß. In kaum mehr als zwei Sekunden waren seine Paladine tot und er allein. Unverständnis stand in seinem Gesicht, er wollte nicht begreifen, was gerade passiert und wie ihm die Situation entglitten war. In seiner Hand hielt er immer noch seine Pistole, aber auch sein Magazin war leer.

Sal schritt ohne zu zögern auf ihn zu, blieb zwei Meter von ihm entfernt stehen und richtete ihre Waffe auf seinen Kopf.

„Die Union wird es auch ohne dich geben. Und sie wird ein besserer Ort sein."

Dann drückte sie ab.

Eris war zu seinem sterbenden Freund gestürzt und hielt seine blutverschmierte Hand.

Moodys Blick flackerte. „Haben wir gewonnen?"

„Ja", sagte Eris mit brechender Stimme, während Tränen seinen Blick verschleierten.

Moody lächelte und schloss die Augen, bevor das Leben endgültig aus ihm wich.

Epilog

Moody hatte sich geopfert, um die Union zu retten. Unter den vieren bestand Einigkeit darüber, dass das Opfer ihres Freundes nicht umsonst sein sollte. Sie beschlossen, der Welt nichts über den wahren Marcus zu erzählen, der korrumpiert von der Macht letzten Endes bereit gewesen war, alles zu tun, um diese Macht zu behalten.

Aus den Vorfällen im Präsidentenbüro schmiedeten sie noch in derselben Nacht eine Legende, die sie Yard und der ganzen Union letztlich präsentierten. Dieser Geschichte nach war es dem Verschwörer Sumter gelungen, den Führungskader der Unionsarmee auf seine Seite zu bringen. Bei dem Versuch, den Unionsrat zu erstürmen, kam es zu schweren Kämpfen, in denen Moody versuchte, den Präsidenten zu schützen. Letztlich endete es in einem Blutbad, bei dem Angreifer und Verteidiger gleichermaßen ihr Ende fanden. Eine Geschichte mit Schwächen, aber die Bevölkerung von Yard nahm sie dankbar entgegen, ohne viel zu hinterfragen. Denn mit Marcus endete auch die Militärherrschaft der letzten Monate. Vielleicht ahnten einige, dass die offizielle Geschichte nicht der Wahrheit entsprach, doch wenn, dann behielten sie ihre Vermutungen für sich. Keiner hatte ein wirkliches Interesse daran, die Konflikte der letzten Monate weiterzuführen.

Ian erbat sich einige Tage Bedenkzeit und reiste dann in die Hauptstadt. Der Unionsrat war wegen der blutigen Vorfälle in hellem Aufruhr, doch Eris gelang es, sie bei der Stange zu halten und immer wieder die Einheit zu beschwören, für die die Union letztlich stand. Als er ihnen Ian als Übergangslösung präsentierte, fürchtete er das Schlimmste, doch das Kalkül ging auf. Nur mit weitreichenden Gesetzesänderungen, die dem neuen Amtsinhaber Macht nahmen und auf den Rat verteilten, akzeptierten ihn die Würdenträger als neuen Präsidenten. Seine Amtszeit sollte geprägt sein von nüchterner Sachlichkeit. Ian sollte als Verwalter der Union in die Geschichte eingehen, als Erster, der zahlreiche, staatstragende Funktionen erst schuf und sich immer wieder für die Effektivität des jungen Staats einsetzte.

Moody und Marcus wurden in allen Ehren und unter großer Anteilnahme der Bevölkerung zu Grabe getragen. In den Monaten darauf erhielten beide prächtige Denkmäler auf dem Ehrenfriedhof. Fiona ertrug den Tod ihres Mannes mit bemerkenswerter Stärke. Niemand wusste, ob Moody sie vorher in seinen Plan eingeweiht und ihr von Marcus' Verrat erzählt hatte. Jedenfalls schien sie keinen Groll gegenüber der Witwe des Präsidenten zu hegen. Sie und Carla standen bei den Trauerfeiern Schulter an Schulter. Carla akzeptierte die Geschichte über den Tod ihres Mannes, hinterfragte nicht. Vielleicht wusste auch sie viel mehr, doch wenn, dann behielt sie es für sich.

Die Familie Young zog es wieder in die Hauptstadt. Die Ereignisse des letzten Jahres sorgten dafür, dass beide Erwachsenen sich wieder aktiver in der Union einsetzten. Eris als eine Art Ordnungshüter im Rat, der genau verstand, die Forderungen und Wünsche der unterschiedlichen Ratsmitglieder zu händeln und sie auf Kurs zu halten. Sal hingegen war für so etwas nicht gemacht. Sie bewarb sich um einen Posten als Ausbilderin bei der Unionsarmee und unter ihrem Kommando entstand die erste Scharfschützenformation der Truppe.

Perry überlegte einige Zeit, seinen Neffen endgültig zum Institut zu begleiten und Yard dauerhaft hinter sich zu lassen, doch er hatte sich zu sehr an das Leben in der Hauptstadt gewöhnt. Und letzten Endes lag es auch an ihm, die Union zu einem besseren Ort zu machen, denn dafür waren sie in den Kampf gezogen. So übernahm er wenige Wochen später die Leitung eines Krankenhauses. In Kooperation mit Ian formte der Mediziner aus den unterschiedlichen Einrichtungen der Hauptstadt ein zentrales Gesundheitswesen, das erste in der Welt DANACH.

Tyler tat sich schwer damit, zu begreifen, was in jener Nacht geschehen war, und hatte noch viel größere Probleme damit, dass die Wahrheit über Marcus nicht verbreitet wurde. Er reiste zurück in die relative Sicherheit des Instituts.

John Marrow zog sich einige Zeit aus der Hauptstadt zurück. Doch ohne Marcus und seine Propaganda, die unerlässlich trommelte, schien das Interesse der Bevölkerung, seiner habhaft zu werden, eher gering zu sein. Ian war klug genug, einige Monate nach seinem Amtsantritt eine Begnadigung für den Händler auszusprechen, nachdem eine Untersuchung zu dem Schluss gekommen war, dass der Mann in dem von Sumter ausgeführten Staatstreich lediglich eine Marionette war.

Adah hingegen wurde schnell für ihre Hilfe belohnt. Im Ansinnen, die Macht des Präsidenten zu dezentralisieren, hatte der Rat beschlossen, dass jedes Quartier der Hauptstadt seinen eigenen Ratsvertreter bekommen sollte. Adah nahm diesen Posten gerne an.

Es war 2064, und der Traum der Union sollte weiterleben.

BAND 1
FLUCHT AUS DEM DUNKEL

Dein Name ist Einsamer Wolf.

Bei einem hinterhältigen Angriff der Schwarzen Lords wird das Kloster, in dem du zum Kai ausgebildet wirst, vom Feind zerstört. Du bist der einzige Überlebende!

FLUCHT AUS DEM DUNKEL

Du schwörst Rache. Doch zunächst musst du Holmgard erreichen und König Ulnar vor den Horden des Bösen warnen. Der Weg, der nun vor dir liegt, birgt tödliche Gefahren, und der Feind ist dir dicht auf den Fersen.

Auf jeder Seite dieses Buches musst du dich neuen Herausforderungen stellen, darum wähle deine Waffen und Fähigkeiten mit Bedacht. Nur mit ihrer Hilfe wirst du das fantastischste und spannendste Abenteuer deines Lebens bestehen können.

Die Abenteuer von Einsamer Wolf sind eine einzigartige interaktive Fantasy-Serie. Wenn du dieses Abenteuer überstanden hast, kannst du deinen Kampf gegen das Böse in weiteren Bänden der Reihe Einsamer Wolf fortsetzen.

Werde Teil dieser einzigartigen Rollenspiel-Saga!

WWW.RPC-GERMANY.DE
Role Play Convention
RPC
WELTGRÖSSTES FANTASYEVENT!
A FANTASY GAMING &
ENTERTAINMENT EVENT
Find us on
Facebook
FACEBOOK.COM/ROLEPLAYCONVENTION
WWW.RPC-GERMANY.DE